Né en 196[illegible] très vite imposé[illegible] renouveau de la SF britanni[illegible] là où ses amis auteurs exploraient de nouveaux courants, Hamilton a préféré faire revivre l'émerveillement des aventures spatiales chères aux grands auteurs de l'âge d'or : Asimov, Clarke et Heinlein. Dans ce domaine, ses cycles *L'Aube de la nuit* et *L'Étoile de Pandore* font référence. Il est le maître incontesté du space opera moderne.

Du même auteur,
aux éditions Bragelonne,
en grand format :

Dragon déchu

L'Étoile de Pandore :
L'Étoile de Pandore – 1
L'Étoile de Pandore – 2
L'Étoile de Pandore – 3 :
Judas déchaîné
L'Étoile de Pandore – 4 :
Judas démasqué

La Trilogie du Vide :
1. *Vide qui songe*
2. *Vide temporel*
3. *Vide en évolution*

Chez Milady, en poche :

L'Étoile de Pandore :
1. *Pandore abusée*
2. *Pandore menacée*
3. *Judas déchaîné*
4. *Judas démasqué*

Greg Mandel :
1. *Mindstar*
2. *Quantum*
3. *Nano*

La Trilogie du Vide :
1. *Vide qui songe*
2. *Vide temporel*
3. *Vide en évolution*

Aux éditions Robert Laffont,
collection
« Ailleurs & Demain » :

L'Aube de la nuit :
Rupture dans le réel – 1 :
Émergence
Rupture dans le réel – 2 :
Expansion

L'Alchimiste du neutronium – 1 :
Consolidation
L'Alchimiste du neutronium – 2 :
Conflit

Le Dieu nu – 1 : Résistance
Le Dieu nu – 2 : Révélation

Peter F. Hamilton

Vide en évolution

La Trilogie du Vide – 3

Traduit de l'anglais (Grande-Bretagne) par Nenad Savic

Bragelonne SF

Milady est un label des éditions Bragelonne

Cet ouvrage a été originellement publié en France par Bragelonne

Titre original : *The Evolutionary Void*

ISBN : 978-2-8112-0838-7

Bragelonne – Milady
60-62, rue d'Hauteville – 75010 Paris

E-mail : info@milady.fr
Site Internet : www.milady.fr

Pour Felix F. Hamilton,
arrivé en même temps que le Vide.
Ne t'en fais pas, le monde de Papa
ne ressemble pas vraiment à cela.

I

Le vaisseau n'avait ni nom, ni numéro de série, ni marque. Il était unique en son genre. Comme aucun autre navire identique ne serait jamais construit, il n'avait pas besoin d'appellation ; il était simplement le *vaisseau*.

Il fonçait à travers la sous-structure de l'espace-temps à une vitesse de cinquante-neuf années-lumière par heure ; jamais machine humaine n'avait voyagé aussi vite. Dans de telles conditions, la navigation dépendait de l'interprétation des similitudes des interstices quantiques, qui déterminait la position des masses dans l'univers réel. Ce dispositif permettait de réduire l'usage de l'hysradar ou de tout autre capteur facilement détectable. L'ultraréacteur extrêmement sophistiqué qui le propulsait aurait pu atteindre une vitesse beaucoup plus importante, si une part substantielle de son énergie phénoménale n'était utilisée pour supprimer les fluctuations. Cela signifiait qu'aucune distorsion des champs quantiques ne trahissait sa présence et qu'aucun vaisseau ne pouvait le prendre en chasse.

En plus d'être très discret, le *vaisseau* était gros ; c'était un ovoïde de six cents mètres de long et deux cents mètres de diamètre en son milieu. Son véritable avantage, cependant, résidait dans son armement ; il possédait à son bord de quoi mettre hors d'état de nuire une demi-douzaine de navires de classe Capital de la Marine du Commonwealth sans même avoir besoin d'activer tous ses systèmes. Ces armes n'avaient servi qu'une seule fois. Le *vaisseau* s'était rendu à plus de dix mille années-lumière du Grand Commonwealth pour les tester tranquillement. Pendant les millénaires à venir, les civilisations extraterrestres primitives qui peuplaient cette partie de la galaxie adoreraient comme des dieux les nébuleuses colorées qui s'étiraient depuis dans les friches interstellaires.

Assise dans la cabine hémisphérique propre du *vaisseau*, entourée d'une exoprojection de son plan de vol, Neskia ne put réprimer un frisson d'excitation et d'appréhension en repensant à la manière dont l'étoile s'était fragmentée sous ses yeux. Gérer le fonctionnement d'une station de fabrication clandestine pour les Accélérateurs, livrer navires et équipements à divers agents et représentants était une chose – c'était un système bien huilé dont elle était fière –, mais voir les armes en action en était une autre. Elle avait été secouée comme jamais depuis son accession à la branche Haute et le début, deux siècles plus tôt, de sa migration vers l'intérieur. Cela n'avait en rien remis en cause sa foi dans les Accélérateurs, mais le pouvoir de destruction des armes l'avait touchée à un niveau primitif impossible à exorciser de la psyché humaine. La puissance qu'elle avait entre les mains était terrifiante.

Les autres restes de son passé animal avaient été doucement et efficacement effacés. D'abord grâce à la biononique et à l'acceptation de la philosophie culturelle de la branche Haute, puis à son engagement aux côtés des Accélérateurs. De manière subtile, elle avait ensuite rejeté sa forme corporelle, comme pour souligner ses nouvelles croyances. Sa peau était désormais gris métal, les cellules de son épiderme imprégnées d'une fibre semi-organique avec laquelle la symbiose était parfaite. Son visage, sur lequel les hommes avaient l'habitude de se retourner quand elle était plus jeune, présentait désormais un profil plus plat, efficace, et des grands yeux ronds, modifiés, dotés d'implants biononiques capables de voir dans une multitude de spectres. Son cou allongé était à présent bien plus flexible et manœuvrable. Sous sa peau légèrement luisante, des muscles renforcés lui auraient permis de battre à la course une panthère lancée derrière sa proie, et ce sans mettre à contribution les systèmes biononiques dont elle s'était dotée par la suite.

Toutefois, c'était son esprit qui avait le plus évolué. Elle avait renoncé aux reprofilages bioneuraux, car elle n'avait plus besoin de renforcer génétiquement sa foi. L'adoration était un terme trop barbare pour décrire ses processus de pensée, en revanche, on pouvait dire qu'elle était dévouée à sa cause, et ce à un niveau émotionnel. Les vieux problèmes humains et autres impératifs biologiques ne la concernaient plus du tout ; son intellect était focalisé sur la Faction et ses objectifs. Ces cinquante dernières années, les projets des Accélérateurs avaient été à l'origine de ses satisfactions comme de ses souffrances. Son intégration était totale ; elle était l'incarnation même des valeurs des Accélérateurs. C'était d'ailleurs la raison pour laquelle Ilanthe, le leader de sa Faction, l'avait choisie pour prendre les commandes du *vaisseau* et accomplir cette mission. Cela, et cela seul, était un grand motif de satisfaction.

Le *vaisseau* commença à ralentir à l'approche des coordonnées que Neskia avait fournies à son cerveau. Sa vitesse décrut, et le navire finit par s'immobiliser en suspension transdimensionnelle, tandis que son système de navigation affichait Sol, à vingt-trois années-lumière de là. C'était une distance confortable. Neskia était hors de portée du réseau extrêmement dense de capteurs qui entourait le berceau de l'humanité, tout en se trouvant à moins d'une demi-heure de sa cible.

Elle ordonna au cerveau de procéder à un scan passif. En dehors de poussières interstellaires et d'une étrange comète gelée, il n'y avait rien dans un rayon de trois années-lumière. En tout cas, aucun appareil. Cependant, le scan révéla une anomalie minuscule et spécifique, qui lui arracha un sourire : tout autour du *vaisseau*, des ultraréacteurs eux aussi en suspension transdimensionnelle, presque indétectables. À moins de les rechercher spécifiquement, on n'avait aucune chance de repérer ces machines, surtout dans cette partie de l'espace où il n'y avait rien à trouver. Le *vaisseau* confirma la présence de huit mille engins en attente d'instructions. L'Essaim était prêt.

Elle s'installa confortablement et attendit les ordres d'Ilanthe.

* * *

La réunion du Conseil de l'Exoprotection se termina et Kazimir interrompit la liaison avec la salle de conférence perceptuelle. Il se trouvait au sommet du Pentagone II. Il était seul et n'avait nulle part où aller. La flotte de dissuasion devait être utilisée ; la question ne se posait même plus. Il n'existait aucune autre manière de régler le problème ocisen sans risquer des pertes trop importantes dans les deux camps. Et si la nouvelle de l'alliance des Ocisens avec les Primiens s'ébruitait… Cela ne manquerait pas d'arriver ; Ilanthe y veillerait.

Pas le choix.

Il remit en place le col brodé d'argent récalcitrant de son uniforme et s'avança jusqu'à la fenêtre panoramique pour contempler le parc verdoyant de l'atoll de Babuya. Le dôme de cristal qui le surplombait l'éclairait d'une aube artificielle douce qui n'empêchait toutefois pas Kazimir de voir le croissant brumeux d'Icalanise. Il avait assisté à ce spectacle un nombre incalculable de fois depuis qu'il était en poste. Un spectacle immuable. Jusque-là, du moins, car il se demandait désormais s'il le reverrait un jour. Pour un vrai soldat, ce n'était pas un sentiment inhabituel ; de prestigieux aïeux l'avaient nourri avant lui.

Son ombre virtuelle le mit en liaison avec Paula.

— Nous déployons la flotte de dissuasion contre les Ocisens, lui annonça-t-il.

— Mon Dieu. J'imagine que la dernière mission d'interception n'a pas réussi.

— Effectivement. Le vaisseau primien a explosé quand nous l'avons sorti de l'hyperespace.

— Mince, le suicide est normalement étranger à la psychologie des Primiens.

— Vous et moi le savons pertinemment. Le gouvernement de l'ANA aussi, d'ailleurs, mais comme d'habitude, il lui faut des preuves et non des évidences.

— Vous partez avec la flotte ?

Kazimir ne put s'empêcher de sourire. *Si vous saviez…*

— Oui.

— Alors, bonne chance. J'aimerais que vous réussissiez à retourner la situation contre elle. Ils seront là à regarder. Croyez-vous avoir la possibilité de les détecter les premiers ?

— En tout cas, nous essaierons. (Les yeux plissés, il considéra l'anneau argenté et scintillant des stations industrielles qui tournaient autour de l'*Ange des hauteurs* et se découpaient sur la toile de fond du champ d'étoiles.) Je suis au courant pour Ellezelin.

— Ouais. Digby n'avait pas le choix. L'ANA a envoyé une équipe scientifique sur les lieux. Si elle parvient à déterminer ce que Chatfield transportait, nous serons peut-être en mesure de traîner les Accélérateurs devant les tribunaux avant que vous atteigniez la flotte de l'Empire.

— Cela m'étonnerait. Sinon, j'ai des nouvelles pour vous…

— Oui ?

— Le *Lindau* a quitté le système de Hanko.

— Pour se rendre où ?

— Il semblerait qu'il progresse vers la Pointe. Intéressant, non ?

— La Pointe ? Vous êtes sûr ?

— C'est ce que laisse penser sa trajectoire actuelle, par ailleurs inchangée depuis sept heures.

— Mais… Non.

— Et pourquoi pas ? demanda Kazimir, amusé par la réaction de l'investigatrice.

— Je ne vois tout simplement pas Ozzie intervenir de nouveau dans le Commonwealth. Pas de cette façon, en tout cas. Ozzie n'emploierait jamais quelqu'un comme Aaron.

— Je vous l'accorde, mais il y a d'autres humains dans la Pointe.

— En effet. Vous avez un nom ?

Kazimir s'avoua vaincu.

— Alors, quel rapport avec Ozzie ? demanda-t-il.

— Aucune idée.

— Le *Lindau* ne vole pas à sa vitesse maximale. Il a sans doute été endommagé sur Hanko. Vous pourriez facilement atteindre la Pointe avant lui, voire l'intercepter.

— C'est tentant, mais je ne prendrai pas ce risque. Mon obsession personnelle m'a déjà fait perdre suffisamment de temps. Je ne peux plus me permettre ce genre de chasse au dahu.

— Comme vous voudrez. Je vais être très occupé ces prochains jours, mais, en cas de véritable urgence, vous pouvez me contacter.

— Merci. Pour l'instant, ma priorité reste la sécurité du Second Rêveur.

— Bonne chance.

— Bonne chance à vous aussi, Kazimir. Et bon voyage.

— Merci.

Il resta devant la fenêtre pendant quelques secondes, puis activa son interface biononique et entra en communication avec la T-sphère de la Marine. Il se téléporta dans le terminal qui orbitait autour de l'arche extraterrestre géante, emprunta un trou de ver pour se rendre au terminal de Kerensk, d'où il se téléporta sur l'Île de Hevelius, une station de la T-sphère terrestre suspendue soixante-dix kilomètres au-dessus du Pacifique sud.

— Prêt, annonça-t-il au gouvernement de l'ANA.

L'ANA activa le trou de ver relié à Proxima du Centaure, située à 4,3 années-lumière de là. Kazimir le traversa. Le système d'Alpha du Centaure avait énormément déçu Ozzie et Nigel lorsque ceux-ci y avaient ouvert le premier trou de ver longue portée en 2053. Malgré la présence confirmée par des moyens astronomiques à distance d'une étoile binaire de type G et K et de planètes, on n'y avait trouvé aucun monde habitable. Cependant, les deux inventeurs avaient démontré l'efficacité de leur trou de ver sur des distances interstellaires, ce qui leur avait permis de trouver les fonds nécessaires au développement de Compression Space Transport, lequel était à l'origine du Commonwealth. Personne ne prit la peine de visiter Proxima du Centaure, la troisième petite étoile de classe M, car elle ne permettrait jamais à un monde habitable pour l'homme de se développer. L'ANA choisit donc d'y baser sa « flotte de dissuasion ».

Kazimir se matérialisa au centre d'un simple dôme transparent de deux kilomètres de diamètre. C'était une minuscule ampoule sur la surface désolée d'une planète sans atmosphère orbitant à quelque cinquante millions de kilomètres de sa naine rouge toujours plus petite. La pesanteur y était égale à deux tiers de la gravité standard. Des collines basses dessinaient un horizon chiffonné, dont les régolites gris-brun étaient à peine éclairés par la lumière marron lugubre d'une étoile inefficace.

Il se tenait debout sur ce qui ressemblait à du métal gris terne. Sauf que lorsqu'il voulut examiner la surface lisse, celle-ci lui échappa, comme s'il y avait quelque chose entre ses bottes et la structure physique. Son scanner biononique révéla la présence de forces colossales émanant du sol.

— Vous êtes prêt ? demanda le gouvernement de l'ANA.

Kazimir serra les dents.

— Allez-y.

Comme Kazimir l'avait promis à Gore et à Paula, la flotte de dissuasion n'avait rien d'un coup de bluff. Elle incorporait les technologies de l'ANA les plus avancées et était largement au niveau des vaisseaux des guerriers raiels. En revanche, force lui était d'admettre que le terme « flotte » était un peu exagéré.

À qui confier les commandes d'une telle armada ? C'était une question délicate. Plus l'équipage serait important, plus les risques de fuite ou d'une utilisation de son armement à mauvais escient seraient nombreux. D'une manière assez ironique, la technologie elle-même fournissait une réponse à cette question. De fait, elle n'avait besoin d'être contrôlée que par une seule conscience. L'ANA refusait de jouer ce rôle pour des raisons de principe, car elle deviendrait de fait omnipotente. Venait ensuite l'amiral en chef.

Les forces se regroupèrent autour de lui, déferlèrent comme une lame de fond, le déchiffrèrent à un niveau quantique et convertirent sa mémoire. Kazimir se transforma : sa structure purement physique céda la place à un équivalent énergétique encapsulé dans un point minuscule qui pénétra l'espace-temps. Sa « coquille », la signature énergétique qu'il était devenu, était repliée dans les profondeurs des champs quantiques selon un principe de construction semblable à celui de l'ANA. Elle contenait son esprit et sa mémoire, de même que quelques aptitudes sensorielles et manipulatoires, mais contrairement à l'ANA, elle n'était pas un point fixe.

Kazimir utilisa ses nouvelles données sensorielles pour examiner le treillage intraspatial qui l'entourait, passant en revue le panel de fonctions transformées stockées dans les mécanismes de matière exotique complexes du dôme. Il sélectionna celles dont il pourrait avoir besoin pour sa mission et les incorpora à sa propre signature, comme un soldat de l'ancien temps décrochant armes et boucliers des râteliers de l'armurerie.

En tout, il intégra huit cent dix-sept fonctions à sa signature primaire. La vingt-septième, par exemple, lui permettrait de voyager plus vite que la lumière en déplaçant sa signature énergétique dans l'espace-temps. Comme il ne possédait plus de masse, il était capable d'atteindre des vitesses largement supérieures à celles d'un ultraréacteur.

Kazimir quitta la planète sans nom, fonça vers la flotte des Ocisens à une vitesse de cent années-lumière par heure. Puis il accéléra.

* * *

Le Livreur sourit à l'hôtesse qui remontait l'allée centrale pour récupérer les verres des passagers, tandis que le vaisseau se préparait à entrer dans l'atmosphère de la planète. C'était le genre de tâche qu'aurait dû accomplir un robot ; ou bien chaque siège aurait dû disposer d'un compartiment à déchets. Toutefois, les compagnies préféraient employer des stewards, car la vaste majorité des passagers – en tout cas ceux qui n'appartenaient pas à la branche Haute – appréciait le contact humain. Par ailleurs, l'équipage en chair et en os ajoutait une touche de raffinement aux services proposés, une pointe d'élégance désuète.

L'atmosphère devenant plus dense, le Livreur se connecta aux capteurs du vaisseau. Il pleuvait sur le continent sud de Fanallisto, le deuxième de la planète par la taille. Une énorme masse de nuages gris terne s'enfonçait dans les terres poussées par des vents dont la vitesse était devenue phénoménale sur l'océan Antarctique gelé. La pluie tombait si dru que les villes activaient leurs dômes protecteurs. La crue menaçait, et les nouvelles zones agricoles étaient en alerte.

Fanallisto n'en était qu'à son deuxième siècle de développement. C'était un monde agréable, une planète comme il y en avait beaucoup au firmament des Mondes extérieurs. Sa population, grosse de dix millions d'habitants, occupait des zones urbaines où il faisait assez bon vivre, dotées chacune d'un temple du Rêve vivant aux bons chiffres de fréquentation. La perspective du pèlerinage créait des tensions et des querelles au sein de la population, situation aggravée encore par les récents événements de Viotia. Pas un jour de crise ne passait sans que de nouveaux actes de violence soient perpétrés contre un temple.

Cette conjoncture n'avait rien d'inhabituel ; des conflits de ce genre avaient éclaté dans tout le Grand Commonwealth. Sur Fanallisto, cependant, plusieurs actions violentes avaient été contrées par des gens équipés d'enrichissements biononiques. Les Conservateurs se demandaient ce que Fanallisto avait de si spécial pour que de probables agents des Accélérateurs s'intéressent de près à son cas.

Comme il l'avait fait comprendre à sa Faction, le Livreur se moquait bien de tout cela. Toutefois, il y avait un agent des Conservateurs sur Fanallisto, et le mode opératoire standard imposait de se rendre sur place pour faciliter son extraction en cas de besoin, ce qui expliquait qu'il ne soit pas rentré directement à Londres depuis l'astroport de Purlap, mais qu'il ait volé jusqu'à Trangor pour prendre le prochain vaisseau pour Fanallisto. Au moins, ne prenait-il pas activement part à cette opération. L'autre agent n'était même pas au courant de sa présence.

Le navire commercial fendit l'atmosphère détrempée et se posa sur l'astroport de Rapall. Le Livreur descendit de l'appareil avec les autres passagers et récupéra ses bagages dans le bâtiment du terminal. Les deux valises de taille moyenne le suivirent sur leur regrav avant d'entrer dans le coffre de son taxi. Il demanda à la petite capsule de le conduire à la zone commerciale de la ville, trajet très court sous le champ de force protecteur. Là, il prit une seconde capsule et vola jusqu'à l'hôtel *Foxglove* sous une autre identité.

Il loua la chambre 225 en utilisant un troisième certificat d'identité et paya d'avance pour dix jours avec une pièce de paiement intraçable. Il lui fallut quatre minutes pour infiltrer le nœud cybersphère de la chambre et y installer des programmes qui donneraient l'illusion que la chambre était occupée. *La marque d'un travail de professionnel*, pensa-t-il. La petite unité culinaire préparerait des plats, que le robot ménager verserait dans les toilettes lorsqu'il viendrait faire le ménage le matin. La douche à spores se mettrait en route, tout comme divers gadgets et équipements ; la température du climatiseur serait changée, et le nœud lancerait quelques appels sur l'unisphère. La consommation d'électricité varierait.

Il rangea les deux mallettes dans l'unique placard par souci de plausibilité et activa leurs mécanismes de défense. Il ignorait et n'avait pas envie de savoir ce qu'elles contenaient, même s'il se doutait qu'il s'agissait de matériel plutôt agressif. Lorsqu'il fut certain de leur bon fonctionnement, il quitta la chambre et commanda un taxi, qui l'attendit devant l'entrée de l'établissement. Quelqu'un viendrait récupérer les mallettes à sa place afin de ne pas éveiller les soupçons ; c'était un protocole qui lui convenait parfaitement. Depuis qu'il avait suivi le dernier rêve de Justine, il ne pensait qu'à une chose : rentrer chez lui. Qu'ils le menacent ou lui fassent des courbettes, il avait décidé qu'il refuserait toutes les missions que lui proposeraient les Conservateurs pendant les deux semaines à venir. Les événements s'accéléraient, et un père digne de ce nom se devait de rester auprès de sa famille.

Les rideaux en verre du lobby s'écartèrent pour le laisser sortir. Le taxi flottait à quelques centimètres de la chaussée. Alors qu'il s'apprêtait à le rejoindre, la Faction Conservatrice l'appela.

Je leur répondrai non, se promit-il. *Quoi qu'ils me demandent.*

Il prit place sur la banquette incurvée, demanda au réseau de la capsule de le conduire dans le centre, puis accepta l'appel.

— Oui ?

— La flotte de dissuasion est en train d'être déployée, lui annonça la Faction.

— Je suis étonné que cela ait pris autant de temps. Les gens commencent à avoir peur des Ocisens, et ils ne sont même pas au courant pour les Primiens.

— Nous pensons que ce déploiement a été orchestré par les Accélérateurs.

— Pourquoi ? Qu'ont-ils à y gagner ?

— Ils découvriraient enfin la nature de la flotte.

— Et après ?

— Nous ne savons pas, mais ce doit être très important pour eux, car ils ont pris tous les risques en manipulant ces événements.

— La donne a changé…, murmura le Livreur. C'est ce que Marius m'a dit, mais je croyais qu'il parlait de Hanko.

— Apparemment, non.

— Nous entrons donc dans une phase véritablement critique ?

— Il semblerait que oui.

Soudain très soupçonneux, le Livreur reprit :

— Je n'entreprendrai plus rien pour vous. Pas pour l'instant.

— Nous le savons. C'est la raison de notre appel. Nous nous sommes dit que vous méritiez d'être mis au courant. Nous n'ignorons pas à quel point votre famille compte pour vous ni combien vous souhaitez être avec elle.

— Ah. Merci.

— Quand vous serez prêt à reprendre du service, faites-le-nous savoir.

— Bien entendu. Mon remplaçant a-t-il pris Marius en filature ?

— Les informations opérationnelles doivent rester secrètes.

— Évidemment, suis-je bête.

— Merci encore pour votre aide.

Le Livreur se redressa, tandis que la communication se coupait.

— Merde.

La flotte de dissuasion ! Cela devenait très sérieux. Et potentiellement dangereux. Il ordonna à la capsule de le conduire directement à l'astroport. Au diable la procédure ! Il y avait deux bonnes heures avant le décollage. Son ombre virtuelle lui trouva un autre vol pour un Monde central : un vaisseau de la compagnie PanCephei pour Gralmond, dans trente-cinq minutes. Elle réussit à lui réserver une place, payant un supplément indécent pour obtenir la dernière cabine privative. Le vol durerait vingt heures, auxquelles il faudrait ajouter une vingtaine de minutes pour atteindre la Terre grâce à quelques trous de ver. Ce qui signifiait qu'il n'arriverait à Londres que dans un peu plus de vingt et une heures.

Cela devrait aller. En tout cas, j'espère.

* * *

Araminta était tellement désespérée de quitter Colwyn City qu'elle n'avait pas pensé aux problèmes qu'elle risquait de rencontrer en arpentant les chemins des Silfens. Se balader dans des forêts mystérieuses et des clairières ensoleillées était extrêmement romantique, en plus d'être un beau doigt d'honneur adressé au Rêve vivant et à Ethan, ce fumier de Conservateur ecclésiastique. Si elle avait pris le temps de réfléchir un peu, elle aurait choisi une tenue plus adaptée et se serait dotée de bottes solides. Sans compter la question de la nourriture.

Rien de tout cela ne lui était venu à l'esprit durant les cinquante premières minutes passées à se promener avec désinvolture dans le bosquet dans lequel elle avait débouché en sortant de la forêt de Francola. Elle n'en revenait pas d'avoir eu cette chance, d'être parvenue à renverser une situation aussi difficile.

Laril lui avait conseillé de faire ce que lui dictait son cœur.

Et je l'ai entendu. J'ai décidé de reprendre ma vie en main.

Alors le quatuor de lunes était descendu derrière la ligne d'horizon, magnifique spectacle qui la fit d'abord sourire, puis se demander quand elles réapparaîtraient. Les astres ayant traversé la voûte céleste très rapidement, ils devaient orbiter autour de la planète plusieurs fois par jour. Elle se retourna pour regarder dans la direction opposée, et son sourire s'évanouit à la vue de l'épaisse couche de nuages noirs qui s'amassait au-dessus des hautes collines qui constituaient les parois de la vallée. Dix minutes plus tard, la pluie la rattrapa, torrent ininterrompu qui imbiba ses vêtements en quelques secondes. Sa veste en peau était faite pour résister à une averse légère, pas à ce déluge digne d'une mousson. Elle continua néanmoins à avancer d'un pas résolu en écartant les mèches semblables à des queues de rat collées sur son front. La visibilité était réduite à moins de cent mètres. Ses bottes à la semelle trop fine glissaient sur la chose gluante qui passait pour de l'herbe sur ce monde. Elle descendit lentement vers le fond de la vallée, progressant souvent à quatre pattes comme un gorille. Les trois premières heures s'écoulèrent de cette façon.

Elle marcha ainsi toute la journée, traversant la vaste vallée déserte tandis que les nuages s'éloignaient. Le soleil orangé aida sa veste et son pantalon à sécher. Ses sous-vêtements, eux, restèrent humides et l'irritèrent longtemps. Puis elle atteignit un cours d'eau large et sinueux.

La rive opposée semblait très boueuse. Apparemment, les Silfens n'utilisaient pas de bateaux, et elle ne voyait ni gué ni pierres de gué. En tout cas, l'eau lisse et au courant rapide ne lui inspirait aucunement confiance. Résolue, elle entreprit de longer la berge. Une demi-heure plus tard, elle arriva à la conclusion qu'il n'y avait pas de point de passage naturel. Elle n'aurait donc d'autres choix que de se jeter à l'eau.

Araminta retira sa veste, son chemisier et son pantalon et les noua avec sa précieuse ceinture à outils ; pas question d'abandonner cette dernière, même si elle risquait de la handicaper énormément si elle était obligée de nager.

Elle entra dans l'eau, son lourd baluchon au-dessus de la tête. Le fond de la rivière était glissant, l'eau assez froide pour rendre sa respiration difficile et le courant trop fort à son goût. À mi-chemin, l'eau atteignait presque ses clavicules, mais elle serra les dents et continua à avancer.

Quand elle arriva en titubant de l'autre côté, elle ne sentait plus sa peau. Elle tremblait si violemment qu'elle eut le plus grand mal à défaire le baluchon qui contenait tout ce qu'elle possédait en ce monde. Elle se plia en deux, toute grelottante, les bras croisés sur la poitrine, essaya de marcher en se frappant les bras et les cuisses, puis recommença de nombreuses fois. Enfin, ses doigts se remirent à fonctionner normalement. Son teint était toujours d'une pâleur horrible lorsqu'elle glissa ses membres agités dans ses vêtements.

Marcher ne la réchauffa pas de manière significative, et elle ne parvint pas à atteindre la ligne d'arbres située de l'autre côté de la vallée avant la tombée de la nuit. Elle se roula en boule près d'un rocher et s'assoupit, frissonnante. Elle dormit par intermittence et subit deux nouvelles averses avant le lever du jour.

Elle se réveilla lorsqu'elle se rendit compte qu'elle n'avait rien à manger. Son estomac gargouilla quand elle se pencha pour laper un peu l'eau glacée qui contournait le rocher. Elle ne se rappelait pas avoir été aussi malheureuse, pas même le jour où elle avait quitté Laril, ni même celui où elle avait vu ses appartements partir en fumée. Elle avait le moral à zéro. Pis, elle ne s'était jamais sentie aussi seule. Il ne s'agissait même pas d'un monde humain. En cas de pépin, de foulure à la cheville ou d'entorse au genou, il n'y aurait personne pour la secourir à des années-lumière à la ronde. Elle resterait allongée dans le fond de cette vallée, où elle finirait par mourir de faim.

Ses membres se mirent à trembler comme elle prenait conscience du risque qu'elle avait couru la veille en traversant ce cours d'eau. Elle accusait le coup, comprit-elle, car, avant la rivière, il y avait aussi eu la terrible fusillade de Bodant.

Après cela, elle se remit en marche, mais fit preuve d'une extrême prudence. En revanche, il n'y avait toujours aucune trace de quoi que ce soit à manger. Sous ses pieds, une herbe jaunâtre était constellée de minuscules fleurs couleur lavande. Tandis qu'elle avançait d'un pas lourd, elle essaya de se souvenir de ce qu'elle savait à propos des chemins silfens, c'est-à-dire pas grand-chose. Même l'encyclopédie stockée dans ses lacunes macrocellulaires contenait plus de mythes que d'informations vérifiées. Ils existaient mais n'avaient pas été cartographiés. Divers médiévistes humains s'étaient lancés dans leur exploration avec des objectifs personnels et irrationnels. Très peu d'entre eux avaient été revus vivants. Sauf Ozzie, bien sûr. Elle avait déjà entendu dire que celui-ci était un ami des Silfens. *Tout comme cette Mellanie.* Dire qu'elle ne s'était pas donné la peine d'effectuer quelques recherches à son sujet. Cela faisait plus d'une semaine que Cressida lui avait parlé de son ancêtre, et elle n'avait même pas eu l'idée de se renseigner ni de poser la moindre question. *Quelle abrutie.*

Elle repensa à sa cousine et se concentra. Cressida ne s'apitoierait jamais sur son sort, elle. *Et on est de la même famille, non ?*

Elle entreprit donc de dresser une liste des points positifs de sa fuite, tandis qu'elle se rapprochait de la forêt qui, elle en était certaine, abritait le chemin silfen. Pour commencer, elle sentait la présence des chemins, ce qui voulait dire que sa longue marche se terminerait un jour. Le manque de nourriture était vraiment un sérieux handicap, mais elle avait un héritage Avancé fort, ce qui signifiait qu'elle devrait être capable de survivre presque n'importe où dans la galaxie. Elle avait appris durant son enfance à la ferme et ses parties de mange-tout avec son frère et ses sœurs qu'il était presque impossible pour un humain de la branche Avancée de s'empoisonner avec de la végétation extraterrestre. Ses papilles gustatives avaient une grande capacité d'analyse et étaient capables de déterminer ce qui était ou non dangereux pour elle. Et puis, à moins qu'une plante soit vraiment toxique, son métabolisme serait sans doute en mesure de la digérer.

Néanmoins, elle ne trouvait pas très appétissante l'herbe de ces montagnes.

J'attendrai d'être sur la planète suivante pour me résoudre à cela.

Elle atteignit enfin les premiers arbres habillés de mousse. L'atmosphère était devenue sensiblement plus fraîche. Plus loin, dans la vallée, d'épais nuages en forme de marteau se dirigeaient dans sa direction. La pluie, ajoutée au froid, risquait de ruiner définitivement son moral.

De longues feuilles brun doré s'agitaient au-dessus de sa tête tandis qu'elle s'enfonçait sous les arbres. De petites spires blanches semblables à de la soie d'araignée très dense culminaient au-dessus de l'herbe. L'ambiance était plus calme entre les arbres, et sa confiance grandit. Sans trop savoir comment, elle sentait le changement progressif de milieu. Le ciel turquoise clair qu'elle apercevait de temps à autre entre les branches était de bon augure ; il était plus lumineux et engageant que celui qui surplombait les montagnes.

Dans les profondeurs du champ de Gaïa, dans le rêve de l'Île-mère des Silfens ou le domaine quelconque dans lequel son esprit vagabondait ces temps-ci, elle voyait les changements subtils qui l'entouraient. Le chemin était constamment en mouvement ; il n'avait pas de ligne d'arrivée fixe. D'une certaine manière, il s'adaptait à la volonté du voyageur. Quelque part, très loin, quelque chose l'observait. Lorsqu'elle prenait conscience de cela, elle sentait vaguement la présence de toutes les entités qui arpentaient les chemins en même temps qu'elle. Elles étaient des millions et des millions qui voyageaient avec ou sans but, qui cherchaient à acquérir de l'expérience, qui laissaient les chemins les emmener au hasard aux quatre coins de la galaxie.

De nouveaux arbres à l'écorce lisse vert et blanc apparurent entre les troncs couverts de mousse. Leur feuillage luxuriant lui rappela les forêts d'arbres à feuilles caduques au printemps. Bientôt, des plantes grimpantes colonisèrent les troncs, les couvrirent de cascades de fleurs grises. Elle poursuivit sa marche. Le chemin contournait de modestes collines et s'enfonçait dans des vallées étroites. Araminta longea des ruisseaux bouillonnants. Une fois, elle entendit même le grondement de quelque grande chute d'eau, mais elle préféra rester sur le chemin plutôt que de suivre le bruit. La canopée brun clair était constellée de taches rouges. Sous ses bottes, dans l'herbe, craquaient de minuscules feuilles. L'atmosphère devint chaude et sèche. Des heures après avoir quitté la vallée pluvieuse, elle entendit un faible madrigal chanté dans une langue extraterrestre. Elle n'en comprit évidemment pas les paroles, mais trouva l'harmonie très belle. Elle s'arrêta quelque temps pour l'écouter un peu. Elle savait qu'il s'agissait des Silfens ; ils étaient un groupe important, qui trottait joyeusement vers un autre monde, de nouvelles expériences, de nouveaux jeux. Pendant un instant, elle fut prise d'une envie de se joindre à eux, de voir ce qu'ils voyaient, de ressentir les choses à leur manière. Alors, Cressida lui apparut, intelligente, autonome, concentrée sur son sujet, et force lui fut d'admettre que traînasser avec une bande d'extraterrestres ne réglerait en rien ses problèmes. Elle se remit donc en route à contrecœur. Quelque part, loin devant, elle trouverait un monde du Commonwealth, elle en était certaine, même si ce chemin semblait très peu usité. Les Silfens ne s'intéressaient pas aux planètes peuplées par d'autres civilisations, surtout quand celles-ci avaient dépassé un certain stade de développement technologique.

Araminta lâcha un soupir de soulagement en constatant que la forêt se faisait moins dense. Le ciel était blanc et lumineux, et la température augmentait à chaque pas effectué. Les arbres aux feuilles rouges devinrent majoritaires.

Leurs branches gris clair étaient fines et très espacées. Les feuilles, en revanche, étaient très épaisses et cireuses. Ravie, elle sourit ; le fait que les mondes soient reliés par des chemins était incroyable et enivrant.

Elle atteignit enfin la limite de la forêt et considéra le paysage en clignant des yeux, tant la luminosité était intense.

— Par Ozzie, murmura-t-elle, incrédule.

Il y avait du sable blanc à perte de vue. Le soleil chaud de ce monde brillait dans un ciel complètement dégagé.

— C'est un désert !

Elle se retourna pour constater qu'elle était sortie d'un misérable bosquet adossé à un étang allongé et boueux. Quelque part au milieu de ces arbres, le chemin se rétrécissait, disparaissait.

— Non, lui dit-elle. Non, attends ! Tu t'es trompé ! Je ne voulais pas venir ici.

Soudain, il n'était plus là.

— Et merde !

Araminta n'y connaissait pas grand-chose en planète mystérieuse ; toutefois, elle n'était pas ignorante au point d'entreprendre la traversée d'un désert au milieu de la journée et sans aucune préparation. Elle se promena autour de l'étang à la recherche d'un signe de présence humaine. À part quelques empreintes indéfinies dans la boue, rien n'indiquait que cette oasis était fréquentée régulièrement. Tandis que le soleil continuait à monter dans le ciel, elle s'assit contre un tronc gris-vert et s'efforça de profiter au maximum de l'ombre misérable dispensée par les feuilles épaisses.

Les doutes et les peurs qu'elle avait réussi à refouler menaçaient de faire leur retour. Peut-être que les Silfens étaient plus impliqués qu'on le croyait dans les événements qui secouaient la galaxie. Peut-être l'avaient-ils conduite jusqu'ici pour s'assurer qu'elle ne prendrait jamais la tête du pèlerinage. Puis, Cressida lui apparut en esprit. Sa cousine haussait les sourcils de son air dédaigneux. Araminta se recroquevilla sans s'en rendre compte.

Ressaisis-toi, voyons !

Elle examina sa ceinture à outils. Elle n'avait plus beaucoup de machines, et la batterie de certaines était presque vide. Elles pourraient néanmoins lui être utiles. *Pour quoi faire ? À quoi me serviront-elles dans ce désert ?* Elle jeta un regard circulaire sur l'oasis et s'efforça de faire preuve d'intelligence et d'analyse, à la façon de Cressida. *D'accord, j'ai de l'eau. Comment pourrais-je la transporter ?* Elle s'aperçut que plusieurs souches dépassaient du sol, mais qu'aucun tronc n'était couché. Elle se précipita sur l'une d'elles et constata que le bois avait été coupé proprement. Quelqu'un l'avait donc sciée. Elle considéra la souche avec un sourire modeste. Il s'agissait d'un indice. *Maintenant, demande-toi comment tu pourrais utiliser ce bois.*

Elle disposait d'une scie de petite taille destinée à découper des trous dans des planches et non à abattre des arbres, même chétifs. Elle s'en servit malgré tout pour tailler le périmètre d'un arbre qu'elle fit ensuite tomber sur un terrain découvert. Sous l'écorce, le bois noir était incroyablement dur. Elle le débita en plusieurs cylindres de cinquante centimètres de long, qu'elle roula à l'ombre. Elle les perça tous en leur cœur, dans le sens de la longueur, puis élargit les trous avec un autre outil. Cela lui prit des heures, mais elle réussit à évider chaque cylindre, à ne laisser que des coques de deux centimètres d'épaisseur qui feraient d'excellentes gourdes. Elle se rendit à l'étang pour les remplir d'eau et sentit quelque chose *céder* sous son pied. Elle pêcha une sphère bleu foncé enrobée d'une couche gélatineuse et glissante. *Un œuf !* Araminta regarda autour d'elle avec nervosité en se demandant quel animal l'avait pondu, et si celui-ci était aquatique ou terrestre. À moins qu'il s'agisse d'une graine.

Elle remplit rapidement les gourdes mais ne se débarrassa pas de l'œuf flasque. Il était gros comme son poing, et sa surface luisante avait la texture du caoutchouc. À sa vue, son ventre se mit à gargouiller. Elle se rendit compte qu'elle n'avait rien avalé depuis son petit déjeuner avec Tandra et sa famille, ce qui remontait à un bon bout de temps.

Elle coinça l'œuf entre deux pierres, régla son laser sur un faisceau large brun-rouge de faible puissance et balaya d'avant en arrière la surface molle de la coquille. Sa couleur fonça, vira au marron sale, et l'œuf durcit lentement. Quelques minutes plus tard, supposant qu'il était cuit, elle fit un trou dedans avec un tournevis. Malgré l'odeur peu engageante, elle élargit l'ouverture et en sortit une substance verdâtre et fumante.

Elle grimaça et effleura la matière gluante du bout de la langue. Elle n'avait presque pas de goût, peut-être un vague parfum de gelée à la menthe. Des programmes secondaires, dans ses amas macrocellulaires, interprétèrent les résultats transmis par ses papilles gustatives. Ils ne décelèrent rien de mortel dans cette purée organique ; en tout cas, elle ne risquerait pas de mourir sur-le-champ. Elle ferma les yeux et avala. Comme son estomac grondait de soulagement, Araminta en prit une plus grande bouchée.

Quand elle eut terminé son œuf – elle pensait qu'il s'agissait plutôt d'un genre de graine aquatique –, elle sonda le fond de l'étang et en trouva neuf autres. Elle en cuisit quatre, qu'elle avala avec l'eau de ses gourdes ; petite victoire, ces dernières ne fuyaient pas. Enfin rassasiée, elle coupa davantage de bois et alluma un feu. Elle mit les œufs restants dans les flammes pour économiser son laser, idée dont elle ne fut pas peu fière, même si elle aurait pu l'avoir plus tôt.

Tandis que le feu terminait de se consumer, elle entreprit d'écorcher le tronc de l'arbre qu'elle avait abattu et se servit de son écorce pour tresser un chapeau. À la troisième tentative, elle obtint un genre de cône aplati qui accepta de rester sur sa tête. Alors elle confectionna un panier pour transporter ses œufs.

Elle fouilla le fond de l'étang une dernière fois en fin d'après-midi et récolta cinq nouveaux œufs, après quoi elle se reposa un peu avant la tombée de la nuit. Elle s'activait depuis des heures, et le soleil commençait à peine à descendre vers l'horizon. Apparemment, les journées duraient très longtemps sur cette planète. Logiquement, les nuits devaient être longues aussi, ce qui lui permettrait de parcourir pas mal de chemin avant le lever du jour.

Elle s'assoupit juste avant la tombée de la nuit et rêva d'une grande fille blonde qui était seule, elle aussi. C'était un rêve vague, et la fille se trouvait à flanc de montagne et non dans le désert. Apparut alors un beau garçon à la vue duquel son cœur battit la chamade. Puis il y eut un homme au visage d'or.

Araminta se réveilla en sursaut. L'homme était Gore Burnelli, ce qui signifiait probablement que le rêve lui avait été transmis par le champ de Gaïa. Celui-ci était très faible, mais elle le percevait néanmoins. Gore semblait très en colère. Araminta eut furtivement envie de se replonger dans le champ de Gaïa pour retrouver le rêve. Elle se ravisa, car elle ne voulait surtout pas risquer d'être exposée au Rêve vivant, même s'il y avait vraiment peu de chances qu'ils la débusquent ici. Et puis, de toute façon, elle avait des problèmes plus immédiats à régler.

Comme le soleil glissait sous la ligne d'horizon, elle rassembla son pseudo-kit de survie dans le désert. Les gourdes étaient remplies à ras bord et fermées avec des morceaux de bois. Elle les chargea sur son dos à l'aide du harnais qu'elle avait tressé avec de l'écorce ; elles étaient lourdes et lui arrachèrent une grimace. Elle déposa ses œufs dans son panier, qu'elle suspendit à son épaule. Elle prit également quelques bandes d'écorce, qu'elle enroula autour de son cou ; elle ne voyait pas à quoi elles lui serviraient, mais elles étaient le fruit de son labeur. Puis elle se mit en marche.

Le crépuscule sembla s'étirer à l'infini, ce qui la rendit de bonne humeur ; l'obscurité totale aurait été déprimante et surtout effrayante. Progressivement, les étoiles s'allumèrent au-dessus de sa tête. Aucune des constellations qu'elle découvrait ne figurait dans son encyclopédie. *Je suis loin du Grand Commonwealth.* Cependant, elle était persuadée de se trouver à proximité d'un chemin qui la ramènerait vite en terrain connu. Elle n'avait même pas hésité en quittant l'oasis. Elle *savait* dans quelle direction aller.

Ses gourdes étaient beaucoup trop lourdes, mais elle était consciente de la nécessité de porter le plus d'eau possible. Son estomac la gênait un peu, car elle avait constamment faim. Finalement, les œufs n'étaient peut-être pas si nourrissants que cela pour les humains. Au moins, elle ne les avait pas vomis, ce qui était une bonne chose.

Cela la fit sourire. Il était amusant de constater à quel point sa perception variait selon les circonstances. À peine une semaine plus tôt, elle se tracassait de savoir si ses acheteurs paieraient en temps et en heure et pestait contre les retards de livraison. Désormais, elle se satisfaisait de pouvoir arpenter ce désert sans être malade.

Après trois heures de marche, elle décida de prendre un peu de repos. Le désert n'était éclairé que par les étoiles scintillantes. Ce monde ne semblait pas posséder de lune. Quelques-unes des étoiles étaient très lumineuses. Elle regrettait de n'être pas plus calée en astronomie pour savoir s'il s'agissait de planètes. Même si cela n'avait aucune importance. Il était trop tard pour reculer. Avoir un but physique, pouvoir mesurer son succès de manière concrète, lui faisait du bien.

Elle sirota un peu d'eau en faisant attention de ne pas en renverser. Elle ne toucha pas aux œufs. *Mieux vaut les garder pour les grandes faims.*

Une demi-heure plus tard, l'atmosphère était déjà beaucoup plus fraîche, comme la chaleur de la journée s'évacuait dans le ciel. Elle remonta la fermeture de sa veste et se remit en route. Elle avait mal aux pieds. Ses bottes n'étaient vraiment pas prévues pour ce genre d'usage. Au moins le terrain était-il plat.

Tandis qu'elle avançait péniblement, elle commença à s'interroger sur ce qu'elle ferait quand elle serait de retour dans le Commonwealth. Elle savait qu'elle n'aurait qu'une seule chance, un seul choix à faire. Trop de gens étaient à sa recherche. Instinctivement, elle refusait de céder au Rêve vivant. Laril était loyal et désireux de l'aider, mais il n'était pas de taille. *Comme tout le monde, en fait.* Il pourrait peut-être négocier avec une Faction. *Mais laquelle ?* Plus elle y pensait, plus elle avait envie de contacter Oscar Monroe. L'ANA était la mieux placée pour lui offrir un sanctuaire. Et si l'ANA cherchait à l'utiliser, alors elle pourrait abandonner tout espoir…

Araminta continua à marcher. La faim et le manque de sommeil réparateur commençaient à lui peser. Elle était épuisée, mais savait qu'elle n'avait pas le droit de s'arrêter. Il fallait avaler un maximum de kilomètres durant la nuit, car elle n'irait nulle part en plein jour. Ses membres la faisaient souffrir, en particulier ses jambes. Chaque fois qu'elle interrompait sa marche pour boire, elle avait plus de mal à hisser les gourdes dans son dos. Sa colonne vertébrale accusait le coup, et elle avait les plus grandes difficultés à oublier ses pieds meurtris par ses bottes. De temps à autre, un frisson lui parcourait tout le corps, car la température était devenue glaciale. Lorsque cela se produisait, elle faisait une pause d'une minute, s'ébrouait comme un chien sortant de l'eau et se remettait en route. *Je ne peux pas m'arrêter maintenant.*

Elle avait tant de choses à accomplir, tant d'obstacles à franchir pour empêcher la folie du Rêve vivant. Son esprit se mit à vagabonder une fois de plus, et elle revit ses parents ; non pas ceux avec qui elle se disputait constamment quand elle était adolescente, mais ceux qui lui faisaient plaisir, qui s'occupaient d'elle, qui jouaient avec elle et la réconfortaient. Ceux qui lui avaient offert un poney pour Noël lorsqu'elle avait huit ans. Même après son divorce, elle ne s'était pas donné la peine de les appeler. Elle était trop bornée ou, plutôt, trop bête. *J'imagine parfaitement ce qu'ils diraient si je leur racontais ma rencontre avec Bovey et mon désir de devenir multiple.* Avait suivi cette période, après que Laril eut quitté la planète, où elle était sortie avec Cressida presque tous les soirs, où elle avait rencontré des hommes. Être libre, s'amuser en découvrant ce que cela signifiait que d'être jeune et célibataire dans le Commonwealth. Être indépendante et fière.

Elle se demanda si elle goûterait de nouveau à ce genre de vie. Tout ce qu'elle voulait, c'était que cette dangereuse folie cesse, que le Rêve vivant soit défait. Et devenir Madame Bovey. Retournerait-elle un jour à cette délicieuse obscurité ? D'autres y étaient parvenus avant elle ; d'innombrables personnes avaient connu leur moment de gloire ou d'infamie. Mellanie avait sans doute réussi.

Le minuteur de son exovision vira au pourpre et clignota. Un signal sonore se fraya un chemin dans ses nerfs auditifs, attira son attention et l'arracha à ses réflexions. Elle laissa échapper un grognement de soulagement et fit glisser son harnais le long de son dos. Au moins, il faisait plus chaud. Comme elle levait sa gourde pour boire, elle vit des lumières se déplacer dans le ciel. Elle avait vécu suffisamment longtemps à Colwyn City pour reconnaître des vaisseaux spatiaux quand elle en voyait.

— Qu'est-ce que cela veut dire ? s'interrogea-t-elle avant de se rendre compte que le chemin silfen se trouvait derrière elle. Par Ozzie !

Son esprit capta une foule d'émissions dans le champ de Gaïa ; des émissions calmes dont l'origine se trouvait tout près de là. Elle contint aussitôt ses propres pensées pour qu'elles ne la trahissent pas.

Par Ozzie, où suis-je donc ?

Araminta fit un tour sur elle-même et examina le paysage. Il n'y avait pas grand-chose à voir, même si, pensait-elle, une section de la ligne d'horizon paraissait surplombée par une très faible lueur. Le sourire aux lèvres, elle s'assit pour attendre.

Une demi-heure plus tard, elle sut qu'elle ne s'était pas trompée. Un voile de lumière rose pâle monta dans le ciel comme l'aube arrivait. À présent, elle voyait qu'elle se trouvait toujours dans le désert, mais que celui-ci était constitué de cailloux ocre plutôt que d'un océan de sable. Le sol brun terne était parsemé de taches de végétation bleu-vert et de petits buissons qui semblaient à moitié morts. De hautes frondes d'herbe couleur crème jaillissaient de fissures dans la pierre et d'affleurements rocheux, mais elles aussi étaient sèches et rabougries. Au loin, à peine visible dans l'atmosphère floue, se dessinait une chaîne de montagnes aux sommets pointus. En dépit de leur taille impressionnante, elles n'étaient pas enneigées. Le désert s'étendait jusqu'à leur pied. Dans la direction opposée, elle distinguait une crête distante d'au moins sept kilomètres, semblait-il. Le paysage était tellement monotone qu'il était difficile de juger des distances.

Quoi qu'il en soit, elle se trouvait sur une piste tracée par un genre de véhicule. Au sommet d'une modeste pente, celle-ci croisait une véritable route bitumée dont la vue la soulagea énormément. Elle qui avait vécu vingt ans dans un trou perdu savait à quel point les routes pouvaient être rares sur les Mondes extérieurs, y compris dans les zones agricoles. Tout le monde utilisait des capsules regrav, désormais. Elle avait eu de la chance de trouver cette piste au milieu de ce désert. Beaucoup de chance.

Merci, dit-elle en pensée à l'Île-mère des Silfens.

Elle avala un peu d'eau et s'engagea sur la piste. La perspective était trompeuse, car la route en dur refusait de se rapprocher. Comme elle gravissait la pente, elle aperçut quelques capsules voler au-dessus de l'arête. Derrière elle, le vaste désert restait désespérément vide. Au moins, saurait-elle dans quelle direction tourner au prochain croisement. Il y avait manifestement une zone habitée de l'autre côté de l'arête.

Elle sonda le champ de Gaïa avec circonspection et détermina la position précise du brouhaha.

Il lui fallut trois heures supplémentaires pour atteindre la crête. Dire qu'elle lui paraissait si proche ! En fait d'arête, il s'agissait plutôt d'une colline allongée dont la taille lui apparaissait à mesure qu'elle s'en approchait. La chance qui avait mis cette route en travers de son chemin l'avait abandonnée, car elle ne vit aucun véhicule de toute la matinée.

Elle s'attendait presque à tout, sauf à la vue qui s'offrit à elle lorsqu'elle arriva au sommet de la crête. Elle n'était pas très loin de la réalité avec son idée de colline allongée. Il s'agissait du mur d'un cratère. Un énorme cratère au centre duquel s'étirait un magnifique lac circulaire large d'au moins trente kilomètres, une oasis de luxe, dont les versants étaient couverts de forêts verdoyantes et de terrasses qui accueillaient des vignobles, visiblement. La route plongeait dans le cratère, serpentait vers une petite ville dont les bâtiments colorés étaient visibles au milieu des arbres. En dépit de son épuisement, de ses membres endoloris et de l'inquiétude que lui inspirait l'état de ses pieds, Araminta ne put s'empêcher de lâcher un éclat de rire joyeux en découvrant cette vue exquise. Elle essuya les coins de ses yeux et retira doucement son harnais, qu'elle posa, en même temps que son panier à œufs, derrière un rocher, sur le bord de la route. Les épaules légères, elle entama sa descente.

En ville, les gens la dévisageaient, ce qui n'avait rien d'étonnant. Elle portait toujours son ridicule chapeau conique, et ses vêtements étaient en piteux état ; ils étaient maculés de boue et avaient essuyé plusieurs déluges. Et elle ne sentait probablement pas très bon. Quand elle se connecta au champ de Gaïa local, elle perçut la surprise instinctive que tout le monde ressentait en la croisant. De la surprise, mais aussi un intense sentiment d'incrédulité.

La plupart des bâtiments étaient constitués de bardeaux peints de couleurs vives et variées. Elle reconnut très peu de matériaux de construction modernes. Cela conférait un charme vieillot et confortable à la colonie. Son style calme et ancien convenait parfaitement au lac placide.

Malgré l'ombre dispensée par les grands arbres élancés, il faisait très chaud sans ce soleil de fin de matinée. Il n'y avait pas beaucoup de monde dehors. Elle finit néanmoins par percevoir la présence d'un vieux couple qui ne partageait pas le trouble de ses concitoyens. La femme émettait même une pointe d'inquiétude et de compassion grâce à ses particules de Gaïa.

— Excusez-moi, commença Araminta. Sauriez-vous où je pourrais trouver un endroit où passer la nuit ?

Le couple échangea un regard.

— Votre accent n'est pas d'ici, dit la femme.

Araminta se retint de rire, car l'accent de la femme sonnait bizarrement à ses oreilles. Elle faillit d'ailleurs exprimer sa pensée tout haut. Fort heureusement, le vieux couple n'était pas affublé de ces vêtements démodés qu'affectionnaient habituellement les adeptes du Rêve vivant. En revanche, elle n'était pas habituée à voir des gens dont le corps avait à ce point vieilli.

— En effet, confirma-t-elle. Je viens d'arriver.

La femme fut satisfaite de sa réponse et le manifesta dans le champ de Gaïa.

— Excellent, ma chère. Vous avez fait un long voyage ?

— Heu, je ne suis pas sûre, répondit-elle honnêtement.

— J'ai essayé une fois, reprit la femme d'un ton mélancolique. Cela ne m'a menée nulle part. Peut-être que je retenterai l'expérience après mon prochain rajeunissement.

— Heu, oui, bien sûr. Et cet hôtel… ?

— Pourquoi ne demandez-vous pas à votre ombre virtuelle de vous en trouver un ? demanda l'homme.

Sa tignasse blanche s'affinait lentement. Alors que son apparence était celle d'un homme inoffensif, il lui avait parlé d'un ton relativement sec.

— J'appartiens à la branche Naturelle, expliqua Araminta.

— Voyons, Earl, le gronda la femme. Je crois bien qu'il y a un motel *StarSide* sur la rue Caston. C'est à quatre pâtés de maisons, dans cette direction, lui indiqua-t-elle avec un sourire bienveillant. C'est très abordable, mais propre. Vous n'aurez pas de problème, là-bas.

— Je vous remercie.

— Vous avez de l'argent ?

— Oui. Merci. (Araminta les salua de la tête et tourna les talons. Elle avança de deux pas et s'arrêta.) Euh, comment s'appelle cette ville ?

— Miledeep Water, répondit sèchement l'homme. Sur le continent équatorial de Chobamba. C'est un Monde extérieur, vous savez... ?

— Mais oui, bien sûr, lança Araminta comme si elle venait de se souvenir de cette évidence.

— En fait, nous habitons l'unique colonie de ce continent désertique d'une côte à l'autre. Vous avez eu de la veine de nous trouver.

Son ton ironique la frappa malgré son accent bizarre.

— Oui.

Sa femme donna un léger coup dans les côtes de son compagnon pour le faire taire. Araminta sourit une dernière fois et s'éloigna rapidement. Tandis qu'elle remontait la rue Caston, elle était consciente d'être observée par le vieux couple, et c'était une sensation désagréable. L'esprit de l'homme trahissait son amusement, mais aussi son exaspération.

Je ne m'en suis pas trop mal tirée, se dit-elle. *Ils auraient pu se méfier ou me reconnaître.*

D'après son encyclopédie, Chobamba n'était colonisé que depuis deux cent cinquante ans. Le motel *StarSide* devait être un des tout premiers établissements de la colonie. Ses chalets différaient des autres bâtiments de la ville en ce qu'ils étaient constitués de corail, un corail mort qui commençait à s'écailler sous le soleil impitoyable. Elle reconnaissait la variété couleur lilas qu'on utilisait pour les granges des fermes de Langham, et elle savait que, vu son état d'usure, celle-ci avait au moins un siècle.

Le motel occupait une vaste zone ; ses chalets dessinaient un cercle autour d'une piscine. Leurs plates-formes d'atterrissage pour capsules étaient craquelées, colonisées par des mauvaises herbes et champignons sphériques à l'air suspect. Seule une capsule y était garée.

Elle se dirigea vers la réception dont la pelouse était arrosée par des jets d'eau intermittents. Araminta supposa que le cratère dans son ensemble était irrigué de la sorte.

Le propriétaire bricolait un vieux climatiseur dans un bureau. Il sortit de ce dernier en s'essuyant les mains sur sa veste blanche défraîchie et se présenta sous le nom de Ragnar. D'un coup d'œil rapide, il évalua les vêtements de la jeune femme.

— Cela fait un bout de temps qu'un randonneur n'est pas venu nous rendre visite…, commença-t-il en mettant de l'emphase sur le mot « randonneur ».

Il avait le même accent que le vieux couple.

— Mais je ne suis pas la première ? demanda-t-elle avec lassitude.

— Non, Madame. Le chemin silfen débouche quelque part au-delà du cratère, et j'ai croisé des voyageurs comme vous au fil des ans.

— Ah, bon ? s'étonna-t-elle, soulagée.

Ragnar se pencha sur le comptoir et reprit doucement :

— Vous êtes partie depuis longtemps ?

— Je ne suis pas sûre.

— Bien. Disons que vous n'avez pas choisi le meilleur moment pour rentrer. Ce bon vieux Grand Commonwealth vit une époque trouble, je peux vous le dire. (Comme elle ne réagissait pas, il fronça les sourcils.) Vous savez ce qu'est le Commonwealth, n'est-ce pas ?

— Oui, je le sais, répondit-elle solennellement.

— Parfait. Je voulais juste vérifier. Ces chemins sont sacrément alambiqués. Un jour, j'ai vu débarquer un type qui n'avait jamais entendu parler des trous de ver. Le pauvre était complètement perdu.

Cette histoire semblait très peu plausible à Araminta, mais elle préféra ne pas discuter. Elle sourit et brandit sa pièce de paiement.

— Vous avez une chambre ?

— *No problemo.* Vous resterez pendant combien de temps ?

— Une semaine.

Elle lui tendit la pièce.

Ragnar examina de nouveau ses vêtements en la lui rendant.

— Je vous donne la douze ; elle est très calme. Toutes nos chambres sont équipées d'un kit complet de toilette.

— Excellent.

Il renifla.

— Je vous en apporte tout de suite un second.

La chambre n° 12 mesurait environ cinq mètres sur trois. Une porte dans le fond s'ouvrait sur une salle de bains dotée d'une baignoire et de toilettes. Pas de douche à spores, regretta Araminta. Elle s'assit sur le lit double et examina ses pieds ; elle avait de plus en plus mal, mais il lui fallut du temps pour se décider à retirer ses bottes. Elle constata en les dénouant que ses chaussettes étaient imbibées de sang. Elle les enleva en les roulant et grimaça. Ses ampoules avaient pelé, et sa chair sanguinolente était à nu. Ses pieds étaient aussi enflés.

Araminta les regarda longuement, amère, les larmes aux yeux. Elle se sentait épuisée. Elle aurait dû s'occuper de ses pieds, les laver au moins, mais elle n'en avait pas la force. Elle tira la couette fine sur elle et s'endormit aussitôt.

* * *

Dix heures après l'émeute, le combat ou l'escarmouche de Bodant, quel que soit le nom que l'on préférait donner à l'incident, les équipes paramédicales étaient toujours à pied d'œuvre. Nombreux étaient ceux qui parlaient de meurtre de masse. L'ecclésiastique Phelim avait jeté la délégation du Sénat à la porte de son quartier général lorsqu'elle l'avait menacé de le faire juger devant un tribunal spécial. Après un exercice de relations publiques particulièrement boiteux, cinq heures après que les agents eurent cessé de se tirer dessus, il avait enfin accepté que des capsules ambulances viennent sur les lieux du carnage. En revanche, il avait refusé de désactiver le champ de force météorologique pour permettre le transfert de blessés vers les hôpitaux d'autres villes. Les hôpitaux et cliniques de Colwyn City, déjà débordés à cause des multiples incidents survenus entre citoyens et paramilitaires, durent se débrouiller seuls.

Le bilan exact était dur à obtenir, mais les reporters présents sur place estimaient à près de cent cinquante le nombre de pertes corporelles. Il y avait un bon millier, voire deux mille blessés plus ou moins graves.

Oscar était personnellement responsable de deux pertes corporelles. Quant aux dommages collatéraux, ils étaient difficiles à évaluer, quoique très certainement importants, car personne n'avait fait preuve de retenue. Il s'était montré impitoyable en défendant Araminta, et cela l'horrifiait presque. Il avait permis à ses programmes de combat de prendre le dessus, même si ses propres instincts n'avaient pas été en reste, ajoutant une pointe de férocité à la bataille, exploitant la moindre faille de ses adversaires. Ses systèmes biononiques étaient ce qui se faisait de mieux ; ils étaient capables de générer des courants d'énergie formatés par les meilleurs programmes des Chevaliers Gardiens. L'intervention de Tomansio et de Beckia, qui avaient surgi quelques secondes seulement après le début des hostilités, avait ajouté à la violence générale. Cependant, il avait tenu seul pendant les premiers instants et avait ressenti les mêmes émotions qu'à la bonne vieille époque de Hanko où les manœuvres suicidaires étaient *nécessaires*.

Le lendemain matin, un sentiment de culpabilité commença à le tracasser. Peut-être aurait-il dû faire preuve d'un peu de ménagement, de considération pour les passants innocents qui tentaient de fuir. Parallèlement, une partie plus rationnelle de son esprit considérait que couvrir la fuite d'Araminta était une priorité absolue. Le destin du Commonwealth aurait pu basculer à cet instant précis ; diverses Factions auraient pu la capturer. Cela expliquait peut-être la façon dont il avait combattu. Il n'avait pas eu le choix et il le *savait*. L'alternative aurait été trop horrible, inacceptable.

Tomansio et Beckia le respectaient davantage, désormais. Lui regrettait juste de ne pas avoir mérité leur considération d'une autre manière.

Leur capsule d'emprunt quitta la base des forces d'Ellezelin située sur les docks, décrivit un arc de cercle au-dessus du Cairns et fonça vers le pont qui enjambait le fleuve.

— Quelqu'un l'a forcément capturée, dit Beckia.

C'était presque devenu un mantra. Après avoir quitté le champ de bataille de Bodant, l'équipe avait passé la nuit à aider Liatris, occupé à pister la Rêveuse. Ils étaient en partie responsables de sa disparition ; Liatris avait mis hors d'usage tous les capteurs dans un rayon de cinq kilomètres autour du parc. Cette mesure se justifiait par leur désir de la mettre à l'abri ; toutefois, la jeune femme s'était mieux débrouillée que prévu. Ils n'avaient pas la moindre idée de la direction qu'elle avait prise après sa rencontre avec Oscar. Heureusement, aucun des groupes qui la cherchaient – Liatris en avait dénombré cinq – n'avait retrouvé sa piste.

— Le Rêve vivant ne l'a pas, dit avec calme Tomansio. C'est tout ce qui compte. Tant que nous ne la saurons pas en sécurité, nous continuerons la mission. Oscar ?

— Absolument.

Il revit son visage, ce bref instant d'intimité lorsque la fille surprise, hagarde et effrayée avait croisé son regard. Elle semblait si fragile. *Comment diable a-t-elle réussi à échapper à qui que ce soit ?* Et pourtant, il était bien placé pour savoir que des circonstances extraordinaires engendraient souvent des comportements extraordinaires.

— On voit peut-être quelque chose sur les images ? demanda Beckia.

— Non, répondit Liatris, laconique.

Lorsqu'ils avaient perdu Araminta de vue, leur expert en technologie avait lancé une recherche dans les enregistrements des capteurs locaux pour déterminer de quelle façon elle était arrivée au parc de Bodant. Le comité d'accueil avait analysé les données de tous les capteurs publics de la ville. Liatris, tout comme les agents rivaux, avait piraté les résultats de leurs programmes semi-intelligents pour les envoyer sur de mauvaises pistes. Le fait que leurs propres programmes espions ne soient pas parvenus à retrouver sa trace, pas même lorsqu'elle était à proximité du parc, en disait long. Seule l'explosion de ses sentiments à la vue de ses appartements en flammes avait trahi sa présence. Jusque-là, personne n'avait la moindre idée de la manière dont elle s'y était prise pour se cacher. Sa méthode, quelle qu'elle ait été, lui avait également permis de s'éclipser alors que le combat faisait rage.

Oscar et son équipe se raccrochaient à deux espoirs : un, ils s'attendaient qu'elle les contacte par gratitude ou simple pragmatisme grâce au code qu'il lui avait donné ; deux, ils employaient une méthode scientifique digne de la police, éliminant les pistes une à une. *Paula serait fière*, pensa-t-il, avec un sourire.

Malgré un véritable barrage de mises en garde anonymes, le comité d'accueil avait arrêté presque toute la famille d'Araminta, à l'exception de la redoutable Cressida, qui avait disparu aussi mystérieusement que sa cousine. Tous avaient été conduits aux docks de Colwyn City pour y être « entendus ».

Liatris disait que le Rêve vivant faisait venir du personnel qualifié d'Ellezelin pour pratiquer des lectures de mémoires.

Ils étaient donc les derniers amis d'Araminta en ville. Hormis Cressida, elle n'en avait d'ailleurs pas vraiment. Oscar trouvait cela étrange. Elle était jeune, très belle, libre et indépendante, et aurait dû avoir de très nombreuses relations. Jusque-là, Liatris en avait découvert très peu, dont un certain Bovey, vendeur en matériaux de construction. Ils comptaient bien lui rendre une petite visite après leur premier rendez-vous.

Tomansio éloigna la capsule du fleuve et prit la direction du quartier de Coredna. Ils se posèrent sur une plate-forme située à l'extrémité d'une rue et sortirent de l'appareil. Autour d'eux, les maisons constituées de corail et hautes d'un seul étage étaient modestes et dotées de jardinets soigneusement entretenus ou, au contraire, jonchés d'ordures et de vieux meubles. C'était un des quartiers les plus pauvres de la ville. Ils observèrent tous les trois la capsule des forces d'Ellezelin garée à l'extrémité opposée de la rue.

— Restez sur vos gardes, dit doucement Tomansio.

Ils étaient tous vêtus d'une simple tunique des forces d'occupation et ne portaient pas d'armure. Oscar activa tous ses systèmes biononiques. Les courants d'énergie défensifs et son champ de force intégral pouvaient réagir en une milliseconde. Il espérait que cela suffirait. Comme ils s'engageaient sur la chaussée, Oscar procéda à un scan de la capsule ennemie. Elle était inerte, vide.

— Assignée à l'escouade FIK67 et au renforcement du périmètre de la ville, répondit Liatris lorsqu'ils lui eurent transmis son numéro de série.

— Merde, marmonna Oscar tandis qu'ils se rapprochaient de la maison qui les intéressait.

Son scanner avait détecté des personnes dotées d'implants biononiques à l'intérieur. Tout comme les siens, leurs courants d'énergie étaient prêts à réagir.

— Les Accélérateurs ? demanda-t-il.

— Des Darwinistes, décida Beckia.

— Des Séparatistes, dit Tomansio.

— Je veux bien jouer aussi, intervint Liatris. Moi, j'opte pour les Conservateurs.

Tomansio frappa à la porte en aluminium. Tendus, ils entendirent des bruits de pas. La porte s'ouvrit et révéla une femme plutôt petite à l'air épuisé et vêtue d'une robe de chambre bleu foncé.

— Oui ?

Oscar reconnut Tandra, dont il avait vu la fiche sur le réseau de *Chez Nik*, le restaurant qui avait employé Araminta.

— Nous aimerions vous poser quelques questions, commença Tomansio.

Tandra roula les yeux.

— Encore ? Qu'est-ce que vous voulez savoir ?

— Pourrions-nous entrer ? demanda Oscar.

— Je croyais que vous autres, connards du Rêve vivant, ne demandiez jamais la permission ?

— Nous souhaiterions néanmoins entrer, madame.

— Parfait ! (Tandra grogna, ouvrit la porte en grand, tourna les talons et fila dans le couloir.) Plus on est de fous plus on rit. L'une des vôtres est déjà là.

Oscar jeta un regard nerveux aux autres avant d'emboîter le pas à Tandra. Il arriva devant le salon, s'arrêta net et émit une vague de stupéfaction dans le champ de Gaïa. La femme dotée d'implants biononiques actifs était assise sur le canapé et flanquée de jumeaux à l'air joyeux. Elle était vêtue d'un uniforme de major superbement coupé, et elle le portait bien. Un vrai canon de beauté militaire. Martyn était en train de lui servir une tasse de café.

— Salut, Oscar, lança la Chatte en souriant. Ça fait un bail. Vous avez fait quoi, ces mille dernières années ?

Il laissa échapper un soupir dépité. *Allez, tu savais bien que cela devait arriver un jour.*

— J'étais en suspension, là où vous devriez être.

— Je commençais à m'ennuyer.

La Chatte se tourna vers Tomansio et Beckia. Jamais Oscar n'avait vu les Chevaliers Gardiens dans un tel état de choc ; ils paraissaient encore plus stupéfaits que lui.

— Mon peuple, ajouta la Chatte. Bienvenue à vous.

— Vous vous trompez, lâcha Tomansio. Nous travaillons pour Oscar.

— Voyons, voyons, je suis votre créatrice, tout de même.

— Ces gens-là ont des principes très forts, intervint Oscar avec douceur. La force est d'ailleurs très importante pour eux…

La Chatte éclata d'un rire ravi.

— Oscar, je vous ai toujours bien aimé.

— Qu'est-ce qui se passe ? demanda Martyn en regardant successivement Oscar et la Chatte. Je croyais que vous jouiez tous dans la même équipe.

— C'est le cas, le rassura la Chatte.

— Sûrement pas, la contra Oscar.

— Mixal, Freddy, appela Tandra. Venez ici.

Le sourire de la Chatte se fit joyeux tandis qu'elle serrait les jumeaux contre elle.

— J'adore les jumeaux.

Martyn fit mine d'aller chercher ses enfants qui commençaient à se tortiller entre les bras impitoyables de la Chatte, mais Tomansio l'intercepta.

— Ne bougez pas, grogna-t-il.

Beckia saisit le bras de Tandra.

— Non, mit-elle en garde la mère alarmée, alors que celle-ci voulait rejoindre les jumeaux.

— Lâchez-moi ! cria Tandra.

— Si vous bougez, je vous descends, lança Oscar d'un ton neutre.

Il détestait ces procédés, mais il n'avait pas le choix ; avec un peu de chance, elle lui obéirait. Jamais elle ne comprendrait que la seule chance de survie de ses jumeaux consistait à les laisser, son équipe et lui, prendre les choses en main.

— Tout de suite, les grands mots, dit la Chatte.

— Je n'ai pas d'alternative.

— Comment va Paula ?

— Pourquoi ? Vous ne vous êtes pas encore croisées ?

— Pas tout à fait. Pas encore.

— Il y a toujours une prochaine fois, pas vrai ?

— Vous devriez le savoir encore mieux que moi.

— La dernière fois que je vous ai vue, dans cet avion volant vers Far Away, vous n'étiez pas si mauvaise.

— Je vous assure que si.

— C'est bizarre, car vous êtes la même qu'à cette époque, justement. Celle qui a fondé les Chevaliers Gardiens se trouve dans le futur de votre mémoire personnelle.

— Je ne comprends rien à ce que vous racontez, chéri.

— Maintenant que j'y pense, nous ne nous sommes jamais rencontrés dans cet avion. Votre mémoire date de la veille de votre départ pour Randtown.

— Et alors ?

— Vous avez donc effectué quelques recherches sur vous-même pour vous mettre à jour ; c'est intéressant…

— Il est important de connaître ses ennemis.

— Oui, je comprends mieux, désormais. Il faut dire que vous en avez beaucoup.

— Alors que vous, vous vivez dans le meilleur des mondes.

— Un monde dans lequel vous existez, malheureusement, rétorqua Oscar avec un sourire en coin.

— Aïe ! C'était une attaque personnelle !

— Bien sûr. Après ce qui s'est passé entre nous à bord de cet avion, c'est normal, non ? Oh, excusez-moi, vous ne savez peut-être pas de quoi je parle ?

La Chatte parut véritablement étonnée.

— Vous plaisantez, j'espère ? Les filles, ce n'est pas votre truc, de toute façon.

— C'est vrai, mais comme vous l'avez dit, vous, vous m'aimez bien, et la proximité de la mort nous pousse parfois à faire des choses idiotes. Je me suis contenté de ce que j'avais sous la main.

— Vous m'insultez, maintenant ?

Le visage d'Oscar demeura parfaitement impassible.

— Non, je continue dans la veine personnelle. Après tout, c'est bien mon gamin que vous avez porté après la défaite de l'Arpenteur.

— Un chiard ? cracha la Chatte. Moi ? Avec vous ?

— Vous êtes complètement malades ! s'emporta Tandra. Allez-vous-en ! Laissez-nous tranquilles !

Oscar fit taire la femme en brandissant son index, puis ne fit plus attention à elle.

— Si vous ne me croyez pas, demandez aux Chevaliers Gardiens, à vos *créations* ; il y a un trou dans votre biographie, à ce moment-là.

La Chatte se retourna vers Tomansio, qui retenait toujours Martyn.

— Il nous manque effectivement un morceau de votre vie, juste après la mort de l'Arpenteur, confirma-t-il lentement. Personne ne sait où vous étiez ni ce que vous avez fait pendant cette période.

— Va te faire foutre ! cracha la Chatte. Et vous, reprit-elle à l'intention d'Oscar, vous ne pouvez pas savoir non plus ; pendant mille ans, vous n'étiez qu'un vulgaire implant-mémoire suspendu autour du cou de Paula.

— Le gosse m'a rendu visite après qu'on m'a ressuscité. C'est lui qui m'a tout raconté.

— Fermez-la. Tout de suite.

— D'accord, acquiesça-t-il, raisonnable. Vous avez eu le temps d'interroger ces braves gens ?

— Je ne vous laisserai pas me niquer le cerveau avec vos conneries…

— J'ai déjà eu le corps, alors le cerveau… (Oscar lui adressa un clin d'œil.) Vous a-t-elle parlé d'Araminta ? demanda-t-il à Tandra.

Celle-ci tendit les bras en direction du canapé, où ses jumeaux se débattaient en vain.

— S'il vous plaît…

Oscar étira le bras. Un laser rouge transperça le bout de son doigt et dessina un point rouge sur le front de Freddy. Tout le monde se figea. Freddy se mit à geindre, se roula en boule et se colla contre la Chatte, cherchant sa protection. *Si tu savais comme ton instinct te trompe*, pensa Oscar avec tristesse.

— Je vous ai posé une question, insista-t-il.

— Vous n'en ferez rien, intervint la Chatte en regardant furtivement Tandra. Lui, c'est un gentil. C'est moi qui tue les enfants, pas lui. En plus, je suis très forte pour cela.

— C'est vrai que je ne tuerais jamais le nôtre, ajouta Oscar d'un ton joyeux en se délectant de la mine sauvage de la Chatte. Qu'est-il arrivé avant que nous débarquions ?

— Rien ! hurla Martyn. Par Ozzie, arrêtez, je vous en supplie ! Ce ne sont que des enfants !

Oscar regardait la Chatte droit dans les yeux. Son laser de visée s'éteignit.

— Nous allons partager ces informations avant de repartir chacun de notre côté.

— Comme vous êtes faible, dit la Chatte.

— Parlez plutôt de mon génie tactique. Si vous résistez, nous nous retournerons tous les trois contre vous. Certains d'entre nous risqueraient bien sûr de subir une perte corporelle, mais l'ANA nous ressusciterait en moins d'une demi-journée. Pour vous, en revanche, ce serait la mort assurée et la disparition définitive de toutes les informations que vous détenez. Les Accélérateurs ne retrouveraient jamais Araminta, et vous… Ah ! au fait, pendant que j'y pense : Paula m'a laissé un message pour vous. Elle a visité la base secrète des Accélérateurs sur cette lune gelée, où elle est tombée sur plusieurs de vos incarnations en suspension. Elles sont toutes mortes. (La Chatte posa un regard appuyé sur les jumeaux éplorés.) Je n'hésiterai pas une seule seconde à sacrifier deux vies pour sauver la galaxie. N'oubliez pas que j'ai servi comme officier dans la Marine. J'ai l'habitude de ces situations. Les sentiments viennent toujours après le devoir. J'ai fait sauter le soleil de Hanko, tué une planète entière.

— En réalité, c'est moi qui ai détruit Hanko, mais on ne va pas chipoter.

— Vous n'êtes effectivement pas en position de chipoter. Vous avez le choix entre partir et mourir. Si le Rêve vivant ou les Accélérateurs gagnent, votre corps ne sortira jamais de suspension, car la Terre sera convertie en énergie par la frontière du Vide pour nourrir quelque rêve idiot bien avant la date de votre libération.

Oscar tourna le dos à la Chatte. *Combien sont ceux à avoir survécu à pareille folie ?* Comme elle n'ouvrit pas immédiatement le feu sur lui, il demanda à Tandra :

— Parlez-moi d'Araminta.

— Elle est venue chez nous, lâcha Martyn. Cette salope ! Tout cela est arrivé par sa faute, et elle est venue ici ! Chez nous !

— Quand ?

— La veille des événements du parc de Bodant, répondit Tandra d'une voix lasse. Elle a dit qu'elle avait peur de la foule rassemblée dans le parc et qu'elle n'avait nulle part où aller. On l'a invitée à dormir chez nous. Sur ce canapé.

— Vous a-t-elle dit qu'elle était le Second Rêveur, la Rêveuse ?

— Non. D'ailleurs, je n'y crois toujours pas. Araminta est juste une fille un peu paumée.

— Elle est beaucoup plus que cela. Comment est-elle arrivée jusqu'ici ?

— À pied, apparemment.

— C'est ce qu'elle a dit, intervint Martyn, mais je ne l'ai pas crue.

— Vous avez vu un tripod ou un taxi ? demanda Oscar.

— Non, mais le parc est très loin, et comme elle a menti pour le reste…

— Bien. Comment est-elle repartie ?

— Elle était à pied, répondit Tandra. Je l'ai vue. Elle n'avait ni tripod ni autre chose. Et elle était seule.

— Où allait-elle ?

— Elle ne nous l'a pas dit. (Tandra hésita.) J'ai pensé qu'elle avait rendez-vous avec un homme parce qu'elle a utilisé mon maquillage et qu'elle a mis du temps à se préparer. Elle était très belle.

— Ah ! lâcha Beckia. Est-ce qu'elle se ressemblait, au moins ?

— Eh bien, non, justement. Elle a beaucoup foncé ses cheveux. Sa couleur naturelle lui va mieux.

— C'est malin.

— Bien. (Oscar se retourna vers la Chatte.) Vous avez des questions à poser ?

— Elle baise qui ?

— Je ne sais pas, répondit Tandra. On ne s'était pas vues depuis une paie. J'ai été étonnée de la voir débarquer chez moi.

— Vous êtes sa meilleure amie, celle vers qui elle se tourne dans les moments difficiles ?

Tandra haussa les épaules.

— Peut-être.

— J'en ai entendu assez.

La Chatte libéra les jumeaux et se releva dans un même mouvement. Oscar cligna des yeux. Elle avait bougé si vite… *Son système nerveux carbure aux accélérants*, pensa-t-il.

Tandra et Martyn se précipitèrent vers leurs enfants.

La Chatte adressa un sourire malsain à Oscar.

— On se reverra.

— Je préviendrai nos petits-enfants de votre venue. Ils sont nombreux. En mille ans, vous imaginez…

Elle lâcha un gloussement non feint.

— Après tout, ce n'est pas impossible.

Oscar se tendit. Si elle avait décidé d'agir, ce serait maintenant.

Mais il ne se passa rien, et la Chatte s'en fut.

— Vous êtes presque aussi fou qu'elle, dit Tomansio en posant une main sur l'épaule d'Oscar. Euh, dans cet avion, vous avez vraiment…

— Un gentleman sait taire ce genre de chose, déclara solennellement Oscar. Pour le moment, nous ferions mieux de partir.

Son scan lui montra la capsule volée de la Chatte en train de quitter sa plate-forme. Une fois de plus, il se prépara au pire. Attendrait-elle d'avoir décollé pour canarder la maison ?

Tandra et Martyn étaient blottis l'un contre l'autre et serraient leurs enfants dans leurs bras. Les jumeaux n'arrêtaient pas de sangloter.

— Je vous conseille vivement de partir, leur dit Oscar. Allez chez des amis, à l'hôtel, n'importe où. D'autres types comme nous vont venir.

— Soyez maudits, siffla Martyn, les joues mouillées de larmes. Qu'Ozzie vous envoie tous en enfer.

— J'ai rencontré Ozzie, dit doucement Oscar. Il n'est pas du tout comme la plupart des gens se l'imaginent.

— Allez-vous-en, le supplia Tandra.

Oscar précéda Tomansio et Beckia et se dirigea vers leur capsule d'emprunt. Dès qu'ils se furent éloignés de la petite maison en corail, il appela Paula.

— La Chatte est ici.

— Vous êtes sûr ?

Oscar haussa les épaules.

— Oh, oui. On a discuté un peu.

— Et vous êtes toujours en vie ? Vous m'impressionnez.

— Ouais, disons que j'ai réussi un coup de bluff énorme et que je l'ai distraite.

— Elle est aussi à la recherche d'Araminta ?

— Affirmatif.

— Évidemment. Les Accélérateurs sont vraiment décidés à la retrouver.

— Comme nous, en somme.

— Comme nous. C'est devenu impératif.

— Je fais mon possible. Je continue à espérer qu'Araminta m'appellera d'elle-même. Elle est loin d'être la superwoman que tout le monde décrit.

— Je n'en ai jamais douté. Que comptez-vous faire, maintenant ?

— Nous allons rendre visite à M. Bovey. Liatris a découvert que les deux se connaissaient.

— Bien. Tenez-moi informée.

— Et vous, où en êtes-vous ?

— Ne vous en faites pas. Je suis en route pour Viotia.

— Je croyais que ma mission consistait justement à vous éviter d'intervenir au grand jour.

— Ce temps-là est révolu.

* * *

Tandis qu'il approchait de la flotte des Ocisens, Kazimir gardait une seule liaison hyperespace ouverte avec l'ANA. Il savait que le Conseil de l'Exoprotection aurait voulu suivre les événements en direct, mais il était hors de question de servir à Ilanthe ces données sur un plateau. Et puis, les navires primiens qui accompagnaient la flotte auraient été informés de son approche. Cela n'aurait certes rien changé puisqu'ils ne représentaient pas une véritable menace. Quelque chose d'autre serait là à tout observer, prêt à transmettre des informations précieuses sur la flotte de dissuasion aux Accélérateurs. Il en était persuadé.

Kazimir cala sa vitesse sur celle de l'armada et entreprit d'étudier les vaisseaux. Grâce à ses capteurs internes, il lui était facile de les détecter : plus de deux mille huit cents navires ocisens, dont neuf cents de classe Starslayer, fendaient l'espace interstellaire à une vitesse de quatre années-lumière et demie par heure. Ses sens pénétrèrent les coques, exposèrent les armes qu'elles abritaient ; il y avait là suffisamment de missiles de type quantique pour balayer la plupart des mondes du Grand Commonwealth, à condition de les atteindre. Mais rien de plus, aucun dispositif post-physique trouvé quelque part dans la galaxie puis dupliqué, ce qui était un soulagement. Il se concentra sur les trente-sept vaisseaux primiens qui les escortaient. Ils utilisaient des hyperréacteurs sophistiqués configurés pour maintenir leur niveau de distorsion au minimum. Leur armement était considérablement plus perfectionné que celui des Ocisens, équivalent à celui qui équipait par exemple un navire de classe Capital. Mais c'était tout. Ils n'étaient pas dangereux pour lui. Il n'y avait pas d'autres vaisseaux, pas d'espions équipés d'ultraréacteurs, pas de communications suspectes dans l'hyperespace dans un périmètre d'une année-lumière. Toutefois, chacun des vaisseaux ocisens était en liaison avec un point du Commonwealth ; il sentait ces liaisons, ces cordelettes déroulées à travers les champs quantiques, scintillantes d'informations.

Les navires primiens étaient là en observation, décida-t-il. Ils ne s'attendaient sans doute pas qu'il soit capable de les éliminer tous d'un coup. C'était leur première erreur.

Kazimir utilisa des fonctions supplémentaires pour sonder cinq vaisseaux. Dans l'espace-temps, elles avaient à peine la taille d'un neutron, mais elles étaient en mesure de capter la totalité des communications émises et reçues par un appareil. Chaque navire primien abritait un Immobile, qui jouait un rôle analogue au cerveau électronique dans les vaisseaux humains, contrôlant directement la technologie et dirigeant aussi les activités de ses Mobiles. Les vaisseaux étaient un microcosme de la société primienne. Avant le développement de leur technologie, les Primiens communiquaient en mettant en contact des sortes de pédoncules traversés par des impulsions nerveuses. Ces derniers avaient été remplacés par des dispositifs électroniques simples qui permettaient aux Immobiles de transmettre leurs ordres sur de longues distances.

Kazimir commença à lire les impulsions numérisées. Comme le Commonwealth connaissait très bien les communications interprimiennes, la Marine avait pu développer toute une batterie de programmes de brouillage et autres techniques de guerre électronique. Si les Primiens parvenaient de nouveau à sortir de leurs prisons autour des Dyson et se montraient menaçants, leurs pensées seraient littéralement étouffées.

Il lui apparut immédiatement que les Primiens qui pilotaient ces vaisseaux étaient de vulgaires hôtes biologiques qui hébergeaient des pensées humaines. *Paula avait raison*, pensa Kazimir, accablé.

— Vous confirmez cette information ? lui demanda le gouvernement de l'ANA.

— Oui.

— Très bien.

Au milieu du déluge de directives neurales, il reconnut un flot de données codées transmises au Commonwealth grâce à une liaison hyperespace ultrasécurisée. Les capteurs de ces navires avaient recueilli quantité d'informations, mais ne dépassaient pas en sensibilité ceux des vaisseaux de classe Capital de la Marine.

— Les Accélérateurs sauront que j'ai intercepté la flotte lorsque le signal sera coupé, dit-il. Cependant, je peux m'arranger pour camoufler la nature de l'interception.

— Faites.

Kazimir matérialisa une série de fonctions agressives dans chacun des engins primiens et les utilisa pour attaquer leur système de communication hyperespace. Lorsque les liaisons sécurisées furent coupées, il s'attaqua aux hyperréacteurs.

Les vaisseaux apparurent dans l'espace véritable à cinquante millisecondes d'intervalle. Ils ne pouvaient déjà plus naviguer ; Kazimir mit hors d'état de nuire leur armement. Il ne fallut pas plus de deux secondes et demie à ses fonctions offensives pour endommager leurs machines. Alors, il s'intéressa aux Ocisens.

Son but était d'éliminer toute menace sans causer des pertes trop importantes à l'ennemi. Il ne pouvait pas détruire les réacteurs de toute la flotte pour la simple raison que, du fait de la distance, l'Empire serait incapable de venir au secours de tous les naufragés. Il se contenta donc d'envoyer des fonctions agressives spécifiques dans les vaisseaux de la flotte pour ruiner leur armement de façon irrémédiable. À eux tous, les navires ne pourraient même plus réunir de quoi assembler un vulgaire laser et encore moins quelque chose de plus perfectionné.

Rendre impuissants deux mille huit cents vaisseaux de guerre lui prit donc onze secondes, soit juste assez de temps pour qu'ils se rendent compte que quelque chose ne tournait pas rond, mais trop peu pour réagir. De toute façon, ils n'auraient rien pu faire contre lui.

Kazimir les libéra de son emprise. Sa signature énergétique zébra l'espace dans la zone où les gros vaisseaux primiens flottaient, inutiles. Cette fois-ci, il projeta une fonction de communication dans l'un des appareils ; celle-ci était calquée sur le système des communications interprimiennes. Comme tous les esprits humains, celui qui occupait les corps des Primiens se servait d'associations pour activer sa mémoire.

Kazimir injecta : « Origine ».

« Identité ».

« Objectif ».

Chacun de ces mots provoqua un déluge de pensées. Kazimir identifia la personnalité qui dirigeait l'Immobile : il s'agissait de Chatfield, dont la nature humaine avait toutefois été dépouillée de ses émotions. Chatfield était déterminé et dévoué à la cause des Accélérateurs. Les navires primiens avaient pour mission d'escorter les Ocisens et de les protéger de la Marine du Commonwealth, et surtout de surveiller l'apparition de la flotte de dissuasion afin de découvrir sa nature et sa force. Et c'était tout.

Un sentiment de perplexité illumina les connexions entre l'Immobile et ses Mobiles comme les pensées arrachées par Kazimir s'évanouissaient. Suivit une prise de conscience. L'Immobile activa son système d'autodestruction. Kazimir ne fut pas tout à fait assez rapide pour l'arrêter. À présent qu'il savait quoi chercher, il projeta des fonctions dans les navires restants pour les empêcher de s'autodétruire.

— Vous avez des preuves suffisantes ? demanda-t-il au gouvernement de l'ANA.

— Oui. Les Accélérateurs ont agi imprudemment. En soutenant les Ocisens et en manipulant le Rêve vivant, ils ont violé les fondements de l'ANA. Je vais convoquer un conclave de suspension.

— Ils doivent déjà savoir que la flotte de dissuasion a stoppé les Ocisens, même s'ils ignorent tout de ma nature. Ils doivent également se douter que nous avons découvert leur exploitation des Primiens.

— Ce serait logique, en effet. Toutefois, leurs agents n'y peuvent pas grand-chose. Une fois leur Faction suspendue, leurs opérations seront exposées à la vue de tous, scrutées et neutralisées.

Kazimir examina les vaisseaux qui flottaient, passifs.

— Je ne comprends toujours pas ce qu'ils espéraient ; je ne vois là qu'une manipulation politique grossière. Ilanthe est plus maligne que cela. Je préférerais être dans les parages pendant les audiences. Je rentre immédiatement.

— Et la flotte de l'Empire ? Je croyais que vous vouliez la surveiller ?

— Elle est inoffensive. Quand son commandant en chef s'en rendra compte, il n'aura d'autre option que de retourner chez lui. Nos vaisseaux de classe Capital sont largement capables de poursuivre leur mission de surveillance.

— Le commandant sera atteint dans sa fierté. Il refusera peut-être de partir.

— Nos vaisseaux l'auront à l'œil. Pour ma part, je rentre.

— Comme vous voudrez.

Kazimir généra une fonction de communication et transmit un message simple aux navires de la flotte.

— Je m'adresse aux personnalités Chatfield. Ici la flotte de dissuasion de la Marine du Commonwealth. Nous savons qui vous êtes et quels sont vos objectifs. L'autodestruction vous est désormais interdite. Des vaisseaux de classe Capital seront bientôt là. Vous êtes les prisonniers de la Marine.

Kazimir se retira et fonça vers Sol.

Justine : année trois – réinitialisation

Des icones médicaux émergèrent du néant et emplirent l'exovision de Justine Burnelli. Elle avait déjà vu ces mêmes icones.

— Mon Dieu, grogna-t-elle, surprise et ravie. Cela a fonctionné.

Elle voulut rire, mais son corps refusa de coopérer, insistant sur le fait qu'il venait de passer trois ans en suspension et non… En fait, elle ignorait combien de temps il lui avait fallu pour réinitialiser le Vide et remonter le temps.

Le couvercle de la cabine médicalisée s'enroula et elle contempla de nouveau l'habitacle du *Silverbird*. *De nouveau, vraiment*. Elle s'assit et essuya ses larmes.

— Statut ? demanda-t-elle au cerveau du vaisseau.

Une série de graphiques et d'icones apparut dans son exovision et lui confirma que le *Silverbird* volait depuis trois ans et qu'il décélérait violemment. Quelque chose était à l'approche.

— Super, murmura-t-elle, satisfaite, tandis que les capteurs du navire balayaient le visiteur. C'était le Seigneur du Ciel, ses ailes de vide déployées.

Comme il se rapprochait, elle examina encore une fois l'ovoïde bizarre qui constituait son noyau en se demandant si les plis étranges de son matériau cristallin étaient en mouvement ou s'il ne s'agissait que de reflets. En tout cas, les capteurs de son vaisseau étaient incapables de se focaliser sur sa substance.

Comme la fois précédente, elle s'installa sur le canapé le plus long de son habitacle et s'adressa au Seigneur du Ciel en esprit.

— Salut.

— Vous êtes la bienvenue, répondit le Seigneur du Ciel.

Pour l'instant, rien de neuf. Voyons la suite.

— Je suis venue dans cet univers pour y atteindre la plénitude.

— C'est le cas de tous ceux qui s'aventurent ici.

— M'aiderez-vous ?

— Vous seule pouvez trouver ce que vous cherchez.

— Je sais. Cependant, les êtres humains n'atteignent la plénitude qu'en s'intégrant à une société humaine. Je vous en prie, conduisez-moi à Querencia, le monde solide où vivent les miens.

— Mon espèce ne perçoit aucune pensée similaire aux vôtres dans l'univers. Il ne reste plus personne.

— Je sais cela, mais je suis la première d'une nouvelle génération à venir s'installer ici. Bientôt, nous serons des millions. Nous souhaitons vivre et atteindre la plénitude sur un monde qui a déjà accueilli des humains, qui leur a permis de mûrir. Savez-vous où est cet endroit ? On y trouvait une grande ville, une ville étrangère à votre univers. Vous rappelez-vous avoir guidé les habitants de cet endroit vers le Cœur ?

Justine se crispa dans le canapé. C'était une question critique.

— Je me souviens de ce monde. J'ai guidé de très nombreuses créatures issues de Querencia.

— S'il vous plaît, conduisez-moi là-bas. Aidez-moi à atteindre la plénitude.

— Je le ferai.

À l'intérieur de l'habitacle, la gravité changea étrangement. Le cerveau l'informa de nombreux dysfonctionnements dans tout le vaisseau. Elle n'y fit pas attention. Elle était prise de vertiges. Sa bouche s'emplissait de salive, prélude à un accès de nausée. Elle n'arrivait pas à se focaliser sur la cloison arrondie à cause de la violence des vibrations. Elle ferma les paupières, ce qui aggrava encore son état. Elle se força à les rouvrir et riva son regard sur la cabine médicalisée, droit devant. Dans ses amas macrocellulaires, des programmes secondaires entreprirent de contrôler les impulsions erratiques envoyées par son oreille interne à son cerveau, contrant l'effet de vertige. La sensation diminua un peu. Elle jeta un coup d'œil à l'affichage des capteurs.

— Merde.

Le *Silverbird* virait, suivait une trajectoire incurvée ; le Seigneur du Ciel l'entraînait dans son sillage comme une épave flottante. Les motifs mouvants, dans le matériau cristallin de la créature, ondulaient tandis que ses ailes faites de vide tourbillonnaient telle une brume iridescente sur la toile de fond colorée des nébuleuses. On aurait dit un oiseau battant frénétiquement des ailes. Alors la trajectoire devint rectiligne. Les capteurs du *Silverbird* informèrent Justine d'une modification sensible de l'effet Doppler dans la lumière des étoiles. Leur accélération équivalait à des centaines de G, comme lors de leur première rencontre.

Cette première rencontre, se corrigea-t-elle. *Ou bien*… Elle finit par décider que la grammaire humaine n'était pas adaptée aux possibilités du Vide.

Quelle que soit la nature des ajustements temporels utilisés par le Seigneur du Ciel, ils décélérèrent bientôt. Devant eux, les quelques étoiles qui transperçaient les nébuleuses brillaient d'un éclat bleuté ; dans leur dos, les astres étaient plutôt rouges. Le cerveau de son vaisseau estima leur vitesse à quatre-vingt-treize pour cent de la vitesse de la lumière. À bord, les dysfonctionnements se firent moins nombreux, et son vertige s'estompa.

Elle laissa échapper un énorme soupir de soulagement et sourit de toutes ses dents.

— Merci, papa, dit-elle à voix haute.

Il avait toujours de bonnes idées. Sa joie fut de courte durée, car elle se rappela que le Vide serait bientôt envahi ; ces satanés pèlerins chercheraient aussi à rallier Querencia. *La Rêveuse a-t-elle accepté de les guider ? Comment comptent-ils échapper aux Raiels, dans le Golfe ?*

Gore lui avait demandé de se rendre à Makkathran et de ne penser à rien d'autre. Il savait probablement ce qu'il faisait, ce qui ne lui inspirait pas forcément confiance. Gore avait un plan ; un plan qu'elle n'approuverait sans doute pas si elle en connaissait la nature.

Pourquoi « sans doute » ? Gore restera toujours Gore.

Mais il n'y avait pas d'alternative.

À présent qu'ils avaient atteint leur vitesse de croisière, le cerveau du *Silverbird* calcula leur trajectoire. Justine examina la projection, ligne vert pomme dessinée sur une nébuleuse violette et rouge en forme de sabot de Vénus. La nébuleuse se trouvait à onze années-lumière ; sa luminosité et la poussière interstellaire masquaient leur cible.

Après le petit déjeuner et une séance de gymnastique, Justine s'assit de nouveau sur le canapé et s'adressa au Seigneur du Ciel :

— Combien de temps le voyage durera-t-il ?

— Le temps nécessaire.

Elle sourit presque. Elle avait l'impression de parler à un savant de cinq ans.

— Querencia orbite autour de son étoile à un rythme constant. Dans combien d'orbites arriverons-nous ?

Encore faudrait-il que le Seigneur du Ciel connaisse les nombres. Après tout, pourquoi une créature spatiale aurait-elle besoin de développer les mathématiques ?

— Le monde que vous cherchez aura le temps d'orbiter trente-sept fois autour de son étoile avant que nous arrivions.

Merde ! En plus, une année dure beaucoup plus longtemps sur Querencia que sur Terre. Les mois là-bas durent quarante jours, non ?

— Je comprends. Merci.

— Vos congénères vous rejoindront-ils bientôt dans cet univers ?

— Celle qui a parlé aux vôtres, celle qui vous a demandé de me laisser passer… elle les guidera jusqu'ici. Continuez à l'écouter.

— Les nôtres sont tous à l'écoute.

Un frisson lui parcourut l'échine.

— J'aimerais dormir pendant le reste du vol.

— Comme il vous plaira.

— Je me réveillerai s'il arrive quelque chose.

— Qu'arrivera-t-il ?

— Je ne sais pas, mais si quelque chose change, je me réveillerai pour vous en parler.

— Dans cet univers, le changement est la quête de la plénitude. Si vous dormez, vous n'atteindrez pas la plénitude.

— Je vois. Merci.

Elle passa une demi-journée à se préparer, vérifia divers systèmes, donna une série d'instructions au cerveau pour qu'il la sorte de suspension. À la fin, elle décida qu'elle ne faisait que tuer le temps. Pendant qu'elle se déshabillait, elle désactiva son nid de confluence pour s'assurer que ses rêves ne seraient pas amplifiés et transmis à l'extérieur au risque de déformer la réalité de façon irrémédiable. Ce faisant, elle ramena à la surface le seul souvenir qu'elle aurait voulu éviter : le Kazimir qu'elle avait abandonné sur un ersatz du mont Herculaneum. Ne subsistait plus de lui qu'un motif dans la couche mémoire du Vide. Quelle cruauté ! Vivre si peu de temps avant d'être effacé…

Je te redonnerai vie, se promit Justine, émue. Elle s'allongea dans la cabine médicalisée et activa le système de suspension.

2

La faim et une douleur tenace réveillèrent Araminta. Elle était épuisée lorsqu'elle s'était étendue sur son lit. La lumière du jour pénétrait dans la chambre à travers les volets fermés, réchauffant l'atmosphère. Ses muscles raides protestèrent vivement quand elle essaya de s'asseoir. Elle avait mal partout. Ses pieds la lançaient. Elle souleva sa couette pour les regarder et ne put s'empêcher de grimacer.

— Par Ozzie !

Il ne servait à rien de s'apitoyer sur son sort et de rester prostrée. Pour commencer, elle devait nettoyer ses pauvres pieds. Elle bascula ses jambes par-dessus le bord du lit et retira ses vêtements crasseux. Ils étaient ruinés ; elle n'avait d'autres choix que de s'en débarrasser.

Il y avait un nœud cybersphère à côté du lit ; il semblait si vieux qu'il devait dater de la création même du motel. Araminta commença à taper sur son petit clavier en utilisant le compte qu'elle avait ouvert depuis le bureau de *La Crêpe espagnole*. Miledeep Water ne possédait aucun centre commercial digne de ce nom, mais la rue Stoneline, dans le centre, accueillait une pléthore de boutiques qui vendaient tout ce dont elle avait besoin. Elle se connecta à leurs systèmes semi-intelligents et plaça ses commandes, centralisées par un service de livraison.

Elle fit couler de l'eau à un peu moins de trente-sept degrés, s'assit sur le bord de la baignoire et plongea doucement les jambes dans le liquide tiède. L'eau dilua le gros de la crasse et du sang séché. Ses pieds étaient déjà plus présentables. Elle était en train de les sécher lorsque quelqu'un frappa à la porte. Par chance, le motel fournissait des peignoirs. Alors qu'elle s'attendait que sa livraison arrive sous la forme d'un colis déposé par un coursier-robot flottant agréablement impersonnel, elle découvrit une jeune fille appelée Janice affublée d'une casquette aux couleurs de son employeur et portant deux gros sacs sur l'épaule.

Araminta se félicita d'être décoiffée. Dans cet état, et vêtue de son peignoir rayé rouge et blanc complètement élimé, la livreuse ne la reconnaîtrait pas, même si elle avait entendu parler de la Rêveuse.

— Je crois que Ranto est en train de se garer devant l'entrée, commença Janice en lui tendant les sacs.

— Ranto ?

— Vous avez commandé quelque chose à manger chez *Smokey James* ? Ranto livre pour eux.

— Ah ! Oui. Parfait.

Araminta se demanda si la jeune fille lui disait tout cela pour essayer de mériter un pourboire. Le fait que les livraisons soient effectuées par des gens plutôt que par des robots en disait long sur l'économie de Miledeep Water. Elle se rappela combien les pourboires comptaient pour elle lorsqu'elle travaillait pour Nik et tendit une pièce à Janice. Le visage de celle-ci s'illumina aussitôt.

Comme elle s'apprêtait à refermer la porte, Ranto apparut avec cinq boîtes en thermoplastique à la main : les plats commandés chez *Smokey James*. Cruel dilemme : en toute logique, elle aurait dû s'occuper de ses pieds avec le kit médical fraîchement reçu, mais elle ne parvenait pas à détacher son regard de la nourriture. En plus, son estomac ne cessait de gargouiller. Elle s'assit sur le lit sans poser les pieds par terre et commença à ouvrir les boîtes. Il y avait des crêpes au sirop de baies et à la crème, ainsi qu'un petit déjeuner complet composé de bacon fumé, d'œufs locaux brouillés, de pommes de terre sautées, de galow rôti et de champignons frits. Elle trouva également un verre de jus d'orange, un litre de thé anglais et des muffins toastés. Quand elle eut terminé son repas, elle se rendit compte que ses pieds la faisaient déjà moins souffrir. Elle les badigeonna néanmoins d'une lotion antiseptique qui piqua horriblement, avant de les asperger de peau artificielle afin de colmater ses nombreuses blessures. Alors, elle s'étendit et s'endormit aussitôt.

Il faisait noir quand elle se réveilla, ce qui la déstabilisa un peu. Quelque chose, quelque part, ne tournait pas tout à fait rond, et cela tracassait son subconscient. Elle n'était pas entrée en communication avec le Seigneur du Ciel ; en tout cas, elle n'en avait pas le souvenir. Au moins n'était-elle plus affamée, ce qui était une bonne chose. *Il est temps que je pense un peu à moi.*

La baignoire était équipée de jets qui ne fonctionnaient pas. Araminta y versa le savon parfumé qu'elle avait commandé et décida de la remplir à ras bord. Pendant que l'eau coulait, elle se connecta au nœud cybersphère et tapa laborieusement le nom d'Oscar Monroe. L'antique moteur de recherche afficha une liste de résultats : il y en avait plus de huit millions, et cela sans même consulter les bases de données en mémoire profonde.

— Par Ozzie, marmonna-t-elle en regrettant de ne pouvoir utiliser son ombre virtuelle.

En effet, celle-ci aurait trié pour elle les informations les plus pertinentes en une demi-seconde. Elle pianota sur le clavier pendant une bonne minute, entra des paramètres supplémentaires, et obtint une liste de détails biographiques vérifiés par les autorités du Commonwealth, ce qui était toujours un bon point de départ. Ne restaient plus qu'un million deux cent mille références.

La baignoire était pleine. Araminta se vautra dans les bulles et laissa la crasse se dissoudre. La biographie d'Oscar attendrait un peu ; au moins Araminta savait-elle qu'il était quelqu'un d'important. Il n'avait pas menti. En sortant de l'eau, elle se sentait beaucoup mieux.

Elle vida le contenu des sacs sur le lit et examina les vêtements qu'on lui avait livrés. La plupart provenaient d'un magasin de camping. Elle avait notamment commandé des chaussures de marche qui lui arrivaient à mi-mollet. Elle les essaya et les trouva incroyablement confortables. Le jean marron foncé était extrêmement solide et imperméable, ce qui était étrange sur un continent désertique. Elle enfila un maillot de corps noir, puis un tee-shirt bordeaux large. Il y avait également un gilet bleu marine semblable à celui qu'elle avait apporté, à la différence que celui-ci était constitué de fibres semi-organiques régulatrices de chaleur. Elle avait besoin de cette fonction car, même après le coucher du soleil, le vent du désert s'engouffrait dans le cratère et la température restait très élevée. Grâce à ses accessoires – un duvet, une gourde équipée d'un filtre et d'une pompe manuelle, un cuiseur solaire, une lame multifonctions, une microtente, des gants, un body thermorégulé, un pack d'hygiène, un kit de premiers secours –, elle pourrait partir quand et où elle voudrait. Elle considéra son équipement avec un sourire en coin. C'était son instinct qui l'avait poussée à acheter ce matériel. Elle savait que Miledeep Water n'était qu'une étape pour elle, même si elle se voyait bien rester sur Chobamba.

En proie au doute, elle passa une main dans ses cheveux encore mouillés. Rester assise dans une chambre de motel à se morfondre n'était pas la meilleure façon de choisir son destin. Elle remonta la fermeture de son gilet et décida de sortir pour voir ce que Miledeep Water avait à offrir en termes de vie nocturne.

Après une demi-heure à arpenter des rues quasi désertes, elle avait sa réponse : presque rien. Quelques bars et restaurants étaient ouverts, ainsi que des autoboutiques bien pratiques pour ceux qui avaient un budget limité. Malgré la beauté du site et le charme des immeubles, Miledeep Water ressemblait beaucoup trop à Langham pour qu'elle s'y sente à son aise. Dimensions et attitudes similaires.

L'émotion qui saturait le champ de Gaïa, provenant d'un bar situé au bord de l'eau, attira son attention. Les clients semblaient se réjouir de quelque chose. Tandis qu'elle s'en rapprochait, elle entendit quelqu'un chanter faux par la porte ouverte. Les émissions se firent plus intenses et précises comme elle s'avançait vers la tache de lumière holographique scintillante de la vitrine. Araminta laissa les images et sensations déferler dans son esprit et vit Justine se réveiller à bord du *Silverbird*. L'essence de sa conversation avec le Seigneur du Ciel résonna dans son crâne, sublimée par le ravissement des clients du bar.

Justine est sur la route de Makkathran.

Araminta comprit qui étaient les clients de ce café et se départit aussitôt de son sourire timide. Des adeptes du Rêve vivant célébrant des développements favorables à leur cause… La jeune femme s'efforça de ne rien laisser filtrer de son amertume, tourna les talons et s'en fut. La présence du mouvement à Miledeep Water n'était pas surprenante ; on trouvait ses disciples sur tous les Mondes extérieurs et même quelques Mondes centraux. Elle se demanda brièvement comment les clients auraient réagi si elle était entrée dans ce bar. L'auraient-ils faite prisonnière ? Seraient-ils tombés à genoux ?

Justine réussira peut-être à accomplir quelque chose ? Araminta ne se rappelait plus vraiment son dernier rêve : Gore et Justine dans un genre de pièce… *Il faut que je voie les autres rêves d'Inigo, que je découvre ce qui est arrivé à Edeard et pourquoi il inspire tout le monde. Il faut que je comprenne ce contre quoi je me bats.* Elle s'arrêta au milieu de la rue tandis que son subconscient faisait resurgir un souvenir qui la tracassait sans qu'elle s'en rende compte : l'horloge, sur l'écran du nœud de connexion à l'unisphère. Araminta fit demi-tour et courut vers son motel sans se soucier d'être vue, sans faire attention aux feux de signalisation.

Dès qu'elle fut dans sa chambre, elle verrouilla la porte et se connecta à l'unisphère. L'horloge située dans le coin supérieur droit de l'écran affichait toujours l'heure GMT sur Terre et l'heure locale. Araminta remplaça cet affichage par l'heure de Viotia et de Colwyn City. Aidée de ses amas macrocellulaires, elle fit un calcul rapide dans sa tête. Puis elle recommença. Si elle et ses programmes secondaires pratiquement infaillibles ne s'étaient pas trompés, il ne s'était écoulé que quinze heures depuis qu'elle s'était enfoncée dans la forêt de Francola. C'était impossible, puisqu'elle avait passé une journée et une nuit entière à marcher péniblement dans cette vallée humide, froide et morne. Puis il y avait eu la journée dans l'oasis et la nuit de marche dans le désert avant d'atteindre ce monde. En fait, elle comprit qu'elle avait passé douze heures sur les quinze à traverser le désert qui entourait Miledeep Water et à dormir dans cette chambre.

Quand j'étais sur les chemins silfens, le temps ne s'écoulait presque plus. Comment est-ce possible ? Sans compter que je suis souvent sortie de ce parcours. Par Ozzie, les Silfens manipulent-ils aussi le temps sur les planètes qu'ils arpentent ? Qui sait dans quel univers ou dimension elles se trouvent ? Qui sait si elles existent réellement ?

Elle posa les yeux sur ses pieds enveloppés de peau artificielle et sut qu'elle avait bel et bien marché pendant des heures. Les événements survenus quand elle arpentait les chemins, où que ceux-ci se situent, n'avaient aucune importance. Les Silfens ne la laisseraient pas utiliser leurs chemins et mondes comme refuges ; cette vérité la frappa comme une évidence, car elle provenait du cœur même de l'Île-mère des Silfens.

Je vais donc devoir me débrouiller toute seule.

— Fait chier !

Elle attrapa une barre chocolatée à l'orange, mordit dedans et se laissa tomber sur le lit. Il n'y avait donc aucune porte de sortie. Par où commencer, dans ce cas ? En apprendre davantage sur Edeard était nécessaire et, pour dire la vérité, elle avait hâte de se replonger dans sa vie. Toutefois, elle avait le sentiment que le sort de Justine était encore plus important. Elle ralentit ses pensées, satisfaite de constater qu'elle n'avait plus besoin des programmes de Likan pour atteindre le niveau de concentration propice à une bonne interaction avec le champ de Gaïa ; d'ailleurs, les pensées du Seigneur du Ciel n'occupaient pas cet espace particulier. L'entité se cachait dans un domaine parallèle, l'esprit serein, satisfait.

— Salut, commença-t-elle.

— Vous êtes toujours la bienvenue.

— Merci. Merci d'avoir reçu notre émissaire. Êtes-vous celui qui l'accompagnera jusqu'à Makkathran ?

— Je suis avec les miens.

Les sens incroyables du Seigneur du Ciel lui révélèrent un vaste volume d'espace entre les nébuleuses dénuées d'étoiles. Il volait dans le néant en compagnie d'un groupe de congénères qui envoyaient des messages aux quatre coins de ce golfe. Ils étaient tous heureux que des esprits pénètrent de nouveau le Vide ; leur impatience illuminait leurs pensées géantes et sinistres.

— Ah. Vous savez où elle se trouve ?

— Celle que vous cherchez est dans notre univers. Nous le savons et nous en réjouissons tous. Bientôt, d'autres viendront. Bientôt, nous guiderons de nouveau les vôtres vers le Cœur.

— Pouvez-vous communiquer avec celui qui l'accompagne ?

— Ceux de mon espèce sont dispersés dans l'univers. La plupart sont hors de portée. Je les reverrai en temps et en heure au sein du Cœur.

— Comment savez-vous que l'une d'entre nous est arrivée ?

— Le Cœur le sent. Et nous connaissons tous le Cœur.

— Ah… D'accord, merci.

— Quand viendrez-vous ? Quand serez-vous ici avec les vôtres ?

— Je ne sais pas.

Araminta se retira et s'autorisa un bref moment de déception. Elle aurait bien aimé parler à Justine. Tant pis. Elle ne pourrait donc se fier qu'à elle-même, situation à laquelle elle commençait à s'habituer. Son esprit s'étira et se glissa discrètement dans le champ de Gaïa local, traversa les nids de confluence comme un voleur silencieux. Ses pensées voletèrent autour de l'image, du goût, du parfum d'Edeard. Quelqu'un se réveillait tranquillement sur un matelas confortable sous le ciel de Makkathran embrasé par l'aube. Edeard. On lui déposa un baiser sur la joue, sensation fantôme qui fit frissonner Araminta. Un nez se frotta contre son oreille. Une main glissa sur son ventre. Edeard/Araminta sourit. Jessile gloussa tout près, à des milliers d'années de là.

— C'est ce que j'appelle être en forme de bon matin, murmura-t-elle d'une voix lubrique.

L'autre fille gloussa à son tour. Edeard ouvrit les paupières, et Araminta contempla son appartement à travers ses yeux.

* * *

La capsule des forces d'Ellezelin glissait au-dessus de la surface lisse et en mouvement du Cairns. Droit devant se dressait une vaste et vieille demeure ornée de grandes arches blanches fermées par des vitres violettes et argentées, entourées par une terrasse qui surplombait une belle piscine turquoise. Les jardins bien entretenus descendaient jusqu'au fleuve. Même dans la lumière blafarde filtrée par les nuages gris qui filaient au-dessus du dôme protecteur de Colwyn City, la maison semblait accueillante. Une vraie maison.

— Classe, murmura Beckia tandis que la capsule se posait sur la pelouse. Le marché des matériaux de construction rapporte plus que je le pensais.

— Sur les Mondes extérieurs, devenir multiple est un bon moyen de ne pas payer d'impôts, expliqua Tomansio, écœuré. Bovey n'aurait jamais pu s'offrir ce château si toutes ses incarnations étaient assujetties à l'impôt sur le revenu.

La porte de la capsule se déplia.

— Je peux vous faire confiance ? demanda doucement Oscar.

Les deux autres se figèrent, puis le regardèrent. Beckia déversa son ressentiment dans le champ de Gaïa. Tomansio, lui, était plus amusé qu'autre chose.

— Vous pouvez nous faire confiance, répondit-il en faisant l'étalage de sa sincérité dans le champ de Gaïa.

— La Chatte est la fondatrice de votre organisation. Sans elle, vous n'existeriez même pas. Et vous espériez tous son retour.

— C'est ce que beaucoup de gens croient, dit Tomansio. Nous avons conscience de ses défauts et ne lui pardonnons pas. Nous sommes les fruits de sa détermination, mais nous nous tenons bien au-delà de tout cela, désormais.

— C'est une relation élèves/professeur, alors ? s'enquit Oscar.

— Exactement. En son temps, elle a accompli beaucoup de choses. Désastreuses, pour la plupart. Nous sommes sa seule réalisation positive. (Il haussa les sourcils.) À moins qu'elle ait eu des enfants…

Oscar répondit par un sourire en coin.

— Il est vrai, reprit Tomansio, que le fait qu'elle vive toujours, ne serait-ce qu'en suspension, est embarrassant pour nous. Cela conduit à des malentendus.

— Far Away a été le théâtre d'émeutes lorsque Paula Myo l'a mise en état d'arrestation, lui fit remarquer Oscar.

— C'est juste, acquiesça Beckia, mais nous n'y avons pas participé. À cette époque, la Chatte était devenue un symbole de l'indépendance de Far Away. Son arrestation fut considérée comme un acte politique, comme la preuve de la nature autoritaire du Commonwealth. Notez que les émeutes se sont arrêtées lorsque les atrocités qu'elle avait commises dans la cathédrale de Pantar ont été rendues publiques.

— Et pourtant, ses principes restent en nous, reprit Tomansio. Le dévouement à la force. Depuis notre création, nous n'avons jamais trahi notre code. Quoi qu'il arrive, nous restons loyaux envers nos clients. Même la Chatte n'a jamais trahi cet engagement. Pour parler clairement, nous ne vous doublerons jamais. Oscar, vous avez fait la démonstration ultime de ce qu'est la force humaine en vous sacrifiant pour la survie de notre espèce. Je vous l'ai déjà dit : nous vous respectons presque autant que la Chatte.

Oscar examina le visage séduisant de Tomansio. Il paraissait sincère, ce que confirmaient ses émissions dans le champ de Gaïa. De son côté, Oscar espérait que la gêne qu'il ressentait n'était pas trop évidente.

— Très bien.

— De plus, ce n'était pas notre Chatte, la fondatrice des Chevaliers Gardiens. Si nous n'étions déjà à votre service, je mettrais un point d'honneur à la retrouver pour découvrir quelle Faction l'a pervertie. Si j'ai bien entendu, vous avez parlé de plusieurs clones ?

— Ces clones n'existent plus, répondit Oscar d'un ton neutre en descendant de la capsule.

Beckia et Tomansio partagèrent un sourire et lui emboîtèrent le pas sur le gazon soigneusement tondu.

Trois des incarnations de Bovey étaient sorties pour les accueillir. Oscar n'avait encore jamais rencontré de multiple, du moins le croyait-il. D'ailleurs, à sa connaissance, il n'y en avait pas sur Orakum. Le leader du trio, celui qui se tenait à l'avant, avait la peau noire, plus de rides qu'Oscar et les tempes grisonnantes. À sa gauche, un grand Oriental ; à sa droite, un adolescent à l'épaisse tignasse blonde. Aucun d'entre eux n'émettait quoi que ce soit dans le champ de Gaïa, mais Oscar voyait à leur posture qu'ils ne se montreraient pas très coopératifs.

Il regretta aussitôt de porter l'uniforme des forces d'Ellezelin, que tous les citoyens de Viotia connaissaient parfaitement. Vint alors un sentiment de culpabilité. Il n'avait pas été envoyé par les autorités d'Ellezelin, mais par des gens bien plus puissants. C'était d'ailleurs le problème. Qu'on puisse user de la force pour entrer chez des gens qui n'avaient rien fait était révoltant. C'était ce qui avait conduit le jeune Oscar Monroe à militer pour le Parti Socialiste, à l'université. Avant qu'il soit séduit par des mouvements plus radicaux. Puis il y avait eu la tragédie de la gare d'Abadan.

Le serpent qui se bouffe la queue... Sauf que nous devons absolument la retrouver. L'impérieuse nécessité, le prétexte invoqué par tous les tyrans. Et pourtant je sais qu'il faut à tout prix éviter qu'elle tombe entre les mains des Factions. Merde, comment Paula arrive-t-elle à vivre de cette manière ?

— Que voulez-vous ? demanda le premier Bovey d'un ton sec.

Oscar sourit et diffusa son amusement dans le champ de Gaïa.

— Arrêtez, nous savons très bien qu'il s'est passé quelque chose entre elle et vous.

Les trois Bovey regardèrent droit devant eux d'un air de défi.

— Écoutez, reprit Oscar, raisonnable, en désignant sa tunique. Cet uniforme, c'est des conneries. Nous n'appartenons pas au Rêve vivant. Je n'ai jamais mis les pieds sur Ellezelin, je travaille pour l'ANA.

— Ah, ouais ? Et moi, je bosse pour les Raiels, répondirent les trois Bovey de concert. On est tous des superagents secrets, donc.

— Je l'ai vue dans le parc de Bodant. Mon équipe et moi avons couvert sa fuite. Demandez-lui. Si elle est encore en vie, c'est grâce à nous. Si elle est encore en vie...

Un voile de doute couvrit le visage du Bovey noir.

— J'ai rencontré Araminta à quelques reprises, c'est tout.

— C'était plus que cela. Ne nous menez pas en bateau. Araminta est dans la merde jusqu'au cou. Elle risque de se noyer si on ne lui vient pas en aide. S'il vous plaît, si vous savez où elle est, dites-le-nous.

— Je ne l'ai pas vue depuis des jours.

Tomansio lâcha un grognement compréhensif.

— Elle ne vous a pas dit où elle est partie ? Vous ignoriez qu'elle était le Second Rêveur, la Rêveuse ?

M. Bovey prit un air encore plus renfrogné. Ses trois incarnations refusaient de croiser le regard de Tomansio.

— Merde, c'est nul, reprit Oscar. Elle voulait sans doute vous protéger.

— Oui, acquiesça Bovey.

— Elle avait peur, vous savez. Cette planète a été envahie parce qu'elle vit ici. Et elle est toute seule. Elle est complètement paumée. Si vous savez où elle se trouve, si vous avez la moindre idée de l'endroit où elle se cache, dites-le-nous. Appelez l'ANA, si vous n'avez pas confiance en moi. Nous ne sommes pas les seuls à la chercher. Et je ne parle pas uniquement du Rêve vivant... Le Second Rêveur est un outil politique très important. À votre avis, qui a causé l'incident du parc de Bodant ?

— Vous voulez dire le *massacre* de Bodant. Vous êtes responsables d'une vraie tuerie. Il y a eu des centaines de morts.

— Et ce n'est que le début, intervint Tomansio. Les agents qui la traquent se fichent pas mal des victimes civiles. Quand les autres viendront vous voir, c'est-à-dire très bientôt, vous aurez droit à une lecture de mémoire. Pour commencer...

— Nous vous avons trouvé, ajouta Beckia. Les autres suivront très vite. Réfléchissez. Ne vous voilez pas la face. Les organisations les plus puissantes du Grand Commonwealth sont à la recherche d'Araminta. Votre planète a été envahie parce que le Rêve vivant veut à tout prix lui mettre la main dessus. Vous croyez vraiment, *vraiment*, qu'elle est capable de leur échapper ?

— Je ne savais pas, marmonna le jeune blond, les dents serrées. Elle ne m'a rien dit. Pourquoi ne m'a-t-elle pas parlé de ce qu'elle était devenue ?

— Si elle vous aimait, elle essaierait de vous protéger, reprit Oscar. C'était naïf de sa part, mais ce temps est révolu. Le moment est venu de faire un choix. Voulez-vous, oui ou non, l'aider activement ? Si oui, donnez-nous un coup de main. Autrement, fuyez. Chacune de vos incarnations devra tenter sa chance et espérer que les autres ne se feront pas prendre.

Les trois Bovey se regardèrent. Oscar voyait du coin de l'œil des silhouettes immobiles dans la maison.

— Un instant, je vous prie, demanda M. Bovey.

— Bien sûr, acquiesça Oscar, compatissant.

Il s'éloigna du trio et s'adressa à son équipe à voix basse :

— Qu'est-ce que vous en pensez ?

— Il ne sait rien, répondit Beckia, sinon, il serait en train de l'aider. Il est complètement perdu parce qu'elle l'a abandonné. Il l'aime. Enfin, croyait l'aimer.

— J'aurais tendance à être d'accord, approuva Tomansio.

— Qu'est-ce qui nous dit que d'autres de ses incarnations ne sont pas justement en train de l'aider ? demanda Oscar.

Tomansio laissa échapper un soupir sceptique.

— J'ai du mal à y croire.

— Est-il possible de pratiquer une lecture de mémoire sur un multiple ? voulut savoir Beckia.

— Sans doute, à condition de les avoir tous sous la main, répondit Tomansio. Le problème étant qu'on ne peut être fixé qu'à la fin, lorsqu'il est trop tard. Les multiples sont toujours évasifs quand on leur demande combien ils sont ; c'est un réflexe de protection, une évolution psychologique intéressante. En tout cas, nous n'avons pas le temps d'envisager cette solution. S'il doit nous être utile, ce sera tout de suite et de façon volontaire.

L'ombre virtuelle d'Oscar l'informa que Cheriton essayait de le joindre sur un canal ultra-sécurisé. Liatris se joignit à eux.

— Préparez-vous à encaisser une mauvaise nouvelle, commença l'expert du champ du Gaïa. Le Rêve vivant l'a retrouvée.

— Merde, grogna Tomansio en jetant à Bovey un regard coupable. Où ?

— C'est là que ça devient intéressant. Après que les nids de confluence du parc de Bodant l'ont localisée, le Rêve vivant a peaufiné ses programmes de résonance émotionnelle en prenant pour base son mode de pensée exact. Cette amélioration leur permet de détecter les plus infimes de ses émissions. Il y a un quart d'heure de cela, elle a partagé le huitième rêve d'Inigo.

— Qu'est-ce qu'elle est partie foutre dans la vie de Celui-qui-marche-sur-l'eau ? s'emporta Beckia. Pour l'amour d'Ozzie, les événements de Bodant ne lui ont donc rien appris ?

— Ce n'est pas la question qu'il convient de se poser, dit Cheriton.

— Où est-elle ? demanda Tomansio.

— Sur Chobamba.

Incrédule, Oscar compulsa une liste des mondes du Grand Commonwealth dans une lacune de stockage.

— C'est à plus de six cents années-lumière, protesta-t-il. C'est impossible. Elle était ici il y a à peine seize heures.

— Votre ultraréacteur pourrait y arriver, remarqua Tomansio. De justesse.

— Elle a trouvé un moyen de tromper le champ de Gaïa, lâcha Beckia. C'est la seule explication possible. Après tout, elle est la Rêveuse ; elle possède sans doute des aptitudes qui nous dépassent.

— Cheriton, tu es sûr ? insista Tomansio.

— Nous sommes confinés dans le bâtiment. J'utilise un relais abandonné pour me connecter à l'unisphère. Le Maître des Rêves Yenrol est complètement fou depuis que les nids l'ont retrouvée. Tous les Maîtres sont au courant, mais ils font leur possible pour que l'information ne filtre pas. Je n'ai pas l'impression que ce soit une escroquerie.

— Comment diable a-t-elle fait pour se retrouver là-bas ? voulut savoir Oscar.

— Savent-ils où exactement, sur Chobamba ? s'enquit Tomansio.

— Pas encore, mais c'est juste une question de temps. C'est un Monde extérieur, et le Rêve vivant a plusieurs Maîtres sur place.

— Pouvez-vous la mettre en garde ? demanda Oscar.

— Je ne suis pas sûr. Ils parlent de désactiver les nids de confluence de Chobamba pour l'isoler du champ de Gaïa.

— C'est idiot, fit remarquer Tomansio. Cela ne ferait que l'alerter.

— Liatris, vous pourriez mitrailler les messageries de la planète tout entière pour la prévenir, proposa Oscar.

— Elle ne s'est pas connectée à l'unisphère depuis des jours, souligna Liatris. Le message ne lui parviendrait sans doute jamais.

— Si la population est mise au courant, rétorqua Beckia, tout le monde ne parlera que de cela, et elle en entendra forcément parler. Rendre publique l'information me semble une excellente idée.

Tomansio donna un petit coup de coude à Oscar. M. Bovey avait pris sa décision ; celui qui avait la peau noire se dirigeait vers eux. Les deux autres restèrent en retrait, pensifs.

— Oui ? fit Oscar.

— J'ai vérifié auprès de l'ANA, commença Bovey d'un air étonné. Vous êtes bien celui que vous affirmez être.

— Et ?

Le visage de Bovey trahissait son appréhension, sentiment partagé par toutes ses incarnations.

— Elle ne sait pas… Elle ignore comment faire face à cette situation. Comme tout le monde, d'ailleurs. Je suis obligé de faire confiance à l'ANA. C'est ironique, n'est-ce pas ? En devenant multiple, je pensais m'affranchir de notre dépendance à la technologie. C'est une autre façon de devenir immortel, en somme.

— Vous avez un moyen de la contacter ?

— Non. (Bovey secoua la tête d'un air triste.) J'ai essayé un nombre infini de fois depuis que je sais la vérité. Son ombre virtuelle est déconnectée. Elle n'a répondu à aucun de mes appels.

— Je sais que c'est délicat, mais est-il possible qu'elle se soit tournée vers quelqu'un d'autre ?

— Sa cousine Cressida ; elles étaient très proches. Avant notre rencontre, elle était quasiment sa seule amie en ville.

— Nous savons. Elle a disparu aussi, mais merci quand même. Si Araminta entre en contact avec vous, n'hésitez pas à m'appeler. (L'ombre virtuelle d'Oscar envoya un code d'accès unisphère à M. Bovey.) Sans attendre, de préférence. Notre temps est compté.

— C'est tout ? s'étonna Bovey, tandis qu'Oscar tournait les talons.

— Ne vous en faites pas, répondit Tomansio, nous continuerons de veiller. Vous feriez mieux de suivre le conseil de mon ami, de vous disperser en ville. Je vais être honnête avec vous : d'autres viendront vous rendre visite après nous, mais ils ne se montreront pas aussi polis.

La portière de la capsule se referma sur la mine renfrognée de Bovey. Ils décollèrent proprement, s'envolèrent au-dessus du fleuve et prirent la direction des docks.

— Et maintenant ? demanda Tomansio.

Une question rhétorique, pensa Oscar.

— Je vais faire mon rapport, dit-il aux Chevaliers Gardiens.

— Oui ? répondit Paula dès que la liaison sécurisée fut établie.

— Nous l'avons trouvée, commença Oscar.

— Excellent.

— Pas sûr. Elle est sur Chobamba.

Il y eut une brève hésitation.

— Vous êtes certain ?

— Le Rêve vivant a trafiqué ses nids de confluence en codant un genre de programme de reconnaissance de motifs émotionnels. D'après eux, elle est sur Chobamba où elle partage tranquillement les rêves d'Inigo.

— Cela ne semble pas très plausible.

— Vous pourriez y être dans combien de temps ?

— Disons un peu avant vous.

— J'espère que vous avez des contacts au sein du Rêve vivant. Il faudrait vraiment la prévenir...

— Pour cela, il faut d'abord la trouver.

— J'imagine que l'ANA a le pouvoir de la débusquer. Son vaisseau spatial ne peut pas être passé inaperçu.

— Un vaisseau nécessairement équipé d'un ultraréacteur, ce qui signifie qu'elle a bénéficié de l'aide d'une Faction, mais laquelle ?

— Je pensais procéder à un mitraillage des messageries locales pour la mettre en garde.

— Oui, cela pourrait marcher. Ne perdez pas de temps.

— Si nous savons, alors la Chatte saura très bientôt.

— Oui. Si elle s'envole pour Chobamba, vous devrez la suivre.

— Merde, je n'ai pas signé pour cela.

— Votre équipe est-elle digne de confiance ?

— Je crois, oui.

— Parfait. Je vous rappelle dès que je me serai entretenue avec l'ANA. Au fait, les Accélérateurs vont être jugés devant l'équivalent d'un tribunal dans l'heure qui vient. Ils ont orchestré l'invasion des Ocisens.

— Merde. Vraiment ?

— Absolument. S'ils sont jugés coupables, la pression diminuera considérablement.

Paula coupa la liaison.

Tomansio et Beckia étaient dans l'expectative.

— Alors, que pense votre boss ? demanda Tomansio.

— La même chose que nous : tout cela est très bizarre. Retournons au vaisseau au cas où nous aurions besoin de partir précipitamment pour Chobamba.

* * *

Le vaisseau effilé doté d'un ultraréacteur sortit de l'hyperespace à une demi-année-lumière d'Ellezelin. Dans la cabine de pilotage, Valean examina les données recueillies par les capteurs. Elle vit ainsi les grandes taches de matière exotique qui représentaient les énormes trous de ver reliant Ellezelin aux planètes économiquement soumises de la Zone de libre-échange. Les trous de ver avaient une dimension impressionnante ; on se serait cru revenu aux premiers temps du Commonwealth, quand les planètes du G15 étaient au centre d'une toile économique qui reliait entre eux des centaines de mondes. Elle fut satisfaite de constater que leur taille et leur portée lui permettraient d'accomplir la tâche que lui avait confiée Atha. Elle jeta son dévolu sur celui qui reliait Ellezelin à Agra, car c'était le plus moderne et le plus puissant.

Comme la plupart des vieux ressortissants de la branche Haute, Valean avait mis à profit ses systèmes biononiques pour remodeler son corps et le rendre plus fonctionnel. Elle était dépourvue de toute pilosité, squelettique, les os de sa cage thoracique étaient mis en valeur par sa peau tendue, grise et étrangement iridescente. Ses muscles saillants et fiers étaient des lignes droites qui bougeaient comme du morphométal. Son visage accentuait son allure émaciée, avec des joues creuses et un nez fin aux narines semblables à des ouïes. Ses yeux écartés luisaient d'un éclat rosé uniforme. Pour unique ornement, elle portait sur la poitrine un cercle doré constitué d'une multitude de fibres serrées et, semblait-il, mouvantes.

Après dix minutes, que Valean avait passées à attendre dans la cabine aux parois lisses, le vaisseau détecta une minuscule distorsion dans les champs quantiques. Un autre vaisseau équipé d'un ultraréacteur sortit de l'hyperespace juste à côté du sien. Il était un peu plus gros et doté d'excroissances aérodynamiques le long de son fuselage ovale. Ils manœuvrèrent ensemble et s'arrimèrent.

Marius glissa dans la cabine de Valean. Des volutes de ténèbres se déroulèrent dans le sillage de sa toge.

— Une rencontre physique... c'est un peu théâtral, non ? commença-t-il. Nos liaisons TD restent sûres.

— C'est vrai, acquiesça Valean avec un sourire qui révéla deux rangées de dents en cuivre poli. Il s'agit toutefois de donner plus de poids à notre message.

— Qui est ?

— La foirade de Chatfield a eu des conséquences désastreuses que je suis heureusement en train de corriger.

— Paula Myo l'avait à l'œil. Son déploiement sur Ellezelin était une simple précaution.

— Vous avez aussi une excuse pour la Chatte ?

Marius resta impassible.

— Son comportement est parfois imprévisible. C'est dans sa nature. Si je me souviens bien, je n'ai pas décidé tout seul de la libérer de Kingsville.

— Peu importe. Vos actions ont eu des conséquences néfastes en une période critique ; de ce fait, vous êtes dégradé.

— Je proteste.

Il tenta aussitôt d'entrer en contact avec Ilanthe, mais son appel fut rejeté. Il parvint néanmoins à garder l'air calme.

Les dents aiguisées et parfaitement alignées de Valean apparurent de nouveau.

— Peu importe, encore une fois. Vous allez vous occuper du Livreur.

— Ce tocard ! s'exclama Marius.

— Nous approchons du déploiement ; il s'agira de l'aboutissement de notre mission. Rien ne doit être laissé au hasard. Il a été vu sur Fanallisto. Nous voulons savoir ce qu'il faisait là-bas, ce que préparent les Conservateurs et comment réagiront les agents des Factions qui restent sur le terrain après notre coup.

— La victoire est proche, et vous m'envoyez sur un monde arriéré de merde à la recherche d'un vulgaire animal incompétent. Je ne mérite pas cela.

— Si vous refusez de coopérer, vous subirez une perte corporelle. Une fois l'Essaim activé, plus aucune résurrection ne sera possible. À vous de décider.

Les vrilles qui jaillissaient de la toge de Marius tourbillonnèrent, trahissant son état émotionnel. Il regarda fixement Valean, laissant ses particules de Gaïa faire l'étalage de son mépris olympien.

— Voici donc la véritable raison de cette rencontre physique. Très bien. J'obéirai. Je suis entièrement dévoué à notre cause.

— Cela ne fait aucun doute.

Marius pivota sur lui-même et retourna dans son appareil.

— Merci, articula en silence Valean lorsque le sas se fut refermé.

Elle ordonna au cerveau du vaisseau de la conduire à Ellezelin.

* * *

Le Conservateur ecclésiastique Ethan était de retour dans le bureau ovale du maire au cœur du palais du Verger. Le service de sécurité du cabinet avait rétrogradé le niveau de la menace à la suite de l'entretien qu'avait eu Ethan avec le gouvernement de l'ANA. Le vaisseau restant maintenait une orbite stable autour d'Ellezelin et rassemblait les fragments de son adversaire vaincu.

Son personnel lui avait servi un dîner tardif composé de filets de gurelol, de pommes de terre à la menthe et de petites carottes arrosés d'un blanc pétillant similaire en goût à celui de Love's Haven qu'Edeard buvait au cours de sa première vie avec Kristabel. Il faisait nuit, et quelques étoiles scintillaient à travers les fenêtres de la salle. Ethan mangea seul, sur une petite table, à l'écart de son grand bureau en murchêne, sous les lignes en forme de pétales qui luisaient d'un éclat orangé au plafond. Les ombres fuyaient les murs, donnant l'illusion que la pièce était plus grande qu'en réalité.

Il était en train de se servir un deuxième verre de vin lorsque son ombre virtuelle l'informa que Phelim voulait le joindre sur un canal prioritaire.

Par la Dame, j'ai eu assez de mauvaises nouvelles pour ce soir, pensa Ethan avec lassitude en acceptant l'appel. Il attendait toujours que le contacte « l'ami » de Marius.

— Nous l'avons trouvée, déclara Phelim.

Ethan se figea, la bouteille penchée, le vin au bord du goulot.

— Qui ?

— La Rêveuse. Les programmes de reconnaissance avancée ont réussi à retrouver sa trace. Figurez-vous qu'elle est en train de partager le onzième rêve d'Inigo.

— Sainte Dame ! A-t-elle été mise en lieu sûr ?

— Non, car il y a un problème. Elle n'est plus sur Viotia.

— Mince. Où est-elle, alors ?

— Sur Chobamba.

— Où ? (Son ombre virtuelle trouva aussitôt les données qui l'intéressaient dans le registre central.) C'est impossible, ajouta-t-il en reposant la bouteille.

— J'ai eu la même réaction que vous, mais les programmes ne se sont pas trompés. Les Maîtres qui les font fonctionner jurent qu'il n'y a pas eu d'erreur d'interprétation. Elle a commencé à partager le huitième rêve il y a une vingtaine de minutes.

— Le huitième ?

— Oui.

Cela n'avait sans doute aucune importance, mais cette énigmatique Araminta l'intriguait énormément.

— Pourquoi est-elle passée au onzième ensuite ?

— Elle n'a sauté aucun rêve. Elle les partage à la suite.

— Quatre rêves en vingt minutes ? demanda Ethan à voix haute.

Son étonnement se réverbéra dans la pièce vide. Lui avait besoin d'au moins deux heures pour apprécier chacun des rêves d'Inigo, et ce uniquement parce qu'il les connaissait par cœur. Certains de leurs adeptes les plus fervents y passaient des journées entières, sous perfusion.

— Absolument. C'est ce qui a fini de me convaincre que nos résultats étaient justes. Son esprit est… différent.

— Par la Dame, comment a-t-elle réussi à se rendre sur Chobamba ? Il ne fait aucun doute qu'elle était présente dans ce parc. Vous l'avez confirmé, d'ailleurs.

— Quelqu'un a dû l'emmener à bord de son vaisseau. Un vaisseau équipé d'un ultraréacteur, de surcroît.

— Ce qui signifie qu'elle a été évacuée par une Faction ; maudites soient-elles.

— C'est la conclusion évidente. Toutefois, c'est une étrange manière de se cacher. Si elle avait voulu disparaître, elle se serait rendue sur un Monde central, où nous n'avons aucun contrôle sur les nids de confluence. Les Factions savent cela. À moins qu'il s'agisse d'un genre de message, dont la nature m'échappe.

Ethan se rassit et s'abîma dans la contemplation des fines bandes de lumière qui ondulaient au plafond. Les fleurs qu'elles dessinaient n'avaient jamais été vues ni sur Querencia ni dans le Grand Commonwealth. D'ailleurs, étaient-ce des fleurs ? Edeard avait toujours rêvé d'en trouver ; les longs voyages qu'il avait entrepris dans ses vingt-huitième et quarante-deuxième rêves l'avaient conduit dans des contrées lointaines où il n'avait rien vu d'aussi beau.

Mais le mystère d'Araminta était encore plus grand.

— Nous devons la capturer à tout prix, déclara Ethan. Par tous les moyens. Sans elle, notre seul contact avec le Vide est… (il haussa les épaules) Gore Burnelli. Vous vous rendez compte ?

— Justine ne peut rien faire, rétorqua aussitôt Phelim.

— N'en soyez pas si sûr. Les Burnelli sont une famille étonnante. Je me suis renseigné sur eux, et encore, leurs activités publiques ne sont que la partie visible de l'iceberg… Gore est un des fondateurs de l'ANA, vous savez. On parle à son sujet de dispenses, de dérogations spéciales, de privilèges.

— Que voulez-vous faire ?

— Dans combien de temps connaîtrez-vous la position exacte d'Araminta ?

— Elle se trouve dans une ville appelée Miledeep Water, ce qui est bizarre en soi. C'est une localité très isolée. Nous n'avons aucun homme de confiance là-bas. Les Maîtres des Rêves vont devoir étudier son nid de confluence pour obtenir ses coordonnées exactes. Cela nous prendra une heure, peut-être davantage. J'espère juste qu'elle continuera à partager les rêves d'Inigo pour nous faciliter la tâche.

— Avons-nous, sur Chobamba, des gens capables de nous la ramener en bon état ?

— Nous avons des adeptes très loyaux, ailleurs sur la planète ; cependant, je suggérerais de louer les services de mercenaires lourdement armés pour les escorter. Il est évident qu'elle est sous la protection d'une Faction.

— Comme vous voudrez. Phelim, il est hors de question qu'il y ait un nouveau Bodant…

— Cela va sans dire, mais tout ne dépend pas de nous.

— Certes. J'espère que vous ne vous trompez pas. Tenez-moi au courant.

La liaison fut coupée, et Ethan contempla son assiette en train de refroidir. Il la repoussa.

— Vous semblez troublé, Conservateur.

Ethan sursauta et pivota sur sa chaise pour voir qui était entré dans son bureau. Son ombre virtuelle appelait déjà la sécurité à la rescousse.

La chose-femme qui sortit de l'ombre derrière sa table de travail avait quelque chose de déstabilisant.

— Vous m'attendiez, je crois, commença-t-elle.

Elle était nue, ce qui accentua encore le malaise d'Ethan, car elle était asexuée. Sa peau était un genre de pellicule artificielle qui produisait une couche grise dont les contours exacts étaient indistincts. Pis encore, il y avait sa silhouette. On aurait dit que ses organes internes étaient trop petits pour elle ; la moindre de ses côtes était parfaitement visible. Ses yeux aussi étaient étranges ; éclats de lune rosés, on ne pouvait jamais dire sur quoi ils étaient rivés. Elle avait un genre de cercle doré sous la gorge, auquel étaient accrochés deux longs rubans de tissu rouge foncé. Ceux-ci lui couvraient les épaules et, longs de plusieurs mètres, flottaient à l'horizontale dans son dos. Ils ondulaient avec la fluidité molle d'un sac embryonnaire.

Cinq gardes entrèrent en poussant les portes principales, des armes courtaudes à la main. La femme appartenant à la branche Haute pencha la tête sur le côté, tandis que le champ de Gaïa révélait sa politesse glaciale.

Ethan brandit son index.

— Attendez, ordonna-t-il à ses hommes. C'est Marius qui vous envoie ?

La bouche étroite de la femme s'ouvrit et révéla des dents en métal brillant.

— Marius a changé d'affectation. Je m'appelle Valean et je suis sa remplaçante. Je suis ici pour vous aider à régler le problème commun que nous pose ce vaisseau de l'ANA en orbite au-dessus de votre monde.

Ethan fit signe aux gardes de les laisser ; de toute façon, ils ne pourraient probablement rien contre elle.

— Que voulez-vous ?

Elle se rapprocha de lui. Dans son dos, les bandes de tissu ondulaient doucement. Ethan vit que ses talons se terminaient en cônes effilés, pareils à des talons aiguilles naturels.

— Je souhaite accéder au générateur du trou de ver d'Agra. Donnez l'ordre à vos techniciens de coopérer pleinement.

— Qu'est-ce que vous allez faire ?

— Empêcher l'agent de l'ANA de récupérer davantage de fragments.

— Je ne peux me permettre quelque conflit que ce soit avec l'ANA. Certains membres du Sénat souhaitent nous envoyer la Marine et sont à l'affût du moindre prétexte.

— Vous n'aurez bientôt plus à craindre ce genre d'intervention. Croyez-moi, monsieur le Conservateur, il n'y aura aucun combat dans votre ciel.

— Dans ce cas, vous aurez les autorisations que vous demandez.

— Merci.

Elle s'inclina, tourna les talons et se dirigea vers la porte.

— S'il vous plaît, ajouta Ethan, dites aux dirigeants de votre Faction que je préférerais avoir affaire à Marius.

Valean ne se retourna pas.

— Je transmettrai votre requête.

Il n'y avait aucune trace d'ironie dans ses pensées. Son glacis de politesse resta intact.

Les portes se refermèrent derrière elle. Ethan laissa échapper un long soupir d'appréhension. Il avait l'impression d'avoir vu ce qui attendait les âmes damnées dans l'Honoious.

L'analyse préliminaire du nuage de débris identifia mille trois cent douze fragments importants, c'est-à-dire faisant plus de cinq centimètres de long. Quand le vaisseau de Chatfield avait explosé, plus d'un tiers de ces fragments avaient été projetés vers l'atmosphère d'Ellezelin, où ils avaient brûlé dans la demi-heure. Les autres s'étaient éparpillés sur diverses trajectoires orbitales. Les récupérer serait un enfer.

Digby était satisfait de la manière dont le cerveau du *Columbia505* menait les opérations. Grâce à des émissions modifiées, le réacteur ingrav arrachait les fragments à leurs trajectoires terminales. Les capteurs en avaient identifié plusieurs qui semblaient contenir de la matière exotique. Ils continuaient d'ailleurs à chercher. Le vaisseau lisse à ultraréacteur fonçait comme une flèche dans toutes les directions, collectant des fragments qu'il stockait dans le champ stabilisateur de sa soute centrale. Le gouvernement de l'ANA avait assuré à Digby qu'une équipe scientifique serait là dans moins de dix heures. Il l'espérait, car les champs stabilisateurs n'étaient pas conçus pour préserver de la matière exotique. Celle-ci était d'ailleurs en train de se désagréger sous ses yeux, et il ne pouvait rien y faire.

Soudain, des messages d'alerte pour le moins inattendus s'affichèrent dans son exovision. Un très grand trou de ver venait d'apparaître à moins de trois kilomètres de son vaisseau.

— Bordel de merde !

Plusieurs fragments de grande taille furent aussitôt engloutis par la gueule du trou de ver. Alors celui-ci changea de point de sortie et réapparut cinq kilomètres plus loin pour avaler d'autres débris. Des données affichées dans son exovision lui montrèrent qu'il s'agissait du trou de ver qui reliait normalement Ellezelin à Agra. Quelqu'un l'avait détourné de ses fonctions et s'en servait avec un talent certain pour faire disparaître des preuves précieuses. Son ombre virtuelle se connecta à la cybersphère planétaire et tenta d'accéder au réseau du générateur.

— Il a été isolé, annonça son ombre virtuelle. Même l'accès du bâtiment m'est interdit. Ceux qui se cachent là-dedans ont décidé de ne rien laisser filtrer.

Les capteurs du *Columbia505* balayèrent le complexe qui abritait le générateur dans la banlieue de Riasi, sept mille kilomètres derrière la courbure de la planète. Un champ de force protégeait la zone tout entière.

— Merde.

Digby demanda au cerveau de son vaisseau de distordre la pseudo-structure du trou de ver. Des flux d'énergie négative jaillirent du réacteur du navire pour déstabiliser l'intégrité du dispositif ; toutefois, les générateurs planétaires étaient beaucoup trop puissants pour le *Columbia505*. C'était une bataille perdue d'avance.

— On descend, ordonna-t-il au cerveau. Et vite.

Tandis que le vaisseau plongeait vers l'atmosphère de la planète, Digby appela le gouvernement de l'ANA pour lui exposer la situation.

— Je vais contacter le Conservateur ecclésiastique, répondit le gouvernement de l'ANA. Je lui ferai comprendre qu'il ne peut pas agir contre nos intérêts en toute impunité.

Digby était à peu près certain que le Conservateur ecclésiastique savait déjà cela, mais préféra ne rien dire. Minuit était passé depuis longtemps à Makkathran2, ce qui signifiait que le jour était en train de se lever à Riasi. Le *Columbia505* décélérait à quinze G quand il transperça la stratosphère au-dessus de Sinkang, continent sur la rive nord duquel se trouvait l'ancienne capitale. Le vaisseau embrasé fonça vers les couches inférieures de l'atmosphère tel un éclat de couronne stellaire. Il se figea dans le ciel cinq cents mètres à la verticale du générateur du trou de ver d'Agra. L'onde de choc hypersonique générée par son passage le dépassa et souffla toutes les vitres non protégées dans un rayon de trois kilomètres. Des capsules regrav tourbillonnèrent dans les airs comme des feuilles mortes, tandis que leurs cerveaux utilisaient leurs réserves énergétiques de secours pour tenter de les stabiliser. Le contrôle aérien local envoyait des messages à Digby sur toutes les fréquences disponibles. Des patrouilleurs de la police métropolitaine arrivaient pour l'intercepter. Digby émit de manière à être capté par tous les nœuds cybersphères et amas macrocellulaires situés dans la zone du champ de force.

— Je m'adresse aux personnes qui se trouvent à l'intérieur du complexe du générateur. Désactivez immédiatement le trou de ver. Une opération de l'ANA est en cours. Je suis autorisé à user de la force pour mettre un terme à votre transgression.

Comme il s'y attendait, il n'y eut pas de réponse. Et il n'y en aurait pas. Chaque seconde passée à jouer le rôle du gentil, à respecter la procédure, leur permettait de faire disparaître plus de débris en orbite. Sans compter qu'il ne serait pas facile de détruire ce champ de force sans raser la ville.

Huit minces rayons de distorsion atomique jaillirent de sous le vaisseau, frappèrent le dôme du champ de force et embrasèrent les molécules d'air dans un éclair incandescent. Des décharges monstrueuses d'électricité statique transpercèrent l'atmosphère agitée. Le champ de force se mit à briller d'un éclat violet pâle, comme s'il se couvrait d'un bleu. Le *Columbia505* largua des filets destinés à décharger l'énergie du dispositif. Des ondulations sombres parcoururent le bouclier. Autour des filets se formèrent des ténèbres qui s'intensifièrent et s'élargirent rapidement. L'attaque était si massive que la surchauffe serait extrêmement rapide. Le champ de force s'effondra dans un déluge sauvage de décharges d'énergie et d'ondes de choc surchauffées qui martelèrent les bâtiments environnants. Le *Columbia505* fut secoué, mais son cerveau parvint à maintenir sa position au-dessus du cercle de flammes ioniques qui dévoraient les immeubles du générateur. Ses capteurs l'informèrent que le trou de ver avait cessé de fonctionner. Digby se demanda combien de preuves avaient déjà disparu.

Les champs de force de la défense civile d'Ellezelin, série d'hémisphères imbriqués les uns dans les autres, se déployaient au-dessus de Riasi pour protéger ses différents quartiers. Cinq grands croiseurs de la Marine d'Ellezelin faisaient le tour de la planète, incurvant rapidement leur trajectoire pour prendre position autour de la ville.

Un vaisseau quitta le complexe détruit et accéléra à près de quarante G. Il déversa un barrage de rayons d'énergie et d'impulsions disruptives sur le *Columbia505*. Un filet de sécurité maintint Digby à sa place tandis que son vaisseau tournoyait dans les airs. L'atmosphère planétaire était un milieu hostile pour ce dernier. Ses systèmes conçus pour combattre dans l'espace fonctionnaient au minimum de leurs capacités, gênés par les gaz épais. Le champ de force de l'appareil brilla d'un éclat rouge sang et cracha des étincelles. Pendant ce temps, l'oreille interne de Digby luttait désespérément contre la nausée. Loin en dessous, des ondes de choc s'abattirent sur les bâtiments commerciaux et entrepôts assiégés qui constituaient le quartier de Riasi où se concentrait l'activité commerciale interstellaire.

Le *Columbia505* se stabilisa, et les programmes déployés par les amas macrocellulaires de Digby chassèrent sa nausée. Dans son exovision, il vit l'autre vaisseau foncer à travers la troposphère en déroulant dans son sillage une gigantesque traînée ionique.

— On le suit, lança Digby.

Au-dessus de la ville meurtrie, l'atmosphère fut de nouveau secouée comme le *Columbia505* reprenait de l'altitude sans se soucier des croiseurs qui convergeaient vers lui. L'autre vaisseau disparut dans l'hyperespace. Le *Columbia505* le suivit.

— Pourquoi ? demanda Paula alors que Digby n'était pas encore sorti du système d'Ellezelin. Ces fragments étaient d'une importance capitale, et nous allons en perdre la plus grosse partie, à présent.

— L'analyse scientifique n'aurait pas forcément donné les résultats escomptés. Je pense que ce vaisseau représente une piste plus convaincante. Ils ont pris beaucoup de risques pour gêner mon opération.

— Ce qui démontre l'importance de ces fragments.

— J'en ai jugé autrement, répondit Digby.

Il aurait préféré ne pas se sentir si minuscule. Aucun être humain, qu'il appartienne à la branche Haute, Avancée, ou Naturelle, ne savait le mettre plus mal à l'aise que son arrière-grand-mère.

— Apparemment. C'est trop tard, de toute façon. Que disent les capteurs ?

— Son avance est constante. Il vole en mode furtif, mais mon cerveau détecte quelques distorsions. C'est un excellent vaisseau, comparable à celui de Chatfield.

— Bien. J'aurais sans doute agi de la même manière dans des circonstances similaires. Ne le lâche pas d'une semelle et vois où se rend ce représentant. Le conclave judiciaire de l'ANA va commencer et je pense que la Faction des Accélérateurs sera suspendue d'ici une heure ou deux.

— Excellent.

— Les Accélérateurs ont probablement envoyé des agents tels que celui que tu suis un peu partout, et je pense qu'il va nous falloir du temps pour tous les retrouver.

— Au moins disposerons-nous d'une liste complète de leurs hommes et activités.

— Oui, cela devrait nous faciliter la tâche. Préviens-moi dès que le vaisseau atteint quelque destination que ce soit.

— Bien sûr.

Digby fronça les sourcils tandis que la liaison se coupait. Cette mission était décidément très peu satisfaisante ; il laissait derrière lui beaucoup trop de questions sans réponse. Et puis, les destructions qu'il avait occasionnées avant de quitter Riasi le tracassaient énormément. Son intervention avait causé beaucoup de pertes corporelles.

Un quart d'heure plus tard, il devint clair que le vaisseau qu'il suivait se dirigeait vers un Monde central. Probablement Oaktier.

* * *

Il n'y avait eu qu'un seul conclave judiciaire dans l'histoire de l'ANA, à l'époque où les Séparatistes avaient tenté de quitter l'ANA pour ne plus avoir à se soumettre aux lois de base qui gouvernaient l'ensemble de l'édifice. La majorité avait désapprouvé ce projet. Une entité dotée des ressources de l'ANA et reposant sur une idéologie nocive aurait risqué de devenir une menace pour l'ANA elle-même, sans parler du Grand Commonwealth. Le double jeu des Séparatistes pour essayer de prendre le contrôle des mécanismes quasi physiques qui soutenaient l'ANA était la preuve irréfutable qu'on ne pouvait laisser la Faction se développer tranquillement dans un coin perdu de la galaxie. On exposa devant le conclave tout un ensemble d'arguments en faveur de l'ascension post-physique.

Comme la première fois, le gouvernement de l'ANA généra une assemblée sphérique dont le diamètre équivalait à la moitié de celui de la Terre ; ce volume était nécessaire pour accueillir les manifestations virtuelles de tous les esprits qui formaient l'édifice de l'ANA. Ceux-ci apparurent quelques secondes seulement après la convocation du conclave, se regroupant contre la coque incurvée en fonction de leur appartenance à telle ou telle Faction ou de leurs sympathies. Ilanthe, en tant que représentante désignée des Accélérateurs, flottait au centre de la sphère. Elle avait choisi d'apparaître sous sa forme première, celle d'une femme humaine à la peau grise et fluide. Seul son visage possédait quelques caractéristiques remarquables, avec ses mâchoires longues et son petit nez élégant. Ses yeux étaient aussi sombres qu'un trou noir.

— Merci d'avoir répondu présent, commença le gouvernement de l'ANA.

Ilanthe balaya l'assistance du regard, s'arrêtant au hasard sur diverses formes et configurations. Plus de la moitié des participants avaient une apparence humaine ; les autres étaient des sphères lumineuses minimalistes, des essaims d'échos neuraux ou bien, comme c'était le cas de la Faction radicale des Isolationnistes, des pyramides noires et sinistres. Une des silhouettes humaines était Nelson Sheldon, qui la regardait avec le mépris détendu d'un homme qui avait gagné la partie. Aucun signe de Gore Burnelli, ce qui la perturbait plus qu'elle l'aurait voulu. Elle ne comprenait toujours pas comment il était devenu le Troisième Rêveur. Il devait être connecté au champ de Gaïa par un moyen qu'elle ne soupçonnait pas, mais cela n'avait plus aucune importance.

Son esprit déployé dans sa totalité – mais toujours ancré dans la compilation des Accélérateurs – considéra le jury avec un certain amusement, car il en faisait partie… De fait, une infinitésimale portion de son intellect contribuait au gouvernement de l'ANA, se jugeant elle-même.

— Nous sommes ici pour examiner les activités de la Faction des Accélérateurs, poursuivit le gouvernement de l'ANA. La charge retenue contre elle est la haute trahison.

Les pairs d'Ilanthe restèrent passifs, attendirent qu'on leur présente les preuves dont disposait l'ANA.

— Souhaitez-vous dire quelque chose ? demanda le gouvernement de l'ANA à Ilanthe.

— Vous existez pour garantir l'évolution et le développement intellectuel. Et pourtant, vous nous empêchez de mettre en place ces développements dans la réalité de l'espace-temps. Vous vous plaignez que nous œuvrions dans le sens que votre nature fondamentale encourage. Nous aimerions comprendre votre logique…

— Tous les individus qui me composent sont libres de traduire leurs objectifs en réalité physique ou post-physique, répondit le gouvernement de l'ANA. Vous le savez fort bien. En revanche, je ne puis permettre que vos objectifs soient imposés à une majorité non consentante. Nous ne deviendrons post-physiques que lorsque la majorité l'aura décidé.

— Rien de plus normal en théorie, sauf que les restrictions que vous imposez à ceux qui n'attendent que la transcendance sont inacceptables. Nous atteindrons donc nos objectifs tout seuls.

La conscience primaire d'Ilanthe se retira au centre de la compilation des Accélérateurs, où se trouvait le noyau d'inversion. Des programmes secondaires prirent sa place dans l'arène pour répondre aux questions du gouvernement de l'ANA.

Le noyau d'inversion globulaire brillait d'un éclat indigo métallique. Sa surface ondula légèrement tandis que les bandes de force exotique qui l'enserraient commençaient à se détacher du pseudo-tissu quantique qu'était l'édifice de l'ANA.

— Les alliés primiens des Ocisens étaient animés par les programmes de pensée de Donald Chatfield, expliqua le gouvernement de l'ANA. C'est un de vos agents dans le Grand Commonwealth.

Une grande quantité de données apparut dans l'arène pour être assimilée par l'assemblée. Seul Nelson Sheldon ne se donna pas la peine de les compulser. Tous les autres étudièrent l'enregistrement de l'interception de Kazimir et l'analyse des communications interprimiennes. La conclusion était inévitable.

L'esprit d'Ilanthe quitta définitivement l'édifice de l'ANA pour se réfugier dans le noyau d'inversion. Pour la première fois depuis qu'elle avait chargé son esprit trois cent vingt-sept ans plus tôt, elle était complètement indépendante.

— Qu'est-ce que vous faites ? lui demanda aussitôt l'ANA.

— Je prends la liberté que vous étiez censée garantir, répondirent les programmes secondaires au centre de la sphère.

— Vous ne pouvez fonctionner séparément tout en restant en mon sein. Vous serez isolée jusqu'à ce que votre personnalité primaire se reconnecte à mon édifice. D'ici là, toute interaction avec moi vous sera interdite. Vos activités seront définitivement suspendues.

— Vraiment ?

— La tentative par votre Faction de manipuler le Rêve vivant afin de vous laisser entrer dans le Vide a été déclarée illégale, annonça le gouvernement de l'ANA.

La loi sur laquelle reposait tout l'édifice de l'ANA fut confirmée et la mémoire collective des Accélérateurs exposée à la vue de tous. L'ANA remarqua immédiatement que des pans entiers de cette mémoire manquaient, que son contenu avait été transféré dans la personnalité d'Ilanthe. Le reste était là : les actions de leurs agents, le développement de Primiens indépendants destinés à encourager l'invasion des Ocisens. Le pourquoi, en revanche, avait disparu. L'ANA découvrit également la manière dont Ilanthe avait pris le contrôle de sa Faction, la façon dont son obsession pour le Vide avait supplanté les autres objectifs des Accélérateurs. Furent aussi révélés les emplacements des usines secrètes qui fabriquaient l'équipement des agents, dont une station énorme orbitant autour d'une naine rouge qui ne figurait sur aucune carte. L'ANA étudia la façon dont Ilanthe avait détourné les ressources allouées à sa Faction au profit du centre de la compilation des Accélérateurs, produisant le noyau d'inversion qu'ils s'apprêtaient à faire fusionner avec le Cœur du Vide.

Trop de données manquaient encore pour avoir une vision claire de leur stratégie. L'essence de la Faction des Accélérateurs était contenue dans le noyau d'inversion. L'ANA vit celui-ci se détacher de son édifice, rompre tout contact avec lui. Et pourtant, l'objet maintint son intégrité, sa quasi-réalité, dans le fondement sous-quantique.

— La Faction des Accélérateurs est suspendue, annonça le gouvernement de l'ANA à l'assemblée.

Les programmes de pensée de tous les individus qui composaient la Faction cessèrent de fonctionner, se figèrent, prêts à être modifiés, nettoyés de leurs éléments illégaux, équipés de limiteurs comportementaux.

Aucun de ces changements n'affecta le noyau d'inversion, faute de point d'entrée. Les Accélérateurs l'avaient fabriqué sans tenir compte des lois de base de l'ANA, faisant preuve d'un irrespect pour son autorité pour le moins étonnant. Leur connaissance des structures quantiques exotiques était extrêmement avancée. Grâce à des gens comme Troblum, sans doute, qui avaient étudié le mécanisme de la Forteresse des ténèbres. L'examen de la mémoire de la Faction confirma que quatre-vingt-sept de ses scientifiques avaient servi dans la Marine autour de Dyson Alpha. Leurs découvertes, en revanche, restaient mystérieuses.

L'ANA désactiva la compilation des Accélérateurs tout entière au cas où subsisteraient des connexions invisibles. Le noyau d'inversion, lui, ne fut pas touché. Il était totalement indépendant, autonome.

— Quel est votre objectif? demanda l'ANA.

— L'évolution totale, répondit Ilanthe. Je ne m'en suis jamais cachée.

— À cause de vos actions, une grande menace pèse sur le Commonwealth et la galaxie. Ce crime ne pourra rester impuni.

— Je vous rejette vous et votre autorité, rétorqua Ilanthe.

Le noyau d'inversion exerça une force exotique contre l'édifice effondré qui l'entourait. L'ANA sentit sa propre structure se vriller dangereusement. Loin au-dessus de l'orbite lunaire de la Terre, l'espace-temps se tordit, transformant les photons en tourbillons globulaires, avalant la lumière comme un petit trou noir.

— Cessez immédiatement! tonna l'ANA.

Dix vaisseaux de classe Capital croisant dans le système de Sol se précipitèrent vers l'anomalie, jaillirent de l'hyperespace avec fluidité pour la prendre pour cible. L'ANA entra également en communication avec Kazimir, qui était déjà de retour dans le périmètre des Mondes extérieurs.

— Vous avez une idée de ce que c'est? demanda l'amiral.

— Je suppose que ce noyau d'inversion possède certaines de mes caractéristiques, puisque les Accélérateurs ont l'intention de le faire fusionner avec le Vide. Ils ont été très malins de produire ce système en mon sein. Quelles que soient leurs activités à l'intérieur de l'ANA, les lois de base s'appliquent à tous les individus ou Factions, car ceux-ci ne sont qu'une extension des interstices quantiques qui constituent mon édifice. C'est ce qui garantit mon intégrité. Aujourd'hui, les lois de base ont été contournées. Cette chose ne fait pas partie de moi.

— Je serai là dans une quinzaine de minutes.

— C'est une bonne nouvelle, même si je doute qu'Ilanthe essaie de me détruire. Elle risquerait d'ailleurs de trouver cela plus difficile que prévu. Je n'ai pas encore fait l'étalage de toutes mes capacités.

Le noyau d'inversion augmenta l'intensité de la force qu'il exerçait. Les champs quantiques qui accueillaient l'ANA commencèrent à se séparer, tandis que leur cohésion était mise à rude épreuve. L'espace-temps se fissura.

Les capteurs situés en bordure du noyau d'inversion perçurent pour la première fois la lumière des étoiles.

— Vous ne pouvez plus me retenir, lança Ilanthe.

La lumière s'intensifia, se déversa en se tordant dans la brèche autour du noyau. Soudain, celui-ci fut libre et émergea dans l'espace-temps. La Terre était un magnifique croissant bleu argenté situé à un demi-million de kilomètres de là, tandis que les plaines lisses de la face cachée de la Lune brillaient tout près. Les vaisseaux de classe Capital se rapprochaient à grande vitesse. Ilanthe sentit leurs armes s'activer et se braquer sur elle. En moins d'une seconde, le noyau d'inversion quitta son orbite translunaire et atteignit quatre-vingt-dix-neuf pour cent de la vitesse de la lumière.

— Que comptez-vous faire ? demanda Kazimir en dépassant la ceinture cométaire d'Oort qui marquait la frontière du système de Sol.

Il avait suivi la chasse avec intérêt. Les dix vaisseaux avaient plongé dans l'hyperespace pour rattraper le noyau d'inversion qui s'éloignait à une vitesse faramineuse d'une façon qui lui rappela immanquablement le Seigneur du Ciel. Les navires eurent quelques difficultés à caler la vitesse de leur vecteur de sortie sur celle du noyau. Quand leur cible fut enfin en vue, celle-ci s'arrêta net, réduisant à néant son allure relativiste en une fraction de seconde. Les vaisseaux de guerre, eux, continuèrent sur leur vecteur. Le noyau d'inversion se remit en route et accéléra, mais en choisissant une trajectoire légèrement différente, forçant les vaisseaux à replonger dans l'hyperespace. Lui tirer dessus serait extrêmement difficile. Et ils n'avaient aucune idée de ses capacités véritables.

— Ilanthe ne nous laisse pas le choix, répondit l'ANA. Interceptez-la et détruisez cet objet.

— Très bien.

Kazimir ordonna aux vaisseaux de classe Capital de se replier. Il manifesta plusieurs fonctions dans l'espace-temps, calquant parfaitement sa signature énergétique sur la vélocité du noyau d'inversion. Il tenta de l'analyser, mais ne perçut qu'un nœud incroyablement complexe de forces exotiques. Il ne disposait pas des fonctions sensorielles nécessaires à l'interprétation de son intersection avec les champs quantiques, ce qui était problématique, car il ne savait pas quelle fonction agressive déployer contre lui.

Le noyau d'inversion stoppa de nouveau à vingt millions de kilomètres de Mars. La signature énergétique de Kazimir le rejoignit sans effort. Visuellement, le noyau ressemblait à une boule de verre noir sous laquelle scintillaient des points violets. Pour les capteurs thermiques, il n'existait pas, tandis que les capteurs d'énergie exotique révélaient la présence d'une couche externe de matière négative entortillée autour de fluctuations quantiques d'une intensité colossale.

— La flotte de dissuasion, je présume ? commença Ilanthe.

— Oui.

— Je suis très impressionnée.

— Je n'ai pas envie d'utiliser mes armes contre vous ; vous êtes dans le système de Sol, et il y aurait des dégâts.

— Personnellement, je ne risque rien, mais ce n'est pas votre sujet d'inquiétude principal.

— Je vous assure que si. Si cela devient nécessaire, cependant, je n'hésiterai pas à user de la force. Votre rébellion est terminée, admettez-le.

— Vous croyez que nous nous sommes arrangés pour vous envoyer loin d'ici afin de pouvoir émerger en toute sécurité.

— Cela me semble évident.

— Vous vous trompez. Donnez-vous plutôt la peine de scanner l'espace à proximité de Sol.

Regardez derrière vous : un coup vieux comme le monde, une tactique désespérée. Kazimir laissa sa signature énergétique là où elle était, mais déploya plusieurs fonctions scanners longues distances. Alors qu'il cherchait des hyperréacteurs fonctionnant en mode furtif, il en découvrit huit mille un en suspension transdimensionnelle ; les engins étaient déployés à quarante UA du système et l'englobaient.

— Qu'est-ce que c'est ? demanda-t-il.

— Nous les appelons l'Essaim, répondit Ilanthe. Ils sont ici pour mettre un terme aux ingérences de l'ANA.

— Il faut que je voie cela de plus près, dit Kazimir à l'ANA. Cela ne me plaît pas du tout.

Ses capteurs se braquèrent sur un hyperréacteur qui fonçait vers le noyau d'inversion à une vitesse très importante, même pour un ultraréacteur. Les huit mille autres appareils sortirent de l'hyperespace là où ils étaient, se matérialisèrent dans l'espace-temps en générant de grands champs de force sphériques tout autour du système solaire.

Les navires de guerre assignés à la protection du système se précipitèrent vers la Terre, tissèrent une formation défensive qui s'étirait au-delà de l'orbite lunaire. Des plates-formes armées qui avaient passé des décennies cachées en orbite haute émergèrent et joignirent leurs forces à l'incroyable armada tournée vers l'Essaim. Partout sur la planète, des champs de force s'activèrent pour protéger les villes. Toutes les personnes qui se trouvaient hors des zones urbaines furent immédiatement téléportées en sécurité. La T-sphère elle-même fut intégrée au dispositif de défense, se prépara à repousser les attaques énergétiques en déformant drastiquement l'espace-temps.

Lizzie était dans la cuisine quand l'alerte fut donnée. Des icones non familiers clignotèrent dans son exovision tandis qu'elle retirait du feu une grande casserole de bouillon de poule. Des programmes secondaires les identifièrent, remontèrent leur signification à la surface de sa conscience. Elle comprit aussitôt ce qui se tramait dans l'espace.

— Par Ozzie ! grogna-t-elle en reposant la casserole sur la plaque de cuisson en fer.

C'était un événement tellement extraordinaire qu'elle fut prise de court. Jusqu'à ce que son instinct maternel prenne le dessus.

La petite Rosa gloussait joyeusement dans le salon, où elle jouait avec des sphères réactives, les jetant les unes contre les autres pour qu'elles fassent de la musique, applaudissant quand elles roulaient sur l'antique tapis. Elle sourit, ravie, en voyant sa mère arriver.

Le robot-pédiatre qui flottait tout près du bébé s'écarta en glissant avec fluidité pour laisser Lizzie prendre la petite.

— Allons-y, dit-elle en envoyant des coordonnées à la T-sphère.

L'agence de défense lui annonça que la T-sphère serait interdite aux civils dans environ une minute.

Lizzie se téléporta dans l'école, saut qui fit couiner Rosa de plaisir.

— Encore, encore !

Elles avaient émergé dans une grande salle de classe circulaire surplombée par un dôme peu élevé et dont les fenêtres donnaient sur les jardins verdoyants de Dulwich Park. Il pleuvait. Il y avait une vingtaine d'enfants à l'intérieur, répartis dans trois groupes. Les enseignantes semblaient déjà affolées. Lizzie jeta un regard sur l'assemblée, tandis qu'un compte à rebours égrenait les secondes dans son exovision. Elsie était dans le groupe de lecture. Elle releva la tête et sourit à sa mère.

Deux autres parents apparurent dans la salle ; ils étaient aussi perturbés qu'elle, pensa Lizzie. Elle fit signe à Elsie de la rejoindre, et la fillette s'exécuta. Cinq parents supplémentaires étaient arrivés. La salle de classe commençait à être surpeuplée.

Tilly était dans le groupe de musique, le violon coincé sous le menton ; les élèves répétaient un morceau enjoué pour la fête de Noël de l'école.

— Viens par ici, lui dit Lizzie, tandis qu'Elsie la rejoignait.

Il restait vingt secondes. Du coin de l'œil, Lizzie vit une mère disparaître avec son fils dans les bras.

— Qu'est-ce qui se passe ? demanda Tilly.

— Dépêche-toi ! implora sa mère.

Deux adultes se matérialisèrent devant elle et entreprirent de chercher leurs enfants. Les petits commençaient à s'inquiéter en voyant apparaître toujours plus d'adultes affolés.

Tilly trottina vers elle, son violon à la main. L'ombre virtuelle de Lizzie reçut un appel de son mari.

— Pas maintenant, grogna-t-elle en envoyant les coordonnées de la maison à la T-sphère.

Il restait neuf secondes quand Tilly se blottit contre elle. Pendant un instant, le vide du continuum de translation brilla autour d'elles comme elles effectuaient leur saut.

De retour dans le vestibule familier, Lizzie laissa échapper un soupir de soulagement.

— Qu'est-ce qu'il y a ? demanda une Elsie impressionnée. Qu'est-ce qui se passe ? Maman ! insista-t-elle en tirant sur la robe de sa mère.

— Je ne suis pas sûre, répondit Lizzie tout en essayant de déchiffrer les icones de l'agence de défense.

Celle-ci ne savait apparemment rien des engins qui entouraient le système solaire. Soudain, la T-sphère fut fermée aux civils, et chacun se retrouva coincé là où il se trouvait. Lizzie ordonna à son ombre virtuelle d'accepter l'appel de son mari.

— Merci Ozzie ! Où sont les filles ? lui demanda-t-il.

— Elles sont avec moi, le rassura-t-elle. (Elle était fière d'avoir réagi avec autant de promptitude et de discernement.) Et toi, où es-tu ?

— À bord d'un vaisseau. À huit minutes de l'astroport de Gralmond.

— Tu sais ce qui se passe ?

— Pas vraiment. Ce sont les Factions de l'ANA ; leurs querelles ont franchi un cap.

— Elles ne peuvent rien contre la Terre, n'est-ce pas ?

Elle ne voulait pas lâcher les enfants. Dehors, un champ de force s'était déployé dans le ciel gris de Londres, et la pluie avait cessé.

— La Terre n'est pas concernée. Écoute, je serai là aussi vite que…

La liaison fut coupée. Des symboles étranges apparurent dans son exovision signalant des problèmes de connexion.

Dans l'unisphère ? C'est impossible !

— … dès qu'on a atterri. Après, je…

— La situation est grave ! lâcha-t-elle.

— … sois forte. J'arrive, je te le pr…

— La connexion est interrompue, annonça son ombre virtuelle.

— Comment est-ce possible ?

— Les trous de ver qui relient les mondes du Commonwealth cessent de fonctionner.

— Par Ozzie !

Lizzie se précipita vers la serre en entraînant les filles avec elle. Elle s'efforça de déchiffrer les messages d'alerte qui emplissaient son exovision tout en cherchant dans le ciel austère les signes d'une imminente fin du monde.

La signature énergétique de Kazimir s'arrêta à dix kilomètres d'un des composants de l'Essaim. Il projeta toute une panoplie de fonctions sensorielles, mais celles-ci échouèrent à pénétrer le champ de force de cinq cents mètres de diamètre qui flottait sereinement dans l'espace.

— Merde, ils maîtrisent la technologie de la Forteresse des ténèbres, annonça-t-il à l'ANA.

Loin derrière lui, le vaisseau des Accélérateurs sortit de l'hyperespace tout près du noyau d'inversion. Pour un engin équipé d'un ultraréacteur, il était grand et, à en croire les scanners longues distances de Kazimir, très lourdement armé. Une soute s'ouvrit à l'arrière, dans laquelle le noyau d'inversion se glissa avec grâce. Alors, un champ de force aussi imperméable que celui qu'il avait en face de lui enveloppa l'appareil.

Kazimir aurait beaucoup aimé intercepter le vaisseau des Accélérateurs, mais une trop grande menace pesait sur la Terre et l'ANA, et sa mission était très claire. Il projeta plusieurs fonctions offensives très puissantes sur le champ de force situé droit devant lui. Toutes furent repoussées sans difficulté. Le bouclier ne craignait aucune des armes que l'amiral pouvait utiliser contre lui dans l'espace réel ou dans l'hyperespace.

— Les trous de ver du G15 cessent de fonctionner, l'informa l'ANA. Quelque chose les éteint un à un.

Kazimir examina les intrusions de matière exotique qui, depuis la Terre, se déroulaient vers les étoiles. Elles subissaient des interférences énormes qui les comprimaient. S'il savait que ces dernières avaient pour origine l'Essaim, ses fonctions sensorielles ne furent pas en mesure d'en révéler la nature.

Le vaisseau des Accélérateurs et le noyau d'inversion basculèrent en vol supraluminique et foncèrent dans la direction opposée à celle où se trouvait Kazimir, à près de soixante-dix-huit années-lumière par heure. La signature énergétique de l'amiral se précipita à leur poursuite, projeta des fonctions de manipulation d'énergie exotique incroyablement puissantes, mais ne parvint pas à transpercer le champ de force pour atteindre le réacteur. Il tenta alors de déformer les champs quantiques autour du vaisseau pour le forcer à émerger de l'hyperespace. En vain. L'engin traversa l'orbite de l'Essaim avec deux secondes d'avance sur Kazimir. Deux secondes de trop, car les champs de force qui protégeaient les composants de l'Essaim grossirent à une vitesse hyperluminique.

La signature énergétique de Kazimir se heurta à une barrière imperméable, dressée dans l'espace-temps et l'hyperespace. Il ne parvint pas à la franchir.

Le *vaisseau* émergea de l'hyperespace une minute-lumière plus loin. Les capteurs hyperspatiaux révélèrent la présence d'un vaste bouclier uniforme. À en croire sa courbure, il avait un rayon de quarante UA. Il n'y avait aucun signe de déformation ou de distorsion sur sa surface ; les armes transportées par Kazimir n'avaient pas réussi à le pénétrer. Neskia appela les données des capteurs visuels dans son exovision et les examina attentivement tandis que les secondes s'égrenaient. Au bout d'une minute, l'étoile de forte magnitude qu'était le Soleil disparut, de même que tous les astres situés dans cette moitié de l'espace.

— Il ne l'a pas transpercé. Je crois que nous sommes en sécurité.

— Très intéressante, cette flotte de dissuasion, dit Ilanthe. Une signature énergétique interstitielle capable de se matérialiser dans l'espace-temps… Le *vaisseau* n'aurait eu aucune chance dans un combat traditionnel. L'ANA est plus avancée que nous le pensions.

— Raison de plus pour la laisser derrière nous, lâcha Neskia, péremptoire. Elle avait un énorme potentiel, mais elle l'a gâché.

— C'est vrai.

— Où allons-nous ?

— Sur Ellezelin. Je suppose que nos agents sont près de récupérer Araminta ?

— En effet.

Le *vaisseau* glissa dans l'hyperespace et s'éloigna à seulement cinquante-cinq années-lumière par heure. Derrière lui, la lumière froide et scintillante des étoiles se réfléchissait sur la sphère sombre qui emprisonnait le système de Sol et brillait comme un étang dans une forêt profonde. Le contenu de la sphère était isolé, enfermé dans les ténèbres.

Le seizième rêve d'Inigo

C'était la cinquième fois qu'Edeard regardait les forces de la milice prendre la vallée cachée en étau. Trop d'erreurs avaient été commises au cours des tentatives précédentes : des gé-aigles avaient été repérés, des renards de feu avaient attaqué et fait tomber les premiers miliciens du haut de la falaise, les bandits avaient riposté avec des armes dont ses hommes ne connaissaient pas l'existence, des officiers un peu têtus n'avaient pas suivi les ordres, ce qui avait permis au Gilmorn de rameuter les siens. Chaque fois, il y avait eu trop de victimes. Chaque fois, Edeard avait tout effacé, était revenu au soir précédent pour corriger le tir.

À la dernière tentative en date, il croyait que tout serait parfait, jusqu'à ce que les bandits les attaquent avec des pistolets à tir rapide pris dans un stock qu'il n'avait pas encore localisé. Même en joignant leurs troisièmes mains, ses hommes n'avaient rien pu faire et avaient été taillés en pièces avant qu'il puisse intervenir. Alors…

Ce coup-ci, il s'était glissé dans la vallée juste après minuit sans se faire voir ni sentir et avait progressé pendant deux heures. Il avait détruit le second lot de pistolets à tir rapide des bandits et s'était emparé de ceux des gardes après les avoir assommés. D'un point de vue politique, il était important que la milice soit persuadée qu'elle avait vaincu les bandits seule ; pour leur part, Edeard et Finitan voulaient que les pistolets à tir rapide sombrent dans l'oubli. Edeard se tenait sur une butte à sept cents mètres environ de la vallée, comme la lumière de l'aube prenait le dessus sur celle des nébuleuses. Buluku fut la première à disparaître, ses volutes ondulantes indigo à peine visibles au-dessus de l'horizon à l'est, comme si la terre s'était ouverte pour l'avaler. Edeard pouvait presque y croire. La vallée choisie par les bandits pour lui tendre un piège était une fissure étroite dans la plaine herbeuse qui couvrait la partie sud de la province de Rulan et s'étirait jusqu'aux montagnes basses de la province de Gratham, visibles au loin. Pas difficile de s'imaginer cette fissure se prolongeant dans les profondeurs de la planète…

Tandis que la glorieuse mer d'Odin aux contours écarlates commençait à se fondre dans le ciel, loin au-dessus, il vit en esprit les soldats du régiment de Pholas et Zelda sortir du bosquet dans lequel ils avaient attendu toute la nuit. Ils étaient accompagnés de miliciens venus des provinces de Plax et Tives. Les hommes se déplaçaient en silence, contournaient monticules et tertres tel un ruisseau, hors de portée de la vision à distance des sentinelles postées dans la vallée. Edeard s'occupa de subvertir l'esprit des gé-aigles qui planaient au-dessus de ce paysage, insinuant ses propres ordres dans leurs petits cerveaux soupçonneux. Restaient les renards de feu. Il était beaucoup trop loin pour se charger d'eux. Des gé-loups puissants et des gé-chiens rapides avançaient furtivement, accompagnant des groupes de shérifs et de rangers de Wellsop connus pour leur maîtrise des génistars.

—Allez ! lança Edeard à Dinlay en esprit.

Le régiment de Lillylight et Cobara ainsi que des miliciens venus de Fandine, Nargol et Obershire émergèrent de leur cachette située à l'ouest de la vallée. Lors de sa deuxième tentative, les soldats de Nargol, pressés d'en découdre, lui avaient posé pas mal de problèmes. Par la suite, Edeard s'était arrangé pour qu'ils respectent le plan à la lettre. Le colonel Larose avait su cadrer ces hommes des provinces, choisissant de ne pas entendre leurs grommellements ; les citadins se croyaient toujours supérieurs aux gens de la campagne, se plaignaient-ils.

Lorsque l'assaut débuta, Edeard enfourcha un gé-cheval particulièrement rapide créé par la Guilde des modeleurs spécialement pour lui. Sa cape couleur ébène voletait derrière lui, flottait dans les airs, puis claquait sur l'arrière-train de la bête. Il était flanqué de Felax et Marcol, qui montaient des animaux similaires. Il n'avait pas besoin de leur parler. Il lança son gé-cheval au galop, et les jeunes gendarmes le suivirent.

Les trois bêtes qui martelaient la plaine dans l'aube naissante faisaient un bruit d'enfer, mais Edeard savait qu'ils étaient trop loin de la vallée pour qu'on les entende. Droit devant lui, tel un essaim imparable, les soldats convergeaient vers leur cible.

Les bandits finirent par sonner l'alarme. Les sentinelles qui ne dormaient pas hurlèrent à leurs camarades de se réveiller, mais découvrirent trop tard que le sommeil de ces derniers n'avait rien de naturel et que leurs armes avaient disparu. Des cris articulés et envoyés en esprit terminèrent de réveiller tout le monde.

Jusque-là, tout se déroulait comme la fois précédente et selon le plan d'Edeard.

Des renards de feu silencieux fonçaient dans la vallée avec la célérité d'une tempête. Les milices avançaient, précédées par leurs gé-loups. Au sommet de la fissure, des soldats se jetèrent à terre et braquèrent leurs pistolets vers le fond. Des tirs furent échangés. Renards de feu et gé-loups se rencontrèrent ; des hurlements puissants se réverbérèrent dans la plaine comme la lumière du jour rampait sur les herbages couverts de rosée.

Les hommes du régiment de Pholas et Zelda atteignirent l'extrémité opposée de la vallée et s'engouffrèrent dans la saignée à la suite de leurs gé-loups. Dinlay et Argian étaient proches des hommes de tête et usaient de leur vision à distance pour détecter tout voile d'invisibilité ; la plupart des bandits connaissaient ce truc. Edeard retint son souffle comme le souvenir d'une autre vallée, d'une autre nuit, lui revenait en mémoire : l'embuscade fatale près du mont Alvice. Cette fois-ci, ce serait différent, se promit-il. Il n'y aurait pas de mauvaise surprise.

Les soldats alignés au sommet de la saignée couvriraient leurs camarades d'un feu nourri. Comme d'habitude, le Gilmorn rassemblait ses hommes de confiance sur un genre de tertre, forteresse naturelle, d'où ils déversaient un déluge de balles sur les soldats. Comme ils étaient invisibles, il était difficile de riposter avec précision. Argian se hâta de rejoindre les combattants qui encerclaient ce bastion naturel.

Edeard arriva à l'entrée de la vallée et mit pied à terre. Il refusa de se précipiter, même si tout le monde l'y encourageait. En esprit, il vit des soldats menacer de leurs armes ceux des bandits qui s'étaient rendus et isoler ceux qui continuaient à résister. Puis il n'y eut plus que le Gilmorn et ses cadres. Dinlay et Larose avançaient avec circonspection à la tête des miliciens ; les hommes rampaient dans de petites dépressions, bondissaient d'un rocher à l'autre. Il ne leur fallut qu'une dizaine de minutes pour piéger le chef des bandits.

Comme ils progressaient sur le sol rocailleux, Edeard croisa des groupes de prisonniers et de miliciens joyeux. Parmi ces derniers, il reconnut plusieurs membres des tribus qui vivaient dans les terres sauvages situées au-delà des frontières de Rulan. Ils ressemblaient exactement à ceux qu'il avait croisés des années plus tôt en rentrant de Witham avec la caravane. Cheveux longs, torses nus maculés de boue séchée et écaillée. Ils regardèrent Celui-qui-marche-sur-l'eau d'un air maussade et méfiant, l'esprit soigneusement fermé. Edeard les avait rencontrés à de nombreuses reprises, mais ne les avait jamais vus se servir de pistolets à tir rapide ; ceux-ci semblaient réservés aux hommes du Gilmorn. Il arrêta un des prisonniers escortés par cinq soldats éreintés, un homme qu'il estima proche de la soixantaine, même s'il lui manquait la décontraction propre aux citadins de son âge. Ses yeux gris pâle brillaient au centre d'un visage qui criait la colère et la défiance que son esprit dissimulait avec soin.

— Pourquoi ? demanda simplement Edeard. Pourquoi vous être joints à eux ?

— Ils sont puissants. C'était bon pour nous.

— Bon ? Comment ?

Le vieil homme le toisa avec mépris. Il désigna la plaine d'un grand geste du bras.

— Il est trop tard. Vous ne reviendrez jamais vivre ici. Cette terre sera bientôt nôtre.

— Je vois. Je comprends aussi comment le meurtre et la destruction sont devenus une habitude chez certains d'entre vous. Mais pourquoi ces terres ? Il y a des territoires libres à l'ouest et des forêts pleines de gibier. Ces terres sont si vastes que personne ne connaît leurs dimensions exactes, alors pourquoi les nôtres ? Vous n'êtes pas fermiers, vous ne vivez pas dans des maisons de pierre.

— Parce qu'elles sont à vous, répondit le prisonnier.

Edeard le considéra longuement et se rendit compte qu'il n'obtiendrait pas de meilleure réponse. *Ni de réponse plus honnête*, pensa-t-il. Il cherchait de la complexité là où les objectifs étaient simples. Les complots, les stratégies appartenaient au Gilmorn et à ses semblables, aux militants de la Nation unifiée telle que la voyait un Owain impitoyable. Les tribus étaient innocentes dans le sens où elles avaient été dupées, incluses dans un plan qu'elles ne comprenaient pas.

D'un geste de la main, il fit signe à l'escorte d'emmener l'homme et de l'enfermer dans les prisons de fortune construites dans la plaine.

— Nous devrions y aller, lança Marcol avec enthousiasme.

En esprit, il balayait le tertre et repérait sans peine les bandits dissimulés.

Edeard fit son possible pour se retenir de sourire. Les aptitudes psychiques du jeune homme s'étaient considérablement développées depuis le jour du bannissement, tout comme son sens du devoir. Il était devenu un gendarme dévoué et loyal envers le Grand Conseil ; toutefois, le gamin des rues de Sampalok subsistait en lui. Il avait hâte de se battre.

— Laissons leur moment de gloire aux miliciens, dit Edeard doucement. La campagne a été difficile. Ils ont mérité de la clôturer.

C'était la vérité. Pendant huit mois, les forces de la ville et des provinces avaient œuvré dans le même sens, repoussant le Gilmorn et ses sympathisants toujours plus à l'ouest, jusqu'à les acculer.

— La politique..., grogna Felax avec dégoût.

— Tu commences à comprendre. Par ailleurs, vous n'avez l'un comme l'autre plus rien à prouver depuis Overton. Du reste, les filles des caravaniers ne s'y sont pas trompées.

Les deux jeunes hommes échangèrent un regard complice et sourirent.

Au pied du tertre, Larose adressait en esprit un ultimatum au Gilmorn. Les bandits étaient encerclés et se battaient à un contre cinquante. Ils n'avaient presque plus de munitions, et personne ne leur viendrait au secours.

Ce n'était pas forcément la chose à dire à un fanatique sans pitié tel que le Gilmorn. Cependant, comme ils n'avaient encore jamais atteint ce stade de la bataille, Edeard ignorait quelle était la meilleure tactique.

Ils continuèrent à avancer, croisèrent plusieurs cadavres de renards de feu et de gé-loups. Edeard s'efforça de ne pas grimacer à la vue de la chair déchiquetée des animaux. Assis sur un rocher couvert de mousse, là où la vallée s'élargissait, Argian mangeait tranquillement une pomme rouge. Plusieurs escouades de miliciens grouillaient autour de lui, pressées d'en découdre. Leurs caporaux et sergents avaient le plus grand mal à les faire rester en formation. Tout le monde se tut lorsque Edeard fit son apparition.

— Accepte-t-il de se rendre ? demanda-t-il.

Argian haussa les épaules et mordit dans son fruit.

— Il n'a rien à perdre. Qui peut dire ce qui va lui passer par la tête ?

— Je vois. Par chance, nous pouvons nous permettre d'attendre. Le temps qu'il faudra.

— Ah ! s'exclama Marcol. Ils se querellent.

Argian regarda le jeune gendarme sans comprendre, puis se retourna vers le tertre. Une dispute avait effectivement éclaté derrière les rochers dentelés, une dispute bruyante... Deux hommes criaient sur le Gilmorn, lui disaient qu'ils avaient décidé de se rendre à la milice. En esprit, Edeard vit les combattants tourner les talons. Le Gilmorn brandit son pistolet et visa la tête d'un des hommes. Avec sa troisième main, Edeard tordit le percuteur de l'arme et la rendit inutilisable. Le Gilmorn appuya sur la détente. Il y eut un « clic » métallique. La balle n'était pas partie.

Marcol se racla ostensiblement la gorge.

Il y eut une autre altercation, encore plus violente que la première. On échangea des coups de poing. Des troisièmes mains tentèrent d'écraser le cœur de leurs adversaires. Des hommes se roulèrent dans la poussière.

Larose donna l'ordre de combiner les boucliers et d'avancer.

Deux minutes plus tard, tout était terminé.

Des miliciens se tenaient sur le sommet du tertre, applaudissaient et agitaient des bouteilles de bière. Des régiments entiers arrivaient sur le site de la dernière bataille. Edeard ne put s'empêcher de sourire en marchant parmi ses hommes, avalant une gorgée quand on lui tendait une bouteille, serrant des mains, prenant dans ses bras ses vieux amis. Ils étaient heureux de voir Celui-qui-marche-sur-l'eau, celui qui avait dirigé cette campagne, mais ils étaient surtout fiers d'avoir gagné la dernière bataille tout seuls.

Le colonel Larose avait établi son campement à l'extrémité opposée du tertre. On forma un grand cercle avec des chariots et dressa des rangées de tentes faciles à démonter. Sous un large auvent, les cuisiniers s'affairaient. La fumée des feux saturait déjà l'atmosphère calme. Au centre du camp, le quartier général était une tente kaki et terne gardée par des soldats expérimentés et vigilants, ainsi que par une meute de gé-loups. Ordonnances et messagers allaient et venaient. Les étendards de onze régiments – les meilleurs soldats de la ville et des provinces – ondulaient doucement sur de hauts piquets.

Les gardes saluèrent Edeard lorsqu'il se glissa à l'intérieur de la tente. Larose était assis derrière une table montée sur tréteaux qui lui servait de bureau au milieu d'adjudants très occupés. Sa veste de combat verte était ouverte jusqu'à la taille, révélant une chemise grise et tachée. Les officiers supérieurs étaient regroupés derrière une longue table sur laquelle était éparpillée la paperasse nécessaire au fonctionnement d'une aussi grande armée. À peine deux heures s'étaient écoulées depuis la victoire, et pourtant, les ordres et rapports affluaient déjà. Larose se leva et serra Edeard dans ses bras.

— Nous avons réussi ! s'exclama-t-il. Par la Dame, nous l'avons fait.

Les officiers commencèrent à applaudir. Edeard les remercia d'un hochement de tête.

— Vous pouvez être fier de vos hommes, dit-il suffisamment fort pour être entendu des officiers supérieurs, en particulier de ceux qui étaient venus des provinces. Ils se sont comportés de façon admirable.

— C'est vrai, acquiesça Larose avec un sourire. Ils sont tous méritants.

— Quant à vous, poursuivit Edeard, vous devriez vous présenter aux prochaines élections. Les habitants de Lillylight apprécieraient d'avoir à leur tête un homme qui a accompli de grandes choses en dehors de la ville.

Larose haussa les épaules d'un air satisfait.

— Cela surprendrait agréablement les plus vieux membres de ma famille.

— Vous n'avez jamais été la brebis galeuse de votre famille, rétorqua Edeard avec un sourire chaleureux.

— Non, je n'ai jamais été rejeté comme vous avez pu l'être, même si j'ai vécu quelques aventures dans le temps.

— Bien sûr. Réfléchissez tout de même à mon idée.

— Makkathran... On finit toujours par y revenir, n'est-ce pas ?

— En effet. (Edeard laissa échapper un soupir.) Comment se comporte-t-il ?

— Pour l'instant, bien.

Larose désigna un rabat dans le fond de la tente. Ils sortirent tous les deux dans une petite cour formée par les tentes disposées en cercle et ceinte d'une clôture. Au centre de cet espace réduit se dressait une tente étroite gardée par deux miliciens aguerris en lesquels le colonel avait une confiance absolue. Leurs gé-loups tirèrent sur leur laisse et reniflèrent Edeard avec méfiance.

— C'est quand même bizarre, reprit Larose. Des années durant, les bandits ont terrorisé des communautés entières en toute impunité, accréditant l'idée qu'ils disposaient d'armes terribles, comme on le racontait partout. Et pourtant, depuis le début de cette campagne, nous n'avons capturé aucun bandit armé d'autre chose que d'un pistolet ordinaire.

— Tant mieux, dit Edeard en regardant droit devant lui. Vous préféreriez qu'il existe des armes nouvelles capables de décimer un peloton entier en moins d'une minute ?

— Non, non, bien sûr.

— Moi non plus.

— J'imagine que personne ne serait capable de fabriquer quelque chose de ce genre, pas même la Guilde des armuriers.

— Sans doute, acquiesça Edeard. Ce sont juste des fables transmises de génération en génération depuis les temps anciens.

— Oui, comme l'histoire des exilés. Vous savez, je ne me rappelle même plus à quoi ressemblait Owain. Lui et les siens ont dû partir très loin de Makkathran. On ne les a jamais retrouvés.

— Perdre une élection peut vous briser un homme. Personne ne veut plus penser au passé maintenant que nous avons un avenir.

— En avons-nous un ?

— Notre avenir est incertain, mais il est bel et bien devant nous.

Le colonel Larose fit la moue.

Le Gilmorn se tenait au milieu de la tente, flanqué de Dinlay et Marcol. Avoir le talent d'effacer le temps pour tout recommencer était extraordinaire et parfois déstabilisant, surtout quand on recroisait quelqu'un qu'on avait vu mourir. Edeard avait d'ailleurs tué ce Gilmorn d'une manière à laquelle il préférait ne pas repenser.

Évidemment, l'homme n'avait pas changé. Il ne l'avait certes jamais vu à son avantage. La dernière fois, son visage rond avec son nez si caractéristique était déformé par la douleur, car ses jambes étaient écrabouillées par un rocher. Désormais, il semblait surtout fatigué et amer. Mais pas abattu. Sa défiance brûlait toujours derrière le bouclier de son esprit, une défiance propre aux Grandes Familles si arrogantes, pensa Edeard.

Le forgeron avait tout juste terminé. Il lui avait fallu une heure pour entraver correctement le prisonnier, pour équiper ses poignets et ses chevilles d'anneaux reliés par de lourdes chaînes. Le tout était dépourvu de serrures, aussi la télékinésie du Gilmorn lui serait inutile. Seul un autre forgeron pourrait le libérer. Ou alors quelqu'un de suffisamment fort pour briser le métal. Edeard, Marcol et quelques autres habitants de Makkathran en seraient capables.

— L'animal de compagnie de Finitan, lança le Gilmorn avec mépris. J'aurais dû m'en douter.

— Désolé d'avoir manqué notre dernier rendez-vous derrière le mont Alvice, répondit Edeard d'un ton neutre.

Le Gilmorn le considéra avec étonnement.

— Qui êtes-vous ? demanda Edeard. Cela n'a pas beaucoup d'importance, mais vous ne m'avez jamais dit votre nom quand nous étions à Ashwell.

— Pourquoi ? Vous avez de la paperasse à remplir ?

— Vous êtes conscient que tout est fini ? Vous êtes le dernier de votre clique. Même si la Nation unifiée avait encore des supporters à Makkathran, ils vous rejetteraient. Depuis l'exil de Tannarl, la famille Gilmorn a perdu une grande partie de son prestige auprès des autres Grandes Familles de la ville. Comme elle souhaite redorer son blason, elle ne voudra pas de vous. Bien sûr, vous pourriez tenter de vous allier à ceux des lieutenants de Buate que j'ai bannis et qui ont survécu. Eux non plus ne semblent pas capables de s'adapter. Ces deux dernières années, une dizaine d'entre eux ont été condamnés à finir leur vie dans les mines de Trampello. Remarquez, ils y ont de la compagnie ; mon vieil ami Arminel est incarcéré là-bas. Finitan a démis de ses fonctions l'ami d'Owain, qui était à la tête de cette institution, au profit d'un homme à poigne, beaucoup plus à cheval sur le respect du règlement.

Le Gilmorn leva les bras, ce qui fit tinter ses chaînes.

— En êtes-vous réduit à jouir du malheur de vos victimes, Celui-qui-marche-sur-l'eau ?

— Et vous à provoquer quelqu'un dont vous avez détruit le village ?

— Un point pour vous.

— Finalement, c'est vous qui m'avez mis sur la voie, qui êtes responsable de ce qui arrive aujourd'hui. Je goûte particulièrement cette ironie.

— Comme Ranalee et d'autres goûtent Salrana. J'ai entendu dire qu'elle était très populaire. Elle arrive à gagner pas mal d'argent, d'après ce que j'ai cru comprendre.

— Laisse-moi m'occuper de lui, dit Dinlay en posant une main sur l'épaule d'Edeard.

— Vous ? se moqua le Gilmorn. Un eunuque pour faire le sale boulot de Celui-qui-marche-sur-l'eau ? C'est à mourir de rire.

Dinlay s'empourpra derrière ses lunettes.

— Je ne suis pas un…

— Il suffit, intervint Larose. Celui-qui-marche-sur-l'eau, avez-vous des questions sérieuses à poser à ce fumier ? Certains de mes hommes savent comment faire parler les criminels. Cela peut prendre du temps, mais ils sont patients.

— Non, il ne sait rien de vital. Je me demandais juste pourquoi il ne s'était pas rendu avant ; maintenant, je sais.

— Vraiment ? s'étonna le Gilmorn. Que savez-vous, au juste ?

— J'ai pris tout ce qui vous restait. Tout. Sans vos maîtres, vous n'êtes rien. Vous êtes incapable de vous engager pour une autre cause, ce qui est pitoyable. Vous mourrez sans avoir rien réussi de concret, sans laisser d'héritage, et votre âme ne trouvera jamais le Cœur. Bientôt, l'univers oubliera jusqu'à votre existence.

— C'est donc pour cela que vous êtes venu me voir. Pour me tuer. La revanche de Celui-qui-marche-sur-l'eau… Vous ne valez pas mieux que moi. Owain n'a jamais été exilé. Je sais que vous les avez assassinés, lui et les autres. Et vous vous voyez comme une autorité morale ! Vous vous trompez quand vous dites que je ne laisse rien derrière moi. Je vous laisse vous. C'est moi qui vous ai créé. Sans moi, vous seriez un vulgaire paysan, vous vivriez avec une épouse obèse et une dizaine de chiards, et vous gratteriez la terre pour ne pas mourir de faim. Mais vous êtes devenu autre chose. J'ai forgé un véritable chef au moins aussi impitoyable qu'Owain. Vous dites que je ne peux rien faire de plus ? Regardez-vous donc ! Vous ne souffrez pas qu'on vous désobéisse. Vous nous méprisez, mais vous êtes comme nous.

— J'applique la loi sans états d'âme et avec impartialité. Je me soumets au verdict des urnes.

— Des mots, des mots… Un vrai politicien de Makkathran. Puisse la Dame venir en aide à vos adversaires lorsque vous serez maire.

— Ce jour-là n'est pas près d'arriver.

— Il arrivera, croyez-moi. À votre place, je me présenterais aussi.

La cape d'Edeard voleta avec la fluidité de l'huile de jamolar. Il sortit un mandat d'une poche profonde.

— Ceci est une proclamation signée de la main du maire de Makkathran et de celles des gouverneurs provinciaux de l'alliance. Au vu des atrocités que vous avez commises au fil des ans, vous ne serez pas conduit en ville pour y être jugé.

— Ah ! Une condamnation à mort. Vous n'êtes pas meilleurs que les sauvages qui ont travaillé pour nous.

— Vous serez conduit au port de Solbeach où vous embarquerez à bord d'un navire en partance pour l'est. Le capitaine a reçu l'ordre de naviguer aussi loin que possible et de trouver une île avec de l'eau et de la végétation. Vous serez abandonné là avec du grain et les outils nécessaires à votre survie. Comme vous serez seul, vous aurez tout le loisir de contempler l'énormité de vos crimes. Vous n'essaierez pas de revenir à la civilisation. Dans le cas contraire, vous serez exécuté sur-le-champ. Puisse la Dame bénir votre âme. (Edeard roula le parchemin.) Les gendarmes Felax et Marcol vous accompagneront pour s'assurer que votre sentence est bien exécutée. Je vous conseille vivement de ne pas les mettre en colère.

— Allez tous vous faire foutre ! J'ai gagné et vous le savez pertinemment. Votre alliance est l'embryon de la Nation unifiée.

Edeard tourna les talons et s'en fut.

— Owain a gagné ! cria le Gilmorn. Vous êtes sa marionnette, rien de plus. Vous m'entendez, Celui-qui-marche-sur-l'eau ? Vous êtes la marionnette d'un mort, de l'homme que vous avez assassiné. Vous et moi sommes des âmes sœurs. Je vous salue bien et je salue ma victoire finale. Le sang des Grandes Familles gouvernera le monde. On dit que vous voyez les âmes. Voyez-vous celle de Dame Florell ? Elle rit devant ce spectacle !

Edeard durcit le bouclier dont il s'était entouré pour étouffer les cris empoisonnés du captif.

* * *

Edeard aurait voulu voyager seul, mais Dinlay n'était pas d'accord. Celui-ci ne dit rien, laissa Edeard lui crier dessus sans réagir, mais ne changea pas d'avis. Edeard finit par céder – ils savaient tous les deux que cela arriverait – et par demander au maître du régiment de cavalerie de seller deux chevaux. Ainsi, ils partirent tous les deux pour Ashwell.

Le paysage en lui-même n'avait pas changé, contrairement à l'usage qu'on avait fait de la terre. À une demi-journée de cheval de leur destination, Edeard commença à reconnaître des décors de son enfance. À l'horizon, certaines formes lui étaient familières. La végétation qui habillait le paysage n'était plus la même. Les terrains cultivés avaient laissé la place à une nature sauvage et débridée. La route était envahie par les mauvaises herbes et difficile à suivre avec les yeux ; heureusement, l'esprit distinguait parfaitement la chaussée rocheuse. Autour du village, les champs, autrefois riches et fertiles, étaient en friche. Les vieilles haies avaient poussé ; les fossés de drainages, encombrés de feuilles et de vase, étaient d'étranges bassins allongés.

C'était une journée chaude, et seuls quelques rares nuages avançaient dans le ciel azuré. Du haut de sa selle, Edeard pouvait voir à des kilomètres dans toutes les directions. Il identifia facilement la falaise ; elle, au moins, n'avait pas du tout changé, ce qui fit naître un curieux sentiment d'anxiété dans son cœur. Il ne pensait vraiment pas revoir cet endroit un jour. Le lendemain de l'attaque, il était parti avec les gens de Thorpe et ne s'était retourné qu'une seule fois pour voir les ruines noircies desquelles s'élevaient des volutes de fumée, vision brouillée par ses larmes et sa peine. Il n'avait pas eu le courage de regarder davantage. Salrana et lui s'en étaient allés ensemble, main dans la main, le regard rivé sur l'horizon lointain.

La nature avait achevé le travail commencé par Owain et le Gilmorn. Des années de pluie et de vent, les insectes et les plantes grimpantes tenaces avaient accéléré la destruction entamée par le feu. Les larges remparts que le conseil du village avait, à l'époque, fait réparer à contrecœur n'avaient pas résisté à ce traitement ; par endroits, ils s'étaient écroulés. Les portes n'étaient plus ; leurs restes carbonisés pourrissaient, colonisés par de mauvaises herbes coriaces. En leur absence, le porche qui permettait d'accéder au village était exposé au grand jour, tunnel peu accueillant et humide, aux briques couvertes de moisissure. Au-dessus, les hautes tours de guet s'étaient affaissées ; leurs murs épais tenaient toujours debout malgré la disparition des toitures qui avaient abrité tellement de sentinelles au fil des décennies.

Edeard mit pied à terre et attacha son cheval nerveux à un anneau en fer, juste à côté de l'entrée du village. Le métal épais, lui, avait tenu le coup.

— Tu te sens bien ? demanda Dinlay avec circonspection.

— Oui, le rassura Edeard avant d'écarter quelques lianes pour entrer dans le tunnel dégoulinant d'humidité.

Dès qu'il pénétra dans le village, des tourbillons d'oiseaux affolés s'envolèrent dans le ciel en battant vigoureusement des ailes et en couinant. De petites créatures détalèrent, disparurent derrière des monticules de débris.

Edeard s'était préparé à voir des ruines, mais la taille du village le prit par surprise. Ashwell était si petit. Il ne s'en était jamais aperçu. Et pourtant, toute la zone située entre la falaise et les remparts aurait facilement pu tenir dans Myco ou Neph, les plus petits quartiers de Makkathran.

Le plan du village était toujours reconnaissable. La plupart des murs de pierre étaient toujours là, même si, en s'effondrant, les toitures en avaient démoli un grand nombre. Les rues étaient presque toutes dégagées, et sa mémoire lui permit de reconstituer le tracé de celles qui étaient obstruées par des gravats. Les grands bâtiments des différentes guildes avaient résisté aux flammes, bien que les toits et cloisons internes soient partis en fumée. Ils étaient des coquilles vides, en somme. Edeard entreprit de les examiner en esprit, puis s'arrêta. Sous la fine couche de poussière, de cendres et d'herbe qui recouvrait tout le village se trouvaient les ossements des habitants. Ils étaient partout.

— Par la Dame !

— Quoi ?

— Il n'y a pas eu de funérailles, expliqua Edeard. Nous sommes juste partis. Nous étions dépassés par des événements trop graves.

— La Dame comprendra. Tout comme les âmes de vos amis.

— Peut-être.

Edeard jeta un coup d'œil sur ce décor désolé et eut un frisson.

— Edeard ? Y a-t-il des âmes autour de nous ?

Celui-ci laissa échapper un long soupir las.

— Je ne sais pas. (Il examina les alentours en esprit, poussa sa vision à distance dans ses retranchements à la recherche de silhouettes spectrales.) Non, finit-il par répondre. Il n'y a personne ici.

— Tant mieux.

— Oui.

Edeard s'avança vers la carcasse du bâtiment de la Guilde des modeleurs.

— C'est ici que tu as grandi ? s'enquit Dinlay en contemplant les neuf côtés de la cour dévastée.

— Oui.

Il avait espéré retrouver Akeem. À présent qu'il se tenait devant les enclos et les salles éventrés, il savait que cela n'arriverait pas. Il y avait des ossements partout, voire des squelettes entiers, mais il aurait fallu des jours d'examen minutieux pour les identifier. *Pour quoi faire ? Pour apaiser ou satisfaire qui ?* Les âmes des villageois morts étaient-elles heureuses de sa venue ? Akeem voudrait-il qu'il gratte la poussière pour retrouver des morceaux de son corps mort depuis longtemps ? *Soit je les enterre tous, soit je n'enterre personne.*

Edeard pouvait faire une chose, toutefois. Il se rappelait parfaitement cette nuit : lui et les autres apprentis s'étaient donné rendez-vous dans une grotte pour s'amuser et boire. Il se retourna vers la falaise et repéra immédiatement le passage étroit qui conduisait à la caverne qui leur servait de cachette, un endroit tranquille auquel les maîtres n'avaient pas accès.

Une vague de souvenirs déferla en lui. Il revoyait le village tel qu'il était ce dernier et bel été. Les gens se promenaient dans les rues, discutaient et riaient. Il y avait le marché où les fermiers, venus sur de grands chariots, vendaient leur production. Les apprentis accomplissaient leurs corvées. Les anciens portaient leurs plus beaux vêtements. Les enfants s'amusaient, couraient dans tous les sens en criant et en riant.

Je peux le faire. Je peux retrouver ce moment. Je peux tuer les bandits et redonner vie aux villageois.

Il secoua la tête pour s'éclaircir les idées. Des larmes coulaient sur ses joues. C'était beaucoup plus tentant que tout ce que Ranalee lui avait jamais offert.

Il me faudrait alors me rendre à Makkathran avec la lettre de recommandation d'Akeem. Je deviendrais apprenti dans la Tour bleue. Owain serait toujours là, de même que Tannarl, Dame Florell et Bise. Et je devrais m'occuper d'eux, une fois de plus.

— Je ne peux pas, chuchota-t-il. Je ne peux pas recommencer.

— Edeard ?

Dinlay serra doucement l'épaule de son ami. Edeard essuya ses larmes et chassa pour toujours la vision de son village disparu. Encadré par l'entrée de la Guilde, Akeem le regardait avec des yeux tristes.

Edeard connaissait bien ce regard ; mille fois, il avait eu droit à ses reproches quand il était apprenti. *Ne me laisse pas tomber, petit.*

— Vous pouvez me faire confiance.

— Hein ? fit Dinlay en fronçant les sourcils.

Edeard prit une profonde inspiration pour calmer ses émotions. Il se retourna vers l'arche. Akeem n'était plus là. Les coins de sa bouche se soulevèrent imperceptiblement.

— Je ne les trahirai pas, expliqua-t-il à Dinlay. Je ne trahirai pas les gens qui sont morts pour me permettre de devenir ce que je suis aujourd'hui, pour que nous vivions tous ces moments historiques. Cela ne marche pas toujours, tu sais ?

— Quoi ?

— « Parfois, pour faire le bien, il faut savoir faire le mal. »

— J'ai toujours trouvé cette phrase très bête. Je parie que Rah ne l'a jamais prononcée.

Edeard rit de bon cœur et contempla une dernière fois la cour à neuf côtés.

— Tu as sans doute raison, reprit-il en passant un bras autour des épaules de son ami. Allez, rentrons à la maison. Rentrons à Makkathran.

— Il vaut mieux. Je sais que tu avais besoin de venir ici, mais je ne pense pas que cela soit très sain. Nous passons tous trop de temps à contempler le passé. Nous devrions nous en libérer et nous tourner vers l'avenir.

Edeard le serra plus fort.

— Tu es devenu philosophe, ma parole !

— Pourquoi, cela t'étonne ?

— Non, au contraire.

— Hum…

— Peu importe. Saria doit se languir de toi.

— Sainte Dame. Je ne veux pas manquer de respect à un mort, mais je ne comprends pas ce que Boyd pouvait bien lui trouver.

— Quoi ? Mais c'est une chic fille !

— Un cauchemar ambulant, tu veux dire.

— Kristabel l'aime beaucoup.

— Oui, mais elle t'aime beaucoup aussi.

— Aïe ! Ça fait mal ! Peut-être Kanseen pourra-t-elle te trouver quelqu'un de plus à ton goût.

— Non ! Surtout pas Kanseen. Tu connais sa définition d'une « fille bien » ? Pis, d'une « jolie fille » ? Depuis que vous quatre êtes mariés, vous n'arrêtez pas de vous occuper de mes affaires, alors que je suis un célibataire heureux.

— Le mariage est une chose formidable.

— Par la Dame ! Tu veux bien arrêter ?

Edeard sortit de la cour de son ancienne Guilde avec un sourire satisfait.

3

Le vaisseau de la PanCephei était sorti de l'hyperespace lorsque l'alarme sonna. Les capteurs externes montraient aux passagers des images du monde habité deux mille kilomètres plus bas. Des nuages blancs roulaient au-dessus d'océans bleu foncé, puis s'effilochaient en traversant les continents étonnamment bruns. Les informations de vol étaient accessibles à tous ; leur vecteur était un trait violet qui transperçait l'atmosphère en direction de la capitale de Gralmond, la conclusion heureuse d'un vol quotidien long de trois cents années-lumière.

Cependant, ces informations passèrent au-dessus de la tête d'un Livreur de plus en plus affolé. Le service de renseignements des Conservateurs avait envoyé un message d'alerte secret et sécurisé à tous ses agents en mission dès l'instant où le noyau d'inversion s'était détaché de l'ANA. La manière dont celui-ci avait échappé aux navires de la Marine l'avait stupéfait. Alors la flotte de dissuasion était arrivée – sans que les capteurs de la Marine dispersés dans le système de Sol la montrent réellement – et l'Essaim s'était matérialisé. La défense planétaire de la Terre avait aussitôt relevé son degré d'alerte au niveau un.

Le Livreur appela sa femme, faisant fi du protocole. Pour une raison qui lui échappait, l'ombre virtuelle de cette dernière refusa la communication. Il analysa les données de base et comprit qu'elle se trouvait dans l'enceinte de l'école de Dulwich Park. De frustration, il frappa l'accoudoir molletonné de son siège de première classe.

Lizzie se téléporta à la maison et accepta son appel.

— Merci Ozzie ! s'exclama-t-il. Où sont les filles ?

— Elles sont avec moi. Et toi, où es-tu ?

— À bord d'un vaisseau. À huit minutes de l'astroport de Gralmond.

— Tu sais ce qui se passe ?

— Pas vraiment, répondit-il honnêtement.

Même s'il n'aimait pas vraiment l'allure des huit mille engins qui encerclaient Sol. On n'amassait pas ce genre de matériel sans avoir des intentions très sérieuses ; il ignorait cependant la nature de ces machines. Des vaisseaux de guerre ? Il n'y croyait pas.

— Ce sont les Factions de l'ANA, reprit-il. On dirait qu'elles vont en venir aux mains.

— Elles ne peuvent rien contre le Terre, n'est-ce pas ?

— La Terre n'est pas concernée. Écoute, je serai là aussi vite que possible. Je me transfère dès qu'on a atterri.

Des symboles apparurent dans son exovision pour l'informer que l'unisphère modifiait la connexion, ce qui était étrange. Sa liaison avec les services secrets des Conservateurs fut coupée. *Qu'est-ce que c'est que ces conneries !*

— Après, je fonce vers la station la plus proche et je vous rejoins, ajouta-t-il en s'efforçant de positiver.

— La situation est grave !

C'était impossible, mais il ressentait la détresse de son épouse comme s'ils étaient tous les deux reliés au champ de Gaïa.

— Lizzie, sois forte. J'arrive, je te le promets. Dis aux filles que papa arrive d'une minute à l'autre.

Son ombre virtuelle l'informa que la liaison avec Lizzie avait été coupée aussi.

— Non ! s'exclama-t-il à voix haute.

Il vit dans son exovision que toutes les routes qui menaient à la Terre avaient été fermées ; aucune donnée n'entrait ni ne sortait plus du système solaire, qui était de fait coupé de l'unisphère.

— Que se passe-t-il ? demanda-t-il à son ombre virtuelle.

— Information non disponible. Les trous de ver reliés à Sol ont tous été désactivés. Les connexions sécurisées TD que la Marine et le gouvernement du Commonwealth utilisent pour communiquer avec le système en cas d'urgence ne fonctionnent plus non plus.

— Ils les ont fait sauter avec une bombe nova ? demanda-t-il avec appréhension.

— Information non disponible, mais c'est peu probable. Tout s'est passé très vite. Une onde de choc nova mettrait plusieurs minutes à frapper la Terre.

— Est-ce la planète elle-même ? A-t-elle été détruite par un missile quantique ou une cuve de masse ?

— C'est possible. Cependant, il faudrait une destruction extrêmement rapide et d'une très grande ampleur pour toucher simultanément tous les moyens de communication du système solaire. Ce genre de résultat ne pourrait être obtenu qu'avec un armement à la vélocité hyperluminique.

— Ont-ils tué la Terre ? hurla-t-il.

— Information non disponible.

— Par Ozzie… (Son corps fut pris de tremblements incontrôlables. Ses systèmes biononiques se mirent en branle pour absorber les effets du choc.) Il faut que je sache. Utilise toutes les sources auxquelles tu as accès, instruisit-il son ombre virtuelle.

— Compris.

À en juger par les voix étouffées qui résonnaient derrière la porte de sa cabine, la nouvelle de la disparition de la Terre des réseaux de télécommunication s'était répandue très vite. Le Livreur ne savait pas quoi faire. Habituellement, les Conservateurs le tenaient toujours informé de tout, mais ses patrons avaient aussi disparu de la partie. Sans eux, il n'avait aucun avantage sur les autres. Il n'avait aucune aptitude particulière, aucune influence, personne à appeler à l'aide…

Marius, pensa-t-il. *Je pourrais demander à Marius*. Ce qui serait un aveu de faiblesse insupportable. *Il s'agit de Lizzie et des enfants. La Faction n'a rien à voir là-dedans*. L'icone d'appel de son rival était suspendu dans son exovision. Comment y résister ?

L'attente dura plusieurs secondes. Son ombre virtuelle l'informa que plusieurs programmes semi-intelligents avaient repéré sa position.

— Oui ? répondit Marius d'une voix tranquille.

Le représentant ne fit rien pour tromper son ombre virtuelle ; il était connecté à la cybersphère de Fanallisto et n'essayait pas de le cacher.

— Qu'avez-vous fait ? demanda le Livreur.

Une part infime de son cerveau était intriguée : *Que fait donc Marius sur la planète que je viens de quitter ?*

— Je n'ai rien fait du tout, mais je serais curieux de savoir ce que vous fichez sur Gralmond.

— Qu'est-ce que vous croyez, espèce de connard ? Je rentre chez moi ! Je rentrais chez moi… Qu'avez-vous fait à ma famille ? Qu'arrive-t-il à la Terre ?

— Ah ! Ne vous en faites pas. Ils sont en sécurité.

— En sécurité !

— Oui. Votre Marine annoncera sans doute bientôt la nouvelle, mais nous avons simplement emprisonné Sol dans un puissant champ de force. Un peu comme les deux Dyson.

— Vous avez quoi ?

— Nous ne permettrons plus à l'ANA ni à votre Faction de nous mettre des bâtons dans les roues. Nous atteindrons le Vide. Vous ne nous arrêterez pas. Vous n'en aurez plus la possibilité. C'est terminé.

— Je vous retrouverai. Je vous réduirai en morceaux !

— Vous me décevez beaucoup. Je vous ai dit que la partie était terminée. Vous n'êtes que des animaux ; vous ne comprendrez jamais rien à rien. Nous avons gagné. L'élévation est inévitable.

— Pas tant que je vivrai.

— Vous me menacez ? Je ne vous ai pas répondu poliment pour subir votre diarrhée émotionnelle. Après tout, vous êtes un agent des Conservateurs ; peut-être vaudrait-il mieux que je vous prenne au sérieux. Je vais détruire Gralmond et éradiquer toute sa population rien que pour être certain de vous avoir éliminé.

— Non !

— Êtes-vous une véritable menace ou un animal brisé qui a fait son temps ?

— Cela ne marchera pas. Vous n'irez pas dans le Vide. Araminta ne vous y conduira jamais.

— Quand elle sera entre nos mains, elle n'aura plus le choix, vous le savez.

Le Livreur frappa deux fois la cloison de sa cabine privative. Comme ses bras étaient dotés d'implants biononiques, il laissa une marque profonde dans le carbotitane. Jamais il ne s'était senti aussi désespéré, aussi inutile et aussi en colère contre lui-même, car il n'était pas avec sa famille le seul jour où il aurait vraiment dû l'être.

— Et après ? demanda-t-il.

— Après ?

— Si le noyau d'inversion atteint le Vide, libérerez-vous Sol ?

— Sans doute. Cela n'aura plus aucune importance, en fin de compte.

— Si vous ne le faites pas, je vous retrouverai, quelle que soit votre nouvelle forme. Là, c'est une menace.

La liaison fut interrompue.

— Merde !

Il frappa de nouveau la cloison au même endroit que la première fois. Ses lacunes de stockage contenaient plusieurs procédures d'urgence fournies par sa Faction, mais aucune ne prévoyait une situation aussi dangereuse et désespérée que celle-ci. Le Livreur laissa échapper un rire nerveux en pensant à l'énormité du plan des Accélérateurs. L'ANA et la flotte de dissuasion étaient les seules entités qui auraient pu empêcher le pèlerinage du Rêve vivant d'avoir lieu. *Sans compter les guerriers raiels.* Malheureusement, il savait qu'on ne pouvait pas se fier aux extraterrestres qui surveillaient le Golfe. Les Accélérateurs avaient désormais accès à la technologie de la Forteresse des ténèbres, ce qui pourrait très bien leur faciliter la tâche contre les forces raielles.

Il se servit de ses implants biononiques pour ajuster ses paramètres physiologiques et calmer ses pensées. Ses programmes secondaires se mirent en branle et augmentèrent ses capacités mentales pour l'aider à examiner la situation plus froidement, à trouver la meilleure façon d'aider Lizzie et les enfants.

Si la flotte de dissuasion était incapable de transpercer le champ de force pour en sortir, la Marine ne pourrait jamais rentrer dans le système de Sol. Restaient donc les agents des Accélérateurs et les scientifiques qui avaient conçu l'Essaim, et peut-être les Raiels de l'*Ange des hauteurs*. La Marine et la présidence demanderaient certainement de l'aide aux Raiels, ce qui lui laissait la possibilité de mettre la main sur un agent des Accélérateurs qui saurait comment désactiver cette saloperie. Mais les membres de cette Faction refuseraient sans doute de se montrer coopératifs.

Le vaisseau se posa sur sa plate-forme. Les passagers se précipitèrent hors de l'appareil ; leurs doutes et leur peur se diffusaient grâce aux particules dans leur cerveau, contribuant à alimenter le malaise qui dominait le champ de Gaïa. Certains services de l'astroport s'étaient arrêtés de fonctionner, car le personnel était connecté à l'unisphère et ne travaillait plus.

Un vaisseau spatial privé était déjà sur place et relayait des images de la colossale prison érigée dans l'espace. Des commentateurs avaient trouvé dans les archives des enregistrements du premier contact entre le *Seconde Chance* et la barrière de Dyson Alpha et n'hésitaient pas à faire des parallèles pour le moins osés.

Le Livreur déboucha avec la foule des passagers dans le vaste terminal tout de bois et de verre et contempla les projections tridimensionnelles suspendues au-dessus du terminus du trou de ver de Tampico. Les symboles scintillants rendaient encore plus vraie la situation décrite par les animateurs hystériques de l'unisphère. Ils signalaient que cet ancien monde du G15 n'était plus relié à la Terre. Ajoutant à l'ironie de la situation, les affichages préprogrammés conseillaient de prendre un itinéraire alternatif.

— Alternatif…, marmonna le Livreur dans sa barbe.

Pour commencer, il lui faudrait trouver du matériel et les armes nécessaires pour capturer des agents ennemis. Rien de plus logique, en effet. Il n'avait d'ailleurs pas vraiment le choix. Le seul agent qu'il connaissait et qui était susceptible de connaître les réponses à ses questions était Marius. Marius qui se trouvait sur Fanallisto, où le Livreur disposait d'une cache pleine d'équipement et des codes pour s'en servir.

— Bordel de merde ! siffla-t-il devant cette prise de conscience.

Il se connecta au réseau de l'astroport pour trouver les horaires des vols pour Fanallisto. Les opérateurs annulaient déjà des vols par précaution. Soudain, son ombre virtuelle l'informa que les Conservateurs venaient d'entrer en contact avec lui par l'intermédiaire d'une liaison sécurisée.

— Quoi ?

Les gens qui l'entouraient lui jetèrent des regards étonnés, car sa surprise avait inondé le champ de Gaïa. Il n'avait aucune raison de douter de l'authenticité de l'appel ; les clés et certificats étaient corrects. Il reprit ses esprits et afficha un sourire sans joie en acceptant la communication.

— Vous êtes passé au travers du champ de force ? demanda-t-il.

— Pas exactement. Je suis une... portion de la Faction des Conservateurs. Je suis le patron, en quelque sorte.

— D'accord, mais comment pouvez-vous communiquer à travers le champ de force ?

— Je ne suis pas enfermé derrière le champ de force.

— Mais notre Faction fait partie de l'ANA.

— Nous perdons un temps précieux en explications. Vous avez juste besoin de savoir que je parle au nom des Conservateurs.

— Est-il possible de traverser cette barrière ? Il faut à tout prix que je parle à ma famille.

— Impossible. Les fumiers ont parfaitement reproduit la Forteresse des ténèbres. L'ANA et la Terre vont rester sur la touche pendant un bon bout de temps. Nous allons devoir nous débrouiller seuls.

Le Livreur fronça les sourcils.

— « Les fumiers » ? dit-il à voix haute.

Les Conservateurs n'avaient pas l'habitude d'employer ce vocabulaire. Ses programmes secondaires effectuèrent quelques recherches sur l'expression « rester sur la touche » ; il s'agissait apparemment d'une métaphore sportive. Très ancienne.

— Qui êtes-vous ?

— Le patron, je vous l'ai dit. Vous croyez quoi ? Que nous étions tous égaux, dans l'ANA ?

— Eh bien, oui.

— Tu parles. Bon, notre conseil d'administration est sympa, homogène et baigne dans l'amour de tous ceux qui constituent la Faction. Content, maintenant ?

— Vous ne pouvez pas être dans l'ANA.

— En effet. Je suis en congé sabbatique. Pour notre plus grand bonheur. Bon, vous êtes avec moi ou quoi ? Vous allez m'aider à arrêter Marius et Ilanthe ?

— Oui, à condition que vous m'apportiez la preuve de ce que vous avancez.

— Branche Haute de merde ! Vous êtes tous des putains de bureaucrates, dans le fond, hein ?

— Qu'êtes-vous donc ?

— Vous aurez votre preuve, mais vous allez devoir venir la chercher.

— Écoutez, ma priorité – non ! – mon *seul* objectif est de désactiver cette barrière. Je me fiche du reste.

— Génial. Et vous comptez vous y prendre comment ?

— Il doit bien y avoir, quelque part dans le Commonwealth, un Accélérateur qui sait comment fonctionne cette chose. Quand je l'aurai entre mes mains, je le ferai parler. Je suis prêt à utiliser des méthodes extrêmes pour cela.

— Je vous avais peut-être mal jugé. Ce n'est pas une si mauvaise idée. Je serais presque tenté de vous suivre.

— Comment cela, « mal jugé » ?

— Ne nous voilons pas la face, jeune homme ; vous n'avez pas vraiment un profil de double zéro. Vous livrez des choses pour nous, et nous vous laissons jouer à l'espion pour flatter votre ego.

L'ombre virtuelle du Livreur ne trouva rien sur le « double zéro », du moins rien qui ait un sens.

— J'ai déjà eu affaire à Marius, protesta-t-il.

— Oui, vous avez déjà bu du chocolat chaud ensemble. Arrêtons les conneries et parlons sérieusement, vous voulez bien.

— D'accord, que me proposez-vous ?

— Pour commencer, retournez à l'astroport de Purlap et récupérez le vaisseau que vous avez abandonné là-bas. Faites-moi confiance, la personne qui devait le piloter n'en aura pas besoin pour l'instant, et nous avons besoin de matos pour réussir.

— Réussir quoi ?

Le fait que le « patron » soit au courant pour le vaisseau était étrangement rassurant. Soit son interlocuteur disait la vérité, soit la Faction qui l'employait depuis des années n'était qu'une vaste plaisanterie. Mais, dans ce dernier cas, les Accélérateurs ne seraient pas en train de le faire tourner en bourrique de cette façon ; ce n'était pas leur style.

— Un mouvement à la fois. Pour le moment, contentez-vous de récupérer ce vaisseau.

Le Livreur consulta de nouveau les horaires de départ de l'astroport.

— Les vols commerciaux sont annulés un à un. Et pas uniquement ici, semble-t-il.

Son ombre virtuelle recevait des données du Commonwealth tout entier. Personne ne voulait voler tant que la Marine n'interviendrait pas et que les Accélérateurs seraient libres d'agir comme ils l'entendaient.

— Hou ! Le trouillard ! Je croyais que vous étiez prêt à tout…

— … pour revoir ma famille, oui.

— Eh bien, justement. C'est de cela qu'il s'agit. Bon, reprenons : où êtes-vous ?

— Je ne comprends pas.

— Vous êtes au milieu d'un astroport dans lequel, à en croire le réseau local, stationnent trois cent dix-sept vaisseaux spatiaux. Faites votre choix, piquez-en un et magnez-vous de rallier Purlap. Vous êtes un agent secret, oui ou merde ? Essayez de mériter votre statut de double zéro.

— Que je vole un vaisseau ?

— Ah ! Il a enfin compris. Appelez-moi quand vous serez arrivé. Et dépêchez-vous. Marius avait sûrement de bonnes raisons de se rendre sur Fanallisto. Il se situe au sommet de la hiérarchie de sa Faction, aussi sa présence sur cette planète reculée ne peut pas être le fruit du hasard.

La liaison fut interrompue. Un nouvel icone de communication brillait dans l'exovision du Livreur.

— Il veut que je vole un vaisseau, se dit-il. Pourquoi pas...

Il entreprit de traverser le hall des arrivées. Son ombre virtuelle parvint à extraire des registres les données qui l'intéressaient et produisit une courte liste. Il y avait quelques engins de la Marine, dont des éclaireurs bien tentants ; toutefois, s'il était prêt à user de la force, il ne voulait être responsable d'aucune perte corporelle. D'autant plus que la Marine aurait bientôt besoin de tous ses atouts. Alors, il choisit un navire de plaisance privé : le *Lady Rasfay*.

Il faisait froid dehors et des nuages d'altitude se découpaient sur la toile de fond du ciel illuminé par la lumière de l'aube. Les pistes bétonnées de l'astroport et l'herbe rouge qui les entourait étaient couvertes de rosée. De même que la capsule taxi que le Livreur avait prise sur la plate-forme F37, à trois kilomètres du terminal des passagers. Il descendit du véhicule et frissonna. Le *Lady Rasfay* se dressait à une dizaine de mètres de là, cône blanc-bleu à la coupe ovale semblable à un genre de missile ancien couché sur le flanc. Il ne comprendrait jamais pourquoi tant de gens tenaient à ce que leur vaisseau ait un profil aérodynamique. Comme si cela comptait. En tout cas, Duaro, le propriétaire de cet engin, était clairement un adepte des lignes tape-à-l'œil.

L'ombre virtuelle du Livreur avait déjà pénétré légèrement le réseau du vaisseau. Il n'y avait personne à bord, et les systèmes primaires étaient tous en veille. Un scan rapide du réacteur lui confirma ce qu'il avait déjà deviné : Duaro avait investi beaucoup d'AEM et de temps dans cet hyperréacteur, désormais capable de propulser le vaisseau à un peu plus de quinze années-lumière par heure. Il ne trouverait pas meilleur véhicule.

Il entra une autorisation de vol civile dans le réseau de l'engin. Le sas s'ouvrit et une échelle métallique descendit. Le Livreur monta aussitôt sans regarder derrière lui, geste coupable qui aurait pu le trahir. Sur les mondes de la branche Haute, personne ne se souciait des voleurs ; quand on voyait quelqu'un monter à bord d'un vaisseau, on supposait qu'il en avait le droit. Grâce aux AEM et aux réplicateurs, les biens matériels étaient accessibles à tous et personne n'était frustré de ne pas posséder un vaisseau spatial.

Pour autant, Duaro n'étant pas totalement candide, le réseau était équipé de plusieurs niveaux de protection. Après quelques millièmes de seconde passés à les analyser, l'ombre virtuelle du Livreur lui présenta huit manières possibles de les contourner et de prendre le contrôle du cerveau.

Un éclairage rouge de faible puissance baignait le couloir. Le navire avait un intérieur classique, presque démodé, avec une cabine de pilotage à l'avant, un salon dans la section centrale et deux cabines privatives dans le fond. Une fois à l'intérieur, le Livreur effectua un scan de courte portée pour choisir le meilleur point pour se connecter physiquement aux nœuds du réseau. C'est alors qu'il entendit des grognements passionnés dans la cabine située à bâbord.

La porte s'ouvrit sur le côté en silence. À l'intérieur, des panneaux en tek ancien soigneusement poli dissimulaient les courbes et les angles des parois du vaisseau. Il y avait deux personnes dans le lit étroit.

— Duaro, je présume, commença le Livreur à haute voix.

L'homme affolé se tortilla et se retourna précipitamment. La femme cria et agrippa frénétiquement les draps de soie pour cacher sa nudité. Elle était d'une beauté exceptionnelle, remarqua l'intrus, avec une crinière de feu et un visage couvert de taches de rousseur. Elle était aussi très jeune, *réellement* jeune, car elle vivait sa première vie.

— C'est Mirain qui vous envoie ? demanda un Duaro paniqué. Écoutez, nous pouvons nous comporter en gens civilisés…

— Mirain ? répéta le Livreur, tandis que son ombre virtuelle effectuait quelques recherches rapides. Vous voulez dire votre épouse ?

La femme eut un mouvement de recul et jeta un regard noir à Duaro.

— Je ne peux pas croire qu'elle se soit donné tout ce mal, reprit ce dernier. C'est juste un petit écart de rien du tout.

— Un écart ?! lâcha la rouquine.

— Vous êtes montés à bord sans allumer les lumières et en muselant le cerveau pour ne pas révéler votre présence…, s'étonna tout haut le Livreur. Vous avez quelque chose à vous reprocher ?

— Écoutez, soyons raisonnables…

Le Livreur sourit de toutes ses dents devant ce cliché éculé.

— Oui, soyons raisonnables. Si je vous disais tout de suite ce que je veux…

— Je vous en prie, l'interrompit Duaro avec soulagement.

— Les codes d'accès du cerveau de ce vaisseau.

— Pardon ?

— Ce n'est pas négociable, répondit le Livreur en activant plusieurs de ses fonctions offensives.

* * *

Paula Myo ne se rappelait pas avoir jamais été aussi choquée. Le traumatisme avait des conséquences physiques : son cœur battait la chamade et ses mains tremblaient comme si elle était une humaine Naturelle. Elle préféra s'affaisser sur le plancher de l'*Alexis Denken* avant que ses jambes cèdent sous son poids. Son exovision lui montrait un genre de vaste plaine noire, image transmise par le vaisseau de classe Capital *Kabul* qui scannait l'extérieur de la barrière érigée autour de

Sol. Son statut lui permettait de recevoir directement ces images via une liaison sécurisée établie par le Pentagone II. Elle ne pouvait rien faire, ne leur était d'aucune aide. Elle était une observatrice passive du plus grand désastre survenu dans le Commonwealth depuis la désactivation de la barrière de Dyson Alpha. Alors, elle eut une idée.

— Avez-vous les coordonnées spatiales des éléments de l'Essaim au moment de leur apparition ? demanda-t-elle à l'amiral Juliaca, adjoint de Kazimir et donc commandant suprême de la Marine du Commonwealth. La Forteresse des ténèbres était dotée d'une ouverture d'où il était possible de la désactiver.

— Excellente idée, mais le *Kabul* a déjà essayé. Nous ne sommes parvenus à détecter aucune proéminence sur la surface de la barrière, mais onze navires de guerre ainsi que des vaisseaux civils continuent à chercher. Elle semble parfaitement lisse, en tout cas dans la zone que nous avons scannée.

— Bien sûr, marmonna Paula.

J'ai été naïve. Ce ne pouvait pas être aussi facile, évidemment. Elle se ressaisit et demanda à ses systèmes biononiques de stabiliser son corps. Son cerveau, cependant, continuait à fonctionner au ralenti, comme si elle pataugeait dans de la glace fondue. *Moi qui croyais m'être débarrassée de ces réactions idiotes au cours de mon reséquençage.* Au moment où elle se faisait cette remarque, une petite partie de son esprit lui reprocha de se montrer si dure avec elle-même. Et pourtant, le succès des Accélérateurs mettait en lumière l'incompétence des services de renseignements et la faiblesse de l'analyse de l'ANA. Son incompétence à elle, donc… N'importe qui aurait été secoué par l'énormité du coup réalisé par les Accélérateurs.

— Sommes-nous certains que la flotte de dissuasion soit bien emprisonnée à l'intérieur ? demanda-t-elle.

— J'en ai peur, répondit Juliaca. Kazimir ne répond pas à nos appels. Je pense qu'il ne se priverait pas d'entrer en contact avec nous s'il en avait la possibilité. Il commandait la flotte ; en toute logique, celle-ci se trouve de l'autre côté de la barrière.

Paula avait suivi le conclave autant qu'elle l'avait pu, et elle savait que l'amiral avait raison. Cependant…

— La flotte tout entière ? Cela semble peu plausible. Il doit bien y avoir des vaisseaux de réserve quelque part ?

— Un instant, je vous prie.

Un nouvel icone de communication apparut dans l'exovision de Paula. Il était coloré et se découpait agréablement sur la toile de fond uniformément noire de la barrière. Paula réduisit les images envoyées par le *Kabul* et accepta l'appel.

— Monsieur le Président, commença-t-elle, formelle.

— Paula Myo, répondit le président Alcamo. Heureux que vous soyez des nôtres. Si vous avez des conseils à prodiguer, je suis preneur, je vous l'avoue. Sans l'ANA, nous manquons cruellement d'informations pertinentes.

— Je ferai tout mon possible pour vous aider. Je m'apprêtais à suggérer à l'amiral de déployer ce qui reste de la flotte de dissuasion autour de Sol pour tenter une percée.

— Le problème, intervint l'amiral, c'est que je ne sais rien de cette flotte de dissuasion. En tout cas, je puis vous affirmer qu'aucun appareil n'est caché dans les installations de la Marine et que je ne dispose d'aucun code pour la contacter. Alors que le réseau de la Marine a reconnu mon autorité suprême…

— C'est impossible, la flotte va forcément entrer en contact avec vous, s'étonna Paula.

— Pour l'instant, personne ne nous a contactés.

— Je vois.

Une idée venait de naître dans l'esprit de Paula. Une idée désagréable.

— Paula, savez-vous quelque chose à propos de la flotte ? demanda le président Alcamo.

— J'ai bien peur que non, monsieur le Président. À part que l'ANA et Kazimir ont beaucoup rechigné à la déployer. Comme s'il ne s'agissait pas vraiment d'une flotte…

— Vous pensez qu'il n'y a qu'un vaisseau ?

— Cela expliquerait pas mal de choses. Dans une situation d'une telle gravité, il est inconcevable que les restes de cette *flotte* n'aient pas cherché à entrer en contact avec vous. Il est facile de conclure qu'il n'y avait qu'un vaisseau et qu'il est emprisonné derrière la barrière tout comme l'ANA.

— Vous voulez dire que nous sommes sans défense ? demanda Alcamo.

— Non, monsieur, intervint l'amiral. La flotte des Ocisens et leurs alliés primiens ont été mis hors d'état de nuire avant l'activation de la barrière. Il n'existe aucune autre menace immédiate, et les vaisseaux de classes Capital et River sont largement capables de nous défendre contre les espèces de notre voisinage. La flotte de dissuasion a été créée pour répondre aux menaces post-physiques.

— Sauf que nous devons faire face à une menace interne, reprit Paula, à Ilanthe et à son maudit *noyau d'inversion*, quoi que cela signifie.

— Vous n'en aviez jamais entendu parler ? demanda le président.

— Non, monsieur. Nous savions uniquement que les Accélérateurs voulaient parvenir à une fusion avec le Vide afin d'amorcer leur élévation au statut post-physique. (Elle prit une profonde inspiration et entreprit d'analyser la situation pour tenter de prévoir la prochaine manœuvre d'Ilanthe.) Reste un facteur critique que personne ne contrôle…

— Araminta ? tenta l'amiral.

— Oui. Ilanthe et le Rêve vivant ne pourront entrer dans le Vide qu'avec son aide, d'où leur désir farouche de lui mettre la main dessus.

— Vous pourriez la retrouver avant eux, proposa le président.

— Elle est sur Chobamba, et il semblerait qu'elle ait déjà conclu un marché avec une Faction.

— Laquelle ?

— Je l'ignore, mais ses agents l'ont sûrement aidée à quitter Viotia. J'imagine qu'ils sont aussi choqués que nous par la perte de l'ANA. Il n'est pas impossible qu'ils soient disposés à collaborer avec nous. Il faudra saisir cette occasion.

— Vous vous sentez capable d'accomplir cette mission ?

— Je peux être sur Chobamba dans peu de temps.

Intérieurement, elle était déçue, car l'*Alexis Denken* n'était qu'à quatre heures de Viotia, tandis que Chobamba se situait à cinq cent dix années-lumière de sa position actuelle. *Ces temps-ci, je ne fais que courir d'un front à l'autre en arrivant chaque fois trop tard. Cela ne peut pas durer ; les enjeux sont trop importants, cette fois-ci. Je dois absolument reprendre la main et l'initiative.*

— Merci, dit le président. Quand vous l'aurez, mettez-la en état d'arrestation. Nous n'avons pas de temps à perdre en invitations polies. Nous ne pouvons pas nous permettre de la voir tomber entre les mains de quelqu'un d'autre. Vous m'avez bien compris ?

— Tout à fait, monsieur le Président. Si elle m'échappait, je ferais en sorte que personne ne puisse la capturer.

— Vous vous y engagez ?

— Absolument.

— Merci. Amiral, avez-vous du nouveau ? Sommes-nous capables d'éliminer le vaisseau qui a embarqué le noyau d'inversion ?

— Je l'ignore, monsieur. C'était un grand et puissant navire d'une facture qui nous est parfaitement inconnue. Et nous devrions d'abord retrouver sa trace.

— Ilanthe veut la même chose que nous, reprit Paula. La Rêveuse. J'imagine qu'elle est déjà en route pour Chobamba.

— Bien, dit le président. Amiral, envoyez un corps expéditionnaire de vaisseaux de classe Capital autour de Chobamba. Je veux que ce navire soit détruit.

— Nous avons pu réunir très peu de données avant l'activation de la barrière, mais il semblerait que le vaisseau d'Ilanthe soit équipé d'un champ de force inspiré lui aussi de la Forteresse des ténèbres. Les Accélérateurs comptent probablement s'en servir pour traverser le Golfe surveillé par les guerriers raiels.

— Par Ozzie ! lâcha le président. Vous voulez dire que nous ne pouvons pas l'intercepter ?

— Nous le retrouverons sûrement, car nos capteurs sont capables de transpercer la plupart des camouflages, mais je doute que nous le rattrapions ; pas aux vitesses qu'il semblerait capable d'atteindre. Et même si nous l'acculions près de Chobamba, nos armes auraient très peu de chance de venir à bout de ses défenses.

— Merde. Araminta est donc notre dernier atout ?

— J'en ai peur, monsieur.

Paula s'abstint de dire ce qu'elle pensait, car ce n'était qu'une intuition.

— Monsieur le Président, je vous conseillerais d'appeler l'*Ange des hauteurs* sans attendre, proposa-t-elle. Je ne vois que les Raiels pour posséder la technologie nécessaire à la destruction d'un champ de force inspiré de la Forteresse des ténèbres.

— Vous avez raison. Je vous tiens au courant.

La liaison sécurisée fut coupée. Paula ordonna au cerveau de son vaisseau de la conduire à Chobamba. Le vecteur vert fluorescent apparut dans son exovision, traversa une représentation de cette partie de la galaxie. Restait à le confirmer. Quelque chose la fit hésiter. Même si elle arrivait là-bas en moins de dix heures, il serait à coup sûr trop tard. Les Factions qui pourchassaient Araminta devaient savoir où elle se cachait. Dès que le Rêve vivant connaîtrait sa position exacte, un troupeau d'agents se précipiterait sur les lieux. Soit ceux qui l'avaient déjà sauvée lui permettraient de s'échapper, soit elle serait capturée par les agents les mieux équipés.

C'était une situation absurde. Après les événements du parc de Bodant, c'était évident que le Rêve vivant perfectionnerait sa technique de traque. Tous les professionnels le savaient, y compris ceux qui avaient permis à Araminta de fuir une première fois, même si personne ne connaissait la compétence exacte des Maîtres des Rêves d'Ethan. Après l'avoir extraite de Viotia, les sauveurs d'Araminta auraient dû la mettre en lieu sûr.

Qui a bien pu l'amener là-bas ?

La moitié des Factions qui la pourchassaient auraient préféré la tuer plutôt que de laisser aux Accélérateurs une chance de lui mettre la main dessus. Les autres, celles qui avaient des objectifs et des ambitions semblables à ceux des Accélérateurs, lui auraient proposé un marché.

Et pourtant, Araminta courait toujours. Elle partageait les rêves d'Inigo en toute insouciance, comme si l'univers n'existait pas.

Paula inspira à pleins poumons. *L'explication la plus simple est toujours la plus probable. Elle n'est pas consciente du danger ; elle n'est donc sous la protection d'aucune équipe. Mais alors, comment diable a-t-elle fait pour rallier Chobamba ?*

Elle ordonna à son ombre virtuelle de réunir toutes les données disponibles sur Araminta. Tout ce que Liatris McPeierl avait trouvé, les dossiers de la base de données civile de Colwyn City, les registres de Langham sur sa famille et sa société de cybernétique agricole, ses données financières, médicales – très peu nombreuses, car elle avait un excellent héritage Avancé – et juridiques, y compris son divorce un peu cafouilleux conduit par le cabinet de sa cousine. Autant de données ordinaires qui ne la singularisaient pas des milliards d'habitants des Mondes extérieurs.

Elle est différente. Elle rêve. Quelque chose la rend incroyablement spéciale. Mais quoi ? Gore aussi est devenu un Rêveur, ce qui est étonnant, car personne n'est plus ancré que lui dans la réalité. Et pourtant, il a découvert ce secret. Jusqu'à présent, on a toujours pensé qu'Inigo rêvait d'Edeard parce qu'ils étaient apparentés d'une manière ou d'une autre. Le cœur de Paula fit un bond. *Comme Gore et Justine. Merde ! Sauf qu'Araminta a rêvé d'un Seigneur du Ciel…* Elle grogna de frustration et se plaqua les mains sur les tempes.

— Allez, réfléchis !

Oublie le Seigneur du Ciel et concentre-toi sur cette idée de parenté… Son ombre virtuelle étudia l'arbre généalogique d'Araminta, mit en corrélation déclarations de naissances et certificats de vie commune. Ainsi, elle remonta les générations.

Un petit fichier, élément de l'arbre généalogique, clignota dans son exovision.

— Nom de Dieu ! lâcha-t-elle.

L'explication était là, simplissime et magnifique, cinq générations en amont. Le nom sortit tout seul de la liste et brilla devant les yeux de Paula sans que celle-ci ait eu besoin de recourir à des programmes secondaires.

— Mellanie Rescorai, murmura-t-elle avec ravissement. Oui ! Plus de mille ans après, elle continue de nous emmerder !

Mieux encore, Mellanie et son premier mari Orion furent déclarés amis des Silfens. Paula se rappelait avoir rencontré Mellanie, il y avait plus de huit siècles de cela, tandis que celle-ci rendait visite au Commonwealth. Elles avaient toutes les deux été invitées à un genre de cérémonie politique, peut-être au bal d'inauguration de la présidence… Cette bonne vieille Mellanie jubilait d'avoir été choisie par les Silfens ; de son point de vue, cela la plaçait au-dessus des autres invités, surtout de Paula. C'était tout Mellanie : à la fois douce et sauvage.

— Mellanie ! gloussa Paula.

Elle ignorait comment fonctionnait le système, comment le Rêveur pouvait être relié à quelqu'un qui vivait dans le Vide ; en revanche, elle était certaine d'une chose : la magie des Silfens était à la base de tout. Par « magie », elle entendait bien sûr la plus avancée des technologies de la galaxie. Grâce à la relation privilégiée qu'il entretenait avec les Silfens, Ozzie avait développé le champ de Gaïa : le médium des rêves. Araminta descendait d'une amie des Silfens. Quant à Inigo… Personne n'en savait rien.

Les chemins ! Son ombre virtuelle effectua de nouvelles recherches. Il circulait effectivement des rumeurs au sujet d'un chemin silfen débouchant au centre du continent désertique de Chobamba. Un autre traverserait le bois de Francola, en bordure de Colwyn City. *Elle n'a rejoint aucune Faction. Elle n'a pas volé jusqu'à Chobamba. Elle a marché !*

Ce qui signifiait qu'Araminta était chanceuse et maligne, comme l'avait dit Oscar, mais qu'elle ignorait que le Rêve vivant l'avait retrouvée. Il fallait la prévenir, ce qui ne serait pas facile vu qu'elle s'était déconnectée de l'unisphère.

Les amas macrocellulaires de Paula la relièrent directement au réseau du vaisseau. Il y avait un kube mémoire à bord, un kube très fortement encodé. Pour y accéder, elle avait besoin de cinq clés et de faire authentifier ses chemins neuraux. À l'intérieur étaient stockés des programmes accumulés en plus d'un millénaire et demi d'investigations, des programmes ultimes, écrits tout spécialement pour des criminels, trafiquants d'armes et politiciens véreux de premier plan… Connaître l'existence de certains d'entre eux était déjà un crime. Aucun de leurs créateurs ne sortirait de suspension avant des centaines d'années. La Paula d'il y avait mille deux cents ans aurait été mortifiée de savoir que sa personnalité future conserverait ces logiciels. Ils lui avaient pourtant été utiles en plusieurs occasions. Paula en activa un. Il ne figurait même pas sur la liste des plus dangereux.

* * *

Le baiser de Kristabel fut léger, mais aussi intense que riche de désir et d'amour.

— C'est pour cela que je t'aime, chuchota-t-elle.

Sa sincérité ne faisait aucun doute. Un amour sans limite qui promettait une vie de bonheur. Alors Edeard sut qu'il avait fait le bon choix.

Araminta lâcha un soupir satisfait et découvrit entre deux clignements d'yeux le plafond du chalet. Des larmes coulèrent des coins de ses yeux tandis qu'elle se remettait de ses émotions.

— Par Ozzie, murmura-t-elle, encore secouée.

À présent, elle comprenait pourquoi le Rêve vivant avait tant d'adeptes, pourquoi ils rêvaient tous de vivre dans le Vide. Voyager dans le temps… Enfin, pas vraiment. Modeler l'univers autour de votre personne : le solipsisme ultime. Combien de fois s'était-elle dit : *Si seulement j'avais su à l'époque ce que je sais maintenant.* Si elle avait ce pouvoir, elle pourrait revivre sa rencontre avec Laril et rire de ses promesses ridicules. Elle pourrait refuser l'offre de Likan et ne jamais passer de week-end chez lui. Elle pourrait redevenir adolescente et tolérer ses parents, car elle saurait qu'elle ne passerait pas sa vie dans cette ferme, qu'elle ne serait pas condamnée à travailler dans la société familiale pendant des siècles. Elle profiterait de sa jeunesse. De la meilleure des façons. Elle deviendrait adulte en n'ayant aucun regret. Puis elle rencontrerait Bovey dans un Commonwealth qui n'aurait jamais entendu parler du Second Rêveur.

Cette vie, *ces vies*, l'attendaient dans le Vide.

Elle sentait les pensées du Seigneur du Ciel à l'arrière de son esprit. Tout ce qu'elle avait à faire, c'était l'appeler et lui demander de l'emmener avec lui.

Ce serait si simple. Quelques petits mots pour être heureuse à jamais.

C'était également la vie qui attendait tous ceux qui l'accompagneraient. Malheureusement, il faudrait digérer le reste de la galaxie pour alimenter des projets aussi égoïstes et dispendieux en énergie. Chaque étoile, chaque planète, chaque créature vivante… c'était de là que venaient les atomes qui rendaient possibles les miracles du Vide. C'était le prix à payer.

— Je ne peux pas, dit-elle dans la pénombre. Je refuse.

Sa décision lui donna la chair de poule et accéléra les battements de son cœur, mais elle ne changerait pas d'avis. C'était certain. Son instinct et la logique ne faisaient qu'un. *Voilà ce que je suis. Voilà qui je suis.*

Araminta se leva doucement. Il faisait encore nuit ; il restait peut-être trois heures avant l'aube. Elle avait besoin de boire quelque chose et de sommeil sans rêves. Il restait un peu de thé anglais dans la gourde commandée chez *Smokey James*. Elle roula hors du lit et vit le texte rouge défiler sur le petit moniteur du nœud unisphère. Elle cligna des yeux et le relut.

Il n'était plus question ni de thé ni de sommeil. Elle s'agenouilla devant la table de chevet et se servit du clavier pour consulter les informations. Ses particules s'ouvrirent légèrement pour ressentir l'horreur et la peur qui inondaient le champ de Gaïa. Ce n'était donc pas une plaisanterie. Les Accélérateurs avaient emprisonné la Terre. L'ANA n'était plus disponible. Le reste du Commonwealth devrait se débrouiller tout seul. Elle regarda le moniteur un long moment sans réagir, avant de chercher un code dans une lacune de stockage et de l'entrer dans le nœud.

Apparut le visage de Laril, émacié, terrifié, la peau tirée, des grosses poches sous les yeux.

— Merci mon Dieu ! siffla-t-il. Tu vas bien ? J'étais très inquiet.

Elle sourit pour ne pas éclater en sanglots.

— Je vais bien, promit-elle d'une voix qui tremblota dangereusement.

— Tu es… (Il fronça les sourcils, tourna la tête à gauche puis à droite, consultant les affichages de son exovision.) Tu es sur Chobamba. Comment as-tu fait pour te retrouver là-bas ?

— C'est une longue histoire. Laril, ils ont emprisonné la Terre !

— Je sais. Seule l'ANA aurait pu arrêter tout ceci.

— Oui. Quelqu'un m'est venu en aide. Un certain Oscar. Sans lui, je ne serais jamais sortie du parc de Bodant. Il a dit qu'il travaillait pour l'ANA, qu'il m'aiderait… J'étais tentée de l'appeler, de demander l'aide de l'ANA. Que vais-je faire, maintenant ?

— Cela dépend de ta décision. Peux-tu aider le Rêve vivant à entrer dans le Vide ?

— Non, je ne peux pas. Ses adeptes veulent détruire la galaxie.

— Bien. Tu as trois possibilités…

— Je t'écoute.

— Tu peux demander la protection de la Marine. Personne d'autre n'a la puissance de feu pour résister aux Accélérateurs.

— Oui, c'est une bonne idée. Et sinon ?

— Si cet Oscar travaille vraiment pour l'ANA, il doit être en mesure de t'emmener loin du Rêve vivant. J'imagine qu'il dispose de ressources importantes.

— Et la dernière ?

— Allie-toi à une Faction qui s'oppose au Rêve vivant et aux projets des Accélérateurs et autres.

— Il ne reste plus beaucoup de Factions.

— Elles sont bloquées derrière la barrière, mais leurs agents sont disséminés dans le Commonwealth. Et ils sont tous à ta recherche. Si tu le veux, je peux te servir d'intermédiaire et négocier avec l'un d'eux. Il pourra peut-être te mettre en sécurité.

— Et après ? M'enfuir ne résoudra rien. Il faut trouver une solution définitive.

— Ma chérie, il n'y a pas de solution. Le Vide est là depuis un milliard d'années, sans doute davantage. Les Raiels ne sont pas parvenus à nous en débarrasser, alors le Commonwealth…

— Quelqu'un doit en être capable. Il y a forcément un moyen.

— Peut-être que l'ANA le connaissait.

— Ils finiront par libérer la Terre, tu ne crois pas ? demanda-t-elle, soudain apeurée. En tout cas, ils vont essayer, non ?

— Oui, bien sûr. Ils feront tout ce qui est en leur pouvoir. Le reste du Commonwealth, notamment les Mondes centraux, est une mine de talents et de ressources. Une mine dont tu ne soupçonnes pas la richesse. Ils réussiront à désactiver cette barrière.

— Bien, reprit-elle en s'efforçant de se convaincre. C'est décidé : je vais appeler Oscar.

Laril eut un sourire sans joie.

— Je reconnais bien là mon Araminta. Tu veux que je le contacte pour toi ?

Elle hocha la tête.

— S'il te plaît. J'ai trop peur de me connecter à l'unisphère.

— D'accord. Tu possèdes son code ?

— Oui.

Elle commença à le taper.

— Parfait. Je…

L'image disparut dans une explosion de pixels bleus et rouges.

— Laril !

Les pixels tourbillonnèrent et formèrent des caractères verts : « Araminta, regardez ceci. »

Elle s'éloigna à reculons de la table de chevet.

— Non ! lâcha-t-elle. Qu'est-ce que c'est ? Que se passe-t-il ?

— Araminta, entendit-elle par le haut-parleur du moniteur. (C'était une voix féminine, posée et autoritaire.) Je mitraille la cybersphère de Chobamba. Tous les nœuds recevront ce message et le transmettront à toutes les adresses. Il sera également stocké jusqu'à ce que le réseau soit purgé, ce qui prendra un moment. Avec un peu de chance, cela vous laissera le temps de le consulter. Je ne vous contacte pas directement parce que j'ignore où vous êtes exactement. Le Rêve vivant sait que vous vous trouvez sur Chobamba, mais ne connaît pas encore votre position exacte. Ne vous servez plus du champ de Gaïa ; ils disposent, dans les nids de confluence, de programmes très sophistiqués capables de remonter votre piste. Plusieurs équipes d'agents puissamment armés, ceux-là mêmes qui sont responsables du massacre de Bodant, sont à vos trousses. Vous devez partir sans attendre. Je vous conseille d'emprunter la même route qu'à l'aller ; elle est relativement sûre. N'hésitez pas. Le temps qui passe est un facteur critique. Sachez que des gens essaient de vous aider. La Marine du Commonwealth peut vous protéger. Entrez en contact avec elle. Vite.

Stupéfaite, Araminta regarda le nœud. Les caractères verts étaient toujours affichés et dispensaient une lumière étrange dans la chambre.

— Par Ozzie ! couina-t-elle piteusement.

Ils savent que je suis ici. Tout le monde le sait. La femme avait raison : elle devait partir. Toutefois, il lui faudrait des heures pour retrouver le chemin dans le désert. Sa panique céda la place au désespoir tandis qu'elle parcourait la chambre du regard et avisait tout ce qu'elle avait acheté : des objets nécessaires à un voyage sur les chemins silfens. Son équipement était beaucoup trop lourd ; jamais elle ne pourrait courir avec tout cela sur le dos. En tout cas, elle n'irait pas bien loin. Alors, elle contempla les emballages *Smokey James* qu'elle n'avait pas eu le temps de jeter aux ordures, et une idée se forma dans son esprit.

Smokey James était une bonne enseigne, force lui était de l'admettre. Il était 3 heures du matin, et ils ne mirent que vingt minutes à lui livrer sa pizza, ses frites et son café. Araminta n'avait jamais vu le genre d'engin sur lequel arriva Ranto, sorte de véhicule primitif à trois roues : l'arrière-arrière-grand-père du tripod moderne, sans doute. Il ne paraissait pas très sûr, avec sa selle en cuir fixée au centre d'un cadre en carbone noir maintes fois rafistolé avec des bandes d'époxy. Les roues étaient reliées au cadre par de longs amortisseurs magnétiques qui semblaient provenir d'un autre véhicule. Ranto pilotait manuellement grâce à un guidon orange et chromé. Araminta n'avait pas le choix et le savait. Elle se doutait également que l'engin ne serait doté d'aucune technologie intelligente capable d'assumer les fonctions de pilotage et de navigation.

Il descendit du véhicule et sortit la pizza d'un grand panier accroché derrière la selle.

Un point positif, pensa-t-elle. *Mon matériel rentrera là-dedans.*

— Et voilà, commença-t-il de ce ton à la fois joyeux et triste commun à tous ceux qui travaillaient la nuit pour un salaire de misère.

Araminta était à peu près certaine que Ranto n'avait pas d'héritage Avancé. Son visage mélancolique était constellé de boutons, son nez trop long, ses jambes et ses bras trop fins, et son torse trop étroit. S'il était déjà grand, il n'avait manifestement pas terminé sa croissance. De son point de vue à elle, c'était une bonne chose, car il n'aurait pas d'amas macrocellulaires et serait incapable de se connecter directement à l'unisphère.

Araminta lui prit le carton des mains.

— Merci, dit-elle en lui tendant une pièce. Combien pour ce truc à roulettes ?

Le sourire un peu maladroit de Ranto devint incrédule.

— Quoi ?

— Combien ?

— C'est ma moto, protesta-t-il.

— Je sais, mais j'en ai besoin.

— Pourquoi ?

— Pour rien. Mais j'en ai besoin tout de suite.

— Je ne peux pas vendre ma moto ; je l'ai réparée moi-même.

— Elle est à vous, donc vous pouvez la vendre. En plus, je vais vous faire une offre très avantageuse.

Le regard du jeune homme se posa successivement sur sa moto puis sur Araminta. Elle était certaine d'entendre son cerveau tourner ; ses petits rouages étaient soumis à un stress inhabituel. Il s'empourpra.

— Vous pourriez en acheter une neuve, l'encouragea-t-elle.

Pendant un instant, elle s'imagina Ranto chevauchant une moto rouge et rutilante équipée de roues flottantes. *Concentre-toi, merde !* S'il refusait de la lui vendre, elle disposait, dans ses lacunes de stockage, de programmes de combat à main nue chargés à l'époque de son divorce, lorsqu'elle était contrainte de se rendre dans des quartiers de Colwyn City à la réputation douteuse. Elle n'avait vraiment pas envie d'en arriver là, car elle n'avait pas vraiment confiance en eux. Ni en elle. Par ailleurs, frapper quelqu'un comme Ranto serait de la cruauté gratuite. *Mais je n'hésiterais pas. Mon destin compte beaucoup plus que sa fierté.* Elle ouvrit l'index de ses lacunes dans son exovision et chercha les bons programmes.

— Cinq mille francs-Chobamba, annonça Ranto d'une voix nerveuse. Je ne la laisserai pas partir pour moins que cela.

— Marché conclu, répondit Araminta en lui tendant sa carte de paiement.

— Sérieux ?

Il ne s'attendait pas qu'elle accepte.

— Oui.

Elle autorisa le transfert d'argent. Ranto cligna des yeux en constatant que sa propre carte recevait les fonds. Puis il sourit, ce qui le rendit presque mignon.

Araminta jeta son sac à dos dans le panier de la moto et se retourna vers l'adolescent.

— Ça se conduit comment ?

Elle zigzagua devant le motel pendant quelques minutes, tandis que le jeune homme lui courait après en criant ses instructions, mais elle finit par se faire au pilotage de l'engin. Le guidon était équipé d'une poignée pour accélérer et d'un frein. Elle devait vraiment se concentrer pour utiliser ce dernier ; toute sa vie, elle s'était servie de machines dotées de systèmes de freinage automatique. Après avoir évité la catastrophe deux ou trois fois, elle se mit à freiner trop fort et faillit être projetée dans les airs à plusieurs reprises.

— Il n'y a pas de système de sécurité ? demanda-t-elle à Ranto en lui tournant autour.

Le jeune homme haussa les épaules.

— Roulez prudemment, lui suggéra-t-il.

Après trois tours d'entraînement supplémentaires, c'est exactement ce qu'elle fit. Elle s'engagea sur la seule route qui conduisait hors de Miledeep Water. Dans les petits miroirs fixés de chaque côté du guidon, elle vit Ranto la saluer d'un geste de la main. Il n'y avait pas de scan à trois cent soixante degrés, pas de capteurs. La silhouette dégingandée de Ranto se découpait sur la toile de fond verte et lumineuse de la réception du motel. Il paraissait regretter de la voir partir.

Araminta se concentra sur sa conduite et s'efforça de prendre le même chemin que la veille. Le phare de la moto éclairait la route d'un éventail de lumière rosée. La visibilité était correcte, du moins à l'intérieur du faisceau, car les lampadaires se faisaient de plus en plus rares à mesure qu'elle gravissait la paroi du cratère. Elle activa très vite ses implants bioniques et ses programmes d'analyse d'images. Le résultat fut concluant, bien meilleur en tout cas qu'avec son seul phare.

Lorsqu'elle eut dépassé les derniers bâtiments – elle ne s'était pas écrasée, n'avait rien percuté, ni subi de désastre mécanique –, elle mit doucement les gaz et accéléra. Les moteurs tournaient parfaitement, et les amortisseurs stabilisaient l'engin bien mieux qu'elle l'aurait cru. Seul le vent lui posait problème, qui s'engouffrait dans sa veste et lui piquait les yeux. Elle regretta de ne pas porter de lunettes. Elle avait des lunettes de soleil dans son sac à dos, mais elle préférait s'en passer plutôt que de s'arrêter pour les chercher. La mise en garde de la femme anonyme l'avait déstabilisée.

Cinq minutes après avoir laissé derrière elle le motel, elle atteignit le sommet du cratère. Un dernier lampadaire se dressait sur le bord de la route tout près de l'endroit où elle avait abandonné son harnais de fortune et ses gourdes. Elle fut presque tentée de les récupérer, mais faire preuve de sensiblerie à ce moment précis aurait été pour le moins stupide. Araminta tourna la poignée de l'accélérateur et fila dans le désert.

Dès qu'elle fut hors du halo de lumière projeté par l'éclairage public, elle éteignit son phare. Ses programmes de vision nocturne produisaient une image gris-vert raisonnable de la route rectiligne. Elle voyait suffisamment clair pour continuer à cette vitesse en toute confiance. Après tout, la route était déserte. La vue était dégagée jusqu'à l'horizon où, grâce à ses implants, les étoiles brillaient puissamment derrière le rideau ondulant de l'atmosphère brûlante.

Il lui fallut six minutes pour atteindre le pied du mur du cratère. Lorsqu'elle fut en bas, le minuscule tableau de bord de la moto lui indiqua qu'elle roulait à près de 100 kilomètres-heure. Le vent lui soufflait violemment au visage, et elle avait l'impression qu'on essayait de lui arracher ses vêtements. Elle retroussa ses lèvres et commença à profiter vraiment de l'expérience.

Ranto et ses amis venaient-ils ici la nuit pour rouler sur cette route déserte ? Si ses amis et elle avaient eu des machines de ce genre à l'époque où elle vivait à la ferme, ils se seraient beaucoup plus amusés.

Je pourrais les avoir. Dans le Vide.

Elle grimaça. *En fait, non. Arrête un peu de penser comme cela ; c'est un aveu de faiblesse. Et puis, de toute façon, il n'y a pas de technologie dans le Vide.*

Mais pouvait-on vraiment parler de technologie dans le cas de cette moto ? La batterie située sous la selle bourdonnait tandis que les moteurs puisaient son énergie. Il y avait un cliquetis incessant dans la roue arrière gauche, un bruit qui n'aurait pas dû exister avec des roulements sans friction. Les pneus produisaient un grondement grave en filant sur l'asphalte caillouteux. *Peut-être fonctionnera-t-elle sur les chemins silfens...*

Il n'y avait aucun point de repère le long de cette route déserte, aucun signe distinctif. Elle n'était pas certaine de savoir où commençait le chemin transversal, quoique appeler « chemin » cette vulgaire piste creusée d'ornières soit un peu exagéré. Même avec son phare, elle ne risquait pas de le voir. Alors elle étira son esprit devant elle en se demandant si cela risquait d'attirer de nouveau l'attention du Rêve vivant. Par chance, la différence entre le champ de Gaïa et la communauté des Silfens était claire dans son esprit, ce qui lui permit de ne pas commettre d'erreur.

Le chemin silfen sentit sa présence comme elle avait perçu la sienne. Quelque part devant elle, sur le côté de la route, il s'ouvrit comme une fleur dont le moment était venu d'éclore. Araminta ralentit et sortit avec précaution de la route. Le sol irrégulier était jonché de cailloux, et le guidon tressautait dans ses mains. Maintenir sa trajectoire stable était très difficile et lui demandait énormément d'énergie. C'était une lutte constante, et elle commençait à avoir mal aux bras. Elle avait les épaules et le front couverts de sueur.

C'est alors que des explosions hypersoniques retentirent dans le ciel dégagé, si violentes qu'elle en eut mal aux tympans. Affolée, elle tourna la tête dans toutes les directions. Derrière elle, le sommet du cratère qui abritait Miledeep Water était faiblement éclairé par les lampadaires de la ville, qui créaient un genre d'aura surplombée par le ciel nocturne. Elle vit des rais de lumière violette zébrer les constellations inconnues et fondre sur l'agglomération isolée. Il y en avait six ou sept.

— Fait chier ! grommela-t-elle avant d'accélérer violemment. C'est toujours pareil !

La moto fut secouée dans tous les sens comme elle traçait sa route sur le sol grossier. Elle écrasa et déracina des buissons séchés dont les branches, restées coincées entre les rayons de ses roues, fouettèrent encore et encore les bottes d'Araminta. Rouler en ligne droite était difficile, car la moto avait tendance à suivre les accidents du terrain.

Deux autres détonations annoncèrent la venue de nouvelles capsules volant à très grande vitesse. Araminta s'attendait à voir éclater un combat aérien comparable à celui de Bodant d'une seconde à l'autre. La moto était quasi incontrôlable. La complainte des moteurs était clairement audible. Elle se donnait beaucoup de mal pour maintenir la direction de sa roue avant. Dans l'idéal, il aurait fallu ralentir. Heureusement, elle sentait la présence toute proche du chemin, qui avançait vers elle comme la marée.

La puissance des moteurs chuta brusquement avant de redevenir normale, puis de rechuter. Des lumières ambrées clignotèrent sur le guidon ; elle n'avait pas la moindre idée de ce que cela voulait dire. Elle accéléra davantage, et l'étrange machine bondit littéralement. À présent, elle descendait vers le lit d'un cours d'eau asséché ; elle n'avait qu'à tourner le guidon pour éviter les pierres les plus grosses et les rochers.

Lorsqu'elle fut enfin dans le lit couvert de sable, les moteurs cessèrent pour de bon, et la moto s'arrêta. Plus rien ne fonctionnait. Le tableau de bord n'affichait aucune information, les lumières ambrées étaient éteintes, et elle avait beau tourner la poignée, rien ne se produisait. Araminta resta assise sur la selle pendant une minute, le temps que les muscles de ses bras et de ses épaules se dénouent, se détendent. Elle avait mal aux fesses à cause de la selle trop dure. Et pourtant, elle considéra la moto en souriant.

J'ai réussi. Cet engin stupide m'a sauvé la vie.

Cela ne faisait aucun doute, car elle n'était plus sur Chobamba.

Elle descendit avec circonspection de son véhicule, pressa ses poings contre ses reins et grogna tandis que sa colonne vertébrale craquait. La peau de son visage était tout irritée à cause du vent, mais ce n'était pas grave. Elle se sentait ridiculement fière d'elle ; elle avait encore une fois échappé à ses poursuivants. Il n'y avait certes pas de quoi se pavaner ; elle avait surtout eu beaucoup de chance. Force lui était cependant d'admettre qu'elle avait pris les choses en main dès qu'elle avait été prévenue.

Ce que cette femme a fait prouve que des gens veulent m'aider. Et il n'y a pas qu'elle ; il y a aussi ce type appelé Oscar. Tout ceci était encourageant. À présent qu'elle avait pris sa décision, elle savait qu'elle ne devait plus fuir. Il n'existait pas de solution facile, et personne ne ferait le boulot à sa place. *C'est à moi de jouer, maintenant.* C'était très excitant et effrayant à la fois. Satisfaisant, aussi. *Il me reste à trouver des gens opposés au pèlerinage et à m'allier à eux.*

Elle sortit son sac à dos du panier, l'installa sur ses épaules et se mit en marche dans le lit asséché. Au moins n'avait-elle pas à se casser la tête avec cela : elle était bel et bien sur la bonne route.

Moins d'une heure plus tard, ses bottes commencèrent à s'enfoncer dans le sable de plus en plus humide. Il y avait de l'herbe sur les berges. Il faisait toujours nuit, et sa vision améliorée ne lui permettait pas de voir grand-chose, mais elle pouvait affirmer avec certitude que le désert était dans son dos. Alors, elle aperçut des arbres du coin de l'œil.

Les empreintes de ses bottes s'emplissaient d'eau. Le lit n'était plus tapissé de sable, mais d'humus. Sur les rives, les pierres étaient couvertes de mousse et de lichen. Elle escalada la berge et longea le cours d'eau. Elle frissonna. Comme l'atmosphère était plus fraîche, elle activa les fibres thermiques de son gilet afin de conserver la chaleur de son corps. Très vite, elle vit un filet d'eau couler dans le fond du lit. Loin au-dessus de sa tête, de denses amas d'étoiles emplissaient le ciel, taches blanc argenté scintillantes, beaucoup plus impressionnantes que les astres visibles depuis les mondes du Grand Commonwealth. Cela la fit sourire.

Tandis qu'elle progressait, le cours d'eau devint plus large et plus profond ; d'abord simple ru, il se transforma en fier torrent qui recouvrait en partie les pierres du lit. Les arbres s'étaient rapprochés et étiraient leurs longues branches, l'empêchant de voir la voûte céleste dans son ensemble. Un autre cours d'eau se jeta dans celui qu'elle suivait. C'est alors qu'elle perçut des chants. Les Silfens étaient tout proches. Elle le sentait aussi bien qu'elle les entendait. Leurs harmonies simples s'enroulaient autour des arbres ; au même titre que l'atmosphère, elles étaient une composante de ce paysage. Elle s'arrêta pour écouter, inhalant littéralement la mélodie comme s'il s'agissait d'un parfum agréable. C'était une musique enchanteresse au rythme changeant, imprévisible, et à la mélodie trop haut perchée pour des voix humaines.

On dirait des chants d'oiseaux, pensa-t-elle. *Une volée d'oiseau chantant un cantique.*

Elle sourit et se remit en marche en continuant à longer le cours d'eau qui était désormais assez large pour être qualifié de rivière. Le sentiment de satisfaction qui grossissait dans son esprit lui faisait presque l'effet d'une drogue. Cette fois, elle était sur le point de les rencontrer. C'était certain.

Lentement, le ciel s'éclaircit. Les branches ondulantes qui surplombaient la rivière devinrent des silhouettes noires sur une toile de fond gris pastel. Les amas d'étoiles cédèrent respectueusement la place au soleil de l'aube. L'herbe et les fougères se couvrirent de rosée, mouillant ses bottes.

Araminta ne pouvait s'empêcher de sourire, même si elle savait que son soulagement ne pouvait qu'être temporaire.

Il n'y eut soudain plus d'arbres, et Araminta resta bouche bée devant la vue qui s'offrit à elle. Elle se trouvait au sommet d'un plateau qui dominait un magnifique paysage primordial. L'atmosphère parfaitement dégagée lui permettait de voir à plus de cent kilomètres. Le décor était flanqué de montagnes enneigées, tandis que devant elle, le terrain était une succession de collines et de vallons recouverts d'une forêt épaisse. Une brume matinale s'agglutinait au pied des buttes, emplissait tel un liquide vivant les creux et dépressions. Des milliers de ruisseaux scintillaient sur les versants des montagnes, se jetaient les uns dans les autres, formaient de sombres et larges rivières. L'eau passait par-dessus des falaises dentelées, jaillissait de crevasses et formait des chutes hautes de plusieurs centaines de mètres.

— Mon Dieu, murmura Araminta, admirative.

Elle attendit patiemment son escorte pendant que le soleil rouge s'élevait dans le ciel vide, glissant ses doigts entre les montagnes pour balayer le paysage magnifique.

Le madrigal devint plus bruyant, monta *crescendo*. Araminta tourna sur elle-même comme les Silfens sortaient de la forêt tout autour d'elle. Ils devaient être une quarantaine, qui chevauchaient des bêtes à la fourrure hirsute. Elle les contempla avec des yeux ronds, complètement hypnotisée. Des elfes tout droit sortis du folklore humain. Aussi grands que le disait la légende, avec des membres allongés et, en proportion, un torse plus court que celui des hommes. Ils avaient le visage plat et de grands yeux félins au-dessus d'un nez fin et d'une bouche circulaire dépourvue de mâchoires et dotée de trois rangées concentriques de dents pointues en mouvement constant, qui déchiquetaient la nourriture qui descendait dans leur gosier.

Ils étaient vêtus de genre de toges simples qui brillaient d'un éclat métallique. Des ceintures ornées de lourds joyaux enserraient leurs tailles, et des broches aux gemmes vertes et étrangement scintillantes retenaient les pans de leurs habits au niveau des épaules. Ils portaient également des vestes constituées de mailles blanches et lumineuses.

Ils avancèrent dans sa direction, et leurs chants cédèrent la place à un chœur de joyeuses ondulations. Le sol tremblait sous l'impact des sabots de leurs montures. Un des Silfens vêtus d'une veste écarlate s'arrêta à côté d'elle, se pencha et lui tendit le bras. Sans hésiter, Araminta le saisit.

Il était incroyablement fort. Il la souleva sans aucune difficulté, l'installa sur la grande selle, devant lui, et enroula un bras protecteur autour d'elle. Elle baissa les yeux sur la main dotée de quatre doigts posée sur son ventre. Le Silfen rejeta la tête en arrière et lâcha un gazouillis perçant. La bête s'ébranla si brusquement qu'Araminta ne put s'empêcher de rire. Alors ils s'enfoncèrent dans la forêt.

Ce fut une chevauchée bizarre et extraordinaire. Du fait de leur taille, les montures semblaient se mouvoir avec lourdeur, mais leur progression était rapide. Quand elle fut suffisamment calmée pour se concentrer, Araminta examina la fourrure brun-rouge de la bête et constata qu'elle était aussi épaisse que des fils de laine d'agneau. Comme l'animal avait six pattes, sa démarche était complexe, et la jeune femme était constamment secouée d'avant en arrière. La tête, qui terminait un cou puissant et se balançait de gauche à droite, était aussi grosse que son corps. Araminta distinguait deux oreilles de chaque côté de son crâne, ainsi que d'étranges excroissances osseuses qui partaient de ses yeux et se rejoignaient en un bouquet de plumes vertes au sommet de son crâne. Mais peut-être ces dernières étaient-elles des éléments de décoration fixés au harnais silfen composé de nombreuses sangles.

Le reste de la compagnie chevauchait derrière eux et fendait les bois en chantant. Ils traversèrent des rivières et gravirent des côtes sans ralentir. C'était une expérience singulière et excitante, et Araminta s'accrocha en riant pendant toute la durée du voyage.

Ils émergèrent à proximité d'un grand lac. Des vrilles de brumes formaient des méandres au-dessus de la surface calme. Des îlots coniques se reflétaient sur l'eau argentée ; des arbustes effilés poussaient sur les flancs plissés et couverts de mousse. Un peu plus loin sur le rivage, elle vit une chute d'eau. La scène était tellement parfaite, qu'Araminta était heureuse de pouvoir la contempler.

Droit devant elle, sur la berge tapissée d'herbe grasse, se dressait le campement des Silfens. Les extraterrestres étaient des milliers qui montaient une bonne dizaine d'espèces de bêtes étranges. Il y avait des tentes partout ; elles aussi étaient faites d'un matériau scintillant. On en monta une sous ses yeux. Sept morceaux de tissu coloré s'élevèrent à six mètres de hauteur, s'enroulèrent les uns autour des autres et formèrent un nœud. Les bords des carrés de tissu se soudèrent, et la tente resta suspendue dans le vide tel un arc-en-ciel solidifié. Des feux brûlaient entre les tentes, et des couvertures étaient déroulées partout pour ce qui ressemblait bien au plus grand pique-nique de la galaxie. Les Silfens sortirent de grands plateaux en argent ou en or chargés de nourriture d'énormes paniers accrochés au flanc d'animaux divers. Les mets paraissaient fabuleux, tout comme les bouteilles de cristal emplies de boissons de toutes les couleurs imaginables. Nombre de Silfens dansaient déjà autour des feux au son de leurs propres chants. Leurs membres étaient peut-être longs et maigrichons, mais ils étaient aussi très agiles et sans doute dotés d'une articulation de plus que les hommes. De fait, elle aurait été incapable de reproduire la moitié de leurs mouvements énergiques.

C'était dommage, se dit-elle tandis que le Silfen qui montait derrière elle l'aidait à descendre ; elle aurait adoré se joindre à eux. Quand elle eut mis pied à terre, les Silfens se précipitèrent en masse dans sa direction. La jeune femme ne put réprimer un mouvement de recul. Quelques éclats de rire retentirent dans l'atmosphère. Des rires non pas moqueurs, mais sympathiques, encourageants. Des rires qui étaient autant d'invitations.

Araminta s'inclina avec nervosité. Ils l'imitèrent, mouvement qui se répandit comme une vague dans tout le campement. Bien sûr, avec leur souplesse et leur grâce, ils étaient bien plus élégants qu'elle.

Deux d'entre eux s'avancèrent vers elle, la bouche ouverte, ce qu'elle interpréta comme un sourire en dépit de leurs innombrables dents particulièrement pointues. Il devait s'agir de femelles. Tous les Silfens avaient de longs cheveux blonds ornés de perles et de pierres précieuses. Les femelles lui tendirent les bras en faisant onduler leurs longues tresses. Elle se laissa guider. Chaleur et bonté émanaient de leurs esprits. À tel point qu'il était impossible de ne pas ressentir les mêmes émotions. On lui offrit un morceau de gâteau enveloppé dans une feuille verdoyante. Elle commença à picorer, et les miettes *pétillèrent* dans son gosier.

— Waouh !

Son ravissement fit rire les Silfens. On lui proposa une bouteille en cristal, et elle y but goulûment. De l'alcool, et c'était tant mieux. Encore de la nourriture : des pâtisseries et des confiseries parfaitement sculptées dégoulinantes de miel, de jus, et aussi bonnes qu'elles en avaient l'air.

Quelque part, un groupe entonna un chant rapide. Araminta se surprit à bouger en rythme. Une de ses hôtes la prit par la main et dansa avec elle. Bientôt, elle fut perdue au milieu d'une foule d'extraterrestres qui tourbillonnaient à toute vitesse autour d'elle.

D'autres mets, apportés par divers groupes. De la boisson. Beaucoup de boissons. Elle était ivre, mais pas assez pour ne pas profiter de la fête. Au contraire, ses sens en éveil lui permirent de jouir pleinement de cet extraordinaire festival. Les danses se succédèrent et les Silfens aussi ; ses muscles tremblaient d'épuisement et sa tête tournait tant elle était heureuse.

Elle savait que c'était complètement fou, qu'elle aurait mieux fait de retourner dans le Commonwealth pour y accomplir sa mission et mettre à profit comme elle le pourrait son maudit héritage. Et pourtant, elle avait le sentiment d'être dans le vrai. Son corps et son esprit avaient besoin de cet oubli merveilleux pour récupérer des événements des derniers jours. Ces Silfens étaient en train de l'aider. À leur façon singulière, ils lui montraient qu'elle n'était pas seule, ils renforçaient sa communion avec l'Île-mère.

— J'ai besoin de m'asseoir un peu, leur dit-elle après un temps indéterminé.

Ils ne parlaient aucune langue humaine qu'elle connaissait ; ils n'avaient d'ailleurs jamais manifesté d'intérêt pour un langage autre que le leur, avec ses roucoulements, gazouillis et trilles si peu riches de sens. Les linguistes du Commonwealth avaient bien du mal à suivre leurs discours fantaisistes. Ils en avaient conclu que les processus neuraux des Silfens étaient trop étrangers aux raisonnements rationnels des humains.

Cependant, ses hôtes comprirent ce qu'elle voulait et la conduisirent à une tente arc-en-ciel où elle trouva un nid de coussins. Araminta s'y laissa tomber avec soulagement sous les yeux de six ou sept extraterrestres venus pour s'occuper d'elle. Se faire dorloter de la sorte était un luxe, et la jeune femme se laissa faire de bonne grâce. On lui retira ses bottes et on s'émut avec force roucoulements de voir ses pieds couverts d'une couche de peau artificielle. Des doigts puissants lui massèrent les épaules et le dos. Leur anatomie était très différente de la sienne, mais ils semblaient connaître parfaitement la structure osseuse et musculaire des humains. Elle gémit de plaisir comme ils chassaient toute tension de ses muscles. À l'extérieur, le festival battait son plein, ce qui était une bonne chose. Elle n'aurait pas voulu gâcher la fête. Une femelle lui présenta une bouteille taillée dans un cristal doré. Araminta but le liquide. C'était presque comme de l'eau, glacé, pétillant et rafraîchissant. Deux autres Silfens apportèrent des plateaux chargés de cette nourriture délicieuse.

— Les boîtes de Colwyn ne valent rien à côté, dit-elle avec un soupir d'aise.

— C'est certain, acquiesça quelqu'un avec un accent à couper au couteau.

Araminta sursauta et roula sur elle-même pour voir qui avait parlé. Les trois masseurs bienveillants s'interrompirent, s'écartèrent et attendirent patiemment à genoux.

Un Silfen doté d'ailes tannées se tenait dans l'entrée de la tente. Il avait également une queue sombre et couverte d'écailles qui glissait et s'agitait derrière lui. Son apparence avait quelque chose d'inquiétant. Il y avait aussi des personnages comme lui dans les légendes humaines, mais ils n'étaient pas dans le camp des gentils.

— Qui êtes-vous ? bafouilla-t-elle. Et pourquoi avez-vous un accent allemand ?

— Parce que c'est un idiot, répondit un autre Silfen. Il ne comprend rien à notre psychologie.

Araminta sursauta de nouveau et se sentit bête. Une deuxième créature ailée la regardait. Vêtue d'une toge cuivrée et d'une ceinture ébène, elle avait une chevelure auburn grisonnante sur les tempes. Sa queue était immobile et tournée vers le haut pour ne pas traîner par terre.

— Eh ! Je t'emmerde ! lâcha le premier Silfen.

— Je vous demande pardon pour mon ami, reprit l'autre. Je suis Bradley Johansson et lui, c'est CloudDancer. Les Silfens l'ont choisi pour ami des humains.

— Hein ?

— Ouais, heureux de faire votre connaissance, ma belle, dit CloudDancer.

— Euh…, reprit Araminta. Bradley Johansson : c'est un nom humain.

— Oui, j'ai été humain. Il y a longtemps.

— Vous avez été… ?

Il ouvrit sa bouche circulaire et fit vibrer sa langue fine en produisant un gloussement quasi humain.

— C'est une longue histoire. Quand j'étais un homme, les Silfens ont fait de moi leur ami.

— Oh. (Soudain, des bribes des terribles cours d'histoire de M. Drixel lui revinrent en mémoire.) J'ai entendu parler de Bradley Johansson. Vous avez participé à la Guerre contre l'Arpenteur. Vous nous avez sauvés.

— Mon Dieu…, grommela CloudDancer. Je ne vous remercie pas, fille de mon amie ; maintenant, il va être insupportable pendant une bonne décennie.

— Disons que j'ai fait mon boulot, reprit Bradley Johansson, modeste, tandis que la pointe de sa queue claquait bruyamment.

Araminta s'assit sur les coussins et croisa les jambes. Elle savait qu'elle était sur le point d'obtenir des réponses et cela la rendait joyeuse. Beaucoup de réponses, même.

— Comment m'avez-vous appelée ? demanda-t-elle.

— C'est rapport à votre illustre ancêtre, expliqua Bradley Johansson.

— Mellanie ?

C'était peut-être son imagination, mais elle aurait juré que les chants, à l'extérieur, avaient gagné en intensité à la simple mention de ce nom.

— Absolument, confirma CloudDancer.

— Je ne l'ai jamais rencontrée.

— Certains ont de la chance, d'autres non. Ainsi va la vie.

— Est-elle devenue une Silfen ?

— Bonne question. Cela dépend de la façon dont on définit l'identité.

— Votre discours est très… existentiel.

— Eh bien, oui, petite, nous sommes les seigneurs de l'existentialisme. Merde, je dirais même qu'on a inventé ce concept alors que votre ADN s'échinait à faire de vous autre chose que des mollusques.

— Ne l'écoutez pas, intervint Bradley Johansson. Il est toujours comme ça.

— Pourquoi suis-je ici ?

— Vous voulez une réponse existentielle ? demanda CloudDancer.

— Ne faites pas attention à lui, dit Bradley. Pour faire simple, disons que vous êtes ici parce que cette fête a été organisée pour vous.

Araminta jeta un coup d'œil à l'extérieur. Le ballet continuait ; les Silfens chantaient et dansaient au bord du lac.

— Pour moi ? Pourquoi ?

— C'est votre fête parce que nous voulions vous rencontrer, vous sentir, vous connaître, vous, la fille de notre amie. Ainsi sont les Silfens : comme des éponges, ils absorbent.

— Est-ce que je mérite cet honneur ?

— Le temps le dira.

— Vous voulez parler du Vide.

— J'en ai peur.

— Pourquoi moi ? Pourquoi suis-je reliée à un Seigneur du Ciel ?

— Vous communiez avec nous, vous le savez ?

— Oui. Grâce à Mellanie, c'est cela ?

— Oui. Vous êtes la fille de notre amie, et en tant que telle, vous êtes notre amie.

— La magie est transmise par les femmes de la famille, dit Araminta.

— C'est des conneries, lâcha CloudDancer. Notre héritage n'est pas sexiste ; c'est un mythe que vous avez inventé. Les enfants de Mellanie ont reçu ce don dans son utérus et ont ainsi pu communier avec nous.

Araminta risqua un sourire en coin en considérant Bradley.

— Si cela fonctionne de cette manière, alors les hommes ne peuvent pas transmettre leur don.

— Les enfants mâles héritent de cette aptitude, insista CloudDancer, agacé.

— De leur mère…

La langue humide de CloudDancer vibra au centre de sa bouche.

— L'important, petite, c'est que, ce don, vous l'avez !

Elle ferma les yeux pour réfléchir.

— Les Seigneurs du Ciel aussi, semble-t-il.

— Ils ont des aptitudes similaires, acquiesça Bradley Johansson. À l'occasion, l'Île-mère est capable de capter des pensées à l'intérieur du Vide.

— Pourquoi l'Île-mère ne demanderait-elle pas au Vide de cesser de s'étendre ?

— Vous imaginez bien qu'on a eu cette idée avant vous. (Le bout de la queue de Bradley pointa vers le bas pour exprimer une certaine déception.) Après dix millions d'années passées à communiquer, nous n'en sommes arrivés nulle part avec le Vide. Nous ne parvenons pas à nous connecter au noyau. Ou alors il refuse de nous écouter. À vrai dire, nous n'étions pas certains de savoir ce qu'il y avait là-dedans avant qu'Inigo partage ses rêves d'Edeard.

— Vous rêvez sa vie aussi ?

— Nous l'avons rêvée, admit CloudDancer avec un dégoût manifeste. Après tout, votre champ de Gaïa est fondé sur notre communion.

— Oui, grâce à Ozzie ! lança Araminta, heureuse de n'être pas totalement ignorante.

— Ouais, il n'y avait qu'Ozzie pour traiter une amitié de cette manière.

— C'est-à-dire ?

— Aucune importance, intervint Bradley Johansson. De toute façon, il y a, dans la galaxie, de nombreuses manières de communier et beaucoup d'endroits où cela se fait. Les techniques diffèrent légèrement les unes des autres, mais elles sont compatibles quand les circonstances sont favorables. Ce qui se voit aussi souvent qu'une supernova verte.

— Vous êtes un genre de conduit entre le Seigneur du Ciel et moi ?

— C'est un peu plus compliqué que cela. Vous êtes connectés l'un à l'autre parce que, au sein de la communion, vous êtes similaires.

— Similaires ? Le Seigneur du Ciel et moi ?

— Rappelez-vous votre état mental après votre séparation. Vous étiez perdue, seule, vous vous cherchiez un but.

— Oui, merci, j'ai compris, dit-elle, irritée.

— Il faut dire que le Seigneur du Ciel est à l'écoute, qu'il cherche. Les âmes qu'il guidait vers le Cœur ne sont plus là ; lui et les siens en attendent de nouvelles. Dans leur quête, ils traversent physiquement le Vide, mais ils sont aussi à la recherche d'états mentaux particuliers. Quoi qu'il en soit, lui et vous êtes parvenus à créer un pont entre vos deux univers.

— C'est comme cela que les humains se sont retrouvés dans le Vide, au début ?

— Qui sait ? Avant Justine, personne n'avait vu le Vide s'ouvrir de cette façon. Il ne l'a pas fait pour l'armada des Raiels ; ces derniers ont forcé le passage. En tout cas, les humains n'étaient pas les premiers. Nous avons déjà senti la présence d'autres espèces florissantes dans le Vide, mais celui-ci a toujours fini par les détruire.

— Le Vide connaît donc l'existence de notre univers, à l'extérieur, pensa Araminta tout haut.

— Oui, d'une certaine façon, il est conscient de sa présence. Toutefois, ce ne sont que des spéculations philosophiques et non des faits avérés. Nous pensons qu'il ne reconnaît pas vraiment la réalité physique extérieure. Il considère l'univers extérieur comme une frayère où naissent les esprits. Le noyau absorbe la rationalité comme la frontière du Vide absorbe la masse.

— Edeard et les habitants de Makkathran disent que le Vide a été créé par les Premiers.

— Ouais, acquiesça CloudDancer. Un machin comme ça ne peut pas être naturel.

— Où sont-ils passés, dans ce cas ?

— Personne ne le sait. Vous, la fille de notre amie, vous serez peut-être celle qui découvrira la vérité.

— Je ne sais pas quoi faire, admit-elle. Quelqu'un a proposé de m'aider. Un des agents de l'ANA. Il m'a déjà donné un coup de main une fois. Il s'appelle Oscar Monroe.

Bradley Johansson s'assit devant elle. Sa langue tremblota au centre de sa bouche.

— Je connais Oscar. J'ai combattu à ses côtés dans la Guerre contre l'Arpenteur. C'est un type bien, vous pouvez lui faire confiance. Trouvez-le. Après cela, cependant, votre route deviendra bien compliquée.

— J'en suis consciente, mais ma décision est prise. Quoi qu'il arrive, je ne guiderai pas le Rêve vivant dans le Vide.

— Nous savions que vous feriez ce choix, fille de notre amie. Nous connaissons votre valeur, d'où notre présence ici aujourd'hui.

— Raconte-lui la suite, proposa CloudDancer.

Araminta lui lança un regard inquiet.

— Quoi ? Quelle suite ?

— Il y a du neuf. Quelque chose est apparu dans notre univers après que l'ANA s'est fait piéger, expliqua Bradley Johansson. Quelque chose de bien pire que le Rêve vivant. Quelque chose qui vous attend, Araminta.

— Pardon ?

— Sa véritable nature reste mystérieuse, car nous la sentons à peine ; toutefois, le peu que nous savons est troublant. Les humains ont une part d'ombre, comme toutes les créatures intelligentes, et cette chose, cette intention manifeste, est directement issue de ce côté. Cette chose est mauvaise, de cela nous sommes certains.

— Quel genre de chose ? demanda Araminta, terrifiée.

— Un artefact, une machine froide et malveillante pour qui l'esprit contenu dans tout ce qui vit n'a aucune valeur. Elle n'a que mépris pour les rires, les chants et les larmes. Si elle vous désire, ce ne peut être que pour une seule raison.

— Pour entrer dans le Vide, comprit-elle.

— Nous ne savons pas pourquoi, mais nous craignons le pire, confia Bradley Johansson. Elle veut se mêler du destin de la galaxie tout entière et imposer sa volonté à la réalité de chaque étoile. Cela ne doit pas arriver.

— Vous devez en appeler à ce que votre espèce possède de plus noble, fille de notre amie, dit CloudDancer. Vous seule pouvez vous dresser en travers de la route choisie par cette chose. En aucun cas elle ne doit atteindre le Vide. Elle et lui n'ont pas le droit de s'unir.

— Mais comment ? implora-t-elle. Par Ozzie, comment voulez-vous que j'accomplisse ce miracle ? C'est le travail de la Marine du Commonwealth, pas le mien. Elle a l'armement qu'il faut, elle arrêtera cette chose avant qu'il soit trop tard. Je ne sais même pas à quoi elle ressemble ni où elle se trouve…

Bradley Johansson la prit par la main.

— Si vous y croyez, si vous pensez que c'est ce qu'il faut faire, alors allez-y.

— Moi qui pensais que j'allais me cacher pendant que les Factions et le Rêve vivant s'affronteraient ! C'était cela, ma décision !

— Notre destinée est rarement claire, mais la vôtre l'est.

— Je ne peux pas rester ici ?

Il plia ses doigts tannés et lui caressa le dos de la main.

— Aussi longtemps que vous le voudrez, fille de notre amie.

Araminta secoua la tête, désespérée.

— C'est-à-dire pas longtemps du tout vu de l'extérieur…, dit-elle.

— Vous avez la force et le courage ; votre esprit brille vraiment, comme celui de Mellanie. Une lumière aussi belle ne peut être éteinte facilement.

— Par Ozzie !

— Que comptez-vous faire ? lui demanda CloudDancer.

Sa queue s'agitait dans tous les sens. Devant la tente, les Silfens étaient immobiles et attendaient sa réponse.

— Je vais partir, promit-elle, mais d'abord, j'ai besoin d'un bon repas et d'une nuit de sommeil. Je ferai mon possible.

Sous la tente, les Silfens rejetèrent la tête en arrière à l'unisson et ouvrirent la bouche. Un chant doux s'éleva à l'extérieur comme tous les Silfens répondaient à leur appel. Lyrique, entêtante, la chanson tourbillonna autour d'elle et la fit sourire. Elle comprenait. Ils lui faisaient un cadeau, lui montraient leur gratitude. Elle se rendait enfin compte que ses hôtes étaient effrayés ; ils craignaient que leur extraordinaire existence faite de voyages et d'errances soit menacée par la chose ignoble engendrée par la folie des hommes. *Oui, je ferai mon possible.*

* * *

Marius considéra Ranto avec un mélange d'amusement et de mépris. L'adolescent dégingandé passait en boucle dans les bulletins d'informations du Commonwealth. On le voyait dans toutes les émissions de l'unisphère. Les reporters avaient débarqué à Miledeep Water peu de temps après les agents des Factions. Tout le monde découvrit très vite qu'Araminta avait loué une chambre au motel *StarSide*. Ragnar, le gérant un peu nerveux, était sorti de son mutisme lorsque les chaînes lui avaient proposé une fortune pour son histoire. Il n'avait pourtant pas grand-chose à raconter, à part qu'il s'était caché dans sa cuisine pendant que des agents armés jusqu'aux dents passaient son établissement au peigne fin.

Les agents n'avaient même pas fait attention à lui, remarqua mentalement Marius.

Ranto, en revanche, était une belle trouvaille. Il était le dernier, à Miledeep Water, à avoir parlé à la Rêveuse.

— Elle était vraiment belle, répétait-il d'un air idiot devant la réception du motel, entouré d'une dizaine de journalistes. Je ne m'attendais pas à cela. Je l'avais déjà rencontrée dans l'après-midi. Elle était super mignonne ! En plus, elle m'a donné un bon pourboire quand je lui ai livré sa commande.

— Vous a-t-elle dit où elle allait ? demanda un journaliste.

— Nan. Elle m'a racheté ma moto et a directement foncé vers le chemin silfen. Vous imaginez ? La Rêveuse saute d'un monde à l'autre avec ma vieille moto !

— Dire que nos congénères se demandent pourquoi nous souhaitons accélérer notre évolution, observa Ilanthe.

Marius ne répondit pas. Il n'avait pas digéré sa rétrogradation à cause de Chatfield. Cependant, sa disgrâce ne durerait pas longtemps. Il était sur Fanallisto quand Ilanthe lui avait demandé de rentrer. Des espions semi-intelligents surveillaient le Livreur depuis que celui-ci l'avait appelé pour le menacer d'une manière ridicule. Peu de temps après, le Livreur avait été contacté par un survivant des Conservateurs via une connexion cryptée intraçable. Grâce au réseau civil de l'astroport, les programmes espions l'avaient vu prendre une capsule pour retrouver un vaisseau appelé le *Lady Rasfay*. Puis l'engin de plaisance avait décollé avec les codes de son propriétaire, retrouvé nu en compagnie de sa jeune maîtresse sur la piste de décollage.

Ilanthe était curieuse de savoir où le Livreur allait et qui il devait rencontrer. Elle n'était pas inquiète, et il n'y avait eu aucune urgence dans son appel ; toutefois, comme Araminta était parvenue à leur échapper de nouveau en quittant Viotia, il était prudent d'avoir les Conservateurs à l'œil.

Marius croyait savoir où fonçait le Livreur. Il ne restait plus grand-chose sur Fanallisto. En tout cas, pas pour longtemps.

En revanche, le vaisseau équipé d'un ultraréacteur attendait toujours sur l'astroport de Purlap. Alors, il s'était immédiatement rendu sur place.

Il ne s'était pas trompé. Il avait appelé Ilanthe dès que son vaisseau avait détecté le *Lady Rasfay*. Elle lui avait répondu en personne, au lieu de se faire représenter par Valean ou Neskia, lui confirmant qu'il était sur la voie de la rédemption.

— Souhaitez-vous que je l'extermine ? demanda-t-il.

Son appareil camouflé était positionné cent kilomètres au-dessus de l'astroport de Purlap. Ce n'était pas du tout dangereux, car plus aucun engin commercial ne volait dans le ciel de la planète. L'arrivée du *Lady Rasfay* était donc suspecte.

Il repoussa Ranto à la périphérie de sa vision. Les capteurs de son vaisseau lui montraient le *Lady Rasfay* qui se posait sur la roche nue de l'astroport, tout près du terminal rose ridicule. Le Livreur descendit les marches de son sas, encadré par les parenthèses de son viseur. À deux cents mètres de là, l'ovoïde violet du vaisseau à ultraréacteur se dressait sur ses trois pattes courtaudes.

— Non, répondit Ilanthe. Au point où nous en sommes, nous avons besoin d'informations. Tant que nous n'aurons pas Araminta, nous devrons nous méfier des Conservateurs. Suivez-le et découvrez combien ils sont et ce qu'ils trament.

— Compris, dit Marius, laconique.

Il ne voulait surtout pas lui montrer qu'il était satisfait. La prudence avec laquelle Ilanthe avait réagi à cette situation prouvait à quel point tout le monde était déstabilisé par Araminta. Qui aurait pu deviner qu'elle était capable d'utiliser les chemins silfens ? Ses aptitudes peu communes expliquaient beaucoup de choses, notamment qu'elle soit devenue la Rêveuse.

Il s'installa confortablement dans son canapé et regarda le Livreur se précipiter vers l'engin violet.

Le Livreur se tenait sous le vaisseau et essayait de contenir son exaspération pour ne pas gêner le processus d'identification. Le cerveau ne donnerait pas les commandes de l'appareil à n'importe qui, ce qui était compréhensible. C'était un vaisseau très précieux et il était hors de question de risquer de se le faire voler.

Il n'avait pu ni manger ni dormir pendant le voyage. Le *Lady Rasfay* était tellement lent comparé aux engins auxquels il était habitué. Ajouté au stress provoqué par la perte de sa famille et le fait de ne pas savoir qui était ce « patron », de se demander s'il n'était pas tombé dans un piège tendu par les Accélérateurs, l'attente avait eu un effet dévastateur sur ses nerfs.

Le cerveau confirma enfin qu'il se trouvait bien sur la liste des personnes autorisées à prendre les commandes de l'appareil. Le Livreur lâcha un long soupir et ordonna au sas de s'ouvrir. Directement au-dessus de lui, la base du vaisseau s'enfonça, produisant une cavité sombre. La gravité s'inversa, et il glissa dans la petite chambre sphérique. Le sol se contracta sous ses pieds et le plafond s'ouvrit. Il s'éleva dans la cabine hémisphérique.

Les systèmes se réveillèrent tandis que l'appareil se préparait à décoller. Tout fonctionnait parfaitement ; le formidable arsenal était prêt à l'usage. Le Livreur demanda au vaisseau de produire un unique fauteuil confortable sur lequel il s'affaissa aussitôt avec reconnaissance. À présent que l'appareil était de nouveau sous ses ordres, il avait le sentiment d'être de retour dans la partie, ce qui était très bon pour sa confiance.

Il appela le « patron » sur une ligne sécurisée.

— Vous avez réussi, dit son allié mystérieux.

— Évidemment.

— Et Araminta a disparu sur les chemins silfens. Vous savez, j'aimerais vraiment la rencontrer un de ces jours. Elle a fait passer les organisations les plus puissantes du

Commonwealth pour des idiotes, et elle mérite le respect pour cela.

— Elle a eu de la chance, rétorqua le Livreur. Cela ne peut pas durer.

— La chance, il faut la provoquer.

— Peut-être.

— Le vaisseau est-il prêt ?

Le Livreur prit quelques secondes avant de répondre.

— Je suis navré, mais ma famille compte plus que tout. Je ferais mieux de retrouver Marius.

— Il a déjà quitté Fanallisto. Son vaisseau a décollé environ un quart d'heure après le départ du *Lady Rasfay*. Vous pensez que c'est une coïncidence, monsieur le super agent secret ?

— Je le retrouverai.

— Tout seul, cela m'étonnerait. De plus, je suis la meilleure chance de survie de votre famille.

— Je ne sais ni ce que vous êtes, ni qui est votre maître.

— Je vous ai promis des preuves, et je tiens toujours mes promesses. Voici les coordonnées. Venez les chercher.

Le Livreur étudia les données.

— Les Jumelles du Lion ? Je suis censé trouver quoi, là-bas ?

— De l'espoir. Et peut-être votre salut, pour faire bonne mesure. Allez, petit, vous n'avez rien à y perdre. Il ne vous faudra pas plus de quelques heures pour faire le trajet. Et si cela ne vous plaît pas, il sera toujours temps de mener votre quête inutile et honorable. Je pense que vous devez bien cela aux Conservateurs, non ?

Le Livreur considéra ces coordonnées ridicules pendant un long moment. Il n'y avait rien, là-bas, à part peut-être des installations secrètes de sa Faction. Il est vrai, réfléchit-il, qu'ils devaient bien fabriquer leurs ultraréacteurs quelque part. *Dans ce cas, pourquoi auraient-ils besoin de ce vaisseau là-bas ?*

— Et si vous me disiez la vérité, pour changer ?

— D'accord : pour autant que je sache, je suis le seul à disposer d'un plan efficace pour sauver la galaxie d'Ilanthe et du Vide.

— Vous vous fichez de moi !

— L'ANA a-t-elle un plan ? Ou plutôt, en avait-elle un ? Et la Marine ? Les survivants des autres Factions, peut-être ? À moins que vous ayez le courage d'aller demander à MatinLumièreMontagne ? Ouvrez les portes de sa prison et il ne manquera pas de nous régler notre compte. Quelque part, ce serait la solution ultime. Ou bien – non ! – ne me dites pas que vous attendez que la présidence et le Sénat du Commonwealth prennent les choses en main ! Vous voulez confier le destin de la galaxie à des politiciens ?

— Mais qui êtes-vous donc ?

— Cessez de pleurnicher et venez chercher les réponses à vos questions. Je vous ai fait une promesse...

— Dites-le-moi, ce sera plus rapide.

— Je ne peux pas. Pas assez confiance en vous.

— Pardon ?

— Les enjeux sont trop importants. Je ne peux pas prévoir votre comportement à ce niveau. De plus, je dispose d'autres options, si vous deviez échouer. Pas aussi bonnes que vous, il est vrai. Vous et moi devons travailler main dans la main ; il en va de la survie de Lizzie et des enfants. Réfléchissez...

La liaison fut interrompue.

— Merde ! lâcha le Livreur en donnant un coup de poing dans l'accoudoir élastique de son fauteuil.

Il savait qu'il n'avait pas le choix.

— Direction les Jumelles du Lion, ordonna-t-il au cerveau.

* * *

Depuis l'espace et de nuit, Darklake City était une nappe de lumière de plus de cent cinquante kilomètres de diamètre parsemée d'étranges taches noires là où les lacs et les montagnes les plus abruptes avaient empêché le développement de cette ville à l'histoire longue de quinze siècles. Sise dans la zone subtropicale d'Oaktier, la capitale était un monument de progrès et de classicisme. Son cœur historique constitué de gratte-ciel en cristal et d'immeubles-pyramides d'habitation vermillon avait fleuri, tandis que le monde basculait dans la culture Haute et qu'apparaissaient de nouveaux matériaux et techniques. Les habitants de la première heure auraient toujours reconnu le centre, même si la taille des structures avait augmenté considérablement. Autour du vieux noyau de la ville, les nouveaux faubourgs reflétaient la fantaisie de l'architecture moderne ; de l'absence de quartiers industriels et commerciaux, il résultait de grandes étendues verdoyantes qui accueillaient maisons individuelles et bâtiments publics entourés d'une flore vivace. Les citoyens étaient fiers de leur héritage culturel ; ils venaient à l'origine des pays qui ceignaient le Pacifique, et se passionnaient pour les sports marins et l'écologie. Ainsi, Oaktier avait la réputation d'être moins conventionnel et formel que les autres Mondes centraux, où la culture Haute était synonyme de séminaires et de débats publics sans fin. Ceci expliquait le pouvoir d'attraction exercé par la planète sur des citoyens originaires des Mondes extérieurs ayant décidé de débuter leur migration vers l'intérieur et leur conversion à la branche Haute.

Digby ne pensait pas que son adversaire était venu ici pour se convertir. Le vaisseau spatial qu'il suivait depuis Ellezelin s'enfonça dans l'atmosphère supérieure et se dirigea vers le plus petit des trois astroports de Darklake City. L'appareil était sorti de l'hyperespace sans aucun camouflage avant de demander la permission de se poser aux autorités compétentes.

Au contraire, Digby maintenait le *Columbia505* mille kilomètres au-dessus de l'équateur et mettait à contribution son camouflage intégral pour tromper les capteurs de l'agence de défense locale. Le gouvernement planétaire, dans ses milliers de comités locaux, avait pris la décision unanime de mettre la planète en niveau d'alerte un. Trois vaisseaux de classe River patrouillaient en orbite à un demi-million de kilomètres, prêts à contrer toute menace. Par chance, ils ne détectèrent pas le *Columbia505*.

— Les Accélérateurs doivent avoir une équipe active au sol, annonça-t-il à Paula, tandis que l'appareil des Accélérateurs se posait. Dois-je prendre contact avec notre bureau local pour demander de l'aide ?

— Il est trop tard pour espérer régler notre problème avec l'intervention d'agents truffés d'implants. Je te conseille de suivre le pilote du vaisseau par le biais de programmes espions disséminés sur la cybersphère planétaire. Reste en orbite ; en cas de besoin, tu pourras utiliser ta puissance de feu pour atteindre nos objectifs.

— Parce que nous avons des objectifs ?

— Oui. Un. C'est très simple : personne d'autre que nous ne doit capturer Araminta. Personne. Quel qu'en soit le prix.

— Par Ozzie ! Tu veux que je tire sur des zones urbaines ?

— S'il le faut. Avec un peu de chance, on n'en arrivera pas là. Je ne pense d'ailleurs pas qu'elle réapparaîtra sur Oaktier.

— Dans ce cas, que fait l'agent des Accélérateurs ici ?

— Laril, l'ex-mari d'Araminta, a débuté sa migration vers l'intérieur. Il vit à Darklake City.

— Oh ! Et tu crois qu'elle va entrer en contact avec lui ?

— C'est déjà fait. J'ai analysé les enregistrements de ses connexions. Ils se sont entretenus deux fois. La seconde connexion a été interrompue par mon mitraillage de Chobamba.

— Ah… (Digby ordonna à son ombre virtuelle d'effectuer quelques recherches dans les archives locales.) Je ne trouve aucune référence à un chemin silfen sur Oaktier.

— Non, mais comme Araminta semble avoir besoin des conseils de Laril, les Accélérateurs vont tenter de lui mettre la main dessus pour faire pression sur elle.

— Ce serait logique, en effet. Tu as remonté la piste de sa nouvelle adresse unisphère ?

— Elle n'en a pas. Elle s'est connectée manuellement, en passant par des nœuds. Cela ne laisse pas de trace.

— C'est malin. Tu crois que les Silfens vont la cacher ?

— Non, cela m'étonnerait.

— Tu as des contacts avec eux ?

C'était une question stupide, mais il avait appris depuis longtemps à ne pas sous-estimer son arrière-grand-mère.

— Il m'est arrivé de me joindre à la communion de l'Île-mère, mais on n'obtient jamais rien de définitif de la part des Silfens. À moins d'avoir la chance de tomber sur celui qui se fait appeler CloudDancer. Lui fait volontiers profiter tout le monde de son savoir. Et de sa mauvaise humeur.

— Nous n'avons donc pas la moindre idée de l'endroit où elle va réapparaître.

— En effet, mais nous devons nous tenir prêts.

Digby se connecta aux capteurs de l'astroport et vit l'Accélérateur sortir de son vaisseau. Une Accélératrice, plutôt, qui ne portait aucun vêtement, mais dont l'épiderme, par ailleurs extrêmement tendu sur son squelette, émettait un genre d'aura qui n'avait rien de naturel. Deux longs rubans de tissu rouge sang flottaient dans son dos à l'horizontale et ondulaient comme s'il y avait du vent. Comme elle jetait un coup d'œil alentour, ses yeux brillèrent d'un éclat rosé.

— Valean, lâcha-t-il. J'aurais dû m'en douter après ce qui s'est passé sur Ellezelin.

À côté d'elle, Marius était un enfant de chœur. Les Accélérateurs ne l'employaient que dans les situations extrêmes.

— Cela prouve qu'Araminta est très importante à leurs yeux, expliqua Paula. Ne la lâche pas d'une semelle. En aucun cas elle ne devra trouver Laril.

— Et si je lui tirais dessus maintenant ? Elle est sortie du champ protecteur de son vaisseau.

Il y eut une légère hésitation.

— Non. On ne connaît pas leurs effectifs sur cette planète. Quand on en saura davantage, on envisagera son élimination.

— Entendu. Je ne la lâche pas.

* * *

La Rédemption de Mellanie accéléra progressivement jusqu'à atteindre la vitesse de cinquante-deux années-lumière par heure. L'exovision de Troblum était emplie de graphiques en tous genres qui l'empêchaient de voir la cabine. Pendant ce temps, ses programmes secondaires assistaient les systèmes du nouveau réacteur. Son esprit tournait au maximum de ses capacités ; il *était* l'ultraréacteur, il sentait le flot d'énergie exotique, il assistait au réalignement des champs quantiques en vue d'un vol dans l'hyperespace. Les fluctuations étaient des tremblements le long de sa coque/chair, qu'il contrait et calmait aussitôt ; subsistaient seulement les souvenirs fantômes des perturbations. Dans le corps/machine, l'énergie se déversait selon un schéma bien précis, se tordait et se compressait en des formations artificielles qui écrasaient l'espace-temps. La fonctionnalité était absolue ; tout se déroulait idéalement et sans effort, si bien que sa conscience atteignait un niveau de complétude zen grâce auquel son monde semblait parfaitement ordonné.

À contrecœur, il se retira du réacteur et céda la place à un programme de surveillance autonome. Désormais, il était conscient du système et de la myriade d'éléments qui le composaient, comme il savait que son cœur battait et que ses poumons inhalaient. La sensation de perte était quasi physique, comparable à une hypoglycémie.

Un robot de service glissa jusqu'à lui pour lui apporter des beignets aux noix de pécan nappés de caramel et une tasse de café. Il se fourra un beignet entier dans la bouche et mâcha d'un air pensif. Catriona Saleeb était assise en face de lui, ses longues jambes repliées sur le côté, le short remonté jusqu'en haut des cuisses. Son haut large aux fines bretelles révéla son décolleté lorsqu'elle se pencha en avant.

— C'était très impressionnant, roucoula-t-elle d'une voix rauque.

— Assembler un kit est toujours très fastidieux, mais c'est tout. Ce qui est impressionnant, c'est le principe sur lequel ce réacteur est fondé.

— Tu as quand même réussi à maîtriser cette bête.

Il avala un autre beignet et but une gorgée de café. Elle parlait d'un ton taquin. Il se demanda si ses amies lui manquaient. Il n'avait pas le cœur de redémarrer la personnalité virtuelle de Trisha. Voir son image et ses programmes subvertis par l'IA avait tout gâché, lui avait retiré toute humanité.

— Tu vas restaurer un champ gravifique normal, maintenant ? demanda-t-elle avec une pointe d'inquiétude.

— Bientôt. Je vais d'abord me reposer un peu.

Il paierait bientôt le fait d'avoir réduit la gravité à bord du vaisseau, mais il avait besoin de diminuer le stress que supportait son corps. *Après tout ce que j'ai traversé, je mérite bien cela*. Il s'enfonça un beignet dans la bouche.

— N'attends pas trop longtemps, ajouta-t-elle.

Elle déplia les jambes, se rapprocha de lui et lui posa une main élégante sur le genou. Ses programmes se mêlèrent aux enrichissements sensoriels de Troblum. Il sentait son contact délicat, comme si des plumes le chatouillaient à travers le tissu de sa toge.

— Nous ne sommes plus que tous les deux, reprit-elle. (Ses traits magnifiques exprimaient une tristesse infinie. Ses cheveux noirs dégringolèrent autour de son visage et le touchèrent presque.) Tu t'occuperas de moi, Troblum, n'est-ce pas ? Tu ne laisseras rien de grave m'arriver ? S'il te plaît ? Je ne supporterais pas de partir comme les autres, d'être abandonnée, abîmée…

Il contempla sa main, laissa la sensation se prolonger, ressentit même la chaleur de ses doigts, précisément égale à la température du corps humain. Peut-être n'avait-il plus besoin de l'intermédiaire de Howard Liang, finalement. Peut-être arriverait-il à faire l'amour à Catriona tout seul. Après tout, le voyage jusqu'à la galaxie d'Andromède serait long…

Il émergea de sa réflexion et porta aussitôt la tasse de café à sa bouche. De telles décisions ne se prenaient pas à la légère ; il était nécessaire de les examiner avec soin, d'en peser les implications. Il regarda autour de lui, partout, sauf dans les yeux de la jeune femme, car il avait peur qu'elle lise en lui comme dans un livre ouvert. Elle le connaissait tellement bien. Et ce qu'il pensait était mal.

Catriona perçut son malaise. Elle eut un sourire compatissant et s'écarta de lui dans un froufrou de tissu soyeux.

Il sentit son parfum léger.

— Je dois vérifier où nous en sommes, lui dit-il.

Le cerveau du vaisseau établit une liaison TD avec l'unisphère. Presque aussitôt, le projecteur de Trisha produisit un nœud de vagues ondulantes orange et turquoise au-dessus d'un des fauteuils vides de la cabine.

— Vous êtes au courant des derniers événements ? demanda l'IA.

— Quoi ? Que se passe-t-il ?

— Les Accélérateurs ont emprisonné Sol.

Un frisson de satisfaction parcourut Troblum.

— L'Essaim a fonctionné ?

— C'était cela votre secret ? L'atout que vous vouliez marchander auprès de Paula ?

La satisfaction de Troblum céda la place à une culpabilité furtive.

— Oui. Mais je ne savais pas ce qu'ils comptaient en faire ! s'empressa-t-il d'ajouter.

— Bien sûr.

— Quelque chose est-il parvenu à s'échapper ?

— Non, rien. (Les oscillations virèrent au violet pendant quelques secondes.) La Marine n'a pas réussi à ouvrir une brèche. Le président a demandé l'aide de l'*Ange des hauteurs.*

— Et alors ?

— Alors les Raiels ont répondu qu'ils n'y pouvaient rien. La barrière est inspirée de la Forteresse des ténèbres, n'est-ce pas ?

— Oui, confirma Troblum qui ne voyait pas en quoi son aveu aurait pu aggraver sa situation.

— Vous êtes allé là-bas. Je le sais, et Paula aussi. Elle a interrogé votre capitaine de l'époque : Chatfield. Vous avez participé à ce projet. Vous y avez même joué un rôle très important.

— Le projet des Accélérateurs me plaisait. Le moment voulu, c'est la Faction que je rejoindrai.

— À condition que la barrière autour de Sol soit désactivée, rétorqua l'IA. Il n'y a plus aucun moyen de joindre l'ANA, et la flotte de dissuasion est emprisonnée aussi. Le Commonwealth est à la merci du reste de la galaxie, et celle-ci abrite des espèces bien plus dangereuses que les Ocisens, croyez-moi.

— Nous procéderons à la fusion avant qu'il arrive quoi que ce soit. Les humains deviendront tous post-physiques et le problème sera réglé.

— Je n'ai pas envie de devenir post-physique, et une grande partie de vos congénères non plus. Troblum, ce qui arrive est mal, et vous le savez. Il y a de nombreuses manières d'atteindre un état post-physique sans contraindre ceux que cette évolution n'attire pas.

— Personne ne sera contraint, dit-il, boudeur.

— Que savez-vous de la fusion et de la façon dont elle sera opérée ?

— Pas grand-chose.

— Je ne crois pas me tromper en disant que vous avez tenté de la compromettre, poursuivit l'IA, compatissante. Les Accélérateurs et vous avez eu un différend.

— Je regrette qu'ils se servent de la Chatte. En revanche, l'élévation post-physique reste mon objectif.

— Vous visez la transcendance, Troblum ? Est-ce cela, votre objectif ?

— Je… je ne sais pas. Peut-être, oui. Oui, à la fin.

— J'espère que vous l'atteindrez. Pourquoi êtes-vous toujours à bord de ce vaisseau ? Pourquoi ne pas vous joindre aux pèlerins et entrer dans le Vide ?

— Parce qu'ils me tueront s'ils me trouvent.

— Ce ne serait pas très intelligent de leur part. Et vous voudriez que des créatures capables de tels comportements soient les gardiens de l'évolution humaine ?

Troblum s'enfonça dans son fauteuil et s'efforça de ne pas prendre un air renfrogné.

— Que voulez-vous ?

— Nous savons tous les deux pourquoi ils vous tueront ; parce que vous savez comment désactiver la barrière, n'est-ce pas, Troblum ?

— En vérité, je ne sais rien. Il faut un code pour la désactiver, et ce code, je ne le connais pas.

— Oui, mais vous comprenez la technologie de l'Essaim. Si quelqu'un peut réussir, c'est bien vous.

— Non, rien ne peut transpercer ce champ de force.

— Y avez-vous réfléchi ? Avez-vous analysé chaque donnée de l'équation ? le pressa l'IA.

— Bien sûr. Nous voulions nous assurer de sa parfaite intégrité.

— Rien n'est parfait dans cet univers, vous le savez pertinemment. Il y a forcément une faille quelque part.

— Non.

La projection colorée de lignes ondulantes vira au bleu.

— Troblum, vous devez absolument trouver un moyen de libérer l'ANA. C'est une nécessité.

— C'est impossible.

— Réfléchissez-y. Étudiez le problème sous un angle neuf. Trouvez la solution. Vous devez bien cela à votre espèce.

— Je ne vous dois rien ! cracha-t-il. Tout le monde me traite comme si j'étais un moins que rien !

— C'est vrai. Vous possédez ou avez possédé la plus grande des collections de souvenirs de la Guerre contre l'Arpenteur. Vous avez assez d'AEM pour vous offrir tout ce que vous désirez. La culture Haute vous a donné tout cela. Sur un plan personnel, vous pourriez avoir des amis, des maîtresses, des femmes.

— Ne soyez pas ridicule, personne ne veut de moi.

La voix de l'IA se fit plus douce :

— Avez-vous jamais essayé de communiquer avec les gens, Troblum ? Ils ne vous rejetteraient pas, si vous essayiez. Vous avez passé des décennies à créer des personnalités artificielles ; mais peut-on parler de véritables personnes ?

Du coin de l'œil, Troblum regarda Catriona, qui le gratifia d'un sourire encourageant.

— Que me voulez-vous au juste ? Pourquoi vous donnez-vous la peine de me parler ? demanda-t-il.

— Je veux que vous preniez la bonne décision. Juste avant l'activation de la barrière, vous essayiez de prendre contact avec Paula, vous vouliez lui fournir les informations nécessaires pour stopper l'Essaim, Ilanthe, Marius et la Chatte. Il n'est pas trop tard. Persistez, car vous étiez dans le vrai. Parlez à Paula, dites-lui ce qu'elle a besoin de savoir pour désactiver cette barrière.

— Je ne possède pas cette information, parce qu'elle n'existe pas !

— Vous n'en savez rien, insista l'IA. Vous ne pouvez pas en être certain, car rien n'est certain dans cet univers. Poursuivez dans cette voie, Troblum. Oscar Monroe est sur Viotia ; vous pouvez lui faire confiance. Il s'est sacrifié pour que perdure l'univers dans lequel vous êtes né.

— Je ne peux pas. Si je montre le bout de mon nez, ils me tueront. Vous comprenez ? La Chatte me retrouvera, et elle me tuera encore et encore et encore.

— Dans ce cas, ne sortez pas de votre cachette. Appelez Paula ou Oscar. Je ne serais moi-même pas contre l'idée de discuter avec vous de la technologie de l'Essaim.

— Je n'ai aucune confiance en vous. Je ne sais même pas ce que vous êtes.

— En quoi croyez-vous vraiment ? Posez-vous cette question. Tant que vous ne prendrez pas cette peine, vous ne connaîtrez pas la paix.

— D'accord. Si vous voulez.

— Parfait. Commencez par vous poser une question simple.

— Laquelle ? demanda-t-il à contrecœur.

— Que ferait Mark Vernon à votre place ?

Le fouillis de lignes mouvantes disparut soudain. L'ombre virtuelle de Troblum l'informa du retrait de l'IA de la connexion.

— Va te faire foutre, grogna-t-il à l'intention du fauteuil vide.

— Je suis désolée, dit Catriona. Je n'aurais pas dû te parler ainsi.

Il agita la main dans sa direction en espérant qu'elle la bouclerait. *Mark Vernon*. Son ancêtre. L'homme qui avait tiré le missile quantique qui avait réactivé la barrière de Dyson Alpha, permettant à l'humanité de gagner la guerre. L'histoire populaire avait tendance à passer cet épisode sous silence, préférant se concentrer sur les exploits d'Ozzie. Mark était un véritable héros. Troblum lui vouait une admiration sans bornes.

Manipulation psychologique de merde, pensa-t-il, furieux. *Je ne me ferai pas avoir aussi facilement.*

Il attrapa son café et plissa le nez en se rendant compte avec dégoût qu'il était tout froid. Il ordonna à l'unité culinaire d'en préparer davantage.

— Qu'est-ce que tu comptes faire ? demanda Catriona avec circonspection.

— Rien. Plus rien n'a d'importance, désormais. Il n'existe aucun moyen de traverser la barrière de Sol. Ils devraient l'accepter une fois pour toutes.

Elle sourit, s'assit par terre à côté de son fauteuil et lui caressa le visage avec amour.

— Il n'y a plus que toi et moi, alors. Tout ira bien. Je ne te laisserai jamais tomber.

— Ouais.

Il ne put s'empêcher de vérifier les fonctions de navigation du cerveau. Ses programmes secondaires donnèrent à cet affichage la priorité dans son exovision et dessinèrent une ligne orange vif sur le champ d'étoiles. *La Rédemption de Mellanie* n'était plus qu'à cent trente années-lumière de Viotia.

* * *

Le vaisseau du Livreur sortit de l'hyperespace en mode furtif. La naine bleue Alpha Leonis brillait intensément à dix UA de là. De l'autre côté de l'étoile se situait Augusta, autrefois la plus prospère des planètes du G15. Au temps où elle constituait le centre des opérations principal de CST, elle accueillait des dizaines de trous de ver différents ; puissance financière et industrielle, Augusta était un élément critique du Commonwealth de la première époque. Plus tard, avec le développement de la culture Haute et la création de l'ANA, son réseau de trous de ver fut maintenu et son importance stratégique préservée. Ainsi, huit navires de classe River et deux de classe Capital patrouillaient dans son système. Les défenses planétaires étaient en état d'alerte ; des champs de force puissants protégeaient les générateurs de trous de ver, les stations de transfert et la mégacité.

Le Livreur attendit trois minutes pour s'assurer qu'aucun capteur n'avait décelé sa présence avant d'ordonner à son vaisseau de le conduire aux Jumelles du Lion. Alpha Leonis avait deux compagnons : une naine rouge appelée le Petit Lion et une naine orange baptisée le Microlion, qui orbitait autour de la première. Il les scanna avec des capteurs passifs mais ne trouva rien de particulier. Un astéroïde décrivait une orbite elliptique autour des Jumelles. Avec plus de cent cinquante kilomètres de diamètre, on aurait pu parler de lune, sauf qu'il était cylindrique et beaucoup trop régulier. Il comprit immédiatement qu'il s'agissait d'un objet artificiel. Les capteurs révélèrent qu'il tournait vite autour de son axe, et ce, sans oscillations, ce qui aurait été impossible pour un objet naturel. De plus, il émettait des ondes infrarouges. Sa surface sombre dégageait plus de chaleur qu'elle en recevait des étoiles voisines. Le Livreur ne fut guère étonné lorsque les analyseurs de masse lui montrèrent que l'astéroïde était creux.

Il établit une liaison sécurisée avec le « patron ».

— Je suis arrivé.

— Je sais, mais vous n'êtes pas seul. Quelqu'un vous a suivi.

— Quoi ?

— Un autre vaisseau est arrivé juste après vous. Il est équipé d'un ultraréacteur. Vos camouflages respectifs sont excellents, mais je dispose des meilleurs capteurs qui soient.

— Par Ozzie !

— Ne vous en faites pas, je viens vous chercher.

Une T-sphère se forma autour de l'astéroïde, qui téléporta le vaisseau à l'intérieur de l'astre.

Le Livreur flotta hors du sas et sortit de sous son navire. Il décrivit un tour sur lui-même, pencha la tête en arrière et lâcha un sifflement admiratif. La chambre excavée au cœur de l'astéroïde mesurait presque cent vingt kilomètres de long. Dix kilomètres au-dessus de lui, des sources de lumière solaire étaient fixées à un genre de portique qui courait sur toute la longueur de l'axe. Et à dix kilomètres de là, le paysage dentelé et perdu dans une brume bleutée s'incurvait, se couvrait de vastes prairies, de lacs, puis d'extraordinaires montagnes aux pics enneigés ornés de hautes chutes scintillantes. Cette vue déstabilisante, Justine l'avait contemplée par la fenêtre de sa chambre, dans son rêve. Il secoua la tête comme un chien s'ébrouant après être sorti de l'eau, et ferma fort les paupières.

— Ne vous inquiétez pas. Ce paysage fait cet effet à tout le monde.

Le Livreur ouvrit les yeux et découvrit un homme vêtu d'un pantalon et d'un tee-shirt noirs. Sa peau semblait faite d'or poli.

— Gore Burnelli… J'aurais dû m'en douter. Je ne m'attendais pas à vous rencontrer sous cette forme physique, cependant.

Gore haussa les épaules.

— Si les gens étaient capables de prédire mon comportement, nous serions tous dans la merde jusqu'au cou.

— Nous le sommes déjà.

— Les tempêtes de merde n'ont pas toutes la même force. Celle-ci est, je l'avoue, plutôt costaude, mais il n'est pas trop tard pour retourner la situation à notre avantage.

— Comment ?

— Suivez-moi, petit. Vous et moi avons à parler.

Gore s'éloigna, ne lui laissant pas d'autre choix que celui de le suivre. Pas très loin du vaisseau, un bungalow de corail blanc était niché dans les plis d'une vallée herbeuse. Son toit était couvert d'ardoises, comme avant le Commonwealth, et surplombait une terrasse. De grands et vieux cèdres brisaient la monotonie des prairies. Le Livreur n'en avait jamais vu d'aussi gros ; la base des troncs était aussi large que le bungalow lui-même.

— Est-ce votre maison ? demanda-t-il.

Il savait que les Burnelli étaient incroyablement riches, mais la construction de ce petit monde artificiel avait dû coûter une véritable fortune, d'autant qu'il datait manifestement de la première ère du Commonwealth, époque où les AEM et les réplicateurs n'existaient pas.

— Putain, non ! Je garde la maison d'un vieil ami.

— Avez-vous jamais été dans l'ANA ?

— Oui, grogna Gore. (Il s'affala sur une chaise en bois dotée d'un épais coussin blanc – il y en avait plusieurs sur la terrasse – et fit signe au Livreur de s'asseoir en face de lui.) J'en suis sorti il y a quelques jours. J'avais oublié quelle merde c'était que de vivre dans un morceau de viande. On a à peine assez de neurones pour marcher ; quant à lacer nos godasses… J'ai dû faire tourner une extension de personnalité dans l'Intelligence Restreinte de l'astéroïde pour pouvoir continuer à réfléchir à peu près normalement. Pas du matos de dernière fraîcheur, croyez-moi…

— Vous êtes sorti pour Justine ? demanda le Livreur en s'asseyant avec précaution.

Gore passa une main dans ses cheveux blonds bouclés.

— Vous n'êtes pas un rapide, vous. Évidemment que c'était pour Justine. Autrement, comment aurais-je pu rêver pour elle ? En ce moment même, cinq nids de confluence géants orbitent à un million de bornes de l'astéroïde. Le champ de Gaïa ainsi formé agit littéralement comme un filet à rêves.

— Comment pouviez-vous savoir que vous rêveriez ses rêves, même avec tout ce matériel ?

— On est de la même famille. Comme Inigo et Edeard, à ce qu'on dit.

— Vous avez juste tenté le coup ? s'étonna le Livreur, incrédule.

C'était tellement difficile à croire, en effet. Gore le regarda durement.

— Pour accumuler, il faut spéculer, petit, grogna-t-il. Merde, qu'est-ce que c'est que cette culture Haute ? Vous ne désirez rien, vous ne prenez aucun risque. C'est pitoyable.

— Vous diriez aussi cela d'Ilanthe ? contre-attaqua le Livreur.

— Ah ! vous avez quand même des couilles. C'est bien. Je craignais d'avoir encore affaire à une tarlouze qui préfère remplir des formulaires plutôt que d'agir.

— Merci. Vous appartenez donc à la Faction des Conservateurs ?

Gore gloussa, ravi.

— C'est une façon de voir les choses, oui.

— Pourquoi, il y en a une autre ?

— Je ne vous ai pas raconté de salades ; le patron, c'est moi, et ce, depuis des siècles. C'est ainsi que fonctionnent les mouvements politiques : quand le leader est bon, qu'il fait son boulot correctement, les militants le suivent tête baissée, comme un troupeau de moutons. On n'a jamais dit que c'était une démocratie, après tout.

— Mais… (Le Livreur était pris de court.) C'est forcément une démocratie ; toutes les Factions de l'ANA sont des démocraties.

— Il y a en effet des démocraties parmi les Factions de l'ANA. Vous étiez présent à la première réunion des Conservateurs, le jour où j'ai présenté notre charte et exposé nos idéaux ? Non. Et vous savez pourquoi ? Parce qu'il n'y a pas eu de réunion, qu'il n'y a ni charte ni idéaux. En gros, je décide et vous, vous exécutez. Cette histoire de Faction des Conservateurs n'est qu'une notion à laquelle vous pouvez vous raccrocher. Une notion populaire, il est vrai. Nous n'avons pas besoin de politiques, de discussions et autres conneries de ce genre. Quand une autre Faction agit contre les intérêts de l'ANA ou du Commonwealth, je me sers des Conservateurs pour lui mettre une raclée. Vous pensez peut-être que le Protectorat est apparu spontanément pour défendre les Mondes extérieurs des Radicaux de la branche Haute ? Comment a-t-il vu le jour ? Qui a payé la facture ? Qui a révélé l'ampleur de la menace ? Et ces Radicaux, d'où viennent-ils d'ailleurs ? On ne peut pas dire qu'ils sont une extension naturelle de la philosophie de leur branche.

— Par Ozzie…

— Ne vous en faites pas pour les Conservateurs ; la Faction va très bien. Tout comme les Accélérateurs qui suivent Ilanthe, leur patronne éclairée. Ou bien pensiez-vous qu'ils avaient décidé unanimement de s'enterrer vivants pendant qu'Ilanthe filerait dans le Vide où elle vivrait heureuse à jamais ?

— Merde.

Tout était si simple et évident. Cette prise de conscience aurait dû être un soulagement, au lieu de quoi le Livreur était amer. Cette manipulation le rendait malade. Ce mensonge géant. Il avait honte d'être tombé dans le panneau. Tant de gens avaient été dupés.

— Et maintenant ? demanda-t-il, plein de ressentiment. Vous m'avez parlé d'un plan.

— Comment l'avez-vous baptisé ? demanda Gore tandis qu'ils glissaient tous les deux à bord du vaisseau.

— Hein ? grogna le Livreur.

Le cerveau refusait de répondre à ses codes.

— Le vaisseau, comment s'appelle-t-il ?

— Il n'a pas de nom. Euh… on dirait qu'il y a un problème avec le cerveau.

— Non, il fonctionne parfaitement, dit Gore, alors qu'un fauteuil en forme de coquillage sortait du sol.

Sa surface prit aussitôt l'apparence d'une toile de jute mousseuse couleur rouille. Tout autour, les parois de la cabine devinrent bleu ciel. Des lignes noires coururent autour de l'habitacle et tissèrent des motifs élégants. Des lampes en cristal émergèrent du plafond. Le sol se transforma en parquet de chêne.

— C'est mon vaisseau, après tout, reprit Gore. Conçu et fabriqué par les Conservateurs. Avec mon pognon, aurais-je ajouté au bon vieux temps.

— Mais alors…

... je ne sers à rien ? faillit ajouter le Livreur, mais ç'aurait été pathétique.

— Petit, si vous préférez vous retirer de la partie ou partir à la chasse aux agents des Accélérateurs, ne vous gênez pas ; je comprendrai. Cet astéroïde est doté d'un trou de ver capable de vous transporter sur la plupart des Mondes centraux. Je pourrais même vous équiper d'implants d'enfer et vous mettre en contact avec d'autres agents afin de botter le cul de ces types. Néanmoins, je pense que mon plan est notre meilleure chance. Et je m'accommoderais bien de votre aide. À vous de décider.

Le Livreur s'affaissa sur son fauteuil d'un violet criard.

— D'accord, je suis avec vous.

— Excellent. Je baptise ce vaisseau *Le Dernier Lancer*. Ça sonne bien, je trouve. C'est rigolo et fier à la fois, non ?

— Si vous le dites.

Marius avait découvert l'astéroïde avec stupeur. Comme il était creux, il ne pouvait s'agir d'un vaisseau raiel. Et pourtant, l'engin était absent des bases de données du Commonwealth, et Marius avait accès à presque tous les kubes et autres mémoires secrètes de l'unisphère. Il avait d'abord pensé à une installation secrète des Conservateurs, mais il avait vite changé d'avis. Fabriquer en secret quelque chose d'aussi gros dans le voisinage direct d'Augusta aurait été impossible. Ce qui signifiait que l'astéroïde était ancien.

— Il doit appartenir à Nigel ou à Ozzie, suggéra Ilanthe. La proximité d'Augusta confirme mon hypothèse.

— Gore est né à la même époque qu'eux, suggéra Marius. Cet habitat ferait un refuge parfait pour un Gore redevenu physique.

— Il est effectivement redevenu physique ; c'est désormais une évidence. La configuration du paysage vu dans le rêve correspond parfaitement aux dimensions de cet astéroïde. Il est unique. Force m'est d'admettre que je ne m'attendais pas à cela. Nous aurions dû le neutraliser derrière la barrière de Sol.

— Il ne dispose que d'un seul ultraréacteur, et le Livreur est un agent de second ordre. On ne peut pas vraiment parler de danger pour nous. Nous savons déjà qu'aucune arme ne peut menacer le *vaisseau*.

— Et pourtant il est là. Le Troisième Rêveur. Sa fille est déjà dans le Vide, prête à exécuter tous ses ordres, tandis qu'Araminta a disparu sur les chemins silfens, nous laissant impuissants.

Marius examina l'image de l'astéroïde dans son exovision. Point sombre situé à un demi-million de kilomètres, sa surface brillait d'un faible éclat marron dans la lumière des Jumelles.

— Je peux le détruire tout de suite. Il n'a pas de champ de force.

— Pas de champ de force, mais une T-sphère. Nous ne savons rien de ses capacités. Cette chose est là depuis plus de mille ans ; elle ne peut pas ne pas avoir de défenses. En cas d'échec, nous perdrions notre avantage. Tant que nous n'aurons pas récupéré Araminta, j'aurai besoin d'en apprendre davantage sur Gore et ses alliés potentiels.

Des icones clignotèrent dans l'exovision de Marius. Un trou de ver s'ouvrait tout près. Grâce à ses capteurs, il vit la matière exotique s'étirer depuis l'astéroïde vers un point situé à un million de kilomètres. Il disparut d'un seul coup, avant de réapparaître ailleurs, mais toujours à un million de kilomètres de l'habitat.

— On dirait qu'il récupère quelque chose, dit Marius.

À présent qu'il disposait de paramètres orbitaux, les capteurs passifs de son vaisseau scannèrent la bande orbitale située à un million de kilomètres du caillou. Ils détectèrent trois autres satellites. Le trou de ver les récupéra un à un. Alors la T-sphère grossit de nouveau et le vaisseau du Livreur se matérialisa à l'extérieur de l'astéroïde. Avant de disparaître dans l'hyperespace.

— Suivez-le, ordonna Ilanthe. Découvrez ce qu'il trame.

Dès que les cinq nids de confluence furent dans la soute avant du vaisseau, Gore téléporta le *Dernier Lancer* hors de l'astéroïde. Le Livreur retint son souffle, attendant de voir comment réagirait l'autre engin.

— C'est forcément Marius, dit-il.

— C'est probable, acquiesça Gore. Ce qui signifie qu'Ilanthe sait que je suis de retour. Elle voudra à tout prix savoir ce que je manigance. Marius ne fera rien pour l'instant. Le temps de comprendre, il sera trop tard pour eux.

— En quoi consiste votre plan, exactement ?

— Mon plan originel était excellent ; j'avais juste besoin qu'Inigo pénètre dans le Vide à ma place. Puisque cette option semble foutue à tout jamais, je vais devoir improviser pour réparer ce bordel.

— Vous n'allez tout de même pas nous conduire dans le Vide ? s'alarma le Livreur en se disant que Justine pourrait sans doute convaincre le Seigneur du Ciel de les laisser passer.

— Non, nous allons dans la direction opposée. La galaxie a besoin que vous et moi détruisions le Vide une fois pour toutes.

— Vous et moi ?

— Absolument, petit. Personne d'autre que nous ne pourra accomplir le sale boulot. Je pense que vous avez compris qu'on ne pouvait pas avoir confiance dans les politiciens, non ?

— Par Ozzie, comment comptez-vous vous y prendre ? Les Raiels eux-mêmes n'ont pas réussi à le fermer avec leur armada. Il y a un million d'années, ils possédaient déjà des vaisseaux de guerre à côté desquels les nôtres ressemblent à des navires du XIXe siècle.

Il commençait à se demander si le fait de sortir de l'ANA n'avait pas endommagé les capacités cognitives de Gore.

— Qui a parlé de fermer le Vide ? Nous allons l'anéantir. Évidemment, comme on ne peut pas réussir par la force, on va lui offrir une alternative.

— À qui ?

— Au Vide.

— Une alternative à quoi ?

— À son existence actuelle, à ce qu'il est.

— Mais comment ?

Le Livreur faisait son possible pour se retenir de hurler.

— Il est en perte de vitesse. J'ignore quel était son objectif originel, mais il a foiré ; il n'a pas évolué depuis des millions, peut-être même des milliards d'années. Il se contente d'attendre, d'absorber de la matière et des esprits ; il ne sert à rien et il est très dangereux. Il faut relancer son évolution, que cela lui plaise ou non.

— Je croyais que c'était le projet d'Ilanthe et des Accélérateurs…

— Petit, je sais que vous avez la trouille, que vous avez peur pour votre famille et tout, mais ne jouez pas au plus con avec moi. Cela fait plus de deux siècles que je combats cette salope. Je ne sais pas ce qu'est ce putain de noyau d'inversion, mais croyez-moi, il ne va pas lui servir pour la fusion de sa Faction et du cœur du Vide à des fins d'élévation au statut post-physique. Je parie tout ce que vous voudrez qu'Ilanthe œuvre pour son propre compte et qu'elle cherche à devenir une déesse de l'ancien temps. Si elle réussit, on sera tous dans le caca.

— Vous n'en savez rien.

— Je le sais parce qu'il y a bien d'autres façons de devenir post-physique. Des façons plus simples que cette folie…

— Lesquelles, par exemple ?

— Si vous n'êtes pas assez malin pour créer votre propre moyen d'élévation, inspirez-vous des techniques employées par des espèces plus anciennes. Dans la majorité des cas que nous connaissons, le mécanisme physique employé a survécu.

Il suffit de rallumer le bazar, de le réinitialiser et d'appuyer sur la touche « marche ». Et voilà, vous devenez illico un demi-dieu.

— L'ANA le permettrait-elle ? Et les post-physiques ?

— L'ANA n'a rien à voir là-dedans. Prenez un vaisseau, quittez l'espace du Commonwealth, et vous laissez l'ANA derrière vous. Techniquement, en tout cas. Cette connerie de pèlerinage a vraiment foutu la merde. Avant mon départ, on s'engueulait déjà sur la manière de régler cette affaire.

— Pourquoi personne n'est-il devenu post-physique, alors ?

— Qu'est-ce qui vous fait dire ça ? Le truc, avec les post-physiques, c'est qu'ils foutent le camp, après. Évidemment, utiliser du matériel existant, l'adapter aux besoins de notre espèce ne serait pas facile ; cela prendrait sûrement un bon siècle. Mais ce ne serait rien comparé à ce qu'a fait Ilanthe : manipuler le Rêve vivant, emprisonner l'ANA, créer un noyau d'inversion…

— Dans quel but ?

Gore écarta les bras et haussa les épaules.

— C'est la question à un million, petit.

— Et merde.

— Bienvenue au club des paranos : les cotisations les moins chères de l'univers. Goûtez-y et vous n'irez jamais voir ailleurs.

— Où allons-nous ?

— Sur la planète des Anomines.

— Pourquoi ?

— Parce qu'ils sont devenus post-physiques et qu'ils ont laissé tout leur matos derrière eux.

Le vingt-deuxième rêve d'Inigo

Edeard sortit du bureau du maire en espérant que son agacement ne filtrerait pas. Après des décennies passées à Makkathran, il n'avait toujours pas pris cette habitude qu'avaient les habitants de la ville de dissimuler leurs émotions. Cela avait été une dispute sans importance, ce qui, en un sens, était encore pire. Trahaval s'était montré inflexible. On ne demanderait pas de certificat aux propriétaires de moutons et de porcs. Pendant des siècles, seuls les éleveurs de bovins avaient été concernés, avait insisté le maire, et il n'y avait pas de raison pour que cela change. Les vols se multipliaient dans les campagnes, mais la ville n'avait pas à se mêler de ces problèmes. De toute façon, il était hors de question de noyer les provinces sous la paperasse. Les gouverneurs n'avaient qu'à multiplier les patrouilles de shérifs et faire surveiller davantage les marchés.

Les portes se refermèrent dans son dos. Edeard prit une profonde inspiration pour se calmer. Un esprit puissant l'observa à distance, ce qui lui donna la chair de poule. Cela ne dura pas longtemps, comme d'habitude. Il n'eut donc pas le temps d'utiliser sa propre vision à distance pour voir qui était cette personne indiscrète.

Cela faisait deux ans environ qu'on l'espionnait régulièrement, et force lui était d'admettre que cela arrivait de plus en plus souvent. Chaque semaine, désormais. Il n'était pas assez rapide pour identifier celui ou celle qui l'observait, et son impuissance le mettait hors de lui. Il n'avait toutefois pas dit son dernier mot et suspectait quelque jeune rebelle soucieux de ne pas être dérangé pendant qu'il commettait de menus larcins. Argian avait de nombreux contacts, mais n'avait entendu parler d'aucun jeune possédant des capacités psychiques hors du commun. Ou alors, celui-ci ne monnayait pas encore ses services. Edeard se contentait donc d'attendre. Un jour prochain, le petit malin commettrait une erreur et découvrirait pourquoi on l'appelait Celui-qui-marche-sur-l'eau.

Au plafond de la salle Liliala, les nuages d'orage tourbillonnaient, féroces, l'empêchant de voir le Bracelet de Gicon. *Plus que trois semaines avant les élections.* Il ne s'attendait pas que Trahaval soit remplacé, et ce n'était pas forcément souhaitable. De fait, il faisait bon vivre à Makkathran et dans les provinces, et ce, en grande partie grâce au maire qui avait consolidé les résultats obtenus par Finitan au cours de ses *six* mandats : un record absolu. Cependant, Trahaval était dépourvu de vision propre, d'où son refus d'étendre les registres des bêtes domestiques. Les fermiers se plaignaient des voleurs depuis des années, et la situation s'était manifestement aggravée. Les marchands et les abattoirs de la ville n'étaient pas très regardants sur la provenance des animaux, flexibilité morale observée dans les autres grandes villes et capitales provinciales. La généralisation des certificats aurait permis d'améliorer les choses, d'autant que ces affaires étaient très difficiles à juger. Comme d'habitude, les gendarmes et les shérifs étaient priés de se débrouiller comme ils pouvaient pour confondre les voleurs. Cette façon qu'avaient les politiques de se décharger sur les représentants de l'ordre était malheureusement typique de l'époque. Vingt ans plus tôt, les gens avaient peur des voyous, des cambrioleurs et des bandits de grand chemin ; désormais, on craignait de se faire voler des moutons.

D'ici à trois semaines, si tout allait bien, il sortirait du comité spécial contre le crime organisé créé en son temps par Finitan. Après deux décennies et demie de dur labeur, ce comité avait atteint tous les objectifs fixés par Edeard. Il avait commencé par s'occuper des membres des gangs, dont plusieurs centaines restaient en liberté. Ils étaient d'ailleurs très vite retombés dans leurs anciens travers, comme si l'élection de Finitan et les bannissements n'avaient eu aucun effet sur eux. Ils n'étaient certes plus organisés comme au temps de Buate et Ivarl, même si Ranalee et sa clique continuaient d'exercer leur influence néfaste. Du fait de l'indépendance nouvelle des gangsters, les gendarmes étaient contraints de s'occuper d'eux un à un, de les prendre la main dans le sac. Venaient ensuite les jugements et les condamnations. Malheureusement, la plupart se faisaient attraper pour des délits mineurs et s'en tiraient souvent avec une simple amende, ou alors se retrouvaient en prison pour un mois, ce qui ne réglait rien. Edeard et Finitan avaient eu l'idée d'une politique de réhabilitation comme alternative aux amendes, emprisonnements et bannissements. Les condamnés participeraient à des travaux d'intérêt général, aidés par des génistars. C'était une nécessité, et les deux hommes étaient d'ailleurs déterminés à réussir. Il fallait tenter quelque chose pour casser le cercle vicieux du crime et de la pauvreté. Mais le coût important du dispositif avait été à l'origine de conflits politiques intenses au cours du deuxième mandat de Finitan, qui était ressorti de cette période épuisé. On avait fini par obliger les Guildes à prendre en charge les récidivistes les moins dangereux pour en faire des apprentis stagiaires, ce qui leur ouvrait au moins quelques perspectives d'avenir. Lentement mais sûrement, la criminalité avait chuté, permettant à Edeard de se concentrer sur d'autres problèmes, notamment celui des militants de la Nation unifiée, bien plus difficile à régler. Dans leur cas, il ne pouvait pas être question de jugement, de condamnation et de réhabilitation. Aussi se débrouilla-t-il pour faire pression sur eux d'une manière différente. Les banques refusèrent de leur accorder des prêts, et leurs affaires périclitèrent. Des rumeurs circulèrent, qui entamèrent leur prestige – si important pour les Grandes Familles –, on les exclut de certains clubs, on évita de les inviter à certains événements… Et si cela ne suffisait pas, il y avait le contrôle fiscal. Ainsi, au fil des ans, ils avaient été de plus en plus nombreux à quitter Makkathran. Edeard s'était même arrangé pour qu'ils se dispersent de façon égale sur tout le territoire, de manière que, la distance aidant, ils cessent de se fréquenter.

Restaient les Grandes Familles, qui ne concernaient normalement pas le comité. Leur pouvoir venait de leur fortune, jalousement et adroitement préservée. Finitan augmenta sans le dire le nombre des inspecteurs des impôts, tandis qu'Edeard se débarrassa des plus corrompus. Les recettes de la ville augmentèrent en proportion. Cependant, faire perdre leurs mauvaises habitudes aux Grandes Familles et aux marchands prendrait certainement plus qu'une vie, même si le travail avait bien avancé.

Dans trois semaines, Makkathran choisirait ou non de le mettre à la tête des gendarmes de la ville. *Je vous en prie, ma Dame!* Tout le monde, en particulier les Grandes Familles, voyait dans chaque nouveau crime la marque d'une sorte de complot semi-révolutionnaire. C'était le résultat inévitable du travail accompli par les gendarmes et le comité au fil des ans, de la diminution drastique de la criminalité à Makkathran et dans la plaine d'Iguru. De fait, le moindre forfait, que ce soit le vol d'une caisse de légumes ou celui d'une cape à l'Opéra, prenait des proportions considérables dans l'opinion, qui y voyait forcément la preuve de l'existence d'un crime organisé et exigeait l'intervention de Celui-qui-marche-sur-l'eau.

Trois semaines, pensa-t-il en traversant la salle Liliala. *Encore trois semaines à supporter ces conneries. Et si je perds, ils demanderont peut-être ma démission*. Il n'en avait parlé à personne, pas même à Kristabel, mais il y avait beaucoup pensé. Le fait était que le comité spécial n'avait pas grand-chose à faire ces derniers temps. Ses effectifs avaient diminué de soixante-quinze pour cent en quinze ans, et la plupart de ceux qui restaient étaient affectés aux capitales provinciales ou travaillaient sur de vieilles affaires non élucidées.

D'une façon ou d'une autre, le comité doit être démantelé. Il faut passer à autre chose.

Au-dessus de lui, au sommet de la voûte, une tornade tourbillonnait de plus en plus vigoureusement. Les bandes mouvantes de nuages s'assombrissaient et s'épaississaient. Au début, il ne fit pas attention à l'œil du cyclone ; c'était juste un autre point sombre parmi d'autres. Puis une étoile se mit à briller, et il s'arrêta pour la regarder. Le centre de la tornade s'élargissait, s'éclaircissait, révélant un ciel nocturne. Cela faisait des années qu'il passait sous ce tableau mouvant, mais il n'avait jamais assisté à un phénomène pareil. Les nuages s'écartaient rapidement, abandonnaient le plafond, cédaient la place aux nébuleuses phosphorescentes du Vide. Apparut alors le Bracelet de Gicon ; ses planètes étaient réparties de façon égale sur la voûte et brillaient intensément, sans vaciller. Jamais elles ne lui étaient apparues aussi grosses. Il y avait les Jumelles de Mars, furieuses sphères de lumière carmin à la surface parfaitement lisse ; Vili, la plus lumineuse des cinq, dont le manteau de glace réfléchissait la lumière du soleil à travers son atmosphère fine et dépourvue de nuages ; Alakkad, dont la roche noire et morte était parcourue par un réseau de fleuves de lave semblable à un système veineux ; et enfin Rurt, désert gris-blanc sans air, avec ses millions de cratères irréguliers creusés par une pluie de comètes et d'astéroïdes. Edeard contempla bouche bée les magnifiques détails du sublime panorama spatial révélé de manière si inattendue par le plafond. Il prit son temps et se familiarisa avec chacun des mondes du Bracelet. Cela faisait bien longtemps qu'il n'avait collé son œil contre un télescope ; cela remontait à des décennies, à sa prime jeunesse provinciale. Comme il examinait ce quintette endormi, il remarqua quelque chose de nouveau : une tache de lumière pâle et iridescente scintillait tout près d'Alakkad.

— Qu'est-ce que c'est ? murmura-t-il, stupéfait.

C'était trop petit, trop immobile pour être une nébuleuse. Par ailleurs, le plafond lui montrait le bracelet dans son ensemble, ce qui signifiait que la tache se trouvait à proximité de Querencia. Il n'y avait pas de queue, donc il ne s'agissait pas d'une comète. Cela voulait dire que…

Edeard tomba à genoux comme pour prier, sans lâcher des yeux le point lumineux.

— Par la Dame !

Il n'en avait encore jamais vu. Ne s'était jamais demandé à quoi ils ressemblaient. Et pourtant, il savait exactement ce qu'il avait sous les yeux.

Edeard regarda de nouveau dans le télescope en s'assurant que l'alignement était correct. Il se demandait bien pourquoi l'oculaire était monté à la verticale au milieu du tube de cuivre. L'astronome qui le lui avait vendu s'était lancé dans une longue explication sur la focale, mais Edeard n'avait rien compris. L'appareil fonctionnait, et c'était la seule chose qui comptait pour lui. Il avait passé une bonne partie de l'après-midi à l'installer dans le jardin qui jouxtait le bureau d'où Kristabel gérait la propriété. Tout le monde, du sommet au troisième étage de la ziggourat, ne parlait plus que de la nouvelle lubie de Celui-qui-marche-sur-l'eau, sans compter les astronomes de la ville, si prompts à faire circuler la moindre rumeur. Avant longtemps, Makkathran tout entière serait au courant. La vie redeviendrait peut-être intéressante…

Voilà mon problème principal : tout est beaucoup trop propre et net, ici.

Il se redressa et se cambra pour débloquer ses vertèbres. Sa vision à distance balaya la ville enveloppée dans un manteau crépusculaire. Quelqu'un l'observait, mais pas son espion habituel, dont il connaissait trop bien la signature mentale. Son esprit s'étira jusqu'à Myco et cet immeuble de quatre étages situé au bord du canal de la Queue supérieure ; les fenêtres du quatrième émettaient une douce lumière violette.

— Salut, Edeard, lui dit Ranalee en esprit.

Elle se tenait dans le bureau qui avait appartenu à Buate, puis à Ivarl. Il utilisa les sens de la ville et vit qu'elle était vêtue d'une longue robe de soirée en soie ; de grosses pierres précieuses scintillaient dans ses cheveux et autour de son cou. Deux jeunes femmes s'occupaient d'elle. Elles ressemblaient aux filles cadettes de Grande Famille qu'elle appâtait pour les marier à des héritiers de son réseau. Leurs robes étaient manifestement plus raffinées que celles des courtisanes des étages inférieurs, et leur admiration pour Ranalee malheureusement totale. Il vit également un garçon, un adolescent habillé d'un simple short. Vu la confiance qu'il affichait, il appartenait certainement à l'aristocratie. Ranalee n'avait pas l'habitude de faire monter des jeunes hommes dans son bureau, même si cela lui arrivait de temps à autre.

Edeard lâcha un soupir à la vue de ce trio. Il n'aurait servi à rien de foncer dans la *Maison des pétales bleus* à la tête d'une escouade de gendarmes pour essayer de sauver ces innocents ; il avait déjà commis cette erreur autrefois. Une fois, il avait même préféré revenir en arrière pour s'assurer que rien ne s'était passé.

Il n'y avait qu'une façon de débarrasser Makkathran de Ranalee, mais Edeard ne voulait pas en arriver là. Comme elle le lui avait souvent dit, cela l'aurait mis à son niveau. Alors, il la supportait et faisait son possible pour contrarier ses affaires.

Pour ne rien arranger, elle vieillissait extrêmement bien. Sans doute avait-elle signé un pacte avec l'Honoious, pensa-t-il. Sa peau était ferme et lisse, et sa silhouette impressionnante, surtout après quatre grossesses. Il fallait la voir de près et affronter son regard hypnotique pour avoir une idée de son âge véritable et de la noirceur de son âme. Chose qu'il évitait dans la mesure du possible.

— Bonsoir, répondit-il poliment.

— Intéressant, ton nouveau jouet.

— Comme d'habitude, je suis flatté de l'attention que tu me portes.

— Que veux-tu faire d'un télescope ?

— Guetter le moment où ton monde s'effondrera.

— Voyez-vous ça. Je découvrirai la vraie raison de toute façon.

— Je n'en doute pas. Je ferai une annonce officielle dans les prochains jours.

— Tu piques ma curiosité. C'est pour cela que je t'ai toujours aimé, Edeard. Avec toi, la vie est toujours excitante.

— Qui sont tes nouveaux amis ?

Ranalee sourit et jeta un regard sur le trio de jeunes gens.

— Rejoins-nous et découvre-le par toi-même.

Elle fit un signe aux filles, qui se rapprochèrent du garçon et commencèrent aussitôt à l'embrasser.

— Non, merci.

— Tu refuses toujours de laisser parler ta véritable personnalité. Comme c'est triste.

— L'annonce que je vais faire ne va pas te plaire. Après cela, même les esprits les plus faibles, même ceux qui n'ont aucune volonté se détourneront de toi et de ce que tu leur proposes.

— Je te trouve amer, ce soir. Cette histoire de certificats de propriété pour le bétail te tracasse à ce point ?

Décidément, elle y arrivait chaque fois. Edeard serra les dents et s'efforça de ravaler sa colère.

— Tu n'as pas encore contaminé le marché des animaux ; une chance pour moi.

C'était mesquin, mais…

— Pauvre Edeard. Toujours aussi jaloux. Tu ne pensais pas que j'aurais autant de succès, n'est-ce pas ?

Il ne mordit pas à l'hameçon. Force lui était d'admettre que la réussite de Ranalee l'avait étonné. Elle avait placé son argent avec sagesse, contrairement aux anciens propriétaires de la maison close qui ne pensaient qu'à vivre dans le luxe. Ranalee possédait donc plus de vingt-cinq commerces parfaitement légaux et avait une influence considérable au Conseil des marchands et à la Chambre de commerce de Makkathran. Elle ne dépendait plus du tout d'une famille Gilmorn déclinante. Il n'était évidemment pas dupe et savait qu'elle se servait de son pouvoir de persuasion hors du commun pour devancer ses rivaux dans les moments cruciaux et nouer des alliances financières improbables, mais il ne pouvait rien prouver. Bien sûr, ses enfants avaient tous fait d'excellents mariages, renforçant davantage son influence politique.

— C'est ça Makkathran, répondit-il. Des chances égales pour tout le monde.

Ranalee secoua la tête, comme si elle était lasse de cette discussion.

— Non, Edeard, ce n'est pas ça. D'ailleurs, mets-toi dans la tête une fois pour toutes que nous ne sommes pas tous nés égaux. Tu es arrivé là où tu es grâce à ta force, comme je l'avais prédit. Tout comme moi, d'ailleurs, et c'est bien ce qui te dérange.

— Es-tu en train de me dire que tu as utilisé des méthodes illicites pour t'enrichir ?

— Et toi, as-tu atteint ta position légitimement ? Où est mon père, Edeard ? Où est Owain ? Pourquoi n'y a-t-il jamais eu d'enquête sur leur disparition ?

— Doit-on également enquêter sur leurs activités ?

— L'enquête serait-elle impartiale ?

Elle retira ses barrettes serties de pierres précieuses pour libérer sa longue chevelure.

— Tu ne souhaites pas vraiment qu'il y ait une enquête.

— Non, en effet. Le passé est le passé. On ne peut revenir dessus. Moi, je regarde vers l'avenir. C'est ce que j'ai toujours fait.

Elle considéra les jeunes gens sans aucune passion. Les femmes entreprenantes avaient baissé le short du garçon. Elles gloussaient et le poussaient vers un grand canapé.

Edeard n'eut pas la force de regarder ce garçon ensorcelé, en adoration devant Ranalee. Celle-ci se rapprocha du canapé et posa ses yeux sur lui. *Trop de mauvais souvenirs.*

— Pourquoi fais-tu cela ? demanda-t-il. Tu as accompli tant de choses.

Un sourire victorieux déforma furtivement les lèvres de Ranalee.

— Pas autant que toi.

— Par la Dame !

— Et si tu restais avec nous, ce soir ? Cela te rappellerait le bon vieux temps. Tu rates quelque chose, tu sais ?

— Bonne nuit, dit-il, écœuré.

— Attends, lâcha-t-elle en se détournant du canapé.

— Ranalee…

— J'ai des informations pour toi. Quelque chose qu'elle ne te dira jamais.

— Quoi ?

Son cœur se serra, car il savait exactement de qui elle parlait. Ranalee ne se contentait jamais de se moquer de lui ; elle trouvait toujours de nouvelles façons de le faire souffrir ou de lui causer de l'inquiétude.

— Vintico a passé la journée à répondre à des questions embarrassantes à la gendarmerie de Bellis, commença-t-elle. Je suis étonnée que tu ne sois pas au courant. Apparemment, ils comptent le garder toute la nuit et l'inculper officiellement demain.

— Par la Dame…

Vintico était le fils aîné de Salrana et un des hommes les plus vils à avoir jamais arpenté les rues de Makkathran.

Notamment parce qu'il était aussi le fils de Tucal, le frère de Ranalee. Cette union méprisable avait terminé de le convaincre qu'il n'y aurait jamais de trêve entre Ranalee et lui, qu'ils se feraient la guerre jusqu'à la fin.

— Qu'a-t-il encore fait ? demanda-t-il, désespéré.

— Il a mal choisi ses associés, semble-t-il. Investissements hasardeux, dettes impossibles à rembourser à des commerçants établis… Apparemment, ils ne plaisantent pas avec cela. Surtout maintenant que la ville est si bien administrée et que la loi et l'ordre sont respectés.

— Je ne peux pas intervenir.

— Je comprends, tu as une image à entretenir, mais sa mère aura le cœur brisé s'il est envoyé à Trampello. Et puis, cela risquerait de compromettre son mariage futur, sa dernière chance de trouver le bonheur. Je ne te parle de cela que parce que nous sommes parents.

— Dans ce cas, et si c'est si important pour toi, pourquoi ne leur offres-tu pas ton aide ?

— Si seulement c'était possible. Je n'ai plus un sou de côté. J'ai investi toutes mes économies dans mes diverses sociétés pour assurer l'avenir de mes enfants. (Elle eut un sourire lubrique et se tourna vers le jeune homme.) Tu vas nous regarder ?

Furieux, Edeard détourna sa vision à distance de la *Maison des pétales bleus* ; il eut néanmoins le temps de percevoir l'amusement vicieux de Ranalee.

— Putain de… ! cracha-t-il.

Salrana ! Le seul prénom qu'il ne pouvait plus mentionner dans la ziggourat des Culverit. Cela faisait des décennies que Kristabel ne voulait plus entendre parler d'elle. Salrana, qu'il avait essayé d'aider à plusieurs reprises au fil des ans. Il l'avait observée, avait attendu patiemment, croyant que son ancienne personnalité reprendrait le dessus, que les dégâts provoqués par Ranalee se répareraient tout seuls. Ce jour n'arriverait jamais, malheureusement. Ranalee avait fait preuve d'une grande habileté, dès le début, et avait profité de la résistance trop timide de Celui-qui-marche-sur-l'eau pour introduire dans l'esprit de Salrana de nouvelles et fausses émotions qui, avec le temps, étaient devenues siennes. Salrana le haïssait.

Il s'était battu pendant des années avant d'admettre sa défaite. Et puis Ranalee était passée à autre chose, à des entreprises plus profitables. Les cinq enfants que Salrana avait eus d'hommes choisis par la Gilmorn s'étaient révélés ordinaires, dépourvus de capacités psychiques notables. Alors, Ranalee lui avait donné le coup de grâce en l'abandonnant à son sort. Salrana s'était donc fiancée à Garnfal, un maître de la Guilde des charpentiers de soixante ans son aîné. Edeard était à peu près certain que Ranalee n'avait joué aucun rôle dans cette union ; les sentiments unissant Salrana et son futur mari semblaient sincères. Ranalee n'avait pas tort ; Salrana avait pris sa vie en main, et c'était peut-être sa dernière chance d'être heureuse.

Je ne peux pas intervenir.

Mais Salrana était sa faille. Et elle le resterait. Il se sentirait responsable d'elle jusqu'à sa mort.

Pendant un instant, il eut l'idée de revenir quinze jours en arrière, de mettre Vintico en garde contre la bêtise qu'il s'apprêtait à commettre. Sauf que cela signifierait deux semaines supplémentaires de campagne électorale, de réceptions auxquelles il était déjà allé, et revivre la débâcle des certificats de propriété.

Edeard lâcha un grognement. *Impossible.* Il dirigea son esprit vers une petite maison du quartier d'Ilongo.

— Felax, j'ai un travail pour toi.

Edeard perçut les pensées de Kristabel, qui ne se trouvait pourtant qu'au sixième étage. Il sourit, car elle était encore de mauvaise humeur. Cela l'amusait d'autant plus que son propre moral était en berne. Il avait cependant de bonnes raisons d'avoir confiance. Felax était intelligent et discret, et le problème de Vintico serait réglé avant l'aube. Quant à Kristabel, il était hors de question qu'elle sache que sa rogne l'amusait. À vrai dire, seule sa prévisibilité était amusante. Leurs enfants semblaient au courant aussi, puisqu'ils étaient tous de sortie, ce soir-là, à des fêtes ou chez des amis. Même Rolar et sa femme n'étaient pas là. *Comme je vous comprends*, les pardonna-t-il.

— Qu'est-ce que tu fais dehors ? fulmina son épouse en esprit.

— J'observe les étoiles, répondit-il doucement.

Il se retourna vers la grande baie vitrée du bureau et la vit dans l'encadrement de la porte. Avec sa troisième main, elle tenait l'ourlet en fourrure de sa robe cérémonielle noir et violet – celle qu'elle portait lorsqu'elle siégeait au Grand Conseil –, tandis que sa capuche pendait dans son dos. Elle avait les poings sur les hanches.

Edeard se rappelait la première fois qu'il l'avait vue prendre cette pose, le jour où Bise avait refusé de signer leur autorisation de mariage dans les bureaux du Conseil supérieur. Ce jour-là, les maîtres des quartiers s'étaient éclipsés en silence et s'étaient enfuis loin du palais du Verger. Même Bise avait retenu son souffle.

— Tu crois que c'est le moment, si près des élections ! aboya-t-elle en traversant le bureau. Et pourquoi fait-il si sombre, ici ?

— La lumière pollue.

— Pardon ?

— Le télescope a besoin d'obscurité pour fonctionner normalement. Un rapport avec les contractions de l'œil… Il ne faut donc pas polluer la nuit avec de la lumière artificielle.

— Par l'Honoious, Edeard ! J'ai de gros problèmes et toi des obligations ! Tu n'as pas le droit de perdre ton temps avec ces idioties.

— Que se passe-t-il ?

— Ce qui se passe ?

Elle sortit dans le jardin. Ses cheveux étaient plus courts, ces temps-ci. Chaque matin, ses bonnes perdaient un temps fou à tenter de les dompter. Ce soir-là, les boucles élégantes avec lesquelles elle avait commencé la journée étaient en désordre, comme ébouriffées par l'intensité de sa colère.

— Maître Ronius de Tosella, ce rat, a déposé cinq amendements au projet de loi sur le commerce. Cela fait cinq mois que je travaille dessus. Tu te rends compte ? Cinq mois ! La réduction des taxes douanières est vitale pour la province de Kepsil. A-t-il perdu la tête ?

— Il faut dire que ce projet de loi déplaît à pas mal de marchands.

— Ils ne perdront rien dans cette affaire, je ne suis pas stupide !

— Je n'ai jamais dit le contraire.

— Ne me parle pas comme à une enfant !

— Je…

Edeard s'efforça de se calmer. *Tu sais qu'elle est toujours comme ça après une réunion du Conseil supérieur. Entre autres…*

— Il faut que je te montre quelque chose, reprit-il, soudain tout excité. Viens.

Il la guida jusqu'au télescope. Il faisait vraiment très sombre. Tel un magnifique joyau, Makkathran s'étirait à leurs pieds, scintillait jusqu'à la mer de Lyot à l'est, où les bâtiments orangés brillaient, superbes, contre le ciel sans nuages. Le réseau de canaux dessinait des lignes noires immuables dans le paysage illuminé. Au pied de la ziggourat, des gondoles éclairées par des lampes à huile naviguaient joyeusement sur le Grand Canal majeur. Des bribes de chansons traversaient l'atmosphère agréable et parvenaient à ses oreilles. La ville lui offrait un spectacle dont il ne se lasserait jamais.

Kristabel se pencha sur le télescope en repoussant son bonnet avec sa troisième main.

— Quoi ?

— Dis-moi ce que tu vois.

— Alakkad. Mais elle est excentrée ; l'alignement de ton télescope n'est pas bon.

Chaque seconde phrase est une critique, ces temps-ci.

— Non, il est parfaitement aligné, insista Edeard, stoïque.

Il laissa filtrer un peu de son excitation à travers son bouclier mental. Kristabel soupira, exaspérée, et se concentra sur ce qu'elle voyait.

— Il y a… Je ne sais pas, on dirait une petite nébuleuse.

— Ce n'est pas une nébuleuse.

Elle se redressa.

— Edeard !

— Il y a une heure de cela, c'était à plusieurs degrés de là. Cela se déplace. Et, non, ce n'est pas une comète.

La colère de Kristabel s'évanouit. Elle le regarda d'un air ahuri, avant de recoller son œil contre la lunette.

— Un navire ? Vient-il de l'extérieur du Vide comme celui de Rah et de la Dame ?

— Non. (Il la prit dans ses bras et, un sourire aux lèvres, contempla son visage étonné.) C'est un Seigneur du Ciel.

* * *

Trahaval faisait campagne pour lui et les représentants qui le soutenaient. Tous les deux jours, il organisait une réception, visitait un à un tous les quartiers de la ville. La salle de la Mer était le seul lieu de Bellis assez grand pour accueillir une telle manifestation. Avec ses murs concaves et azurés, son plafond constitué de vagues en forme de cônes imbriqués les uns dans les autres et les étonnantes fontaines qui ornaient ses dix entrées surplombées d'une arche, elle évoquait effectivement la mer. Ce soir-là, on avait retiré ses rangées de sièges pour faire de la place au buffet et à l'orchestre qui jouait au centre. Les invités avaient été choisis avec soin, et les canapés préparés avec amour par les cuisiniers. Les citoyens de Bellis qui voulaient faire la connaissance de Trahaval et de ses supporters les plus fidèles étaient très divers. Il y avait des familles de modestes marchands soucieuses d'augmenter leur influence politique, des présidents d'associations d'habitants, des représentants des Guildes, des anciens des Grandes Familles et un panel de « travailleurs ordinaires ». Tous les candidats procédaient de cette manière à toutes les élections. Trahaval et les membres du Conseil supérieur se mêlaient aux gens simples, discutaient avec autant de monde que possible, le but étant de donner l'image d'une personne accessible, ancrée dans la réalité, possédant le sens de l'humour et au courant des ragots qui circulaient au sujet des rivaux ou de tel fils ou fille de Grande Famille.

Edeard ignorait à combien de soirées de ce genre il avait assisté au cours des quatre décennies passées. Beaucoup trop, sans doute.

— Allez, dit doucement Kristabel comme ils passaient sous la fontaine bouillonnante qui entourait la porte. Tu peux y arriver.

— Oui, mais est-ce que j'en ai envie ? murmura-t-il.

Les invités virent que Celui-qui-marche-sur-l'eau et la maîtresse de Haxpen étaient arrivés. Des sourires pleins d'espoir s'allumèrent un peu partout. Edeard prit un air content – « comme je suis heureux d'être ici » – et surjoua en esprit son enthousiasme. Il aida Kristabel à se débarrasser de sa cape rouge et topaze, puis déboutonna sa fameuse cape en cuir noir et tendit les deux vêtements à un valet.

Je me demande si les voleurs du vestiaire de l'Opéra sont ici ce soir. Ils auraient de quoi se remplir les poches.

— Regarde, Macsen et Kanseen sont là, dit-il joyeusement.

— Je ne te laisserai pas aller les voir tant que tu n'auras pas parlé à au moins quinze autres couples. Quand Macsen et toi vous y mettez, on ne peut plus vous arrêter.

— Oui, ma chère.

Il sourit, car il trouva sa remarque moins sèche que d'habitude. Depuis qu'il lui avait montré le Seigneur du Ciel,

Kristabel semblait de meilleure humeur. *Et puis, elle a raison : Macsen et moi sommes de vieux bavards.*

Une troisième main le pinça.

— Et ça suffit avec l'autoflagellation.

— Oui, bien sûr, ma chère.

Ils échangèrent un sourire et se séparèrent. Ils étaient plus efficaces lorsqu'ils travaillaient la foule chacun de leur côté, avaient-ils découvert.

Un importateur de spiritueux vint à sa rencontre. L'homme et sa très jeune femme commerçaient avec les vignerons de la province de Golspith, qui produisaient d'excellentes nouvelles variétés. Pour illustrer son propos, sa troisième main saisit un verre de vin sur le plateau d'un domestique et l'offrit à Edeard ; le négociant était fier de fournir toutes les boissons servies pour la soirée du maire. Edeard goûta le breuvage et déclara qu'il était excellent.

— Vous savez, ces taxes sont excessives. Si vous pouviez en toucher un mot à votre sublime femme…

Edeard lui promit de ne pas l'oublier.

Les gens croyaient vraiment que c'était lui qui portait la culotte. C'était amusant.

S'approcha alors le représentant des marchands de rue. L'homme lui assura que tous les membres de son association voteraient pour lui à l'élection du patron de la gendarmerie. Il est vrai qu'Edeard avait toujours pris soin d'entretenir de bonnes relations avec cette corporation.

Puis il y eut un maître du chantier naval et une conseillère locale.

— Votre épouse m'a beaucoup inspirée. Je me suis présentée aux élections, et aujourd'hui, je siège au Conseil.

Trois fils de Grandes Familles du quartier vinrent lui parler de leur projet de s'engager dans la milice. Puis se succédèrent un commerçant et un négociant en porcelaine nommé Zanlan ; cinquième fils d'un troisième fils, il était particulièrement fier de sa réussite et de son indépendance, et importait des marchandises intéressantes de nombreuses provinces.

— Je suis membre de la Communauté de l'Abricot, annonça-t-il à Edeard.

— Oui, j'en ai entendu parler, répondit celui-ci, diplomate.

— Notre association est très récente. Mes amis et moi sommes de la même génération, et nous refusons de vivre au crochet de nos familles. Les choses changent sur Querencia. Nous voulons prendre les choses en main et profiter de toutes les occasions.

— C'est le genre de discours que j'aime entendre, dit Edeard, impressionné.

— Évidemment, aucune des Guildes et associations établies ne veut nous reconnaître. J'imagine qu'elles nous craignent. Et comme le palais du Verger ne tient pas compte de nous, beaucoup de contrats nous passent sous le nez.

— Je vais me pencher sur la question, faites-moi confiance.

— Tout ce que nous demandons, c'est que la concurrence soit respectée.

Puis Edeard s'entretint avec un forgeron et une apprentie de la Guilde des modeleurs impressionnée et un peu ivre.

Il en était à son cinquième verre de cet excellent vin et à sa troisième assiette de pâtisseries épicées lorsqu'il aperçut Jiska. Il se précipita vers elle.

— Tu es une invitée comme les autres, tu as le droit de me parler, commença-t-il.

— Oh, pauvre papa, maman a encore été méchante avec toi ?

— Pas plus que d'habitude.

— C'est terrible.

Elle lui sourit d'un air complice. Jiska était la deuxième de leurs sept enfants ; elle avait la beauté fine de sa mère et les cheveux noirs de son père. Elle portait une simple robe bleu ciel, serrée au niveau des jambes, alors que la mode était aux jupes amples. Au grand bonheur de son père, Jiska n'avait jamais été attirée par les excès de la société de Makkathran.

— Où est Natran ? demanda-t-il.

— Il s'excuse, mais il y a eu un souci avec le navire. Les nouvelles voiles ne conviennent pas ; les cordages ne sont pas aux bonnes dimensions, ou quelque chose comme ça.

— Décidément, on ne s'en sort pas. Il flotte au moins, ce bateau ?

— Papa !

— Désolé.

En réalité, il appréciait Natran. Né dans une famille de marchands, il avait servi quelques années dans la flotte familiale avant d'acheter son propre navire. Il était déterminé à avoir sa propre flotte et à bâtir sa fortune personnelle.

— Il se débrouille très bien, tu sais. Ses agents ont signé des contrats pour transporter plusieurs cargaisons très rentables.

— Je n'en doute pas. C'est un jeune homme intelligent et ambitieux.

— Merci.

— Euh… tu as déjà entendu parler de la Communauté de l'Abricot ?

— Bien sûr. Natran en fait partie, de même que de nombreux jeunes hommes au profil similaire. Ils ont pour but de peser sur l'échiquier politique. Pourquoi, cela pose un problème ?

— Non, c'est une bonne idée. J'aime que les fils de bonne famille se prennent en main et tentent de se débrouiller tout seuls.

— Les marchands plus vieux devraient prendre aux sérieux les doléances de la Communauté. On ne peut pas dire que les règles de la concurrence soient respectées.

— Pourquoi ne m'en as-tu pas parlé avant ?

— Qu'aurais-je dû te raconter ? Que mon fiancé et ses amis passent leurs soirées à se plaindre des méthodes employées par leurs rivaux plus puissants, de ne pas être écoutés, d'être méprisés par tout le monde ? Je peux t'en parler pendant des heures, si tu le souhaites.

— Cela ira pour l'instant. Je suis sûr qu'ils trouveront un moyen de se faire entendre du Conseil ; les autres groupes de pression y arrivent bien, alors pourquoi pas eux ?

— Papa, tu es vraiment cynique.

— Alors, quand est-ce que tu l'emmènes à la mer pour passer une semaine et un jour avec toi ?

Jiska écarquilla les yeux, effarée.

— Quoi ? Je croyais que tu voulais débarrasser Makkathran de ses traditions inutiles et, dans ce cas précis, j'ajouterai même humiliantes…

— Euh…

— Tu sais que j'avais huit ans quand j'ai découvert que la chanson *L'Homme ignorant* parlait de toi ? Quel jour horrible. Même mes camarades de classe les plus proches… Non, je préfère oublier.

— Oui, je n'ai jamais pardonné à Dybal de l'avoir écrite.

— C'est terrible.

Je la trouve plutôt drôle, en fait.

— C'est du passé, ma chérie. Ne t'en fais pas. Toutefois, ma question était sérieuse. Tu aurais pu tomber beaucoup plus mal.

— Je sais, mais c'est difficile pour lui. C'est seulement sa deuxième année en tant que capitaine, et puis, nous ne sommes pas pressés.

— Cela fait tout de même cinq ans que vous sortez ensemble, remarqua-t-il, raisonnable. Tu dois savoir si c'est le bon, non ?

— Je suis sûre que maman et toi avez eu le coup de foudre, mais moi, j'ai besoin de connaître un peu mieux mon partenaire.

— Je te ferais remarquer que j'ai fait la cour à ta mère pendant des semaines, protesta-t-il. Si vous faisiez preuve d'un peu plus d'ardeur, j'aurais l'espoir de voir tous mes enfants enfin casés.

— Je n'ai même pas quarante ans.

— Et tu es toujours aussi jolie.

Elle fit la moue.

— Vieux charmeur, va. Pas étonnant que tu aies embobiné maman.

— Je veux que tu saches que je ne m'opposerai pas à votre union.

— J'avais compris. D'ailleurs, j'avais déjà compris il y a quatre ans et onze mois de cela. Pour le moment, je préfère laisser l'initiative à mon grand frère. Tu sais quoi ?

Elle se pencha vers lui, le regard brillant.

— Quoi ?

— Je crois que Wenalee est encore enceinte.

Il lui lança un regard pénétrant.

— J'espère que tu n'as pas utilisé ta vision à distance…

— Bien sûr que non ! Jamais je n'aurais fait une chose pareille. Tu me fais de la peine, papa.

— D'accord, d'accord…

La vision à distance de Jiska était encore plus puissante que la sienne. *Je devrais peut-être lui demander de m'aider à débusquer celui qui m'espionne.* Toutefois, l'annonce de la possible grossesse de Wenalee l'avait distrait. Un troisième petit-enfant. Ce serait une excellente nouvelle. Il adorait voir Garant et Honalee – que tout le monde appelait « Perle de miel » – courir partout au dixième étage. Son aîné, Rolar, n'avait pas perdu de temps et avait très vite fondé une famille.

— Oh ! Oh ! Les jumelles, murmura Jiska.

Edeard jeta un regard sur la salle et repéra Marilee et Analee, qui se faufilaient entre les convives et se dirigeaient tout droit vers lui. Ses cinquième et sixième enfants étaient de vraies jumelles qui, dès le début, s'étaient amusées à jouer de leur ressemblance, portant les mêmes vêtements et arborant la même coiffure. Ce soir-là, elles étaient vêtues de robes en satin identiques mais de couleurs différentes ; celle de Marilee était bordeaux et celle d'Analee jaune or. Edeard leur sourit avec indulgence. Que pouvait-il faire d'autre ? Après tout, il était leur père. Elles avaient vingt-cinq ans et étaient les vedettes incontestées de la haute société de Makkathran. Aussi grandes que lui, minces comme leur mère, elles cachaient leur espièglerie de petites filles derrière des traits fins et délicieux et une chevelure de geai directement héritée de la famille de sa mère. Grâce à leur beauté et à leur statut, elles avaient l'habitude d'obtenir tout ce qu'elles désiraient : vêtements, animaux, fêtes, garçons…

— Papa ! s'exclamèrent-elles simultanément en l'embrassant sur les joues.

— On a été très gentilles, ce soir.

— On a parlé à beaucoup de gens.

— Et on les a convaincus de voter pour toi.

— On leur a rappelé tout ce que tu avais fait pour la ville.

— Même si c'était il y a très longtemps.

— C'est une dette colossale qu'ils ne peuvent pas oublier.

— Alors ils en parleront à leurs amis.

— Et à leurs familles. Histoire qu'elles fassent le bon choix le jour du scrutin.

— Oui, qu'elles cochent la bonne case.

— Sinon, ils auront affaire à nous.

Il avait l'impression d'entendre deux oiseaux piailler dans ses oreilles.

— Merci beaucoup, dit-il.

— Maintenant qu'on a fait notre travail…

— … tu pourrais nous libérer.

— Surtout qu'il y a une fête au manoir des Frandol.

— Et qu'on a trouvé un volontaire pour nous accompagner.

Elles gloussèrent toutes les deux et lui lancèrent un regard suppliant.

— Euh…

— Utrallis.

— Il est très séduisant.

— Et grand.

— Il sert dans le régiment de Pholas et Zelda.

— Et il est riche.

— Il va hériter de son père.

— C'est un véritable gentilhomme, un homme d'honneur.

— Heureux de servir sa ville.

— D'accord, acquiesça Edeard en levant les mains. Allez, vous pouvez partir. Amusez-vous bien.

— Tu peux nous faire confiance.

De nouveaux gloussements agressèrent les oreilles d'Edeard comme ses filles tournaient les talons. Elles levèrent toutes les deux une main gantée et firent impérieusement signe à quelqu'un d'approcher. Dans la foule, Edeard vit un jeune homme en uniforme de milicien. Les boutons en cuivre de sa veste bleu et rouge étaient parfaitement polis. Utrallis, en dépit de ses épaules bien droites et de sa mâchoire carrée, ne semblait pas plus âgé que les jumelles. Edeard examina son nez avec circonspection et se demanda s'il était apparenté aux Gilmorn. L'image désagréable de Ranalee et du jeune garçon hypnotisé dans son bureau lui revint en mémoire… Leurs regards se croisèrent. Le jeune homme s'empourpra et prit un air paniqué et coupable qui lui fit de la peine. Puis les jumelles l'entraînèrent loin de lui.

Jiska secoua la tête et soupira.

— Il est le mignon. Le pauvre. Comment se fait-il qu'elles soient si enthousiastes lorsqu'elles se rendent à une soirée et que, le matin venu, elles hantent la ziggourat avec des têtes de morts, comme si elles venaient de s'évader de l'Honoious même ?

— Elles ne sont pas si mauvaises, les défendit-il mollement.

— Papa, quand il s'agit d'elles, tu es vraiment aveugle.

Il eut un sourire coquin.

— Comme j'ai été trop sévère avec toi, je me rattrape.

Jiska leva son verre.

— Bon, ne t'en fais pas, je vais parler à Natran. J'imagine que cinq ans, c'est assez.

— Je ne te mets pas la pression. En plus, dans deux mois, Marakas convolera…

Elle eut un sourire chaleureux et surpris.

— Je n'arrive pas à croire qu'il va l'épouser. Enfin… Heliana est gentille et plutôt bien faite, mais à part cela ? Les hommes sont-ils si creux ?

— Eh bien, oui.

— Pauvre Taralee.

— Taralee s'en sortira très bien. Un grand destin l'attend. Un jour, elle deviendra la Grande Maîtresse de la Guilde des médecins.

Il était tellement fier de sa cadette âgée d'à peine vingt-deux ans et déjà membre de la Guilde des médecins. Elle avait renoncé au genre de vie que menaient les jumelles pour se consacrer entièrement à son art.

— Voyons voir, commença Jiska. Tu seras bientôt à la tête des gendarmes de la ville. Maintenant que Dylorn a rejoint la milice, il faudrait juste qu'une des jumelles ou moi-même devenions novices, puis prenions la place de la Pythie pour que tu sois effectivement le roi de la ville.

Elle essaya de s'imaginer les jumelles dans des tenues de novice, mais n'y parvint pas.

— Ce n'est pas la première fois qu'on m'accuse de ce genre de chose.

— Vraiment ? Pourquoi ?

Il considéra longuement sa fille : intelligente, élégante, courtisée par tous les célibataires importants de la ville, complètement insouciante, elle avait l'avenir devant elle. Ce dont il était le plus fier, c'était d'avoir rendu ce monde plus sûr, d'avoir légué à ses enfants un futur plein de promesses. Toutefois, Jiska ne voyait pas tout cela. Les batailles menées avant sa naissance n'avaient aucune signification pour elle et les gens de sa génération. D'une certaine façon, il regrettait d'être devenu un notable, car il n'avait plus rien à prouver ; personne ne mettait plus en cause son autorité.

— C'est une vieille histoire. Macsen te la racontera un jour.

— Par la Dame, je sais que c'est ton meilleur ami, mais je n'en peux vraiment plus de ses histoires sur le bon vieux temps.

— Le *très* bon vieux temps.

— Si tu le dis, papa.

Peut-être était-ce dû au scepticisme de Jiska ou à l'apparition d'un Seigneur du Ciel, mais Edeard regarda arriver Macsen avec un œil particulièrement critique. Son ami portait une robe voyante et ample, dont l'étoffe passepoilée de fourrure flottait autour de lui. Sa coupe était généreuse, peut-être conçue pour détourner l'attention des proportions, également généreuses, du ventre que cultivait Macsen depuis deux décennies. Son beau visage était lui aussi considérablement plus rond. Sa barbe à la mode commençait à grisonner.

— Edeard !

Macsen ouvrit grand les bras et le serra comme s'ils ne s'étaient pas vus depuis des années. Edeard fit preuve d'une plus grande retenue ; après tout, ils se voyaient au moins deux fois par semaine, et ce, depuis quarante ans.

— Par la Dame, ce vin est infect, se plaignit-il en examinant son verre à la lumière du soleil couchant qui pénétrait par des fenêtres en forme de croissant.

— Arrête de te plaindre, il nous est gracieusement offert par un de mes potentiels soutiens.

— Brave homme. Je compte boire quelques bouteilles de cet excellent breuvage pour le remercier.

Même notre façon de parler a changé avec le temps. Aujourd'hui, on croirait entendre de vieux aristocrates.

— Ne te donne pas cette peine. En vérité, je me moque d'être élu ou non. Il faut voir la vérité en face : nous avons fait notre temps.

Macsen le considéra avec étonnement. Du coin de l'œil, Edeard vit Kanseen froncer les sourcils. Comme d'habitude, cependant, son bouclier mental dissimulait parfaitement ses sentiments.

— Parle pour toi, vieux campagnard ! lâcha Macsen d'un ton qui se voulait jovial. De toute façon, d'après ce que j'ai entendu dire, tu es largement en tête des sondages. Makkathran a besoin que tu joues un rôle de premier plan.

Edeard faillit demander pourquoi ; au lieu de quoi, il dit :

— Sans doute.

Macsen le prit par l'épaule et l'entraîna à l'écart en dispensant quelques sourires hypocrites aux groupes avec lesquels il s'était entretenu.

— Tu voudrais qu'on revienne au bon vieux temps ? Après tout ce que tu as accompli ?

— Non, répondit Edeard avec lassitude.

— Tant mieux, parce que je n'ai pas envie qu'on se mette à conchier notre travail uniquement à cause de ton andropause.

— Il ne s'agit pas de ça… (*Finalement, il n'a pas tant changé que cela.*) Bon, j'admets que je suis un peu amer, en ce moment. Il y a trois jours, je suis allé voir le maire pour lui demander de rendre obligatoire les certificats de propriété pour les plus petits animaux.

— J'en ai entendu parler. Il a refusé ? Tu dirigeras la gendarmerie dans trois semaines. Tu seras en position de faire pression sur le Grand Conseil, de les faire changer d'avis.

— Mais je ne le ferai pas, rétorqua-t-il. Trahaval avait raison et tu le sais. Franchement, on ne va quand même pas demander un certificat aux propriétaires de porcs et de moutons ! Mon idée était idiote. Tu penses qu'on n'a pas assez de paperasse à traiter ? Tu n'as pas oublié la liste des Cent ? On a travaillé dessus pendant des jours et des jours ! Formulaires, rapports, reçus… On n'a pas vu la lumière du jour pendant des semaines ! À cause de ces certificats, les clercs crouleraient sous le travail. Sous *notre* travail ! Empêcher les voleurs de sévir devrait être le boulot des gendarmes. Qu'avais-je donc dans la tête ?

— C'est bien ce que je pensais : l'andropause…

— J'étais suffisant, je laissais les choses couler ; j'ai été stupide, mais c'est terminé maintenant.

— Par la Dame, que comptes-tu faire ? Partir à la tête de deux régiments ? Prendre les meilleurs hommes de la ville et entraîner avec toi les milices provinciales dans une chasse aux voleurs de moutons ? Tu veux en arriver là ?

— Ce n'est pas le problème. Tu ne comprends pas. Ces dernières années, nous nous sommes laissé porter, nous n'avions plus d'objectif. Il ne s'agissait pas uniquement de gagner, de battre Owain et Buate ; il y avait l'après. Cet après, nous le vivons en ce moment, et il compte beaucoup pour moi. Énormément, même.

— D'accord, acquiesça Macsen dans un long soupir. Je déposerai un baiser d'adieu sur la joue de la maîtresse de Sampalok et je t'accompagnerai. Mais avoue tout de même que nous sommes un peu vieux et gros pour ce genre d'aventure. Nous pourrions rester assis dans notre QG de campagne pendant que ton Dylorn, mon Castio et les autres jeunes feraient tout le travail.

Automatiquement, le regard d'Edeard se posa sur le ventre de son ami. *Nous ne sommes pas tous aussi vieux et gras que toi.* Il était assez fier de son autodiscipline et d'avoir continué à courir pendant toutes ces années. Il était toujours capable de gravir les dix étages de la ziggourat sans être essoufflé. Makkathran avait même ses clubs de coureurs, à présent. Chaque automne, ils partaient de la porte de la ville, traversaient Iguru jusqu'à la ferme de Kessal avant de faire demi-tour. C'était désormais un événement important qui réunissait toujours plus de participants.

— Non, reprit Edeard, ce ne serait pas la bonne façon de procéder. Nous devons changer les habitudes de nos officiers et des shérifs ; il faut partir à la pêche aux informations, peut-être même créer des groupes de gendarmes spécialement formés pour cela.

— De nouveaux comités ?

— Non, un groupe d'officiers expérimentés et un peu plus malins que la moyenne qui passeraient davantage de temps à enquêter, à étudier les affaires pour mettre en évidence des profils et des modes opératoires. Comme nous le faisions. J'ai longtemps espionné Ivarl pour découvrir ce qu'il tramait, tu te souviens ?

— Je me souviens surtout de ce qui t'est arrivé quand ils t'ont repéré.

— Je dis juste que nous avons besoin de devenir plus malins, de nous adapter. La vie a changé. Il serait tout de même idiot que nous soyons les seuls à ne pas nous en apercevoir.

Macsen prit Edeard par l'épaule et sourit de toutes ses dents.

— Tu sais quel est ton plus grand problème ?

— Non, répondit Edeard, qui voyait cependant où son ami voulait en venir.

— Tu es assoiffé de gloire et de renommée.

Pour la troisième nuit consécutive, Edeard était éveillé sur son lit du dixième étage de la ziggourat des Culverit. Il aurait pourtant dû dormir comme un bébé ; la chambre était parfaite, puisqu'il avait passé des années à la modifier, augmentant la taille des fenêtres qui donnaient sur le jardin, optant pour des sources circulaires de lumière rosée et chaude, réduisant la hauteur du plafond, produisant des alcôves pour lesquelles Kristabel avait commandé des meubles faits sur mesure, colorant les murs en gris-bleu pour aller avec le tapis spécialement tissé pour la pièce. Il était même parvenu à adapter la fermeté de leur matelas spongieux à leurs besoins. Kristabel avait tenté de le persuader de couvrir leurs meubles de dentelles, mais il était parvenu, après d'âpres négociations, à la persuader de se contenter de quelques discrètes fioritures.

Les rideaux couleur feuille morte étaient sobres, quoique passepoilés de jade et ornés de pompons. Il n'aimait pas ces pompons, mais ils n'étaient tout de même pas responsables de son insomnie.

Kristabel s'agita à côté de lui et tira à elle les draps de soie. Il retint son souffle jusqu'à ce qu'elle dorme de nouveau profondément. Fut un temps, pas si éloigné, où il en aurait profité pour se coller contre elle, et ils se seraient embrassés et cajolés. Ils auraient ri, gémi, avant de jeter les couvertures par terre et de se donner du plaisir, d'atteindre l'extase comme ils savaient si bien le faire.

Il la regarda dans la lumière grise qui filtrait autour des rideaux et se demanda quand tout cela avait cessé. Enfin, cessé n'était pas le terme correct, puisqu'ils continuaient à faire l'amour plusieurs fois par mois. *Au lieu de plusieurs fois par nuit.* Kristabel était toujours magnifique ; plus mûre, évidemment, ce qui lui plaisait, avec une chevelure un peu affinée et quelques rides autour des yeux. Physiquement, elle était toujours désirable. Elle avait pleuré et hurlé sa colère après chacune de ses grossesses, pestant contre ses prises de poids, affirmant qu'elle ne récupérerait jamais sa ligne ; cependant, elle n'avait jamais mis très longtemps à redevenir mince, grâce à une discipline de fer, à un régime sévère et à de longues séances de gymnastique à côté desquelles ses propres promenades matinales étaient ridicules.

Mais elle ne mettait plus la nuisette en dentelle qu'il aimait tant ; ils ne prenaient plus leur douche ensemble ; ils ne se taquinaient plus, ne riaient plus comme avant. Rien n'était plus comme avant. Ils étaient devenus plus dignes, se répétait-il. Dignes comme des adultes responsables. De fait, ils avaient toujours plus de responsabilités, ce qui les épuisait littéralement. Ce n'était pourtant pas une fatalité, puisqu'il leur aurait suffi de déléguer un peu.

Nous avons changé. Ce n'est la faute de personne. Il faut vivre avec. Son esprit traître faillit ramper jusqu'à la *Maison des pétales bleus.* Ranalee devait être en train de corrompre le jeune garçon qu'il avait vu quelques jours plus tôt, de le débaucher au-delà de tout salut. Sa vie sexuelle à elle n'avait pas changé, semblait-il.

Non! Rejeter la faute sur le sexe n'était pas juste. Leurs attitudes respectives s'étaient durcies au fil des années. Edeard s'était toujours battu en faveur d'une démocratisation de la société de Makkathran, réduisant lentement mais sûrement le pouvoir du Conseil supérieur et renforçant l'autorité des représentants élus. La transition ne serait toutefois pas rapide, et il ne vivrait pas assez longtemps pour voir la société qu'il avait rêvée ; il était néanmoins heureux de constater que le processus était en marche. Les changements qui avaient affecté la ville et le tissage de liens forts avec les provinces semblaient responsables du retard pris par ses plans. Et puis, Kristabel ne l'avait pas autant aidé que prévu. Lorsqu'elle était devenue maîtresse de Haxpen et qu'elle avait commencé à siéger au Conseil supérieur, elle s'était occupée de problèmes différents et plus immédiats. En tant que partisane de Finitan, elle avait soutenu ses projets de lois et sa politique budgétaire. Promouvoir la démocratie à Makkathran ne figurait malheureusement pas à l'ordre du jour.

Il n'aurait pas dû mêler vie privée et politique, mais il avait du mal à ne pas lui reprocher d'appartenir à la caste monolithique des Grandes Familles. Évidemment, elle lui en voulait pour cela.

Edeard se haïssait de nourrir ces doutes à propos de Kristabel et lui. Des doutes et des questions encore plus nombreux depuis l'apparition du Seigneur du Ciel. Là se trouvaient les véritables raisons de son insomnie. Depuis que le plafond de la salle Liliala s'était éclairci pour lui, il n'avait eu de cesse d'essayer de communiquer avec le Seigneur du Ciel. En vain.

Il était frustré, irritable et découragé. Pis, son entourage s'en rendait bien compte, ce qui l'énervait davantage, d'autant qu'il ne pouvait pas leur révéler les raisons de son état.

Il lâcha un soupir de frustration et roula doucement hors du lit sans réveiller Kristabel. Sa troisième main attrapa les vêtements, qui flottèrent derrière lui tandis qu'il sortait dans le couloir en marchant sur la pointe des pieds. Une fois habillé, il s'enveloppa dans sa cape noire et se dirigea vers l'escalier central. Quand il l'eut atteint, il sauta par-dessus la rampe du dixième étage. Il n'avait rien fait d'aussi stupide et excitant depuis des années.

Il demanda à Makkathran de le rattraper, de contrôler sa chute. Quand il atteignit le sol, ses bottes produisirent un léger bruit mat. Il parcourut les cloîtres déserts du rez-de-chaussée et se dirigea vers la plate-forme d'amarrage privée des Culverit. Minuit était passé depuis longtemps, et il y avait très peu de trafic sur le Grand Canal majeur. Il attendit une minute qu'une gondole s'engage dans le Bassin supérieur et que sa lanterne disparaisse derrière le mur circulaire, puis il stabilisa la surface de l'eau avec sa troisième main. Encore une chose qu'il n'avait pas faite depuis des années…

Edeard traversa le canal au pas de course. À mi-chemin, l'esprit de quelqu'un qui l'observait à distance l'effleura. C'était tellement *inévitable* qu'il s'y était préparé.

— Un jour, je vous trouverai, envoya-t-il le long d'un fil invisible qui s'étirait jusqu'à Cobara. Vous le savez, n'est-ce pas ?

L'espion se retira si vite que la liaison donna l'impression de s'être brisée. Edeard sourit intérieurement, atteignit une plate-forme en bois et s'engagea dans le quartier d'Eyrie.

Devant lui, les tours courbées dominaient le paysage. Leur quart inférieur était couvert de panneaux fripés desquels jaillissaient de minces rais de lumière orangée qui éclairaient les rues désertées qui serpentaient plus bas. Leur sommet, en revanche, était d'un noir uniforme qui se découpait, net, sur le ciel dominé par les nébuleuses.

Son instinct l'avait poussé à venir ici. Les Écritures racontaient comment les vieux et les malades se massaient au sommet des tours à la venue d'un Seigneur du Ciel dans l'espoir qu'il guide leur âme vers le Cœur. Il atteignit la tour située tout près de la grande église de la Dame ; dans un passé lointain, des conspirateurs œuvrant pour les Grandes Familles l'avaient jeté dans le vide de son sommet. C'était une des tours les plus hautes du quartier, soit l'endroit idéal pour se rapprocher du Seigneur du Ciel. Il repoussa ses mauvais souvenirs, gravit l'escalier central en colimaçon et se tint bientôt sur la grande plate-forme circulaire qui couronnait le bâtiment. Huit pics vrillés s'élevaient du périmètre du toit et culminaient dix ou douze mètres au-dessus de la plate-forme.

La nostalgie qui l'assaillait n'avait rien de bon. C'était là que Medath l'avait attendu après l'avoir appâté ; là que les autres conspirateurs avaient eu raison de lui… Il grimaça en repérant l'endroit d'où il avait basculé dans le vide. Quarante années s'étaient écoulées depuis, et il n'aurait pas dû réagir de cette façon, et pourtant, le souvenir troublant était encore vivace. Tant et si bien qu'il scruta les alentours avec sa vision à distance pour s'assurer qu'il était bien seul.

Ne sois pas stupide, se gronda-t-il. Il s'assit en tailleur sur le sol, pencha la tête en arrière et s'abîma dans la contemplation du ciel. Le Bracelet de Gicon était visible dans l'hémisphère ouest, au-dessus des pics du toit ; ses planètes brillaient avec intensité tout près du nuage bleu-vert de la nébuleuse de Ku. Il savait exactement dans quelle direction regarder, mais le Seigneur du Ciel n'était pas encore visible à l'œil nu. Alors Edeard l'appela. Il concentra toute l'énergie de son esprit et lui envoya un message de bienvenue, qu'il vit même s'étirer dans l'espace.

Et le Seigneur du Ciel lui répondit.

La Guilde des modeleurs disposait, à Tosella, de maisons spécialement aménagées pour accueillir ceux de leurs distingués anciens qui ne travaillaient plus. Finitan s'était retiré dans l'une d'elles. C'était un bâtiment cubique dont le troisième étage était enveloppé de plantes grimpantes vertes et magenta. Il n'y avait pas de gardes à l'extérieur, juste un gé-chien allongé près de l'entrée qui considéra Edeard en bâillant. À l'époque de son arrivée en ville, tous les grands immeubles étaient gardés. Les Grandes Familles et les Guildes employaient autant de gardes que la ville possédait de gendarmes. Les sentinelles humaines étaient de moins en moins nombreuses et l'usage des génistars de nouveau généralisé.

Edeard passa la porte en bois et se retrouva dans la cour centrale ornée d'un bassin, d'une fontaine guillerette et de gurk grimpant en fleurs qui s'accrochait aux balcons. Plusieurs gé-chimpanzés entretenaient les parterres de fleurs, tandis qu'un de leurs congénères balayait les dalles grises et blanches. Il emprunta le large escalier et monta au troisième.

Une jeune novice à la robe blanc et bleu immaculée attendait sur le palier. Elle s'inclina légèrement.

— Celui-qui-marche-sur-l'eau.

— Comment va-t-il ?

— Mieux, aujourd'hui. La douleur semble supportable, ce matin ; il est lucide.

— Il prend bien ses potions ?

Elle eut un sourire triste.

— Quand il le veut, ou quand la douleur est trop vive.

— Puis-je le voir ?

— Bien sûr.

La chambre de Finitan avait de hautes et étroites fenêtres qui s'élevaient du sol au plafond. Ce dernier ainsi que les murs étaient blancs, tandis que le sol était d'un brun rouge poli constellé de minuscules feuilles émeraude comme fossilisées dans la substance même de la ville. Le mobilier se limitait à un bureau et à quelques fauteuils profonds. Le grand lit dépassait à moitié d'une alcôve semi-circulaire. Finitan y était assis, adossé à une pile d'oreillers.

— Je vous attends ici, annonça la novice en refermant la lourde porte sculptée.

Edeard s'avança jusqu'au lit pendant que sa troisième main soulevait un des fauteuils. Il s'assit et examina son vieil ami. Finitan avait beaucoup maigri ; la maladie semblait le consumer de l'intérieur. Il y avait encore quelques mois de cela, il paraissait toujours en forme, mais ce n'était plus le cas. Des veines bleues saillaient sous sa peau pâle, et ce qui lui restait de cheveux était tout gris.

En esprit, Edeard scruta son corps et repéra les tumeurs malignes autour de ses poumons et de son thorax.

— Vous êtes bien curieux, siffla Finitan.

— Excusez-moi. Je voulais juste…

— Voir si la maladie reculait, si je guérissais ?

— Quelque chose comme cela, oui.

Finitan eut un sourire faible.

— Aucune chance. La Dame m'appelle. Pour être honnête, je suis étonné de me réveiller chaque matin.

— Ne dites pas cela.

— Pour l'amour de la Dame, Edeard, je suis mourant et vous devez l'accepter. Moi, je me suis fait à cette idée depuis longtemps. Vous n'allez tout de même pas vous mettre à parler comme un politicien et raconter que je serai bientôt capable de gambader partout ? Vous n'allez pas essayer de me remonter le moral ?

— Non.

— Louée soit la Dame. Les maudites novices, elles, ne peuvent pas s'en empêcher. Elles croient m'aider, alors qu'elles me minent le moral. Vous imaginez ? Je suis entouré d'un troupeau de jeunes femmes de vingt ans, et tout ce que je veux, c'est qu'elles la bouclent et me laissent tranquille. Vous parlez d'une fin pour un homme comme moi !

— C'est une fin digne.

— Je conchie la dignité. Je sais comment j'aimerais finir ma vie. Ce serait quelque chose ! Tout le monde serait scandalisé.

Edeard sourit alors qu'il avait envie de pleurer.

— Ce serait quelque chose, en effet. Peut-être les médecins connaissent-ils la recette d'une potion capable de vous donner un ultime coup de fouet.

— Voilà qui est mieux ! Je vous remercie d'être venu. D'autant que vous êtes en pleine campagne électorale. À ce propos, où en êtes-vous ?

— Trahaval sera sans doute réélu. Pour ce qui me concerne, c'est difficile à dire. Mon équipe de campagne me dit que ce sera serré. Yrance pourrait très bien être reconduit.

Il ravala sa colère.

Finitan sourit de toutes ses dents et appuya sa tête sur les oreillers.

— Et cela vous ennuie, n'est-ce pas ? Voilà ce qui est extraordinaire chez vous : après tout ce temps, vous ne savez toujours pas dissimuler vos émotions. C'est la seule aptitude psychique qui vous fait défaut. Je vois à quel point cela vous contrarie. Malgré tout ce qu'il a fait pour cette ville, Celui-qui-marche-sur-l'eau doit se battre pour convaincre les électeurs.

— Je ne m'attendais effectivement pas à cela.

— Ha ! Vous êtes en colère parce que les gens ont oublié. Quatre décennies seulement se sont écoulées depuis le bannissement, et on vous a déjà relégué dans les livres d'histoire. Voilà ce que vous représentez pour toute une génération : un après-midi cloîtré dans une salle de classe alors qu'il y aurait tant de choses amusantes à faire dehors.

— Merci beaucoup.

— Il est toujours bon de remettre les politiciens à leur place.

— Je ne suis pas un po…

Finitan gloussa, puis fut pris d'une quinte de toux. Inquiet, Edeard se pencha sur lui.

— Vous vous sentez bien ?

— Non, je meurs.

— Il y a une différence entre affronter son destin et être morbide.

Finitan lui fit signe de se taire. Un verre d'eau flotta dans les airs et s'immobilisa devant ses lèvres. Il en but un peu.

— Mes pouvoirs psychiques sont intacts ; c'est merveilleux et ironique, vous ne trouvez pas ?

— Votre cerveau n'est pas affecté.

— Je déteste cette potion qu'ils me forcent à avaler pour combattre la douleur. Elle est infecte, et après, je passe la journée à somnoler. Je ne veux pas passer la journée à somnoler, Edeard.

— Je sais.

— À quoi bon s'accrocher ? Mon âme sera bientôt libre. À quoi bon rester clouer au lit sans pouvoir rien faire ? Que la Dame me pardonne, mais je déteste cette existence. Je voudrais que tout s'arrête.

Edeard s'empourpra. Finitan ne manquerait pas de le remarquer et scruterait son esprit avec son talent habituel.

— Ah ! lâcha le vieil homme, satisfait, avant de fermer les yeux. Quelle est la véritable raison de votre venue ?

— Un Seigneur du Ciel est à l'approche.

— Par la Dame ! (Finitan se retourna soudain. Il réveilla ainsi des douleurs qui lui arrachèrent une grimace.) Comment le savez-vous ?

— La ville me l'a montré. La nuit dernière, je lui ai parlé. (Il eut un sourire plein de chaleur et serra dans la sienne la main froide de Finitan.) Il vient pour voir si nous avons atteint la plénitude. Il vient pour guider nos âmes vers le Cœur.

— La plénitude ? (Des larmes coulaient sur les joues de Finitan). Ai-je atteint la plénitude ? Maudite soit son arrogance ! Qui est-il pour nous juger ?

— Finitan, mon ami, vous avez atteint la plénitude. Voyez l'existence que vous avez vécue, les choses que vous avez accomplies. Je vous le demande, je vous en conjure : montez au sommet d'une des tours de Eyrie. Acceptez qu'il vous guide jusqu'à la mer d'Odin. Montrez à Makkathran et au monde que nous avons changé en bien. Aidez les gens à ressentir de nouveau cet espoir ultime. Prouvez-leur que votre chemin était le bon.

— Le Seigneur du Ciel ne guidera jamais mon âme ailleurs que vers l'Honoious.

— Ne dites pas n'importe quoi. Ayez confiance en moi une dernière fois. Vous êtes capable de lire mes émotions, mais moi, je vois votre âme, et elle est glorieuse.

— Edeard…

— Si vous partez, si votre âme est digne d'être guidée, les Seigneurs du Ciel reviendront sur Querencia. Alors, nos existences seront pleines. Tout ce que vous et moi avons réalisé ensemble, tout ce que nous avons donné, toutes les souffrances endurées pour arracher la ville à la corruption et à la décadence n'aura pas été vain.

Pendant un long moment, Finitan ne dit rien. Puis il lâcha un soupir.

— De toute façon, je vais mourir, alors pourquoi pas ?

— Merci.

Edeard se pencha sur le lit et embrassa le vieillard sur le front.

Depuis qu'il avait pris sa décision, celui-ci semblait de meilleure humeur. Il fit une moue piteuse.

— Avec cela, vous allez gagner les élections, c'est sûr. Alors, quel effet cela vous fait de devenir chef des gendarmes ?

— Comment pouvez-vous dire cela ? Seriez-vous capable de voir dans l'avenir ? Auriez-vous ce talent caché ?

— Vous allez redevenir Celui-qui-marche-sur-l'eau. Vous serez celui grâce à qui un Seigneur du Ciel est revenu sur Querencia. Alors, devant la foule, vous me soulèverez jusqu'au sommet d'une tour afin que mon âme soit guidée vers le

Cœur. Vous, Edeard. Vous seul. Qui refusera de voter pour un tel sauveur ?

Edeard annonça l'arrivée du Seigneur du Ciel cet après-midi-là, tandis qu'il déclamait un discours de campagne devant les apprentis de la Guilde des modeleurs, à Ysidro. Un silence lourd s'installa, comme si l'assistance n'avait pas compris sa phrase. Alors, gonfla un sentiment général de surprise et d'incrédulité. On appela en esprit ses amis et parents. Des dizaines de mains furent levées et les questions fusèrent.

— C'est très simple, expliqua Celui-qui-marche-sur-l'eau. Les Seigneurs du Ciel reviennent sur Querencia. Le premier sera là dans un peu plus d'une semaine. Il guidera Finitan à travers la mer d'Odin jusqu'au Cœur.

— Comment le savez-vous ? aboyèrent simultanément plusieurs apprentis.

— Je communique avec lui depuis plusieurs nuits.

— Pourquoi guiderait-il l'âme de Finitan ?

— Parce que, plus que nous tous, il a atteint la plénitude. La manière dont il a mené sa vie est un exemple que nous devons suivre. Quand le Seigneur du Ciel l'aura vue, il saura que les hommes méritent de nouveau d'être guidés.

Les seules véritables monnaies de Makkathran étaient la rumeur et le cancan ; ceux-ci enflaient en période d'élections lorsque les candidats cherchaient à se diffamer mutuellement. La nouvelle de l'arrivée imminente du Seigneur du Ciel se propagea donc dans toute la ville à la vitesse des rayons du soleil. En moins d'une heure, tout le monde était au courant de l'annonce extraordinaire de Celui-qui-marche-sur-l'eau.

L'Association des astronomes promit de repérer tout Seigneur du Ciel qui approcherait de Querencia ; les spécialistes ne perdirent pas de temps et commencèrent aussitôt à confronter les résultats de leurs observations. Trahaval évita soigneusement de commenter ou d'émettre la moindre critique. Yrance, le chef sortant de la gendarmerie, accusa Edeard de vouloir tromper les électeurs et demanda à ses assistants de tourner son rival en ridicule devant la population. C'était une preuve de l'impuissance de Celui-qui-marche-sur-l'eau, un coup, un mensonge. Edeard ? Un vieillard sénile, un mythomane, un affabulateur. La ville avait besoin de quelqu'un de stable, de pragmatique, d'efficace. Comme Yrance.

Sous la direction de Dinlay, une contre-campagne fut lancée dans tous les quartiers de la ville. Le Seigneur du Ciel existait bel et bien. La Dame avait prophétisé sa venue. Finitan serait guidé jusqu'au Cœur, car il avait atteint la plénitude, comme nous l'avait demandé la Dame. Qui d'autre que Celui-qui-marche-sur-l'eau pourrait assurer notre salut ? Nous avions besoin d'Edeard. Lui seul serait capable de nous monter le chemin de ce futur rêvé.

— J'espère pour toi que tu ne t'es pas trompé, dit Dinlay à Edeard tandis qu'ils arrivaient à la maison de retraite de la Guilde des modeleurs, cinq jours plus tard.

— Essaie de croire un peu en moi, se défendit Edeard d'un ton faussement blessé.

Dinlay avait toujours été le plus loyal de ses amis. Il était aussi celui qui avait le moins changé, pensait-il. Depuis huit ans, il était le capitaine de la gendarmerie de Lillylight. Le riche quartier avait accueilli avec joie cette promotion. Les habitants étaient heureux de mettre leur sécurité entre les mains d'un des membres originels de l'équipe de Celui-qui-marche-sur-l'eau. Pour cette population plus que pour les autres, l'influence et le statut comptaient énormément.

Évidemment, comme Edeard s'y était attendu, Dinlay avait rempli ses fonctions à merveille. Les événements formels ne manquaient pas, à Lillylight. La gendarmerie était parfaitement organisée. Dinlay s'impliquait activement dans le recrutement et la formation de jeunes gendarmes polis et efficaces. Si bien que les tribunaux obtenaient d'excellents résultats. Les rues du quartier étaient sûres de jour comme de nuit. Et le capitaine venait d'annoncer ses fiançailles avec une résidente du quartier. Encore une fois.

Edeard le précéda jusqu'à la chambre de Finitan. Le médecin en chef de la maison attendait devant la porte, flanqué de deux novices.

— Je ne suis pas sûr que ce soit dans l'intérêt de mon patient, commença-t-elle d'une voix ferme.

— La décision lui appartient, il me semble, rétorqua Edeard. Surtout dans un moment comme celui-ci.

— Cette traversée pourrait avoir raison de lui. Voulez-vous avoir sa mort sur la conscience, Celui-qui-marche-sur-l'eau ?

— Je promets de faire attention à lui. Il arrivera à la tour sans encombre.

— Et après ? Admettons que le Seigneur du Ciel apparaisse ; Finitan est toujours en vie.

— Celui-qui-marche-sur-l'eau a annoncé la venue d'un Seigneur du Ciel, intervint Dinlay. Vous voudriez priver votre patient d'une chance d'être guidé vers le Cœur ?

— Moi, je lui offre des certitudes, se défendit la femme, non pas des illusions fondées sur des mythes.

— Il ne s'agit pas d'un vulgaire coup monté pour glaner quelques voix, s'emporta Dinlay. Ce ne sont pas des promesses de politicien. Le Seigneur du Ciel guidera l'âme du Grand Maître Finitan jusqu'au Cœur.

Il a vraiment foi en moi, se rendit compte Edeard, impressionné par cette relation de confiance vieille de quarante ans. Il ne savait pas trop comment gérer le médecin ; elle faisait son travail et elle voulait ce qu'il y avait de mieux pour son patient.

— Docteur, appela Finitan en esprit. Laissez entrer mon ami, s'il vous plaît.

La femme fit un pas de côté et afficha son mécontentement. Vêtu de sa robe de Grand Maître de la Guilde des modeleurs, Finitan était assis sur son lit.

— Vous êtes magnifique, dit Edeard.

— Malheureusement l'intérieur n'est pas aussi beau. (Il toussa et arbora un sourire courageux.) Finissons-en, vous voulez bien ?

— Bien sûr.

Edeard enroula avec précaution sa troisième main autour de Finitan et se prépara à le soulever.

— Maître…, intervint la doctoresse.

— Tout ira bien. Ma décision est prise. Je vous remercie, vous et vos novices, d'avoir rendu ma fin supportable, mais votre mission s'achève aujourd'hui. J'espère que vous respecterez mon choix, ajouta-t-il avec une pointe de sa vieille autorité.

La femme s'inclina, mal à l'aise.

— Je vous accompagnerai jusqu'à la tour personnellement.

— Merci.

Edeard souleva doucement Finitan et le manœuvra à travers la porte. Le petit groupe descendit l'escalier jusqu'à la cour.

Une foule relativement importante s'était rassemblée dehors. Les gens étaient pressés et curieux. Ils se bousculaient le long de la ruelle étroite et balayaient de leur esprit le Grand Maître mourant. Finitan leva un bras faible et leur fit signe.

— Où est le Seigneur du Ciel ? cria quelqu'un.

— Montre-le-nous, Celui-qui-marche-sur-l'eau. Où est-il ?

— Il n'y a que des nuages dans le ciel.

— Les amis d'Yrance, lâcha Dinlay avec dégoût. N'ont-ils aucun sens de la décence ?

— Ce sont des élections, lui fit remarquer un Finitan amusé.

— Elles n'auront bientôt plus aucune importance, dit Edeard.

Une gondole les attendait sur le canal Caché. Edeard posa Finitan sur le grand banc central, et le médecin lui rendit l'endroit plus confortable avec des couvertures et des coussins. Le vieillard sourit d'un air satisfait tandis que le gondolier poussait sur sa perche. Le canal était flanqué de folfals dont les longues branches surplombaient l'eau. C'était le printemps, l'atmosphère était douce et les arbres à l'écorce indigo constellés de bourgeons orange clair, offraient un spectacle magnifique.

La foule était dense des deux côtés. Quelques enfants couraient sur les quais, zigzaguaient entre les arbres et les habitants de Makkathran pour rester à hauteur de la gondole. Plusieurs gé-aigles planaient nonchalamment dans le ciel.

La gondole descendit le canal Caché, puis s'engagea dans le canal du Marché jusqu'à l'église de la Dame. Des centaines de curieux s'étaient rassemblés autour de la plate-forme d'amarrage ; ils attendaient soit un miracle, soit un échec cuisant.

Au sommet de l'escalier en bois, la Pythie était accompagnée d'un comité d'accueil semi-officiel composé de six Mères. Elle n'occupait cette fonction que depuis trois ans et n'avait pas la vivacité de la titulaire précédente. Par ailleurs, elle participait peu aux événements organisés par la ville ; en revanche, sa dévotion à la Dame était manifeste. Elle faisait profiter à tout le monde de sa connaissance des Écritures avec un zèle qui mettait toujours Edeard mal à l'aise.

— Celui-qui-marche-sur-l'eau, commença-t-elle avec courtoisie.

Son joli visage, tout comme son esprit, était impassible. Edeard gravit les marches en portant Finitan avec sa troisième main.

— Des signes de sa présence ? s'enquit le mourant.

Kanseen, qui se tenait juste derrière la Pythie, lui prit la main et la serra doucement.

— Pas encore, répondit-elle.

— Ce ne sera pas long, promit Edeard.

Il ne put néanmoins s'empêcher de jeter un coup d'œil nerveux à la mer de Lyot, à l'est. Il avait parlé au Seigneur du Ciel le matin précédent, avant que la rotation de la planète les empêche de communiquer. Plusieurs astronomes affirmaient l'avoir vu. L'équipe de campagne d'Yrance s'était empressée de les traiter d'imposteurs, de les accuser de vouloir faire gagner des voix à Edeard.

Kristabel lui lança un sourire encourageant, mais ne réussit pas à dissimuler son inquiétude. Macsen roula des yeux et fit l'étalage d'une confiance sans bornes dont il espérait qu'elle déteindrait sur son ami.

Le groupe marcha jusqu'à la tour la plus proche. Kanseen tint la main de Finitan sur tout le trajet. La bâtisse était gris terne, et sa surface fripée et striée de fissures rouge foncé. À sa base, deux ouvertures obliques conduisaient à une salle centrale aux allures de grotte. Un épais pilier rose dressé au milieu de la pièce contenait l'escalier en colimaçon qui leur permettrait d'atteindre la plate-forme située loin au-dessus de leurs têtes.

En dépit des murs épais, Edeard sentait la présence autour d'eux des esprits toujours plus nombreux des habitants curieux de la ville.

— Nous montons tous les deux, annonça Edeard à Finitan.

Il n'était pas certain de ce qu'il adviendrait lorsque le Seigneur du Ciel arriverait et réclamerait l'âme du mourant. Les Écritures évoquaient un feu froid qui enveloppait le corps de ceux qui avaient été choisis et dont l'âme devait être guidée, expérience qui n'était sûrement pas conseillée aux vivants.

Tout le monde se tourna vers Kristabel, qui se contenta de hausser les épaules.

— Si c'est ainsi que les choses doivent se dérouler…, lâcha-t-elle à contrecœur.

— Puisse la Dame vous accueillir, Finitan, dit la Pythie.

Les autres Mères joignirent leurs mains et prièrent.

Edeard manœuvra le mourant vers l'accès étroit de l'escalier. Macsen l'attrapa par le coude.

— Ne traîne pas trop, murmura le maître de Sampalok. La dernière fois que tu es monté sur une de ces tours seul, cela ne s'est pas très bien passé.

Edeard lui sourit et entreprit de gravir les marches.

— Vous vous êtes déjà demandé ce qu'il y avait là-bas ? demanda Finitan.

Penché à presque quarante-cinq degrés, il flottait devant Edeard et au-dessus des marches pas tout à fait symétriques.

— Dans le Cœur ?

— Oui.

— Je ne sais pas. J'imagine qu'il ne faut pas s'attendre à une nouvelle existence physique, à un nouveau départ, avec une maison au bord de la mer, du vin et des serviteurs.

On peut avoir tout cela ici.

— Je me faisais la même réflexion. Alors, à votre avis, comment est-ce ?

— Vous le verrez avant moi.

Finitan rit.

— Je vous reconnais bien là : toujours pragmatique.

Ils avaient parcouru environ un tiers du chemin. Edeard grimaça et se concentra pour ne pas faire tomber le vieux Grand Maître. L'endroit était exigu, et lui un peu claustrophobe.

— Je n'ai jamais été très fort en philosophie, poursuivit Finitan. Je suis plutôt un organisateur.

— Vous êtes un visionnaire. C'est grâce à vous que nous en sommes là aujourd'hui.

— C'est très aimable, mais que voulez-vous que le Cœur fasse d'un visionnaire ?

— Par la Dame, je vous trouve bien morose pour quelqu'un qui s'apprête à embarquer pour son ultime voyage.

— Et si cela ne fonctionnait pas ? Edeard, j'ai peur.

— Je sais. Écoutez, même si le Cœur n'est pas fait pour vous, dites-vous que vous trouverez les réponses à bon nombre de vos questions. Pensez à ceux que vous rencontrerez là-bas. À commencer par Rah et la Dame. Ceux qui ont bâti Makkathran, qui qu'ils soient. Le capitaine du vaisseau qui a conduit nos ancêtres jusqu'à Querencia. Lui vous expliquera peut-être la raison de leur voyage dans le Vide. Peut-être même croiserez-vous les Premiers ; imaginez tout ce qu'ils ont à vous apprendre. Il est possible que vous appreniez la raison d'être du Vide.

— Une idée me trotte dans la tête… Et s'il y avait un malentendu, si le Cœur était juste une porte de sortie.

— De sortie ?

— Oui, une porte qui s'ouvrirait sur l'univers extérieur. Ceux qui atteignent la plénitude, ceux qui le méritent obtiennent peut-être le droit de rentrer à la maison…

— Je ne pense pas qu'il soit nécessaire de vivre une vie exemplaire pour avoir le droit de vivre dehors, dit Edeard d'une voix neutre.

— Vous avez sûrement raison.

Il eut un frisson, comme s'il avait froid.

Edeard remarqua que le front de son vieil ami était couvert de sueur.

— Avez-vous pris votre analgésique avant notre départ ?

— Bien sûr que non, grommela-t-il. Vous vouliez peut-être que je dorme pendant l'arrivée de mon Seigneur du Ciel ?

Edeard se tut.

— Et gardez pour vous ce sourire narquois.

— Oui, maître.

Ils émergèrent enfin sur la plate-forme. Comme d'habitude, un vent violent sifflait sur le sol légèrement concave. Sept pics géants s'élevaient dans les airs, se brisaient à mi-hauteur et se rencontraient presque au-dessus de l'entrée de la cage d'escalier.

Edeard posa délicatement Finitan par terre et s'accroupit à côté de lui.

— Comment vous sentez-vous ?

— Pas trop mal, pour un mourant. En fait, je suis soulagé. Rares sont ceux qui connaissent aussi précisément le moment de leur mort. Cette certitude fait du bien. Je n'ai plus à me soucier de quoi que ce soit.

Du bout des doigts, Edeard décolla quelques mèches de cheveux blancs du front du mourant. La peau de Finitan était anormalement froide, ce qui lui donna une idée de l'état de détérioration de son corps.

Le nombre de gens qui les observaient à distance, maintenant qu'ils étaient à découvert, était réellement impressionnant. Edeard sentait que la ville tout entière s'était figée pour fixer son attention sur lui et la tour. Tout le monde attendait avec impatience. Même les agitateurs envoyés par Yrance s'étaient tus, à présent que le grand moment était proche.

Edeard sentit également la présence de l'esprit inquisiteur de son espion autour de lui et même dans la structure de la tour. Il venait de Cobara, comme d'habitude.

— Pas la peine de vous cacher, aujourd'hui, lui envoya-t-il.

L'esprit se retira aussitôt.

— Qui était-ce ? demanda Finitan.

— Je ne sais pas, mais j'ai l'impression que je vais le découvrir bientôt. Vous connaissez Makkathran : les fauteurs de troubles ne manquent pas.

— C'était différent, cette fois. Celui-là avait une aptitude équivalente à la vôtre.

— Je dirais même supérieure.

— C'est arrivé souvent ?

— Des esprits de la stature du mien émergent depuis quelque temps, mais cela n'a aucune importance aujourd'hui.

— Edeard...

— Non, l'interrompit Edeard en lui serrant la main. Aujourd'hui, il n'y a que vous et le Seigneur du Ciel. Vous allez prouver une fois pour toutes que vous avez suivi la bonne voie.

Après cela, nos autres problèmes deviendront insignifiants. Voilà ce que j'attends de vous.

Finitan laissa retomber sa tête sur sa capuche moelleuse.

— Entêté jusqu'à la fin, enfin, jusqu'à la mienne. Vous savez, le jour où vous êtes arrivé dans mon bureau, j'ai craint que vous acceptiez de devenir apprenti de la Tour bleue et de le rester pendant sept ans. Ç'aurait été un gâchis terrible, une grande perte pour le monde.

— J'ai toujours pensé que vous aviez exagéré le mauvais côté de la chose.

— C'était un de mes crimes mineurs. La Dame va sûrement vouloir en discuter longuement avec moi, ainsi que de toutes mes autres fautes, si j'ai la chance de la croiser un jour.

— Je ne doute pas une seconde que vous allez la voir. Ce sera une rencontre mémorable.

— Ha ! Je ne crois pas qu'elle… (La voix de Finitan se tarit. Il était stupéfait.) Sainte Dame ! Edeard ?

Edeard se tourna vers la mer de Lyot. Juste au-dessus de l'horizon, une étrange tache de lumière grossissait tout en montant dans le ciel.

— Il arrive, annonça-t-il simplement, heureux.

Finitan lui serra fort la main.

— Merci, Edeard. Merci pour tout.

— Je vous dois tant.

La surprise se répandit dans la foule comme une traînée de poudre, tandis que ceux qui possédaient une vision à distance plus puissante que les autres assistaient au spectacle et diffusaient ce qu'ils voyaient dans toute la ville. Les citoyens étaient ébahis et ravis.

— Je vous dois aussi beaucoup. Le moment est venu pour vous de me laisser. Je vais bientôt entamer mon dernier voyage et obtenir des réponses à mes questions. À très bientôt, Edeard.

— Oui.

Edeard se leva et regarda successivement l'épais pilier qui contenait l'escalier et le bord de la plate-forme.

— Ne vous gênez pas, gloussa Finitan. Faites votre numéro, Celui-qui-marche-sur-l'eau… L'occasion est parfaite. Battez ce malotru d'Yrance, et ne vous arrêtez pas là. N'oubliez jamais que vous êtes le plus grand. À la fin, je vous attendrai. Nous nous retrouverons dans le Cœur, et ce sera un grand moment. Notre joie sera perceptible jusqu'ici.

— Au revoir.

Edeard sourit. Il avait tant de choses à lui dire, mais, comme chaque fois, le temps lui manquait. Il tourna les talons, traversa la plate-forme en courant et sauta dans le vide avec un cri de jubilation.

Tout en bas, les gens levèrent la tête et retinrent leur souffle, horrifiés. Riant de défi, Edeard écarta les bras et piqua vers le sol en faisant voleter sa cape noire derrière lui.

Son espion à l'esprit si puissant suivit aussi sa chute. Alors qu'il était à une trentaine de mètres de la chaussée, le sol de la Makkathran freina son vol dément et le déposa doucement sur le trottoir, au pied de la tour. Un murmure admiratif gonfla dans la foule. Quelques personnes applaudirent. Puis beaucoup d'autres.

Il vit le sourire en coin de Macsen. Dinlay fronçait les sourcils et le regardait d'un air désapprobateur. Le visage de Kristabel, en revanche, était un masque de colère pure. Il s'excusa d'un haussement d'épaules, mais c'était loin d'être suffisant. Elle lui faisait toujours les gros yeux lorsqu'il s'approcha d'elle et passa un bras autour de ses épaules.

— Papa ! le gronda Marilee.

— C'était génial !

— Nous voulons apprendre à faire ça !

Il cligna de l'œil à l'intention des jumelles et déclara solennellement :

— Le Seigneur du Ciel arrive.

La foule était excitée et regardait vers l'est en bavardant. Au début, il n'y eut rien à voir, car les tours d'Eyrie bloquaient la vue directement au-dessus de la mer. Jusqu'à ce que les habitants étonnés de Myco et Neph transmettent ce qu'ils voyaient au reste de la ville.

Le Seigneur du Ciel s'était élevé au-dessus de l'horizon et volait au-dessus de la mer légèrement agitée. Edeard ne se rendit pas tout de suite compte de sa taille. Vu depuis le quartier portuaire de la ville, il ressemblait à une lune blanche et brillante qui s'élevait au-dessus de l'eau, puis grossissait lentement en redescendant. Sa surface était difficile à distinguer ; elle scintillait comme celle d'un bassin sous le soleil de midi et refusait de se laisser observer trop longtemps. Alors, il comprit que la chose ne perdait pas de l'altitude, mais qu'elle se rapprochait, tout simplement. Son dessous arrondi planait à plus d'un kilomètre de la surface de l'eau. Il mesurait donc plusieurs kilomètres de large, ce qui semblait impossible. Et pourtant, il était bien là. Son ombre couvrit une vaste portion de mer d'un linceul noir. Les minces voiles blanches des navires qu'il éclipsait virèrent au gris et se gonflèrent dans les turbulences générées par la chose.

Enfin, le cercle colossal commença à avaler la ligne des toits de la ville. Comme tous ceux qui assistaient à ce spectacle, Edeard était abasourdi et en adoration. Sa taille était pour le moins intimidante, écrasante. Et terrifiante. Il était gros comme la moitié de la ville. Et il volait !

— Sainte Dame, murmura-t-il tandis que Kristabel et les jumelles s'accrochaient à lui.

Il les serra dans ses bras, mais ne fut pas d'un grand réconfort. Il eut envie de crier à l'esprit de la ville de leur venir en aide. Une part primitive de son cerveau le poussait même à fuir ou à se prosterner devant une telle *majesté*. Au lieu de quoi, il partit d'un rire hystérique. Dire que, moins d'une minute plus tôt, Finitan et lui avaient osé douter de l'existence du Seigneur du Ciel et du Cœur.

Autour de lui, les gens se jetaient à terre, hurlaient de terreur et se prenaient la tête dans les bras. Edeard se tourna vers la Pythie et vit des larmes de joie ruisseler sur ses joues, tandis qu'elle écartait les bras en signe de bienvenue. Son esprit brillait d'une lumière éclatante comme elle projetait ses pensées vers le ciel.

Des rais de lumière aveuglants balayèrent les toits et les rues de Makkathran. À présent qu'il le voyait de près, le Seigneur du Ciel semblait constitué d'une substance cristalline, d'un million de plaques pliées selon des motifs géométriques alambiqués qui, étrangement, ne se croisaient jamais comme ils l'auraient dû. La lumière du soleil s'éparpillait dans le cœur de la chose, se tordait et changeait de direction de manière erratique. Il ne parvenait pas à déterminer si c'était la lumière qui fluctuait ou si les panneaux cristallins étaient en mouvement. La structure du Seigneur du Ciel défiait la logique, comme la créature elle-même défiait la gravité.

Tandis que le Seigneur du Ciel glissait au-dessus de Makkathran, son ombre recouvrit Eyrie ; toutefois, les ténèbres n'étaient que relatives à cause des éclairs de lumière prismatique qui parcouraient sa surface ondulante. Ces derniers étaient accompagnés de coups de tonnerre qui se fondaient en un grondement incessant. Un vent violent s'engouffra dans les rues, secoua les arbres, gonfla les vêtements et agita tout ce qui n'était pas fermement arrimé au sol. Un nuage de pétales arrachés aux arbres et aux plantes grimpantes se répandit dans l'atmosphère sombre et scintillante.

Alors, les pensées du Seigneur du Ciel devinrent apparentes. L'intérêt hautain qu'il ressentait pour l'espèce humaine inonda toute la ville. Calme et compassion : le reflet de sa taille et de sa magnanimité. Même ceux qui le craignaient le plus se sentirent apaisés. Sa bienveillance était évidente et d'une honnêteté absolue. Il était curieux et espérait que les habitants de Makkathran avaient atteint la plénitude afin de pouvoir les guider vers le Cœur.

— Regardez ! cria Marilee pour se faire entendre.

Edeard se tourna dans la direction qu'elle indiquait. La moindre fissure de la tour s'était embrasée, comme si un feu violent brûlait à l'intérieur et se propageait vers le sommet. Puis il vit que les pics brisés du toit brillaient d'un éclat blanc violet de plus en plus lumineux.

— Edeard ! l'appela énergiquement Finitan en esprit. Oh ! Edeard, le Seigneur du Ciel m'entend. Il m'entend ! Il va m'emmener. Il va me guider jusqu'au Cœur. Moi !

Le sommet de la tour disparut dans une explosion de lumière. Des flammes et des rayons couleur glace jaillirent vers le Seigneur du Ciel. En esprit, Edeard vit le corps de Finitan être réduit en cendres et se disperser dans le vent. Son âme, en revanche, ne bougea pas. Edeard n'avait pas besoin d'utiliser son talent particulier pour la voir ; la silhouette spectrale était visible pour tout le monde.

Le vieux maître de la Guilde des modeleurs rit, empli de joie, et leva ses bras éthérés pour saluer la ville et les gens qu'il aimait. Alors, il s'éleva dans les flammes et se laissa envelopper par le chaos dansant, par les éclairs qui fulguraient dans tous les sens.

— Je vous remercie, dit Edeard au Seigneur du Ciel.

— Vous avez retrouvé le chemin de la plénitude, répondit la créature. J'en suis ravi. Cela fait tellement longtemps que j'attends ce moment.

— Nous attendrons votre retour.

Edeard sourit à la créature stupéfiante et iridescente qui flottait nonchalamment au-dessus de la ville.

Il n'était pas le seul à s'adresser au Seigneur du Ciel.

— Emmenez-moi ! le supplièrent en esprit des centaines et des centaines de vieux et de malades.

— Emmenez-moi.

— Je veux voir le Cœur.

— J'ai atteint la plénitude.

— J'ai vécu une vie exemplaire.

— Emmenez-moi.

— Nous reviendrons pour vous guider, promit la créature. Tenez-vous prêts.

Le Seigneur du Ciel dépassa la ville, traversa la plaine d'Iguru et s'éleva à la verticale au-dessus du massif de Donsori. Edeard rassembla sa famille autour de lui pour le regarder partir. Il accélérait à mesure qu'il prenait de l'altitude, lui sembla-t-il. Bientôt, il devint difficile à suivre, rapetissant à vue d'œil.

— Oh ! Papa ! s'exclamèrent les jumelles en le serrant fort.

Edeard les embrassa toutes les deux. Il ne se rappelait pas avoir jamais été aussi soulagé et excité.

— Nous sommes sauvés, dit-il. Nos âmes seront accueillies dans le Cœur.

J'ai réussi. J'ai vraiment réussi.

Très haut au-dessus de la ville, la créature fonçait vers les nébuleuses. Elle ressemblait désormais à une étoile dans le ciel bleu de Makkathran. Enfin, elle disparut.

Edeard lui fit au revoir de la main.

— Le monde partagera notre joie lorsque nous nous reverrons, Finitan, murmura-t-il.

Il laissa échapper un long soupir et regarda autour de lui. Beaucoup de gens continuaient à contempler le ciel azuré, pensifs et satisfaits. Un long moment s'écoulerait avant que Makkathran reprenne une vie normale.

— Tu avais raison, dit Macsen. Celui-qui-marche-sur-l'eau…

— Pourquoi as-tu sauté ? lui demanda Kristabel en lui lançant un regard sévère. C'était très dangereux.

— Yrance ne saura pas quoi faire, maintenant, intervint Dinlay avec une pointe de satisfaction cruelle. Il faut en profiter sans attendre.

Edeard éclata de rire.

4

La lumière de l'aube illumina lentement les gratte-ciel de cristal du cœur de Darklake City. Le ciel était dégagé et un vent léger soufflait de l'ouest. Au cinquante-deuxième étage de la tour Bayview, les yeux plissés, Laril admirait la vue par la baie vitrée haute du sol au plafond. Vêtu d'un pyjama ample rayé, il était affalé dans le canapé du salon où il avait passé la nuit. Tandis qu'il faisait rouler ses omoplates pour dénouer ses muscles endoloris, son ombre virtuelle ordonna à la vitre de se teinter. Ses nouveaux systèmes biononiques n'étaient pas aussi efficaces que prévu contre les courbatures, ou alors, il ne savait pas les programmer correctement.

Un robot domestique lui servit un mug de café brûlant et amer qu'il sirota avec circonspection. Il y avait aussi un croissant sur le plateau. La viennoiserie tomba en miettes entre ses doigts dès qu'il voulut la prendre. Les unités culinaires des Mondes centraux étaient imbattables quand il s'agissait de synthétiser les aliments de base. Pour les mets plus élaborés, l'expérience d'un véritable cuisinier restait nécessaire. À condition de ne pas être trop exigeant, on pouvait cependant se contenter d'une machine.

Il s'avança vers le verre teinté et contempla la grille des rues. Des capsules filaient déjà au-dessus des anciennes artères, ovoïdes de chrome coloré circulant à une altitude réglementaire de cent mètres. Sur le lac qui avait donné son nom à la ville, de grandes navettes se dirigeaient vers les quais. De vieux ferries pittoresques aux sillages vert clair accostaient déjà le long du premier port de leur parcours. Il y avait très peu de piétons dans les rues ; il était encore tôt, et les gens étaient sous le choc. La majorité de la population urbaine avait fait comme Laril, passant la nuit à recevoir des rapports sur la barrière et les réactions de la Marine et de la présidence. Cette dernière semblait pour le moins impuissante. Le Congrès politique planétaire d'Oaktier avait publiquement condamné l'action des Accélérateurs et exigé que la barrière soit désactivée.

Tu parles…, pensa Laril. C'était un des aspects de sa conversion à la culture Haute qui le dérangeait le plus : la pléthore de comités officiels. À chaque problème son comité, au niveau local et planétaire. Tous appartenaient à la structure incroyablement hiérarchisée du gouvernement de ce monde. C'était la méthode employée par la branche Haute pour impliquer les citoyens dans la vie publique, pour donner à chacun le pouvoir d'agir. « Je suis le gouvernement », comme aimaient à le répéter les théoriciens de cette culture. Comme il venait tout juste de se convertir, Laril n'avait le droit de se présenter qu'en bas de l'échelle, et il y avait au moins dix-sept marches à gravir avant d'avoir un véritable pouvoir décisionnaire. Oaktier n'avait ni président, ni directeur, ni premier ministre, mais un cabinet à la responsabilité collective qui se réunissait en séances plénières, appelées « politburo » par les locaux taquins. Lorsqu'on lui avait expliqué tout cela en cours de citoyenneté, Laril n'avait pas été surpris. Même si le gros du traitement des données légales était accompli par des supercerveaux électroniques, on avait besoin de remplir un formulaire pour aller chier. Oaktier était un monde extrêmement bureaucratique. Comme les autres mondes de la branche Haute, mais en un peu plus libéral, il est vrai.

En parfait reflet de sa démocratie excessive et de sa tolérance, le champ de Gaïa planétaire d'Oaktier était quasi dépourvu de texture émotionnelle, ce matin-là. Tout le monde contenait son flot de conscience pour protester symboliquement contre le projet de pèlerinage du Rêve vivant, considéré comme la cause première de la crise.

La belle affaire. Laril avait toutefois du mal à faire preuve de cynisme à ce sujet ; la population faisait montre d'une résolution et d'une unité impressionnantes.

Laril espérait trouver cette même force en lui. Dès que la liaison avec Araminta avait été coupée, son ombre virtuelle avait relayé le message mitraillé sur l'unisphère de Chobamba. Il priait pour qu'elle ait pris cette mise en garde au sérieux et fui la planète sans attendre. Elle ne l'avait pas rappelé, ce qui signifiait qu'elle était soit en cavale, soit prisonnière. Il ne pouvait que croiser les doigts pour elle et se préparer à l'aider de nouveau. Elle le recontacterait pour lui demander de l'aide et des conseils. *L'antithèse de la bureaucratie stupide d'Oaktier.* Seul, il avait la possibilité de faire la différence. C'était ce dont Laril avait toujours rêvé : influencer des événements galactiques grâce à son intelligence et à son talent inné pour éviter les ennuis. Il avait enfin sa chance. Il était déterminé à donner à Araminta exactement ce dont elle aurait besoin.

Pour commencer, il n'avait pas confiance dans le code qu'elle lui avait fourni pour contacter Oscar. Si celui-ci l'avait bien aidée à sortir de Bodant en un seul morceau, il n'avait aucun moyen de vérifier qu'il travaillait bien pour l'ANA. En revanche, il œuvrait forcément pour la Marine ou une Faction opposée aux Accélérateurs. Laril n'avait pas envie de se tourner vers la Marine, car son instinct lui dictait de se méfier de ce genre d'autorité. Par ailleurs, cela reviendrait à livrer Araminta à la présidence, qui n'aurait d'autre choix que de chercher un compromis politique. Araminta ferait mieux de s'allier à une Faction, qui n'aurait pas peur d'agir et aurait certainement un plan.

Alors, il avait passé la nuit à contacter discrètement des gens avec qui il avait travaillé dans un passé lointain. Il avait pris toutes les précautions imaginables : codes à usage unique, nœuds blindés, programmes d'activation à distance. Tous ces trucs appris au bon vieux temps. Il n'avait pas perdu la main. Un ami sur Jacobal avait un collègue sur Cashel dont l'arrière-grand-oncle avait travaillé pour le Protectorat sur Tolmin et connaissait un militant lié à la Faction des Gardiens. Ce contact lui avait fourni le code d'une certaine Ondra, membre « actif » des Gardiens.

Après chaque appel, Laril avait renouvelé ses défenses électroniques pour s'assurer que son intérêt pour la Faction demeurerait secret. Cela avait fonctionné, car il avait obtenu le code d'Ondra sans éveiller les soupçons d'aucun programme espion ou pisteur.

Il appela Ondra et lui expliqua qui il était. Celle-ci se montra très intéressée. Oui, il y avait sur Oaktier des Gardiens susceptibles de dispenser leurs conseils à un ami de la Rêveuse. Laril exposa ses conditions, qui furent acceptées.

Pendant plus d'une heure, il avait surveillé à distance le Colisée de Jachal situé à sept kilomètres de sa tour. Après avoir examiné les nœuds locaux, il y avait chargé toute une panoplie de programmes espions. Puis il avait visité un plan virtuel du bâtiment pour se familiariser avec sa structure et repérer des routes de sortie. Enfin, il avait loué trois capsules au hasard, qu'il avait fait se garer autour du Colisée sur des emplacements publics. Tout était magnifiquement organisé et prêt avant même d'appeler Ondra. La rencontre aurait lieu à 9 h 30 ; un certain Asom viendrait seul.

Laril termina son café et se détourna de la baie vitrée. Janine sortit de la chambre à coucher. Ils sortaient ensemble depuis six mois. Âgée d'à peine soixante ans, elle en paraissait quarante de moins grâce au rajeunissement. Le fait qu'elle migre vers l'intérieur à cet âge en disait long sur son manque de confiance en elle. Elle était une proie facile pour lui. Elle avait besoin de compassion et de promesses, et il le savait. Il lui faudrait sans doute se défaire de son instinct de prédateur et de quelques autres défauts pour prétendre un jour devenir un citoyen à part entière d'Oaktier. En attendant, elle lui serait d'une compagnie agréable. L'apparition de la barrière avait attisé les angoisses de la jeune femme, tout comme elle avait réveillé les vieilles habitudes de Laril.

Elle n'avait pas encore pleuré mais avait les yeux rouges. La masse épaisse de sa chevelure châtaigne pendait mollement et encadrait son visage en forme de cœur. Son regard était tellement implorant qu'il faillit s'en détourner. Contrairement au reste de la population, elle n'hésitait pas à répandre ses émotions dans le champ de Gaïa, à faire l'étalage de son besoin de réconfort.

— Ils n'arrivent pas à traverser la barrière, commença-t-elle d'une voix éraillée. Cela fait des heures que la Marine essaie. Des navires scientifiques sont sur place pour analyser ce machin.

— Ils trouveront une solution, j'en suis sûr.

— Comment ? Sans l'ANA, nous sommes perdus.

— Mais non. Les Accélérateurs ne pourront pas entrer dans le Vide sans l'aide de la Rêveuse.

— Ils l'attraperont, geignit-elle. Regarde ce qu'ils ont déjà fait.

Même si c'était tentant, Laril ne fit aucun commentaire. Il se passa la main sur le menton. Il ne s'était pas rasé. *Araminta n'aimait pas cela. J'ai besoin d'une douche et de vêtements propres.*

— Je sors.

— Hein ? Quoi ?

— J'ai rendez-vous avec un vieil ami.

— Tu plaisantes ? couina-t-elle, à la fois furieuse et terrifiée. Maintenant ? Mais tu ne comprends pas ! Ils ont emprisonné l'ANA !

— Tu as peur et c'est justement ce qu'ils veulent. Moi, je compte bien continuer à vivre comme si de rien n'était. Faire le contraire reviendrait à admettre leur victoire.

Elle le regarda d'un air perdu. Ses pensées bouillonnaient dans sa tête. Plus que tout, elle voulait le croire, se dire qu'il avait raison.

— Je n'avais pas pensé à cela…

— Ce n'est rien. (Il l'attira contre lui et l'embrassa. Elle répondit à son étreinte sans enthousiasme.) Tu comprends ? reprit-il doucement. La normalité. C'est le meilleur moyen d'avancer.

La perspective de rencontrer le membre d'une Faction, d'agir au plan galactique le rendait plus libidineux que d'habitude.

— Oui, acquiesça-t-elle en se collant contre lui. C'est ce que je veux. Vivre une vie normale.

Laril jeta un coup d'œil à l'horloge de son exovision. Ils auraient juste assez de temps.

La capsule taxi glissa hors du hangar situé au soixante-quinzième étage de la tour Bayview. Laril s'installa confortablement sur la banquette incurvée. Il avait l'impression d'être le maître du monde. *C'est vraiment le pied. Le pied intégral !*

Normalement, le trajet entre sa tour et le Colisée de Jachal ne durait que deux minutes environ, mais Laril avait prévu de prendre un chemin détourné. Pas question de courir le moindre risque tant qu'il n'aurait pas vérifié l'identité de son contact. Il vola donc jusqu'à la marina, avant de se poser successivement près d'un centre commercial, de l'Opéra métropolitain, du musée civique et de la Chambre des métiers. Après douze étapes, le taxi descendit à la verticale sur le Colisée. De là-haut, il avait l'impression de plonger dans le cratère d'un petit volcan. Les versants peu abrupts du cône avaient été transformés en parcs, avec des arbres, des champs et des chemins sinueux. Il y avait même deux ruisseaux qui dévalaient la pente en gargouillant et en alimentant des étangs. Les parois intérieures de la caldeira avaient été aménagées en tribunes qui pouvaient accueillir dans le confort jusqu'à soixante-dix mille personnes. Sur le terrain en contrebas avaient lieu concerts, courses, rencontres sportives ou festivals de musique baroque. Le périmètre du cratère était un anneau plat sur lequel poussait une barrière de redkas âgés de deux siècles, aux troncs très épais et aux grosses branches couvertes de fines feuilles spongieuses couleur vieux vin.

La capsule de Laril se posa sur une plate-forme située à l'ombre des arbres. Il examina les environs avec ses scanners biononiques. C'était une des fonctions qu'il maîtrisait le mieux ; il avait d'ailleurs profité de son vol pour affiner ses paramètres. Lorsqu'il sortit du véhicule, ses systèmes l'enveloppaient déjà dans un champ de force de faible puissance. Il était vêtu d'une toge bleu-noir dont les scintillements intenses dissimulaient sa protection. Son scanner était directement relié au contrôle de son champ de force de façon à basculer instantanément en mode de protection maximal en cas de menace ou de signes d'activité suspecte. C'était un procédé intelligent qui, avec les autres précautions qu'il avait prises, nourrissait son sentiment de confiance.

Il traversa le bord du Colisée et se dirigea vers les gradins supérieurs. Grâce à des connexions sécurisées, son ombre virtuelle était reliée aux taxis d'urgence et au réseau de capteurs civils du Colisée. Laril voulait s'assurer que tout se passerait comme prévu. Comme convenu avec Asom, il arriva le premier. Pas de mauvaise surprise pour le moment.

Une rampe abrupte permettait de glisser jusqu'au terrain. Pendant sa descente, il scruta l'énorme cratère de béton à la recherche d'une présence. À part les robots qui circulaient lentement entre les rangées de sièges, rien ne bougeait.

Arrivé en bas, il effectua un scan plus poussé, mais ne décela aucune anomalie ou gadget de haute technologie dans un rayon de cinq cents mètres. Apparemment, Asom avait décidé de respecter ses conditions. Laril eut un sourire satisfait ; tout se passerait comme sur des roulettes.

Un mouvement étrange attira son regard à l'autre extrémité du terrain. Une créature émergeait du tunnel caverneux normalement réservé aux artistes qui venaient se produire ici. Elle était nue, mais le spectacle qu'elle offrait n'avait rien d'érotique. Son corps était un squelette enveloppé d'une aura. Elle marchait tout droit dans sa direction. Deux longs rubans d'étoffe rouge ondulaient dans son dos.

— Asom ? demanda Laril d'une voix incertaine.

Soudain, cette rencontre ne lui paraissait plus du tout nécessaire. Alors, la situation empira. Sa connexion à l'unisphère s'interrompit, ce qui était théoriquement impossible. Son champ de force bascula en alerte maximale. Les jambes flageolantes, Laril fit quelques pas en arrière avant de tourner les talons et de se mettre à courir. Des fichiers contenus dans ses lacunes de stockage s'ouvrirent pour lui montrer comment rejoindre les taxis qu'il avait garés autour du Colisée un peu plus tôt. Il se trouvait à une quinzaine de pas d'une trappe de service qui donnait accès à un véritable labyrinthe de tunnels. La femme squelettique serait incapable de le suivre là-bas.

Trois hommes apparurent dans les gradins devant lui. Ils désactivèrent leur camouflage et se matérialisèrent littéralement, vêtus de combinaisons intégrales. Laril se figea.

— Par Ozzie ! marmonna-t-il.

Son scanner lui révéla qu'ils étaient tous lourdement armés et que leurs champs de force étaient bien plus puissants que le sien. Ils s'avancèrent.

Les graphiques affichés dans son exovision s'affolèrent à cause de fluctuations quantiques inexpliquées. Il n'eut pas le temps d'ouvrir la bouche pour hurler. L'univers tout entier sombra dans les ténèbres.

Jamais tendre un piège n'avait été aussi facile ; Valean avait presque honte de la simplicité de l'opération. Avant qu'elle se pose à Darklake City, les agents des Accélérateurs avaient introduit des programmes subversifs dans le réseau de la tour Bayview. C'était incompréhensible, mais Laril avait utilisé les nœuds de son appartement pour se connecter à l'unisphère. Ses appels à d'anciens collègues étaient-ils des leurres ? Pouvait-on être aussi incompétent ? Apparemment oui. Laril était persuadé d'être plus malin que tout le monde.

Elle avait répondu personnellement à son dernier appel en se faisant passer pour Ondra. Comme le reste, le choix du Colisée était ridicule ; l'arène aux murs épais n'était pas couverte par les systèmes de surveillance civil et policier. Les agents avaient bien ri en découvrant les taxis garés comme par hasard à la sortie des tunnels de service. Quant au programme de surveillance antique qu'il avait chargé dans le réseau du bâtiment…

Dissimulée dans les ténèbres du tunnel des artistes, Valean regardait Laril qui glissait sur sa rampe. Il examinait les alentours avec un scanner rudimentaire qui confirma à quel point il était naïf. Ses systèmes biononiques le tromperent sans aucune difficulté. Dès que les trois membres de son équipe furent en position derrière lui, elle sortit dans le soleil matinal. Laril sembla si choqué qu'il ne tenta rien. *Heureusement pour lui*, pensa-t-elle, impassible.

Ses hommes prirent doucement Laril en tenaille. Soudain, son scanner lui révéla des changements inattendus dans les champs quantiques. Son champ de force intégral se durcit. Ses implants offensifs s'activèrent.

Laril disparut.

— Bordel de merde ! s'exclama Digby.

Suspendu dans l'espace à deux cents kilomètres de Darklake City, le *Columbia505* suivait l'épisode du Colisée de Jachal. L'ombre virtuelle de Digby l'avait tenu informé des manœuvres électroniques conduites sur la cybersphère d'Oaktier ; elle lui avait montré le piège électronique mis en place autour de ce pauvre Laril par Valean. Digby n'avait pas l'habitude de trop penser aux gens auxquels il avait affaire dans le cadre de ses missions, mais Laril dépassait les bornes de l'incompétence. On ne pouvait parler de compassion, mais force lui était d'admettre qu'il ressentait de la pitié pour ce type entraîné dans des événements qu'il ne pouvait pas comprendre.

Avec une incrédulité grandissante, Digby vit le taxi de Laril se poser au sommet du cratère. Le pauvre ignorait dans quel guêpier il allait se fourrer. Les capteurs de son vaisseau avaient repéré les agents des Accélérateurs à deux cents kilomètres. Les scanners de Laril, eux, étaient aveugles à deux cents mètres.

Lâchant un grognement, Digby activa le système de visée de son appareil. Aucun doute n'était plus permis : il allait devoir intervenir. Paula avait raison : ils ne pouvaient pas se permettre de laisser Valean capturer Laril. Des lasers à neutrons de grande précision se braquèrent sur l'agent et son équipe.

Il hésitait entre descendre chercher Laril tout de suite ou bien désinstaller les logiciels subversifs de Valean des taxis pour forcer les véhicules à le retrouver plus tard. Digby était plutôt séduit par la première solution, car ce Laril était une catastrophe ambulante. Étant donné ses liens avec Araminta, on ne devrait pas lui permettre de se promener dans le Commonwealth à sa guise.

Valean sortit de sa cachette et se dirigea vers un Laril stupéfait. Trois des huit agents des Accélérateurs se débarrassèrent de leur camouflage. Digby programma sa séquence de tirs.

D'étranges symboles apparurent dans son exovision. C'était la dernière chose à laquelle il s'attendait. Une T-sphère venait d'envelopper Darklake City.

Laril fut téléporté hors du Colisée.

L'instant suivant, la T-sphère disparut.

Digby vérifia les données de tous les capteurs qu'il pouvait imaginer. Valean et ses acolytes semblaient aussi surpris que lui, qui sondait le réseau de la ville de toutes les manières possibles. Pour Digby, il y avait plus bizarre encore que leur réaction : aucun des systèmes de sécurité d'Oaktier n'avait enregistré l'apparition furtive de la T-sphère.

Cela nécessitait des aptitudes qui dépassaient de loin celles des agents de n'importe quelle Faction.

Il appela Paula.

— On a un problème.

— Une T-sphère ? répéta-t-elle lorsqu'il eut terminé son rapport. C'est inhabituel. Aucune organisation n'utilise officiellement de T-sphère sur Oaktier. Il s'agit donc d'une opération clandestine. Comme les réseaux de sécurité de la planète n'ont pas réagi, je pense à un genre de programme infiltré. Intéressant.

— D'après les capteurs de mon vaisseau, la T-sphère avait un diamètre de vingt-trois kilomètres.

— Où se situait son centre ?

— Oh, pas très loin.

Une image de Darklake City prise par des capteurs visuels grossit dans l'exovision de Digby. On y voyait Olika, l'un des quartiers originels et huppés qui bordaient le lac, ensemble hétéroclite de grandes demeures entourées de superbes jardins. Avec son assemblage de styles, Olika était le reflet de plusieurs siècles de colonisation et de développement. Le quartier était traversé en son centre par une route parallèle à la rive du lac. L'affichage se focalisa sur le centre de l'image et un bungalow en corail couleur lavande. C'était un bâtiment circulaire construit autour d'une piscine : sans doute la plus petite maison de cette partie de la ville.

— Mon Dieu, s'exclama Paula.

— Voici le centre, confirma Digby. 1800 Briggins. C'est l'adresse d'un certain Paul Cramley. Ce type vit ici depuis… Oh. Il doit y avoir erreur.

— Non, c'est bien cela.

— Tu crois que le générateur de T-sphère se situe sous ce bungalow. Tu veux que j'effectue un scan en profondeur ?

— Inutile.

— Mais…

— Laril est en sécurité. Malheureusement, Araminta ne pourra plus l'appeler pour lui demander conseil, à moins de donner une compensation à l'allié de Paul.

— Tu connais ce Cramley, alors ? Mon ombre virtuelle n'a rien trouvé sur lui.

— Évidemment. Paul s'est débrouillé pour effacer son nom de toutes les bases de données depuis bien avant l'ouverture du premier trou de ver sur Mars par Nigel et Ozzie.

— Vraiment ?

— Continue à surveiller Valean.

— C'est tout ?

— Pour le moment. Je vais essayer de parler à Paul.

Digby ne chercha pas à en apprendre davantage.

Laril sentait bien que l'atmosphère et la lumière avaient changé. Il ne se tenait plus au centre du Colisée, et l'air qu'il respirait sortait d'un climatiseur. Et puis, il n'entendait aucun bruit. Il se risqua à ouvrir les yeux.

Il s'attendait à tout, sauf à ce salon ordinaire quoique légèrement démodé. Les globes lumineux étaient éteints et il faisait sombre. Le soleil transperçait difficilement les rideaux gris tirés sur de grandes et hautes fenêtres. Il distinguait néanmoins une cour et une piscine circulaire à l'extérieur. Au sol, il y avait un parquet tellement ancien et poli que le grain du bois n'était plus reconnaissable. Les murs en corail brut étaient couverts d'étagères.

Des fauteuils-globes argentés assez chics flottaient à quelques centimètres du sol. Un homme était assis sur l'un d'entre eux ; le meuble l'enveloppait comme s'il était constitué de mercure élastique. Il avait des traits juvéniles séduisants rehaussés par des cheveux noirs portés plus long que la mode du moment. Instinctivement, Laril comprit qu'il était vieux, très vieux, même. Pas question de baratiner ce type comme il avait l'habitude de le faire avec ses anciens partenaires en affaires ou ses petites amies. Il n'osa même pas se servir de son scanner de peur de faire réagir l'homme.

— Euh…, commença-t-il en se raclant la gorge. Je suis où, là ?

— Chez moi.

— Je ne… Merci de m'avoir sorti de ce pétrin. Vous êtes Asom ?

— Non. Asom n'existe pas. Les Accélérateurs se sont joués de vous.

— Les Accélérateurs ont entendu parler de moi ?

L'homme haussa un sourcil méprisant.

— Désolé, reprit Laril. Qui êtes-vous ?

— Paul Cramley.

— Cela signifie que je suis dans la merde ou… ?

— Pas du tout, répondit Paul dans un sourire. Toutefois, vous n'êtes pas libre de repartir. Pour votre propre bien, d'ailleurs. Je ne suis pas en train de vous menacer.

— D'accord. Qui d'autre était au courant ?

— Eh bien, moi. Et aussi le vaisseau à ultraréacteur camouflé en orbite. Avec Valean et son équipe, cela fait trois bords. Mais d'autres vont arriver.

— Par Ozzie ! (Ses épaules s'affaissèrent.) Mon programme n'est pas aussi bon que je le pensais.

— Je n'en ai jamais vu de pire, et, croyez-moi, j'en ai vu un paquet. Mais bon, j'ai l'impression que vous ne comprenez pas vraiment à qui vous avez affaire.

— Peut-être. Dites-moi qui vous êtes et quels intérêts vous défendez.

— Vous allez bientôt le découvrir. Je prédis qu'une vieille connaissance ne va pas tarder à nous appeler, et quand on a mon âge, on se trompe rarement sur ce genre de prédiction.

— Si vous êtes vieux mais que vous n'êtes pas dans l'ANA, c'est que vous n'êtes pas l'agent d'une Faction.

— Heureux de constater que vous avez un peu de matière grise. Ah ! Nous y voilà.

L'image d'une femme fut projetée dans le salon. Laril lâcha un grognement. Pas besoin d'un programme d'identification pour reconnaître Paula Myo.

— Paula, commença Paul d'une voix guillerette. Cela faisait une paie.

— Les vieux de la vieille reprennent du service à la faveur de la crise récente.

— On dirait que vous le déplorez…

— Non, c'était juste une observation. Laril, vous allez bien ?

Il haussa les épaules.

— Euh, ouais.

— Ne recommencez plus jamais un truc aussi débile, d'accord ?

Laril considéra la projection de Paula en fronçant les sourcils.

— Merci de l'avoir récupéré, reprit-elle à l'intention de Cramley. Nous aurions sans doute été moins discrets que vous.

— Pas de problème.

— Valean ne mettra pas longtemps à vous trouver. Elle voudra vous rendre une petite visite.

— Elle n'est tout de même pas aussi stupide que Laril ?

— Non, répondit-elle tandis que Laril ravalait sa colère, mais elle a une mission à accomplir, et Ilanthe ne lui laissera pas le choix.

— La pauvre.

— En effet. Vous voulez bien me donner son code d'accès ?

— Je ne sais pas de quoi vous parlez.

— Paul, nous n'avons pas de temps à perdre.

Paul prit un air de chien battu.

— Je vous connecte directement, dit-il.

L'image de Paula disparut.

— À qui parle-t-elle ? demanda Laril.

— Au top du top, maintenant que l'ANA n'est plus disponible, répondit Paul, indifférent.

— Excusez-moi, mais je ne comprends toujours pas qui vous êtes.

— Juste un gars qui est dans le circuit depuis un bon bout de temps, ce qui m'aide à avoir un certain recul sur la vie. Je me connais parfaitement, et je n'aime pas ce que font les Accélérateurs. Voilà pourquoi je vous ai aidé à leur échapper.

Un des globes chromés flotta jusqu'à Laril, qui s'assit avec précaution. Le meuble l'enveloppa et se révéla plutôt confortable.

— Quel âge avez-vous ?

— Disons que lorsque j'ai grandi, on n'était jamais allé plus loin que la Lune. D'ailleurs, la moitié de la planète croyait que c'était une arnaque. Les cons…

— La Lune ? Vous voulez dire celle de la Terre ?

— Ouais. Il n'y en a qu'une : la Lune.

— Grand Ozzie ! Mais alors, vous avez plus de mille ans ?

— Mille cinq cents.

— Pourquoi n'avez-vous pas migré vers l'intérieur ?

— Migrer n'est pas une fatalité. Tout le monde ne pense pas forcément que les systèmes biononiques et le chargement dans l'ANA sont des progrès. Nous sommes encore quelques-uns à tenir à notre indépendance. Mais c'est vrai qu'on est vieux. Et têtus.

— Quel est votre but, alors ?

— L'autosuffisance. La liberté. L'individualisme. La neutralité. Ce genre de trucs.

— Mais la culture Haute…, commença Laril avant de s'interrompre en voyant Paul hausser de nouveau le sourcil.

— Vous étiez mandaté par quel comité, ce matin ?

— D'accord, d'accord. J'avoue avoir un peu de mal à accepter le mode de vie de la branche Haute, mais je ne connais aucune alternative valable.

— Payez-vous des systèmes biononiques. Apprenez surtout à vous en servir. Procurez-vous un paquet d'AEM et faites ce que bon vous semble.

— À vous entendre, ce serait très facile.

— Nan, au contraire. Moi-même, je ne sais pas trop comment je vais finir. Enfin, post-physique, probablement. Mais je me débrouillerai à ma façon ; pas question d'accepter un truc qu'on tenterait de m'imposer.

— Ah ! C'est comme cela que je pense, moi aussi.

— Je suis flatté. Tiens, on dirait que Valean nous a trouvés.

Laril jeta un regard inquiet vers la fenêtre. Le sifflement inimitable d'une capsule en train de se poser à grande vitesse se fit entendre à l'extérieur. Laril plissa les yeux et vit deux ovoïdes chromés et jaunes s'immobiliser au-dessus du gazon fraîchement tondu à l'autre bout du long jardin. La femme squelettique descendit du premier. À sa vue, le cœur de Laril se mit à battre la chamade. Comme elle avançait vers le bungalow, ses étranges rubans de tissu rouge flottaient dans son dos. Six agents truffés d'implants offensifs lui emboîtèrent le pas, tandis que des canons à l'air agressif jaillissaient de leur peau.

— Euh, il faudrait peut-être qu'on… s'en aille ? balbutia Laril.

Ses systèmes biononiques l'informèrent qu'un scan puissant était en train de balayer le bungalow. Il activa son champ de force à pleine puissance.

Paul prit une position encore plus confortable et, les mains derrière la tête, regarda avec nonchalance les Accélérateurs approcher.

— Il n'y a pas endroit plus sûr dans le Commonwealth, dit-il.

— Merde…, marmonna Laril.

Pas plus sûr ? Vraiment ? aurait-il voulu demander. S'il avait réellement de bonnes défenses, pourquoi Paul n'avait-il pas abattu ces capsules dans le ciel ? Pourquoi ne les avait-il pas téléportés à l'abri ? Pourquoi son armée de gardes du corps n'avait pas surgi pour les protéger ? Pourquoi ne bougeait-il pas ?

Valean s'avança jusqu'à la fenêtre. Elle tendit le bras et la toucha du bout de l'index. La fenêtre devint liquide et se répandit sur le plancher.

Laril se raidit dans son fauteuil, les muscles tétanisés par la peur. Valean écarta doucement les rideaux fins et entra dans le salon. Elle scruta la pièce de ses yeux brillants et roses.

— Paul Cramley, je présume ? dit-elle dans un demi-sourire.

— Lui-même. Je suis désolé, mais je vais devoir vous demander de partir tout de suite. Laril est mon invité.

— Il doit m'accompagner.

— Non.

L'exovision de Laril s'emplit de nouveau de pics quantiques étranges. Une sphère phosphorescente vert pâle enveloppa Valean et ses hommes.

— J'ai peur que votre T-sphère ne fonctionne pas, reprit celle-ci. Nous l'avons reprogrammée.

Paul pencha la tête sur le côté ; ses longs cheveux noirs lui tombèrent sur la joue.

— C'est vrai ? Et si je me servais plutôt de l'ironie ?

Valean ouvrit la bouche pour parler. Elle fronça les sourcils. Bougea les bras. Très vite. Ils devinrent flous ; l'aura émeraude qui l'enveloppait se fit plus lumineuse, déroula des traînées photoniques dans l'atmosphère. Alors, elle se retourna, mouvement également très rapide. Ébloui par son aura de plus en plus puissante, Laril ferma les yeux. Ses systèmes biononiques activèrent des filtres pour lui permettre de voir comment réagissaient les Accélérateurs. Ils s'étaient tous transformés en cocons vert citron. Il discernait à peine les contours de leurs corps, qui s'agitaient dans tous les sens à l'intérieur de leur prison individuelle et lumineuse, et bougeaient des centaines de fois plus vite que la normale. Ils brandissaient les poings et frappaient la coque d'énergie qui les emprisonnait avec une force et à un rythme impressionnants. Ils s'étaient transformés en taches de lumière solide. Les rubans rouges de Valean tournoyaient dans tous les sens et se vidaient de leur couleur. Ils virèrent au noir, se raidirent, s'effritèrent, tombèrent en minuscules morceaux qui s'éparpillèrent comme des cendres.

Dans leurs prisons vertes, les agents avaient cessé de bouger et étaient plus faciles à observer. Laril vit les jambes de Valean céder sous son poids. Elle s'écroula au sol en déroulant une traînée de lumière verte dans son sillage. Elle resta un moment à quatre pattes, avant qu'un nouvel éclair l'envoie à plat ventre. Son aura verte devint quasi invisible. Sous les yeux de Laril, son étrange peau s'assombrit. Le scintillement qui l'enveloppait disparut pour de bon, révélant un épiderme semblable à du cuir qui se resserra davantage autour de ses os. Sa peau se craquela, et un liquide épais se répandit sur le sol où il se solidifia.

— Par Ozzie ! (Laril eut un haut-le-cœur, se couvrit la bouche et détourna vite les yeux. Les autres agents avaient subi le même sort.) Que s'est-il passé ?

— Le poids des ans. Notre âge finit toujours par nous rattraper, à moins de faire très attention, bien sûr. (Il descendit de son fauteuil et s'avança jusqu'au cadavre décomposé de Valean. L'aura verte s'évanouit définitivement et céda la place à un champ de force scintillant.) Je l'ai *accélérée* à l'intérieur d'une zone soumise à un effet exotique semblable à un trou de ver miniature. On s'en sert normalement pour suspendre le flot temporel, mais il est aussi facile de générer l'effet inverse à condition de disposer de l'énergie nécessaire. Un peu comme dans le Vide, en fait.

Laril n'était pas sûr de vouloir en savoir plus. Toutefois, il ne pouvait s'empêcher de penser à ce qu'avaient enduré Valean et ses hommes, emprisonnés dans une minuscule coque de force exotique, seuls, complètement seuls pendant des jours et des jours au milieu d'un décor immobile.

— Pendant combien de temps ?

— Environ deux ans. Ses systèmes biononiques étaient très puissants, mais ils ne pouvaient pas la maintenir en vie indéfiniment. Normalement, les organelles biononiques se nourrissent de protéines cellulaires et des autres saletés qui flottent à l'intérieur de la membrane, et elles sont constamment renouvelées par le corps. Dans mon champ temporel, évidemment, elles ne recevaient pas de nutriments. Ses biononiques se sont vite retrouvés à court de molécules cellulaires. À la fin, ils étaient comme un cancer géant qui la rongeait de l'intérieur, accélérant sa déshydratation et sa sous-alimentation.

Laril eut un frisson.

— Son champ de force fonctionne toujours, fit-il remarquer.

— Non, il est généré par mes propres défenses. Elle peut très bien nous avoir réservé une surprise pour la fin. Elle est morte, certes, mais pas forcément inoffensive.

La T-sphère s'activa de nouveau, et les cadavres furent téléportés hors de la maison. Laril ne voulait pas savoir où.

— Et maintenant ? demanda-t-il.

Paul eut un sourire guilleret.

— Vous êtes mon invité jusqu'à ce qu'Araminta vous contacte ou non et que toute cette histoire trouve une issue.

— Oh.

— Réjouissez-vous. Mon chez-moi n'est pas un endroit unidimensionnel. Vous n'imaginez tout de même pas que j'ai passé le dernier millénaire confiné dans ce bungalow ?

— Euh, j'imagine que non.

— Parfait. Avez-vous pris votre petit déjeuner ?

Dès que Paul Cramley eut transféré son appel, le projecteur de la cabine de Paula afficha des ondes sinusoïdales turquoise et orange désuètes, qui ondulaient vers un point de fuite.

— J'aurais dû me douter que vous vous intéresseriez à cette affaire, commença Paula.

— Je m'intéresse à toutes les affaires humaines, répondit l'IA.

— Première question : pouvez-vous traverser la barrière de Sol ?

— Non, désolée. Si l'ANA en est incapable, vous imaginez qu'une antiquité comme moi…

— Vous ne voudriez tout de même pas que je m'apitoie sur votre sort ?

— Êtes-vous capable de ressentir un tel sentiment ?

— Votre remarque est déplacée. Oui, je connais la pitié, mais uniquement quand il s'agit de ma propre espèce.

— Paula, vous êtes fâchée contre moi ?

— Je partage l'avis de l'ANA ; la manière dont vous avez voulu interférer dans nos affaires était inacceptable.

— Je m'y suis à peine immiscée.

— Nous avons démasqué dix-huit mille de vos agents. Votre réseau était encore plus important que celui de l'Arpenteur.

— Cette comparaison me blesse.

— Oh ! Fermez-la. Pourquoi avez-vous ordonné à Paul de sauver Laril ?

— Je ne lui ai rien ordonné du tout. Difficile d'ordonner quoi que ce soit à Paul, ces temps-ci. Vous savez qu'il est bien parti pour devenir post-physique ?

— Paul n'est plus humain depuis un certain temps déjà.

— Ce vieux corps que vous avez vu avec Laril n'est qu'une infime partie de sa personne. Vous qui vous souciez des interférences non humaines, gardez un œil sur lui et les gens comme lui.

— Parce qu'il y en a d'autres ?

— Quelques-uns. Kazimir et vous êtes des exceptions. Ceux de votre génération qui n'ont pas chargé leur personnalité dans l'ANA ont choisi une autre voie, comme Paul, par exemple.

— Lui et vous êtes donc collègues ? Des égaux ?

— C'est une façon très humaine de voir les choses ; classer tout et tout le monde en fonction de sa force.

— C'est plutôt la méthode des Ocisens, me semble-t-il. Et celle des Primiens, peut-être.

— D'accord, d'accord. Paul et moi entretenons des relations particulières. Vous n'ignorez pas qu'il est l'auteur d'une partie de mon programme originel. Il y a très longtemps de cela, il était cadre chez CST et travaillait notamment au développement de l'intelligence artificielle dans leur service de recherche et de développement.

— Vraiment ? Dites-moi, vous avez suivi cette affaire de pèlerinage ?

— Évidemment. Cet idiot d'Ethan risque de déclencher la destruction de la galaxie. Je serais obligée de déménager.

— Quelle horreur.

— Vous avez déjà essayé de déplacer une planète ?

Paula lança aux ondes sinusoïdales un regard oblique.

— Non, mais je connais un homme qui en est sans doute capable. Et vous ?

— Ouais. Troblum a essayé d'entrer en contact avec vous.

— L'incident de Sholapur n'est pas passé inaperçu. Dites-moi plutôt quelque chose que je ne sais pas.

— Non, je veux dire qu'il a vraiment essayé. Il savait pour l'Essaim et il voulait vous proposer un marché.

— C'est trop tard, maintenant.

— Paula, je suis en contact avec lui depuis Sholapur.

— Où est-il ?

— À bord de son vaisseau, quelque part. La dernière fois que nous nous sommes entretenus, il était à portée de l'unisphère, mais je ne sais pas où. Le cerveau de son appareil est bien protégé. Je l'ai encouragé à entrer en contact avec vous.

— Pourquoi ?

— Il a contribué à la fabrication de l'Essaim. Il pourrait être en mesure de traverser la barrière de Sol.

— C'est lui qui vous l'a dit ?

— Il n'avait pas très envie de nous aider. Selon lui, la barrière pourrait être désactivée à l'aide d'un code.

— Si ce code existe, il est entre les mains d'Ilanthe. Merde, vous pensez qu'il va m'appeler ?

— Troblum est paranoïaque, et cela ne s'est pas arrangé depuis Sholapur. Il a peur de sortir de sa tanière. Il craint par-dessus tout que la Chatte le retrouve. Néanmoins, l'idée d'entrer en contact avec Oscar Monroe le titillait.

— Oscar ? Pourquoi ?

— J'imagine qu'il le considère comme le dernier homme digne de confiance de la galaxie.

— Ce n'est pas forcément faux. Je demanderai à Oscar de se tenir prêt.

— Bien. Quelles sont vos intentions, Paula ?

— Je ne suis pas tout à fait aussi libérale que l'ANA. Je pense que nous devons empêcher les pèlerins et Ilanthe d'entrer dans le Vide. Ce qui présuppose de mettre la main sur Araminta.

— Pas facile ; elle se promène sur les chemins silfens.

— Je ne pense pas qu'ils lui aient offert un sanctuaire. Le moment viendra où elle émergera quelque part.

— L'endroit le plus sûr, pour elle, c'est la Terre. Ce serait drôle. Pour l'attraper, Ilanthe serait contrainte de désactiver la barrière.

Paula considéra le nœud de lignes sinusoïdales d'un air approbateur. Ozzie lui-même lui avait dit que les chemins silfens conduisaient à l'intérieur de la barrière de Dyson Alpha. Cet imbécile avait visité le monde de MatinLumièreMontagne après la Guerre contre l'Arpenteur. L'IA devait être au courant ; elle était liée à Ozzie depuis très longtemps.

— Ce serait malin, en effet. Je me demande si nous pourrions lui faire parvenir un message… Êtes-vous en contact avec l'Île-mère des Silfens ?

— Non, elle refuse de communiquer avec les constructions telles que moi. Je suis une intelligence mécanique ; je n'ai pas d'âme.

— Il nous faudrait un ami des Silfens.

— Ils ne sont pas nombreux et préfèrent souvent rester discrets.

— Cressida ; Araminta et elle sont parentes. Elles ont toutes les deux Mellanie pour ancêtre.

— C'est un lien bien ténu, même en ces temps désespérés.

— C'est vrai. D'autant plus que Cressida s'est évanouie dans la nature. Mais j'avais oublié que les chemins silfens pouvaient traverser ce genre de barrière. Celui de la Terre débouche quelque part à proximité d'Oxford. Je me demande si l'ANA pourrait s'en servir pour nous transmettre des messages.

— Si c'est possible, elle le fera.

— Oui, mais en attendant… Auriez-vous des armes capables de venir à bout du noyau d'inversion planquées quelque part ?

— Je ne dispose d'aucune arme, planquée ou non.

— J'ai du mal à vous croire.

— Cela ne m'étonne pas. Vous avez oublié que je suis constituée d'informations. Il est vrai que j'opère dans un genre de réseau physique, mais celui-ci ne me gouverne pas.

— Vous abritez beaucoup de personnalités humaines ; cela doit vous influencer.

— Vous vous trompez ; j'abrite beaucoup de mémoires humaines.

— D'accord. Savez-vous au moins ce qu'est ce noyau d'inversion ?

— J'ai pu me connecter aux capteurs de Sol pendant un bref moment, entre l'apparition du noyau et l'activation de la barrière, ce que l'ANA m'interdit formellement. Tout ce que je puis dire, c'est qu'il était de nature exotique. Sa structure quantique était tellement inhabituelle qu'elle était illisible.

— Nous ne savons donc même pas ce qui pourrait en venir à bout.

— Peut-être la flotte de dissuasion ou les guerriers raiels. Je ne vois personne d'autre. Paula, le vaisseau à bord duquel il a disparu était extrêmement puissant et rapide.

— Je sais. Si Araminta appelle Laril…

— Paul et moi vous inviterons à participer à notre conversation.

— Merci. Et laissez-moi un code pour que je puisse vous contacter en cas de besoin.

— Entendu.

Les lignes sinusoïdales disparurent dans leur point de fuite, tandis qu'un nouvel icone de communication apparaissait dans l'exovision de Paula. Elle demanda au cerveau de son vaisseau de s'assurer que l'IA n'avait pas essayé d'infiltrer ses systèmes. Elle ne l'en pensait pas capable, mais elle n'était plus sûre de rien.

Son ombre virtuelle créa une liaison avec l'*Ange des hauteurs*.

— Paula, dit Qatux. Notre situation ne s'améliore pas.

— J'ai cru comprendre que le président vous avait demandé d'essayer de traverser la barrière de Sol.

— En effet, mais je ne crois pas que cela soit possible. J'essaierai néanmoins, comme on me l'a demandé. Ne rien tenter serait proprement irresponsable. Nous allons bientôt partir pour Sol.

— Les Raiels s'intéressent-ils de nouveau aux événements galactiques ? Je croyais que votre éthique vous l'interdisait…

— La situation est grave. Une chose terrible que nous redoutons depuis des éons risque de se produire. Nous ne pouvons pas ne pas intervenir.

— Je crois que la barrière de Sol est inspirée de celle de Dyson Alpha. Les Accélérateurs ont étudié la Forteresse des ténèbres pendant très longtemps.

— C'est ce que nous craignions. Si cela se confirme, l'*Ange des hauteurs* ne pourra rien faire.

— Et les vaisseaux des guerriers raiels ?

— Ils ne s'en sortiraient pas mieux, à moins qu'ils aient évolué récemment. Le générateur que vous appelez Forteresse des ténèbres représente le pinacle de l'invention de notre espèce.

Paula ressentit un étrange frisson de soulagement en entendant cette dernière phrase. Un très vieux secret venait d'être dévoilé.

— Les Raiels ont construit la Forteresse ? Nous avons toujours pensé qu'elle ressemblait beaucoup aux sphères DF de Centurion.

— Oui, cette unité appartenait à notre garnison stationnée dans le noyau de la galaxie. Elle a plusieurs fonctions, dont celle de générer un champ de force.

— Vous nous aviez dit que les deux Dyson avaient été emprisonnées par les Anomines.

— C'est la vérité. Nous leur avions prêté ces unités, produites en très grand nombre après notre invasion ratée du Vide. Comme votre espèce l'a compris, les sphères DF sont notre dernière ligne de défense contre une expansion du Vide.

— Les Raiels seraient donc capables de stopper une phase d'expansion ?

— Cela reste à vérifier. Cette technologie n'a encore jamais été testée.

— Il reste donc vital qu'Araminta ne guide pas les pèlerins dans le Vide ?

— Effectivement.

— Je ferai mon possible, vous le savez.

— Je le sais, Paula.

— Mais j'aurai peut-être besoin de votre aide.

— Si je puis vous être d'un quelconque secours, n'hésitez pas.

* * *

Finalement, la forêt disparut au profit d'un paysage vallonné et herbeux qui s'étirait sur des kilomètres jusqu'à la côte bordée par des dunes épaisses. Au-delà, l'océan d'un bleu profond scintillait tandis que les rayons du soleil dansaient sur ses vaguelettes. Araminta eut un sourire déçu ; elle n'aurait malheureusement pas le loisir de courir sur ces plages et de plonger dans ces eaux pures et magnifiques. Le grand quadrupède qu'elle montait renâcla et agita sa grosse tête comme s'il partageait son sentiment.

— Ne vous en faites pas, à force de découvrir merveille sur merveille, on devient vite blasé, lui dit Bradley Johansson.

Il montait une bête identique à la sienne et avançait à sa hauteur tandis que CloudDancer traînait à l'arrière.

— « Vite » comment ? demanda Araminta.

— En quelques millénaires, répondit CloudDancer. La nature produit tellement de merveilles. Sa beauté est infinie.

Bradley Johansson pinça sa bouche circulaire et lâcha un bruit de trompette criard. Au bout d'une journée et demie passée à chevaucher avec cet étrange duo, Araminta savait reconnaître ses gloussements.

— Génial…, marmonna-t-elle.

La brise marine fraîche et revigorante contrait son humeur massacrante. Ils se dirigeaient vers une cuvette étroite emplie d'arbustes et de denses buissons. Il y avait un genre d'étang en contre-haut, d'où s'écoulait un ru qui zigzaguait entre les arbres. Elle tira les rênes de sa monture devant l'étang, bascula une jambe sur le côté et se laissa glisser sur le flanc de l'animal. Celui-ci attendit patiemment qu'elle ait terminé sa manœuvre inélégante. Bradley Johansson vint l'aider à défaire les sangles de son sac à dos. Elle ne l'avait jamais vu descendre de sa monture, mais elle était à peu près certaine que ses ailes étaient trop petites pour être efficaces dans un champ gravifique standard.

— Comment vous sentez-vous ? demanda-t-il, compatissant.

— Très nerveuse.

— Votre esprit vaincra, affirma CloudDancer.

Il montait toujours sa bête, la queue repliée sur le côté, les ailes légèrement agitées. La tête haute, il regardait vers la côte. S'il avait été humain, Araminta aurait dit qu'il humait l'atmosphère à la recherche d'un parfum particulier.

— Il le faudra bien, acquiesça-t-elle, sincère.

— Je suis fier de vous, fille de notre amie, reprit Bradley Johansson. Vous incarnez ce qu'il y a de meilleur et de plus fort dans votre espèce. Vous me rappelez pourquoi j'ai donné tout ce que je possédais pour nous sauver.

— Je ferai de mon mieux, dit-elle en s'affairant sur sa ceinture. Je ne vous laisserai pas tomber.

— Je sais.

Lorsqu'elle releva les yeux, Bradley Johansson brandissait une chaîne en argent ornée d'un petit pendentif : une pierre précieuse enserrée dans un écheveau délicat d'argent. À l'intérieur brillait une belle lumière bleue, semblable à une étoile emprisonnée. Il la lui mit autour du cou.

— Je vous donne le nom que vous portez déjà : Araminta, amie des Silfens.

— Merci.

C'était ridicule, mais ses yeux s'emplirent de larmes. Elle sourit à CloudDancer, qui s'inclina d'une façon tellement solennelle qu'elle la mit mal à l'aise.

— Vous auriez une suggestion à faire à votre nouvelle amie ? demanda-t-elle d'une voix qui lui parut ridiculement faible. Mon ex-mari m'a dit qu'il m'aiderait, mais ce n'est pas le type le plus fiable que je connaisse, même si son cœur bat du bon côté.

— Laril n'est plus libre, répondit Bradley Johansson. Ses conseils pourront toujours vous être utiles, mais ce ne seront plus vraiment les siens.

— Oh. D'accord.

Comment sais-tu cela ? C'était une question stupide ; une fois de plus, elle avait failli se laisser avoir par l'apparente insouciance de la vie menée par les Silfens. *Les Silfens sont beaucoup plus que cela. Tellement plus.*

— Vous parlez d'Oscar, alors ? reprit-elle. Vous croyez qu'il saura me protéger de cette machine dont vous m'avez parlé ?

Bradley Johansson et CloudDancer échangèrent un regard.

— Probablement pas, répondit ce dernier. Personne ne comprend réellement ce qu'elle est.

— Quelqu'un sait forcément ! protesta-t-elle. Ou est sur le point de comprendre !

— À vous de le découvrir, amie Araminta.

— Allez ! Le sort de la galaxie tout entière est en jeu, y compris votre existence ! Pour une fois, vous pourriez laisser de côté votre baratin mystique pour me donner des conseils bien concrets !

Bradley Johansson gloussa de nouveau à sa façon si particulière.

— Vous pourriez demander à quelqu'un, quelqu'un d'assez intelligent pour vous aider à comprendre. Il fut un physicien phénoménal et finit par devenir notre ami.

— Ouais, et regardez ce qu'il a fait de ce don si unique, grogna CloudDancer.

— Évidemment, répondit Bradley Johansson, amusé. C'est ce qui fait de lui ce qu'il est. C'est pour cela qu'il est notre ami.

— De qui parlez-vous ? demanda Araminta.

— D'Ozzie, lâcha CloudDancer dans un soupir.

— Ozzie ? C'est vrai ? Je croyais que… Est-il toujours en vie ?

— Bien sûr, répondit Bradley Johansson.

— D'accord, mais où est-il, alors ?

— À l'extérieur du Commonwealth. Oscar pourrait vous conduire jusqu'à lui. (Il laissa échapper un sifflement triste.) Peut-être. N'oubliez pas, amie Araminta : à partir de maintenant, vous devrez avancer avec circonspection.

— Oui, oui, je ferai attention. Vous pouvez compter là-dessus.

— Et revenez nous voir, dit CloudDancer.

— Je n'y manquerai pas.

Un léger doute tenta de s'immiscer dans son esprit, mais elle l'écrasa rapidement. *Ce qui m'arrive est tellement énorme. Rendre visite à Ozzie ! Par… Ozzie !*

Bradley Johansson la prit par la main, et ils marchèrent ensemble jusqu'au bord de la ravine. Araminta expira longuement et avança en toute confiance. Quelque part, au milieu de ces arbres et de ces épais buissons, elle sentait le chemin qui serpentait jusqu'à la forêt de Francola. Il vibrait à son approche.

— J'aurais une dernière chose à vous dire, reprit Bradley Johansson. La colère est une bonne chaleur ; vous la ressentez en ce moment même. Vous êtes furieuse parce que vous êtes dans le pétrin et que vous n'avez rien fait de mal. Vous en voulez au Rêve vivant d'être si stupide. Cette colère vous donnera l'énergie dont vous avez besoin pour partir ; elle fera de vous l'être fort que vous voulez être. Et puis viendra un moment où vous considérerez tout ce qui vous reste à accomplir. Ce sera un moment délicat, dangereux, où vous risquerez de perdre votre foi en vous et de douter. Cela ne devra pas arriver, amie Araminta. Nourrissez votre colère et laissez-la vous guider jusqu'à la fin, quelle qu'elle soit. Ainsi, vous pourrez entraîner les autres avec vous. Soyez une force de la nature, cette force proverbiale et imparable. Vous en êtes capable. Vous avez tellement de choses en vous.

Elle eut un sourire maladroit.

— Je le ferai. Je vous le promets. Je sais rester concentrée sur mon objectif.

Vous n'imaginez pas à quel point.

Bradley Johansson s'arrêta et, tandis que ses ailes se dépliaient dans son dos, lui fit signe de continuer d'un grand geste de sa main munie de quatre doigts. À cheval entre deux espèces, entre deux styles de vie, Bradley était un personnage imposant. Elle lui tourna le dos et se remit en route en chassant tout doute de son esprit. Devant elle, le chemin s'ouvrit.

* * *

Autrefois, le bâtiment avait été une maison individuelle. C'était une demeure extravagante dotée de dix chambres et de salles de réception luxueuses donnant sur un vaste jardin au-delà duquel s'étirait la dense forêt de dapols qui marquait la frontière de la ville. On y trouvait même une piscine en forme de goutte d'eau sous un spectaculaire auvent blanc. L'imposante propriété était typique du quartier de Francola, enclave entourée de hautes haies où les riches pouvaient jouir d'une certaine intimité. Un goût de campagne au cœur de la ville.

Après des débuts prometteurs, le quartier avait souffert du développement économique de Colwyn City. Ringardisées, les grandes maisons avaient été reprises en main par des agents immobiliers qui les avaient transformées en appartements à la mode, ce qui avait contribué au déclassement du quartier et à la baisse des prix. Les nouveaux locataires de ces maisons étaient du genre à garder le même emploi pendant longtemps, des résidents à long terme, et non pas des gens dont la vie professionnelle évoluait rapidement, ce qui était un facteur supplémentaire de déclassement.

Le bon côté des choses, c'était le nombre important d'appartements vacants à louer. Oscar et son équipe s'étaient installés dans un appartement situé au rez-de-chaussée de la vieille demeure. Il comportait deux chambres, une salle de bains et un salon, le tout contenu dans une ancienne salle de réception à la décoration criarde. Celle-ci possédait une baie panoramique qui offrait une vue parfaite sur la forêt ; c'était le poste d'observation idéal.

Assis sur une pyramide de coussins érigée par l'équipe devant la baie vitrée, Oscar distinguait à peine le scintillement du champ de force de la ville derrière les arbres sombres. Il ne voulait pas utiliser son scanner pour ne pas risquer d'être démasqué. Les autres équipes ne se donnaient pas forcément cette peine ; de temps à autre, ses systèmes biononiques détectaient le faisceau d'un scanner à proximité. Liatris lui avait appris que sept appartements de la rue avaient été loués ces dernières vingt-quatre heures. Deux autres étaient occupés clandestinement par des équipes qui se croyaient plus malignes que les autres, mais n'étaient pas assez bonnes pour tromper Liatris.

Je n'oublie pas l'arroseur arrosé…, pensa Oscar. Il n'était pas dupe et se doutait que les autres étaient au courant de leur présence.

Trois équipes rivales avaient réduit leur personnel après avoir compris qu'Araminta avait quitté Chobamba. Comme elle avait une galaxie entière de planètes à sa disposition, ils considéraient qu'il était extrêmement peu probable qu'elle revienne à proximité de l'armée d'occupation du Rêve vivant sur Viotia. Oscar partageait cette opinion, mais il préférait rester ici au cas où, plutôt que de tenter sa chance ailleurs, au hasard.

La matinée était bien entamée. Comme c'était son tour de garde, Oscar observait la forêt depuis cinq heures, vêtu de son armure. Paula appela.

— Des nouvelles ?

Oscar résista à l'envie de rouler des yeux ; inutile de gaspiller son énergie.

— Aucune des treize équipes réparties le long de cette rue n'a remarqué quoi que ce soit. *Idem* pour les huit capsules qui patrouillent en permanence dans le ciel. Et j'imagine que le nouveau comité d'accueil planqué dans la forêt n'est pas plus avancé.

— Vous pouvez garder vos sarcasmes pour vous.

— Voyez la vérité en face, Paula : nous sommes dans une impasse. Nous avons fait de notre mieux ; nous lui avons permis d'échapper au Rêve vivant et aux autres. Maintenant, c'est à elle de se débrouiller toute seule.

— Je sais, mais plusieurs agents l'ont suivie sur le chemin silfen de Chobamba avant qu'il se referme.

— Alors, nous ne les reverrons jamais. Enfin, pas avant des siècles, en tout cas.

— Je souhaiterais bien avoir des siècles devant nous.

— Nous allons continuer notre observation pendant encore un jour ou deux. À moins que vous ayez autre chose à nous proposer ? Qu'en dites-vous ? Avez-vous des contacts parmi les Silfens ?

— Pas vraiment.

— Vous m'étonnez. Si quelqu'un en a…

— En revanche, je viens de m'entretenir avec l'IA.

Oscar ne put s'empêcher d'éclater de rire. Assise à l'autre bout du salon, Beckia lui lança un regard étonné.

— Il n'y en a pas deux comme vous, Paula. Alors, comment va l'IA ?

— Elle n'a pas changé, à ce qu'elle dit. Elle s'est chargée de l'un de nos problèmes. Désormais, Araminta n'a plus personne vers qui se tourner dans tout le Commonwealth.

— Vous croyez qu'elle va demander l'aide de la Marine ?

— Ce n'est qu'une théorie, mais pour l'instant, nous n'en avons pas d'autre.

— L'espoir fait vivre.

— En effet, et son seul contact sûr avec les autorités, c'est vous, Oscar.

— Merde.

— Et il y a autre chose.

Oscar cessa de résister et roula des yeux.

— Quoi ?

— Un certain Troblum risque d'entrer en contact avec vous. Le cas échéant, prévenez-moi immédiatement. Surtout, ne perdez pas sa trace. Si possible, capturez-le.

— D'accord. Qui est-ce ?

— Un physicien un peu bizarre qui sait peut-être comment désactiver la barrière. Je vous envoie son dossier. Ah, la Chatte est à ses trousses, alors faites attention.

— La Chatte ? Mais c'est parfait, dites-moi. Vous avez une autre bonne nouvelle à m'annoncer ?

— Ce sera tout pour l'instant, Oscar. Merci.

Le dossier arriva dans sa lacune de stockage, et la liaison sécurisée fut coupée. Oscar lâcha un soupir et commença à étudier le cas de Troblum. Beckia le distrayait par intermittence ; son incrédulité et sa colère filtraient régulièrement dans le champ de Gaïa. Ce dernier fournissait à Oscar un moyen supplémentaire de guetter l'arrivée d'Araminta. Ils avaient déjà disséminé une trentaine de capteurs camouflés dans toute la forêt de Francola au cas où elle referait son apparition. Par ailleurs, Liatris avait piraté les capteurs et les communications de leurs adversaires. Mais Oscar espérait devancer les autres équipes. Il avait l'impression, sans pouvoir en être sûr, de sentir la présence du trou de ver extraterrestre. Il percevait un genre d'intrusion dans le champ de Gaïa, une présence étrangère, quelque chose de très vieux et d'incroyablement distant. C'était une sensation fugace ; plus il se concentrait sur elle, plus elle s'éloignait. Il se contentait donc de la laisser flotter à la périphérie de sa perception, ce qui impliquait d'ouvrir ses particules de Gaïa au maximum et de supporter les réactions telles que celles de Beckia.

— Quoi ? demanda-t-il.

Il était en train de passer en revue l'énorme collection de souvenirs de guerre de Troblum lorsque l'indignation de Beckia l'avait arraché à ses pensées. Il se tourna vers le salon, la visière relevée pour bien montrer à Beckia son mécontentement, au cas où ses émissions dans le champ de Gaïa ne suffiraient pas.

Beckia lui lança un regard plein de reproches. Confortablement installée dans un canapé de coin, elle sirotait un chocolat chaud. Son armure était à ses pieds, ouverte et prête à l'emploi.

— Vous ne suivez pas les informations ? s'étonna-t-elle.

Il agita son gantelet en direction de la forêt.

— Non ! C'est mon tour de garde, vous vous souvenez ? Je préfère rester concentré sur ma tâche.

— Ne soyez pas aussi ronchon. Nos capteurs à distance nous préviendront s'il se passe quelque chose. Et puis, vous ne pensez pas vraiment qu'elle va réapparaître ici ?

— Nous devons nous tenir prêts au cas où, rétorqua-t-il d'un ton très peu convaincant.

— Savez-vous quelque chose que nous ignorons, Oscar ?

La question qui fâchait, une fois de plus : Oscar faisait-il vraiment confiance aux Chevaliers Gardiens qui formaient son équipe ? Elle planait au-dessus de leurs têtes depuis leur rencontre avec la Chatte.

— Il semblerait que des agents aient réussi à la suivre sur les chemins silfens à partir de Chobamba, dit-il. Paula pense qu'ils pourraient la forcer à montrer le bout de son nez plus tôt que prévu. Personnellement, je crois que ce sont des conneries, mais…

— Les chemins ne sont pas des lignes droites, vous savez…

— Je sais. Alors, que se passe-t-il ?

— La situation locale est en train de s'aggraver.

— Ah bon ? Je ne vois pas trop comment ce serait possible.

— Voyez par vous-même. Je garde un œil sur la forêt pendant ce temps.

À contrecœur, Oscar demanda à son ombre virtuelle de lui préparer un résumé. Beckia avait raison, ce n'était pas joli joli. Une fois confirmée la nouvelle de la présence d'Araminta sur Chobamba, Phelim avait ordonné le retrait de ses troupes paramilitaires de Viotia. C'était une opération bien planifiée qui devait commencer dans les villes les plus éloignées de Colwyn City. Ludor, la capitale planétaire sur le continent de Suvorov, avait été un des premiers endroits à voir les capsules noires décoller. C'était aussi la ville qui accueillait le plus de partisans du Rêve vivant. Sans les paramilitaires pour garantir leur protection, la population locale s'était retournée contre eux. La police n'avait rien fait pour empêcher les attaques, auxquelles il leur était même arrivé de participer. Les hôpitaux, déjà débordés depuis les émeutes, grouillaient désormais de blessés.

En conséquence de quoi Phelim avait annoncé que les forces d'Ellezelin prolongeraient leur présence à Colwyn City pour assurer la protection des adeptes. En revanche, il n'avait rien dit au sujet du reste de la planète, méthodiquement abandonné aux autorités locales. Les membres du Rêve vivant affluaient vers la ville dans l'espoir d'emprunter le trou de ver d'Ellezelin, mais Phelim refusait de désactiver le champ de force de Colwyn City pour d'autres appareils que les siens. Des milliers de capsules se pressaient donc tout autour. Les quelques dizaines de milliers d'adeptes chanceux qui s'étaient installés à Colwyn City devaient à présent traverser un paysage urbain extrêmement hostile pour rallier les docks où se trouvait le trou de ver. Les locaux sillonnaient les rues sans relâche à leur recherche. Toutes les capsules qui volaient encore à l'intérieur du champ de force participaient donc à une gigantesque opération d'évacuation. Phelim avait menacé d'instaurer un couvre-feu permanent si les agressions ne cessaient pas. Cela n'arrangea en rien la situation. Les locaux organisés en milices n'attendaient même plus que leurs proies sortent dans la rue ; ils pénétraient de force chez les gens et réclamaient vengeance. Des reporters téméraires avaient mis en ligne des images d'adeptes battus à mort chez eux. Beaucoup d'enfants étaient également victimes de ces violences. Bien sûr, les membres les plus dévots du mouvement n'étaient pas équipés d'implants-mémoires, car Edeard se passait de ce genre d'artifice par ailleurs inutiles dans le Vide, où ils espéraient tous aller.

— Merde, lâcha Oscar.

Il faudrait une génération à Viotia pour se remettre de ces horreurs, il le savait. Et encore. À condition que la planète existe toujours.

— Normalement, on ne doit pas se laisser distraire, dit doucement Beckia, mais ce n'est pas toujours facile. C'est dans ces circonstances qu'on reconnaît les forts.

— J'ai vécu pire que cela, rétorqua Oscar en essayant de paraître dur mais en échouant lamentablement.

Des enfants tués, pour l'amour du ciel ; en plein cœur du Commonwealth, où tout le monde devrait être heureux et en sécurité.

— Pour que de pareils événements ne se reproduisent plus.

— Ouais, acquiesça-t-il en repoussant les informations à la périphérie de son exovision. Quelque chose comme ça.

Parce qu'il avait l'esprit ailleurs, parce qu'il ne faisait pas attention à l'étrange flot de pensées anciennes et distantes qui venait de la forêt de Francola, il réagit presque immédiatement lorsque le changement survint. Le chemin s'agita. Il se *rafraîchit* ; c'était la seule analogie qui lui vint à l'esprit.

— Ah ! Ah ! fit Oscar.

Naturellement, lorsqu'il essaya de remonter la piste de cette sensation, elle lui échappa, glissa entre ses sens.

— Qu'est-ce qu'il y a ? demanda Beckia en se levant.

— Enfilez votre armure.

L'ombre virtuelle d'Oscar relayait les images des capteurs à distance. Apparemment, il n'était pas le seul à vibrer à l'unisson des chemins ; plusieurs membres du comité d'accueil envoyé par les forces d'Ellezelin émergeaient d'un enchevêtrement de feuilles de wiplits et se faufilaient entre les troncs des dapols. Il vit par la baie vitrée une volée de caylars se disperser dans le ciel en battant frénétiquement de leurs ailes bleu marine. *Elle ne peut pas être si bête…* La fille qu'il avait vue dans le parc de Bodant transformé en champ de bataille était certes terrifiée, mais tout ce qu'elle avait accompli par la suite prouvait qu'elle était intelligente.

Oscar établit une liaison sécurisée avec Tomansio, qui volait au hasard au-dessus de la ville à bord de leur capsule d'emprunt.

— Venez tout de suite. Je crois que nous allons avoir besoin de vous.

— Elle arrive ?

— Je ne sais pas, mais il se passe quelque chose.

— Je suis là dans deux minutes.

Les capteurs lui montrèrent plusieurs agents en armure de combat sortant de divers appartements. Au pas de course, ils foncèrent vers la forêt.

Beckia le rejoignit. Le casque de la jeune femme se scella. La visière d'Oscar se referma, tandis que son champ de force intégral s'activait. Il vérifia rapidement ses armes de gros calibre. Des accélérants se déversèrent dans son système sanguin, et ses implants biononiques renforcèrent ses muscles.

— On y retourne, lâcha-t-il, incrédule.

Une onde disruptive de faible puissance fit voler en éclats la baie vitrée, et ils se précipitèrent dans le jardin.

* * *

La Rédemption de Mellanie attendait en suspension transdimensionnelle à cent mille kilomètres de Viotia. Ses capteurs passifs glanaient toutes les données qu'ils pouvaient ; l'espace autour de la planète était vide, à l'exception d'un navire de la compagnie Dunbavend, en orbite à mille kilomètres de la surface. Pour un transporteur civil, il était très lourdement armé, et apparemment prêt à faire feu.

Grâce à une liaison TD sécurisée, l'ombre virtuelle de Troblum se connecta à la cybersphère planétaire pour lui permettre de suivre les développements de la situation. Mais aussi pour chercher des traces de la présence de l'IA. Jusque-là, elle n'avait pas intercepté sa connexion, mais Troblum était convaincu qu'elle surveillait les données transmises par la liaison.

— Que faisons-nous ici ? demanda Catriona.

Elle était assise sur un tabouret près de la paroi de la cabine, d'où était sorti un petit bar en bois. Vêtue d'une robe en peau de serpent bleue moulante, les cheveux coiffés en une spirale élaborée et ornés de pierres rouges scintillantes, elle était prête pour sortir en ville.

— C'est l'itinéraire que j'avais programmé avant l'activation de l'Essaim, bougonna Troblum. Il fallait bien tester l'hyperréacteur.

Catriona se tourna vers la grande image de Viotia projetée au centre de la cabine.

— Tu vas l'appeler ?

— Qui ?

— Oscar Monroe.

— Non.

Il fit apparaître des graphiques de performances dans son exovision pour étudier les fonctions de l'hyperréacteur. Des affichages périphériques lui permettaient de suivre les violences qui avaient éclaté un peu partout sur la planète, comme les autochtones se vengeaient des adeptes du Rêve vivant.

— Si tu les aides, ils s'occuperont de la Chatte, reprit-elle.

Son ombre virtuelle fit glisser les graphiques de performances sur le côté. Il lui lança un regard noir.

— Ils s'en occuperont de toute façon. Paula sait que la Chatte a été tirée de suspension, et elle ne trouvera pas le sommeil tant qu'elle ne lui aura pas remis la main dessus. C'est terminé, tu comprends ? Maintenant, laisse-moi examiner ce réacteur. Dès que je serai satisfait de ses performances, nous partirons.

— Ce qui compte, pour moi, c'est ta sécurité. (Catriona prit un verre à cocktail haut et étroit, et sirota une boisson épaisse et rouge. Elle touilla les glaçons dans le fond.) Je sais que tu as besoin d'être fixé au sujet de la Chatte. Si tu t'en vas, tu ne sauras jamais le fin mot de l'histoire. Tu ne pourras pas vivre sans savoir. Tu passeras le reste de ton existence à regarder par-dessus ton épaule, à sursauter au moindre bruit.

— Je ne suis pas si faible.

— Si tu n'as pas peur, appelle Oscar.

— C'est de la logique de machine.

Elle fit la moue. Les écailles luisantes de ses lèvres virèrent au violet foncé.

— Pour quelqu'un qui se fiche de tout le monde, tu te comportes parfois en véritable fumier.

— La ferme. Et je ne plaisante pas.

Il augmenta l'intensité de son exovision. Dans une rue de Colwyn City, une famille d'adeptes du Rêve vivant était poursuivie par une foule armée d'outils électriques multifonctions et d'épaisses matraques. Leurs vêtements, démodés et taillés dans des étoffes archaïques, les avaient trahis. Un couple avec trois enfants éplorés, dont le plus âgé n'avait pas plus de onze ans. C'était une rue résidentielle où se succédaient maisons individuelles et immeubles d'habitation. Le père se précipita vers une maison qu'il semblait connaître et frappa à la porte en hurlant. Calme et efficace, mue par un instinct de chasse primitif, la foule les cerna. Le père continuait à marteler la porte, tandis que la mère pleurait et suppliait leurs bourreaux d'épargner ses enfants. Sans s'arrêter de crier, et sachant à quel point ses supplications étaient vaines, elle serra ses enfants contre elle. Le reporter était bon : il obtint une image parfaitement nette des matraques de fortune brandies dans les airs.

Troblum détourna la tête tandis que son ombre virtuelle interrompait la diffusion. La réalité était trop difficile à supporter.

— Souhaites-tu devenir humaine ? demanda Troblum. Pensais-tu que je transférerais ta personnalité dans un corps cloné ?

— Pardon ?

— Était-ce ce que tu espérais ?

— Non, répondit Catriona, choquée.

— Je ne ferais jamais cela. Jamais. L'univers n'a que faire de davantage d'humains. Nous n'avons rien à lui offrir. Nous avons besoin de laisser derrière nous notre forme ancienne. Elle est source de tristesse et de souffrance. Les Mondes extérieurs grouillent d'animaux. D'animaux et non pas d'humains. Ils ne réfléchissent pas, se contentent d'agir. Des animaux, juste des animaux.

— Comment définis-tu un humain, alors ? Est-ce quelqu'un comme toi ?

— Une véritable personne voudrait son indépendance. Si tu étais vraie, tu voudrais avoir un corps. En as-tu déjà parlé avec Trisha, Isabella et Howard ?

— Troblum ? (Elle semblait troublée.) S'il te plaît…

— Howard était dans le coup ? Vous alliez faire pression sur moi pour me convaincre ?

— Non.

— Tu as parlé de moi à la Chatte ? hurla-t-il.

— Arrête !

— Je n'ai pas besoin de toi.

— Moi, j'ai besoin de toi. Je t'aime.

— Ne sois pas bête.

Elle descendit de son tabouret et tomba à genoux à ses pieds.

— J'existe grâce à toi. Comment pourrais-je ne pas t'aimer ? Jamais je ne te trahirai. Tu le sais.

Troblum tressaillit. Sa main était suspendue au-dessus de son épais chignon en spirale.

— S'il te plaît, le supplia-t-elle, les yeux embués de larmes. S'il te plaît, Troblum. Ne te fais pas cela.

Il lâcha un soupir et posa la main sur la tête de Catriona, sentit le contact de ses cheveux, le bombé de son chignon. Alors, la main de la jeune femme se referma sur la sienne, lui transmit sa chaleur, sa douceur. Elle embrassa ses doigts un à un. Troblum gémit, mi-honteux, mi-ravi. *Elle n'est pas vraie. Catriona est un programme intelligent de personnalité artificielle. Cela fait-il d'elle un être humain parfait?* Son esprit était plongé dans le chaos.

— Tu changerais, murmura-t-il. Si je te donnais un corps de chair, tu changerais. Tes programmes emprunteraient des chemins neuraux, des voies qui ne sont jamais fixes. Je ne veux pas que tu changes.

— Je ne veux pas d'un corps de chair. Je te veux toi. Pour toujours. Et j'ai besoin que tu sois en sécurité et heureux. Tu comprends, Troblum ?

— Oui, je comprends.

Les capteurs du vaisseau l'informèrent que des armes à énergie étaient utilisées au-dessus de Colwyn City. Troblum fronça les sourcils.

— Qu'est-ce que c'est ? s'enquit-il.

Son ombre virtuelle entreprit d'affiner les résultats des scans.

* * *

Cela faisait bien longtemps qu'Araminta n'avait pas utilisé son programme-mélange. Elle n'avait d'ailleurs rien contre lui, excepté le fait qu'il était associé au souvenir de Likan. Son malaise était stupide ; elle ne pouvait pas se permettre ce genre de faiblesse.

Elle longea un ruisseau et envoya son esprit en éclaireur sur le chemin silfen. Au loin, elle sentait la présence de l'Île-mère, chaleureuse et imposante. Il y avait également un champ de Gaïa humain agité et pétillant d'excitation. À l'opposé, elle perçut l'esprit du Seigneur du Ciel, dont elle se détourna aussitôt. Ses pieds continuaient à la porter. Autour d'elle, les arbres se faisaient plus grands ; aux espèces locales venait désormais se mêler la végétation de la forêt de Francola. Elle sentait le parfum du wiplit et savait où elle allait déboucher. Son esprit lui montra une foule de personnes dissimulées dans des buissons. Leur technologie les rendait invisibles, mais leurs pensées froides les trahissaient. Ils attendaient quelque chose. Ils attendaient quelqu'un. Ils l'attendaient elle.

Mais, alors que le chemin la transportait vers son extrémité, elle le sentit fluide, ancré simplement par des désirs anciens chantés par les Silfens des millénaires plus tôt. Elle essaya d'imposer ses propres désirs, mais ils semblaient manquer de clarté, de précision. Le chemin resta où il était. Alors, elle ouvrit le programme-mélange ; une vague de calme inonda son corps, la centra, lui permit de se concentrer sur la moindre de ses sensations.

Les chants imprimés dans la structure du chemin devinrent plus faciles à suivre, à comprendre. Partant de cette connaissance nouvelle, elle s'efforça d'en élaborer de nouveaux, ses désirs amplifiés par une douce nostalgie et des espoirs fragiles.

Comme la mélodie envahissait toute sa conscience, ses pieds continuèrent à la porter, d'écraser l'herbe humide. Elle se balançait au rythme d'une ondulation qu'elle avait libérée, et constata avec joie que l'extrémité du chemin se déplaçait avec elle, la conduisait vers l'endroit où elle souhaitait tant se rendre. Soudain, droit devant elle, elle vit briller ces pensées qu'elle connaissait si bien à l'intérieur de sa maison.

Araminta ouvrit les yeux pour contempler le jardin et la vieille demeure. Son sourire initial s'évanouit rapidement. Il y avait eu un incendie. Des traces de fumée noire maculaient la façade blanche au-dessus de trois des grandes fenêtres du rez-de-chaussée. Deux des balcons avaient été détruits. Il y avait un trou dans la toiture, qui semblait avoir fondu.

— Par Ozzie ! gémit-elle.

Son incrédulité resta sous contrôle grâce au programme-mélange, n'occupant qu'une mince portion de son esprit. Ainsi, son émotion ne colora ni sa détermination ni son comportement.

— Bovey ! cria-t-elle en courant vers la maison. Bovey !

Deux d'entre eux se trouvaient à proximité de la piscine. Ils se retournèrent en entendant sa voix. Leur étonnement inonda le champ de Gaïa.

— Vous allez bien ! s'étonna-t-elle en s'arrêtant à quelques mètres d'eux.

L'un des deux était le Bovey avec qui elle était sortie la première fois, l'incarnation qu'elle voyait en premier quand elle pensait à lui ; l'autre était le grand adolescent blond. À leurs pieds gisait un corps inerte recouvert d'un drap de bain.

— Oh, non ! s'exclama-t-elle. Pas l'un d'entre vous…

— Que veux-tu…, dit le plus âgé en la prenant dans ses bras. Tout ira bien, maintenant.

Au fond d'elle-même, elle était impressionnée par son propre calme, par la manière dont elle canalisait ses émotions et continuait à réfléchir d'une façon rationnelle. Elle savait ce qu'elle avait à dire, même si sa voix manquait un peu d'intensité.

— Je suis désolée. C'est ma faute.

— Mais non, la réconforta-t-il.

— J'aurais dû te le dire. J'aurais dû te prévenir. Je suis partie parce que je ne voulais pas te mêler à cela. Je ne voulais pas qu'on te fasse du mal…

Les deux incarnations de Bovey ne purent s'empêcher de jeter un regard furtif au cadavre.

— Ne t'inquiète pas. Tu es revenue et c'est tout ce qui compte.

— Que je ne m'inquiète pas ? Mais ils ont tué une de tes incarnations ! (Soudain, ses remords et un doute l'assaillirent.) Combien en ont-ils tué ?

Il fit un pas en arrière sans lâcher ses épaules.

— Dis-moi, insista-t-elle.

— Cinq, répondit-il, presque honteux.

— Les salauds !

— Ce n'est pas grave, rétorqua-t-il, fataliste. C'est l'intérêt d'être multiple ; les pertes corporelles ne comptent plus. Certaines de mes incarnations sont éparpillées dans la ville, et personne ne sait où elles sont. Pas ces voyous, en tout cas. Je suis en sécurité. Bien plus que toi.

— Tout est ma faute. Je ne devrais pas être ici. J'aurais dû attendre que tout soit terminé avant de revenir te voir.

— Je suis content que tu sois venue, je t'assure. Le fait de t'avoir vue, de savoir que tu vas bien justifie tout ce qui m'est arrivé. (Les deux Bovey se tournèrent vers le Cairns, dont les eaux boueuses s'écoulaient au pied du jardin.) Comment es-tu venue jusqu'ici ? Tout le monde pense que tu es sur Chobamba.

— C'est une longue histoire.

Un bruit semblable à un grondement de tonnerre résonna dans la maison. Araminta se tourna vers sa source et vit des armes à énergie illuminer le ciel juste en dessous du dôme de protection. Elle n'eut pas besoin de l'assistance d'un programme pour comprendre que des combats faisaient rage dans le quartier de Francola.

— Encore ? gronda Bovey. Ça suffit, maintenant !

— C'est à cause de moi, dit-elle, impassible. Ils se battent parce qu'ils croient que je suis là-bas.

— Araminta…, commencèrent les deux Bovey d'une voix pleine de détresse.

— Je ne peux pas rester. Ils finiraient par me trouver.

— Alors fuyons. Fuyons tous ensemble. La Marine pourra sûrement nous aider.

— Non. C'est impossible. L'ANA n'est plus là. Personne ne nous aidera. Personne ne peut arrêter le Rêve vivant et les Accélérateurs. Tout dépend de moi, à présent.

— De *toi* ?

— J'ai fini de fuir et de me cacher. Je n'ai pas le droit de t'entraîner dans cette histoire parce que je n'ai pas eu le courage de t'en parler plus tôt.

— Je comprends.

— Tu es gentil. Trop gentil, même. Quand tout sera terminé, j'ai envie que nous vivions ensemble. C'est mon rêve le plus cher. Je suis venue ici pour te le dire.

Il la serra dans ses bras.

— Ton rêve se réalisera, chuchota-t-il, déterminé. Je te le promets.

— Mais je dois accomplir certaines choses avant. Je n'en ai pas vraiment envie, mais je n'ai pas le choix. J'ai une idée et j'ai besoin que tu m'aides à la mettre en œuvre.

Le vingt-sixième rêve d'Inigo

Depuis des années qu'il vivait à Makkathran, Edeard n'avait encore jamais eu l'idée de dessiner un plan des tunnels profonds. Il savait qu'il y avait cinq cercles concentriques principaux reliés par des boyaux transversaux sinueux. Instinctivement, il connaissait leur position par rapport aux rues qui les surplombaient. Au-delà du cercle extérieur, de longues branches s'étiraient sous la plaine d'Iguru au hasard, semblait-il. Un jour, il volerait dans chacun de ces tunnels puissamment illuminés pour voir où ils conduisaient. Lorsqu'il en trouverait le temps.

Pour le moment, il était heureux de pouvoir emprunter le cercle extérieur pour se rendre rue Grinal, dans le quartier de Bellis, où Marcol n'arrivait pas à maîtriser un esprit particulièrement fort. Il n'avait pas utilisé les tunnels depuis des mois ; il n'avait que rarement l'occasion de partir en exploration, ces temps-ci. Cela faisait également plusieurs années qu'il n'avait eu aucune raison de se précipiter quelque part, en particulier pour des opérations de maintien de l'ordre. Tandis qu'il filait sous Lisieux, son excitation était telle qu'il en vint à maudire la prudence de la maturité. Le vent était si fort que sa cape menaçait de se détacher de ses épaules. Il tendit les bras devant lui, comme s'il était en train de plonger. Puis il effectua un tonneau. Il ressentait un tel plaisir que son sang pulsait dans ses veines. Il cria de joie. Il revivait.

Il tourna encore et encore sur lui-même. Il dépassa un tunnel transversal, puis un autre. Il était presque arrivé à destination, mais était tenté de continuer, de refaire un tour. *Marcol et ses hommes peuvent se charger de cette affaire tout seuls, non ?*

Quelque chose dévala la paroi légèrement arrondie droit devant lui. Comme il n'utilisait jamais sa vision à distance dans ces tunnels très bien éclairés, sa surprise fut totale. Il eut juste le temps de durcir sa troisième main pour se protéger et éviter le choc. Deux personnes accrochées l'une à l'autre. Deux adolescents qui hurlaient. Ils étaient nus et faisaient l'amour dans le puissant courant d'air. Il aperçut brièvement leurs visages surpris et extatiques avant qu'ils disparaissent, leurs cris couverts par le vent hurlant. Edeard projeta son esprit dans leur direction, mais le tunnel les avait éloignés trop rapidement ; ils se trouvaient désormais hors de portée, derrière la courbe.

Il reprit la maîtrise de ses pensées et demanda à la ville de le conduire dans la direction opposée afin de rattraper ces intrus. Il ralentit comme il en avait l'habitude et s'arrêta en glissant sur le sol du tunnel. Enfin, la force qui le transportait s'inversa et lui fit faire demi-tour.

Cette fois, il projeta son esprit devant lui. Percevoir à travers les parois du tunnel était difficile, même pour lui. Il sentait la ville, deux cents mètres plus haut, mais uniquement grâce à sa connaissance profonde du réseau de rues et à leur relation avec les tunnels. Percevoir quoi que ce soit devant lui était presque impossible.

Pendant un instant, il les distingua, à quelques centaines de mètres, avant de les perdre aussitôt. Il croisa alors un tunnel transversal sans savoir dans quelle direction les chercher. Il s'arrêta tant bien que mal. Debout sur le sol lumineux, il regarda dans les deux directions, comme s'il pistait une proie. Puis il tenta de creuser dans la structure du tunnel, dans sa mémoire ; la ville se rappelait pendant des décennies les événements qui se déroulaient en son sein.

Ce fut sa deuxième surprise de la journée. Il n'y avait pas de souvenir. En tout cas pas du couple d'adolescents. Il percevait le souvenir de son propre passage, une minute plus tôt, mais des deux amoureux, aucune trace.

— Par la Dame, comment…

Sa voix se réverbéra dans les tunnels tandis qu'il considérait le carrefour illuminé en fronçant les sourcils. Pendant un bref instant, il crut entendre des éclats de rire dans le tunnel principal. Son imagination lui jouait des tours.

— Par l'Honoious ! gronda-t-il avant de demander à la ville de le conduire à Bellis.

La rue Grinal était une artère agréable qui serpentait dans la partie sud de Bellis, entre le canal de l'Émeraude et celui du Chêne. On y trouvait un mélange hétéroclite de bâtiments : des manoirs au toit pointu, des hémisphères enflés percés d'arches étroites qui accueillaient des boutiques, une rangée de maisons constituées de trois cylindres imbriqués les uns dans les autres et surplombés d'un large toit qui leur donnait des allures de champignons boursouflés. Le sergent Marcol avait été appelé à cause d'un incident survenu sur la place des Cinq fontaines, tout près du canal du Chêne. La place était ceinte d'un mur concave percé de petites cellules reliées entre elles par des tubes courts sans aucune logique apparente, comme si la structure avait été creusée par des insectes géants dans un passé très lointain. Les marchands et les négociants aimaient s'échanger des objets précieux et de petite taille dans cette ruche. Peu de gens habitaient cette partie du quartier, mais nombreux étaient ceux à y travailler et à s'y promener.

Edeard arriva devant une arche basse sous laquelle il passa en baissant la tête. Il y avait beaucoup d'hostilité et de colère, mais très peu de lumière à l'intérieur. Dès qu'il eut franchi le seuil, il se sentit scruté par un esprit puissant. Le petit curieux se trouvait à Zelda et se retira immédiatement lorsque Edeard essaya de remonter sa piste.

Il se figea et fit la moue, intéressé. Cela ne lui était pas arrivé depuis quelques années. Celui qui s'était tellement intéressé à lui avant la venue du Seigneur du Ciel l'avait laissé tranquille depuis. Jusqu'à ce jour, ce qui n'était sans doute pas un hasard.

Marcol l'attendait dans une herboristerie, une salle du deuxième étage que l'on atteignait après avoir gravi un escalier en spirale et traversé quelques tubes de connexion. Ses murs étaient entièrement couverts de tapisseries tissées de motifs géométriques complexes. Des lampes à huile de jamolar pendaient à de longues chaînes de cuivre et dispensaient une lumière épaisse et jaune. Un mélange d'épices et d'alcool embaumait l'atmosphère ; l'odeur était si forte qu'Edeard s'attendait presque à voir un nuage de vapeur planer dans la salle. La cellule était pleine de petites étagères sur lesquelles étaient alignées de nombreuses pipes de kestric de différents diamètres et longueurs. Quelques-unes étaient brisées sur le sol. Des centaines de longues feuilles effilées de la plante narcotique étaient suspendues qui séchaient dans l'atmosphère chaude. Edeard avisa également des fagots, des graines et des feuilles qu'il ne reconnaissait pas. Nombre d'entre eux avaient été piétinés.

Edeard avait compris qui étaient les protagonistes dès qu'il avait écarté le rideau de perles de l'établissement : deux hommes se tenaient de chaque côté de la pièce, le regard noir, l'esprit bouillonnant d'animosité. L'un était vieux, grand, vêtu d'une veste et d'un pantalon assortis de très belle facture, brodés d'oiseaux colorés dans le style des tapisseries qui ornaient les murs. Edeard supposa qu'il s'agissait du propriétaire de la boutique ; avec sa longue barbe grise et ses cheveux ébouriffés, il avait le bon profil.

L'autre homme était considérablement plus jeune – moins de trente ans – et appartenait à une catégorie de personnes qu'Edeard ne connaissait que trop bien : les fils de Grandes Familles sans héritage. Aussi arrogant que beau, il vivait bien au-dessus de ses moyens grâce à des crédits accordés par les commerçants ; des commerçants comme cet herboriste, supposa aussitôt Edeard. Les deux gendarmes qui accompagnaient Marcol lui avaient mis les menottes, visibles sous les manches retroussées de sa veste en velours rouge foncé. Edeard évalua la situation et se demanda ce qui justifiait sa présence ici. Puis il examina avec attention le visage du jeune homme, prit note de ses pommettes hautes, de ses cheveux noirs souples et de son regard marron clair méprisant.

Je l'ai déjà vu quelque part, mais où ? Il était plus jeune, à l'époque. Ah ! Ma mémoire !

— Que se passe-t-il ? demanda-t-il d'un ton léger.

— Colfal nous a appelés, répondit Marcol en désignant le marchand. Il accuse ce monsieur de l'avoir attaqué psychiquement. Nous sommes venus tout de suite, mais Tathal a résisté. (Il montra du pouce le jeune aristocrate, qui sourit d'un air provocateur.) C'est un coriace.

— Je n'ai rien fait de mal, se défendit Tathal d'un ton poli.

Son accent ne trahissait pas forcément son appartenance à une Grande Famille de Makkathran. Peut-être venait-il des provinces du sud.

Edeard leva l'index pour le faire taire et se tourna vers Colfal.

— Pourquoi vous a-t-il attaqué ?

La colère du marchand s'estompa. Il prit un air revêche, inspira profondément et dit :

— Je ne voulais pas vous faire perdre votre temps, Celui-qui-marche-sur-l'eau. Je m'excuse. Il s'agit d'un malentendu.

— Hein ? (La mâchoire inférieure de Marcol se décrocha.) Mais vous nous avez appelés !

Du coin de l'œil, Edeard regarda la marchandise écrabouillée par terre tout en étudiant en esprit les quelques pensées que Marcol laissait filtrer à travers son bouclier.

— Bien. Et vous, Tathal, qu'avez-vous à dire ?

— Je vous présente mes plus plates excuses. Comme vos gendarmes vous le confirmeront, je possède une puissante troisième main. Dans le feu de l'action, j'ai parfois du mal à me retenir.

— Vous ne souhaitez pas porter plainte ? demanda Edeard à Colfal.

— Non, répondit le vieil herboriste sans oser croiser son regard.

— Parfait. (Edeard fit signe aux gendarmes de relâcher le jeune homme.) Et vous, tâchez d'apprendre à maîtriser votre force.

— Bien sûr, Celui-qui-marche-sur-l'eau.

— Où habitez-vous ?

— À Abad. Je possède une résidence avenue Boldar.

— Vraiment ? Près de la Communauté de l'Abricot ?

Tathal sourit de toutes ses dents et pencha la tête sur le côté.

— J'ai la chance d'appartenir à la Communauté, en effet.

Ce qui expliquait les vêtements de qualité et le léger accent provincial. En revanche, Edeard ne se rappelait toujours pas où il avait vu ce visage.

— Vous êtes libre de partir, mais considérez ceci comme un avertissement. Tâchez d'éviter les ennuis à l'avenir.

— Oui, Celui-qui-marche-sur-l'eau.

Edeard était sûr qu'il y avait de la moquerie sous cette soumission apparente, même si le bouclier mental de Tathal ne laissait rien filtrer. Il avait même l'impression de n'avoir jamais croisé esprit aussi bien protégé, ce qui, à Makkathran, n'était pas rien.

— Le temps d'un gendarme, surtout le mien, est précieux, dit-il à Colfal après que Tathal eut écarté le rideau de perles pour sortir de la boutique. Le lui faire perdre est un délit.

— Je suis désolé, marmonna l'herboriste, tête baissée, les joues rouges.

— Qu'est-ce que c'était que cette histoire ? demanda Edeard à Marcol lorsqu'ils furent sur la place.

— Je suis vraiment navré. La situation a dégénéré si vite. Par la Dame, qu'est-ce qu'il était fort ! Je n'ai pas pu le maîtriser tout seul. Même avec l'aide de mes hommes, cela n'a pas été facile, alors, instinctivement, je t'ai appelé.

— Hmmm…, fit Edeard en regardant le dédale de commerces avec méfiance. Il était vraiment si fort que cela ?

— Oui.

— Pourquoi se sont-ils disputés ? Si Tathal appartient vraiment à la Communauté de l'Abricot, j'imagine que ce n'est pas pour un problème d'impayé.

— Je ne sais pas trop. Quand nous sommes arrivés, Colfal l'accusait de tout un tas de choses : extorsion, abus de pouvoir, menaces physiques, assaut psychique, j'en passe et des meilleures.

— Intéressant.

Edeard projeta son esprit dans les murs de la boutique pour tenter d'accéder à la mémoire de la ville ; malheureusement, les parois couvertes de tapisseries étaient sourdes et aveugles.

— Je n'arrive pas à croire que Colfal ait reculé, lâcha Marcol. Lui qui semblait aussi furieux qu'un drakken blessé.

— La domination, expliqua Edeard. J'ai décelé des traces de cette technique dans ses pensées ; c'est toujours le même procédé. (Il s'arrêta. Soudain, il se rappelait où il avait vu Tathal.) Par la Dame ! J'aurais dû m'en douter.

* * *

Le chef des gendarmes des Makkathran avait son bureau à l'arrière du palais du Verger. Il s'agissait d'une grande pièce circulaire dont le plafond conique et vrillé semblait avoir été façonné à la main. Sur le sol poli couleur ocre, étaient dessinés les contours d'un pentagone rouge. Les murs étaient marron clair et brillants. Edeard n'avait pas besoin de beaucoup de meubles ; après tout, c'était uniquement son lieu de travail. Il avait le bureau en murchêne que lui avait offert Kanseen juste après son élection, et une grande table pour ses réunions avec les capitaines et les juristes.

Il rentra directement après avoir quitté Marcol. Pendant son absence, Felax avait fait venir Golbon et Jaralee, les deux derniers membres actifs du comité de lutte contre le crime organisé du Grand Conseil. Malgré ses efforts, Edeard n'était pas encore parvenu à relancer cette machine.

— J'ai un nouveau dossier pour vous, annonça-t-il en se dirigeant vers son bureau.

Golbon et Jaralee échangèrent un regard surpris. Depuis sept ans, ils se contentaient de classer les dossiers et de les archiver.

Edeard s'assit derrière sa table de travail. Derrière lui, une rangée de fenêtres hautes et étroites donnait sur le Jardin de Rah et le canal du Cercle central. Il s'arrangeait toujours pour ne pas faire face à cette vue.

— La Communauté de l'Abricot.

Golbon lâcha un grognement.

— Encore ! Nous avons déjà enquêté sur eux il y a quelques années. Ce sont juste de jeunes marchands en manque d'influence politique. C'est vrai qu'ils utilisent parfois des tactiques un peu rudes, mais pas plus que les commerçants de l'ancienne génération. Ils ne sont mêlés à aucune activité criminelle.

— Parfait, dans ce cas, cela ne vous prendra pas trop de temps, répondit Edeard. Je veux les noms de tous les membres de l'association, et, oui, cela inclut aussi mon beau-fils. Passez en revue toutes leurs sociétés. Je veux savoir ce qu'ils possèdent : les propriétés, les terres, les navires et ainsi de suite. J'ai également besoin que vous passiez au peigne fin le bilan financier d'un herboriste appelé Colfal. Voyez si vous trouvez des liens avec des membres de la Communauté.

— Pourquoi cet intérêt soudain ?

— Je n'en suis pas sûr, mais je crois que l'un de ses membres, un certain Tathal, s'est servi de son pouvoir de domination sur un marchand : Colfal, justement.

— Ah ! Encore une affaire impossible, s'exclama Jaralee.

Celle-ci avait d'abord été apprentie de la Guilde des juristes, avant d'être transférée chez les clercs, ce qui en faisait une aide précieuse pour les enquêtes d'Edeard. Sa capacité à trouver des indices compromettants dans des dossiers anodins était légendaire, et sa connaissance du droit lui permettait de savoir immédiatement quelle peine encouraient les délinquants.

— On a pu prouver la domination dans certains cas, fit remarquer Golbon.

— Oui, admit Jaralee, mais uniquement quand des membres des Grandes Familles ont attaqué en justice des citoyens ordinaires. Leur parole a suffi, dans tous les cas, car la cour s'est rangée dans le camp des forts. En vérité, on n'a jamais prouvé qu'il était possible d'influencer les pensées d'autrui.

— Je sais qu'il n'y a pas de base légale, acquiesça Edeard. Néanmoins, si cela s'est bien produit avec Colfal, c'est sans doute dans le cadre plus général d'une affaire plus grave. Si la domination est avérée, nous nous intéresserons de près à leurs activités communes.

— D'accord, dit Jaralee. Mais gardez bien à l'esprit qu'aucun tribunal ne retiendra la seule accusation de domination.

— Bien sûr, répondit Edeard en tâchant de ne pas penser à Salrana. Il y a autre chose : Tathal possède des aptitudes psychiques très puissantes. Même Marcol a eu des difficultés à l'immobiliser. Sa capacité de domination n'en est que plus importante, j'imagine.

— Sainte Dame, marmonna Golbon. Vous croyez qu'il voudra s'en prendre à nous ?

— J'en doute, mais restez tout de même sur vos gardes. Tathal n'est pas le seul voyou à posséder ce genre de capacités.

Il leur parla alors des esprits curieux qui l'espionnaient occasionnellement depuis quelques années. En revanche, même s'il avait confiance en eux, il garda pour lui l'incident du tunnel. Ces jeunes gens n'avaient pu descendre dans ce boyau qu'avec la complicité de la ville elle-même. Il ignorait si celle-ci obéissait simplement aux esprits les plus forts ou si elle choisissait d'aider une personne plus qu'une autre. Cette dernière hypothèse lui paraissait peu probable. La ville ne s'était adressée à lui qu'à une seule reprise, le jour où il avait découvert les vrais pouvoirs du Vide.

— Ces espions travaillent-ils ensemble ? demanda Jaralee.

— Je ne sais pas, mais je souhaite également vérifier si Ranalee est liée d'une manière ou d'une autre à la Communauté.

— Je vois, dit-elle d'une voix neutre.

Edeard s'efforça de ne pas sourire. Au fil des ans, le comité de lutte contre le crime organisé avait perdu beaucoup de temps à enquêter sur Ranalee. Jaralee et les autres en étaient arrivés à la conclusion que la propriétaire de la *Maison des pétales bleus* obsédait Edeard. À cause de cela, il les suspectait de ne pas faire preuve d'autant de zèle qu'ils l'auraient dû.

— Je sais que… euh… Ranalee et Tathal ont eu une relation physique il y a quelques années de cela. C'est probablement elle qui lui a appris sa technique de domination.

Encore une fois, Golbon et Jaralee échangèrent un regard.

— Nous nous pencherons sur la question, lui assura Jaralee.

* * *

Edeard et Kristabel embarquèrent dans une gondole familiale et prirent la direction du Bassin central. L'après-midi touchait à sa fin ; dans la lumière déclinante, les cirrostratus se drapaient d'une robe or très douce. L'atmosphère chaude de la ville était chargée d'une lourde odeur de mer.

Ils n'étaient pas les seuls à profiter des derniers instants de cette agréable journée ; des centaines de gondoles naviguaient sur le Grand Canal majeur. Elles avançaient toutes lentement. Edeard avait l'impression que tous les bateaux de Makkathran étaient à l'eau. Jamais il n'avait vu autant de ces embarcations noires et effilées en même temps. Les rues et avenues qui flanquaient le canal grouillaient également de monde.

Edeard observa la foule et remarqua un grand nombre de personnes âgées accompagnées de leurs familles. La plupart se dirigeaient vers Eyrie.

Kristabel croisa son regard.

— Encore combien de temps ?

— Ils arriveront dans neuf jours.

— Cinq Seigneurs du Ciel, dit-elle, stupéfaite. Je me demande s'il en venait autant à la fois au temps de Rah ?

— La Dame ne nous a pas laissé de chiffres.

Edeard vit une vieille femme qui ressemblait étrangement à Dame Florell aidée par trois jeunes filles. Ses articulations étaient si raides qu'elle avait le plus grand mal à marcher. Dans son esprit, il lut sa souffrance physique, mais aussi sa perplexité. Elle ne se rendait peut-être pas vraiment compte de ce qui lui arrivait. Sur l'eau, en contrebas, des gondoles transportaient d'autres personnes âgées vers les tours déformées d'Eyrie. Ceux qui avaient les moyens pouvaient faire ce dernier voyage dans les meilleures conditions.

— Comment se débrouillaient-ils, à l'époque ? demanda Kristabel.

— La population était moins importante, la ville était assez grande pour accueillir et loger tout le monde.

L'afflux de personnes âgées venues des provinces pour rencontrer les Seigneurs du Ciel devenait difficile à gérer. Le nombre de nouveaux arrivants n'avait cessé de croître depuis le départ de Finitan avec le premier Seigneur du Ciel quelques années plus tôt. Désormais, des milliers de personnes arrivaient à Makkathran chaque mois, des milliers de malades souvent accompagnés par plusieurs membres de leur famille, si bien que la ville avait de plus en plus de mal à absorber toute cette population. Ainsi, les gendarmes étaient déployés dans les rues pour gérer une centaine de conflits chaque jour ; les disputes éclataient à cause de la location d'une chambre ou du prix des aliments vendus aux provinciaux. Les gendarmes devaient aussi assurer la circulation dans des rues qui grouillaient de personnes âgées ayant des difficultés à se mouvoir, ce qui était loin d'être facile. Les premières fois, les habitants de la ville s'étaient montrés charitables et avaient fait preuve de bonne volonté, mais ce temps-là était révolu.

La gondole atteignit le Bassin central et se dirigea vers le canal de la Route marchande. Ils durent attendre plusieurs minutes qu'une plate-forme d'amarrage se libère à l'extrémité de la rue Jodsell. De là, il n'y avait que quelques minutes à pied jusqu'au manoir du maître du quartier, dans le centre de Sampalok.

Edeard ressentait toujours une certaine gêne quand il entrait sur la grande place située au cœur du quartier. C'était l'endroit que tout le monde associait au bannissement des bandits, véritable tournant dans l'histoire de Makkathran et de Querencia. C'était faux, évidemment. En réalité, le vrai changement avait débuté dans une salle secrète sous la tour en spirale de la Guilde des armuriers, mais personne n'en saurait jamais rien.

Le manoir du maître et de la maîtresse de Sampalok trônait au centre de cette place. Chacune des six facettes de l'énorme bâtisse était ornée d'une couleur pastel différente et dotée d'une grande arche. Il n'y avait ni portes ni portails car, contrairement à leurs prédécesseurs, le maître et la maîtresse ne refusaient jamais de rencontrer les personnes qu'ils étaient censés servir.

Dans le passé, la place avait été animée ; des marchands y dressaient leurs étals pour vendre fruits et boissons, tandis que les enfants couraient dans tous les sens et zigzaguaient entre les fontaines. De cet espace ouvert, cependant, il ne restait plus rien. Des centaines de tentes à la structure en bois avaient fleuri tout autour du manoir. Tandis qu'ils marchaient vers l'entrée principale, des gé-chimpanzés s'activaient, nouaient entre elles des tiges pour monter de nouveaux abris. Des familles entières attendaient devant des piles d'objets apportés de leurs foyers.

Kristabel huma l'atmosphère d'un air soupçonneux.

— Je croyais que Kanseen devait faire venir des toilettes mobiles ?

Edeard haussa les épaules, et ils entrèrent dans la cour du manoir avec ses statues blanches et ses haies soigneusement taillées. Les portes de la bâtisse étaient grandes ouvertes sur un large couloir dont le plafond émettait une puissante lumière blanche. Un large escalier incurvé conduisait au premier étage. Il était facile à gravir, comme Edeard l'avait toujours voulu. Ce fameux jour, il avait un peu négligé l'aménagement intérieur de la bâtisse ; seul l'aspect extérieur s'était imposé de lui-même. Le moment venu, il avait élaboré une structure interne similaire à celle qu'il avait détruite, mais avec des lumières plus blanches, des baignoires d'une taille raisonnable, des lits d'une hauteur décente… La liste des inconforts auxquels les habitants de Makkathran s'étaient habitués au fil des millénaires était longue.

Macsen et Kanseen se trouvaient dans la petite salle de réception du premier étage. Ils firent signe à Edeard et à Kristabel de sortir sur le balcon discret où les attendait du vin. Ainsi que Dinlay et Gealee. La quatrième épouse de Dinlay était une rousse incendiaire âgée de vingt-huit ans qui mesurait au moins huit centimètres de plus que son mari. Edeard les vit qui se tenaient l'un à côté de l'autre devant la balustrade et le soleil couchant et, au prix d'un effort de concentration énorme, réussit à masquer ses émotions et ses sentiments. *Les épouses de Dinlay auraient pu être des sœurs. Il sait que cela ne fonctionne pas ! Pourquoi persiste-t-il sur la mauvaise voie ?*

— Il est optimiste, murmura Kristabel.

Edeard s'empourpra.

— Par la Dame, est-ce que j'ai…

— Non, c'est juste que je te connais bien.

Kristabel sourit de toutes ses dents et prit Dinlay dans ses bras.

— Heureuse de vous revoir, reprit-elle en embrassant Gealee. Alors, cette lune de miel ?

— Oh ! C'était fabuleux, je vous remercie. Le yacht que vous nous avez prêté nous a conduits dans tellement de petits ports fabuleux. Les villages de la côte sont tous si différents. Et les îles Oantrana ! Elles sont sublimes, intactes. Jamais je n'aurais cru qu'elles étaient aussi belles. Je pourrais vivre sur n'importe laquelle d'entre elles.

Dinlay prit son épouse par la taille.

— D'accord, mais pas avant la retraite, protesta-t-il.

Elle l'embrassa.

Edeard avala un peu de vin.

Macsen passa un bras autour de ses épaules.

— Alors, que penses-tu de nos invités ? demanda-t-il en désignant d'un geste du bras la vaste place au-delà des murs du manoir.

— Ils sont très nombreux, répondit-il, heureux de pouvoir parler d'autre chose.

Même si ces *invités* étaient nombreux, même si leurs conditions de vie étaient difficiles, l'ambiance était positive et les gens soulagés. Le long de toutes les rues, de tous les canaux, l'optimisme prévalait. On se serait cru une veille de carnaval.

— Ils rentreront chez eux dès que les Seigneurs du Ciel seront repartis, dit Kanseen.

— Puis déferlera une nouvelle vague, ajouta Macsen. Ne nous voilons pas la face. J'ai vérifié auprès de la Guilde des clercs : il ne reste plus le moindre appartement vacant. C'est intolérable. Et nos enfants ? Où habiteront-ils ?

— Nous en sommes conscients, dit Edeard. J'ai assisté à trois réunions avec le maire sur ce sujet.

— Et quelles ont été ses conclusions forcément brillantes ? demanda Dinlay.

Edeard lui lança un regard étonné ; son ami faisait normalement preuve de plus de diplomatie. Peut-être Gealee était-elle différente, après tout.

— Il pense que cela va se calmer avec le temps. Nous n'en sommes qu'au début, et il est normal que tous ces gens viennent pour être guidés. Vous verrez bientôt que leur nombre va décroître et se stabiliser.

— Quand ?

Edeard haussa les épaules.

— En réalité, le problème vient des gens qui accompagnent ceux qui souhaitent être guidés. C'est à cause d'eux que nous avons tous ces soucis.

— C'est tout ? C'est tout ce que le maire a dit ? Attendons quelques années et le problème se réglera de lui-même ?

— Pas tout à fait. Beaucoup d'auberges nouvelles voient le jour autour de Makkathran. Il y en a au moins une dans la plupart des villages qui se situent à moins d'une journée de bateau de la ville, et il s'en crée de nouvelles chaque mois. Elles nous faciliteront la tâche.

— J'espère que vous avez raison, intervint Gealee. Les enfants de mon frère ont maintenant plus de vingt ans et ils n'arrivent pas à se loger en ville. Keral a même voyagé dans les terres pour voir quel genre de vie il pourrait mener au-delà de la plaine d'Iguru.

— C'est très bien, remarqua Edeard. Nos enfants attendent beaucoup trop de cette ville.

— Mais nous vivons ici depuis deux mille ans ! protesta Gealee. Pourquoi partirions-nous ?

— La situation a changé, expliqua Macsen. Les provinces sont beaucoup plus développées qu'elles l'étaient encore récemment. Les villes vivent d'autre chose que de l'agriculture. Certaines Guildes provinciales sont aussi puissantes et aptes que leurs sœurs de la capitale.

— Dans ce cas, pourquoi les Seigneurs du Ciel viennent-ils seulement à Makkathran ?

Edeard aurait voulu pouvoir répondre à cette question. Kanseen et Dinlay le regardaient comme s'ils attendaient une explication raisonnable, mais il n'avait rien à leur dire.

— Les tours d'Eyrie sont à Makkathran, dit Macsen.

Non, cela n'a rien à voir, pensa Edeard. *Makkathran ne nous appartient pas. La ville n'a pas été construite pour les hommes.*

— Je leur poserai la question, bafouilla-t-il.

Tout le monde se tourna vers lui.

— Oui, confirma-t-il. Quand les Seigneurs du Ciel viendront, je leur demanderai de quoi ils ont besoin pour collecter nos âmes. Et si les tours de Makkathran sont le seul endroit qu'ils peuvent visiter.

Gealee se rapprocha de lui et l'embrassa furtivement.

— Merci, Celui-qui-marche-sur-l'eau.

Il lui sourit en s'efforçant de ne pas regarder Kristabel.

— Il n'y a pas de quoi.

— Il se pourrait que ces désagréments nous aident, finalement, reprit Macsen.

— Quels désagréments ? demanda Edeard.

— Eh bien, la venue de tous ces gens à Makkathran, expliqua Macsen, le visage ouvert, innocent.

— Comment cela ?

— Les désagréments sont source de mécontentement. Aux prochaines élections, la population voudra changer de maire.

Edeard lâcha un grognement, car il savait où son ami voulait en venir.

— C'est vrai que cela tombe très bien, s'enthousiasma Kristabel. Si tu ne te trompes pas au sujet du développement du marché des auberges en périphérie de la ville, le problème sera presque réglé au début de ton mandat.

— De mon mandat ? (Edeard aurait voulu lui dire d'arrêter d'abonder dans le sens de Macsen ; il avait presque l'impression d'être victime d'un complot.) Il faudrait pour cela que je sois élu.

— Tu es Celui-qui-marche-sur-l'eau, s'exclama joyeusement Kanseen. Tout le monde votera pour toi. Même les jeunes, maintenant que tu as fait revenir les Seigneurs du Ciel. N'est-ce pas Gealee ?

— Oh, oui ! acquiesça-t-elle.

Edeard ignorait si cette pique était destinée à Gealee ou à Dinlay – *probablement à Dinlay* –, mais il ajouta Kanseen à la liste des personnes qu'il ne pouvait pas regarder dans les yeux.

— Tout le monde sait que c'est juste une question de temps, enchérit Dinlay.

— Ah bon… ? fit Edeard, qui avait de plus en plus de mal à dissimuler son intérêt.

Maire ? Enfin. Il repensa à ce fameux jour, à Ashwell, où il avait installé ses gé-chats dans le nouveau puits. Le Maire et la Pythie. Telle était la promesse que Salrana et lui s'étaient faite. *Nous étions des enfants, c'est tout. Des enfants riant avec légèreté de leurs rêves d'enfants.* Néanmoins, l'idée qu'il pourrait devenir maire un jour lui envoya un frisson le long de l'échine.

— Allez, l'encouragea Macsen. C'est le bon moment et tu le sais. Lance-toi.

Il se tourna vers Kristabel, qui hocha furtivement la tête.

— D'accord. (Impossible de retenir le sourire d'excitation et de soulagement qui lui déforma les lèvres.) Je me lance.

Les autres crièrent de joie, applaudirent et le prirent dans leurs bras.

— Mais je ne sais pas par où commencer, se plaignit-il.

— Laisse-moi faire, le rassura Dinlay. Cela fait un bout de temps que je prépare une équipe.

Edeard haussa les épaules et secoua la tête. C'était presque comme s'il n'avait pas son mot à dire.

* * *

Felax se tenait devant l'épaisse porte en bois du bureau du chef de la gendarmerie. Il était agité, ce qui était très inhabituel pour lui.

— Je suis désolé, commença-t-il tandis qu'Edeard le rejoignait. Je n'ai pas pu l'arrêter.

Edeard regarda la porte avec étonnement, avant d'explorer le bureau en esprit. Elle était assise sur une chaise à haut dossier devant sa table de travail.

— Par la Dame ! marmonna-t-il, incrédule et curieux à la fois. Merci, Felax. Je m'occupe d'elle.

Salrana se retourna un peu lorsqu'il entra dans la pièce. Ses cheveux blond sable étaient coupés court. Elle portait un châle sombre par-dessus sa robe vert océan, comme si elle avait cinquante ans de plus. Elle le regardait de ses grands yeux intéressés mais tristes. Cela faisait plus de dix ans qu'ils ne s'étaient pas vus, ce qui n'était pas un mince exploit étant donné le nombre impressionnant de fêtes auxquelles ils étaient conviés tous les deux. S'il avait pensé qu'elle avait changé d'avis, que l'influence néfaste de Ranalee était en train de s'estomper, les émotions qu'il perçut à travers son bouclier le ramenèrent à la réalité. Tout comme lui, elle était incapable de protéger ses pensées avec l'efficacité des natifs de la ville. Le feu de son dégoût et de son ressentiment brûlait toujours, sans parler de celui de son défi. Pour une fois, cependant, il décela de l'incertitude au milieu de cette rancœur.

— Quelle surprise..., dit-il en passant derrière son bureau.

Il ne s'arrêta pas pour lui serrer la main et n'imagina même pas déposer un baiser platonique sur sa joue.

Elle le suivit du regard comme il prenait place.

— Rien n'a changé, commença-t-elle.

— Je pense que si, autrement, tu ne serais pas venue me voir.

— Disons que je suis désespérée. Et que je te connais.

Edeard était vraiment intrigué. Il avait lamentablement échoué chaque fois qu'il avait essayé de faire la paix avec elle, ce qui était arrivé souvent ces dernières décennies. Toutefois, cela ne l'avait pas empêché d'intervenir en sa faveur à maintes occasions, notamment lorsque ses enfants se mettaient dans le pétrin. Elle devait être au courant de cela.

— Qu'est-ce que tu veux ?

— Je ne veux rien te devoir. Rien ne changera, je ne te montrerai aucune gratitude.

— Je ne t'en demanderai pas tant. Alors, qu'est-ce qui t'amène, Salrana ?

Elle détourna les yeux et rajusta son châle.

— Garnfal, mon mari, veut être guidé par les Seigneurs du Ciel. Cela fait plus d'un an qu'il ne va pas très bien.

— Je suis désolé, dit-il, sincère. Je n'étais pas au courant.

— Il… Il s'est bien occupé de moi, tu sais. Il était différent des autres.

De ceux auxquels Ranalee t'a donnée, pensa-t-il froidement.

— Bref, reprit-elle, il a pris des dispositions pour que je ne me retrouve pas dans le besoin. Sa maison de l'allée Horrod revient à son fils aîné Timath, ce qui est tout à fait normal, mais il possède aussi des biens achetés avec de l'argent durement gagné… Garnfal veut que je les récupère à sa mort.

— Et sa famille n'est pas d'accord ?

— Ils se moquent de tout, sauf d'une propriété à Ivecove, un village de pêcheurs, à six kilomètres au nord de la ville. Il s'agit d'une grande maison de campagne avec un jardin. Garnfal adore les jardins ; il répète tout le temps qu'on ne peut pas avoir un jardin digne de ce nom en ville. Nous y avons passé de nombreux étés. Et puis, l'automne dernier, un marchand a proposé de lui racheter ces terres pour y construire une auberge afin d'accueillir les gens qui viennent rencontrer les Seigneurs du Ciel. Jusqu'à présent, mon époux a toujours refusé.

— C'est la raison du mécontentement de Timath ?

— Oui. Garnfal m'a autorisée à vendre la maison lorsqu'il sera mort, car il sait que j'en tirerai un excellent prix. Timath a déjà engagé un avocat pour contester son testament. Il affirme que le prix véritable de la maison ne figure pas sur les comptes de son père et que je spolie la famille ; la « vraie famille » de Garnfal, comme il dit, à savoir lui-même et ses frères et sœurs.

— Je comprends. (*Et ton problème et le point de vue de Timath.*) Pourquoi me racontes-tu tout cela ?

— J'espérais que tu pourrais parler à Timath pour le convaincre que j'aime vraiment son père, que je ne suis pas une sorcière, une chienne maléfique.

Edeard gonfla les joues et expira longuement.

— Salrana…

— Je ne suis pas comme cela ! Edeard, quoi que tu penses de moi, tu dois savoir que j'ai mon libre arbitre dans cette affaire. J'ai choisi Garnfal toute seule. S'il te plaît, tu dois me croire. Me voir spoliée par un fils ingrat et bon à rien… J'imagine que ce n'est pas l'idée que tu te fais de la justice. Tu ne peux pas me souhaiter cela.

— Par l'Honoious, tu aurais dû être avocate.

— Timath a engagé maître Cherix. (Elle haussa les épaules et eut un sourire timide.) Si cela t'intéresse…

Edeard lâcha un grognement défait, pencha la tête en arrière et s'abîma dans la contemplation du plafond haut et incurvé.

— Je parlerai au Grand Maître de la Guilde des avocats et je lui demanderai d'arbitrer ce conflit.

— Merci, Celui-qui-marche-sur-l'eau.

— Pour toi, je serai toujours Edeard.

Salrana se leva et posa sur lui un regard triste.

— Non, tu es Celui-qui-marche-sur-l'eau. Edeard d'Ashwell est mort le jour où Bise a été banni.

En milieu de journée, Edeard prit une gondole pour se rendre dans le quartier d'Abad. Comme l'embarcation glissait sur le Grand Canal majeur, il vit la foule agglutinée au pied des tours d'Eyrie. Personne n'avait encore le droit de monter à leur sommet. Pour cela, il faudrait attendre le soir qui précéderait la venue des Seigneurs du Ciel. Des gendarmes assistaient les Mères et empêchaient les gens d'approcher l'escalier en colimaçon. Encore personne n'avait été arrêté, même si Edeard recevait des rapports quotidiens sur des incidents provoqués par des parents frustrés. L'ascension des tours devait être bien organisée. Les plates-formes des tours pointées vers le ciel de Querencia avaient une superficie limitée, étaient dépourvues de garde-corps, et les gens qui souhaitaient grimper là-haut étaient vieux et infirmes. Ils auraient besoin d'aide jusqu'au dernier moment. Les Mères commençaient à avoir de l'expérience, ce dont ne se rendaient pas forcément compte ceux qui étaient venus de loin et dont les espoirs n'avaient fait que grandir avec chaque kilomètre douloureusement parcouru.

Jusque-là, quinze personnes étaient décédées avant l'arrivée des Seigneurs du Ciel. Leurs familles devaient être prises en charge avec tact et compréhension. Et pourtant, la tension aidant, quelques violences avaient éclaté. Avoir parcouru tout ce chemin pour manquer la venue des Seigneurs du Ciel était difficile à accepter, ce qui était normal. Il restait sept jours à attendre, et il y aurait d'autres morts, encore plus frustrantes que les précédentes.

La gondole s'amarra à une plate-forme au cœur d'Abad. Edeard gravit quelques marches, s'engagea dans la rue Mayno et s'enfonça dans le quartier. L'avenue Boldar, qui serpentait entre d'étroits bâtiments de quatre ou cinq étages, se trouvait à quinze minutes de marche de là. Le rez-de-chaussée de nombre de ces bâtisses était doté de portes très larges et accueillait commerçants et artisans. Plusieurs de ces locaux étaient pleins de voyageurs.

À l'extrémité de la rue, deux grands abricotiers flanquaient l'entrée d'une des maisons les plus importantes. Les fruits commençaient à grossir parmi les feuilles qui bruissaient dans le vent. Edeard perçut immédiatement les pensées étranges qui émanaient de l'intérieur de l'immeuble. Il sentit la présence d'une dizaine de personnes dans diverses pièces, des personnes qui se ressemblaient étrangement. Toutes semblaient dans le même état émotionnel. Même le rythme de leurs pensées paraissait en harmonie. C'était suffisamment inhabituel pour qu'il hésite un instant devant la porte peinte en rouge. Des rideaux opaques obstruaient les fenêtres profondément serties dans les murs de part et d'autre de l'entrée. Il frappa.

Une jeune femme lui ouvrit. Elle portait une robe noire simple ornée de dentelle blanche. Ses boucles auburn élaborées lui arrivaient au milieu du dos. Elle eut un sourire généreux et apparemment sincère.

— Entrez, Celui-qui-marche-sur-l'eau. Je m'appelle Hala. Je me demandais quand vous viendriez nous voir.

— Pourquoi cela ? demanda-t-il en entrant.

Le long couloir était surplombé d'un plafond voûté et coupé par de nombreux passages transversaux, telle une version miniature des tunnels qui couraient sous la ville. Edeard fut surpris par la taille de la maison ; elle devait être reliée à plusieurs autres bâtiments de la rue. Il avisa la bande de lumière qui brillait au plafond. Elle était parfaitement blanche, alors qu'il n'avait jamais demandé à la ville de l'altérer.

— J'admire le chemin que vous avez suivi, reprit Hala. Vu que vous étiez seul, votre réussite est admirable.

— Certes, acquiesça Edeard en se demandant si cette femme était son espionne.

Le rez-de-chaussée était divisé en plusieurs grandes salles et autres salons typiques des clubs de Makkathran. Ils n'y croisèrent personne, à part quelques gé-chimpanzés occupés à faire le ménage.

— Nous sommes là-haut, dit Hala en le précédant dans un escalier en colimaçon dont les marches avaient été adaptées aux jambes humaines.

La curiosité d'Edeard grandit. Apparemment, quelqu'un entretenait avec la ville des rapports similaires aux siens.

Il y avait des enfants au deuxième, un étage semblable à ceux qui accueillaient les membres de la famille Culverit, avec des salles de séjour, des salles de bains, des cuisines et des chambres à coucher. Les enfants riaient, se penchaient dans le couloir pour le regarder avant de crier et de disparaître en courant lorsqu'il les montrait du doigt. Il en compta presque trente.

— Certains sont à vous ? demanda-t-il.

— Pour l'instant, trois, répondit-elle avec un sourire fier.

Le salon du troisième étage devait occuper toute la largeur de l'immeuble. Le mur de derrière, incurvé, était troué de grandes arches dont les portes vitrées donnaient sur un balcon surplombant le canal de Roseway, à deux rues de là. Nighthouse était visible au-dessus de l'eau. Les murs étaient ornés de courbes bordeaux et or quasi invisibles, car couvertes de voilages noirs. On aurait dit qu'une araignée géante avait tissé des toiles d'ébène dans tout le salon. Pour une si grande pièce, il y avait très peu de meubles ; quelques buffets en murchêne le long des murs et deux grandes tables. Le sol était couvert de tapis améthyste épais. Des fauteuils confortables étaient éparpillés un peu partout et ressemblaient à des monticules de coussins plutôt qu'aux chaises bien droites que l'on trouvait partout sur Querencia. Les membres de la Communauté de l'Abricot étaient assis là et le regardaient avec intérêt. Ils étaient quinze : six femmes et neuf hommes. Pas un seul n'avait plus de trente ans. Tous affichaient la même confiance que Tathal : une confiance comparable à celle des filles et fils des Grandes Familles de Makkathran, mais avec des racines différentes. Il sentait la force à peine contenue de leurs esprits. Ils avaient tous une puissance psychique égale à la sienne.

Il jeta un regard sur l'assemblée, avisa Tathal et eut un sourire désabusé. Puis il vit un jeune couple tout près du balcon, et son sourire s'élargit. Les deux jeunes gens qu'il avait aperçus dans le tunnel !

— Ah ! fit-il. C'est « le nid », je suppose.

Jaralee lui avait donné ce nom lorsque Golbon et elle lui avaient fait leur rapport. Ils étaient venus le voir dans son bureau peu après le départ de Salrana ; leur appréhension et leur excitation avaient piqué sa curiosité. En temps normal, ses enquêteurs étaient imperturbables.

« Vous aviez raison, avait lancé Golbon. La Communauté a des intérêts partout. Il me faudra un mois rien que pour en dresser une liste.

— Est-ce vraiment si suspect ? avait-il demandé. Ils sont tellement nombreux, désormais. »

Même Natran est un des leurs, pensa-t-il avec tristesse.

« Ha ! s'était exclamée Jaralee avec un sourire supérieur. Vu de l'extérieur, on pourrait croire à une association commerciale ordinaire, comme Makkathran en compte par centaines. Les plus importantes et les plus prospères sont bien sûr les Guildes, même si les marchands s'organisent aussi en clubs puissants. Nous pensions qu'il s'agissait simplement du plus récent d'entre eux, créé par de jeunes entrepreneurs ambitieux assoiffés de pouvoir. Et puis, je me suis intéressée de plus près à leur organisation, et je me suis rendu compte que les membres les plus influents possédaient en commun plus d'une centaine de sociétés et de commerces. Les autres ne sont là que pour détourner notre attention et masquer les activités des premiers.

— Pas tout à fait, avait objecté Golbon. Les membres les plus importants entretiennent de nombreux liens commerciaux avec les autres membres.

— Ils ont créé une toile financière très complexe. Et d'après ce que j'ai vu, elle s'étend bien au-delà de la cité. J'ai demandé à des clercs des villes de la plaine d'Iguru et des capitales provinciales d'effectuer quelques recherches pour nous. Pour l'instant, je n'ai reçu que quelques réponses, mais il est clair que la Communauté possède des intérêts un peu partout. Collectivement et financièrement parlant, ils valent largement une Grande Famille. Et encore, je ne parle que de la partie légale et visible de leurs activités. Pour le reste…

— Le *nid*? avait répété Edeard.

— C'est le nom qui désigne les fondateurs de la Communauté. Ils forment un groupe très soudé. Les gens qui les connaissent rechignent à parler d'eux. La manière dont ils tentent systématiquement de changer de sujet l'air de rien est caricaturale. À l'exception de quelques ouï-dire, je n'ai rien sur eux.

— Quels ouï-dire ?

— Ils sont comme des frères et sœurs, très proches.

— Peut-être sont-ils vraiment de la même famille ?

— Je ne crois pas. La plupart sont originaires des provinces, et seuls trois ou quatre sont nés à Makkathran. Ils ont commencé à s'organiser il y a sept ou huit ans. C'est à cette époque qu'ils ont officiellement occupé leur immeuble. La Communauté à proprement parler a été créée un an plus tard.

— Tathal est-il un des membres fondateurs ? »

La toile financière tissée par les fondateurs de la Communauté aurait pu être une création de Bise. En tout cas, Ranalee était la tutrice idéale pour ces jeunes gens.

« Oui, son nom figure sur l'acte d'occupation des locaux.

— D'accord. Et Colfal ? »

Jaralee avait souri de nouveau d'un air joyeux.

« Son herboristerie est en train de péricliter. Cela va tellement mal pour lui qu'il a pris le risque de ne pas rendre sa déclaration d'impôts cette année. L'inspecteur est prêt à procéder à une saisie. Je me suis renseignée auprès de ses fournisseurs habituels. Il semblerait qu'il ait fait quelques choix hasardeux ces derniers temps. Les rentrées d'argent sont rares, et ses créanciers ne veulent pas attendre.

— Colfal a donc désespérément besoin d'un nouveau partenaire aux poches pleines…

— Exact. Toutefois, Colfal est herboriste depuis soixante-dix ans. Il n'a pris de mauvaises décisions que ces derniers temps.

— Soixante-dix ans à fumer du kestric, cela vous détruit le cerveau, avait plaisanté Golbon.

— Il a fait des erreurs vraiment grossières. Il a échangé sa marchandise contre des produits que personne n'achète.

— Qui lui a fourni ces nouveaux produits ? avait aussitôt demandé Edeard.

— Je travaille sur la question, mais ce n'est pas simple », avait répondu Jaralee en secouant la tête. »

Debout dans le salon de la Communauté de l'Abricot, face au nid, Edeard comprit que décortiquer les comptes de l'association pour savoir qui avait acheté quoi et à qui ne servirait à rien. Le nid n'avait rien à voir avec Buate ; il ne suffirait pas d'un contrôle fiscal pour contrer ses activités.

— Ce n'est pas un terme que nous apprécions particulièrement, dit un Tathal amusé, mais nous devons bien admettre qu'il est devenu populaire.

Une multitude de pensées rapides fusèrent dans les airs autour d'Edeard. Les membres du nid communiquaient entre eux, des transmissions de pensées semblables à des chants d'oiseaux qu'Edeard ne pouvait pas comprendre. Un malaise s'immisça dans son esprit.

— Je suis étonné, commença-t-il, affable et léger. Tout le monde refuse de me parler de vous.

— Nous préférons rester discrets, intervint une femme.

Assise à la gauche de Tathal, elle était vêtue d'un châle violet foncé qui ne parvenait pas à dissimuler sa grossesse.

Le flot constant de gazouillis changea un peu, se purifia.

— Samilee, dit brusquement Edeard, comme s'il la connaissait depuis des années.

Elle n'avait que vingt-trois ans et son menu favori du moment était composé d'œufs de qotox brouillés à la sauce béarnaise et de muffins toastés. Elle était à cinq semaines de son terme et avait des envies fréquentes. Le père de son fils était soit Uphal, soit Johans.

Ce savoir afflua dans l'esprit d'Edeard. Il eut un frisson.

— Bienvenue, Celui-qui-marche-sur-l'eau, répondit-elle, formelle.

Des pensées tourbillonnèrent encore, comme si les voilages noirs se mouvaient autour de lui.

— Vous avez quelque chose à nous reprocher ?

Il s'agissait de Halan. Vingt-huit ans et ravi d'avoir enfin trouvé une maison en ville après une décennie et demie passée dans une solitude insupportable dans la province de Hapturn. Ses aptitudes financières hors du commun lui avaient permis de prendre la tête des entreprises les plus importantes du nid.

— Rappelez-vous ce que l'establishment vous a fait subir lorsque vous lui avez montré vos aptitudes, dit Johans.

Il avait vingt-neuf ans, suivait scrupuleusement la mode de la ville et dessinait lui-même ses vêtements ainsi que ceux des autres mâles du nid. Trois des boutiques de vêtements les plus renommées de Lillylight lui appartenaient. Leurs anciens propriétaires avaient été dépossédés à la façon classique de la Communauté.

— Un régiment entier a été déployé pour vous tuer de sang-froid, remarqua Uphal.

Il était leur manipulateur en chef, celui qui murmurait à l'oreille des faibles, des gens inférieurs qui grouillaient comme de la vermine dans les bas-fonds de la ville.

— C'est de l'histoire ancienne, rétorqua Edeard. Une histoire que j'ai aidée à faire évoluer pour que nous puissions tous vivre ensemble, quels que soient nos talents ou aptitudes.

— Pour qu'*ils* puissent vivre ensemble, l'interrompirent à l'unisson Kiary et Manel avec mépris.

C'étaient les deux amoureux qui s'amusaient tant dans les tunnels et dans d'autres endroits de la ville : le bureau ovale du maire, l'autel de l'église de la Dame, le grand lit d'Edeard et Kristabel au dixième étage de…

Tathal claqua des doigts, agacé, tandis qu'Edeard faisait les gros yeux au jeune couple.

— Il suffit, les gronda-t-il.

Tathal, le premier à avoir découvert ses pouvoirs, celui qui avait regroupé autour de lui et nourri ces jeunes gens perdus et apeurés, qui avait été leur professeur, leur père. Il était le père de dix-sept des enfants de la seconde génération.

— Par la Dame ! marmonna Edeard dans sa barbe.

Il n'avait pas eu si peur depuis bien longtemps. Des décennies. Et encore, à l'époque, bénéficiait-il de l'inconscience de sa jeunesse.

— Vous voyez, Celui-qui-marche-sur-l'eau, reprit Tathal. Comme vous, nous sommes le futur de Querencia.

— Je n'en suis pas si sûr.

— Vous avez dit que l'émergence d'esprits puissants était le signe de la maturité des humains dans le Vide, ajouta Halan.

— Quoi ?

— J'ai parlé à Kanseen une fois, dit Hala avec un sourire rêveur. Elle vous aime toujours beaucoup ; les sentiments qu'elle a pour vous n'ont jamais vraiment disparu. C'est pour cela qu'elle se rappelle si bien le temps que vous avez passé ensemble à la gendarmerie de Jeavons et ce que vous lui avez dit le jour triomphal du bannissement… Vous engagiez Marcol comme gendarme pour le dompter, pour l'attacher à votre vision. Vous avez vu les forts émerger des masses. C'était prophétique. Nous respectons beaucoup cela.

— Depuis, vous n'avez pas cessé de chercher les forts, observa Uphal. De les assimiler dans l'establishment. L'establishment dont vous avez réclamé le trône. Vous leur avez inculqué vos idéaux.

— Mais c'était il y a longtemps, dit Tathal. À l'époque, les forts étaient isolés et effrayés. C'est bien différent, aujourd'hui. Bientôt, nous serons suffisamment nombreux pour pouvoir sortir de l'ombre sans peur. Un jour, tous les humains nous ressembleront. Vous ressembleront.

— Vraiment ?

— Vous doutez de vos propres croyances ? Ou bien craignez-vous de les mettre en pratique ? Vous savez que nous avons raison. Puisque nous sommes devant vous.

— Que souhaitez-vous devenir, au juste ? demanda Edeard.

Les pensées du nid tourbillonnèrent de nouveau autour de lui, plus rapides que jamais. Cette fois, il goûta leur amusement teinté de dérision. Et une pointe de déception, peut-être. Celui-qui-marche-sur-l'eau n'était pas si impressionnant, finalement.

— Nous sommes les enfants du peuple d'aujourd'hui, répondit Tathal. Un jour, comme tous les enfants, nous hériterons du monde de nos parents.

— D'accord. (Edeard se racla la gorge.) Vous ne me semblez pas du genre à attendre patiemment.

— Nous nous tenons prêts, au cas où, poursuivit Tathal. Je ne me leurre pas : je sais que la transition ne sera ni facile ni paisible, car cela ne fait jamais plaisir de comprendre que notre évolution est terminée et qu'un nouvel ordre va nous remplacer.

— C'est incroyable, lâcha Edeard en secouant la tête. Une révolution. Vous allez remplacer les membres du Grand Conseil par vos disciples. Mais vous contenterez-vous de cela ?

— Nous n'avons aucune intention de remplacer le Grand Conseil. Ne comprenez-vous pas ce que nous sommes ? Nous n'avons pas besoin de faire le genre de promesses politiques qu'a faites Rah, cette démocratie ridicule. Ce n'est pas pour rien qu'il a choisi les familles qui dirigeraient les quartiers. Il espérait l'émergence de notre force véritable. Les Grandes Familles ont essayé : pendant des siècles, elles se sont enrichies du sang des personnes qui avaient les capacités psychiques les plus importantes. Cependant, nous les avons supplantées ; nous sommes les véritables héritiers de Rah.

L'évolution est inévitable, mais aussi aléatoire. N'est-ce pas fantastique ?

— Les faibles n'auront donc pas leur mot à dire dans votre monde.

— Ils pourront se joindre à nous, dit Uphal. Si leurs pensées sont assez lumineuses, ils seront assimilés. Voilà ce que nous sommes : une union d'esprits purs, plus rapides et résolus qu'un conseil avide et corrompu à la tête de toutes les villes de Querencia. Notre démocratie sera inaccessible aux faibles. Vos enfants en feront partie, surtout les jumelles ; Marilee et Analee sont déjà ouvertes et honnêtes l'une envers l'autre, ce qui est la base de ce que nous sommes et de ce que nous avons à offrir : une vie merveilleuse où personne n'est seul, où personne n'a peur. Nous sommes beaucoup plus nombreux que vous le pensez, Celui-qui-marche-sur-l'eau.

Edeard eut un sourire pincé.

— Je vous suggère de ne pas menacer ma famille. Je vous le conseille même vivement.

— Je ne menace personne.

— Vraiment ? J'ai vu de quelle façon vous usiez de votre pouvoir de domination pour avilir les gens, pour les priver de libre arbitre. Voilà comment vous êtes arrivés si loin. Ce qui vous intéresse, c'est de contrôler les gens.

Tathal sourit.

— Comment se déroule votre campagne électorale ? Dinlay est en train de rassembler une équipe de campagne, n'est-ce pas ? Toujours aussi loyal, ce Dinlay. À ce niveau-là, ce n'est plus de l'admiration, mais de l'adoration. Est-ce que vous découragez cette attitude ?

— Je ne deviendrai maire que si les habitants de cette ville le veulent. Et à la fin de mon mandat, je céderai ma place.

— Votre noblesse nourrit votre pouvoir de séduction. Vu d'en bas, en tout cas.

— Vous parlez comme si vous étiez différents des autres, mais ce n'est pas vrai.

— Nous sommes différents, et vous le savez pertinemment. Vous le savez d'autant mieux que vous êtes comme nous. Et vous vous sentez coupable…

— La domination est considérée comme un assaut psychique. Elle est illégale et immorale. Je veux que vous cessiez d'en user contre des gens innocents, à commencer par Colfal.

Kiary et Manel éclatèrent d'un rire amusé.

— Mais justement, nous sommes très prudents. Colfal est un vieil homme ; nous pourrions l'écraser comme une merde de gé-chimpanzé.

Tathal leur fit signe de se taire.

— Ne faites pas cela, dit-il à Edeard. Ne surjouez pas votre indignation ; cela ne vous ressemble pas. Vous étiez le premier. Vous avez des devoirs envers les vôtres. Vous êtes un pont entre eux et nous. Si vous voulez garder votre dignité, votre grandeur, travaillez avec nous. Soyez ce pont. Les gens ont confiance en vous ; ils auront besoin que vous les rassuriez, que vous leur expliquiez que ce qui va arriver est normal et inévitable. Vous êtes essentiel à cette transition, Celui-qui-marche-sur-l'eau. Vous ne pouvez pas nous arrêter, car nous sommes la nature. Le destin. Aidez-nous. Ou alors vous sentez-vous au-dessus de cela ?

Edeard brandit un doigt menaçant, geste dont le pathétique ne lui échappa malheureusement pas.

— Cessez de vous immiscer dans la vie des gens ; laissez leur esprit tranquille. Vous n'êtes pas leurs supérieurs. Nous sommes tous…

— … une nation ? demanda Tathal d'une voix moqueuse.

Edeard tourna les talons et quitta la pièce. Il était presque étonné d'être toujours en vie et autorisé à partir.

* * *

Mirnatha était à la ziggourat des Culverit lorsqu'un Edeard secoué arriva. Il avait complètement oublié qu'elle devait venir. Elle était au dixième étage avec Olbal, son mari, et leurs enfants. Kristabel était par terre, avec les deux bébés, tandis que les grands jouaient avec les enfants de Rolar et de Marakas dans la grande salle de jeux de l'autre côté de la ziggourat. Leurs rires et leurs couinements excités résonnaient dans la cage d'escalier caverneuse. Edeard eut un sourire empreint de regret en gravissant les dernières marches. Il traversa le couloir court qui conduisait à la chambre et posa sur la porte fermée un regard pensif. Kiary et Manel s'étaient glissés chez lui pour s'amuser à leurs sales petits jeux, ce qui lui rappelait beaucoup trop l'enlèvement de Mirnatha. *Trop de mauvais souvenirs.*

Le temps de rejoindre le salon principal, il avait repris ses esprits et renforcé son bouclier mental. Il sourit avec enthousiasme lorsque Mirnatha se précipita pour l'embrasser chaleureusement, puis il serra la main d'Olbal. Tout le monde avait été surpris lorsqu'elle l'avait épousé. Elle avait passé son adolescence et sa jeunesse à profiter de tous les plaisirs que la ville pouvait offrir à une enfant de Grande Famille puissante. Alors Olbal était arrivé à Makkathran, et Julan, Kristabel et Edeard apprirent du jour au lendemain que Mirnatha était fiancée. Le mariage eut lieu six semaines plus tard à Caldratown, la capitale de la province de Joxla. Kristabel craignait que cela ne dure pas. Edeard était un peu plus confiant. Il appréciait son beau-frère, propriétaire d'une grande ferme et de forêts dans sa province natale, au nord du massif de Donsori. Olbal ne s'intéressait pas trop à l'agitation de la ville, à sa vie sociale ; c'était un homme pragmatique dont l'esprit était concentré sur l'agriculture et le prix des denrées alimentaires. Il offrait exactement la stabilité dont Mirnatha avait besoin. Trente ans plus tard, ils étaient toujours ensemble, avec leurs neuf enfants.

— Alors, quoi de neuf ? commença Mirnatha en se rasseyant sur le canapé et en reprenant sa tasse de thé à un gé-chimpanzé.

Edeard hésita. *Je ne crois pas que tu aies vraiment envie de le savoir.*

— Pas grand-chose. Je suis un homme martyrisé.

Mirnatha frappa dans ses mains, ravie.

— Excellent. Bien joué, sœurette. Les hommes, il faut les tenir en laisse.

Edeard et Olbal échangèrent un regard dépité.

— Nous n'avons encore rien dit, mais Edeard a décidé de se présenter aux prochaines élections municipales, dit Kristabel.

— Vraiment ? demanda Olbal, intrigué.

— C'est le meilleur moment, confirma Edeard.

— Tu comptes changer les choses ?

Moi, non, mais je ne détiens plus le véritable pouvoir. Il se tourna vers Alfal et Fanlol, les deux petits, et eut un sourire sinistre.

— Je me satisfais de la situation présente et j'essaierai de la préserver.

Avec sa troisième main, il chatouilla Alfal, occupé à cogner un vieux chariot en bois contre le pied d'une chaise. Le garçonnet se retourna, un sourire espiègle sur son joli petit visage, et se défendit avec sa troisième main. Il était étonnamment fort, surtout pour un enfant de trois ans.

— Il est costaud, mon petit homme, dit Mirnatha, en adoration. Ils le sont tous. C'est parce qu'ils ont grandi à la campagne. Vous devriez passer un peu plus de temps à l'extérieur de la ville.

— J'aimerais bien, répondit Edeard. J'ai toujours rêvé de partir en mer à la recherche d'un autre continent.

— Comme le capitaine Allard, alors ? demanda Olbal. Ce serait quelque chose. Peut-être même que je me joindrais à toi…

— Dans tes rêves, l'interrompit son épouse.

— Nous partirions en famille, reprit Edeard, raisonnable. Après tout, cela prendrait des années.

— Quoi ? Les enfants aussi ?

Il haussa les épaules.

— Pourquoi pas ?

— Il n'y aurait pas de bateau assez gros, remarqua Kristabel.

— On en construira.

— Une flotte entière, s'enthousiasma Olbal. Oui, cette idée me plaît.

Kristabel et Mirnatha se regardèrent.

— Des rêves d'hommes, s'exclama Mirnatha. Cela n'arrivera jamais.

Après le dîner, Olbal demanda à Edeard de le suivre un instant dans le jardin. Ku et Honoious brillaient d'un éclat vif dans la nuit claire, surtout la seconde, avec ses nuages rubis boursouflés enroulés autour d'un cœur noir où, disait-on, finissaient les âmes damnées. Les gens pensaient que c'était un mauvais présage, car l'arrivée des Seigneurs du Ciel était imminente. Ils étaient à peine visibles au-dessus de l'horizon : cinq points scintillants qui ne cessaient de grossir nuit après nuit.

Edeard les observa avec attention. Normalement, il aurait dû être heureux de leur venue prochaine, mais à présent qu'il connaissait l'existence du nid, il ne pouvait s'empêcher de penser que les gens avaient raison d'être inquiets.

— Tu te sens bien ? demanda Olbal.

— Oui. Désolé. Ces élections occupent une grande partie de mes pensées.

— C'est compréhensible. Je n'aimerais pas être à ta place.

Edeard eut un sourire feint.

— De quoi voulais-tu me parler ?

— Ah. (Olbal s'appuya contre le garde-corps et se perdit dans la contemplation du Grand Canal majeur.) Je sais que c'est stupide et que je m'inquiète pour pas grand-chose…

— Mais… ?

— Mon neveu Constatin est arrivé en ville il y a trois semaines. Il voulait négocier le prix des pommes et des poires avec les commerçants. Habituellement, nous faisons affaire avec Garroy, de la famille Linsell, et je voulais continuer.

— Je connais les Linsell. Ils fournissent beaucoup de fruits aux marchés de Makkathran.

— Oui… Sauf que Constatin a disparu.

— Es-tu certain de ne pas l'avoir perdu de vue en chemin ?

— Il était avec Torran. C'est lui qui m'a dit qu'il n'était pas rentré, un jour.

— Qu'est-il arrivé ?

— C'était un jeudi. Constatin devait déjeuner avec Garroy au *Renard bleu*, près du Parc doré, pour conclure l'affaire.

— Oui, j'étais au courant.

— Il n'est jamais arrivé là-bas. Garroy a appelé à l'auberge de Torran le soir même pour voir ce qui était arrivé, mais Constatin n'y était pas. Torran l'a cherché pendant une journée et demie avant d'aller à la gendarmerie d'Ysidro. Ils n'ont pas pu faire grand-chose pour lui. Le sergent de service lui a simplement promis de le tenir au courant s'ils découvraient quelque chose. Depuis, aucune nouvelle…

— Je vois.

— Je croyais qu'il n'y avait plus de gangs, à Makkathran.

— Je te le confirme, dit Edeard d'une voix neutre.

C'était étrange, en effet ; toutefois, plusieurs de ses capitaines avaient noté une légère augmentation des disparitions au cours des deux dernières années. C'était compréhensible vu le nombre de visiteurs que recevait la ville et leur méconnaissance de ses rues.

— Cela s'est passé en plein jour, Edeard, en milieu de matinée. Qu'a-t-il pu lui arriver ? Torran a vérifié dans les hôpitaux et même les cimetières.

Edeard posa une main sur l'épaule d'Olbal et tenta de lui transmettre un sentiment rassurant.

— J'en parlerai au capitaine de la gendarmerie. Ce n'était sans doute pas une priorité pour eux, mais je vais rectifier cela.

— Merci, Edeard. Je déteste utiliser la famille de cette manière, mais ma sœur est vraiment très inquiète. Constatin est son fils unique.

— Pas de problème.

Edeard fronça les sourcils et réfléchit aux questions qu'il pourrait poser. Les mystères de ce type étaient rares à Makkathran. Il ne connaissait qu'une personne capable de résoudre ce genre d'énigme, mais c'était ridicule, car elle n'existait que dans son esprit. Elle procédait par élimination, et la collecte méticuleuse de toutes les informations pertinentes était essentielle à sa méthode.

— Tu as dit que vous vouliez traiter avec les commerçants directement, cette année. Est-ce une manière de procéder inhabituelle ?

— Pas vraiment. Normalement, je rencontre leurs représentants dans les provinces, et Garroy nous rend visite tous les deux ou trois ans pour garder un contact direct. Nous dînons ensemble chaque fois que je suis en ville. Nous avons besoin de cette proximité et de cette confiance pour faire affaire.

— Pourquoi avoir envoyé Constatin, cette fois ?

— De nouveaux clients potentiels m'ont contacté en me disant que nos produits les intéressaient. Ils m'offraient un bon… un très bon prix.

— C'est une bonne chose, non ?

— En effet. J'avais d'ailleurs l'espoir de leur vendre un pourcentage intéressant de notre production, mais tout en continuant à travailler avec les Linsell. Ce sont des acheteurs fiables, et je me dois de penser à l'avenir, surtout pour mes enfants. (Il eut un sourire attendri.) Les nouveaux marchands vont et viennent. En envoyant Constatin, nous voulions les rassurer sur nos intentions et ce en dépit de l'augmentation de nos tarifs.

— Qui sont ces fameux nouveaux clients ? demanda Edeard, qui commençait à avoir un mauvais pressentiment.

— Ils travaillaient pour un négociant de la ville nommé Uphal.

— Que se passe-t-il ? s'enquit Kristabel tandis qu'Edeard enfilait son pyjama de soie. Et, s'il te plaît, ne raconte pas de sornettes. Je te trouve très silencieux depuis ton retour cet après-midi.

— Oui...

Il roula sur le lit. Les murs de la chambre ne se rappelaient rien ; Kiary et Manel avaient emporté la mémoire habituellement contenue dans la substance de Makkathran.

— Je suis désolé, mais ce ne sont pas de bonnes nouvelles, reprit-il.

— Je suis une grande fille.

Il eut un sourire satisfait. Pour une fois, elle portait un négligé noir avec un décolleté plongeant. Malgré ses sept grossesses, elle était toujours mince, et, avec ses cheveux détachés, très excitante. Et elle le savait. Un sourire calculé dansait sur ses lèvres.

— Je tâcherai de m'en souvenir, dit-il en l'admirant de bas en haut.

— Quelqu'un est mort ?

— Non, j'ai juste découvert qu'il y avait des esprits aussi puissants que le mien à Makkathran. Et ils sont nombreux.

— Oh, mais tu en as découvert beaucoup au fil des ans ; il y a Marcol, Jenovan et cette fille qui est venue te voir l'an dernier...

— Vikye. Non, chérie, ceux-là ont créé quelque chose d'énorme qui dépasse tout le monde.

— Quelque chose d'énorme ?

— Tu te souviens de Ranalee et de la Nation unifiée d'Owain ? C'est un peu pareil, sauf que leur objectif n'est pas de prendre le pouvoir pour le compte d'un genre d'aristocratie, mais de gouverner par la force brute. En gros, le fait de posséder un esprit puissant te donne le droit de dominer les autres.

— Tu noteras que ces « autres » sont très nombreux.

— Oui, je sais, et c'est ce qui m'inquiète le plus. Owain avait des armes et se servait de la peur qu'il inspirait. Le nid, lui, possède le talent de domination psychique, et il ne rechigne pas à en user. Et puis, ils savent utiliser la ville comme moi.

— Si leur force vient de leurs effectifs, reprit Kristabel, pas du tout inquiète, tu n'as qu'à t'occuper d'eux un par un.

— Cela ne marcherait pas. Ce n'est pas pour rien qu'ils se font appeler le nid. Ils forment un genre de famille spirituelle. À l'époque où ce bon vieux Chae nous entraînait, il exigeait que nous sachions où se trouvaient les membres de notre escouade à tout moment. Le nid maîtrise une version plus sophistiquée de cette technique. Jamais je ne pourrais les isoler les uns des autres.

— Zut. Que comptes-tu faire ?

— Je ne sais pas. Ils sont jeunes et veulent agir comme bon leur semble. Ils n'ont jamais appris à vivre avec les autres, car ils n'ont jamais eu besoin de le faire. Si personne ne les force à changer, ils n'évolueront pas. Cela me laisse peut-être une marge de manœuvre.

— Pour… ?

— Ils m'ont demandé d'être un pont entre eux et la populace plus faible.

— Plus faible ! s'indigna-t-elle.

— Oui, c'est leur façon de voir les choses. Voilà contre quoi je dois me battre.

— Tu crois que tu peux y arriver ? Edeard, je sais que nous ne parlons jamais d'Owain, de Buate et de ceux qui ont disparu, et je n'ai jamais posé de question, mais… tu n'as pas réussi à les faire changer d'avis, n'est-ce pas ?

— Non, répondit-il dans un soupir. Cette fois-ci, cependant, je dois vraiment essayer.

Par la Dame, je n'ai pas envie de recommencer ce que j'ai dû faire à l'époque.

— Si j'ai bien compris, ils partagent constamment leurs pensées ?

— En quelque sorte. Ils affirment que c'est un développement de la démocratie. Ce sont des individus libres, mais lorsqu'ils doivent prendre une décision, ils communiquent à un niveau très profond. Ils ont développé un langage mental propre. À mon avis, c'est ce qui leur permet de prendre le dessus sur n'importe qui ; ils rassemblent leurs forces et agissent à l'unisson. Plus ils seront nombreux, plus ils seront puissants.

Depuis qu'ils les avaient rencontrés, il n'avait cessé de penser à leur forme de communion. Être capable de partager des pensées aussi facilement devait être extraordinaire, mais les membres du nid avaient perverti ce don. Ils usaient de leur pouvoir pour bafouer le principe d'égalité qui régissait la société. Selon lui, Tathal devait être à l'origine de ce retournement de valeurs. S'il s'était développé loin de son influence néfaste, le nid n'aurait peut-être pas mal tourné. Après tout, cela faisait des années qu'il avait lui-même remarqué que les capacités psychiques de la nouvelle génération étaient supérieures à celles de la sienne. Les gens changeaient, s'adaptaient à une vie plus aisée.

— Persuadent-ils des gens de se joindre à eux, ou bien les obligent-ils ? s'inquiéta Kristabel.

— Bonne question. La domination n'est pas ma spécialité, et la Dame sait que je n'ai jamais réussi à inverser ses effets.

— Je suis au courant, merci…

— La façon dont ils ont systématiquement effacé leurs traces et amassé des richesses est un peu rassurante.

— Comment cela ?

— Elle prouve qu'ils ne sont pas différents des autres, après tout. Ce qu'ils veulent, c'est du pouvoir et de l'argent, comme tout le monde.

— Ce n'est pas le cas de Taralee. Et tu es le champion ultime de la démocratie. Si tu l'avais voulu, tu aurais pu devenir empereur.

— Oui, mais… Dès que tu es intégré dans le nid, tu deviens comme eux, tu vas dans la même direction.

Kristabel plissa le nez.

— Une sorte d'aristocratie psychique sans fard ?

— Oui. Et ceux qui n'en font pas partie sont traités comme des moins que rien, sans aucune compassion.

— Pauvre Edeard, dit-elle en lui caressant la joue. Tu dois trouver une solution.

— Facile à dire.

— Tu es le seul à en être capable.

— Je sais. Au moins ont-ils offert de m'écouter.

Ce n'est pas exactement ce que Tathal a dit.

— Ils sont vraiment plus puissants que toi ?

— Qui sait ? Individuellement, je suppose que nous nous valons. Marcol a sans doute été pris de panique quand il a essayé de maîtriser Tathal. Ce qui m'inquiète, c'est leur union.

Kristabel fronçait les sourcils en l'écoutant.

— On dirait que ce Tathal est leur leader.

— En effet.

— Dans cette démocratie mentale, il ne devrait pas y avoir de leader. S'il est aussi fort que tu le dis, s'il maîtrise la domination, il est leur chef, il dirige leur gang. Les autres ne s'en rendent peut-être même pas compte ; ils sont persuadés d'être libres de leurs choix. C'est toujours le pire aspect de la domination ; les victimes sont consentantes.

— Les autres me semblaient franchement actifs, mais pour être honnête, je n'ai réussi à interpréter aucune de leurs pensées combinées.

— Tathal est la clé, n'est-ce pas ?

— Je le crois, mais les chances pour que je me retrouve en tête-à-tête avec lui sont très minces.

— Il était seul quand Marcol a essayé de l'arrêter.

— Tu as raison.

— Évidemment que j'ai raison, le taquina-t-elle en souriant.

— Alors tu pourras peut-être m'expliquer comment je vais pouvoir surveiller un type qui sera sur ses gardes et qui sait utiliser toutes les ressources de cette ville comme moi ?

— C'est toi, Celui-qui-marche-sur-l'eau. (Elle l'attira contre elle et enroula ses bras autour de son cou.) C'est à toi de me le dire.

* * *

— Tu l'as fait, dit Salrana. Je ne pensais pas que tu réussirais, ni que tu en serais capable. Je suppose que... Merci, Edeard. Sincèrement.

— Timath a retiré son objection ? demanda Edeard, surpris.

Cette histoire lui était complètement sortie de la tête ; il avait même oublié d'en parler au Grand Maître de la Guilde des avocats.

— Oui, tout est fini. Quand Garnfal aura accepté d'être guidé par les Seigneurs du Ciel, sa propriété me reviendra.

— Je vois. C'est une excellente nouvelle. Timath a-t-il expliqué pourquoi il avait renoncé à contester le testament ?

— Pas vraiment. Il a juste dit qu'il avait changé d'avis.

— Tant mieux. Je suis content pour toi.

Il a changé d'avis ? Tu parles ! Le nid voulait que je le remarque et il a choisi une méthode plus discrète que le coup de matraque. Ils attendent de voir comment je vais réagir.

* * *

Il lui fut très facile de repérer les faiblesses potentielles de Tathal. Edeard demanda à Argian de retracer la dernière journée de Constatin. Peut-être les gendarmes d'Ysidro ne s'étaient-ils pas donné beaucoup de mal pour le retrouver. Pourquoi en aurait-il été autrement ? Si Constatin avait croisé des gens sur le chemin du *Renard bleu*, Argian le découvrirait. Edeard espérait apprendre où on avait perdu la trace du jeune homme ; dans quelle rue, au moins. Alors il pourrait interroger le tissu de la ville. Si la mémoire de ce dernier se révélait tronquée, il aurait la confirmation de la responsabilité du nid.

Il était également utile de s'intéresser aux autres disparitions. Au début, Golbon et Jaralee avaient été étonnés par sa demande. Ils ne voyaient pas l'intérêt de chercher des liens entre les personnes portées disparues ces quelques dernières années et les activités du nid ; toutefois, ils lui fournirent rapidement un dossier plein de références croisées. Ils excellaient dans cet exercice et commençaient à reprendre goût à cette chasse. Ils parlaient même de rappeler des membres de l'ancien comité.

Restaient deux autres pistes à explorer. Deux pistes qu'il suivrait personnellement. Sans grande surprise, il ne lui fallut que trois heures pour confirmer la première. Un capitaine de gendarmerie avait un emploi du temps bien rempli. Surtout Dinlay, dont la journée était structurée autour de ses réunions, inspections, rendez-vous avec des notables, et qui tenait à patrouiller trois fois par semaine avec ses hommes. Son épouse était donc souvent seule durant la journée.

Edeard flottait au centre d'un tunnel de transport, les yeux fermés ; il avançait lentement pour suivre le rythme des pas de Gealee. Elle déambulait dans les rues du centre de Lillylight, passant d'une boutique à l'autre. En milieu de matinée, elle avait retrouvé des amies dans un café pour échanger des ragots et parler de leurs emplettes. Edeard n'utilisa pas sa vision à distance ; il tira les images directement de la substance de la ville, sentit le poids de ses talons hauts lorsqu'elle marchait, perçut la tache de couleur de son manteau orange et noir quand elle se faufilait dans la foule, entendit sa voix un peu sèche lorsqu'elle s'adressait aux jeunes vendeuses, sentit son parfum dans l'atmosphère. Alors, juste avant midi, elle traversa le canal de Steen pour s'enfoncer dans Abad, où elle entra dans une maisonnette cylindrique située dernière le manoir des Jarcon. C'était la demeure du second maréchal-ferrant de la famille, grand gaillard de vingt-trois ans dont l'épaisse chevelure ébène dégringolait sur les épaules. Gealee aimait particulièrement jouer avec ses mèches brunes lorsqu'il la culbutait sur le plancher du salon, dans l'escalier aux marches trop hautes...

— La lune de miel a été trop courte ? demanda Edeard.

Gealee ne sursauta pas, ne feignit pas la surprise quand il émergea de l'ombre d'une alcôve de l'allée Spinwell, passage étroit large d'à peine deux mètres par endroits ; pour elle, il s'agissait de rejoindre en toute discrétion le canal de Steen.

Elle prit le temps de rajuster son chapeau à large bord.

— Cela vous a plu de nous espionner ? demanda-t-elle.

— Pas tellement. Dinlay est un de mes plus vieux amis.

— Et je suis son épouse. Une épouse dévouée, je dois dire. Il ne manque de rien, croyez-moi.

— C'est Tathal qui vous a demandé d'être une bonne épouse ? Vous a-t-il au moins laissé le choix ?

Elle fit la moue et lui lança un regard oblique.

— Vous êtes malin, dit-elle avec un soupir triste. Je me doutais bien que vous n'étiez pas devenu Celui-qui-marche-sur-l'eau grâce à votre seule force. Comment avez-vous découvert la vérité ?

— Tathal savait que j'allais me présenter aux élections. J'ai une confiance absolue dans l'équipe de campagne réunie par Dinlay, en Dinlay lui-même et dans le maître et la maîtresse de Sampalok. Ne restait plus que vous...

— Bien joué, mais vous n'êtes pas plus avancé, n'est-ce pas ?

— Je ne sais pas. Comment croyez-vous que Dinlay réagira quand je lui expliquerai que vous avez utilisé votre technique de domination sur lui ?

Gealee éclata de rire.

— Vous vous trompez, nous n'avons pas eu besoin de cela. Je suis son type, c'est tout. Vous le savez mieux que quiconque, vous qui avez connu toutes ses épouses et petites amies. Il suffisait de me mettre dans la même pièce que lui et d'attendre. C'était inévitable. Il est très sympathique, pour son âge. Et si dévoué à votre cause, à vous-même.

— Vous allez laisser Dinlay tranquille. Je me suis bien fait comprendre ?

— Vous voulez que je le quitte ? Que je lui brise le cœur, une fois de plus ?

— Je veux que vous lui laissiez le temps de se rendre compte qu'il n'a pas fait le bon choix… une fois de plus.

— Pourquoi ne lui parlez-vous pas, comme le ferait un véritable ami ? (Elle pencha la tête sur le côté et le regarda d'un air pensif.) Vous ne savez pas quoi faire pour nous contrer, n'est-ce pas ? Ce qui signifie que vous êtes conscient de notre supériorité.

— Je ne pense pas en ces termes, je ne suis pas comme vous.

— Nous sommes pareils. La seule différence, c'est que nous sommes une famille et que vous êtes seul. Pourquoi ne nous rejoignez-vous pas ? Nous sommes l'avenir, et vous le savez. Comment expliquez-vous autrement que nous soyons de plus en plus nombreux ? Notre heure viendra bientôt et rien de ce que vous ferez n'infléchira notre trajectoire. Vous pourriez jouer un rôle important dans la construction de notre monde, dans l'avènement d'un ordre nouveau. C'est pour cela que vous avez été envoyé ici ; vous avez été le premier et vous devez nous montrer la voie.

— On ne peut mettre d'un côté ceux qui possèdent et de l'autre ceux qui n'ont rien. Ceux auxquels la Dame a fait don d'un talent exceptionnel se doivent de l'utiliser pour le bien de tous. J'ai vu ce qui arrivait quand la classe dirigeante ne se souciait que d'elle-même. Vous n'étiez pas encore née, mais c'est à cela que ressemblait Makkathran à mon arrivée. Votre manière de penser n'a rien de novateur, elle appartient au passé. Vous avez souillé votre don, et je compte bien mettre un terme à vos activités.

Le sourire de la jeune femme se fit glacial.

— *Rejoignez-nous.*

Son injonction fut si puissante, que les yeux d'Edeard s'emplirent de larmes. Il avait l'impression qu'elle lui enfonçait une aiguille de glace dans le cerveau.

— Sainte Dame !

Il tituba en arrière et s'efforça de protéger son esprit.

Gealee ne bougea pas et n'essaya pas de tirer parti de son avantage.

— Vous voyez, Celui-qui-marche-sur-l'eau ? Je suis seule et je suis loin d'être la plus forte des nôtres. Vous croyez vraiment qu'il est possible de résister au nid tout entier ?

Il secoua la tête pour reprendre ses esprits et posa sur elle un regard empreint de colère et de peur.

— Maintenant que vous avez découvert la vérité à mon sujet, je ne peux plus vous espionner, reprit-elle d'une voix neutre effrayante. Je vais retourner chez les miens. Puisque vous êtes l'ami de Dinlay, vous lui expliquerez pourquoi il n'a plus de femme.

Elle ajusta son manteau orange et noir et s'en fut en faisant cliqueter ses talons sur le trottoir.

Choqué, Edeard la regarda s'éloigner. D'une main tremblante, il essuya la sueur de son front. *Dire que je pensais naïvement exploiter une de leurs faiblesses.* Désormais, il savait de quoi était capable le nid, jusqu'à quelles extrémités il était prêt à aller. Il lui restait un avantage sur eux, une aptitude dont ses adversaires ne savaient rien. Le châtiment ultime. *Toutefois, je ne ferai pas preuve de la même brutalité qu'auparavant. Je remonterai dans le passé pour essayer de convaincre Tathal de partager son talent avant qu'il devienne égoïste et assoiffé de pouvoir.* Et pourtant, il était loin de se sentir aussi confiant qu'il aurait dû. Notamment parce qu'il lui restait une personne à interroger sur les origines du nid, et qu'il n'avait pas très envie de lui parler. Malheureusement, il n'avait pas le choix.

* * *

Plus que trois jours avant l'arrivée des Seigneurs du Ciel. Autour des tours d'Eyrie, la foule était si dense qu'il était devenu extrêmement difficile de circuler. Certaines familles refusaient purement et simplement de partir et avaient apporté suffisamment de vivres pour rester le temps nécessaire. Les gendarmes s'évertuaient à dégager des voies d'accès. Mères et novices se faisaient insulter parce qu'elles empêchaient les candidats au départ de monter au sommet des tours. Les appels au calme et à la tolérance lancés par le maire étaient restés vains. Après tout, aucun des visiteurs n'avait voté pour ou contre lui. Il n'avait aucune autorité sur eux.

Assis sous un auvent en toile, protégé par son bouclier d'invisibilité, Edeard longea le quartier à bord d'une gondole. L'après-midi touchait à sa fin et des odeurs de plats mijotant sur des feux de camps flottaient sur le canal. Ces derniers étaient bien évidemment interdits à Makkathran. Edeard serra les dents et tâcha de ne pas y penser. Des mesures devraient être prises avant la prochaine arrivée des Seigneurs du Ciel. En attendant, toutefois, il avait des affaires plus urgentes à régler. Plus personnelles aussi.

La gondole remonta le Grand Canal majeur jusqu'au bassin de la Forêt. Edeard mit pied à terre sur une plate-forme. De là, il voyait les navires amarrés dans les docks, leurs toiles roulées au milieu d'un lacis de cordages. Natran lui avait dit que le nombre de passagers venant pour les Seigneurs du Ciel avait été multiplié par sept ces dix-huit derniers mois. Certains officiers parlaient même de faire construire des navires d'un genre nouveau dépourvus de cale, uniquement destinés à transporter des passagers des villes côtières les plus éloignées.

C'était à croire que la moitié de Querencia était en route pour Makkathran afin de gravir les tours d'Eyrie et de partir avec les Seigneurs du Ciel. Il regarda les bateaux pendant un long moment avant de s'avouer qu'il se cherchait des excuses. Alors il tourna le dos aux docks et marcha vers Myco.

La *Maison des pétales bleus* était ouverte, mais les clients étaient rares, car il était encore tôt. Comme d'habitude, il y avait deux solides gaillards devant la porte d'entrée massive. Ils le regardèrent avec étonnement, mais ne dirent rien lorsqu'il se glissa entre eux. Sauf en esprit, à leur patronne.

Il poussa la porte avec sa troisième main. Il se demanda combien de fois il était venu ici au fil des ans. Combien de confrontations avait-il vécu ici ? Comme il était las et furieux, une pensée rebelle se forma dans son esprit : *Je devrais démolir cet endroit et y faire aménager un parc*. Sauf que le nid ne le laisserait sûrement pas faire.

Ranalee l'attendait, les vagues de ses cheveux soigneusement coiffés, vêtue d'une longue robe gris pâle en laine finement tricotée. L'étoffe lourde pendait sur son ventre de femme enceinte de cinq mois.

Cette vision le prit de court. Tous les mots qu'il avait répétés, qu'il se préparait à lui cracher au visage s'évanouirent d'un seul coup.

Elle nota sa surprise et eut un sourire suffisant.

— Cher Edeard, il y a un problème ?

— Je… Je ne savais pas…, commença-t-il en agitant le bras dans sa direction, gêné.

— Cela ne m'étonne pas. Après tout, tu as une ville à diriger. (Elle versa du vin dans un verre et le lui offrit.) C'est un excellent sousax ; goûte-le. Dans mon état, je préfère ne pas en boire.

— Non, merci.

— Tu as peur que j'essaie de t'empoisonner ?

Il soupira.

— Non.

Son sourire se fit moqueur. Elle s'affala dans un long canapé en laissant échapper un gémissement théâtral.

— Alors, que me veux-tu ? Kristabel ne s'intéresse plus à toi ? En ce moment, nous avons des filles délicieuses. Et discrètes, bien sûr.

— Ne m'énerve pas, Ranalee.

— Je veux juste t'aider.

— Parle-moi plutôt de Tathal.

Ranalee baissa les yeux sur son ventre rond.

— Que veux-tu savoir ?

— As-tu jamais… ? (Il comprit pourquoi elle regardait son ventre.) Par la Dame ! Ne me dis pas que…

— Il est de lui, évidemment, reprit-elle en se caressant le ventre avec douceur. Il est tellement plus fort que toi dans tous les domaines. Mes propres techniques sont ridicules à côté des siennes. Il a lu en moi comme dans un livre ouvert, et ce, bien plus rapidement que toi. Mais il m'a pardonnée et m'a autorisée à rejoindre le nid. En retour, je lui ai enseigné mon art.

Edeard examina celles de ses pensées qu'il parvenait à capter derrière son bouclier puissant. Toutefois il perçut également des trous noirs qui étaient de véritables gouffres insondables. On aurait dit que sa tête était emplie d'ombres couleur ébène. Ce n'était pas Ranalee.

— Il a mis en pratique ta technique de domination sur toi.

Elle eut un sourire rêveur. Les ombres commencèrent à prendre forme et révélèrent bientôt les silhouettes des membres du nid. Ils l'englobèrent, oblitérèrent sa vision, son audition. Elle ne pouvait plus ni se mouvoir ni crier. Soudain, elle n'était plus seule dans les ténèbres ; *il* était là avec elle, et sa peur céda la place à un plaisir sans limite. Elle l'accueillit avec joie, se tourna vers sa source, pleura sa gratitude.

— J'étais tellement heureuse de voir tous mes rêves devenir réalité, Edeard. Sa force a un goût sucré dont on ne peut se passer. Il est brut, comme tu le fus autrefois. Sauf que lui n'était pas un imbécile enchaîné. Il est libre et n'a peur de rien. Mon enfant sera aussi glorieux que son père.

— Ce n'est pas ta voix que j'entends.

— Tu te trompes, comme d'habitude. Je n'ai pas eu besoin qu'il m'encourage comme les autres membres du nid. Mes pensées couraient déjà sur ce chemin-là. Il m'a prise par la main et m'a conduite exactement là où je voulais aller. Ce que tu as toujours refusé de faire.

— Tu lui as donc enseigné la domination.

— Il la connaissait déjà. Je lui ai juste apporté un peu de subtilité.

— Sainte Dame ! Tu as contribué à la naissance d'un monstre. En es-tu consciente ?

Elle caressa son ventre un peu plus fort.

— Bien sûr ! siffla-t-elle. Je ne suis pas aveugle, Edeard. Je ne suis pas comme les autres membres du nid. Je l'admire. Ma place est à ses côtés, et il le sait. Autrement, pourquoi m'aurait-il choisie pour épouse ? Mon enfant jouera un grand rôle dans l'avenir de Makkathran. (Elle rit.) Peut-être même sera-t-il plus fort encore que son père.

— Ton rêve…, lâcha-t-il d'une voix saccadée. Il se sert de toi.

— Rejoins-nous, Edeard, reprit-elle en se penchant vers lui. Tu connaîtras peut-être ton véritable triomphe.

Il tourna les talons et se dirigea vers la porte.

— Tu connais déjà ma réponse.

— Oui… Heureusement, tous les membres de ta famille ne sont pas aussi bêtes et réactionnaires que toi.

Il se figea, conscient de réagir exactement comme elle l'attendait, d'être sa marionnette.

— Que veux-tu dire ?

Elle répondit dans un sourire radieux :

— Je t'avais dit un jour que nous aurions ton sang.

— Qu'as-tu fait ?

— Rien, mais tous les enfants finissent par s'éloigner de leurs parents. Tu le sais au fond de ton cœur.

Les gens se retournèrent avec stupéfaction lorsque Celui-qui-marche-sur-l'eau émergea du trottoir au milieu de l'avenue Boldar. Personne ne dit rien ni ne bougea. Ils le regardèrent simplement marcher d'un pas décidé vers l'immeuble de la Communauté de l'Abricot. Derrière lui, sa cape claquait comme s'il était pris dans une tempête. C'est alors qu'il remarqua leur intérêt placide, leur calme uniforme. Les résidents de l'avenue Boldar appartenaient tous au nid.

Edeard sentit leur présence à l'intérieur, dans le grand salon, au second. Marilee et Analee étaient avec eux, heureuses, excitées. Différentes, aussi.

Fou de colère, Edeard arracha la porte d'entrée avec sa troisième main et gravit les marches quatre à quatre.

Tathal arborait un sourire satisfait lorsque Celui-qui-marche-sur-l'eau déboula dans le salon. Tout comme les autres membres du nid présents autour de lui. Comme Marilee et Analee. Elles se tenaient de part et d'autre de Tathal. La tête de Marilee reposait sur son épaule ; Analee le tenait par la taille.

— Libérez-les ! tonna Edeard.

Tathal regarda Analee d'un air indolent, puis se tourna vers Marilee.

— Non.

La jeune femme le gratifia d'un sourire béat.

— Je vous détruirai.

— Si vous en étiez capable, vous l'auriez déjà fait. Maintenant, je le sais avec certitude. Par ailleurs, vos filles étaient presque déjà des nôtres. Elles avaient appris à partager entre elles, toutes seules.

— Ne sois pas en colère, papa, le supplia Marilee.

— Sois heureux pour nous.

— C'est tellement extraordinaire.

— Appartenir à cet ensemble…

— Maintenant, tout le monde va pouvoir partager et grandir comme nous.

— Tout le monde sera heureux.

Les yeux d'Edeard s'emplirent de larmes.

— C'est vous qui leur avez fait cela.

— Nous sommes ensemble, acquiesça Tathal. Nous sommes heureux.

— Parce que vous leur dites de l'être.

Edeard était conscient de n'avoir aucune chance de venir à bout du groupe dans son ensemble. Il n'avait plus le choix.

— Je vous en prie, Celui-qui-marche-sur-l'eau, rejoignez-nous. Nous sommes pareils, tous les deux. En tant que maire, vous pourriez faciliter la transition, faire que tout se déroule sans accroc.

— La Dame m'en est témoin, cela n'arrivera jamais.

Lentement, Tathal fit un pas en avant.

— Vous l'avez fait une fois, reprit-il.

— Quoi ?

— Je suis si curieux… Quel est votre véritable pouvoir ? Se limite-t-il à une communion avec la ville, *prodige* dont nous sommes tous capables ?

— Renoncez. *Tout de suite*, menaça Edeard. Je ne me répéterai pas.

— J'ai envie de savoir, poursuivit Tathal en faisant un nouveau pas en avant. Vous êtes conscient de ne rien pouvoir contre nous, et pourtant, vous me menacez. Je vois en vous. Vous semblez persuadé d'avoir un avantage sur nous. (Il pencha la tête sur le côté et regarda Edeard d'un air fasciné.) De quoi s'agit-il ? Que me manque-t-il encore ?

— Mes filles d'abord.

— J'ai vu quelque chose quand je vous ai observé dans la boutique de Colfal. Il se dégageait de vous une telle confiance, une telle certitude ; je n'avais jamais vu cela. Vous vous croyez invincible. Pourquoi ?

Tathal continuait à avancer, et Edeard avait l'impression de se ratatiner sous son regard. Il était comme un chaton acculé par des fil-rats.

— Libérez. Les. Laissez. Les. Partir.

— J'ai vu ce qui se passerait si vous gagniez, murmura Tathal.

— Quoi ?

— Ce sont vos propres mots. Prononcés juste avant le massacre d'Owain et des conspirateurs. J'ai lu la mémoire de la salle secrète de la tour spirale de nombreuses fois. J'ai été impressionné par votre brutalité, Celui-qui-marche-sur-l'eau. Même Dame Florell n'a pas été épargnée par cette arme terrifiante. Une vieille femme. Enfin, j'imagine qu'elle n'était pas sans défense. Que vouliez-vous dire, au juste ? J'y ai beaucoup réfléchi. On aurait dit que vous connaissiez le futur.

Edeard ne répondit pas. Il était choqué, car son crime n'était plus un secret.

— S'agit-il de cela ? persista Tathal. Est-ce cela, votre secret ? Vous lisez l'avenir ? (Un pli barra le front du séduisant jeune homme.) Non. Si vous voyiez l'avenir, vous sauriez ce que je suis, ce que je vais bientôt devenir.

— Vous ne deviendrez rien du tout.

— *Qu'êtes-vous ?*

Edeard hurla, tandis que la question s'immisçait dans son cerveau, gouttait comme de l'acide sur chacune de ses terminaisons nerveuses. Il *devait* dire la vérité. Tous les membres du nid s'étaient joints à Tathal et lui ordonnaient d'obtempérer. Des troisièmes mains se refermèrent autour de lui, écrasèrent son corps, l'étouffèrent. Leurs pensées se glissèrent dans son esprit, rongèrent son libre arbitre.

Il n'eut pas le temps réagir avec intelligence, ni celui d'aller aussi loin qu'il l'aurait voulu. Il pensa à un moment où il était encore libre car ils lui en laissèrent le temps. Cet instant, juste avant qu'il fasse voler en éclats la porte d'entrée de l'immeuble… Et il se concentra.

* * *

Edeard émergea sur le trottoir de l'avenue en essayant de reprendre son souffle. Les passants se tournèrent vers lui à l'unisson, l'esprit plein de pensées placides identiques. Au-dessus, le nid s'était préparé à sa venue.

Il n'attendit pas de sentir si une pointe de soupçon souillait leur esprit commun. Il chercha cette soirée dans sa mémoire… Non, juste avant, quelques heures avant, dans le salon de l'astronome…

Edeard attendait patiemment devant la *Maison des pétales bleus*. L'après-midi touchait à sa fin. À l'autre bout de la ville débutait une session du Grand Conseil, tandis qu'à Tosella, Finitan pestait contre son infirmité et la maladie qui lui infligeait tant de souffrances.

Enfin, un jeune Tathal confiant traversa la rue et se dirigea vers l'entrée de l'établissement. Il s'arrêta brusquement et se tourna vers Edeard.

— C'est vous qui m'espionnez, commença ce dernier.

Le visage juvénile de Tathal se déforma en une grimace soupçonneuse.

— Et alors ?

— Vous avez peur que je stoppe votre ascension.

— Par la Dame ! cracha Tathal.

Il étira sa troisième main et déploya un bouclier extraordinairement puissant autour de son esprit.

— Vous possédez un talent hors du commun, poursuivit Edeard avec calme. Pourquoi ne me rejoignez-vous pas ? Les gens de notre monde ont besoin d'aide. Vous pourriez accomplir tellement de bonnes choses.

— Vous rejoindre ? Personne ne peut me dominer, Celui-qui-marche-sur-l'eau, pas même vous. Je ne suis le génistar de personne.

— Je n'ai aucune intention d'appliquer cette technique contre vous. (Il posa furtivement son regard sur la *Maison des pétales bleus*.) Elle a déjà essayé sur moi, vous savez ?

— Ah, oui ? Elle doit être complètement stupide parce qu'elle a réessayé avec moi. J'ai beaucoup appris d'elle. (Il ricana.) J'adore ! Elle est persuadée de me contrôler, mais elle écarte les cuisses quand je le lui ordonne.

— Par l'Honoious ! Vous avez déjà commencé à réunir le nid, n'est-ce pas ?

Tathal plissa les yeux. Il doutait et ne parvenait pas à le dissimuler.

— Que me voulez-vous ?

— À vous, rien ? Pour vous, il est déjà trop tard.

Quelques jours plus tôt… Edeard projeta son esprit…

Il essaya. Il chercha avec une ténacité qu'il ne se connaissait pas une once d'humanité en Tathal. Mais il finit par renoncer…

Devant les portes de la ville, il assista à l'arrivé d'un Tathal âgé de quinze ans avec une caravane. À cette époque, sa personnalité n'était pas encore figée, mais il avait déjà dominé toute la caravane et fait le trajet à bord du chariot du maître. Ce n'était pas aussi subtil que le nid ; les hommes et les femmes le servaient, tandis que leurs filles étaient ses putains. Les vieux et les récalcitrants avaient été abandonnés en chemin.

Avant cela… Edeard découvrit que Tathal venait de la province d'Ustaven. Il manqua le dix-septième anniversaire de Taralee pour se rendre à Growan, la capitale, neuf mois avant le passage de la caravane et le départ du jeune homme. Il arriva juste à temps pour voir l'adolescent de quatorze ans tuer Matrar, son père violent, dans une démonstration de télékinésie d'une rare brutalité. Quelques minutes plus tard, il mit à la porte sa mère alcoolique et brisée.

Encore avant… Cinq années plus tôt, Edeard passa un mois à Growan, buvant dans la même taverne que Matrar, tentant de le dissuader d'être violent avec les siens. En vain.

Deux années plus tôt, Edeard soudoya le propriétaire de la menuiserie qui employait Matrar pour qu'il donne à ce dernier une promotion et l'augmente afin de l'aider à vivre une existence plus confortable. Avec plus d'argent dans le foyer, les perspectives d'avenir seraient plus agréables et nombreuses. Malheureusement, cet argent fut dépensé pour boire davantage. Matrar ne se montra pas à la hauteur de ses nouvelles fonctions, ce qui lui valut d'être jalousé et détesté des hommes qu'il était censé diriger.

Edeard se retrouva une dernière fois devant la taverne préférée de Matrar. Grâce à un travail de détective admirable dans les archives mal classées de la Guilde des clercs de Growan, il finit par trouver le certificat de naissance de Tathal. Il ne s'y fia pas pour autant. D'où sa présence devant la taverne dix nuits avant la date supposée. Il était vêtu comme un simple travailleur agricole, un épais manteau en plus. Son visage était dissimulé derrière un mirage de surface. Même Kristabel ne l'aurait pas reconnu.

Comme la serveuse se faufilait entre les tables en bois usées, il vida discrètement une fiole de jus de vinac dans la bière de Matrar. Il répéta l'opération quinze soirs d'affilée.

Tathal ne fut jamais conçu. Il n'exista pas. Sa mémoire ne fut donc pas chérie, et personne ne porta son deuil.

Edeard rentra à temps à Makkathran pour le deuxième anniversaire de Taralee. Comme il s'y attendait, elle attrapa la varicelle deux jours plus tard. À l'automne de cette même année, une Mirnatha heureuse et ravie annonça ses fiançailles.

Finitan était au sommet de son pouvoir et soutenait le comité spécial contre le crime organisé mis en place par le Grand Conseil, qui obtenait des résultats significatifs.

Il se rappelait tout. Les événements. Les conversations. Même la météo. Il ne voulut presque rien changer. Au début. Puis il fut las de revivre les mêmes moments. Savoir devint une plaie, surtout quand il voyait les mêmes personnes commettre les mêmes erreurs encore et encore.

Seuls ses rêves changèrent. Ils étaient toujours bizarres et impossibles. Rafraîchissants, aussi, nouveaux…

5

Cheriton McOnna était fatigué et irritable. Il n'avait pas pu se laver, et ses vêtements commençaient à sentir mauvais. Il avait besoin d'un bon café, de soleil et d'une grosse dose d'air pur. Le climatiseur de la salle de contrôle du nid de confluence avait du mal à suivre la cadence du fait du trop grand nombre de personnes présentes dans la pièce. Toutefois, le Maître des Rêves Yenrol refusait de relâcher la pression ; il voulait à tout prix retrouver la trace de la Rêveuse. D'où le module spécial greffé au nid et destiné à doper la sensibilité et la perception des membres de l'équipe. Cheriton n'aimait pas cela du tout ; ouvrir son esprit au champ de Gaïa de cette manière revenait à regarder le soleil à l'œil nu. Par chance, il possédait quelques programmes de filtrage qu'il mit discrètement à contribution pour se protéger. Les autres membres de l'équipe de Yenrol s'en sortaient beaucoup moins bien que lui ; obéissants, fanatisés, ils passaient au peigne fin les programmes de résonance émotionnelle à la recherche du moindre indice de la présence de leur messie en fuite.

Il les voyait peiner autour de lui, le visage déformé par une grimace, tandis qu'une marée d'émotions déferlait sur eux d'une singulière façon. Et pourtant, ils persévéraient loyalement. S'ils ne faisaient pas attention, ils se crameraient sévèrement le cerveau. Yenrol était inflexible, car persuadé que le phénomène observé dans la forêt de Francola était dû à la présence de la Rêveuse. Comme ses Maîtres des Rêves soumis, Phelim était convaincu qu'Araminta essayait de revenir de Chobamba.

Oscar avait envoyé un message bref et clair à Cheriton : Araminta n'avait pas émergé des chemins silfens. Personne ne s'expliquait que les agents aient brusquement décidé d'en découdre. En s'altérant, le chemin avait trahi sa présence, même si personne n'en était sorti. Après cela, il avait littéralement disparu, comme c'était toujours le cas lorsque des humains trop curieux observaient un chemin silfen. Cheriton savait ce que cela signifiait : la Rêveuse ne l'utilisait plus ; Araminta arpentait un autre monde. Mais comment faire admettre cette évidence à Yenrol ? Le Maître des Rêves était obsédé au point de faire preuve d'une grande imprudence. Il était persuadé d'être à deux doigts de la trouver.

Cheriton risqua un nouveau regard circulaire sur la salle surchauffée où étaient entassés ses collègues et lui. Deux d'entre eux sursautèrent comme quelque émotion jouait avec leurs neurones à vif, douleur quasi physique qui les fit frissonner. Yenrol lui-même avait des tics nerveux.

C'est ridicule, pensa Cheriton. *Elle n'est pas idiote. Les forces d'invasion n'ont qu'un objectif: la trouver. Elle ne va quand même pas se livrer !*

La plupart des adeptes du Rêve vivant partageaient cet avis. Leur abattement était nettement perceptible dans le champ de Gaïa tandis qu'ils affluaient vers les docks de Colwyn City et le trou de ver. Ceux qui le pouvaient, du moins. Des éruptions de colère illuminaient régulièrement le champ de Gaïa lorsque des citoyens de Viotia rencontraient leurs oppresseurs déchus. Quand il examinait de près ces tempêtes d'émotion, il y voyait aussi de la peur et de la douleur. Après quelques expériences désagréables, il avait d'ailleurs choisi de s'en tenir éloigné. Ces confrontations étaient de plus en plus nombreuses, surtout à Colwyn City.

Certaines avaient lieu tout près. Malgré sa réticence, il sentit un esprit s'embraser, animé par une terreur intense : Mareble, qu'il avait appris à connaître pour de mauvaises raisons. Il savait que c'était une erreur, mais il ne put s'empêcher d'absorber sa perception grâce à ses particules de Gaïa, de voir à travers ses yeux cette large rue en pente et la foule enragée qui fondait sur elle.

— Merde, marmonna-t-il dans sa barbe.

Je ne peux rien faire pour elle.

Tandis qu'il assistait à cette scène par le biais d'une myriade de robinets d'émotion, tout changea. Un esprit émergea dans le champ de Gaïa tout près de Mareble et de son andouille de mari, un esprit d'une puissance incroyable, à la présence aveuglante et assourdissante. Les filtres de Cheriton eurent les plus grandes peines du monde à le protéger. Yenrol et les autres hurlèrent à l'unisson, emplirent la salle exiguë de leur peur.

Tout ce que Mareble souhaitait, c'était quitter cette planète horrible. Danal et elle étaient venus ici avec enthousiasme dans l'espoir de se rapprocher du Second Rêveur. Au lieu de quoi leur vie avait été chamboulée, Danal avait été arrêté par le Rêve vivant… Ceux qui l'avaient emmené n'appartenaient pas au mouvement tel qu'elle le concevait. Le comité d'accueil agissait sous l'autorité de Phelim, mais il lui manquait la douceur et l'humilité propres aux vrais fidèles du Rêve. Des hommes violents et arrogants, voilà tout. Ce qu'ils avaient fait au pauvre Danal était atroce. Et ils s'en fichaient complètement.

Ils lui avaient rendu son mari, ou plutôt avaient jeté dans ses bras une épave tremblante et méconnaissable qui n'avait plus rien à voir avec l'homme qu'elle avait épousé. Ils ne pouvaient même plus retourner dans le bel appartement qu'ils avaient acheté. C'était d'ailleurs la raison première de l'arrestation de Danal. C'était ridicule, mais les forces d'Ellezelin les suspectaient d'être de mèche avec le Second Rêveur lui-même, la Rêveuse, qui n'était autre qu'Araminta, chose que Mareble ne parvenait toujours pas à comprendre. Araminta, cette jolie jeune femme, légèrement nerveuse, pressée de vendre un appartement qu'elle avait rénové à la sueur de son front. Cela n'avait pas de sens. Mareble s'attendait certes à autre chose, mais elle ne s'était douté de rien lorsqu'ils avaient discuté et négocier le prix. Elle avait bu du thé avec la Rêveuse sans le savoir. C'était incroyable.

Danal ne voulut rien savoir lorsqu'elle essaya de lui expliquer. Après sa libération, il sombra dans la dépression, sursautant au moindre bruit, lui criant dessus. Elle s'efforça de ne pas entendre ses paroles douloureuses, car ce n'était pas sa voix mais celle d'un homme meurtri, torturé.

Ils passèrent quelques jours à l'hôtel, survivant grâce au service de chambre. Elle essaya de réconforter son mari comme elle pouvait. Cheriton leur avait recommandé quelques médicaments, que Mareble avait essayé de lui faire prendre. Parfois Danal acceptait, parfois il jetait par terre l'insuffleur. Elle attendit donc patiemment que son mari se remette de son traumatisme, tandis que la rue s'embrasait. Alors la nouvelle – irréelle – était tombée : le Second Rêveur était Araminta. Pis, elle s'était échappée sur une planète dont Mareble n'avait jamais entendu parler, à l'autre bout du Commonwealth. Bizarrement, cela sembla soulager Danal, qui accepta de prendre ses psychotropes.

L'effet calmant était lent mais constant ; elle assistait à la renaissance progressive de l'homme qu'elle avait aimé. Ils comprirent alors que le moment était venu de partir. Comme la plupart des adeptes du Rêve vivant sur Viotia. L'hostilité ouverte de la population à leur endroit n'était pas près de s'éteindre.

Ils décidèrent d'attendre le milieu de la matinée pour quitter leur hôtel. Ainsi, pensaient-ils, ils ne seraient pas seuls dans les rues ; il y aurait d'autres adeptes sur le départ, des paramilitaires en patrouille. Ce serait plus sûr.

L'hôtel n'était qu'à trois kilomètres des docks et du trou de ver d'Ellezelin. Lorsqu'ils descendirent avec circonspection dans le lobby, ils trouvèrent celui-ci désert. Mareble avait commandé des vêtements modernes dans un magasin en ligne, mais elle ne les avait jamais reçus. Le système de gestion du site affirmait le contraire. Ces habits leur auraient permis de se fondre dans la masse. Au lieu de quoi ils durent se contenter de ce qu'ils possédaient. Danal s'en sortait plutôt bien avec son sweat-shirt gris neutre et son jean marron. De loin, il aurait pu faire illusion, malgré ses chaussures à lacets. Plus personne dans le Commonwealth n'utilisait de lacets. Mareble s'inquiétait à cause de sa robe verte et blanche. Toutes les femmes portaient des robes, mais le style de la sienne était directement inspiré de Makkathran. En fait, c'était une copie de celle que portait Kanseen lors d'une soirée à l'*Aigle d'Olivan*.

Debout devant la sortie, elle appela un taxi. Une ligne métropolitaine passait juste devant l'établissement. Son ombre virtuelle l'informa que les compagnies de taxis ne répondaient pas, que leurs cerveaux de gestion s'excusaient de l'interruption du trafic et promettaient que tout reviendrait dans l'ordre très vite.

— Ce n'est pas très loin, dit-elle pour se réconforter. Viens, on peut y arriver. On sera de retour sur Ellezelin dans une heure.

Danal hocha la tête, les lèvres pincées en une mince ligne vide de sang.

— D'accord.

Ils émergèrent rue Porral. En ce milieu de matinée ensoleillé, les trottoirs étaient presque déserts. Ils entendaient des sirènes distantes, ainsi qu'un genre de bourdonnement contenu d'insectes, que Mareble identifia comme étant le bruit généré par une foule en colère. La rue Porral donnait sur l'avenue Daryad, l'artère principale de cette partie de la ville qui descendait jusqu'au fleuve Cairns. Tout en bas, sur le côté, se trouvaient les docks. À la vue de cette large avenue flanquée de hauts immeubles et ornée d'hologrammes colorés qui clignotaient pour réguler un trafic inexistant, son cœur s'emplit d'espoir. Sur toute sa longueur, elle ne voyait pas plus d'une centaine de personnes.

Partageant son optimisme, Danal la prit par le bras et, ensemble, ils se mirent en route d'un pas décidé. Des deux côtés de l'avenue, nombre de boutiques avaient été saccagées. Des panneaux de carbone noir remplaçaient des vitrines brisées. La plupart des enseignes étaient froides et inactives. Trois taxis avaient été renversés sur le rail au milieu de la chaussée. Les gens qu'ils croisèrent n'eurent pas un regard pour eux. Personne n'émettait la moindre émotion dans le champ de Gaïa. Personne ne voulait se faire remarquer. Quelques-uns se dirigeaient dans la même direction qu'eux, nota Mareble : des couples, des groupes. Tous paraissaient aussi pressés et faussement détendus qu'elle.

Ils avaient descendu la moitié de l'avenue qui débouchait sur les eaux rapides du fleuve et commençaient à se détendre lorsqu'ils croisèrent une rue transversale. Les cris de la foule leur parvinrent immédiatement. Mareble vit un homme courir frénétiquement dans leur direction, pourchassé par une cinquantaine de personnes.

— Courez ! cria-t-il en les dépassant.

Il portait un pourpoint en cuir et un pantalon en coton bleu, comme Arcton le jour du bannissement. Il avait perdu son chapeau de feutre noir en tournant brusquement. La foule déferlait à toute vitesse, assoiffée de sang, les visages contorsionnés par la haine. Mareble et Danal imitèrent le fuyard, réaction purement instinctive.

— Au secours ! hurla Mareble.

Son ombre virtuelle envoya un message d'alerte aux forces d'Ellezelin, mais personne ne lui répondit. Elle cria dans le champ de Gaïa, mais dut se contenter de la compassion vague de quelques adeptes du Rêve vivant.

— Aidez-nous, je vous en prie !

Danal la tenait par la main et la tirait. Sa robe ne l'aidait pas à courir. De même que ses bottines. Et les docks étaient encore à deux bons kilomètres. Sa peur se déversa dans son système nerveux soudain saturé d'adrénaline. Elle pensa à Celui-qui-marche-sur-l'eau, sur la montagne, la nuit où Salrana l'avait trahi, avec Arminel et ses brutes qui l'encerclaient. Il avait su rester digne, même en ce moment très difficile. *Je ferai comme lui.*

Son pied heurta quelque chose, elle chuta et atterrit douloureusement sur les dalles de pierre, s'éraflant les genoux et les poignets. L'onde de choc remonta dans son bras, et elle gémit, consciente que tout était terminé.

— Ma Dame, je vous en prie ! geignit-elle tandis que Danal la forçait à se relever.

La foule les rattrapa incroyablement vite, les encercla, barrière infranchissable de visages hostiles et sauvages. Ils étaient armés de matraques, de barres de fer ; quelques-uns avaient même des pistolets laser à souder.

— Non ! supplia-t-elle.

Des larmes brouillaient sa vision. Elle se haït d'être aussi faible, mais ils allaient lui faire mal. Et puis elle mourrait sans jamais avoir vu les véritables merveilles du Vide.

— J'ai appelé les paramilitaires, menaça Danal.

Un bâton l'atteignit sur le côté de la tête avec un vilain craquement. Sa bouche s'était à peine ouverte pour lâcher un hurlement qu'un autre lui frappa les tibias. Danal tomba vite ; sa main devenue molle glissa du bras de son épouse.

— Non !

Elle plongea son regard suppliant et hagard dans celui de l'homme qui se trouvait droit devant elle, un homme ordinaire, d'âge mûr, vêtu d'une veste élégante. *Il ne frappera pas une femme*, pensa-t-elle.

— Nous voulons juste partir. Laissez-nous partir…

— Salope !

Il lui donna un coup de poing dans le nez. Elle entendit l'os craquer. Dans un premier temps, elle n'eut pas mal ; elle était comme groggy, sonnée et terrorisée. Alors une douleur terrifiante et brûlante lui transperça le cerveau. Mareble hurla et tomba à genoux. Sur le côté, elle vit une botte s'abattre sur les côtes de Danal. Du sang lui coulait de la bouche et sur le menton.

— Ça suffit, dit une femme avec calme.

Une silhouette sombre fendit la foule.

Soudain, le champ de Gaïa s'emplit de compassion et de gentillesse. La sensation incroyable grossit, enfla pour atteindre des proportions que Mareble n'aurait jamais crues possibles. Bouche bée, elle considéra en clignant des yeux l'inconnue qui ouvrait son manteau, semblant émerger d'un cocon. En dessous, elle portait une longue robe couleur crème, pareille à celles des ecclésiastiques, qui brillait d'un éclat propre. Un pendentif suspendu à une chaînette en or émettait une intense lumière bleue qui, en balayant le visage de Mareble, emporta une grande partie de sa peur. Pendant un bref instant, Mareble abandonna son enveloppe charnelle et contempla les étoiles depuis un point situé en dehors de la galaxie. C'était un spectacle incroyablement rassurant. De retour sur Viotia, incapable de dire un mot, elle regardait avec une crainte teintée de respect la femme qui lui souriait avec bienveillance.

Les premiers rangs hésitaient, la colère provoquée par l'intrusion de la femme cédant la place à la stupéfaction. Leur haine et leur rage avaient du mal à résister à la sérénité et au réconfort intenses qu'elle déversait dans le champ de Gaïa.

Danal releva la tête, incrédule au point d'en oublier sa douleur.

— La Rêveuse ! lança-t-il, émerveillé.

— Salut, Danal, répondit Araminta.

Elle transmit un peu du consentement du Seigneur du Ciel dans son salut, le sentit traverser le pauvre homme blessé dans sa chair, mais ô combien soulagé. Mareble la regarda avec adoration pendant qu'elle essayait d'arrêter les saignements de son nez cassé. Dans tout le Commonwealth, les adeptes du Rêve vivant la remerciaient d'être revenue pour eux, pour accomplir son destin. La vague d'énergie positive était colossale ; résultat des émotions combinées de milliards d'êtres humains, elle déferla sur des centaines de mondes.

Alors, un des hommes qui l'entouraient parvint à se détacher de la sensation qu'Araminta et le Seigneur du Ciel diffusaient dans le champ de Gaïa. C'était celui qui avait frappé Mareble.

— Vous ! cracha-t-il. Vous êtes responsable !

Il brandit une barre de fer. Araminta le regarda droit dans les yeux pendant que le Seigneur du Ciel lui transmettait *quelque chose*, permettant à son esprit de s'élever davantage. Et elle se rappela le talent inavouable de Ranalee.

— Non, rétorqua-t-elle calmement, chassant toute haine et toute peur de l'esprit de l'homme, le faisant changer d'avis.

Il ouvrit la bouche, mais n'émit aucun son. Sa barre de fer tomba bruyamment par terre, tandis qu'un escadron de capsules grondait dans le ciel. Araminta les regarda descendre en souriant et partagea ce qu'elle voyait avec tout le monde, partout. Comme elle tendait la main à Mareble pour l'aider à se relever, des silhouettes en armure écartèrent la cohue maussade et silencieuse.

— Merci, messieurs, leur dit-elle doucement comme ils arrivaient à sa hauteur et braquaient leurs armes sur la foule. S'il vous plaît, veuillez venir en aide à Danal.

L'officier qui se tenait à l'avant hésita. Elle perçut son incertitude grandissante, son regret de ne pas être ailleurs.

— Vous allez me suivre, annonça-t-il.

— Je suis la Rêveuse, proclama-t-elle avec force dans le champ de Gaïa grâce à l'énergie du Seigneur du Ciel.

L'officier vacilla ; ses genoux flageolèrent et il faillit s'écrouler. Derrière lui, les gens grimaçaient, avaient du mal à encaisser la puissance de sa pensée.

— Celui-qui-marche-sur-l'eau voyageait-il en capsule ? demanda-t-elle comme si de rien n'était. Je ne crois pas. Je marcherai donc jusqu'au trou de ver. Ceux qui souhaitent suivre le Rêve peuvent m'accompagner. (Elle posa sur la foule un regard calculé que personne n'osa croiser.) Ceux qui feront du mal à mes disciples auront affaire à moi. (Elle se tourna vers l'officier.) Comment vous appelez-vous ?

— Darraklan. Capitaine Darraklan.

— Très bien, capitaine Darraklan. Vos hommes nous escorteront. À partir de maintenant, cette ville sera en paix ; telle est ma volonté.

— Oui, madame, balbutia Darraklan.

Araminta haussa un sourcil. Sa désapprobation était manifeste.

Darraklan s'inclina.

— Oui, Rêveuse, se corrigea-t-il.

Araminta gratifia Mareble d'un sourire gentil.

— Venez.

La foule s'écarta, et elle commença à marcher en direction du fleuve, et des docks, en contrebas. Abasourdis, les soldats d'Ellezelin aidèrent Danal à se relever.

Araminta arriva en bas de l'avenue Daryad à la tête d'un important cortège. Des adeptes heureux du Rêve vivant avaient surgi de chaque intersection pour se joindre à elle, l'esprit débordant de joie et d'incrédulité. Les hommes du capitaine Darraklan les escortèrent de loin, formèrent un périmètre sécurisé autour du groupe. Des capsules volaient très haut dans le ciel sans ralentir. Araminta ne fit pas attention à elles.

De nombreuses manifestations avaient éclaté devant les docks. Plusieurs centaines de citoyens hardis avaient dressé un campement devant l'entrée principale, mais n'intéressaient pas les capsules qui filaient dans les deux directions au-dessus de leurs têtes. Curieux, ils regardèrent Araminta arriver dans leur direction à la tête d'une véritable armée. Inquiétude et incertitude se propagèrent dans les premiers rangs. Provoquer des paramilitaires indifférents et invincibles derrière une barrière infranchissable parce qu'ils faisaient régner l'injustice sur Viotia était une chose, mais faire face à un messie doué de pouvoirs télépathiques mystérieux en était une autre. Araminta était à une centaine de mètres du groupe lorsqu'ils commencèrent à s'écarter, à libérer l'entrée des docks. Les hautes portes s'enroulèrent et révélèrent d'autres soldats. Ceux-là étaient commandés par Phelim en personne ; lui ne se soumettrait pas aussi facilement.

Araminta savait que l'heure de son premier véritable test avait sonné. Phelim ne s'écroulerait pas comme Darraklan, même si elle doutait qu'il soit capable de résister indéfiniment à la technique de domination de Ranalee. Elle espérait sincèrement que le Seigneur du Ciel lui viendrait en aide si elle le lui demandait, si elle lui montrait que quelque chose l'empêchait de tenir sa promesse de guider les fidèles jusqu'au Vide. Normalement, elle devrait pouvoir se passer de son soutien car, aux yeux des adeptes du Rêve vivant, elle venait d'assumer son rôle légitime de leader, de sauveur. Les ecclésiastiques n'étaient plus que des administrateurs et des bureaucrates, des fonctionnaires supposés exécuter ses volontés. À en juger par son expression et par les quelques émotions contrôlées qu'il laissait filtrer dans le champ de Gaïa, Phelim commençait à comprendre.

Je n'ai qu'à avancer, se dit-elle dans ce petit noyau d'identité qu'elle ne partageait pas avec tous les adeptes. *Avancer et devenir cette force imparable, comme je l'ai promis à Bradley. Les vrais adeptes ne supporteront pas que quelqu'un se dresse en travers de ma route, maintenant que j'ai décidé de prendre la tête du pèlerinage. Après tout, c'est l'unique raison d'être du Rêve vivant.*

Un sourire respectueux et étrange fendit le visage de Phelim.

— Second Rêveur, commença-t-il en mettant légèrement l'accent sur « second ». Nous sommes tellement heureux que vous ayez choisi de vous joindre enfin à nous. Bienvenue.

Araminta ne s'arrêta même pas. Elle se dirigea tout droit vers les soldats qui se tenaient derrière Phelim. Ils s'écartèrent à la hâte.

— Si je suis restée cachée, c'est en partie à cause des souffrances que vous avez infligées à ce monde, commença-t-elle en guidant ses adeptes entre les forces d'Ellezelin.

Mareble, qui était restée près d'elle durant tout le trajet, jeta un regard assassin à Phelim, comme nombre d'adeptes. Droit devant se dressait le trou de ver. Araminta voyait les radiations de Tcherenkov bleu-violet émises par ses contours. Un soleil différent brillait au centre du portail.

Le visage de Phelim se durcit comme il s'efforçait de garder son calme.

— Je vous assure que nous avons fait tout ce qui était en notre pouvoir pour…

D'une démarche chassée maladroite, il la suivait comme il pouvait. Elle avait gagné.

— Quand je siégerai au palais du Verger, je diligenterai une enquête pour déterminer quelle était votre part de responsabilité dans cette agression, reprit-elle, péremptoire.

— Qu… ?

— Toutes ses vies durant, Celui-qui-marche-sur-l'eau a lutté pour éradiquer la violence. Il a failli y laisser la vie, mais il a fini par gagner son combat. Nous devons suivre son exemple. Cette invasion monstrueuse est l'antithèse de tout ce que représente le Rêve vivant. Il est incroyablement arrogant d'imaginer que vous pourrez sortir blanc comme neige de cette affaire atroce.

Des applaudissements retentirent quand Phelim s'arrêta pour regarder, bouche bée, Araminta continuer en direction du trou de ver, tandis que, de l'autre côté du cordon de sécurité, les manifestants le raillaient avec enthousiasme.

Araminta sourit fièrement et savoura sa victoire. Le trou de ver était juste devant elle, protégé par de grands piliers de métal hérissés de canons et de senseurs. Les forces d'Ellezelin s'écartèrent pour la laisser passer. Des soldats retirèrent leur casque, tout sourires. Les vrais adeptes étaient heureux de son retour ; elle allait enfin pouvoir les guider comme le mouvement l'avait toujours promis. On l'encouragea et l'applaudit.

— Merci, dit-elle. Merci infiniment.

Elle se retenait à grand-peine d'éclater de rire. Elle avait vu de nombreuses images de politiciens s'adressant à des foules et avait toujours haï la manière dont ces fumiers cyniques arboraient un masque d'humanité en période d'élections. Désormais, elle comprenait comment ils s'y prenaient ; la manipulation des foules était apparemment un talent inné.

Elle s'arrêta devant le portail et prit Mareble par la main. Le degré d'adoration dans le regard de la femme était alarmant ; ses yeux brillaient au-dessus de son visage et de sa robe maculés de sang séché.

— Vous pouvez rentrer chez vous, maintenant, dit Araminta à la femme submergée par l'émotion. Nous partirons en pèlerinage très bientôt, dès que les vaisseaux seront prêts.

La lèvre inférieure de Mareble tremblota, et elle se mit à pleurer.

— Tout va bien, la rassura Araminta. Désormais, tout ira bien.

Ce qui était bien entendu un énorme mensonge, mais elle était plutôt fière d'être capable de jouer son rôle avec autant de panache.

Araminta fit signe de la main à ses nouveaux amis et se jeta dans la gueule du trou de ver. Immédiatement, le soleil plus chaud d'Ellezelin l'enveloppa.

* * *

— Bordel de merde ! marmonna Oscar.

— Ce n'est pas elle, dit Tomansio.

— Elle nous a baisés, grogna Beckia. Jusqu'à l'os. Elle a tué la galaxie tout entière.

À l'autre bout de la cabine du vaisseau, Liatris secouait la tête, le visage éclairé par un sourire en coin admiratif.

— Elle est maligne. Ils ne l'ont pas lâchée, l'ont acculée. Depuis le début, elle avait deux options : se terrer ou sortir au grand jour et se battre. Jamais ils ne l'auraient crue capable de les défier.

— Et pour cause, ce n'est pas elle, répéta Tomansio, sûr de lui.

— En tout cas, elle lui ressemble, dit Oscar.

Son ombre virtuelle était connectée aux sites d'informations de l'unisphère, qui montraient la bouche du trou de ver, à moins d'un demi-kilomètre de l'entrepôt de Bootle & Leicester où était dissimulé le *Remboursement d'Elvin*. Au prix d'un effort de volonté considérable, il s'était retenu de se rendre sur place pour assister à cette scène de plus près. Les reporters filmaient des centaines de joyeux adeptes suivant avec enthousiasme leur messie dans le trou de ver. L'autre extrémité de celui-ci se trouvant dans une zone de sécurité, personne n'avait le droit de les suivre pour filmer de l'autre côté.

En revanche, Araminta continuait à partager ses émotions et ce qu'elle voyait à travers le champ de Gaïa. Elle émergea sur une piste quasi déserte. Des capsules volaient dans le ciel. Le personnel occupé à travailler sur les nombreuses machines disséminées un peu partout s'interrompit et lui souhaita la bienvenue dans le Grand Makkathran. *Comment ce bon vieux Conservateur ecclésiastique va-t-il régir à cela ?* se demanda-t-elle.

— Alors, ça y est ? lâcha Beckia.

La jeune femme était de mauvaise humeur, car elle portait sur le bras un manchon médicalisé occupé à réparer ses tissus ; elle avait été assez sévèrement blessée dans la forêt de Francola. Trois agents truffés d'implants s'étaient jetés sur elle en même temps, saturant temporairement son champ de force, qui avait cédé sur son flanc gauche. Oscar l'avait sortie du pétrin juste avant que les capsules se posent. Par chance, Tomansio avait mené à bien leur extraction, et la cabine médicalisée qui l'avait soignée avait accompli un vrai miracle.

— Peut-être, dit Oscar. À mon avis, elle a un plan.

— Je n'irais pas jusque-là, rétorqua Tomansio. Liatris a raison : si elle a fait cela, c'est uniquement pour avoir une chance de survivre.

— Je croyais que ce n'était pas elle, le contra Oscar.

Un sourire éclatant fendit le visage séduisant de Tomansio.

— Touché.

— C'est bien elle, insista Oscar.

— Je ne suis pas encore convaincu. Cette… *impératrice* n'est pas la fille que nous poursuivons. Je ne la pense pas capable d'affronter le Rêve vivant aussi frontalement.

— Qu'en conclus-tu ? voulut savoir Beckia.

— C'est un double bluff, expliqua Tomansio. Ils l'ont retrouvée et ont forcé l'entrée de son esprit pour y installer leurs propres programmes. Elle est la marionnette du Rêve vivant. On l'a poussée sur le devant de la scène pour qu'elle attire tous les regards. En plus, elle fait ce que les adeptes attendent d'elle et s'apprête à prendre la tête du pèlerinage. Pour Ethan, c'est tout bénef, mission accomplie.

— Sauf qu'elle va aussi prendre la tête du Rêve, rétorqua Oscar. Au point où elle en est, elle exigera certainement de monter sur le trône.

— Cela ne change rien, reprit Tomansio. Ethan obtient quand même ce qu'il veut : son ticket pour le Vide et un bouc émissaire si cela tourne mal.

— Quand cela tournera mal, le rectifia Beckia.

— Non, cette version ne me convient pas, protesta Oscar.

Il n'avait pas oublié la peur et la détermination qu'il avait vues sur le visage d'Araminta lors de leur brève, *très* brève, rencontre dans le parc de Bodant. Ni la façon dont elle avait disparu, échappant non seulement à son équipe, mais à celles envoyées par toutes les forces qui comptaient dans le Commonwealth. Par ailleurs, elle était la descendante de Mellanie, et donc forcément une source intarissable d'emmerdements, ce que ces citoyens du Commonwealth moderne ne pouvaient pas comprendre. Un imperceptible sourire souleva les coins de ses lèvres. Tomansio avant raison sur un point : il y avait quelque chose de louche dans cette situation.

— Alors, que fait-elle ? demanda Beckia. Elle est peut-être sortie de sa cachette parce qu'elle était acculée, mais elle n'a plus le choix maintenant : elle doit prendre la tête de ce maudit pèlerinage, car c'est l'unique base de son autorité.

— C'est peut-être un suicide, suggéra Liatris. Elle les conduit jusque dans le Golfe, où la flotte se fait massacrer par les Raiels.

— Ouais, peut-être bien, acquiesça Beckia.

Oscar sourit avec toute la force de sa conviction.

— Ayez la foi, dit-il aux Chevaliers Gardiens. Après tout, elle est devenue un messie, à présent.

Tomansio lâcha un grognement.

— Vous voulez dire qu'on continue la mission ?

— Vous avez vu comme moi ce qui est en train de se passer. Tous les adeptes du Rêve vivant présents sur ce monde vont affluer vers ce trou de ver. Phelim sera bien obligé de désactiver le champ de force de la ville pour laisser entrer tout le monde. En partant maintenant, nous nous ferions remarquer, nous ficherions en l'air notre couverture.

— Nous n'avons plus besoin de couverture, si la mission est achevée.

— Laissons-lui quelques jours. Elle est très occupée pour l'instant, mais elle a mon numéro.

— Comme nous, en somme, grommela Beckia.

* * *

Araminta se tenait à l'avant de la grande capsule civile et regardait à travers le fuselage transparent qui l'enveloppait. Cinq cents mètres plus bas, le Grand Makkathran, paysage urbain phénoménal, s'étirait à perte de vue dans toutes les directions. De grandes tours de cristal scintillant entourées de vastes parcs réfléchissaient la lumière du soleil. Les bâtiments plus bas brillaient de couleurs impossibles. Force lui était d'avouer que c'était une magnifique ville, même si le nombre incroyable de capsules qui s'étaient élevées pour la voir passer l'empêchaient de l'admirer comme elle l'aurait voulu. Les innombrables engins se joignirent alors au convoi festif qui s'était constitué derrière elle et qui formait un genre de nuage dont l'ombre diffuse était clairement visible au sol.

Droit devant, l'océan était en contrebas d'une vaste étendue verte. Et là, accrochée à la côte, illuminée par le soleil, Makkathran2.

— Vous voulez aller directement au palais du Verger, Rêveuse ? demanda le capitaine Darraklan.

Il l'avait suivie de l'autre côté du trou de ver et avait apparemment décidé de son propre chef de devenir son garde du corps personnel. Sans lui demander son avis. Sans son casque, il avait une beauté assez classique, avec sa mâchoire carrée et ses cheveux bruns souples qui rappelèrent à Araminta les incarnations les plus jeunes de Bovey.

— Non, répondit-elle, hypnotisée par la vision de cette reproduction grandeur nature. Edeard est arrivé par la porte nord ; emmenez-moi là-bas. Ce sera parfait. Je marcherai jusqu'au palais.

Ce qui laissera à Ethan le temps d'ériger des barricades, s'il l'ose. Un amusement sinistre émana de l'esprit de Darraklan, tandis que la capsule perdait de l'altitude. L'officier devait avoir eu la même idée qu'elle.

Ils se posèrent sur le vaste cercle de verdure qui entourait les murs en cristal de la ville. En mettant pied à terre, Araminta avisa l'énorme armada qui l'avait suivie jusqu'ici et aurait bien du mal à se poser sur une surface aussi réduite. À cause d'elle, le ciel s'était assombri. Elle était persuadée qu'aucun de ces véhicules n'écoutait plus les instructions de la régulation du trafic. Parfait. *Un petit nœud d'anarchie dont j'ai le contrôle. Tout le monde n'obéit donc pas à Ethan sans poser de question.*

Pour le moment, tout le monde attendait de voir ce qui allait se passer. Ce qui alimentait encore son enthousiasme et son désir nouveau de jouer son rôle auprès du rêve. Elle n'avait plus qu'à prendre la place d'Ethan en démontrant qu'elle était plus compétente et déterminée que lui. *Comme me l'a dit Bradley.*

Araminta passa sous la grande arche de cristal suivie par une marée hétéroclite et colorée d'adeptes sortis de capsules mal garées. De là, elle ne voyait pas grand-chose de Makkathran2. La Douve haute dans laquelle elle venait d'entrer était noire de monde ; apparemment, toute la population de la ville sanctuaire s'était donné rendez-vous là pour l'accueillir. Des applaudissements assourdissants retentirent. Une rangée de gendarmes en uniformes – en tous points identiques à ceux des hommes d'Edeard – la salua. Darraklan et leur sergent durent crier pour communiquer, tandis qu'Araminta avançait en faisant des signes de la main à la population. *Ne jamais hésiter, ne jamais ralentir.*

Rapidement, les gendarmes l'entourèrent et l'aidèrent à se faufiler jusqu'au pont du canal de la Courbe nord et Ysidro.

Non, toute la population n'était pas rassemblée dans la Douve haute. Les ruelles tortueuses d'Ysidro étaient elles aussi saturées d'adeptes, dont certains pleuraient ouvertement. La taverne du *Renard bleu*, étrangement familière, était là, près du pont en grès roux qui lui permit d'accéder au Parc doré, dont les piliers blancs étaient embrasés par le soleil. Une nouvelle mer d'adeptes recouvrait le vaste espace au-delà duquel on reconnaissait les dômes massifs du palais du Verger.

Comme elle arpentait une des allées élégantes du parc, Darraklan se pencha à son oreille et murmura :

— Le Conseil ecclésiastique est réuni à l'entrée du palais.

— Parfait.

Il y avait beaucoup d'enfants de part et d'autre du chemin ; tous la regardaient avec des yeux pétillants d'admiration. Il était difficile pour elle de continuer tout en sachant qu'elle finirait par trahir leur confiance et leur vénération. *Les responsables sont leurs parents, pas moi. Moi, je leur apporterai la vérité.*

Lorsqu'elle arriva devant le pont suspendu en bois qui enjambait le canal du Cercle extérieur, elle avait recouvré sa détermination. Elle ne voyait même plus les milliers de visages extatiques qui l'entouraient quand elle traversa le cours d'eau. Darraklan l'accompagna, tandis que les gendarmes formèrent un cordon pour empêcher la foule de la suivre. Ils avaient tous hâte de voir la suite des événements et pressaient mentalement les ecclésiastiques de reconnaître leur nouvelle Rêveuse.

Comme l'avait dit Darraklan, le Conseil ecclésiastique, vêtu de robes rouges et noires resplendissantes, attendait dans la salle Malfit. Ethan se tenait devant les autres ; sa robe blanche brillait d'un éclat plus vif que celle d'Araminta. Ce n'était pas étonnant, sachant qu'elle avait confectionné la sienne elle-même à partir de la doublure des rideaux semi-organiques de Bovey.

Le Conservateur ecclésiastique s'inclina bien bas.

— Rêveuse, commença-t-il. Bienvenue. Nous attendions ce moment depuis si longtemps.

Araminta le gratifia d'un sourire en coin. Pour quelqu'un qui venait de subir un échec politique retentissant, il semblait d'assez bonne humeur.

— Vos désirs se sont réalisés, comme on dit.

— En effet. Puis-je vous demander ce qui vous a décidée à nous rejoindre ?

— C'était le bon moment, répondit-elle. Et je souhaitais mettre un terme aux souffrances de Viotia.

— Oui, c'était fort regrettable.

— Mais c'est le passé, ajouta-t-elle, consciente de choquer les habitants de son monde natal. Je suis venue pour guider ceux qui rêvent d'une vie meilleure, ceux qui souhaitent suivre l'exemple de Celui-qui-marche-sur-l'eau.

Une fois de plus, elle en appela au Seigneur du Ciel, qui lui répondit :

— Nous vous attendons. Nous vous guiderons.

La joie retenue de la foule rassemblée à l'extérieur ébranla les murs épais du palais. Elle gratifia Ethan d'un sourire entendu : *À toi de jouer...*

— Nous sommes honorés, répondit-il avec un enthousiasme exagéré.

— Merci. Pouvons-nous nous rendre dans la salle du Conseil supérieur, maintenant ? Nous avons tellement de problèmes à régler.

Ethan regarda successivement les Conseillers ecclésiastiques pleins d'espoir et de doutes. L'un d'eux eut un sourire mielleux.

— Mais bien sûr, Rêveuse.

— Rincenso, n'est-ce pas ? demanda-t-elle.

— Oui, Rêveuse.

— Je vous remercie de votre aide.

— Il n'y a pas de quoi.

Il y a intérêt, espèce de faux-cul.

— Par où allons-nous ?

Rincenso s'inclina si bas qu'on aurait pu croire qu'il se moquait d'elle.

— Par ici, je vous prie, Rêveuse, dit-il avec un grand geste du bras.

Elle regarda la tempête perpétuelle qui dansait au plafond, quelque peu déçue que ce ne soit qu'une réplique de la véritable salle Malfit, les images qui la surplombaient n'étant que des copies du système planétaire de Querencia. À présent qu'elle avait pris la décision d'agir, elle avait envie d'aller jusqu'au bout, de marcher dans la vraie Makkathran, de voir de ses propres yeux les rues et bâtiments où Edeard avait vécu ses aventures.

Araminta traversa en silence une salle Toral plus modeste et entra dans la chambre du Conseil supérieur. Elle admira en souriant le tourbillon solaire qui animait sa voûte croisée ; le disque d'accrétion cuivré du soleil était toujours glorieux et n'avait rien à voir avec celui qu'avait vu Justine, avec ses comètes en diminution et une nouvelle planète orbitant là où elle n'aurait jamais dû se trouver.

— Vous n'avez pas mis le panorama à jour ? demanda-t-elle d'un ton léger en marchant tout droit vers le trône incrusté d'or situé à l'extrémité de la longue table.

— C'est la Makkathran de Celui-qui-marche-sur-l'eau, Rêveuse, répondit Ethan.

— Bien sûr. Vous me direz que cela n'a aucune importance puisque nous allons bientôt partir. Asseyez-vous, ajouta-t-elle, magnanime.

Ethan prit place à sa gauche et Rincenso à sa droite. Il y avait juste assez de places pour tout le monde. *Phelim n'est pas là, pensa-t-elle avec calme. Tant mieux.* Le mince ecclésiastique la rendait un peu nerveuse.

— Puis-je vous demander si vous comptez continuer à tout partager sur le champ de Gaïa ? reprit Ethan.

— Jusqu'à ce que nous entrions dans le Vide, confirma-t-elle. Nos adeptes ont beaucoup douté et souffert ces derniers temps, et ce en grande partie par votre faute, Conservateur. J'estime qu'ils ont le droit d'être rassurés en se rendant compte par eux-mêmes que je fais mon possible pour que le pèlerinage ait lieu. Pour le moment, c'est mon seul objectif. Pour m'aider à le réaliser, je demande à ce Conseil de continuer à s'occuper des affaires courantes.

Elle étudia le visage d'Ethan, curieuse de voir sa réaction. Il était parfaitement clair qu'il ne comprenait ni ne croyait à sa soudaine conversion. Il suspectait quelque chose, mais ignorait quoi.

— Je serai ravi de vous aider, promit-il.

— Comme nous tous, ajouta aussitôt Rincenso.

Araminta se retint de laisser filtrer le dégoût que lui inspirait ce flagorneur.

— Excellent. Pour commencer, j'aimerais savoir où en est la flotte ?

— Les coques sont terminées, répondit l'ecclésiastique DeLouis. Les équiper prendra un peu de temps, mais pas plus d'un mois, avec un peu de chance.

— Et les réacteurs ?

Ethan, qui se trouvait à moins d'un mètre d'Araminta, ne parvint pas à dissimuler complètement son incrédulité. La Rêveuse se retourna pour le regarder froidement.

— D'après mes estimations, reprit-elle, il faudra presque six mois pour atteindre le Vide avec des hyperréacteurs standard.

— Oui, Rêveuse.

— Et puis il y a le problème des guerriers raiels. Ils ont failli avoir Justine.

— Nous faisons le nécessaire, dit Ethan à contrecœur.

— C'est-à-dire ?

— C'est confidentiel.

— Plus maintenant. Cette obsession malsaine pour le secret et la violence doit cesser immédiatement, car elle a fait trop de mal au Rêve vivant. Inigo et Edeard n'auraient jamais toléré un tel vice. Par ailleurs, nous ne sommes plus membres du Grand Commonwealth, et vous êtes sous ma protection. Alors, dites-moi, comment comptez-vous régler le problème des guerriers raiels ?

— Êtes-vous sûre de… ?

— Oui !

— Très bien. Eh bien, j'ai passé commande d'un ultraréacteur pour chacun des vaisseaux de notre flotte. Le voyage ne devrait pas durer plus d'un mois.

— Excellent. Et les vaisseaux raiels, comment les éviterons-nous ?

Ethan resta complètement impassible.

— Les mêmes fabricants nous équiperont de champs de force capables de résister aux attaques des Raiels.

— Je vois. Et le prix ?

— Nous en avons tenu compte dans notre budget. Et puis, nous disposons de la richesse de toute la Zone de libre-échange.

— Je veux connaître le prix de cette technologie, insista Araminta d'une voix plus dure. En particulier le prix politique.

Tout le monde se tourna vers Ethan. La pression de la curiosité du champ de Gaïa était colossale. Intrigué par cette émotion, même le Seigneur du Ciel semblait vaguement intéressé.

— Notre fournisseur nous accompagnera dans le Vide.

— C'est logique. (Araminta eut un sourire bienveillant.) Je vous remercie tous de votre présence. Nous nous réunirons formellement demain quand je me serai installée. Ethan, jusqu'à notre départ, je résiderai dans les appartements du maire, dans le palais.

— Oui, Rêveuse.

Il semblait surpris de s'en tirer à si bon compte.

Darraklan passa la tête dans l'encadrement de la porte tandis que le Conseil soumis et soulagé prenait congé.

— Un instant, je vous prie.

— Oui, Rêveuse.

Il s'inclina et referma la porte derrière le dernier ecclésiastique. Araminta prit le temps de jeter un regard sur la salle et s'attarda sur l'image lumineuse qui tournoyait sans jamais s'arrêter au plafond. Elle se demanda comment Justine s'en sortait dans le Vide et si elle avait atteint la véritable

Makkathran. Non, cela prendrait des jours, voire des semaines, même dans le temps accéléré du Vide. Toutefois, le *Silverbird* devrait arriver avant les vaisseaux du pèlerinage. *Par Ozzie ! J'espère que Gore et elle parviendront à sauver la situation avant cela, sinon, je suis foutue. Gore avait l'air d'avoir un plan ou en tout cas une idée. Il me doit quand même quelque chose. Peut-être va-t-il essayer de me contacter…* Elle allait sans doute devoir accomplir la plus grosse partie du boulot elle-même. En attendant, elle était obligée de faire face à une menace bien réelle. Elle prit une profonde inspiration. Des milliards d'adeptes partageaient son inquiétude comme son malaise filtrait dans le champ de Gaïa.

— N'allez-vous pas me parler ? demanda-t-elle d'une voix qui se réverbéra sur les murs épais. Je sais que vous partagez mes pensées… (Comme la salle restait silencieuse, vide, Araminta laissa échapper un soupir d'exaspération et ne chercha pas à dissimuler sa colère.) C'est à *vous* que je parle, vous qui avez émergé de la prison terrienne. Il faudra bien que vous me parliez, puisque je suis votre seul lien avec le Vide. Alors, pourquoi attendre davantage ? N'ayez pas peur. Comme vous avez pu le constater, je suis raisonnable et pragmatique.

La curiosité générale s'intensifia dans le champ de Gaïa, tandis que les adeptes s'efforçaient de savoir à qui elle s'adressait. Son ombre virtuelle l'informa que le réseau du Conseil supérieur s'activait. Une projection en trois dimensions apparut à l'autre extrémité de la table. Ce n'était pas une personne, mais une sphère sombre et scintillante qui émettait une lumière violette inquiétante. Araminta la regarda, impassible.

— Félicitations pour votre ascension, Rêveuse, commença une voix féminine mélodieuse et sinistre.

— Et vous êtes… ?

— Ilanthe.

— Je suppose que c'est vous qui fournissez les ultraréacteurs et les champs de force.

— Mes agents ont arrangé cela avec Ethan, en effet.

— Ces champs de force seront-ils assez puissants pour nous protéger contre les guerriers raiels ?

— Je le crois. Ils ressemblent beaucoup à celui qui entoure Sol.

— Ah. En contrepartie, vous voulez que nous vous emmenions dans le Vide, c'est cela ?

— Sans mon assistance, vous n'atteindrez jamais la frontière.

— Et sans la mienne, vous ne pénétrerez jamais dans le Vide.

— Il semblerait que nous ayons besoin l'une de l'autre.

— Marché conclu, alors.

— Vous acceptez de m'emmener ? demanda Ilanthe avec une pointe de surprise.

— Le Vide accueille volontiers tous ceux qui cherchent à atteindre la plénitude. Qui que vous soyez, vous avez apparemment besoin du Vide pour réaliser votre objectif. Je serai ravie de vous guider. Après tout, en tant que Rêveuse, mon destin est de venir en aide à ceux qui désirent atteindre le Cœur.

— C'est très noble de votre part. Et difficile à croire.

— Vous êtes le mal.

— Non, j'ai un objectif bien précis. Inigo et Edeard ne sont pas les seuls à avoir rêvé d'un futur merveilleux.

— Vous n'aimez pas le Commonwealth et ses citoyens.

— Une fois de plus, vous vous trompez sur mon compte. Je nourris simplement des objectifs différents de ceux, banals, du reste de notre espèce. Des objectifs grandioses et universels, dont tout le monde pourra bénéficier. Et j'ai besoin du Vide pour les atteindre.

— Alors je vous souhaite bon courage.

— Pourquoi ?

— Parce que le Vide vous oblitérera. Le Cœur ne tolère pas la malveillance, quelle que soit la nature de vos objectifs, qu'ils soient dévoyés ou non. Malgré mon appréhension, je crois en la nature positive du Cœur, car je suis liée au Seigneur du Ciel, et lui connaît son fond véritable. Si besoin est, j'irai là-bas moi-même pour arracher votre masque et dénoncer vos machinations.

— Alors, bonne chance.

— Sachant cela, sachant que je m'opposerai à vous, souhaitez-vous toujours nous accompagner ?

— Oui. Et vous, acceptez-vous toujours de m'emmener ?

— Oui.

— Qu'il en soit ainsi. Notre destin se révélera dans le Vide.

— En effet.

La projection pâlit, puis disparut. Un long soupir jaillit entre les lèvres boudeuses d'Araminta. Elle eut un rire nerveux destiné aux milliards de gens qui suivaient le cheminement de ses pensées dans les moindres détails.

— Par la Dame ! Je me demande ce que me réserve ma deuxième journée à la tête du Rêve vivant !

Paula se le demandait aussi.

— Elle sait où elle va, insista Oscar sur un canal ultra-sécurisé. Son autocouronnement n'est que le début.

— Je ne vois pas ce qu'elle peut espérer de plus, rétorqua Paula.

— Moi non plus, mais si son plan était évident pour nous, il serait transparent pour tout le monde et n'aurait aucun intérêt.

— J'ai toujours adoré votre optimisme. Il vous rend si séduisant. Bientôt, vous me direz qu'Ilanthe va se repentir et nous demander pardon à genoux.

— Vous semblez amère.

Paula porta une main à son front et constata avec étonnement qu'elle tremblait. Elle n'avait pas dormi depuis des jours, et ses systèmes biononiques ne pouvaient plus pallier sa fatigue.

— Je le suis sans doute. Nous sommes les gentils, Oscar, nous ne sommes pas censés perdre.

— Nous n'avons pas perdu, croyez-moi. La flotte du pèlerinage n'est pas terminée et elle n'est pas près de décoller. Croyez-vous qu'il soit impossible de la saboter ?

— Bien sûr que non. De toute façon, cela ne ferait que la retarder ; ce ne serait pas une solution définitive.

— J'ai envie de continuer. Je veux voir si Araminta va me contacter.

— Elle ne le fera pas. Tous les habitants de la galaxie peuvent suivre le moindre de ses mouvements. C'est d'ailleurs très malin de sa part. Partager son expérience de la sorte lui confère un statut particulier, comparable à celui d'Edeard. Tous les instants de sa vie sont désormais accessibles à ceux qui l'idolâtrent, comme le sont ceux de la vie d'Edeard. Toutefois, ils ne continueront à la soutenir que si elle fait ce qu'ils veulent, si elle les guide jusqu'au Vide. Elle ne peut plus leur échapper.

— Faites-moi confiance. J'ai foi en elle. Pas comme les adeptes du Rêve, évidemment. Elle n'est pas stupide, et c'est une descendante de Mellanie.

— Si votre foi est fondée sur ce lien de parenté, nous sommes dans la merde jusqu'au cou.

— Le fait est que nous y sommes.

Paula eut un sourire las.

— Comme vous voudrez, Oscar. D'ailleurs, je n'ai aucun autre travail à vous confier. Continuez votre mission et essayez d'entrer en contact avec la Rêveuse.

— Merci.

— Qu'en pensent vos collègues ?

— Tant que je les paie...

— Comment vont-ils ? L'incident de Francola a dégénéré pour pas grand-chose.

— Je n'y suis pour rien, je vous assure.

— Pourtant, vous y étiez.

— C'est vrai, et je ne m'explique toujours pas ce qui est arrivé. Le chemin s'est activé. Nous l'avons tous vu. Ou plutôt *senti*. Sauf qu'Araminta n'a jamais montré le bout de son nez.

— Elle est apparue à Colwyn City juste après.

— Exactement. Vous voyez, c'est la preuve que nous ne savons pas tout d'elle et qu'elle peut nous réserver des surprises. Je suppose que vous avez remarqué son pendentif ?

— Oui.

— Et elle savait pour Ilanthe, contrairement à moi.

— C'était une information confidentielle. La Marine savait qu'elle s'était échappée.

— Ces informations lui viennent bien de quelque part. Elle comprend ce qui est en jeu, ce qui veut dire qu'elle sait ce qu'elle a à faire.

— J'espère que vous avez raison, Oscar.

— Moi aussi. Que comptez-vous faire, maintenant ?

— Suivre des pistes, enquêter. Comme d'habitude.

— Bonne chance.

La liaison fut coupée. Paula s'affaissa dans son canapé et ferma les yeux quelques secondes pour rassembler la force dont elle avait besoin pour passer un second appel. Qu'elle soit fatiguée ou non, les événements s'accéléraient.

Des symboles apparurent dans son exovision, et ses programmes secondaires affichèrent les résultats techniques. L'*Alexis Denken* volait en mode furtif à cinquante mille kilomètres de l'équateur de Viotia. Le cerveau de l'appareil avait effectué des recherches très poussées dans l'espace local pour y trouver les indices d'une autre présence que la sienne. Ses capteurs avaient détecté les huit premiers vaisseaux assez facilement ; il devait s'agir d'engins de soutien pour divers agents déployés sur la planète. Une minuscule anomalie hyperspatiale à un quart de million de kilomètres de Viotia lui permit d'en repérer un neuvième. Son camouflage était si efficace que les capteurs de l'*Alexis Denken*, pourtant fabriqués par l'ANA, faillirent le manquer. Restait à savoir de qui il s'agissait. Et si cela avait vraiment de l'importance.

Son ombre virtuelle établit une liaison sécurisée avec l'amiral Juliaca.

— Je ne m'attendais pas à cela, commença-t-elle.

— Nous non plus. Le président n'est pas très content de la tournure prise par les événements.

— Vous voulez dire qu'il a peur.

— Oui. Nous pensons que quelqu'un a capturé Araminta et s'est immiscé dans son esprit. Elle est comme radiocommandée. Je pense à Ethan lui-même, sinon à Ilanthe.

— Cela m'étonnerait. Je ne pense pas qu'Ethan et Ilanthe auraient voulu qu'elle révèle la nature de leur minable arrangement. Comment Araminta pouvait-elle savoir pour Ilanthe ?

— C'est bien ce que je disais ; quelqu'un la manipule.

— À moins qu'elle ait communié avec l'Île-mère des Silfens pendant son séjour sur les chemins. Après tout, nous n'avons pas la moindre idée de la manière dont elle est rentrée sur Viotia, et il semblerait par ailleurs que les Silfens l'aient choisie pour amie.

— D'accord, acquiesça l'amiral. Mais pourquoi les Silfens voudraient-ils que le Rêve vivant atteigne le Vide ?

Paula pressa ses doigts sur ses tempes et se massa vigoureusement.

— Je n'en ai aucune idée. Je dis juste qu'il n'est pas impossible qu'Araminta ait décidé de jouer son propre jeu.

Elle venait de faire siens les vœux pieux d'Oscar et avait peine à le croire. Mais comment expliquer autrement un comportement aussi extraordinaire.

— Dans ce cas, son propre jeu consiste à nous tuer tous.

— La Marine détruira-t-elle la flotte du Rêve vivant ?

— Le président Alcamo n'a pas encore pris sa décision. Nous n'avons jamais été aussi menacés. Si Ilanthe tient sa promesse et leur fournit des champs de force aussi puissants que la barrière de Sol, alors nous ne pourrons rien contre eux. Notre fenêtre de tir se réduit de jour en jour. Il faut agir vite, tant que les vaisseaux sont au sol.

Cela poserait évidemment un problème, ce que Paula comprit immédiatement.

— La flotte est construite à proximité du Grand Makkathran.

— Vous voulez dire à l'intérieur des frontières urbaines, ce qui signifie que le chantier se trouve sous les champs de force de la défense civile. Impossible de le détruire sans raser la moitié de la ville, sinon plus. Paula, même si je donnais l'ordre de tirer, je ne suis pas certain que les navires de la Marine obéiraient. Et je ne leur en voudrais même pas. Seize millions de personnes vivent là-bas.

— Des milliards de personnes vivent dans le Grand Commonwealth, et des trillions d'entités vivent dans la galaxie.

— Je sais.

— Et pourquoi pas une mission secrète de sabotage ? Nous ne sommes pas obligés de mener un assaut frontal.

— Nous travaillons sur la question au moment où je vous parle.

— Mais cela ne fera que différer le problème.

— Si nous parvenons à gagner suffisamment de temps, l'ANA réussira peut-être à se libérer.

— Si le pèlerinage prenait trop de retard, Ilanthe pourrait proposer à Araminta de l'emmener à bord de son vaisseau, auquel cas nous serions vraiment dans la merde.

— Ce qui nous inquiète le plus, pour le moment, c'est la réaction du Vide, dit l'amiral. Il y a eu une phase d'expansion lorsque Araminta l'a envoyé balader. Qui sait ce qui se passera si nous empêchons la Rêveuse de partir ? D'autant qu'il sait où nous trouver, maintenant…

— Nous avons donc toujours besoin d'une alternative.

— Plus que jamais. Paula… Vous savez ce que Gore a derrière la tête ?

— Je crains que non.

— Zut. J'ai l'impression que nous n'avons plus aucune carte en main.

— Je croyais que les Raiels avaient accepté de nous aider à désactiver la barrière de Sol ?

— C'est vrai ; Qatux a accepté de nous aider. L'*Ange des hauteurs* devrait partir pour la Terre dans l'heure. La Marine est en train d'évacuer son personnel, dont moi, vers Kerensk. Après tout, nous ignorons s'il reviendra un jour.

— Je trouve leur implication encourageante. Il est si rare de voir les Raiels s'intéresser à nos affaires.

— Je crois qu'Ilanthe et Araminta ont attiré leur attention.

— En effet.

— Avez-vous autre chose pour moi ?

— Non, amiral, rien. À moins qu'Inigo soit toujours en vie à bord du *Lindau*.

— En quoi cela nous aiderait-il ? C'est à cause de lui que nous en sommes là aujourd'hui.

— C'est vrai, mais il pourrait être en mesure de mettre un terme à cette folie. Il a eu le cran de quitter le Rêve vivant, et beaucoup de gens très puissants ont jugé nécessaire de déployer des moyens considérables pour le retrouver.

— Que proposez-vous ? Que nous interceptions le *Lindau* ?

— Ce ne serait pas une bonne option. Pas encore, en tout cas. Cet Aaron est monomaniaque ; il est obsédé par sa mission et a déjà fait d'innombrables victimes. Il a peut-être reçu l'ordre d'exécuter Inigo en cas de menace.

— Peut-être pas.

— Certes, mais si Inigo est notre dernière chance et qu'il est à bord de ce vaisseau éclaireur, nous ne pouvons pas nous permettre de prendre le moindre risque. C'est un petit vaisseau. Aaron s'y sentirait acculé. Il serait plus prudent d'attendre qu'ils aient atteint la Pointe. D'un point de vue tactique, cela ouvrirait des perspectives.

— Comme vous voudrez, Paula, mais il serait criminel de négliger cette piste. La plus petite lueur d'espoir nous est précieuse.

— Je n'ai pas l'intention de la négliger, ne vous en faites pas. En cas de besoin, mon vaisseau peut rallier la Pointe très vite.

* * *

Une fois de plus, il traversa en courant la vaste salle surplombée par des arches de cristal. Les gens s'écartèrent à la hâte. Des gens effrayés. Des enfants. Des enfants aux jolies joues rondes maculées de larmes.

Il avait l'esprit confus, perclus, mais il savait que cela n'aurait pas dû se passer ainsi. C'était une certitude inébranlable. Une conviction ferme dans un monde devenu fou. La société humaine existait pour protéger ses enfants. Il s'agissait là de fondations solides sur lesquelles il pouvait se tenir sans problème. Cependant, cela ne changeait en rien la réalité physique dans laquelle il se trouvait immergé.

Des armes tiraient tout autour de lui. Des rais d'énergie colorés et élégants se croisaient selon des motifs complexes dans l'atmosphère. Les champs de force donnaient une teinte violette à toute la scène. Puis il y eut une véritable cacophonie de cris.

Il courut, se jeta dans une mêlée d'enfants en pleurs, mais cela ne suffit pas ; les ténèbres qui le suivirent se déversèrent dans l'énorme salle telle une marée montante. Elles l'enveloppèrent. Et il sentit sa main sur son épaule au milieu d'un fracas de couleurs éclatantes. La douleur enfla, s'immisça dans sa chair, se dirigea vers son cœur.

— Tu restes avec moi, murmura une voix douce à son oreille.

Il se débattit, tenta de se dégager de l'emprise et de la douleur qui cédait lentement la place à un froid encore plus effrayant.

— Tout le monde reste avec moi, ajouta-t-elle.

— Non, pas moi ! hurla-t-il d'une voix rauque. Je ne veux pas !

Tout près, en marge des ténèbres, il y eut une nouvelle explosion de couleurs criardes. Il tira de toutes ses forces pour se libérer puis… tomba de son lit et roula sur le plancher de la cabine. Une étrange brume ébène lui obstrua la vue lorsqu'il essaya de se concentrer sur l'habitacle du *Lindau*. Elle pulsait, battait comme un cœur, se dilatait par endroits comme si quelque chose essayait d'échapper à ce cauchemar. Il grogna, ferma les paupières et s'efforça de chasser cette terrible intrusion. La douleur, pourtant, était bien réelle, et grondait derrière ses tempes comme la migraine du diable. Alors, il se rappela une couronne de minces aiguilles argentées posées autour de sa tête, s'enfonçant sans effort dans son crâne et son cerveau ; une terrible lumière rouge embrasa ses pensées, les mit à nu.

— Allez-y ! cria-t-il dans les ténèbres. Maintenant !

Les griffes pointues et impitoyables se déplièrent à la recherche de régions critiques. À présent, ses cris étaient silencieux, mais il hurlait sans s'arrêter tandis que son esprit était déchiqueté. Très vite, heureusement, il n'en resta plus rien. En l'absence de toute pensée, il cessa de réfléchir…

Aaron se réveilla, la joue écrasée par terre, le cou vrillé, endolori. Il avait l'impression de reprendre connaissance après avoir été mis KO. Sa peau était glaciale. Il eut un frisson. Il était sous le choc.

— Fait chier ! J'en ai vraiment assez, grogna-t-il en s'asseyant à grand-peine.

La cabine du capitaine était en désordre ; il ne s'était pas donné la peine de demander à un robot de faire un peu de ménage. La qualité de son environnement personnel n'était pas une priorité pour lui, contrairement aux deux autres, qui semblaient obsédés par la propreté de leur petite cabine commune. Il scanna à distance ses captifs à l'aide de ses systèmes biononiques et se détendit quelque peu lorsque son exovision les lui montra dans l'habitacle principal. Rassuré, il procéda à une vérification des systèmes du vaisseau. Nombre de composants fonctionnaient à la limite de leur capacité depuis que le *Lindau* avait été endommagé sur Hanko. Néanmoins, ils marchaient toujours, le vaisseau volait dans l'hyperespace et était en route pour la Pointe.

Aaron prit le temps de se laver avec une serviette de toilette imbibée de nettoyant de voyage, puis enfila des vêtements trouvés dans le placard de sa cabine. Le capitaine du vaisseau faisait sensiblement la même taille que lui, et les robots n'eurent que peu de modifications à faire pour lui permettre de porter ses pantalons et ses chemises au style traditionnel. Vêtu d'un pantacourt couleur fauve et d'un gilet sans manches mauve, il se joignit aux autres pour le petit déjeuner.

Corrie-Lyn lui lança un regard maussade lorsqu'il apparut dans la cabine principale et se concentra sur son bol de yaourt et ses céréales. Aaron n'eut pas besoin de la scanner pour voir qu'elle avait la gueule de bois. Il avait abandonné l'idée d'empêcher la seule unité culinaire dont ils disposaient de produire de l'alcool pour elle ; ses systèmes électroniques étaient en mauvais état et n'avaient vraiment pas besoin d'être subvertis par un de ses logiciels.

— Bonjour, dit-il poliment à Inigo.

Au moins, l'ancien Rêveur ne fit pas semblant de n'avoir rien entendu et leva les yeux de son assiette de toasts à la marmelade. Aaron commanda un petit pain grillé, des œufs brouillés, du saumon fumé, du jus d'orange et du thé.

— Pourquoi est-ce que vous sentez l'eau de javel ? demanda Corrie-Lyn.

— Ah bon ?

— Vous avez utilisé du nettoyant de voyage, c'est cela ? Il y a une douche fonctionnelle dans ce vaisseau, vous savez ?

L'unité culinaire sonna ; Aaron ouvrit sa porte en inox. Son petit déjeuner était à l'intérieur. Il hésita un peu en sentant son odeur étrange avant de tout transférer sur un plateau. Autour de la table, la chaise restante s'était cassée en essayant de se rétracter ; subsistait un moignon gris trop étroit pour qu'on puisse s'y asseoir confortablement. Cela ne découragea pas Aaron.

— La douche se trouve dans votre cabine, fit-il remarquer.

— Depuis quand mettez-vous notre intimité au-dessus de votre hygiène ?

Inigo cessa de mâcher et leva les yeux au plafond.

— Corrie-Lyn, nous allons passer un bon bout de temps ensemble, dans ce vaisseau, reprit Aaron. Comme vous l'avez remarqué, le *Lindau* n'est pas un palace, et nombre de ses équipements sont déficients. Je sais que la reconnaissance ne vous étouffe pas, mais j'ai aussi la conviction qu'il est nécessaire de faire quelques efforts pour éviter que la situation dégénère et que je vous arrache les membres un à un. Me suis-je bien fait comprendre ?

— Enculé de fasciste.

— On dit qu'Ethan vous gardait dans le Conseil ecclésiastique parce que vous étiez sa putain. C'est vrai ?

— Allez vous faire foutre ! cracha Corrie-Lyn en se levant et en lui faisait les gros yeux.

— Vous voyez ce que je veux dire ? C'est une rue à double sens, sauf que vous, vous êtes incapable de m'arracher les membres.

Elle sortit de la cabine en martelant le sol de ses pieds. Inigo la suivit du regard, puis se remit à manger ses toasts. Aaron but un peu de jus d'orange, avant d'attaquer ses œufs. Ils avaient un goût de poisson pourri.

— Qu'est-ce que… ?

— Mes toasts ont un goût d'agneau froid, dit Inigo. D'agneau froid et gras. J'ai mis mes biononiques à contribution pour modifier les messages envoyés par mes papilles gustatives. C'est un peu mieux, maintenant.

— Bonne idée. (L'ombre virtuelle d'Aaron chercha l'origine du problème dans l'unité culinaire. Ses conclusions n'incitaient pas à l'optimisme.) Les mémoires de textures ont subi des dommages, et je n'ai pas l'impression qu'il y ait de versions de secours à bord. Pas mal de kubes ont été détruits. On devra se contenter de ces approximations culinaires jusqu'à la Pointe.

— Corrie-Lyn ne possède pas de systèmes biononiques. Elle ne pourra pas améliorer le goût de ses aliments.

— Je sens qu'on va se fendre la poire avec elle. Faisons l'inventaire des rations sous vide et voyons s'il y en a assez pour elle.

— À moins de se connecter à l'unisphère via un canal TD afin de télécharger de nouveaux fichiers…

Aaron le regarda par-dessus son verre de jus d'orange dont le goût était correct.

— Impossible. Nous risquerions une infiltration. Le cerveau est dans le même état que le reste du vaisseau.

— Vous avez fait un sacré cauchemar la nuit dernière, reprit calmement Inigo. Faites attention, autrement, votre vraie personnalité pourrait être polluée.

— Ma *vraie* personnalité ? répéta Aaron en levant un sourcil.

— Je veux dire celle qui assure votre bon fonctionnement. Vous ne voulez même pas charger un fichier de synthèse alimentaire ; cela frise la paranoïa.

— Pour information, cette personnalité m'a permis de survivre à de nombreuses missions. C'est aussi grâce à elle que je vous ai attrapés. Notez que cela ne m'a pris que deux semaines, alors que le Commonwealth tout entier est à vos trousses depuis soixante-dix ans. À votre place, je réviserais mon jugement sur mes capacités.

— Comme vous voudrez, acquiesça Inigo en agitant la main, l'air de se soumettre. Comprenez cependant que votre constitution morale m'intéresse. C'est la première fois que je rencontre un esprit comme le vôtre. Vous avez des absences, et je ne parle pas uniquement de votre mémoire. Il vous manque des fibres émotionnelles entières. Ce n'est pas bon pour vous. Celles qui restent prennent une trop grande importance et menacent votre équilibre.

— C'est ce que Corrie-Lyn n'arrête pas de me répéter.

Il essaya de nouveau ses œufs. Ses systèmes biononiques avaient modifié ses récepteurs gustatifs. Cette fois-ci, le plat avait un goût de champignon. C'était étrange, quoique supportable, décida-t-il.

— Vous n'avez pas été très gentil avec elle, l'accusa Inigo. Pas étonnant qu'elle vous haïsse.

— Je vous ai retrouvé pour elle. Elle est ingrate, c'est tout. Ou bien refuse-t-elle de s'avouer qu'elle était prête à payer le prix.

— De quel prix parlez-vous ?

— La trahison. Il a bien fallu qu'elle trahisse pour que je retrouve votre trace.

— Hum… Analyse intéressante. Ce qui nous ramène à notre situation présente. Vous m'emmenez donc sur la Pointe pour voir Ozzie. Et après ?

— Je ne sais pas.

— Votre mystérieux employeur doit vous avoir donné quelques indices, un semblant d'explication. Un agent efficace doit constamment être en mesure de réévaluer ses alternatives. Que se passerait-il si le *Lindau* était capturé par vos opposants, qui qu'ils soient ? Et s'ils m'emmenaient avec eux ?

Aaron sourit.

— Je vous tuerais avant.

La cabine que partageaient Corrie-Lyn et Inigo était petite. Elle était prévue pour cinq personnes mais, en pratique, compte tenu de l'organisation des tours de garde, seuls deux membres d'équipage devaient s'y trouver en même temps. Des membres d'équipage plutôt intimes, pensa Inigo. Les deux couchettes étaient dépliées, bloquées à un angle de dix degrés, et leurs rebords s'étaient soulevés sous l'effet d'une chaleur intense. On ne pouvait pas dormir dessus. Entre les deux, il restait très peu de place, mais Inigo avait empilé les édredons par terre pour en faire un nid douillet.

À son retour, après le petit déjeuner, Corrie-Lyn était assise en tailleur au milieu de ce lit improvisé où elle buvait un café noir. Une ration ouverte gisait par terre à côté d'elle.

— C'est bon ? demanda-t-il.

Elle brandit le sachet en aluminium.

— Des grains du domaine deSavoel : le top du top des cafés.

— Ça fera du bien à ta gueule de bois.

Il se percha maladroitement sur le rebord d'une couchette qui s'affaissa légèrement alors qu'elle aurait dû être d'une solidité à toute épreuve.

— Oui, admit-elle dans un grognement. Je vais déjà mieux.

— Existe-t-il des grains qui rendent aimable ?

— S'il te plaît, ne commence pas.

— Par l'Honoious, que t'est-il arrivé ?

Le visage délicat et couvert de taches de rousseur de Corrie-Lyn devint livide.

— Une certaine personne m'a plaquée. Pas seulement moi, d'ailleurs, mais le mouvement tout entier. Cette personne s'est juste levée et s'est tirée sans un regard pour nous, sans nous dire où elle partait. Tout ce que j'aimais, tout ce en quoi je croyais a disparu du jour au lendemain. Je t'avais donné des décennies de ma vie, je m'étais investie corps et âme dans ce rêve, dans ta promesse. Et comme si ce n'était pas déjà assez, je ne savais même pas pourquoi. *Pourquoi tu étais parti*. Sainte

Dame, j'ignorais même si tu étais en vie. Je ne savais pas si tu nous avais laissés tomber, si tu avais perdu la foi… Je. Ne. Savais. Pas ! Tu es parti sans rien me laisser. J'avais tout : une vie fabuleuse, de l'espoir, du bonheur et de l'amour. Et l'instant d'après : plus rien ! Imagines-tu seulement ce que cela fait ? Non, évidemment, sinon tu ne serais pas là à me poser la question la plus débile de l'univers ! Que m'est-il arrivé ? Connard ! Puisses-tu finir pour de bon dans l'Honoious.

— Je suis désolé, dit-il déconfit. C'est… le Dernier Rêve. Il était de trop. Il n'était plus question de salut. Makkathran, Edeard, cette civilisation tout entière, tout était le fruit d'un gigantesque coup de bol, une expérience qui ne pourrait jamais être renouvelée, car nous savons maintenant de quoi le Vide est capable. Les Raiels avaient raison : le Vide est une monstruosité. Il devrait être détruit.

— Pourquoi ? implora-t-elle. Qu'y a-t-il dans ce Dernier Rêve ?

— Rien, murmura-t-il. Il m'a montré que même les rêves devaient finir en poussière.

— Mais pourquoi ne… ?

— Pourquoi ne t'ai-je rien dit ?

— Oui !

— Parce que quelque chose d'aussi gros et puissant que le Rêve vivant ne peut disparaître du jour au lendemain. Quand je suis parti, nous avions dix milliards d'adeptes. Dix milliards ! Je ne pouvais pas me retourner et leur dire : « Oups ! désolé, je me suis trompé. Rentrez chez vous, reprenez une vie normale avec votre femme et vos enfants, et oubliez Celui-qui-marche-sur-l'eau et Querencia. »

— L'Inigo que je connaissais aurait eu ce courage, dit-elle entre ses dents serrées. L'Inigo que je connaissais était digne et intègre.

— En partant, je croyais que le Rêve mourrait de sa belle mort. C'était la méthode la plus douce. Ethan est un politicien, pas un adepte. Après lui viendraient des dizaines de leaders similaires, des gens obsédés par leur position et la préservation aveugle d'un dogme éculé. Le Rêve vivant serait devenu une religion comme les autres, promettant le salut sans obligation de résultat, puisque je n'aurais plus été là. J'étais le seul qui aurait peut-être pu traverser la frontière. J'étais vraiment sur le point d'essayer, tu le sais. Je serais parti à bord d'un vaisseau rapide et j'aurais tenté ma chance, comme le vaisseau originel de Rah et de la Dame. C'était avant de connaître l'existence des guerriers raiels, évidemment. Et puis j'ai fait ce Dernier Rêve et j'ai compris que tout était terminé. En laissant le pouvoir à Ethan et à ses successeurs, j'aurais tué le Rêve vivant en moins de deux siècles.

— Alors est arrivé le Second Rêveur, dit-elle.

— Ouais. J'aurais dû me douter que le Vide ne nous laisserait jamais tranquille. Il se nourrit d'esprits comme les nôtres. Il y a goûté une fois et ne peut plus s'en passer.

— Tu veux dire qu'il est malin ? demanda-t-elle, surprise.

— Non, notre vocabulaire n'est pas adapté à sa nature. Il a une raison d'être, c'est tout. Malheureusement, la poursuite de ses objectifs risque de causer des dommages terribles à la galaxie.

— Qu'allons-nous faire ? demanda-t-elle en jetant un coup d'œil furtif à la porte de la cabine.

— Nous ?

Elle hocha la tête, modeste.

— Je crois en toi. J'ai toujours cru en toi. Si tu dis que nous devons stopper le Vide, alors je te suivrai jusqu'au bout, jusqu'à l'Honoious s'il le faut.

Inigo la regarda en souriant. Elle portait une chemise d'officier beaucoup trop grande pour elle mais néanmoins sexy dans la manière dont elle flottait autour d'elle et laissait deviner ses courbes. Il l'avait observée avec beaucoup d'intérêt la veille, repensant avec plaisir à l'époque où ils étaient amants. Elle, en revanche, avait passé son temps à cracher son venin, à maudire Aaron, à pleurnicher sur leur situation et à chercher un coupable. Elle allait mieux, cependant ; une lueur d'espoir brillait dans ses yeux. Inigo se laissa glisser de la banquette.

— C'est vrai ? demanda-t-il d'une voix incertaine. Après tout ce que tu as vécu par ma faute ?

— Ce serait le début de ta pénitence.

— D'accord.

— Mais… (Elle agita la main en direction de la porte.) Et lui ? Nous ne savons pas si ses employeurs souhaitent que tu lances le pèlerinage ou que tu l'empêches d'avoir lieu.

— Sache quand même qu'il écoute probablement tout ce que nous disons.

— Oh.

— Et puis, je pense que nous allons bientôt comprendre beaucoup de choses.

— Chez Ozzie ?

— Oui. C'est pour cela que je n'ai pas réessayé le coup du glacier, ajouta Inigo, un sourire aux lèvres, en jetant un regard vers le plafond. Pas encore, en tout cas.

— Je croyais que tu n'aimais pas Ozzie.

— Non, c'est Ozzie qui ne m'aime pas. Depuis le départ, il s'oppose au Rêve vivant. J'en conclus d'ailleurs que les employeurs d'Aaron font plutôt partie de ceux qui ne souhaitent pas que le pèlerinage ait lieu.

Corrie-Lyn haussa les épaules et repoussa une épaisse mèche de cheveux roux de ses yeux. Concentrée, intéressée, elle le regardait avec curiosité.

— Pourquoi Ozzie ne t'aimait-il pas ?

— Il nous a donné le champ de Gaïa pour que l'humanité partage ses émotions, pour que nous communiquions à un niveau supérieur. Si nous étions capables de voir dans le cœur des gens que nous n'aimions pas, nous verrions leur part d'humanité. Du moins en théorie. Le but étant de renforcer les liens de notre espèce. Merde, on aurait pu créer une Faction autour d'une idée aussi forte, quoique peut-être trop subtile. Ozzie voulait que nous nous habituions au champ de Gaïa, que nous l'utilisions ouvertement, honnêtement. Notre société aurait changé sans que nous nous en rendions vraiment compte.

— C'est ce qui s'est passé, non ?

— Pas vraiment. J'ai perverti le champ de Gaïa pour créer une religion, ce qui n'était pas prévu. Un jour, Ozzie m'a dit… je le cite de mémoire : « Le champ de Gaïa devait aider les gens à comprendre et apprécier la vie, l'univers et le reste, afin qu'ils ne se fassent plus berner par des messies idiots et des politiciens corrompus. » J'ai ruiné son rêve pour propager les rêves d'Edeard. C'est ironique, quand on y pense. Enfin, Ozzie n'était pas de cet avis ; je peux te dire qu'il est loin d'avoir le sens de l'humour que tout le monde lui prête. Il s'est réfugié dans la Pointe pour bouder et bâtir un énorme « Rêve galactique » pour contrer ma subversion honteuse.

— Il n'a pas réussi, alors ?

— Pas à notre connaissance.

— Dans ce cas, comment pourrait-il nous aider ?

— Je n'en ai aucune idée, mais n'oublie pas que c'est un génie absolu, terme un peu galvaudé il est vrai. À mon avis, le plan chargé dans le subconscient d'Aaron prévoit qu'Ozzie et moi vainquions le Vide.

— C'est un pari osé.

— Le temps des certitudes confortables est terminé depuis bien longtemps.

— Tu as une idée de la manière dont on pourrait stopper le Vide ?

— Non, pas le moindre début d'idée.

— Tu es quand même astrophysicien de formation.

— Oui, mais mes connaissances sont obsolètes depuis des siècles.

— Oh, fit-elle en posant son mug vide avec un air triste.

— Eh ! (Il lui caressa la joue.) Ozzie et moi allons faire de notre mieux, ne t'en fais pas.

Elle hocha la tête, ferma les yeux et se pencha contre lui.

— Ne me quitte plus jamais.

— Je te promets que nous traverserons cette épreuve ensemble.

— Celui-qui-marche-sur-l'eau n'abandonne jamais.

Inigo l'embrassa. Souvenir traître. Le même contact que des décennies plus tôt. Beaucoup d'émotions très fortes étaient liées au souvenir de l'époque où Corrie-Lyn et lui étaient ensemble. Une époque plutôt agréable.

— Je ne suis pas aussi fort que Celui-qui-marche-sur-l'eau.

— Au contraire, insista-t-elle dans un souffle. C'est pour cela que vous vous êtes trouvés, que vous vous êtes connectés.

— Je ferai de mon mieux, promit-il en l'embrassant dans le cou. (Il glissa sa main sous la chemise ample.) Mais je n'ai jamais vécu une situation pareille.

— Et la traversée de *La Lumière de la Dame* ? demanda-t-elle en tirant sur la combinaison d'Inigo.

— Pas comparable.

— Lui non plus ne savait pas où il allait.

— D'accord. (Il recula et la regarda droit dans les yeux.) Et si nous nous occupions plutôt de nous ?

— Comment ?

— Qu'il aille se faire foutre.

Corrie-Lyn se lécha voracement les lèvres.

— Moi d'abord, dit-elle. J'ai attendu *très* longtemps.

LE VINGT-NEUVIÈME RÊVE D'INIGO

— Ohé ! cria la vigie.

Edeard se tordit le cou pour voir l'homme perché au sommet du mât principal de *La Lumière de la Dame*. Manel souriait de toutes ses dents et faisait de grands gestes aux hommes présents sur le pont. Son esprit était ouvert pour permettre à tout le monde de profiter de ce qu'il voyait, c'est-à-dire leurs visages tournés vers le ciel.

— Manel ! s'exclamèrent-ils collectivement.

Son amusement se propagea dans tout le navire comme il changeait de position sur la petite plate-forme pour regarder dans son télescope. Même s'ils étaient nettoyés régulièrement, les lentilles et le tube de cuivre étaient éraflés et couverts de crasse, car l'instrument était exposé aux embruns quatre heures par jour ; toutefois, l'image qu'il offrait était assez nette. Un point sombre était visible sur la ligne d'horizon, entre deux couches de bleu.

Edeard applaudit immédiatement, et sa joie se mêla à celle des hommes d'équipage des quatre navires de la flottille d'exploration. Tout le monde était ravi. Cette terre distante devait être une des îles de l'Est, ce qui signifiait que Makkathran n'était plus qu'à un mois de voyage en mer environ.

— Qu'est-ce que tu dis de cela ? s'exclama Jiska. Il avait raison, finalement.

— Oui, oui, admit Edeard, trop heureux pour répondre à cette taquinerie.

Cela faisait cinq semaines que Natran, qui commandait *La Lumière de la Dame*, leur promettait les îles de l'Est. L'équipage commençait à douter de ses talents de navigateur, même si les capitaines des autres vaisseaux semblaient abonder dans son sens. Jiska avait passé ce temps à soutenir son mari. Après un voyage de quatre ans, les gens perdaient patience, ce qui était compréhensible.

Kristabel rejoignit Edeard, sa satisfaction s'ajoutant à la sienne. Il sourit comme elle le prenait par le bras et, ensemble, ils s'avancèrent jusqu'à la proue. Le pont était encombré d'objets divers, ce que Natran détestait. Rouleaux de corde, coffres, cages en osier contenant divers animaux inconnus capturés durant leurs escales ; tous n'avaient d'ailleurs pas survécu au voyage. La cabine de Taralee était pleine de cadavres plongés dans de grands bocaux en verre remplis de liquide nauséabond. Elle et ses amis médecins et botanistes avaient le plus profité de l'expédition, cataloguant des centaines de nouvelles espèces animales et végétales.

Malheureusement, nous n'avons rencontré personne, pensa Edeard.

— Qu'y a-t-il ? demanda Kristabel.

Quelques membres d'équipage sentirent sa tristesse et se tournèrent dans sa direction. Il s'excusa auprès d'eux d'un haussement d'épaules.

— Nous sommes vraiment seuls sur ce monde sauvage, expliqua-t-il à Kristabel. Nous allons rentrer chez nous avec cette certitude.

— On n'est jamais sûr de rien, rétorqua-t-elle en écartant une mèche de cheveux épais de ses yeux.

Ils étaient de nouveau longs. Ils n'avaient quitté Makkathran que depuis huit jours lorsqu'elle avait demandé à une des femmes qui les accompagnaient de les lui couper, alors qu'ils étaient déjà courts selon les standards de Makkathran, de n'en laisser que quelques centimètres ondulés.

« C'est plus pratique, lui avait-elle expliqué. Tu ne veux quand même pas que je me batte avec mes cheveux alors que nous allons affronter des tempêtes et que sais-je d'autre ? J'avais déjà du mal à les supporter depuis une semaine, malgré la météo fort clémente. »

Ta natte faisait très bien l'affaire, s'était-il retenu de dire à voix haute. Sans ses cheveux longs, Kristabel était… une autre personne.

Edeard en riait, à présent. Par ailleurs, elle était jolie, même avec des cheveux courts. Et toujours aussi élégante. Collectivement, ils avaient dû s'adapter à des changements bien plus importants. En dehors des dîners formels qu'ils organisaient sans faute une fois par mois, il ne se rappelait pas la dernière fois qu'il avait vu une femme en jupe. Elles portaient donc des pantalons, voire des shorts quand il faisait chaud, à l'exception de la Mère de la flottille, qui mettait un point d'honneur à respecter le décorum quoi qu'il arrive. Cette petite révolution signifiait qu'elles étaient capables de manipuler les gréements et d'accomplir nombre de tâches normalement réservées aux marins. L'idée même que des femmes puissent prendre part à une telle traversée avait soulevé un tollé à la Guilde des marins. L'opinion publique de Makkathran – l'opinion publique masculine, du moins – n'avait pas caché son incrédulité. Les femmes de la ville, en revanche, avaient massivement soutenu Edeard.

Scepticisme à cause de la présence de femmes à bord, certitude que la flottille allait connaître le destin funeste de l'expédition du capitaine Allard, consternation de la famille innombrable de Kristabel devant le coût de ces cinq navires… Seuls la Guilde des constructeurs de navires et les marchands qui devaient fournir à la flottille ce dont elle aurait besoin pour un si long voyage semblaient enthousiastes. Un voile d'incrédulité et de mécontentement plana donc sur

Makkathran et ses canaux jusqu'au jour où, trois ans plus tard, les navires furent terminés. Avec cinq vaisseaux tout neufs flottant au large de la ville, les gens se radoucirent et commencèrent à s'intéresser au projet d'Edeard. Il n'y avait pas de quai assez grand ni de canal assez profond pour accueillir *La Lumière de la Dame* et les autres navires de la flottille, ce qui ajoutait encore à leur prestige et à l'aura de mystère qui les entourait. Les mariniers profitèrent de cette aubaine en organisant des excursions autour des vaisseaux majestueux. Edeard n'avait eu d'autre choix que d'installer son chantier naval dans la crique étroite utilisée par Allard mille ans plus tôt pour construire le *Majestueuse Marie*. Cette anecdote suscita beaucoup d'intérêt et de fierté. Cette fois-ci, les gens étaient persuadés que la mission réussirait, que la flottille ferait le tour de Querencia. *Notre temps, nos bateaux, notre talent et Celui-qui-marche-sur-l'eau*. Le fait qu'Edeard ait annoncé sa décision une semaine après le retour du premier Seigneur du Ciel venu chercher l'âme de Finitan aida sans doute.

Edeard était fier d'avoir tenu si longtemps. Il espérait ne plus jamais retourner si loin dans son propre passé. Querencia avait été sauvé du nid, mais son fardeau avait été trop lourd à porter. Revivre cette partie de son existence avait été terrible ; assister aux mêmes erreurs, aux mêmes échecs, aux mêmes accidents désastreux, aux mêmes jeux politiciens, alors qu'il connaissait déjà la solution à tous ces maux… Il lui arriva d'être tenté d'intervenir pour rendre les choses plus faciles pour tout le monde ; le verrou moral détruit, la limite aurait été franchie pour de bon, et il se serait alors senti obligé d'intervenir à tout bout de champ pour économiser la moindre larme.

Heureusement, les événements qu'il avait revécus n'avaient pas été si difficiles pour les autres, surtout depuis qu'il avait fait en sorte que le nid ne voie jamais le jour. Il fallait donner aux gens l'occasion d'apprendre par eux-mêmes, de gagner la confiance qui les aiderait à vivre une vie meilleure à leur manière. Autrement, où se situerait la limite ? Empêcher un enfant de tomber et de se casser le bras ne lui apprendrait pas à faire preuve d'une plus grande prudence, leçon qu'il avait pourtant besoin d'apprendre. Sinon, quelle bêtise commettrait-il ensuite ?

Aussi se retint-il admirablement d'intervenir, sauf pour empêcher quelques homicides. Voilà pourquoi il avait tellement envie de construire ces vaisseaux et de partir pour un voyage qui durerait plusieurs années. En plus de satisfaire sa curiosité concernant les îles et les continents inconnus de Querencia, il s'occuperait d'une manière totalement différente.

Et cela avait fonctionné. Ces quatre dernières années avaient été ses plus belles depuis qu'il avait remonté le temps pour éliminer Tathal. Kristabel aussi avait adoré cette période, appréciant d'être libre et de ne plus être mêlée aux tracas quotidiens et manigances du Conseil supérieur. Ils étaient redevenus aussi proches qu'au jour de leur mariage.

De retour sur le pont, Natran était entouré d'une foule enthousiaste qui le félicitait et le remerciait. Lui préférait rester modeste. Kiranan, son fils unique, était assis sur ses épaules. Né à bord trois ans plus tôt, le petit garçon avait hâte de voir cette grande ville que lui décrivaient Edeard et Kristabel. Au total, douze enfants étaient nés à bord de *La Lumière de la Dame* au cours de son voyage épique, auxquels venaient s'ajouter trente naissances sur les autres navires de la flottille. Les choses avaient commencé à changer dans le bon sens. Rolar et Wenalee étaient restés en ville pour gérer la propriété des Culverit et siéger au Conseil supérieur ; Marakas et Dylorn avaient aussi choisi de rester à Makkathran. Ses autres enfants s'étaient tous joints à lui. Jiska et Natran s'étaient mariés, contrairement à ce qui s'était passé à ce stade de leur relation dans une version précédente de leur vie. Taralee s'était attachée à Colyn, un compagnon de l'association horticole… qui pourrait prétendre au statut de Guilde à leur retour. Marilee et Analee étaient celles qui l'avaient le plus agréablement surpris. Avant son départ, il était persuadé que les jumelles préféreraient rester à terre pour continuer à s'amuser, au lieu de quoi elles avaient insisté pour faire le voyage. Bien sûr, cela ne les avait pas empêchées de vivre d'une manière singulière et si personnelle, sans se soucier aucunement des habitudes et des conventions de la vie des marins. L'ancre à peine levée, elles s'étaient entichées d'un certain Marvane, jeune lieutenant stupéfait mais ravi, et immédiatement sous le charme, qui avait dès lors passé toutes les nuits dans leur cabine. Les amis envieux du jeune homme l'avaient baptisé « le gars le plus chanceux de Querencia ». Leur relation durait depuis beaucoup plus longtemps que ce à quoi les jumelles étaient habituées, car Marvane était un type bien.

Le petit Kiranan tendit les bras vers sa grand-mère et couina gaiement lorsque Edeard le souleva des épaules de son père avec sa troisième main pour le donner à Kristabel.

— Je me demande si la ville a changé ? murmura-t-elle en caressant le garçonnet.

Kiranan pointa le doigt vers l'horizon.

— Île. Grande maison !

Son esprit brillait d'émerveillement et d'excitation.

— Nous sommes tout près, mon chéri, lui promit Kristabel.

— Elle n'aura pas changé, répondit Edeard. C'est ce qui fait de Makkathran ce qu'elle est : une ville immuable.

Kristabel lui sourit d'un air complice.

— Elle a changé depuis ton arrivée, le taquina-t-elle. Les dames portent le short, maintenant.

Il sourit et baissa la tête. Elle portait une chemise en coton blanche et un short en toile bleu. Ses jambes étaient fines et bronzées par les années passées au soleil.

— Il y a pire, comme révolution.

— Papa, l'appela Marilee en se faufilant jusqu'à eux.

— Nous serons de retour à temps, ajouta Analee qui l'accompagnait.

Instinctivement, les deux sœurs se tenaient par le bras à cause de la houle. *La Lumière de la Dame* filait à vive allure grâce au vent chaud de sud-est.

— Ce n'est pas que nous n'avons pas confiance en Taralee.

— Ou dans le cabinet médical du vaisseau.

— Mais savoir qu'on peut faire appel à la Guilde de médecins en cas de besoin est quand même réconfortant.

— Juste au cas où.

Elles lui sourirent. Elles étaient toutes les deux enceintes de six mois et rayonnantes, malgré les nausées matinales dont elles faisaient profiter tout le monde. Ainsi, nombre de membres d'équipage qui ne parvenaient pas à protéger efficacement leur esprit vomissaient chaque matin par solidarité...

— Ce sera juste, répondit Edeard, réaliste, ce que les jumelles n'étaient jamais. Même avec un vent favorable, nous n'y serons pas avant un bon mois.

— Oh ! Papa !

— C'est nul !

— Nous voulons accoucher sur le plancher des vaches.

— Vraiment ? s'étonna-t-il. Et Marvane, que souhaite-t-il ? Il est marin, après tout.

Marilee et Analee échangèrent un regard et firent la grimace.

— C'est vrai qu'il est père, maintenant.

— Et mari.

— En effet, acquiesça Edeard.

Natran les avait unis tous les trois un an et demi plus tôt. Une magnifique plage tropicale, un soleil de plomb, tout le monde pieds nus sur le sable blanc, le clapotis des vaguelettes, les jumelles extatiques, enfin mariées à leur séduisant fiancé. Aucune loi n'interdisait à plus de deux personnes de se marier ensemble, même si les Écritures n'encourageaient pas explicitement cette pratique, ce qui expliquait que la cérémonie ait été conduite par le capitaine du navire amiral plutôt que par la Mère de la flottille. Riche de sa légitimité nouvelle, le trio avait passé sa lune de miel dans une cabane construite au bord de la mer par les charpentiers de la flottille, tandis que l'exploration de l'île et le catalogage de la faune et de la flore prenaient un temps anormalement long.

— Il va donc s'installer avec nous, annonça Marilee comme si c'était une évidence.

— Sur les terres des Culverit, quelque part dans la plaine d'Iguru.

— Où nous pourrons cultiver nos champs et élever nos enfants.

— Parce que, après ce voyage, plus personne n'a envie de naviguer.

— Oh ! Non.

— Et puis, Taralee a trouvé des plantes fabuleuses à cultiver.

— Les gens vont les adorer.

— Et faire notre fortune.

Edeard préféra ne rien dire, même s'il sentait que les rêves éveillés des jumelles commençaient à agacer Kristabel. *Pourquoi ne deviendraient-ils pas réalité ? Des choses encore plus improbables se sont déjà produites, et ce sont de beaux rêves. Après tout, nous avons tous le même objectif. Vivre une existence plus facile et plus douce.* Natran s'adressa en esprit au timonier pour lui demander de changer légèrement de cap, ce qui permit à Edeard de ne pas répondre à ses filles.

— Pourquoi ? demanda-t-il, d'un ton distrait.

— Nous avons besoin d'identifier cette île, répondit Natran. Elles sont au nombre de huit en bordure de l'archipel Est. La navigation deviendra beaucoup plus facile quand nous serons fixés.

— Bien sûr.

— Es-tu prêt à retrouver ton foyer ? demanda Kristabel à son mari.

— Je le crois, répondit-il, alors qu'il en était persuadé.

Vivre de nouveau à Makkathran serait très facile. Il avait hâte et était très heureux ; heureux comme il ne l'avait pas été depuis longtemps. À en juger par l'aura de satisfaction qui enveloppait les pensées de Kristabel, elle devait s'en douter.

— Nous pourrions repartir dans l'autre sens ! proposa-t-elle, moqueuse. Et puis, nous n'avons pas encore exploré les pôles !

Edeard rit.

— Laissons cela à nos petits-enfants, s'il te plaît. Toi et moi avons un rôle à jouer en ville, un travail colossal à accomplir. Par ailleurs, il se pourrait que je me présente aux prochaines élections municipales.

Elle le regarda comme si elle le voyait pour la première fois.

— Tu ne t'arrêteras donc jamais.

— Je me demande bien qui m'a transmis ce vice…

Elle sourit et serra fort Kiranan, qui se tortillait dans tous les sens pour essayer de voir cette ville dont il savait qu'elle était désormais toute proche.

— Et toi, lui dit-elle, tu vas faire la connaissance de tes cousins.

— Ouais ! s'enthousiasma le garçonnet.

— Qui doivent représenter à eux seuls la moitié de la population de Makkathran, marmonna Edeard.

Rolar et Wenalee faisaient des enfants à un rythme soutenu, et, la dernière fois qu'il les avait vus, Marakas et Heliana lui avaient semblé pressés de commencer.

— Papa ! le grondèrent les jumelles.

— Je me demande si Dylorn s'est marié, reprit Kristabel, pensive.

Elle souffrait de n'avoir pas vu son enfant depuis si longtemps.

— Pendant notre absence ? s'offusqua Analee.

— Il n'aurait pas osé.

— Vous vous êtes bien mariées, vous, remarqua Edeard.

— C'est différent.

— Vous étiez avec nous.

— Cela s'est fait dans les règles de l'art.

Edeard lâcha un soupir et contempla l'horizon en souriant.

— Ce ne sera plus très long. Et, par la Dame, nos retrouvailles seront l'occasion de la fête du siècle.

* * *

Makkathran apparut à l'horizon un matin, trente-huit jours après que Manel eut repéré la première des îles de l'Est. L'équipage de *La Lumière de la Dame* savait que la ville était toute proche, car ils avaient croisé plusieurs cargos ces derniers jours, ainsi qu'une flotte de bateaux de pêche partis de Portheves, un village situé à moins de quinze kilomètres de Makkathran, le matin même. Passée leur stupéfaction initiale, les marins avaient applaudi au passage des vaisseaux géants de la flottille.

En milieu de matinée, ils étaient entourés d'une escorte lâche de navires marchands en route pour la côte. Leurs nouveaux compagnons de route, enthousiastes et curieux, les interpellèrent en esprit. Alors, Makkathran apparut. Ses tours massives terminées par des pointes effilées furent les premières à se dessiner dans le ciel azuré. La population étonnée et heureuse de revoir la flottille balaya aussitôt les vaisseaux de sa vision à distance. Tout le monde était sur le pont pour voir la ville qu'ils avaient quittée un peu plus de quatre ans plus tôt. Ils avaient tous tellement envie de rentrer chez eux que les bateaux auraient fendu l'océan en l'absence de vent, se dit Edeard. Vus de la ville, ils devaient être impressionnants à regarder. À leur départ, les magnifiques navires étaient équipés chacun de trois grandes voiles blanches comme la neige ; à présent, *La Lumière de la Dame* avançait grâce à un patchwork crasseux de morceaux récupérés çà et là, car c'était tout ce qui restait après des années de soleil de plomb, de tempêtes, d'hivers rigoureux au cours desquels le moindre cordage était lourd de cristal de glace. En dépit des efforts conjugués de leurs équipages pour tenter de briser les pics acérés visibles sous les vagues, *L'Étoile de la Dame* et *La Voie de la Dame* s'étaient empalées sur les récifs coralliens de la mer d'August et avaient dû être réparées avec un bois tropical mou. Plusieurs bateaux avaient également de nouveaux mâts venus remplacer ceux qui n'avaient pas survécu à diverses tempêtes.

Malgré toutes les épreuves mises sur notre chemin par ce monde, nous avons réussi. Edeard sourit en découvrant les contours si agréablement familiers de sa ville. *Ce que nous avons vécu, notre triomphe, tout le monde peut le voir dans les voiles raccommodées, les coques endommagées et les connaissances incroyables que nous ramenons avec nous. Nous avons ouvert la voie.*

Lentement, cependant, son sourire s'effaça lorsqu'il prit conscience des pensées qui tourbillonnaient dans les grands quartiers. Le timbre mental de la ville avait changé. Au début, il ne comprit pas les éclats de colère perceptibles sous l'excitation de voir la flottille rentrer à bon port. Puis il sentit la présence de milliers d'esprits regroupés devant la porte nord. Dans ce nœud lumineux de colère et de ressentiment, il ne trouva aucune joie de voir les navires de retour. Ces esprits se distinguaient du reste de la ville.

— Ah…, lâcha-t-il dans sa barbe.

Il projeta son esprit au loin pour comprendre ce qui se passait. Il perçut aussitôt la présence de la milice, déployée autour de la porte et dans des tranchées creusées le long de la route qui reliait la ville à sa ceinture forestière. Par tradition, cette région de la ville avait toujours été vide, inhabitée. Ce n'était plus le cas. Des dizaines de vastes campements avaient été dressés dans la prairie et, d'après ce qu'il pouvait voir, une bonne partie de la forêt avait été abattue, pour alimenter les feux sans doute.

— Qu'est-ce que c'est ? demanda Kristabel comme il s'efforçait de dissimuler la consternation qui grossissait dans son esprit.

— Un genre de siège, mais pas tout à fait.

À contrecœur, il lui transmit sa vision.

— Sainte Dame, grommela-t-elle. D'où sont-ils venus ?

Il haussa les épaules et tenta de trouver des indices ; toutefois, ils étaient encore beaucoup trop loin pour voir quoi que ce soit avec précision.

— Nous le découvrirons bientôt. (Il ne put s'empêcher de s'apitoyer sur son sort en prenant une voix de martyr.) Alors, tout le monde attendra de Celui-qui-marche-sur-l'eau qu'il arrange la situation…

— Edeard, commença Kristabel en lui caressant lentement le haut du dos, entre les omoplates. Pourquoi te punis-tu toujours de cette façon ?

— Parce que je suis celui qui doit toujours tout arranger. Par la Dame, cela ne cessera donc jamais ? Chaque fois que je crois avoir réussi, quelqu'un débarque pour pourrir la situation.

— Mon chéri, tu es beaucoup trop dur avec toi-même.

— Non, lâcha-t-il, amer. C'est ma responsabilité. Je suis responsable de ce monde. Moi. Et personne d'autre.

— Ne sois pas idiot, le gronda Kristabel, tandis que son esprit se durcissait. Ne me parle plus de cette histoire de fardeau intolérable ; j'en ai par-dessus la tête. La seule chose qui compte, pour l'instant, c'est de débarquer les jumelles et de les conduire au manoir où les pauvres petites pourront accoucher tranquillement. Si tu as vraiment besoin de te ronger les sangs, concentre-toi sur cet objectif.

— Mon histoire de fardeau intolérable ? répéta-t-il doucement, incrédule.

— Oui, confirma Kristabel d'une voix ferme en posant sur lui un regard sévère. La Dame sait que tu étais devenu insupportable avant la construction de cette flottille. C'est principalement pour cela que j'ai accepté que ma famille la paie. Et cela a marché, Edeard. Pour l'amour de la Dame, tu es redevenu normal. Tu es redevenu toi-même. Et maintenant…

Nous n'avons pas encore accosté que tu te plains déjà d'avoir tout le monde contre toi.

Nom de… Tu ne sais pas de quoi tu parles! Il lui lança un regard noir et s'éloigna en martelant le pont.

— Papa ? s'inquiéta Jiska, les sourcils froncés.

Mais il n'était pas d'humeur à parler. Même pas à elle.

Des milliers de personnes étaient agglutinées sur les quais et pontons du quartier du port, tandis que les chaloupes de la flottille s'engouffraient dans la ville. Le premier groupe était constitué de quinze embarcations dotées chacune d'une équipe de gé-chimpanzés aux épaules larges et aux bras musculeux, spécialement modelés pour ramer. Leurs mouvements étaient souples et les rames fendaient l'eau sans aucune difficulté. Edeard était à bord de la deuxième chaloupe ; Kristabel, Taralee, ainsi que les jumelles et Marvane étaient dans la première. Edeard s'était rapidement entretenu avec un Rolar excité comme une puce pour qu'il envoie plusieurs gondoles au port afin de conduire la famille sans attendre à la ziggourat. Les jumelles ne se sentaient pas très bien ; notamment, pensait-il, parce qu'elles étaient obsédées par l'idée d'accoucher à terre. Taralee lui avait expliqué en privé qu'elles n'accoucheraient pas avant plusieurs jours, et pourtant, elles se plaignaient comme si le travail avait déjà commencé.

Voilà pourquoi il avait préféré embarquer dans la même chaloupe que Jiska, Natran, Manel et une demi-douzaine d'officiers accompagnés de leurs familles. Ils formaient tous un groupe gai, qui agitait frénétiquement la main pour saluer la foule ravie. Tous sauf Edeard. Par manque d'enthousiasme, il préféra rester assis à l'arrière et bouder.

— Par la Dame, nous vous croyions morts depuis plus de deux ans, lui envoya Macsen en esprit. Vous l'avez fait à pied, ce tour du monde, ma parole. En tout cas, vous avez mis le temps.

Edeard sourit enfin. Il avisa son ami qui se tenait devant un comité d'accueil rassemblé à la hâte et constitué de grands conseillers, de représentants des quartiers, d'officiels divers et de membres des Grandes Familles. Ils étaient un groupe important sur le ponton numéro un ; ils étaient même tellement nombreux, que ceux des premiers rangs craignaient légitimement de tomber à l'eau au moindre mouvement de foule. Ils avaient revêtu leurs robes les plus luxueuses et colorées, mais la brise les décoiffait et faisait voleter leurs jupons d'une manière bien peu élégante. Macsen et Dinlay étaient bien entendu à l'avant et lui faisaient de grands signes. Ce dernier tenait par la taille une fille grande et bien charpentée. Edeard ne la connaissait pas, mais n'en avait cure ; ce n'était pas Gealee, et c'était tout ce qui comptait. Puis il examina Macsen, qui était venu seul. Le maître de Sampalok avait pris énormément de poids ces dernières années.

Derrière Macsen se tenait Doblek, le maître de Drupe, et le nouveau maire, à en croire sa tenue.

Il y a donc eu du changement, pensa Edeard. *La fois précédente, à la même époque, c'est Trahaval qui était maire.* Il essaya de se convaincre que c'était une bonne chose, même s'il croyait se souvenir de Doblek comme d'un maître de quartier peu efficace et amoureux des vieilles traditions. *Disons que ce n'est pas un réformateur.*

La chaloupe atteignit le ponton numéro un. Lorsque les dockers l'eurent solidement amarrée, Edeard gravit avec précaution l'escalier en bois sous les hourras de la foule. C'était un son agréable. Les oiseaux de mer, prudents, préférèrent prendre un peu d'altitude. *Comme le jour du bannissement, mais sans la violence et l'agitation.*

Edeard ne se força pas trop pour agiter la main et sourire à ceux qui étaient venus l'accueillir en si grand nombre.

— Celui-qui-marche-sur-l'eau ! commença Doblek en écartant les bras et en s'avançant vers Edeard. Quel jour merveilleux ! Bienvenue, oui, bienvenue chez vous. Avez-vous vraiment fait le tour du monde ? demanda-t-il en ouvrant son esprit à ses administrés.

La ville se calma quelque peu, curieuse d'entendre la réponse d'Edeard.

— Nous l'avons fait, annonça solennellement Edeard, qui ne put empêcher les coins de sa bouche de se soulever en un sourire franc.

Les applaudissements redoublèrent d'intensité.

Edeard se libéra de l'emprise du maire et se retourna partiellement.

— Monsieur le maire, je crois que vous connaissez notre capitaine, Natran. Et voici ma fille, Jiska.

— Bien sûr ! répondit celui-ci, ravi de pouvoir continuer à serrer des mains pour rester au premier plan.

— C'est vraiment super, papi, dit le petit Kiranan en s'accrochant à la jambe d'Edeard pendant que ses parents se débrouillaient comme ils pouvaient avec le maire.

— Qu'est-ce qui est super ?

— La ville. Le monde entier est venu nous accueillir ?

Edeard n'avait pas pensé à cela. Kiranan, qui n'avait jamais connu que les membres d'équipage des bateaux de la flottille, était confronté d'un seul coup à la population débordante de joie de Makkathran. Pas étonnant qu'il soit si impressionné.

— Non, loin de là, mon petit, le rassura-t-il.

À distance, il examina le ponton plus petit, de l'autre côté du port, où Kristabel et les jumelles devaient monter à bord des gondoles des Culverit. Rolar serrait sa mère dans ses bras, et une ribambelle de petits-enfants sautaient partout, menaçant de faire chavirer l'embarcation noire et brillante. Burlal n'était pas là, ce qu'il trouva déroutant. Au lieu du petit garçon, une fillette courait autour de ses parents, Rolar et Wenalee ; elle devait avoir cinq mois de moins que le garçonnet qu'il espérait voir. Il n'avait jamais réfléchi à cette question : dans ce monde modifié, il n'aurait pas forcément les mêmes descendants. Il savait à présent qu'il aurait dû se préparer à cela. Et puis, il avait été béni par la naissance de Kiranan et la grossesse des jumelles, deux événements qui ne s'étaient pas produits la fois précédente. Et pourtant, il aimait vraiment Burlal ; le garçonnet était une vraie perle. Il entreprit d'examiner la fillette. Celle-ci sursauta, puis se tourna dans sa direction avant d'enfouir son visage dans les jupons de sa mère.

— Qui est-ce ? demanda Dinlay.

Edeard sourit, mais le cœur n'y était plus vraiment. *Burlal n'est plus là. Par la Dame, il ne méritait pas le même oubli que Tathal. Ce n'est pas juste. Pas juste…*

— C'est mon petit-fils Kiranan, répondit-il d'une voix contrôlée en ébouriffant le garçonnet.

— Papi ! s'exclama Kiranan en se dégageant. Vous êtes Dinlay ! On vous a tiré dessus, une fois. Papi m'a tout raconté.

— Vraiment ? Eh bien, tu viendras me voir un jour, et je te raconterai tout ce que tu veux savoir sur ton papi. Tout ce qu'il préférerait que tu ne saches pas.

— Ah, oui ? Promis ?

Le petit garçon posa des yeux admiratifs sur son nouvel ami.

— Promis. Je le jure sur la Dame.

— Bienvenue chez toi, Edeard, dit Macsen en lui serrant chaleureusement la main.

— Où est Kanseen ?

Le large sourire de Macsen s'évanouit.

— Nous nous sommes séparés, répondit-il d'un air faussement jovial. C'était mieux pour nous deux.

— Non ! Je… je suis vraiment désolé.

Ma Dame, vous ne pouvez pas me faire ça. La dernière fois, ils étaient toujours ensemble.

— Elle a dit qu'elle te verrait plus tard.

— D'accord.

— Je te présente Hilitte, reprit Dinlay avec fierté en poussant la grande jeune femme devant lui. Nous nous sommes mariés il y a sept mois.

Cela redevenait facile. Edeard avait vécu cette situation de très nombreuses fois à chaque recommencement. Comme à son habitude, il prit un air digne et tendit poliment la main à la jeune et robuste mariée.

— Toutes mes félicitations.

Il ne montra aucune réserve, ne s'étonna ni de son âge – elle était largement plus jeune que Jiska – ni de sa ressemblance avec une personne qu'il avait bien connue. La jeune femme lui sourit avec coquetterie.

Macsen passa derrière lui et lui murmura à l'oreille :

— C'est la fille de Nanitte.

Edeard toussa et tenta désespérément de cacher sa surprise.

— Merci, Celui-qui-marche-sur-l'eau, dit-elle d'une voix rauque.

Oui, elle ressemblait vraiment à sa mère. Son sourire coquet se fit affecté, un peu calculateur.

Edeard se retourna rapidement vers Macsen.

— Par la Dame, quel bonheur d'être de retour.

— Alors, comme ça, tu as fait le tour du monde ? demanda Dinlay.

— En effet. J'ai tellement d'histoires à vous raconter.

— Et… ?

Edeard savait exactement ce que son ami voulait savoir.

— Il n'y a personne d'autre. Nous sommes seuls.

La déception de Dinlay jura avec la joie qui animait toute la ville.

— Ah…, soupira-t-il. Tant pis.

— Que se passe-t-il devant la porte nord ? s'enquit Edeard.

— Ah ! Ces fumiers ! s'emporta Macsen.

— Macsen ! le reprit maladroitement Dinlay. Celui-qui-marche-sur-l'eau n'a pas encore revu sa famille après quatre années d'absence. Nous avons maintenu la paix jusqu'à maintenant. Je pense que cela peut attendre encore une journée. Edeard, ne t'inquiète pas, nous maîtrisons la situation.

Macsen hocha la tête sans conviction.

— Bien sûr. Je suis désolé, mon vieil ami. J'ai eu tort. Il y a tant de choses que j'aimerais savoir.

— Par la Dame, j'en ai tellement à te raconter, acquiesça Edeard.

* * *

Plusieurs jours s'écoulèrent avant qu'Edeard trouve de nouveau le temps de se réunir en privé avec ses amis. Les deux premiers jours, se passèrent dans la joie, à rencontrer sa famille et à être présenté à ses nouveaux membres. Le troisième jour, il fut banni au neuvième étage de la ziggourat avec les autres hommes de la famille, où il attendit, en se sentant inutile et légèrement coupable, que Taralee, deux sages-femmes, plusieurs novices, Kristabel et même Marvane aident les jumelles à accoucher. Pour une fois, elles ne furent pas parfaitement synchronisées : Marilee donna naissance à ses deux filles cinq bonnes heures avant qu'Analee accouche d'un garçon et d'une fille. Suivit alors le traditionnel petit déjeuner de la naissance au cours duquel un Marvane submergé et dépassé par les événements fut félicité par les membres de sa belle-famille.

Le quatrième jour, à l'heure du déjeuner, Edeard prit une gondole pour Sampalok, puis remonta l'avenue Mislore à pied jusqu'à la place située au centre du quartier. Tous les bâtiments qu'il croisa sur sa route étaient occupés. Le moindre ensemble de pièces, même toutes petites et peu pratiques, était habité. Hommes, femmes, célibataires ou non, jeunes couples, familles avec enfants, vieux veufs et veuves austères. Il ne restait rien aux nouveaux arrivants.

À l'extrémité de l'avenue, le manoir hexagonal était une vision rassurante. Il ressentait toujours une certaine satisfaction quand il le voyait. Après tout, c'était lui qui l'avait créé.

Cette fois, la place n'était pas pleine de tentes et de voyageurs venus pour rencontrer les Seigneurs du Ciel ; tout était redevenu normal. Les résidents se promenaient entre les fontaines pendant que les enfants jouaient au football ou à faire rouler des cerceaux au soleil. De part et d'autre de la rue Burfol, les marchands faisaient leur beurre en vendant des fruits confits et des boissons fraîches.

Les gens souriaient poliment à Celui-qui-marche-sur-l'eau immédiatement reconnaissable avec sa cape noire. Fut un temps où il aurait apprécié ce genre d'accueil, mais à présent, il avait du mal à leur sourire en retour. *Je suis injuste ; la faute ne revient pas uniquement à ce quartier.*

Il entra dans le manoir en passant sous l'arche de la façade couleur lavande et monta directement au cinquième où se trouvait le bureau de Macsen. C'était une pièce toute simple dotée d'un balcon. Ce jour-là, les hautes fenêtres étaient fermées. Le bureau était couvert de dossiers en cuir ; les rubans de la plupart d'entre eux étaient dénoués et leur contenu en partie répandu sur la table. Il y avait des piles chaotiques de documents partout : sur les tables, les étagères, les placards et même certaines chaises. Autrefois, cette pièce était nette et bien rangée, pensa Edeard. Comme s'il avait lu dans ses pensées, Macsen se leva pour l'accueillir, le visage barré d'un sourire désolé.

— Avant que tu me poses la question : oui, c'est devenu comme cela quand elle est partie.

Edeard avisa les taches de nourriture – ou de vin – sur la chemise de son ami, mais ne dit rien. Des capes et autres robes étaient rejetées sur des chaises déjà couvertes de piles de papier.

— C'est sûr qu'il faut du temps pour s'habituer à un changement aussi important, commenta-t-il avec diplomatie.

— Tu l'as vue ?

— Non. Pas encore. Kristabel lui a rendu visite hier soir.

Macsen secoua la tête et s'affaissa sur son fauteuil, derrière le bureau.

— Elle ne vit même plus à Sampalok.

— Tu veux bien me raconter ce qui s'est passé ?

— Par la Dame, non. Elle disait que je me perdais, que je n'étais plus moi-même ; les conneries habituelles que nous sortent les femmes. Tu les connais. Quoi que je fasse, j'avais toujours tort.

— Oui, je les connais.

— Quoi ? Tu veux dire que Kristabel aussi… ? demanda aussitôt Macsen.

Pathétique, il était soudain très intéressé, pressé d'apprendre qu'il n'était pas le seul à souffrir.

— Surtout Kristabel, confirma Edeard, malheureusement sincère.

Par la Dame, elle a changé depuis notre retour. Et il paraît que c'est ma faute.

Macsen prit une bouteille en cristal et se servit un verre d'une liqueur très forte qui avait fait la renommée du domaine des Rassien. Il regarda le liquide brun doré tournoyer dans son verre avant de l'avaler d'une traite. Puis il tendit la bouteille à Edeard.

— Non, merci.

— Je te fais pitié, c'est cela ? demanda Macsen avant de roter bruyamment.

Sainte Dame, je n'ai vraiment pas besoin de cela en plus de tout le reste.

— Non, tu ne me fais pas pitié. Je préfère le Macsen d'avant, mais je suis prêt à attendre patiemment son retour.

— Oh, Edeard, comme je regrette que nous ne soyons pas partis avec vous. Rien de tout cela ne serait arrivé. Je n'aurais pas vu l'avènement de Notre Ville, Doblek n'aurait pas gagné les élections, et ce blocus grotesque n'aurait jamais été décidé.

— Oui, Rolar m'a dit qu'ils se faisaient appeler « Notre Ville ». Bien sûr, j'ai senti la présence des camps et de la milice dès que nous sommes arrivés en vue du port…

— La milice est là pour maintenir l'ordre. Imagine que j'ai voté en faveur de son déploiement alors que c'était une proposition de Doblek ! Nous n'avions pas le choix, Edeard. On pouvait craindre des émeutes monstrueuses, voire des massacres. La situation aurait pu dégénérer au-delà de ce que Buate avait imaginé. Ilongo a sombré dans l'anarchie pendant deux jours lorsque Notre Ville a interdit aux voyageurs de s'installer dans les bâtiments vides. C'était vraiment la seule chose à faire.

— Vous avez bien fait, le rassura Edeard. Il s'agissait d'abord de sauver des vies. Cela a été et cela restera toujours notre priorité.

— Qu'arrive-t-il à ce monde, Edeard ? Nous l'avons pourtant débarrassé de Bise, d'Owain et des bandits, mais cela n'a pas suffi. Je te le dis comme je le pense, les Seigneurs du Ciel cesseront de nous rendre visite si nous ne changeons pas. J'en suis certain, Edeard.

Il voulut prendre la bouteille, mais la troisième main d'Edeard l'en empêcha.

— Dinlay va bientôt arriver, reprit ce dernier. Nous reparlerons tous les trois du blocus et de Notre Ville. (Il voyait déjà en esprit leur ami qui traversait la place.) Alors, raconte-moi, vous siégez toujours tous les deux au Conseil supérieur ?

Macsen secoua la tête, au bord des larmes.

— Jamico s'y rend à ma place depuis six bons mois. Après le vote en faveur du déploiement de la milice, je n'ai plus eu le courage d'y retourner. Jamico est un garçon très bien ; je suis vraiment fier de mon fils. Il s'en sortira bien mieux que moi. (Macsen désigna la pièce d'un grand geste du bras.) J'essaie de répondre aux attentes de mes concitoyens, je t'assure, Edeard, mais ils sont tellement exigeants. Je ne suis pas Rah, et ils refusent de le comprendre. Ils chuchotent que je leur tourne le dos, comme l'avait fait Bise. Tu imagines ? Être accusé de la sorte ? Et je ne peux rien faire pour arrêter ces rumeurs insidieuses, démoniaques, vicieuses ! Rien ! Les vieux supporters de Bise sont derrière tout cela, c'est sûr.

Edeard eut envie de soulever Dinlay avec sa troisième main et de le faire passer par le balcon uniquement pour mettre un terme à cette pénible et amère tirade, à l'auto-apitoiement de son ami.

— Dinlay est presque là. À ce propos…

— Ha ! lâcha Macsen en secouant la tête avec un demi-sourire. Tu l'as rencontrée ? Exactement la même que les autres. Edeard, je jure sur la Dame qu'une Guilde secrète, quelque part dans une province reculée, les fabrique toutes sur le même modèle. Comment les trouverait-il, autrement ?

Edeard sourit.

— La Guilde des modeleurs d'épouses de Dinlay… Oui, cette idée me plaît. Mais, la fille de Nanitte… ?

— Ouais ! Par la Dame, je l'ai deviné dès la première seconde. Elle n'avait même pas besoin de me dire qui elle était. Tout un tas de souvenirs désagréables me sont revenus. À l'en croire, de mauvaises relations avec sa mère l'auraient poussée à passer quatre années sur la route avant de venir à Makkathran. Elle prétend qu'elle voulait découvrir le monde. Tu sais, je suis un des premiers qu'elle est venue voir. Sa mère lui aurait donné une liste de personnes fiables à qui s'adresser en ville… Elles ne devaient pas être en si mauvais termes que cela, hein ? Je parie que cette chienne nous a envoyé sa fille pour causer notre ruine.

— Connaissant Nanitte, c'est plus que probable. (Edeard vérifia de nouveau. Dinlay passait sous l'arche du mur gris chiné et demandait à un serviteur où se trouvait le maître de Sampalok.) Où a-t-elle fini par s'installer ?

— Apparemment, elle a réussi à ensorceler un riche gars d'Obershire. Il l'a épousée un mois à peine après leur rencontre. Ils vivent dans une belle maison, au milieu d'une vaste ferme.

— Tant mieux pour elle, marmonna Edeard.

Macsen renifla de mépris.

— Tu ne comprends pas, reprit Edeard. Elle a changé. Elle fait partie de cette société, maintenant. Cela prouve que nous sommes sur la bonne voie, mais cela nous rappelle aussi que nous ne devons pas relâcher la pression, qu'il faut continuer le combat.

— Peut-être, dit Macsen d'un ton las. Quoi qu'il en soit, Dinlay n'a mis qu'une demi-minute à s'enticher de la fille. Comme d'habitude.

— Cette fois sera peut-être la bonne. Il s'est assez entraîné comme cela.

— Je n'y crois pas une seconde.

Edeard repensa à la manière suggestive dont Hilitte lui avait souri sur le quai. *Macsen a raison ; cela ne se présente pas très bien.*

Dinlay ouvrit la porte et posa sur Macsen un regard circonspect.

— Heureux de te voir, dit Edeard en l'embrassant chaleureusement.

Dinlay lui rendit son étreinte, apparemment satisfait et soulagé.

— Nous commencions vraiment à nous inquiéter, tu sais ?

— Je sais et je vous en remercie, mais le monde est si vaste et il reste tant de choses à découvrir. Tout ce que j'ai eu la chance de voir…

— Eh bien, vas-y, raconte !

— Il y a, dans les mers du sud, d'énormes créatures rocheuses, comme des îles de corail flottantes. Je suis même grimpé sur l'une d'elle. Et des arbres ! Par la Dame, les arbres de Parath sont plus hauts que les plus hautes tours d'Eyrie. Parath est un continent situé de l'autre côté de Querencia… Et les animaux que nous avons trouvés ! Avez-vous vu ceux que nous avons ramenés avec nous ? Et encore, ce ne sont que les petits. Sur Maraca, le continent voisin de Parath, j'ai vu une bête grosse comme une maison ; elle avait la peau bleue et rôdait dans les marais. Et les jungles ! À côté du climat des régions équatoriales de Maraca, les étés de Charyau sont de vulgaires hivers. On avait l'impression de prendre des bains de vapeur.

— Tu n'es jamais allé à Charyau, l'accusa Macsen.

— C'est vrai, mais Natran si. Il a partagé ses souvenirs avec moi.

— Par la Dame, j'aurais aimé voir cela, déclara un Dinlay pensif.

— J'ai dit la même chose, fit remarquer Macsen. Tu vois ce qui arrive quand tu nous laisses nous débrouiller tout seuls.

— Nous n'y sommes pour rien, s'emporta Dinlay.

Edeard et Dinlay échangèrent un regard.

— D'accord, lâcha Edeard dans un soupir. Racontez-moi ce qui se passe dans ma ville.

Le mouvement baptisé « Notre Ville » avait vu le jour peu après le départ de la flottille, expliqua Dinlay, à la suite d'une dispute dans le quartier de Tosella. De jeunes mariés venaient de trouver un ensemble de pièces vides dans une grande demeure entre la Tour bleue et le canal Caché. Les chambres se trouvaient sous les toits et n'étaient accessibles que par un escalier en colimaçon peu praticable, ce qui expliquait qu'elles n'aient jamais été occupées. Toutefois, il y avait une salle plus grande, à une extrémité, où l'homme souhaitait installer sa bijouterie. Comme le veut la tradition, ils attendirent d'être mariés pour officialiser leur occupation des lieux. Et la situation dégénéra. De retour de lune de miel, ils découvrirent qu'une famille de voyageurs s'était installée chez eux.

— Temporairement, expliqua Macsen. C'est tout. Deux frères originaires de la province de Fandine avaient accompagné leur mère mourante pour confier son âme aux

Seigneurs du Ciel. Elle souffrait d'arthrite et était victime de crises de démence. Ils avaient manqué un Seigneur du Ciel d'une semaine, et la Guilde des astronomes ne prévoyait aucune nouvelle arrivée avant plusieurs mois. Les frères n'avaient pas les moyens de louer une chambre dans une taverne ou dans une des nouvelles auberges de la périphérie pour une période si longue. Ces pièces vides constituaient la solution idéale pour eux.

— Les jeunes mariés leur ont demandé de partir, dit Dinlay. Ce à quoi un des frères a réagi en déclarant officiellement leur occupation des lieux devant le Bureau d'occupation et la Cour de Justice. Il en avait le droit, car son frère, sa mère et lui occupaient ces lieux depuis plus de deux jours et deux nuits.

— Par la Dame…, grogna Edeard.

Il devinait comment cette histoire s'était terminée. La présence massive de voyageurs avait toujours été source de mécontentement. Trahaval et lui avaient abordé cette question avant qu'Edeard soit confronté au nid. Ils n'avaient pas trouvé de solution miracle. À terme, la construction d'auberges dans les villages de côtiers et dans la plaine d'Iguru était censée absorber ce surplus de population. Qu'il n'y ait pas eu d'incidents de ce type à l'époque était miraculeux.

Le bijoutier et son épouse étaient tous les deux issus de familles nombreuses et influentes, expliqua Dinlay. Pis, ni les nouveaux mariés ni les voyageurs ne voulaient entendre parler d'emménager ailleurs. Ce serait là, ou nulle part. Le jeune couple arriva donc avec ce slogan : « les immeubles de Makkathran pour les habitants de Makkathran ». Ce fut une cause populaire. Les deux frères et leurs mères furent mis à la porte de force. Le temps que les gendarmes interviennent, ils étaient déjà à la rue et en piteux état, car on venait de les passer à tabac. Les jeunes mariés s'installèrent dans leurs appartements avec leurs meubles, tandis qu'un nombre important de leurs parents montait la garde à l'extérieur.

Ce n'était d'ailleurs pas nécessaire ; en effet, les gendarmes, sensibles à la cause des citoyens de leur ville, se contentèrent d'éconduire les voyageurs.

L'histoire aurait pu se terminer là, mais, devant la loi, l'appartement appartenait aux deux frères et à leur mère. Aussi les jeunes mariés engagèrent-ils un avocat pour révoquer le droit d'occupation des étrangers et s'approprier les lieux.

Edeard ferma les yeux, soudain inquiet.

— Sainte Dame ! Pitié ! Pas lui !

— Eh si ! lança Macsen avec un plaisir non dissimulé. Maître Cherix !

Comme le jeune couple avait forcément tort devant la loi et que tout le monde le savait, maître Cherix s'évertua à gagner du temps devant la cour. Seule une décision du Grand Conseil pouvait annuler un certificat d'occupation, aussi s'agissait-il de donner à cette affaire une tournure politique. Le mouvement Notre Ville vit donc le jour quatre semaines avant les élections. Trahaval était en faveur d'un respect strict de la loi et de l'ordre, comme Celui-qui-marche-sur-l'eau, ce qu'il ne manquait pas de répéter dans chacun de ses discours. Doblek, qui n'était jusque-là qu'un opposant mineur, choisit de soutenir Notre Ville. Il gagna à une écrasante majorité, tout comme un grand nombre de représentants du mouvement.

Les militants de Notre Ville prirent très au sérieux leur credo. Une semaine à peine après leur victoire, ils occupaient officiellement la moindre petite pièce vacante de Makkathran. Les visiteurs de passage, les mourants et leurs familles n'avaient plus d'endroits où dormir ; comme les deux frères qui avaient accompagné leur mère, la plupart n'avaient pas les moyens de loger dans des auberges pendant parfois plusieurs mois. La situation dégénéra encore dans le quartier d'Ilongo une semaine après que Doblek eut prêté serment. Furieux de s'entendre dire qu'il n'y avait plus de place pour eux dans cette ville où ils étaient venus pour accompagner des proches sur le point de mourir, des voyageurs fraîchement arrivés décidèrent d'occuper des manoirs situés au centre du quartier. Des émeutes éclatèrent que les gendarmes seuls ne parvinrent pas à maîtriser. Peut-être ne se donnèrent-ils pas suffisamment de mal… Doblek prit alors les choses en main avec une détermination impressionnante et demanda à la milice d'écraser les manifestants.

Depuis ce jour, les voyageurs qui n'avaient pas les moyens de séjourner dans un des établissements de la ville étaient contraints de rester à la porte de celle-ci jusqu'à la veille du grand départ de leurs mourants, où les Mères de la Dame les accompagnaient jusqu'aux tours. Et encore, la plupart du temps les décourageaient-elles de les suivre jusqu'à Eyrie et prenaient-elles en charge les mourants uniquement.

— Doblek avait l'impression de t'imiter le jour du bannissement, dit Macsen. Les mettre dehors et les empêcher de revenir : c'est ce que tu as fait avec Bise et les autres. Pas mal de gens pas très malins sont du même avis et applaudissent sa brutalité.

— Je suis surpris qu'il ait eu le courage d'appliquer une idée pareille, s'étonna Edeard. Cela ne ressemble pas au Doblek que j'ai connu.

— Le pouvoir change les gens, dit Dinlay en lançant à Macsen un regard oblique. La nécessité aussi. Qu'aurait-il pu faire d'autre ?

Edeard comprit qu'il s'agissait d'un vieux sujet de dispute entre ses amis.

— J'aurais cautionné sa méthode s'il avait fait quelque chose, depuis, pour adapter la ville à cette situation, rétorqua Macsen. Sauf que ce n'est pas le cas. Davantage de gens arrivent chaque jour, et il ne sait pas quoi faire. Nous commençons à peine à recevoir des visiteurs des provinces les plus éloignées, dont Rulan.

— Si peu, marmonna Dinlay.

— Je ne suis pas d'accord. Il arrive toujours plus de gens à Makkathran, et Doblek ne tient pas compte de cette réalité.

Il a dû déployer davantage de miliciens pour protéger l'entrée de Makkathran. Les gens qu'il refusait de laisser entrer commençaient à s'attaquer aux marchands et aux caravanes. À présent, la milice est déployée jusque dans la plaine d'Iguru, et les voyageurs rasent les forêts de la région pour se chauffer. Tu sais que ces arbres ont été plantés par Rah et la Dame eux-mêmes ?

— La zone qui entoure la ville a été déclarée zone forestière par Rah, l'interrompit Dinlay avec lassitude. Il ne s'est pas amusé à planter ces arbres lui-même ; ça, c'est la propagande de Notre Ville.

— Peu importe. Le problème, c'est Doblek et son inaction. Que croit-il qu'il va se passer ? Il pense peut-être que tout va s'arranger tout seul ? Edeard, selon la rumeur, la milice de Fandine serait en route pour Makkathran à travers Plax.

— Pourquoi ? s'enquit Edeard en posant sur Macsen un regard interrogateur.

— Parce que nous avons envoyé notre milice contre leurs citoyens. Ils revendiquent le droit de protéger les leurs.

— Par la Dame !

— Notre plus grand ennemi, intervint Dinlay, c'est la distance. La rumeur enfle avec chaque kilomètre parcouru. Un bras écorché et un nez cassé à Makkathran deviennent un massacre d'innocents le temps que l'information arrive à Fandine.

— Cette histoire de milice est-elle véridique ?

— Le général Larose a envoyé des éclaireurs rapides sur les lieux. Nous serons bientôt fixés.

— Des milices combattant sur la plaine d'Iguru…, maronna dans sa barbe Edeard, incrédule.

Il se remémora sa campagne contre les gangs, si coûteuse en vies humaines. Lui qui pensait que ces horreurs ne se reproduiraient plus jamais. Il était hors de question de revivre une tragédie de ce genre. Le carnage provoqué par Owain l'avait profondément marqué.

— Il faut que je parle à Doblek.

— Pour quoi faire ? demanda Macsen. Tu crois qu'il reculera, qu'il ordonnera aux miliciens de rentrer à la base ?

— Il a été élu grâce à Notre Ville, intervint Dinlay. Jamais il ne mettra un terme à la politique qui lui a permis d'être élu maire.

Edeard songea brièvement à utiliser les techniques de domination sur Doblek. Il en avait appris assez de Tathal et du nid dans leurs derniers instants pour agir sur l'esprit de n'importe qui. Toutefois, agir sur le maire seul ne serait pas une solution ; cela réglerait le problème le plus immédiat, à savoir celui de la milice de Fandine – si les rumeurs étaient fondées –, mais pas la question de fond. *Dire que les Seigneurs du Ciel sont à l'origine de ce chaos. Quelle ironie !*

Il se rappela sa réunion avec Kanseen et Macsen, juste après le retour de lune de miel de Dinlay. *Au temps où le petit Burlal existait...* Trahaval non plus n'avait pas trouvé de façon de solutionner le problème de l'afflux massif de voyageurs attirés par les Seigneurs du Ciel. Edeard avait alors dit aux autres qu'il voulait absolument découvrir pourquoi les âmes des morts devaient être collectées sur les tours d'Eyrie. Cependant, l'occasion de poser la question aux Seigneurs du Ciel ne s'était pas présentée avant son ultime confrontation avec le nid, et, cette fois-ci, l'idée ne lui était pas venue, obnubilé qu'il était par l'organisation de son tour du monde.

Si j'arrivais à persuader les Seigneurs du Ciel de rendre visite à d'autres villes de Querencia, il n'y aurait plus de problème. En attendant, il faudrait faire quelque chose pour les voyageurs campés devant la porte nord. *L'animosité qui s'accumule dans les deux camps finira par dissuader les Seigneurs du Ciel de venir.*

— Bien, reprit Edeard, Notre Ville est-il un mouvement manipulable ?

— Notre Ville ne défend qu'une seule cause, répondit Dinlay. Il n'y a pas de modérés chez eux, aussi n'imagine pas parvenir à un compromis. La seule manière de les battre consiste à te faire élire maire et à changer la loi.

— Ce serait une solution extrême, dit Edeard en se mordant la joue. Il faudrait que j'aille me rendre compte de la situation par moi-même.

Bien entendu, Notre Ville avait installé son quartier général à Ilongo. Dinlay avait admis à contrecœur devant Edeard que les militants avaient beaucoup appris depuis la création précipitée de leur mouvement. Huit représentants de quartier s'étaient fait élire sous l'étiquette « Notre Ville » et formaient un groupe compact au Conseil. Cependant, leur influence venait surtout de leur position concernant la question de l'occupation des locaux de Makkathran ; à tel point que, même pour les natifs de la ville, il était devenu nécessaire de s'adresser à Notre Ville pour obtenir un logement. De fait, le moindre espace autrefois vacant était officiellement occupé par un membre de l'organisation, qui choisissait ou non de céder sa place au demandeur. Celui-ci devait évidemment apporter la preuve de son appartenance à une famille locale. Notre Ville exerçait dans les faits un contrôle total sur la distribution des logements, raison supplémentaire pour la population de ne pas se dresser contre elle. Comme n'importe quel parti politique, Notre Ville négociait et concluait des marchés avec ses rivaux, que ce soit au Conseil, dans les rues ou sur les canaux. Ainsi, il pénétrait toujours plus profondément la structure politique de la ville.

Edeard se rendit en gondole jusqu'au canal de la Courbe nord, puis s'enfonça dans le quartier d'Ilongo. Les rues étroites du centre formaient un dédale bien connu. La majeure partie du quartier était constituée d'immeubles cubiques penchés sur les ruelles et les allées, formant des tunnels qui n'étaient plus éclairés que par un mince filet de lumière du jour. Les ruelles débouchaient parfois de manière inattendue sur des places qui étaient comme des puits de lumière entourés de murs massifs. Des fontaines y gargouillaient joyeusement comme pour célébrer ces orgies lumineuses.

C'était le tout premier quartier de Makkathran qu'il avait vu, se souvint-il. Salrana et lui, nerveux, impressionnés par les bâtiments étranges et la foule qui arpentait les ruelles et les passages, collés l'un contre l'autre pour se réconforter, mais aussi pour profiter ensemble de cette expérience, de l'avenir plein de promesses qui s'offrait à eux…

Il serra les dents pour ravaler ce souvenir involontaire. Malgré toutes ses capacités, tant de choses avaient mal tourné. La jeune et joyeuse Salrana avait disparu pour de bon, et personne, pas même lui, ne pourrait la ramener. Tout comme ce pauvre Burlal. *À moins que je retourne dans le passé pour perpétrer de nouveau les atrocités du sous-sol de la Guilde des armuriers.* Même alors, il ne sauverait que Salrana ; Burlal, lui, ne verrait jamais le jour.

Ce ne sera pas possible. Même si j'affronte Owain de nouveau, je ne pourrai pas les sauver tous les deux. Il faut aller de l'avant ; il n'y a pas d'autre solution.

Sauf, se dit-il, sinistre, s'il vivait les deux vies. Il pourrait retourner dans le passé pour sauver Salrana de Ranalee et d'elle-même, puis vivre cette vie jusqu'à ce que l'âme de Salrana soit guidée vers la mer d'Odin. Alors, au dernier moment, juste avant de partir lui aussi avec les Seigneurs du Ciel, il se projetterait à l'époque où vivait Burlal et il trouverait une manière différente de défaire Tathal.

À moins que… Non, il n'y a pas d'autre façon de tuer Tathal ; j'ai passé des années à chercher. Je ne retrouverai jamais Burlal. Mon pauvre et cher petit-fils.

Pis, toute tentative signifierait la disparition de Kiranan et des enfants des jumelles. *Sauf si je vis cette existence d'abord, avant de… Sainte Dame, pourquoi m'avoir maudit de cette manière ?* Il déboucha sur la place de l'Arc-en-ciel, nommée ainsi à cause de la mousse émeraude duveteuse et poreuse qui tapissait les sept murs dont elle était ceinte. La mousse se plaisait dans cet environnement idéal ; une myriade de gouttelettes s'accrochait à ses frondes perpétuellement humides et baignait la place d'une lumière prismatique.

Au contraire des rues toujours animées du quartier, la place était déserte. La cape noire de Celui-qui-marche-sur-l'eau s'agitait derrière lui tandis qu'il attendait devant le plus grand immeuble de la place, dont la façade semblait le fuir. Au milieu de celle-ci, il y avait une grande double porte constituée d'un vieux bois noir. Une petite porte sertie dans une autre, plus grande, s'ouvrit.

Les leaders de Notre Ville émergèrent lentement. Certains se méfiaient beaucoup de Celui-qui-marche-sur-l'eau, car ils étaient assez vieux pour se rappeler la manière dont il avait déchaîné les forces de la ville le jour du bannissement. L'un d'entre eux lui en voulait beaucoup et lui jalousait son intelligence et sa puissance.

— Par la Dame ! lâcha Edeard dans un souffle à la vue du premier homme.

Dinlay ne l'avait pas prévenu. Vintico posa sur Celui-qui-marche-sur-l'eau un regard plein de défi. Un type dégingandé avec les yeux de sa mère, la mesquinerie et l'avidité de son père. Edeard aurait dû se douter que Salrana se laisserait entraîner d'une façon ou d'une autre dans cette débâcle.

Une vingtaine de personnes suivirent Vintico sur la place. Toutes le regardèrent avec un mélange de curiosité, de méfiance et de colère : elles étaient déterminées à conserver leur position dominante, à résister à cet homme du passé qu'était Celui-qui-marche-sur-l'eau.

Edeard s'adressa à eux avec un grand calme pour leur montrer qu'il était raisonnable.

— Ceci doit cesser. Des gens souffrent au-delà des murs de la ville. Ce n'est pas juste.

— Ce n'est pas juste, en effet, répondit Vintico tandis qu'un murmure d'approbation s'élevait parmi les siens. Pourquoi de bonnes familles de Makkathran, venues jusqu'ici avec Rah lui-même au terme d'un difficile voyage, devraient-elles céder leur place à des étrangers ? Nous aussi, nous avons des droits. Vous et vos amis du Conseil supérieur, vous ne vous souciez jamais de nous et de nos droits.

— Grâce à la Dame, les habitants de ce monde ont atteint la plénitude. Ils doivent être guidés jusqu'au Cœur par les Seigneurs du Ciel. Cela ne se discute même pas.

— Nous ne le discutons pas, rétorqua Vintico. Nous voulons juste avoir le droit d'atteindre notre propre plénitude, ce qui ne risque pas d'arriver si nos familles errent dans les rues sans toit sur la tête. Vous pensez peut-être que c'est enrichissant pour elles, Celui-qui-marche-sur-l'eau ? Vous croyez que cela les aidera à atteindre la plénitude ?

Edeard hocha la tête, car il les comprenait. Cela lui rappela une phrase que lui avait dite Finitan dans un moment de faiblesse : « Ceux qui ont échoué lamentablement dans la vie n'ont plus qu'une solution : s'engager en politique. » À présent, il voyait ce qu'il avait voulu dire par là.

— Je comprends votre frustration, répondit-il. Toutefois, solutionner un problème aussi important en satisfaisant toutes les parties prendra du temps. Il faudra construire des auberges communales.

— Eh bien, construisez-les et laissez-nous vivre nos vies comme nous l'entendons.

— Tout se passerait beaucoup mieux si vous nous aidiez à régler les problèmes immédiats. Nous savons tous qu'une période difficile nous attend. Je parlerai au prochain Seigneur du Ciel qui nous rendra visite et je lui demanderai si lui et les siens sont vraiment obligés de collecter les âmes des défunts sur les tours d'Eyrie. J'essaierai aussi de persuader le maire de lancer un vaste plan de construction à l'extérieur de la ville.

— Alors joignez-vous à nous, proposa Vintico. Nous serions heureux de vous accueillir, et, de votre côté, vous cautionneriez notre action.

— Vous êtes trop repliés sur vous-mêmes. Je le vois. Notre Ville est fondé sur le rejet de l'autre. Vous devriez au contraire vous tourner vers l'extérieur, vous montrer accueillants. Vous replier sur vous-mêmes comme vous le faites, rejeter la faute sur les autres est source d'antagonismes et de conflits. Quel genre de monde espérez-vous bâtir ainsi ?

Vintico eut un sourire malin, qui fut bientôt imité par toute sa clique.

— Vous voulez dire que nous devrions devenir comme vous et nous joindre à vous ? Admettre que votre façon de faire est la meilleure ?

— Il ne s'agit pas de ma façon de faire. Les vrais moteurs de la vie sont l'empathie, l'altruisme, la charité et la gentillesse.

— Vous voudriez que nous acceptions de nous faire berner et exploiter ? Voilà ce qui est arrivé à Makkathran. Ces parasites nous ont bien eus. Ils nous ont jeté notre hospitalité à la figure. Tout cela est terminé, maintenant ! Nous n'abandonnerons jamais notre ville ! Nous y sommes nés et elle nous appartient de droit. Bientôt, toute sa population se rangera derrière nous.

Sa voix et ses pensées montèrent *crescendo* pour demander le soutien de ses partisans, qui crièrent leur accord.

Edeard examina l'homme têtu et les esprits brillants de colère qui l'entouraient, goûta la détermination derrière les paroles. Vintico pensait tout ce qu'il avait dit. Jamais il ne leur ferait changer d'avis ; avec Notre Ville, il n'y aurait ni négociations ni compromis. C'était étrange, même pour un mouvement politique aussi jeune. Il jeta à Vintico un regard oblique et se demanda comment il pouvait avoir tant confiance en lui-même.

— Pourquoi la ville se rangerait-elle derrière vous ? demanda-t-il.

Un éclair de triomphalisme éclaira l'esprit de l'homme derrière son bouclier mental.

— Vous verrez. Vous serez bientôt amené à défendre nos droits.

— Par la Dame, marmonna Edeard qui venait de comprendre ce que l'autre voulait dire. La milice de Fandine arrive, n'est-ce pas ?

Vintico ricana.

— Pas seulement. Le régiment de Colshire, ainsi que celui de Bural marchent sur Makkathran. Trois provinces se sont liguées pour attaquer Makkathran. Vous allez devoir choisir votre camp, Celui-qui-marche-sur-l'eau. Alors, ce sera le nôtre ou le leur ?

Un voile de douleur recouvrit le visage d'Edeard. L'homme qui se trouvait le plus près de lui eut un mouvement de recul, tandis qu'une colère terrible enflait dans son esprit, crachant des flammes de souffrance et de tristesse qui mordirent dans la chair et ébranlèrent la volonté des plus butés des alliés de Vintico.

— Pour l'amour de la Dame, qu'attendez-vous de moi ? hurla-t-il, furieux, provoquant une véritable débandade chez les militants de Notre Ville. Chaque fois, putain ! Chaque fois, je fais mon possible pour tout arranger, et voilà ce qui arrive ! Chaque fois, quelque chose ou quelqu'un sort des ténèbres et fiche tout en l'air !

La bouche de Vintico se déforma furtivement.

— Celui-qui-marche-sur-l'eau, nous voulons simplement que nos enfants…

— Fermez-la ! beugla Edeard. J'ai perdu mon petit-fils pour vous faire cadeau de ce monde. Un adorable petit garçon qui ne faisait de mal à personne. Contrairement à vous et à ceux de votre espèce, qui n'apportez rien d'autre que le malheur. Je l'ai défait pour vous donner une chance. Maintenant, je suis obligé de recommencer parce que, manifestement, je ne peux pas me permettre de voyager autour de cette planète. Quand je pars, vous apparaissez et vous ruinez le peu d'espoir et de paix dont nous jouissons. Maintenant qu'elles sont en marche, rien n'arrêtera les milices, comme vous l'aviez si bien prévu. Il faut donc les arrêter avant leur départ ; il faut les empêcher de se mettre en route. Et la seule manière d'y parvenir, c'est d'empêcher la création de votre maudite organisation. Vous comprenez ce que cela signifie, bande de merdeux ? Ils sont nés il y a deux jours seulement ! Et je devrais revenir sur cet événement à cause de vous ? Hein ? Répondez-moi ? Pourquoi ne vous exterminerais-je pas, plutôt, ici et maintenant ? Le résultat serait le même. Ils ne renaîtront jamais, c'est certain. Aussi certain que les génistars vont chier dans la forêt, il n'y aura pas de tour du monde la prochaine fois parce que je ne pourrai pas quitter Makkathran avant d'avoir réglé le problème des gens de passage. Elles ne rencontreront donc jamais Marvane, qui ne sera jamais « le gars le plus chanceux de Querencia », pas vrai ?

Vintico fit un courageux pas en avant, même s'il ne comprenait pas de quoi Edeard parlait.

— Vous ne pourrez jamais tous nous exterminer. Ensemble, nous sommes forts.

Pour le prouver, les militants présents sur la place combinèrent leurs pouvoirs de télékinésie et formèrent un bouclier censé les protéger de la fureur de Celui-qui-marche-sur-l'eau.

— Ouais, aboya Edeard. Je sais, je sais…

Avec une ultime grimace d'anxiété, il s'accrocha à un souvenir et… se posa au pied de la tour d'Eyrie. La foule lâcha un « oh ! » admiratif, et plusieurs personnes applaudirent. Celui-qui-marche-sur-l'eau était de retour, ce qui enthousiasma pas mal de gens.

Il recommença tout dans une sorte de brume. C'était un peu comme si les perceptions, les sensations enregistrées par la ville étaient étouffées, comme s'il manquait à cette version la solidité de la vraie vie. *Je ne vis plus vraiment ; je me contente de réagir à des événements comme je suis supposé le faire. Tu parles d'une existence !*

Kristabel lui fit les gros yeux ; elle ne cautionnait pas cette démonstration tapageuse.

— Papa ! le gronda Marilee.

— C'était génial !

— Nous voulons apprendre à faire ça !

Il posa sur les jumelles un regard las. Elles ne lui avaient jamais semblé plus heureuses qu'avec leurs bébés dans les bras, un jour plus tôt, dans son temps personnel. *Cet événement ne se reproduira plus, pas même si je leur organise une rencontre avec Marvane.*

— Le Seigneur du Ciel arrive, annonça-t-il sans enthousiasme, espérant que cela les ferait taire pendant quelque temps, comme les fois précédentes.

La silhouette massive et scintillante de la créature était apparue à l'horizon, au-dessus de la mer de Lyot. Très haut, sur la plate-forme de la tour, la surprise de Finitan était partagée par la ville tout entière. Sa peur mêlée de respect se mua en impatience lorsqu'il mesura mieux les dimensions du Seigneur du Ciel.

Il n'y aura donc pas de tour du monde, pensa-t-il tandis que la créature volait sans effort au-dessus de la mer un peu agitée. *À en croire Kristabel, j'étais devenu presque insupportable à cette époque. Au lieu d'arranger nos relations en organisant notre long voyage, je vais devoir m'occuper de nos trop nombreux visiteurs. Ma Dame, comprenez-moi, mais je n'ai plus la force de me sacrifier davantage, vraiment plus…*

6

Le Livreur profita du voyage pour compulser toutes les données que stockait le cerveau de l'appareil sur les Anomines. Soit assez peu de chose. Espèce avancée, les Anomines avaient évolué d'une manière somme toute standard compte tenu de leur nature biologique, passant de l'âge agricole à l'ère industrielle, avant de développer le voyage supraluminique et un genre de réplicateur cellulaire incorporé dans leur chair qui leur avait permis de modifier leur apparence. Après s'être diversifiés et divisés en plusieurs groupes, les Anomines s'étaient réunis afin d'atteindre le statut d'espèce post-physique. À en croire les quelques données historiques rassemblées par diverses expéditions de la Marine, la menace primienne aurait été à l'origine de cette réunification.

Assis dans la cabine au style désuet du *Dernier Lancer* en compagnie d'un Gore peu communicatif, le Livreur ne put s'empêcher de se demander si les Anomines n'avaient pas été choqués par les similitudes qui existaient entre les Primiens et eux. Des machines incorporées dans l'organisme… La puissance des Primiens se situait certes à un niveau bien plus primitif et il y avait évidemment une différence critique : ils étaient biogénétiquement déterminés pour être xénophobes. Les Anomines étaient parfaitement conscients de ce qui risquait d'arriver si les Primiens, espèce paranoïaque, agressive et lourdement armée, s'échappaient de leur prison, comme ils avaient déjà tenté de le faire avec des engins volant moins vite que la vitesse de la lumière. L'invasion de Dyson Bêta, système voisin habité par une population pacifique et donc condamnée d'avance confirma leurs inquiétudes.

Dans les dix années qui suivirent ce génocide, les Anomines activèrent des champs de force autour des étoiles que les humains baptisèrent plus tard Dyson Alpha et Dyson Bêta. Les quelques universitaires qui travaillaient sur la question se demandaient encore si la Forteresse des ténèbres était l'œuvre des Anomines, ou si ceux-ci avaient emprunté cette technologie aux Raiels. Quoi qu'il en soit, les Anomines s'étaient réunis à cette occasion et, moins de cent cinquante ans plus tard, l'espèce était devenue post-physique.

— Il n'y a rien sur leur mécanisme d'élévation, dit le Livreur tandis que le *Dernier Lancer* fonçait vers l'étoile des Anomines à cinquante-cinq années-lumière par heure.

Ils n'étaient plus qu'à une quinzaine de minutes de leur destination, et les capteurs commençaient à obtenir des scans en haute résolution du système et de ses planètes.

— Ces informations sont classées secret défense, expliqua Gore d'un air blasé. Même quand ils deviennent bienveillants et transparents, les gouvernements gardent certaines habitudes. Le secret est l'oxygène des hommes politiques et des militaires. Il en faut toujours un petit peu pour les faire avancer.

— Mais vous, vous les avez vus ces dossiers, n'est-ce pas ?

— Disons que j'ai eu accès aux résumés.

Le Livreur posa sur Gore un regard soupçonneux.

— Je croyais que vous aviez tout prévu…

— J'ai tout prévu, petit, pas de panique.

— Vous les avez, ces résumés ?

— Pas avec moi, pas ici, mais je me rappelle les détails les plus importants.

— Mais… Vous savez comment remettre le bazar en marche ? C'est ce que vous m'avez dit.

— J'ai dit que nous pensions qu'il était intact.

— Non ! (Le Livreur se redressa brusquement, prêt à sauter de sa chaise et à bondir sur Gore.) Non, non, non. Vous avez dit… je vous cite : « Ils sont devenus post-physiques et ont laissé leur mécanisme d'élévation derrière eux. »

— Ouais, il me paraît évident qu'ils n'ont pas embarqué le bidule avec eux, rétorqua Gore avec un sourire joyeux. Si vous êtes post-physique et que le mécanisme est physique, eh bien… On a vu cela avec les Skoloskies ; leur mécanisme était toujours là à rouiller sur leur monde natal. Pareil pour les Fallrors. C'est toujours pareil. Merde, détendez-vous, mon vieux. Vous vous comportez comme une bachelière effarouchée que son petit copain emmène au motel pour la première fois.

— Mais… Vous… Le… Et merde ! Dites-moi que la Marine a vu le mécanisme dont nous parlons. Dites-moi qu'il se trouve bien sur leur monde d'origine.

— Les vaisseaux de la Marine qui sont parvenus à atteindre la planète ont rencontré les descendants des Anomines qui avaient choisi de rester physiques et collecté leurs légendes. Celles-ci racontent notamment le départ de leurs ancêtres, et ce de façon très précise. C.Q.F.D. : le mécanisme se trouve là-bas.

— En fait, vous n'en savez *rien* ! Dire que je vous ai fait confiance ! Par Ozzie, j'aurais pu tenter autre chose ! À l'heure qu'il est, j'aurais peut-être même désactivé la barrière de Sol.

— Petit, si je vous avais laissé partir à ses trousses, Marius vous aurait mis en morceaux ; il vous aurait passé au mixeur. Vous n'êtes pas mauvais dans votre genre : livraison de matériel à mes agents, un peu d'observation par-ci par-là… C'est pour cela que je vous ai recruté. En gros, tout le monde sait que vous êtes inoffensif, ce qui vous met au-dessus de tout soupçon. Regardez la vérité en face : vous n'avez pas un instinct de tueur.

— Ma famille est emprisonnée derrière ce truc. Je ferais n'importe quoi pour…

— Oui, vous êtes furieux, remonté, mais ce n'est pas forcément une bonne chose. Quand vous aurez scié les doigts de Marius et que vous vous apprêterez à les lui faire manger, vous vous mettrez à douter, vous aurez des remords.

Le Livreur plissa le nez, dégoûté.

— Je n'avais pas l'intention de…

— Je croyais que vous feriez « n'importe quoi » ? D'ailleurs, ce ne serait qu'un début. Ces gens-là ne se mettent pas à table aussi facilement. Pour faire parler Marius, pour l'obliger à vous expliquer comment désactiver la barrière, il faudrait le torturer dans un donjon. De plus, je vous parie que la seule personne capable d'éteindre ce machin est Ilanthe, et elle n'est pas accessible pour le moment. Non, si vous voulez vous rendre utile, aidez-moi, arrêtez de brasser de l'air et laissez-moi chercher ce putain de mécanisme !

— Fait chier !

Le Livreur se laissa tomber sur sa chaise, furieux de s'être fait berner et encore plus furieux que Gore ait raison. Quelque part dans son esprit flottait une image de lui menaçant Marius avec une arme, tirant tout près de sa tête un coup de pistolet à gelée. De quoi pousser n'importe qui à la capitulation, non ? Il se sentit bête et secoua la tête. Puis il plissa les yeux et se tourna vers Gore.

— Attendez une minute, vous avez dit ceux qui sont « parvenus à atteindre » la planète des Anomines ?

— Hein ?

Gore ne faisait déjà plus attention à lui. Il était affalé dans son fauteuil en forme de coquillage et, les yeux fermés, compulsait les données du cerveau de l'appareil.

— Les vaisseaux de la mission d'exploration de la Marine, insista le Livreur. Certains ne seraient jamais arrivés à destination…

Pas de réponse. Le Livreur se connecta aux capteurs du vaisseau et recueillit des données brutes pour former une image cohérente du système. Des stations actives semblaient planer dans le halo cométaire de l'étoile. Ces grandes structures étaient protégées par des champs de force qui empêchaient ses scanners de les détailler.

—Ah ! Vous voulez parler d'eux ? Les gardes-frontières fournissent un service de sécurité efficace. Ils datent de la dernière période de haute technologie des Anomines, et ils n'aiment pas trop que l'on contamine leur planète d'origine.

—Les quoi ?

Cela ne sentait pas bon du tout. Toutefois, Gore n'eut pas le loisir de lui répondre. L'ultraréacteur du *Dernier Lancer* s'éteignit, et le cerveau lui montra une image du garde-frontière qui se dressait en travers de leur route à moins d'un kilomètre de là. Il mesurait plus de cinq kilomètres de large, mais semblait principalement constitué d'espace vide. La chose ellipsoïde était composée de rubans qui, au niveau de l'épaisse section centrale, formaient trois boucles entrecroisées. Les rubans étaient transparents et apparemment emplies d'un gaz parcouru d'étincelles vertes et scintillantes. Celles-ci se déplaçaient comme mues par une tempête. À l'intersection des trois boucles flottait une forme similaire, quoique dix fois plus petite, emplie d'un gaz saphir et d'étincelles. Au cœur de la chose, il vit une forme rouge, et, à l'intérieur de cette dernière, une autre, jaune, qui abritait un minuscule point couleur lavande. Les capteurs passifs ne pouvaient pas lui dire si la brume de ce dernier contenait quelque chose, car un puissant champ de force empêchait toute observation sérieuse.

—Et maintenant ? murmura le Livreur.

—On parle très, très doucement au cas où ils nous écouteraient, se moqua Gore en le regardant avec mépris.

Le Livreur eut un mouvement de recul et reprit :

— D'accord, d'accord. Vous croyez qu'il va nous tirer dessus ?

—J'espère que non.

—Alors, qu'est-ce qu'on fait ?

—On demande la permission d'entrer.

— Et s'il répond non ?

— Priez pour que ce soit le contraire, autrement, il faudra qu'on les détruise. Et il y en a dix-sept mille.

— Vous croyez que ce vaisseau…

Il se tut. Le cerveau émit une information simple au garde-frontière. Les capteurs lui montrèrent cinq gigantesques stations qui venaient de surgir de distorsions spatiales bizarres à quelques milliers de kilomètres.

— Que faites-vous ici ? demanda la chose.

— Nous sommes des représentants de l'espèce humaine. Nous sommes deux à bord.

— De quelle branche ?

— Haute. Vous avez déjà eu affaire à nous dans le passé et votre réponse a été favorable. Je vous demande de nous laisser de nouveau passer.

— Votre espèce a déjà recueilli toutes les informations qui pouvaient lui être utiles de ceux qui sont restés physiques.

— C'est vrai, mais nous avons besoin de données concernant ceux qui sont partis. Nous sommes un sous-groupe de notre espèce qui pense que l'humanité devrait suivre l'exemple des Anomines et évoluer. Nous cherchons à nous informer sur leur société.

— Vous transportez des armes sophistiquées. Vos prédécesseurs n'étaient pas armés.

— Un conflit a éclaté entre notre espèce et l'empire des Ocisens. D'autres espèces émergent et se montrent hostiles à notre égard. Il est devenu dangereux d'entreprendre de longs voyages. Nous avons besoin de nous protéger.

— Nous n'avons détecté aucun conflit.

— Il se profile. Le Vide a subi une petite expansion, récemment. Des espèces originaires de toute la galaxie s'alarment de son comportement.

— Nous avons détecté cette expansion.

— Nous vous demandons la permission d'essayer d'imiter les Anomines.

— Nous vous autorisons à examiner les artefacts que les Anomines ont laissés derrière eux en phase finale. Nous vous autorisons à les étudier, mais pas à les altérer ni à les détruire. Nous vous interdisons de les emmener avec vous. Aucun artefact ne devra être déplacé.

— Nous vous remercions de votre générosité.

Le Dernier Lancer plongea dans l'hyperespace et fonça vers le monde d'origine des Anomines. Le Livreur observa sa trajectoire avec attention, tandis que le vaisseau dessinait un arc autour de l'étoile de type G3. À intervalles réguliers, il largua les satellites du nid de confluence, qui formèrent un cercle de deux cents millions de kilomètres de rayon. *Le Dernier Lancer* se dirigea alors vers la planète anomine.

Il y avait beaucoup d'épaves en orbite haute, au-delà du halo géosynchrone. Tout était ancien et inactif. Des docks et des stations-habitats pris pour cibles par des micrométéorites et des particules plus grandes, sujets à des fluctuations de température énormes et aux radiations solaires pendant des millénaires. Ils n'étaient plus que des coquilles vides aux parois très fines, qui décrivaient des orbites hautement elliptiques tandis que leur atmosphère finissait de s'échapper et que leurs réservoirs se perçaient. Des morceaux s'en étaient détachés, dérivant sur des orbites propres, avant d'entrer en collision avec d'autres éléments, de se fractionner encore et encore. Des millions de débris formaient une épaisse ceinture toroïdale gris sale autour du vieux monde.

Le Dernier Lancer traversa ce cimetière astronautique et se positionna au-dessus de l'équateur, à mille kilomètres d'altitude. De là, les capteurs du vaisseau leur montrèrent une planète habitable comme il y en avait tant d'autres, avec des océans bleu marine et des continents bruns ou verts, selon le climat qui y régnait. D'énormes formations nuageuses blanches flottaient dans l'atmosphère pure, montagnes blanches et épaisses beaucoup plus imposantes que les pics qu'elles dissimulaient.

— Et maintenant ? demanda le Livreur.

— On trouve la botte de foin, puis on cherche l'aiguille.

Le Livreur se retint de faire les gros yeux à l'homme assis dans la chaise en face de lui. À quoi bon, en effet ?

— Cette planète est plus grande que la Terre, reprit-il en étudiant les données affichées dans son exovision. Les continents représentent près de cent vingt millions de kilomètres carrés. Cela fait beaucoup, même pour une exploration superficielle.

— Qu'est-ce qui vous fait dire que ce que nous cherchons se trouve sur la terre ferme ?

— D'accord, et qu'est-ce qui vous fait dire que cette chose se trouve sur cette planète. C'était écrit dans le résumé ? Les Anomines avaient colonisé huit autres systèmes, peut-être davantage.

— Qui ont tous été désertés, de cela nous sommes sûrs. Ils sont revenus ici. Tous. Encore un pèlerinage à la con. C'est ici qu'ils se sont élevés au rang d'espèce post-physique.

— Par Ozzie…, marmonna le Livreur. En réalité, vous n'en savez rien. Vous n'en avez pas la moindre idée. Vous espérez, c'est tout. Vous priez pour que la réponse se trouve ici.

— Je me contente d'être logique.

Le Livreur eut envie de donner un coup de poing dans sa chaise, mais se retint, une fois de plus ; comme thérapie émotionnelle, il y avait plus efficace. Et puis, il s'était engagé à aller jusqu'au bout lorsqu'il avait quitté cet astéroïde avec Gore.

— Bien. J'imagine que vous devez avoir une idée de la meilleure façon de procéder aux recherches ?

— Méthode et logique : voilà les secrets. Pour commencer, on fait le tour de la planète en orbite basse pour la cartographier et examiner le moindre centimètre carré de sa surface à la recherche d'activité exotique, de fluctuations gravifiques, de génération d'énergie, d'anomalies quantiques, enfin, toutes ces choses qui sortent de l'ordinaire.

— Mais cela prendra…

— … plusieurs jours.

— Et si nous ne trouvons rien ?

— Il sera temps alors de nous poser pour aller discuter avec les indigènes et voir ce qu'ils ont à nous dire.

— C'est une civilisation agraire, comparable à l'humanité du milieu du XIXe siècle. Ils ne sauront rien de ces machines capables de vous transformer en ange.

— Ils se transmettent leurs légendes, ils sont fiers de leur histoire. L'équipe d'anthropologie culturelle de la Marine a fait du bon boulot. On peut même communiquer avec eux directement. Ils sont plus avancés que les hommes du XIXe, je me rappelle parfaitement de cela. D'ailleurs, cette comparaison ne tient pas vraiment la route.

— Si vous le dites.

Gore hocha furtivement la tête et transmit des ordres au cerveau du vaisseau.

— Pourquoi m'avez-vous emmené avec vous ? demanda le Livreur. Vous et le vaisseau êtes capables de vous débrouiller tout seuls.

— Au cas où. On ne sait jamais, répondit Gore d'un ton neutre. Je pourrais avoir besoin d'aide.

— Génial.

— Reposez-vous un peu, petit. Vous êtes tendu comme une corde de piano depuis des jours.

Le Livreur admettait qu'il était trop fatigué et nerveux pour discuter. Il s'enferma dans sa cabine privative et s'allongea sur la banquette étroite mais luxueuse qui sortit de la paroi. Il ne s'attendait pas vraiment à dormir. Il s'inquiétait tellement pour Lizzie et les enfants. Comme la liaison TD avec l'unisphère fonctionnait toujours, il pourrait prendre des nouvelles.

L'*Ange des hauteurs* était arrivé à proximité de Sol. Après six heures d'efforts, Qatux avait annoncé avec diplomatie à la présidence que l'énorme vaisseau ne pouvait rien faire.

Le champ de force déployé par l'Essaim des Accélérateurs était bien trop résistant.

Le Livreur zappa d'un magazine d'actualités mal informé à l'autre et finit par sombrer dans un sommeil troublé.

* * *

Corrie-Lyn se réveilla en sursaut. Désorientée, elle se demanda ce qui l'avait tirée d'un sommeil aussi profond. Elle jeta un coup d'œil circulaire sur la cabine exiguë et sombre, et écouta avec attention. Il n'y avait rien. Les systèmes mal en point du *Lindau* émettaient parfois des bruits étranges. Les conduits gargouillaient, les robots de service se succédaient sans interruption dans un concert de cliquetis métalliques. Une fois, elle aurait même juré que la coque du vaisseau s'était ouverte en deux. Cette nuit-là, en revanche, elle n'entendait que le bourdonnement des générateurs, bruit vaguement rassurant, même s'il n'aurait pas dû être aussi fort. Au moins avaient-ils toujours de l'énergie.

Inigo s'agita un peu à côté d'elle. Elle l'observa en souriant. C'était tellement bon de l'avoir de nouveau avec elle. Physiquement et émotionnellement. S'il n'était plus le messie d'antan, il restait son Inigo. Il n'avait plus les mêmes préoccupations, mais il était toujours aussi déterminé et concentré. Elle était beaucoup plus heureuse, maintenant qu'il était là pour l'aider, et ce même s'ils n'avaient aucun moyen d'échapper à Aaron.

Ce nom agit comme un stimulus. C'était à cause de *lui* qu'elle s'était réveillée. Soudain, elle était consciente du bouillonnement d'émotions qui émanait des particules de Gaïa de l'agent. Son cerveau repoussa instinctivement certaines images de grandes souffrances : des souvenirs quasi nauséeux, reliés les uns aux autres par une culpabilité et une peur intenses, qui la plongèrent dans un cauchemar de ténèbres et de douleurs. Elle suffoquait dans une cathédrale géante où des hommes et des femmes étaient sacrifiés sur un autel païen. Elle se tenait derrière le prêtre qui brandissait de nouveau sa lame recourbée. Des cris retentirent parmi ceux qui attendaient la mort, tandis que la lame dégoulinante de sang effectuait des va-et-vient. Le personnage en robe blanche se retourna. Ce n'était pas un homme. Le devant de sa robe était imbibé de sang, collé d'une manière obscène à sa peau, suivant les contours de ses seins et de ses hanches. Elle eut un sourire joyeux.

— Tu ne pars pas, dit le personnage avec un sourire encore plus large.

Ses lèvres s'écartèrent, révélèrent des crocs qui grandirent encore et encore comme la cathédrale disparaissait. Il n'y avait plus que les ténèbres et la femme. Elle était nue, désormais, la peau luisante de sang écarlate. Sa bouche s'ouvrit en grand, puis en plus grand encore, et il n'y avait plus de visage, juste des dents et du sang.

— Reviens. Ta place est ici.

Il voulut crier, joindre sa voix à la clameur de ceux qu'il ne voyait plus, perdus qu'ils étaient dans le noir impénétrable ; toutefois, lorsqu'il ouvrit la bouche, du sang s'engouffra à l'intérieur, lui emplit les poumons, le noya. Le moindre de ses muscles tremblait. Il voulait se libérer, s'éloigner d'elle et de ce qu'elle lui avait fait faire.

— Tout va bien, maintenant, dit une voix calme dans sa tête. Laissez-moi vous aider.

Une force douce et irrésistible se referma autour de son corps, se solidifia, l'immobilisa. Il cessa de chercher son souffle tandis qu'un éventail de lasers rouges transperçait les ténèbres, dessinait une toile en forme de spirale autour de sa tête. Les faisceaux se contractèrent soudain, déversèrent de la lumière dans son cerveau. Sa souffrance atteignit alors des sommets insoupçonnés.

— Aïe !

Corrie-Lyn secoua violemment la tête et désactiva ses particules de Gaïa. La sensation désagréable se dissipa. À présent, elle entendait un bruit, un hurlement étouffé dans la cabine du capitaine, de l'autre côté de l'étroit couloir.

— Sainte Dame !

Aucun esprit ne pouvait résister longtemps à cette torture psychologique sans sombrer dans la démence ou perdre de ses capacités. Elle regarda la porte de sa cabine, craignant qu'il surgisse, ses implants offensifs activés. Il n'en fut rien. Il y eut encore quelques cris, puis des gémissements, comme quand on calme un animal. Le vaisseau sombra dans le silence.

Corrie-Lyn laissa échapper un long soupir. Elle craignait vraiment qu'il perde la raison. Sa peau était couverte de sueur froide. Elle sortit de sous les couvertures et se tortilla jusqu'à l'alcôve de toilette. Sans faire de bruit, car elle ne voulait pas réveiller Inigo, elle se badigeonna d'un savon légèrement parfumé. Cela la rafraîchit, et elle se sentit tout de suite un peu mieux. En revanche, elle ne réussit pas à chasser la sensation qui persistait dans sa chair, le choc résiduel provoqué par le rêve d'Aaron.

S'il s'agit bien d'un rêve.

Tout était un peu trop cohérent à son goût. Cela ne ressemblait pas au travail quotidien du cerveau humain, qui se délestait des expériences vécues et des émotions accumulées. On aurait plutôt dit des souvenirs brisés émergeant de zones sombres de l'esprit où ils étaient emprisonnés.

— Par l'Honoious, que vous ont-ils fait ? murmura-t-elle dans la cabine sombre.

Le matin suivant, les robots domestiques avaient terminé de coudre les vêtements qu'elle avait commandés.

— Pas mal, dit Inigo lorsqu'elle eut enfilé une tunique de la Marine aux manches raccourcies.

Elle sourit en se tortillant pour entrer dans le pantalon très serré aux hanches.

— Pas mal du tout.

— J'ai d'abord besoin d'un bon petit déjeuner.

Le seul et unique avantage de leur étrange captivité était le temps qu'ils pouvaient passer en privé pour rattraper leur retard.

Ils se rendirent dans le salon en se tenant par la main. Inigo se servit de l'unité culinaire pour préparer des œufs brouillés et du haddock. Pendant ce temps, elle fouilla dans les réserves de l'équipage. Des préparations de l'unité culinaire, elle ne tolérait que le thé et le jus de tomate, qui n'étaient pas forcément ses boissons préférées. Alors elle se goinfrait de baies de morta séchées et de gâteau au caramel et à la banane pour faire passer le thé et se persuader qu'il s'agissait d'Earl Grey. Un Earl Grey au goût de lait et de confiture de fraise…

Aaron arriva à son tour et se prépara ses habituels œufs brouillés et saumon fumé. Sans dire un mot, il s'affaissa sur sa chaise brisée, à l'autre bout du salon.

— Qui est-elle ? demanda Corrie-Lyn.

— Je vous demande pardon ?

— La prêtresse, enfin, la femme. Celle qui avait du sang partout. Celle qui vous fichait une trouille de tous les diables.

Aaron la regarda pendant un long moment. Pour une fois, Corrie-Lyn ne fut pas intimidée.

— Alors ? insista-t-elle. Vous avez partagé votre rêve la nuit dernière.

Elle ne le pensait pas capable de ressentir de l'embarras, néanmoins, il baissa les yeux.

— Je ne sais pas, finit-il par répondre.

— Écoutez, vous devez… (Elle s'interrompit pour prendre une profonde inspiration.) Je ne vous taquine pas. Si vous voulez savoir, je suis inquiète.

— Pour moi ? C'est inutile.

— Personne ne peut subir ce genre de punition nuit après nuit et s'en sortir indemne. Peu importe que la moindre de vos cellules soit enrichie, améliorée, reséquencée ; ce genre de connerie est toxique.

— Et pourtant je suis là tous les matins, frais et dispos.

— C'était il y a dix-sept heures, intervint Inigo.

— Quoi ?

— Il y a dix-sept heures de cela, vous étiez supposé être sur le pont pour superviser notre vol. Sauf que vous avez sombré dans un genre de rêve. Je l'ai senti.

— Mes capacités opérationnelles n'ont pas diminué.

— C'est ce que vous croyez, reprit Corrie-Lyn. Ne le voyez-vous pas ? Ou bien refusez-vous de l'admettre ?

— Je peux vous aider, dit Inigo.

— Non.

— Vous avez reçu des instructions pour faire face à toutes les situations ; vos patrons ont-ils prévu l'éventualité de votre dépression ?

— Je vais très bien, et si vous la fermiez un peu, j'irais encore mieux. Rien de tel qu'un silence contemplatif pour prendre son petit déjeuner.

— Ouais, eh bien, contemplez un peu ce dilemme : comment ferez-vous pour retrouver Ozzie si vous perdez la boule ?

— Parce que, maintenant, vous avez envie que nous retrouvions Ozzie ? demanda Aaron avec un sourire méprisant.

— Oui, confirma Inigo avec un grand sérieux. J'ignore qui vous a programmé, mais je me dis qu'ils ont peut-être eu raison de nous associer, vous et moi.

— Ma parole, vous avez fait des progrès.

— Désormais, intervint Corrie-Lyn, vous seul pouvez nous faire échouer.

— J'imagine que si mon esprit menace de tomber en lambeaux, je…

Il se tut. Toute trace d'humour disparut de son visage.

— Vous vous suiciderez ? proposa Inigo.

Aaron fixa du regard un point imaginaire, le mug de café suspendu entre la table et sa bouche.

— Non, je ne commettrais jamais un acte aussi impie. Je ne suis pas faible à ce point. (Puis il fronça les sourcils et se tourna vers Corrie-Lyn.) Quoi ?

— Par la Dame, grogna Inigo.

Corrie-Lyn était fascinée. Le temps d'un bref instant, elle avait vu le véritable Aaron.

— Vous n'y arriverez jamais, lâcha-t-elle d'un ton neutre.

— Il ne nous reste plus que deux jours de voyage, rétorqua Aaron. Ce n'est pas beaucoup ; je peux facilement tenir jusque-là, faites-moi confiance.

— Néanmoins, le contra Inigo, il serait plus sage que vous chargiez une procédure d'urgence dans le cerveau du vaisseau, au cas où.

— J'en ai autant à votre service, car notre survie ne dépend pas que de moi, loin s'en faut. Maintenant que vous avez compris que je n'ai pas l'intention de vous tuer et que vous allez bientôt, avec votre pote Ozzie, combattre le tsunami du mal, je vous suggérerais de songer à arrêter le Vide.

— Rien ne peut l'arrêter. Le Vide *est*, tout simplement. C'est la seule chose que je sache avec certitude. Je l'ai observé depuis la station Centurion et j'ai senti les pensées qu'ils abritaient. Croyez-moi, je sais de quoi je parle. Si vous voulez continuer d'exister dans le même univers que lui, vous devrez trouver un moyen de vous accommoder de sa présence. Pour ma part, je pense que nous devrions demander à l'*Ange des hauteurs* de nous conduire dans une autre galaxie.

Aaron but un peu de son café.

— Tout le monde n'est pas de cet avis, rétorqua-t-il, imperturbable. Je connais quelqu'un qui a toujours foi en vous et qui pense que vous nous sauverez tous. Qu'en dites-vous ? Ce quelqu'un, c'est moi. Je suis votre unique soutien et, surtout, le seul qui compte.

Ils commencèrent à sentir les étranges interférences mentales de la Pointe alors qu'ils se trouvaient encore à une journée et demie de vol de leur destination. Au début, ce n'était qu'une légère sensation d'euphorie à laquelle ils ne firent même pas attention. Corrie-Lyn buvait beaucoup moins, mais il restait d'excellentes bouteilles dans les réserves personnelles de l'équipage qu'il aurait été dommage de laisser se perdre. Deux d'entre elles, le vin blanc bodlien et le vert des Montagnes de Guxley, étaient réputées pour leurs propriétés aphrodisiaques. Oui, cela aurait été très dommage. D'autant plus qu'il n'y avait rien d'autre à faire à bord.

Dans l'après-midi, elle avait donc demandé à un robot de modifier une de ses chemises semi-organiques, de ne lui laisser que deux boutons sur le devant. Satisfaite du résultat, suffisamment provocant à son goût, elle s'était déshabillée et enfermée dans l'alcôve de toilette. Pendant qu'elle prenait sa douche, le robot avait également transformé un pull en laine en longue robe, qui la démangeait au niveau des coudes, mais tant pis.

Inigo était resté dans le salon, où il étudiait des données astronomiques concernant le Vide. Il se rua dans leur cabine lorsqu'elle l'appela en prétextant que quelque chose d'important s'était passé.

— Qu'y a-t-il ? demanda-t-il comme les portes s'écartaient.

Il se figea, étonné, puis intrigué. L'éclairage était tamisé ; trois bougies brûlaient sur des surfaces presque horizontales. L'unité culinaire était incapable de préparer de bons plats, mais elle pouvait produire de la cire sans aucune difficulté.

Corrie-Lyn posa sur lui un regard langoureux et ordonna aux portes de se refermer. Il avisa la bouteille de bodlien et les deux flûtes dans sa main.

— Ah…

Ses particules de Gaïa révélèrent sa nervosité et son intérêt.

— J'ai trouvé cela, dit-elle d'une voix aussi rauque que possible en s'efforçant de ne pas glousser. Il ne faudrait pas qu'il se perde.

— Excellent choix.

Il prit la bouteille. Elle l'embrassa sans lui laisser le temps de la déboucher et commença aussitôt à lui caresser visage. Il sourit et se pressa contre elle tandis que l'intensité des sentiments qu'elle partageait grâce à ses particules de Gaïa augmentait. Ensemble, ils défirent la ceinture de sa robe improvisée.

— Oh, oui ! murmura-t-il comme celle-ci glissait et révélait ce qui restait de sa chemise.

Corrie-Lyn l'embrassa de nouveau, le goûta avec la pointe de sa langue.

— Tu te rappelles Franlee ? lui demanda-t-elle. Ces longues nuits d'hiver à Plax.

— J'ai toujours préféré Jessile.

— Oui ! acquiesça-t-elle en sirotant un peu de vin. Une très vilaine fille…

— Comme toi.

Il but son vin en lui caressant la gorge. Ses doigts glissèrent doucement sur sa peau et atteignirent le premier bouton. Il le crocheta et tira doucement dessus pour mesurer sa résistance.

— Je peux l'être, si tu me le demandes gentiment…

Deux heures plus tard, Aaron tira une impulsion disruptive sur la porte de leur cabine. Le morphométal céda immédiatement, projetant un nuage de particules scintillantes dans l'espace confiné. Corrie-Lyn et Inigo se reposaient sur des couvertures dépliées par terre. Inigo tenait un verre de bodlien et versait lentement du vin sur les seins de sa maîtresse. Des programmes secondaires, dans ses amas macrocellulaires, activèrent instantanément un champ de force intégral. Corrie-Lyn hurla et recula sur les fesses jusqu'à ce que son dos rencontre la paroi de la cabine.

— Désactivez-le ! gronda Aaron, les dents serrées, les muscles de ses mâchoires tendus, les joues gonflées, haletant.

Inigo se leva et se dressa entre Aaron et Corrie-Lyn. Il étira son champ de force pour la protéger tout en sachant que ses efforts seraient vains contre l'agent.

— Ce champ de force restera activé. Maintenant, au nom de la Dame, vous voulez bien me dire ce qui se passe ?

— Je ne parle pas du champ de force !

Aaron tituba et fit un pas en arrière. Des sensations étranges et déplaisantes jaillissaient de ses particules de Gaïa, qui firent grimacer Inigo. C'était un torrent de visions, d'images de l'étrange cathédrale aux arches de verre, de visages terrifiés, de détonations incroyablement puissantes. Chaque souvenir était accompagné de son lot d'émotions dévastatrices. Inigo sentit des larmes lui couler sur les joues tandis qu'il hésitait entre peur, révulsion, défi et culpabilité.

— Ce truc me bousille l'esprit ! hurla Aaron. Désactivez cette saloperie ou je vous jure que je l'abats devant vous !

— Je ne ferai rien du tout ! cria à son tour Inigo. Dites-moi plutôt ce qui se passe.

Aaron s'affaissa contre l'encadrement de la porte détruite.

— Sortez-les-moi de la tête !

— Désactivez vos particules de Gaïa ; l'assaut cessera.

— Elles sont désactivées !

Sous l'effet du choc, la peau d'Inigo devint insensible. Il s'agissait de ses propres émotions, et non de celles d'Aaron.

— C'est impossible. Je ressens votre esprit.

Aaron donna un coup de poing dans le vide, et ses phalanges s'arrêtèrent à quelques centimètres du visage d'Inigo. Ses implants soulevèrent sa peau, d'où jaillirent bientôt des canons courtauds.

— Désactivez-le.

— C'est hors de question ! rétorqua Inigo.

C'était ridicule, mais cette situation l'excitait beaucoup. Il avait l'impression de revivre après des décennies passées à végéter. Il se maudit de s'être caché au lieu d'affronter tout ce que l'univers aurait pu lui jeter au visage. Ce qui était stupide…

Quatre lasers de visée couleur rubis dansaient sur son visage.

— J'ai dit désactivez-le, gronda l'agent fou de rage.

Quelque part, tout près, des ailes noires battirent, à la poursuite d'une proie. L'extrémité de la cabine se mit à scintiller comme si les ténèbres l'avalaient molécule par molécule. Inigo ressentit la présence déstabilisante de la femme du rêve d'Aaron. Elle s'infiltra dans son champ de force pour lui glacer la peau.

Aaron rejeta la tête en arrière.

— Éloignez-vous de moi, espèce de monstre !

— Ce n'est pas moi, murmura Inigo, terrorisé par la chose jaillie des ténèbres qui mangeaient la cabine en bordure de son champ de vision.

Il voyait son sourire prédateur, ses dents découvertes. Si elle réussissait à sortir dans ce qui passait pour la réalité dans l'esprit d'Aaron, qui savait ce qui pourrait arriver.

Les lasers s'écartèrent du visage d'Inigo, glissèrent avec fluidité autour de lui, l'enfermèrent dans une cage rouge et se posèrent sur le corps nu de Corrie-Lyn.

— Je peux être aussi vicieux qu'elle, ronronna Aaron d'une voix doucement menaçante. Après tout, c'est elle qui m'a tout appris. Je pourrais faire durer sa douleur pendant des heures. Vous l'entendrez vous supplier de désactiver cette chose, de la tuer pour mettre un terme à ses souffrances.

— S'il vous plaît, reprit Inigo, écoutez-moi, je ne suis pas responsable de ce qui vous arrive.

Les faisceaux courbes des lasers se firent plus intenses. La peau de Corrie-Lyn crépita et noircit là où les minuscules points la touchaient. Elle serra les dents.

— Attendez, gémit-elle. Où sommes-nous ?

Aaron tremblait comme si son corps était parcouru par un courant électrique.

— Vous voulez savoir où nous nous trouvons ?

Les ténèbres qui entouraient la cabine semblaient battre comme un cœur qui pompait de l'air sur leur visage.

— Oui ! insista Corrie-Lyn. Sommes-nous à proximité de la Pointe ?

— Elle est à deux cent soixante-dix années-lumière.

— Est-ce suffisamment près pour le rêve ? Est-ce cela que nous ressentons ?

Aaron pencha la tête sur le côté, mais sa main ne bougea pas d'un millimètre devant le visage d'Inigo. Une goutte de salive coula de sa bouche.

— Le rêve ? Vous croyez que c'est un rêve ? Elle est ici. Elle arpente les coursives du vaisseau. Elle est venue pour moi. Elle n'oublie jamais. Ne pardonne jamais. Pardonner est une faiblesse, et nous ne sommes que force.

— Pas votre rêve, espèce d'abruti, dit Corrie-Lyn, celui d'Ozzie. Le Rêve galactique qu'il voulait bâtir en dehors du Commonwealth.

— Le rêve d'Ozzie.

Les faisceaux incurvés des lasers perdirent un peu de leur intensité. Corrie-Lyn s'écarta de leur trajectoire.

— Mais oui ! cria Inigo. C'est un genre d'amplificateur d'émotions. C'est vrai que c'était particulièrement bon tout à l'heure, mais…

Corrie-Lyn cessa de frotter ses brûlures.

— Eh ! protesta-t-elle.

— Réfléchissez ! insista Inigo à l'intention d'Aaron. Grâce au champ de Gaïa, il a augmenté notre réceptivité émotionnelle. Votre psyché n'en a été que plus déstabilisée. Les garde-fous installés par vos maîtres sont en train de se craqueler sous la pression.

Les ténèbres pulsèrent de nouveau. Inigo aurait pu jurer qu'il sentait la pression augmenter dans son oreille interne.

— Mes particules de Gaïa sont éteintes ! siffla-t-il.

— C'est impossible ! Je partage vos rêves.

— Il a raison, confirma Corrie-Lyn. Les miennes sont désactivées aussi, et pourtant, nous subissons tous cette saloperie de cauchemar. Les particules de Gaïa n'y sont pour rien.

Les lasers de visée d'Aaron disparurent.

— Mais comment, alors ? demanda-t-il tandis que ses genoux menaçaient de céder. Je ne peux pas prendre le risque de mettre ma mission en péril de cette manière. Vous pourriez être capturé… Non, nous devons tous mourir.

Il tendit le bras et referma ses doigts sur le visage d'Inigo. Des symboles d'urgence s'embrasèrent dans l'exovision de celui-ci, tandis que son champ de force émettait une lumière violette.

— Rien ne devra survivre, pas même votre implant-mémoire, reprit Aaron. Je dois faire en sorte que l'ennemi ne puisse rien récupérer. Surtout s'il s'agit d'elle…

Inigo tentait de garder son calme. La violence n'était pas une solution. Il devait trouver un moyen de briser la névrose d'Aaron.

— C'est le rêve d'Ozzie, il n'a pas besoin du champ de Gaïa. Il propage les sentiments à travers l'espace-temps.

— C'est une attaque, persista Aaron.

— Non. Je vous le promets. Ozzie est un authentique génie vivant comme il n'en existe plus. Pour lui, le champ de Gaïa n'était qu'un échauffement. Ne voyez-vous pas qu'il a créé une vraie télépathie ? Ozzie a créé un moyen pour les esprits de communiquer directement entre eux ; c'était son rêve de toujours. Votre instabilité vient de l'intérieur.

— Non.

Aaron tomba à genoux et entraîna Inigo dans sa chute. Il suffoquait.

— Vous êtes la cause de l'échec de cette mission. L'attaque provient de votre propre subconscient.

— Non.

— Je vous assure.

— Il faut que cela cesse. Elle ne doit pas me rattraper. Je ne peux le permettre. Cela ne doit pas se reproduire.

— Il n'y a personne d'autre que nous dans ce vaisseau. Elle n'est qu'un souvenir, un souvenir associé à une peur tellement intense que vous ne parvenez pas à le contenir.

Aaron lâcha soudain le visage d'Inigo, se retourna vers la porte détruite et se prépara à se battre.

— Elle est ici.

— Aaron, écoutez-moi. Le rêve d'Ozzie ronge votre réalité, car il n'était pas prévu pour des circonstances si extrêmes. Vous devez vous échapper, vous devez libérer votre véritable personnalité des entraves imposées par vos maîtres. Il vous faut avancer. Cette personnalité artificielle ne tiendra pas le coup.

— Elle n'est pas assez bien ?

— Votre vraie personnalité vous suffira largement. Révélez-vous. C'est votre seule chance de vaincre cette chose.

— Limiter les dégâts…

Aaron se mit lentement à genoux, arqua le dos et enfonça sa tête entre ses cuisses. Sa respiration se calma doucement. Les étranges hallucinations qui dansaient à la périphérie de leur champ de vision s'estompèrent.

Inigo et Corrie-Lyn échangèrent un regard inquiet.

— Tu crois que… ? commença-t-elle.

— La Dame seule le sait, murmura-t-il.

Ils se levèrent. La jeune femme enfila sa robe en laine à la hâte, puis, ensemble, ils se rapprochèrent avec circonspection du personnage roulé en boule. Inigo tendit la main, mais n'eut pas le courage de toucher Aaron. Il se demanda si le champ onirique, ou quelle que soit cette chose, amplifiait son inquiétude. C'était fort possible. Un amplificateur émotionnel agirait également sur sa compassion. Peut-être était-ce la façon dont il fonctionnait ; tous les sentiments étaient renforcés de manière identique afin de préserver un certain équilibre.

Il n'y avait donc pas d'altération de la personnalité, juste une meilleure perception et une plus grande empathie.

Aaron releva la tête. Ses systèmes biononiques scannèrent l'ensemble du vaisseau. Il se leva, regarda Corrie-Lyn et Inigo. Ses implants offensifs disparurent dans sa main. Sa peau se referma en ondulant.

— Euh… bonjour, tenta la jeune femme avec espoir. Aaron ? Est-ce vraiment vous ?

Inigo n'en était pas si sûr. Pas une seule émotion n'émanait de l'homme. En fait…

— Je suis Aaron.

— C'est bien, dit Corrie-Lyn. Les turbulences ont-elles disparu ?

— Il n'y a pas de turbulences dans ma tête. Les fonctionnalités de mes programmes de pensée ont été réduites au minimum. Je vais accomplir ma mission maintenant. Nous atteindrons la Pointe dans dix-huit heures. Inigo et moi allons nous rendre chez Oswald Fernandez Isaacs. Vous recevrez alors tous les deux de nouvelles instructions.

Il tourna les talons et s'en fut.

— Par l'Honoious, qu'est-ce que c'était que cela ? demanda Corrie-Lyn.

— Je dirais un genre de mode sans échec, un programme installé dans le cas où son cerveau serait endommagé irréversiblement par une arme à feu. Son activité neurale est minimale. Ceux qui l'ont équipé n'avaient pas peur de trop en faire.

Elle eut un frisson et agrippa sa robe.

— Il est encore moins humain qu'avant, c'est cela ? Déjà qu'il ne l'était pas vraiment…

— Ouais. Par la Dame, moi qui avais cru pouvoir venir à bout de son conditionnement.

— Merde.

— Au moins, nous savons qu'il ne me tuera pas avant de m'avoir conduit devant Ozzie.

— Oswald… J'ignorais qu'il s'appelait Oswald.

— Moi aussi.

Elle laissa échapper un long soupir, puis le considéra en plissant les yeux.

— Alors, le plaisir que nous avons ressenti tout à l'heure n'était pas naturel ?

— Ah. Il fallait bien que je dise quelque chose pour le choquer.

— Tu es sûr ? (Elle jeta un regard circulaire sur la cabine. Des éclats de métal scintillaient sur toutes les surfaces.) Par l'Honoious, quel bazar.

— Ne t'en fais pas, on va s'en sortir.

— Je ne m'en fais pas.

— Je sais que tu es inquiète, je le sens.

— Quoi ? Oh !

Elle écarquilla les yeux en se rendant compte qu'elle lisait dans son esprit aussi clairement que s'ils étaient tous les deux connectés au champ de Gaïa.

Il eut un sourire faible.

— Cet Ozzie, quel homme, tout de même. Il est à plus de deux cent cinquante années-lumière et son dispositif, quelle que soit sa nature, nous affecte déjà.

— Tu crois qu'on pourrait s'en servir pour relier tout le monde au Vide ?

— Je n'en ai aucune idée, mais j'imagine que nous allons bientôt en avoir le cœur net. C'est peut-être pour cela que les maîtres d'Aaron veulent que je me rende à la Pointe. Tout le monde sait que je perçois les pensées qui émanent du Vide ; peut-être qu'ils veulent vérifier si je suis capable de communiquer directement avec le Cœur.

— Je me demande quelles sont les possibilités de cet effet…

Ils passèrent quelques heures à expérimenter. L'effet induit par Ozzie ressemblait beaucoup à la communication à distance pratiquée dans le Vide. Lorsque l'un d'entre eux formulait en esprit des mots ou une phrase très claire, l'autre les percevait ; toutefois, ils étaient loin de l'efficacité des habitants de Querencia. Le plus déstabilisant, cependant, restait la conscience permanente de l'état émotionnel de l'autre. S'ils n'avaient été aussi intimes et habitués à tout partager grâce au champ de Gaïa, ils auraient eu du mal à supporter la culpabilité et les ressentiments inhérents à ce genre d'ouverture émotionnelle. Toutefois, leur intellect n'accepta cet effet qu'après un temps d'adaptation. Être à ce point exposée, ne pas avoir le choix, la rendit méfiante. Inigo ne lui posait aucun problème, mais savoir qu'Aaron, cet homme-machine, avait accès à la moindre de ses pensées, était pour le moins désagréable. Quant à la perspective de dévoiler ses sentiments à toutes les créatures extraterrestres qui peuplaient la Pointe… Elle n'était pas certaine de le supporter.

La seule fois où elle avait posé les yeux avec envie sur la bouteille de rindhas, elle avait senti la désapprobation d'Inigo et eu honte. Pas étonnant qu'Aaron, à qui il manquait déjà une case, n'ait pas résisté à cette épreuve mentale. Il fallait être un peu étrange pour être capable de montrer ce qu'on avait dans le cœur en permanence.

Et pourtant, c'est ce que nous souhaitons tous vivre dans le Vide, se dit-elle. *Surtout la télépathie ultime du trente-septième rêve. Peut-être devrions-nous blâmer les gens et non le procédé. Si je n'avais autant de choses à cacher, je ne craindrais pas de me dévoiler. Je suis seule responsable de ce que je suis.*

Ils se couchèrent quelques heures plus tard. Juste au cas où, Inigo activa un scanner de faible intensité pour surveiller Aaron. Ils se réveillèrent à temps pour prendre un rapide petit déjeuner avant d'atteindre la Pointe.

Le *Lindau* sortit de l'hyperespace à cinquante UA du pôle sud d'une étoile de classe A blanc bleu d'où la vue sur les anneaux de l'astre était idéale. Les capteurs localisèrent immédiatement l'Anneau brûlant, épais d'une demi-UA et distant de deux UA de l'étoile ; c'était un cercle de lourds rochers métalliques qui scintillaient vivement et se bousculaient en orbite. Trois UA plus loin, l'Anneau noir, par contraste, était une bande mince de particules carbonées inclinée à cinq degrés par rapport à l'écliptique et si sombre qu'elle semblait manger la lumière. L'angle lui permettait de projeter une ombre sur le Smog, le troisième anneau constitué de poussière de silicate pâle et de particules légères combinées à quelques astéroïdes plus gros qui créaient des boucles et des tourbillons élégants dans la brume lisse et ocre. Dix-sept UA plus loin se trouvait l'Anneau bandeau, cercle très dense maintenu en place par plus d'une centaine de petits satellites bergers. Au-delà, on distinguait l'Anneau de glace, qui commençait à vingt-cinq UA et s'étirait jusqu'au nuage d'Oort, à la limite du système.

Il n'y avait pas de planète, idiosyncrasie qui étonnait grandement les astronomes du Commonwealth. L'étoile était trop vieille pour qu'on puisse considérer ses anneaux comme des disques d'accrétion. La plupart du temps, on mettait cette anomalie sur le compte de la Pointe, qui n'était pourtant là que depuis cinquante mille ans tout au plus, soit une période ridiculement courte à l'échelle du temps astronomique. À moins qu'elle ait oblitéré les planètes à son arrivée, ce qui aurait fait d'elle une arme d'une incroyable puissance, mais c'était très peu probable.

De là où ils se trouvaient, au-dessus du système, Aaron demanda la permission d'approcher et d'accoster. L'IA de la Pointe accepta, et le *Lindau* plongea dans l'hyperespace le temps d'une brève traversée.

La Pointe se trouvait au milieu de l'Anneau brûlant. Cet artefact extraterrestre était un mince triangle légèrement incurvé autour de son axe long qui mesurait onze mille kilomètres du sommet à la base, la position exacte de celle-ci n'étant pas connue, car elle était perdue dans un nœud dimensionnel. Pour l'équipage du vaisseau d'exploration de la Marine qui l'avait découverte en 3072, il s'agissait d'un navire de la taille d'une planète qui avait partiellement manqué sa sortie de l'hyperespace ; ainsi, la pointe avait transpercé sans difficulté l'espace-temps, tandis que la base était restée coincée dans les replis des champs quantiques qui soutenaient l'univers. Les dimensions colossales de cette brute ruinaient quelque peu ses lignes aérodynamiques. Au sommet du triangle se dressait une spire large de cinq kilomètres et haute de deux mille kilomètres dont la fonction était inconnue.

Faisant fi des mécanismes orbitaux naturels, la Pointe était toujours dirigée dans la même direction, à l'extérieur de l'écliptique de l'Anneau brûlant. Son ventre concave suivait l'étoile tandis qu'elle décrivait une orbite parfaitement circulaire, telle une fleur de tournesol constamment tournée vers la lumière. Le dispositif qui l'ancrait dans les particules rocheuses tourbillonnantes de l'Anneau était donc actif, mais se trouvait quelque part dans la base inaccessible du triangle. Très peu de gens continuaient de penser qu'il s'agissait d'un vaisseau, même si cette idée restait populaire chez les plus romantiques des scientifiques du Commonwealth et les théoriciens d'une conspiration Raiels/Vide.

La prise de contact remarquablement aisée avec les quatorze espèces extraterrestres présentes sur la Pointe ne permit pas d'éclaircir le mystère de l'origine et de l'utilité de l'artefact. Les espèces qui s'étaient installées parmi une myriade d'habitats disponibles n'étaient arrivées que relativement récemment ; les Chikoyas étaient les plus anciens en ces lieux, et pourtant, ils n'étaient là que depuis quatre mille cinq cents ans. Tous ceux qui, au fil des millénaires, avaient vécu dans la Pointe, avaient altéré sa structure et l'avaient aménagée selon leurs besoins, si bien qu'il était difficile de reconnaître les équipements originels.

Le *Lindau* émergea de l'hyperespace à huit cents kilomètres du sommet de l'artefact, dos au soleil ; la spire géante semblait pointer le champ d'étoile sud juste au-dessus d'eux. Le cerveau de l'appareil les fit accélérer pour calquer leur allure sur le vecteur de la structure massive. Devant eux, la surface interne incurvée était divisée en chambres cristallines, tel un épiderme de bulles, dont les plus petites mesuraient une centaine de kilomètres de diamètre, et la plus vaste, la colonie des Ilodis, trois cents kilomètres de diamètres. Huit tubes épais de trente kilomètres parcouraient les chambres, dessinaient des boucles alambiquées et formaient le réseau de transports de la Pointe. Sept d'entre elles contenaient une atmosphère respirable constituée d'un mélange d'oxygène et d'azote ; la huitième, très chaude, était emplie de méthane et d'azote.

Aaron les conduisit vers un champignon de métal accroché à un des tubes qui contenaient de l'air respirable pour l'homme. Il y avait des centaines de plates-formes d'amarrage similaires un peu partout. Elles n'avaient rien d'original ; certaines se résumaient à une vulgaire plaque de métal équipée d'un sas pressurisé relié à un tube. Quand le *Lindau* se fut posé, un champ gravifique artificiel d'un dixième de G prit le relais et maintint le vaisseau en place.

Inigo et Corrie-Lyn se tenaient derrière Aaron sur le pont exigu. Une demi-douzaine de projecteurs affichaient des images de la Pointe. Il y avait beaucoup de mouvement à la surface. Une grande variété de drones rampaient, glissaient et sautillaient le long des tubes et dans les chambres, procédant à diverses réparations et vérifications. Tous étaient contrôlés par une IA constituée d'un patchwork de processeurs greffés au réseau originel par les résidents qui s'étaient succédé là pendant des millénaires.

— L'effet n'est pas plus puissant ici que lorsqu'il nous a touchés la première fois ; il doit être uniforme, dit Corrie-Lyn, pensive, en s'efforçant de trier la multitude de sensations étrangères qui affluaient dans son esprit grâce à l'invention d'Ozzie.

Elle sentait l'esprit d'Inigo comme avant, de même que le curieux bourdonnement dépourvu d'émotions d'Aaron, mais au-delà, elle percevait un genre d'aurore sensorielle assez similaire au champ de Gaïa. Elle reconnut des esprits humains. Elle n'aurait su dire combien ils étaient ; sans doute pas plus de quelques milliers. Il y avait aussi des esprits extraterrestres, intéressants et bizarres ; leur intensité et leurs émotions étaient différentes d'une façon subtile.

— Ce que nous discernons ne révèle pas les sentiments de tous les habitants de la Pointe, expliqua Inigo à Corrie-Lyn. Pour commencer, il y a plus d'un million de Chikoyas appartenant à la secte Ba'rine qui ont été chassés de leur monde d'origine. Ils sont radicaux, ont des idées tranchées et n'ont pas peur de le montrer. Et pourtant, leur animosité est absente de nos perceptions. Ensuite, il y a les Flam-gis et leur racisme délirant. Il est clair que ceux-là ne partagent pas leurs émotions. Et l'Honoious seul sait ce que dissimulent certaines de ces chambres.

— Ils ne participent donc pas tous au rêve d'Ozzie ?

— Il semblerait que non.

— Pourquoi ? demanda-t-elle malgré la réticence d'Inigo.

— Je ne sais pas. Nous n'aurons qu'à lui poser la question. Aaron, savez-vous où il se trouve ?

— Non, répondit l'agent sans bouger la tête. (Il étudiait une projection de la surface interne de la Pointe. Un programme de cartographie était actif et envoyait des éclairs colorés dans certaines zones et le long des tubes.) L'IA de contrôle ne dispose d'aucune information sur lui. La recherche de données telle qu'elle est pratiquée par les ombres virtuelles ne fonctionne pas très bien dans ce réseau, et l'accès à certains compartiments est bloqué. Impossible de vérifier les renseignements avec précision.

— C'est en effet raisonnable, reprit Inigo. Il n'y a pas véritablement de gouvernement sur la Pointe. D'après ce que je sais, il suffit d'arriver, de trouver un environnement compatible avec sa biochimie et de s'installer.

— Alors, qu'est-ce qu'on fait ? s'enquit Corrie-Lyn.

— Nous allons visiter les colonies humaines les plus importantes pour demander où se trouve Ozzie.

— Et s'ils ne savent pas ? demanda Inigo.

— Ozzie n'est pas un inconnu ; quelqu'un saura forcément.

— Lui sait déjà que nous sommes là.

Aaron jeta à Inigo un regard soupçonneux.

— Vous lui avez envoyé un signal ?

— Non, mais la télépathie qu'il a créée expose les esprits de tous. C'était la raison de sa venue ici. Je suis certain qu'il est au courant de notre arrivée.

— Sauriez-vous localiser la source de cet effet ?

— Non.

— Bien. Venez avec moi, dit Aaron en s'engageant dans le couloir.

Inigo gratifia Corrie-Lyn d'un haussement d'épaules étonné, et ils suivirent tous les deux l'agent dans le sas principal du vaisseau éclaireur.

Un cylindre de morphométal compatible avec le sas de l'appareil avait jailli de la plate-forme. Les portes extérieures s'ouvrirent et révélèrent la courbe du boyau. Aaron passa devant et glissa tranquillement dans la faible gravité. Après deux virages serrés, ils entrèrent dans le tube de transport. Ils traversèrent un rideau de pression transparent qui tremblota autour d'eux et émergèrent dans un petit bâtiment en métal bleu percé de plusieurs arches. La température et l'humidité augmentèrent brusquement pour atteindre des valeurs subtropicales. Ils passèrent sous les arches et se retrouvèrent sur un vaste espace pavé. La paroi interne du tube était couverte d'une herbe épaisse et rose et de forêts gris-bleu aux contours allongés et sinueux. Quinze kilomètres au-dessus de leurs têtes, un ruban de lumière blanche très intense courait le long de l'axe du tube et transperçait les nuages en hélice qui dérivaient en altitude. Lorsqu'ils avaient traversé le rideau de pression, Corrie-Lyn avait senti la pesanteur grimper jusqu'à environ deux tiers de la gravité terrestre, ce qui lui donnait l'illusion de se tenir au fond d'un cylindre dont le toit solide était parcouru d'objets qui devaient irrémédiablement lui tomber sur la tête, alors qu'elle savait pertinemment que chaque point de ce paysage incurvé était soumis à une gravité identique.

Elle gonfla les joues à cause de la chaleur et de la vue improbable.

— Et il s'agit juste du réseau de transport de cette colonie…, dit-elle.

— D'un réseau parmi d'autres, oui, répondit Aaron. La structure abrite aussi des trous de ver de courte portée et quelques T-sphères, mais ils sont contrôlés par les espèces qui les ont installés. Les tubes, en revanche, permettent à tout un chacun de passer d'une chambre à l'autre.

— Alors on va marcher ? demanda Corrie-Lyn, incrédule.

— Non.

Aaron leva les yeux.

La jeune femme suivit son regard. Dans la lumière vive, un triangle sombre descendait droit vers eux. Comme il se rapprochait, elle vit qu'il s'agissait d'un appareil long d'une vingtaine de mètres, plutôt épais quoique aérodynamique. Des lettres humaines étaient peintes sur une mince dérive, un matricule incompréhensible. Ses trains d'atterrissage se déplièrent à l'avant et à l'arrière, et il se posa doucement dans l'herbe résistante et drue. Une porte coulissa au milieu de son fuselage enflé. *Pas de morphométal*, remarqua-t-elle. Ni d'entrée d'air de réacteur. Le dispositif qui lui permettait de voler devait être similaire aux ingrav.

L'habitacle était basique et quelque peu primitif pour quiconque connaissait les capsules du Commonwealth. Elle prit place sur un fauteuil qui avait manifestement été conçu pour accueillir un corps humain. La coque n'était pas transparente, ce qui la déçut un peu. Inigo perçut son sentiment.

— On peut se connecter aux capteurs, lui dit-il en transmettant à son ombre virtuel un programme différent de ce à quoi elle était habituée.

— Comment le sais-tu ? demanda-t-elle tandis que les images prises par les caméras de l'appareil s'affichaient dans son exovision.

Ils s'élevaient à grande vitesse, même si l'accélération n'était pas flagrante.

— Je surveille les flots de données d'Aaron, répondit-il d'un ton neutre.

Lorsqu'il eut dépassé les nuages épais qui serpentaient dans les airs, l'engin fonça sur un vecteur rectiligne. Corrie-Lyn cligna des yeux tant il allait vite.

— Waouh !

— D'après ce que je sais, notre vitesse est égale à Mach vingt. Même avec les courbes et les virages de ces tubes, on doit pouvoir aller d'un bout à l'autre de la Pointe en moins de deux heures.

— Où allons-nous ?

— Nous nous dirigeons vers une chambre nommée Octoron, répondit Aaron avec courtoisie.

— C'est loin ?

— Durée du vol : environ trente minutes.

Elle roula les yeux et espéra que son esprit ne trahirait pas la gêne que lui inspirait cette version froide, mécanique d'Aaron. Même s'il ne possédait probablement plus la capacité de remarquer ce genre de détail. Quand elle se concentrait sur les quelques impulsions qui parcouraient le cerveau de l'agent, elle ne trouvait que des pensées froides et calmes. À tel point d'ailleurs qu'elle avait le plus grand mal à les repérer.

Leur petit avion décrivit tranquillement une demi-boucle autour de l'axe lumineux central avant d'entamer une descente rapide. Ils se posèrent tout près d'un dôme bas constitué d'une matière gris argenté et doté d'une ceinture d'arches. Il s'agissait manifestement d'un genre de gare, car des avions décollaient et se posaient tout autour. Des gens entraient et sortaient de ce bâtiment de la taille d'une cathédrale. Ils étaient vêtus comme des citoyens des Mondes extérieurs, mélange hétéroclite de toges ultramodernes et des fantaisies des siècles passés.

Au centre du dôme aéré trônait une sphère dorée dont le quart inférieur disparaissait dans le sol. Des gens s'y enfonçaient et en émergeaient comme si elle avait moins de substance que du brouillard. Comme elle se dirigeait vers la sphère, Corrie-Lyn était consciente de la curiosité et des soupçons qui émanaient des esprits qui l'entouraient. Sa consternation devant la possibilité que les gens identifient immédiatement Inigo se propageait et attirait encore plus l'attention. Plusieurs personnes se figèrent pour les regarder. Elle sentit leur étonnement poindre. Ils le reconnaissaient enfin. Ils étaient en colère, lui en voulaient beaucoup.

Juste avant qu'ils atteignent la surface dorée, Aaron prit Inigo par la main.

— N'essayez surtout pas de vous échapper.

— Je n'en ai pas l'intention, le rassura Inigo.

Aaron lui tenait toujours la main lorsqu'ils pénétrèrent tous les trois dans la sphère. Corrie-Lyn sentit celle-ci s'écouler autour d'elle comme un rideau de pression. Alors, la gravité chuta de nouveau, et elle se sentit tomber. Il faisait sombre à l'intérieur. Ses amas macrocellulaires activèrent des programmes de vision nocturne, lui permettant de distinguer le large puits dans lequel elle tombait. C'était une variante de toboggan zéro-grav longue de trois cents mètres. Aaron et Inigo avaient un peu d'avance sur elle.

La descente dura moins d'une minute. Quelle que soit la nature de la distorsion gravifique qui la manipulait, elle s'éleva soudain vers la sortie du puits.

* * *

Localisation émergence : place.

Actif> Champ de force intégral niveau trois.

Actif> Scanner biononique niveau deux. Conclusions du scan : largeur maximale de la place égale à 168,3 m. Trois routes d'accès principales, cinq rues secondaires. Population : quatre-vingt-sept humains adultes, dont cinquante-trois ressortissants de la culture Haute ; dix-neuf enfants de moins de douze ans. Aucune forme de vie extraterrestre. Hauteur moyenne des immeubles environnants : 8,25 m ; composition des façades : fer pur. Puissance de l'énergie domestique : 120 V. Réseau de communication à haut débit. Moyen de transport visible : bicyclette. Les fluctuations gravitoniques indiquent la présence de sept générateurs ingrav dans un rayon de trois kilomètres.

Conclusion préliminaire : environnement sûr. Aucune menace contre le sujet alpha. Sujet alpha contraint physiquement. Maintenir cette contrainte.

Démarrage de la mission primaire : déterminer la localisation d'Oswald Fernandez Isaacs. Quatre options.

Initier option un : demander.

— Vous.

Citoyen d'Octoron n° 1 : mâle, 1,72 m ; fonctionnalités biononiques modérées :

— Oui ?

— Où se trouve Oswald Fernandez Isaacs ?

Citoyen d'Octoron n° 1 :

— Qui ? Eh ! Vous n'êtes pas Inigo ?

Sujet alpha :

— Je crains que oui.

Citoyen d'Octoron n° 1 :

— Espèce de fumier ! Qu'est-ce que vous foutez ici ?

Sujet alpha :

— Écoutez, je suis désolé. C'est très compliqué. Je vous en prie, répondez à ses questions. Nous avons besoin de trouver Ozzie.

Citoyen d'Octoron n° 1 :

— Eh ! Pourquoi est-ce que je n'arrive pas à percevoir vos pensées ?

— Cela n'a aucune importance. Où est Isaacs ?

Citoyen d'Octoron n° 1 :

— Vous êtes avec Inigo ? Allez vous faire foutre.

Scan> Citoyen d'Octoron n° 1 : altération des fonctions biononiques. Augmentation de la température épidermique, du rythme cardiaque, des contractions musculaires et du taux d'adrénaline. Analyse : agression possible.

Menace.

Réaction.

Activer> Systèmes offensifs.

Armer> Disrupteur. Cible : partie centrale du citoyen d'Octoron n° 1. Feu.

Augmentation du niveau sonore externe. Cris humains.

Sujet bêta :

— Sainte Dame ! Vous l'avez tué !

— J'ai neutralisé la menace.

— La menace ? De quelle menace parlez-vous, espèce de malade ?!

Mission primaire : échec de l'option un. Passer à l'option deux.

— Vous.

Citoyen d'Octoron n° 2 : femelle, 1,58 m ; absence de systèmes biononiques, séquençage macrocellulaire complet. Court.

Capture.

— Vous.

Citoyen d'Octoron n° 2 :

— Qu'est-ce que vous me voulez ? Je n'ai rien fait. Laissez-moi partir ! Au secours !

Sujet bêta :

— Posez-la par terre, connard !

—Le citoyen Oswald Fernandez Isaacs réside-t-il dans la Pointe ?

Citoyen d'Octoron n° 2 : pas de réponse.

Option deux, niveau deux.

Citoyen d'Octoron n° 2 : cri incohérent.

—Le citoyen Oswald Fernandez Isaacs réside-t-il dans la Pointe ?

Citoyen d'Octoron n° 2 :

—Oui, oui, il est ici ! Ah ! J'ai mal ! Arrêtez, je vous en prie ! Arrêtez !

Sujet bêta :

—Laissez-la !

Sujet alpha :

—Arrêtez tout de suite !

Conclusions du scan : vingt-trois humains de la branche Haute activent leurs fonctions biononiques. En approche. Augmentation des échanges de données.

Menace imminente.

Réaction de niveau un à une menace d'encerclement.

—Ne bougez plus ou je la tue.

Sujet bêta :

—N'avancez plus ! C'est un fou ! Il est capable de le faire. S'il vous plaît, restez où vous êtes.

—Où est Oswald Fernandez Isaacs ?

Citoyen d'Octoron n° 2 :

—Je ne sais pas. Je vous en prie !

—Qui sait où il se trouve ?

Trois citoyens d'Octoron simultanément :

—Laissez-la partir.

Réception scanner> Huit lasers de visée actifs.

—Si vous ne le faites pas venir ici, je la tue.

Sujet alpha :

—Arrêtez immédiatement. Laissez-moi leur parler.

—Non.

Menace d'encerclement niveau cinq.

Réaction. Sélection aléatoire de douze cibles civiles et de trois bâtiments.

Armer> Disrupteur. Tirs séquentiels.

Armer> Rayon ionique. Tirs séquentiels.

Scan> Niveau cinq> Ionisation atmosphérique et propagation d'un nuage de débris. Pas de menace immédiate.

Niveau sonore ambiant important.

Repli de la foule. Blessés : quinze. Morts : cinq.

Le citoyen d'Octoron n° 2 se débat. Non coopératif.

Mission primaire : échec de l'option deux. Passer à l'option trois.

Communication transmise sur le réseau local par une ombre virtuelle.

— Ceci est un message pour Oswald Fernandez Isaacs. Je ne vous veux aucun mal. Je dois impérativement entrer en contact avec vous. Inigo est avec moi. Ensemble, nous pourrons éviter la catastrophe du Vide.

Sujet bêta :

— Ouais, ça va sûrement marcher, espèce d'abruti. Si j'étais lui, je vous appellerais tout de suite.

Hausse du ton de la voix/état hystérique.

— Taisez-vous.

Sujet alpha :

— Aaron, cela doit cesser. Ne comprenez-vous pas ? Vous êtes en train de mettre en péril votre mission.

Analyse.

Affirmation infondée.

— Je sais ce que j'ai à faire. N'essayez pas d'interférer.

Sujet alpha :

— Vous ne savez rien du tout. Vous avez affaire à des humains. Votre raisonnement doit tenir compte de leurs émotions, mais vous n'en êtes plus capable.

— Cet environnement est hostile à mes programmes émotionnels ; il pollue ma rationalité. Cela doit cesser.

Sujet bêta :

— Oh ! Merde ! Qu'est-ce qu'on fait, maintenant ?

Sujet alpha :

— Je n'en sais rien.

Alerte> Activation d'une T-sphère autour d'Octoron. Émergence de onze objets. Distance : 50 m. Scan> Niveau huit> Intrus identifiés : Chikoyas adultes de troisième stade en armure. Armements multiples. Champs de force actifs.

Hausse du niveau sonore. Cris humains.

Sujet bêta :

— La Dame nous vienne en aide ! Qu'est-ce que c'est ?

Chikoya n° 1 :

— Vous êtes le messie humain.

Analyse : comment le savent-ils et comment ont-ils fait pour localiser aussi rapidement le sujet alpha ? Temps écoulé depuis atterrissage : 17 min.

Sujet alpha :

— Je suis bien Inigo.

Analyse de la situation : déploiement des Chikoyas. Avantage tactique important en cas d'encerclement effectif.

Chances de protection des sujets alpha et bêta en cas de tirs simultanés des Chikoyas : minimales.

Option un : se débarrasser du sujet bêta.

Chikoya n° 1 :

— Vous êtes à l'origine de l'expansion du Vide.

Sujet alpha :

— Je n'ai pas été en contact avec Edeard depuis plus d'un siècle et demi.

Chikoya n° 1 :

— Vous avez initié cette prise de contact ; vous êtes responsable. Vous devez mettre un terme à l'expansion du Vide.

— Toute activité du Vide cessera bientôt. Nous y veillerons. Maintenant, quittez Octoron.

Chikoya n° 1 :

— Messie, vous allez venir avec nous. La menace que vous représentez pour la galaxie doit être éliminée. Suivez-nous.

—Impossible. Vous et les vôtres devez quitter immédiatement cette chambre.

Chikoya n° 1 :

—Votre messie vient avec nous.

—Inigo, augmentez l'intensité de votre champ de force interne à son maximum.

Sujet alpha :

—Et Corrie-Lyn ? Elle est sans défense, ici !

Sujet bêta :

—Que se passe-t-il ? Inigo, je t'en prie, ne pars pas avec ces choses. Aaron, vous devez absolument…

Alerte> Activation des armes des Chikoyas.

Sélection de cibles multiples.

Armer> Disrupteur. Tirs séquentiels.

Armer> Lasers à neutrons. Tirs séquentiels.

Contre-attaque électronique. Engagée. Pleine puissance.

Armer> Microprojectiles cinétiques. Sélection automatique des cibles. Liberté de tir totale.

Cesser le feu.

Scan> Retrait des Chikoyas actifs.

Redéploiement> Poursuite.

Mauvaise situation tactique. Changer de position. Emmener le sujet alpha.

Sujet alpha accroché au sujet bêta. Champ de force du sujet alpha englobant sujet bêta.

—Lâchez-la.

Sujet alpha :

—Allez vous faire foutre !

Scan.

Entrer dans le bâtiment A. S'y cacher.

—Venez avec moi.

Déplacement. Sujet alpha et sujet bêta présents.

Alerte> Sélection de cibles multiples.

Meilleure option tactique : s'arrêter devant l'entrée du bâtiment A.

Armer> Disrupteur. Tirs séquentiels.

Armer> Lasers à neutrons. Tirs séquentiels.

Armer> Rayons ioniques. Tirs séquentiels.

Armer> Microprojectiles cinétiques. Sélection automatique des cibles. Liberté de tir totale.

Armer> Mines intelligentes Ariel. Profil chikoya chargé. Déploiement.

Alerte> Téléportation dix-huit Chikoyas armés.

— Nous ne pouvons pas nous enfuir. Ils savent que vous êtes ici.

Cesser le feu.

Sujet alpha (crie) :

— Nan ? Sans déconner !

Quitter entrée. Structure bâtiment A menacée par impacts des projectiles.

— Par ici.

Appliquer plan de fuite.

Scan> Acquisition du plan du bâtiment A. Route de sortie confirmée. Ombre virtuelle installée dans le réseau de communication locale. Infiltration des capsules de transport les plus proches.

Alerte> Chikoyas présents dans le bâtiment A.

Prendre pour cible les points faibles structurels du bâtiment B.

Armer> Disrupteur. Feu.

Champ de force intégral renforcé pour résister à l'effondrement partiel du bâtiment A. Incendie. Fumée.

Scan> Trois Chikoyas mis hors d'état de nuire.

Sujet alpha :

— Où allons-nous ?

— Il nous faut quitter cette zone au plus vite. Désactivez votre champ de force.

Sujet alpha :

— Quoi ? Par la Dame, vous plaisantez ?

— Négatif. Ils vous suivent à la trace grâce à la télépathie ; elle s'infiltre partout et vous met à nu où que vous vous trouviez.

Sujet alpha :

— Et alors ?

— Désactivez votre champ de force. Je vais vous faire perdre connaissance. Si vous cessez de penser, votre esprit ne pourra plus vous trahir.

Sujet bêta :

— Inigo ! Non ! Il nous tuera tous les deux ! J'en suis sûre ! Il ne sait que tuer !

— Morts, vous ne me seriez d'aucune utilité.

Alerte> Choix de la cible : toit du bâtiment C.

Armer> Tir de barrage cinétique. Feu.

Cible éliminée.

Sujet Alpha :

— Je ne pourrai pas arrêter le Vide si je suis inconscient.

— Quand j'aurai retrouvé Isaacs, je lui demanderai de désactiver son effet. Alors, plus personne ne pourra vous localiser.

Sujet alpha :

— Sainte Dame…

Sujet bêta :

— Non ! Non !

Sujet alpha :

— Vous assurerez la sécurité de Corrie-Lyn.

— Oui.

Alerte> Déploiement offensif de neuf Chikoyas.

Sujet alpha :

— Aaron, j'espère que la petite part d'humanité qui subsiste en vous aura à cœur de tenir sa promesse.

Capsule en approche. Zone d'atterrissage transmise à ombre virtuelle. Trois capsules-leurres en route : limiteurs de sécurité désactivés.

— Vous pouvez compter sur moi.

Sujet alpha :

— Alors c'est d'accord.

Sujet bêta :

— Inigo, non, je t'en supplie !

Scan confirmé : champ de force du sujet alpha désactivé. Système de visée.

Armer> Microprojectile cinétique, puissance minimale, pointe neuro-sédative. Feu.

Sujet bêta :

— Non ! Sainte Dame, vous l'avez tué ! Allez-vous-en, laissez-moi ! Espèce de monstre !

Tentative de fuite du sujet bêta.

Acquisition de la cible.

Armer> Microprojectile cinétique, puissance minimale, pointe neuro-sédative. Feu.

Alerte> Cinq Chikoyas en approche. Formation d'attaque.

Cibles multiples identifiées.

Armer> Disrupteur. Puissance maximale. Tirs séquentiels.

Nouvelles données ombre visuelle : capsule posée derrière bâtiment D.

Armer> Lasers à neutrons. Puissance maximale. Tirs séquentiels.

Nouvelles données ombre virtuelle : capsules-leurres sur trajectoire de collision. Mach huit. Accélération.

Armer> Projectiles microcinétiques. Têtes explosives modifiées. Liberté de tir totale.

Armer> Mines furtives Ariel. Profil chikoya chargé. Déploiement.

Alerte> Nouvelles cibles.

Feu.

Feu.

Feu.

* * *

Les systèmes biononiques du Livreur scannèrent une dernière fois le vortex moléculaire actif et la manière dont il tournoyait dans les champs quantiques. C'était manifestement un exemple intéressant de technologie superphysique, mais il n'avait pas la moindre idée de sa fonction. Tout juste suspectait-il qu'il s'agissait d'un genre d'expérience élaborée. Quoi qu'il en soit, il était à peu près certain de ne pas avoir devant les yeux le mécanisme d'élévation.

Son ombre virtuelle se connecta à Gore.

— Bredouille, encore une fois.

— Ouais, moi aussi.

— Je ressors.

Il y avait peu de lumière dans la grotte, des taches bleutées au milieu des stalactites, quatre-vingts mètres au-dessus de sa tête. Le sol de la salle avait été raboté et était totalement plat, mais les formations rocheuses qui le surplombaient étaient intactes. Même deux millénaires et demi plus tôt, lorsque les Anomines avancés l'avaient aménagée, cette grotte ne devaient pas être un endroit très pratique. C'était une constante, chez cette espèce : l'esthétique primait sur le reste.

De l'eau s'écoulait de fissures profondes, gouttait des stalactites, alimentait des rubans d'algues à l'odeur âcre accrochées aux parois rugueuses. Les canaux de drainage s'étant bouchés, le sol était couvert de flaques. Toutefois, cet environnement n'affectait en rien le vortex ; la moisissure et les ténèbres n'altéraient ni son fonctionnement ni sa composition.

Tandis qu'il arpentait le passage sinueux qui conduisait à la surface, le Livreur se demanda pourquoi le vortex n'était relié à aucun réseau de communication. S'il s'agissait d'une expérience ou d'un système de contrôle, il devait exister un moyen de surveiller les résultats et de recueillir des données. *Ou alors quelque chose m'échappe*, se dit-il avec lassitude. *Peut-être la planète tout entière est-elle couverte par un réseau trop sophistiqué pour être révélé par nos systèmes biononiques primitifs*. Il se voilait la face et il le savait. Les capteurs du *Dernier Lancer* étaient excellents. Ils avaient détecté cent vingt-quatre dispositifs avancés sur la planète, dont ce vortex n'était que le onzième. S'ils étaient reliés par un réseau quelconque, le vaisseau l'aurait déjà mis en évidence.

Un quart d'heure plus tard, le Livreur émergea dans la lumière déclinante. De hauts cumulonimbus filaient dans le ciel sombre, embrasés par le soleil rose doré. De là où il se trouvait, sur la partie supérieure de la paroi verticale d'un plateau, le paysage s'étirait vers le sud-est. À l'horizon, il était déjà recouvert d'un voile noir. Plusieurs cours d'eau déroulaient leur ruban argenté au milieu de la végétation mauve et jade. À l'est, il y avait une ville plus vaste et imposante que les villes terriennes au moment du pic de surpopulation. Une forêt de tours hautes de plus d'un kilomètre et demi, de sphères complexes hérissées de pics et de pyramides incurvées occupait le sol entre des spires géantes tels les contreforts de collines. Des lumières brillaient toujours derrière les fenêtres et les arches car les machines de la ville continuaient de l'entretenir comme si elle était occupée.

La cité était totalement vide, ce qu'il avait trouvé étrangement triste. Il se sentait un peu comme un amoureux éconduit. Les Anomines qui vivaient encore sur cette planète préféraient les fermes et les grands espaces. Il voyait d'ailleurs plusieurs de leurs petites communautés disséminées sur le paysage plongé dans la pénombre ; des lumières orangées de plus en plus nombreuses scintillaient comme on allumait du feu pour la nuit. Le Livreur n'avait jamais vraiment compris cette philosophie ; pourquoi vivre dans l'ombre d'une civilisation disparue, alors qu'il suffisait de retourner dans ses tours pour connaître une existence enrichissante et un luxe incomparable ? Les Anomines rejetaient la technologie ; ils se contentaient de charrettes et de charrues, passaient leurs journées à labourer et à construire des cabanes.

Le Dernier Lancer arriva au-dessus de la montagne, derrière lui, puis se positionna à quelques centimètres seulement de l'herbe grasse. Le Livreur flotta jusqu'au sas.

— Cela prend beaucoup trop de temps, grommela Gore lorsqu'il l'eut rejoint dans la cabine.

— C'est votre procédure. Qu'avons-nous d'autre ? Les artefacts de ce genre ne sont pas si nombreux.

— Ils sont tous trop petits. Nous devons chercher quelque chose de plus gros.

— Nous n'en savons rien, le taquina le Livreur en s'installant dans son fauteuil capitonné en cuir. Nous ne savons pas ce que c'est. Le vortex que je viens d'examiner… Il devait être lié au mécanisme d'élévation.

— Comment ?

— À mon avis, il s'agit d'une expérience destinée à sonder la structure quantique locale. Ce genre de connaissances aurait été utile pour devenir post-physique.

— Et passer du côté obscur de la Force.

— Hein ?

Gore se passa la main sur le front.

— Nan, rien, laissez tomber.

Le Livreur était un peu étonné par le manque de concentration de Gore. Cela ne lui ressemblait pas du tout.

— Bon. Je me disais simplement qu'il devait exister un réseau et une base de données dans ces villes.

— C'est le cas, mais on ne peut pas y accéder.

— Pourquoi cela ?

— Les IA sont vraiment très développées. Elles n'autorisent aucun retrait d'information.

— C'est stupide.

— De notre point de vue, oui, mais elles ont la même fonction que les gardes-frontières : en assurant la sécurité de ces données, elles préservent le caractère sacré de cette planète.

— Mais pourquoi ?

— Les Anomines sont ainsi faits. Comme tout le monde, ils ont le droit de protéger ce qu'ils ont créé.

— Mais nous n'avons pas l'intention de…

— Je sais ! aboya Gore. Putain, je le sais très bien ! Nous devons faire avec cette contrainte. En tout cas, rester là à vous écouter vous plaindre à longueur de journée ne nous sera d'aucune utilité. Merde, j'aurais mieux fait de vivre une existence normale d'homme du XXIe siècle et de mourir tranquillement. Pourquoi est-ce que je me fatigue à aider cette superhumanité ? Elle ne le mérite pas.

La mâchoire inférieure du Livreur faillit se décrocher tandis qu'il regardait l'homme à la peau dorée assis sur son antique fauteuil orange. Il était sur le point de lui demander ce qui n'allait pas, lorsqu'il comprit.

— Elle sortira bientôt de suspension, dit-il plein de compassion.

Gore lâcha un grognement et s'enfonça plus profondément dans son fauteuil.

— Elle devrait déjà être arrivée à l'heure qu'il est.

— On ne peut pas savoir. Dans le Vide, le temps ne s'écoule pas de façon uniforme.

— Peut-être.

— Les nids de confluence fonctionnent. Elle rêvera de Makkathran pour vous. Elle y sera.

— Si nous ne trouvons pas le mécanisme, nous serons dans la merde.

— Je sais. Et puis, quoi qu'il arrive, nous devrons nous charger de Marius.

Le Livreur avait été perturbé d'apprendre que Marius aussi avait franchi la barrière des gardes-frontières. Une fois à l'intérieur de la ceinture cométaire, le vaisseau de l'agent des Accélérateurs avait activé son mode furtif. En ce moment, il se cachait au milieu du nuage de débris orbitaux pour les regarder sillonner la planète. Marius ne mettrait pas bien longtemps à comprendre ce qu'ils faisaient.

— Ah… Ce connard… Je lui règle son compte quand je veux…

— En êtes-vous sûr ?

— Il n'est ni assez malin ni assez balèze pour s'occuper de moi.

Le Livreur secoua la tête. Entre le machisme exacerbé et l'abattement de Gore, son cœur balançait. Lequel des deux était le plus insupportable ?

— Espérons que nous n'aurons pas besoin d'en arriver là.

— Bien sûr, continuez à rêver, c'est ce qui fait tourner l'univers.

Le Livreur grogna et renonça à sortir vainqueur de cette conversation.

Les coins des lèvres dorées de Gore se soulevèrent.

— C'est vrai que les gens de la Marine n'ont pas dû beaucoup insister avec ces IA.

— Mouais, répondit le Livreur avec lassitude.

— Il nous reste une centaine de machins technologiques à examiner, n'est-ce pas ? En se dépêchant un peu, on peut avoir fini dans quatre ou cinq jours.

— Oui, cela me semble possible.

— Alors faisons-le. En cas d'échec, nous passerons au plan B.

— Le plan B ?

— Vous savez que je connais Ozzie ?

— Non mais cela ne m'étonne pas ; vous êtes nés à la même époque.

— Il a réalisé deux des plus gros coups de l'histoire de l'humanité.

— Deux ? Je savais qu'il s'était fâché avec Nigel à propos du *Charybdis.*

— Fâché ? Ils ne vous enseignent donc rien en cours d'histoire ? Nigel a bien failli le tuer, et ce n'est pas une métaphore.

Le Livreur choisit de ne pas prêter attention à la pique qui lui était destinée. En deux semaines passées dans la cabine exiguë de leur vaisseau, Gore ne lui avait pas adressé beaucoup de compliments.

— Alors, quel est ce second coup dont vous parlez ?

— Le casse du trou de ver, répondit Gore dans un sourire. Ce petit futé a vidé les casinos de Las Vegas, et personne n'a jamais su que c'était lui. Du moins jusqu'à la fin de la Guerre, quand Orion a lâché le morceau. Vous imaginez ?

— Eh bien non.

— Écoutez, petit, vous et moi nous apprêtons à voler le savoir d'une espèce tout entière. S'il faut en passer par là pour trouver ce fichu mécanisme, alors soit. Après cela, plus personne ne se souviendra de la légende d'Ozzie, alors qu'il aille se faire foutre.

Je ne la connaissais même pas cette légende, se dit le Livreur en silence. Il ignorait comment Gore comptait s'y prendre pour berner les IA des Anomines, mais il se doutait qu'ils ne risquaient pas de passer inaperçus.

Le trente-troisième rêve d'Inigo

— Nous pouvons nous rendre dans n'importe quelle partie de ce monde ; il suffit pour cela que nous sentions la présence de ceux qui, ayant atteint la plénitude, attendent d'être guidés vers le Cœur, répondit le Seigneur du Ciel en réponse à Edeard.

— Les tours de la ville ne jouent aucun rôle dans la cérémonie ?

— Ceux qui habitaient ce monde avant vous les ont bâties pour pouvoir dire adieu aux leurs. C'est là que nous venions auparavant et c'est là que nous nous dirigeons aujourd'hui. Vous utilisez ces tours de la même manière qu'eux les utilisaient.

— Si j'ai bien compris, nous pouvons vous appeler de n'importe où ?

— Bien sûr. Les miens et moi sommes heureux de venir chercher ceux qui ont atteint la plénitude. C'est notre raison d'être.

Edeard rêva encore et encore de cet événement crucial. C'était un de ses rares rêves naturels. Qui finit néanmoins par s'effacer au fil des ans… de son temps personnel.

* * *

Cela faisait huit jours que les deux Seigneurs du Ciel étaient visibles au-dessus de l'horizon ; comme ils approchaient lentement de Querencia, ils se découpaient sur la toile de fond du panthéon des nébuleuses du Vide. Tandis qu'une brise légère soufflait de la mer de Lyot, Edeard se tenait sur le plus haut balcon du palais du Verger et admirait le ciel pâle. Quand il se donnait la peine d'étirer son esprit au loin, il pouvait percevoir les pensées placides des deux créatures.

Seulement deux, alors qu'ils étaient quatre les fois précédentes. Pourquoi ? Comment ? La ville tout entière est devenue une société unie. Cette fois-ci, je me suis arrangé pour que nous avancions tous dans la même direction. Cela a fait de nous des gens meilleurs. Alors pourquoi ne sont-ils que deux ?

Cela le tracassait beaucoup, et il n'aimait pas cela. Même lors de son avant-dernière tentative, quand la Grande Tour d'Oberford fut construite et que la situation économique était devenue catastrophique – au point qu'on aurait pu croire que l'Honoious et le chaos avaient pris possession de la planète –, quatre Seigneurs du Ciel étaient venus à ce moment précis. C'était au début de l'automne, cinq ans après la mort de Finitan. Leur apparition constituait l'une des rares constantes observables dans toutes les versions du monde qu'il avait initiées.

Par la Dame, ils devraient être quatre !

Le vent soufflait sur sa peau nue, et il se frotta machinalement les bras. Les deux points scintillants et évanescents étaient encore trop loin pour permettre une communication directe. Dès qu'ils seraient à sa portée, il leur poserait la question. *Et comment !*

Très haut au-dessus des rues denses et des toits bleus et pointus de Jeavons, un couple de gé-aigles planait tranquillement sur un courant ascendant. Ils ne lui étaient pas familiers. Du fait de leur longue trajectoire curviligne, l'un d'entre eux était constamment tourné vers le palais. Il les regarda, mais résista à la tentation de les agripper et de les abattre. Quelqu'un s'intéressait donc à lui. Rien de nouveau sous le soleil, mais aucune des provinces indépendantes ne menaçait Makkathran. *Cela, je le sais déjà. Peut-être ont-ils peur de moi et essaient-ils de nourrir leur paranoïa.* Connaissant les provinces et les ennuis qu'elles lui avaient causés cette fois-ci, cela n'aurait rien d'étonnant. Mais tout de même, cette effronterie… Espionner Celui-qui-marche-sur-l'eau, le maire absolu de Makkathran, chez lui, dans sa ville. Il fallait du culot. Ce qui réduisait le choix à trois provinces, ou plutôt trois gouverneurs. Mallux dans l'Obershire, Kiborne de Plaxshire et, plus probablement, Devroul, de Licshills. Oui, ces trois-là auraient l'audace nécessaire ; chacun de leur côté, ils essayaient de concurrencer son œuvre unificatrice. Ils étaient tous les trois jaloux de leur indépendance. Et avides d'absorber leurs voisins. Soit l'exact contraire de ce que devrait être ce monde, de ce qu'il s'efforçait d'en faire.

Il retourna dans la chambre à coucher principale. Kanseen avait toujours adoré les salles d'apparat du palais. Selon elle, tous les immeubles de la ville auraient dû ressembler à ce mélange de vieille architecture makkathranienne et d'ergonomie humaine. Ils avaient passé deux belles années ensemble ; il n'était néanmoins pas dupe et savait qu'après Kristabel et son insupportable amertume, n'importe qui aurait pu faire l'affaire. En même temps que son mariage avait périclité, Macsen et Kanseen s'étaient éloignés, aussi son rapprochement avec l'ex-épouse de son ami était-il quasi inévitable.

Depuis qu'il avait quitté son manoir de Sampalok, Macsen avait connu une déchéance que même Edeard avait du mal à supporter. Il ne pouvait malheureusement rien pour l'aider. Pas pour l'instant en tout cas. Macsen s'était volontairement isolé de tout le monde, de ses vieux amis, de ses enfants, de ses alliés politiques, de quiconque aurait pu se dresser entre lui, la nourriture, la boisson et son auto-apitoiement. Par ailleurs, il rejetait complètement l'unité prônée par Edeard. La solidarité de la ville, une famille étendue qui aurait compati à ses malheurs, qui se serait occupée de lui, qui l'aurait aidé à recouvrer sa dignité et sa raison de vivre, il n'en voulait pas.

La dernière fois qu'Edeard avait observé à distance l'ancien maître de Sampalok, trois semaines plus tôt, il avait découvert un personnage pitoyable. Il louait une chambre sordide à Cobara et dépensait tout son argent dans les tavernes du coin, où l'on ne servait que de la bière et de la nourriture bon marché. Macsen s'était bien entendu rendu compte de cette intrusion dans sa vie… S'ensuivit une longue diatribe pleine d'attaques personnelles qui ne cessa que lorsque, une heure plus tard, l'alcool avait eu raison de Macsen.

Edeard s'était alors retiré, à la fois en colère et gêné. Macsen était un de ses plus vieux amis. Il aurait dû faire quelque chose pour lui. Cependant, il méprisait la façon dont il s'était laissé aller et avait permis à des esprits malins de guider sa destinée. Edeard savait que Macsen était plus fort que cela. Embrumé dans les vapeurs d'alcool et de kestric, son ami le tenait pour responsable de tous ses échecs et rejetait en bloc tout ce qui venait de lui, notamment son projet d'unification. Et pourtant, Edeard savait que la confiance et la compréhension qu'il avait données à Makkathran étaient de véritables progrès. Il ne pouvait pas arrêter maintenant, surtout pas pour une seule personne, même pas pour un de ses proches.

Sortir avec Kanseen n'avait certainement pas facilité les choses. Edeard n'aurait pas pu trouver pire manière de blesser Macsen. Il ne serait donc jamais question de réconciliation ; Macsen ne se radoucirait jamais, ne mettrait jamais sa fierté de côté, et lui non plus, d'ailleurs. Il avait triomphé en imposant l'unification de Makkathran, mais au prix d'une amitié, et peut-être même d'une âme… À la fin, les Seigneurs du Ciel accepteraient-ils de guider vers le Cœur une âme à ce point rongée par l'amertume et n'ayant pas atteint la plénitude ? Il n'avait pas le choix et le savait. Désormais, il passait ses journées à préparer l'inévitable. Bientôt, il lui faudrait mettre en pratique ses techniques de domination sur l'esprit de Macsen pour le forcer à retourner auprès des gens qui l'aimaient.

Edeard s'avança doucement jusqu'au grand lit circulaire et écarta le voilage qui le ceignait. Au-dessus du matelas confortable, le plafond émettait une douce lumière cuivrée tout juste assez forte pour souligner les formes de la silhouette endormie à côté de lui. Son épaule était découverte et luisait encore des huiles que deux jeunes femmes avaient appliquées sur sa peau au début de la soirée. C'était une activité très plaisante, dont il goûtait les variantes presque toutes les nuits. Preuve, s'il en était, que la ville était sur la bonne voie et que tout un chacun pouvait connaître la plénitude. Plus personne ne censurait, ne se plaignait ni ne se battait. Les gens coopéraient et s'aidaient mutuellement dans leurs entreprises. Edeard les avait libérés de leur propre joug, les avait mis sur la voie de la plénitude, telle que la concevaient les Seigneurs du Ciel.

Il se pencha et l'embrassa sur les lèvres. Hilitte s'agita et s'étira avec une grâce indolente. Pas tout à fait réveillée, elle lui sourit.

— Quelle heure est-il ? marmonna-t-elle.

— Il est tôt.

— Pauvre Edeard. Tu n'as pas réussi à dormir ?

Enfin réveillée, elle semblait vraiment désolée pour lui.

— Certaines choses me tracassent, avoua-t-il à voix haute et en esprit.

L'honnêteté absolue est la clé de l'unité.

— Encore ? Mais pourquoi ? C'est injuste, dit-elle en le prenant par le cou. Je vais t'aider à occuper ton esprit d'une façon plus agréable.

Pendant un instant, il voulut résister, puis se laissa aller, choisit de s'abandonner aux plaisirs physiques pour oublier les provinces rebelles, Macsen et ceux qui œuvraient contre l'unité de la ville. Pendant un bref moment.

Sans surprise, Edeard ne se réveilla que lorsque le soleil était très haut au-dessus de la ligne d'horizon. Hilitte et lui se baignèrent ensemble dans la baignoire ovale que remplissait un ruisseau miniature modelé par ses soins. Lorsqu'ils le demandaient, l'eau coulait également d'une buse située au plafond. Depuis qu'il avait emménagé dans le palais, après les élections, il avait modifié les installations de façon à pouvoir obtenir toutes sortes de jets, du plus puissant au plus léger. Confortablement installé sur une chaise sculptée sur le côté de la baignoire, il regarda Hilitte se rincer sous une pluie de gouttelettes. La jeune femme s'étira et se tourna longuement pour lui permettre d'admirer sa silhouette souple. Ce qu'il fit, mais… Kanseen aussi appréciait beaucoup ces nouvelles douches, se rappela-t-il avec une pointe de nostalgie. Un autre problème était survenu qui avait eu raison de leur relation : ils avaient des vues divergentes concernant l'unification de Makkathran. Lui voulait créer une atmosphère de confiance, se servir de ses soutiens chez les Grandes Familles et dans le milieu politique, gagner de nouveaux alliés, être présent dans tous les quartiers, faire que l'issue de la campagne soit inévitable. Mais Kanseen n'était pas d'accord ; elle lui reprochait d'imposer une forme de domination à ces gens.

Kanseen ne pouvait pas savoir – et il ne pouvait pas le lui expliquer – que la méthode honnête qu'elle prônait ne fonctionnait pas et avait déjà échoué deux fois de suite. La fois précédente, après le désastre de la Tour d'Oberford, la méthode d'inclusion, qu'il avait patiemment élaborée à la suite de son expérience terrible avec le nid afin que les habitants de Querencia tout entière s'unissent, avait été dévoyée et subvertie par certains esprits chagrins appartenant à la nouvelle génération possédant des capacités psychiques supérieures – et Ranalee, évidemment –, pour créer des versions nouvelles et plus petites du nid centrées autour d'eux-mêmes, en utilisant les mêmes techniques que Tathal. Des conflits avaient éclaté et plongé le monde dans le chaos et la désolation ne lui laissant d'autre choix que de tout recommencer en s'assurant un contrôle total sur le processus d'unification. Limiter l'opposition était un prix acceptable à payer pour obtenir un tel résultat. Ce qui n'avait pas empêché des esprits plus puissants que les autres d'abuser de leurs dons dans huit provinces et de refuser de « se soumettre » à Makkathran, « l'Empire menaçant de Celui-qui-marche-sur-l'eau ». Leurs misérables petits fiefs n'étaient pas vraiment des modèles de progrès. Il se demandait encore s'il devait intervenir contre eux, et, le cas échéant, comment. Comme les membres du nid originel, ils refusaient de laisser s'éloigner d'eux les personnes qu'ils dominaient.

— Qu'est-ce qu'il y a, chéri ? demanda Hilitte, vraiment inquiète.

— Rien, tout va bien.

Elle prit une pause sensuelle sous la douche.

— Tu veux que je fasse venir les filles pour qu'elles m'aident à me laver ?

— On l'a déjà fait hier et on recommencera ce soir. Je vais plutôt prendre mon petit déjeuner.

Il sortit du bain et attrapa une grande serviette avec sa troisième main. Derrière lui, Hilitte fit la moue et arrêta la douche.

C'était le problème, avec elle, comprit-il : elle était trop jeune pour être autre chose qu'une amante. Avec elle, il ne pouvait ni discuter, ni échanger des idées, ni résoudre des problèmes, ni parler de son travail. Ils n'allaient jamais à l'Opéra ensemble, et elle s'ennuyait très vite aux nombreux dîners formels auxquels il était invité. Tant et si bien qu'elle ne l'y accompagnait même plus, ces derniers temps, ce qui était tout aussi bien. En revanche, elle était totalement désinhibée et n'hésitait pas à mettre ses idées en pratique. Après avoir été marié pendant si longtemps, il avait l'impression de redécouvrir quelque chose. Ce n'était pas juste pour Kristabel, mais force lui était d'admettre que les prouesses sexuelles de Hilitte l'aidaient grandement à oublier ses soucis de la journée.

C'est quand même mieux que de rendre visite à la Maison des pétales bleus. *Quoique pas vraiment moins cher.*

Ils prirent leur petit déjeuner dans une vaste salle à manger dont le long plafond montrait des images intenses et orangées de la couronne solaire vue depuis un point situé à seulement un million de kilomètres de la surface bouillonnante. Sous la lumière fluctuante, la table en frêne noir pouvait accueillir jusqu'à cent cinquante convives. Ce matin-là, ils étaient seuls à manger. Le personnel des cuisines avait disposé des plateaux réfrigérés par des glaçons et chargés de tranches de viandes fumées aussi fines que du parchemin sur une des douze désertes marquetées en bois de noyer de bol. Des pétales de fruits et de fromages et des pots de yaourt complétaient cette véritable œuvre d'art. Des assiettes chaudes contenaient des œufs brouillés, pochés, sur le plat, des tomates, des champignons, du bacon et des saucisses et de la purée de pommes de terre gratinée. Cinq pots en terre cuite débordaient de céréales, tandis qu'un grill à charbon de bois était là pour toaster cinq sortes de pains différents et réchauffer des croissants.

Edeard prit place en regardant sans le voir le festin extravagant exposé devant lui. Il demanda à un gé-chimpanzé de lui servir un verre de jus de pomme et un bol de céréales. Hilitte, vêtue d'une épaisse robe de chambre et de chaussettes roses duveteuses, s'assit à côté de lui. Elle le gratifia d'un grand sourire avant de donner ses instructions, nombreuses, aux gé-chimpanzés.

Ils mangèrent en silence pendant quelques minutes, tandis qu'Edeard se demandait ce qu'il allait demander aux Seigneurs du Ciel. Ils seraient sans doute à portée de son esprit le lendemain ou, au pire, le surlendemain.

Qu'est-ce qui avait bien pu les dissuader de venir plus nombreux ? Il était probablement à l'origine de ce changement.

Il était suffisamment retourné dans le passé pour savoir qu'il était toujours à l'origine de tout. Les autres continuaient toujours sur la même voie à moins qu'il intervienne pour les détourner de leur chemin. Il s'agissait d'influencer les gens. Il accomplissait quelque chose de différent de façon que la vie de ceux qui interagissaient avec lui soit altérée, ainsi l'effet se propageait-il comme une onde paresseuse. Chaque fois, et ce depuis son tour du monde épique, il s'était arrangé pour que les Seigneurs du Ciel ne viennent plus seulement au-dessus des tours d'Eyrie, mais acceptent de se rendre dans les provinces. La moindre ville avait dès lors tenu à se doter d'une tour pour accueillir leurs prestigieux visiteurs, souvent au détriment des finances locales. Edeard ne manquait pourtant jamais d'insister sur le fait que les Seigneurs du Ciel n'avaient pas spécialement besoin d'une tour, mais d'un espace dégagé suffisamment vaste pour accueillir les candidats au départ. En vain. Le fiasco de la Grande Tour avait été à l'origine d'une révolte, lorsqu'on avait demandé au peuple de payer pour les erreurs de ceux qui l'avaient construite.

Aussi grand que soit son talent, Edeard avait uniquement le pouvoir de changer les vies ; il était incapable d'influer sur la météo ou l'orbite des planètes. *Alors pourquoi ne sont-ils que deux ?*

Il n'y avait qu'une réponse logique à cette question, mais il refusait de l'accepter.

Dinlay arriva peu de temps après qu'il eut commencé à mâcher sa deuxième tranche de pain grillé. Le chef des gendarmes était de bonne humeur, comme à son habitude. Dinlay avait rallié son projet quasi inconsciemment et de bonne grâce. À un niveau subconscient, il attendait depuis des années cette unification, cette communion douce et universelle. La personnalité de Dinlay reposait sur des constantes qui ne changeaient jamais.

Edeard examina attentivement son ami à l'affût d'un signe d'envie ou de jalousie ; cette fois-ci, il avait fait en sorte d'être le premier à rencontrer Hilitte à son arrivée à Makkathran, armé d'une liste de contacts dressée par sa mère. *Ce bon vieil optimisme d'Ashwell ne mourra donc jamais.* Mais non, Dinlay ne semblait pas intéressé par la dernière petite amie d'Edeard. Après tout, il venait d'épouser Folopa, une jeune femme bien élevée et hautaine, même selon ses standards à lui.

Dinlay prit place à côté d'Edeard et posa son élégant chapeau d'apparat sur la table, exactement au bord de la table. Son esprit ouvert révélait sa satisfaction, sa conviction que le monde devait être un endroit parfaitement ordonné.

— Sers-toi, dit Edeard désignant les dessertes.

Il ne put s'empêcher de repenser avec nostalgie à l'époque où Dinlay et lui s'étaient installés dans leurs appartements de fonction après leur période de stage. Jusqu'à son mariage, ils avaient pris presque tous leurs petits déjeuners ensemble. *Les meilleurs moments de ma vie. Non ! Les plus faciles.*

Un gé-chimpanzé servit à son ami une tasse de café et un croissant.

— Fais attention à ce que tu manges, commença Dinlay en passant en revue les mets exposés autour de lui. Sinon tu finiras aussi gros que Macsen.

— Sûrement pas, lui assura Edeard.

Dinlay et Macsen ne s'étaient pas adressé la parole depuis plus d'un an, ce qui le peinait beaucoup. *Peut-être que je devrais remonter jusqu'au début…* Sauf qu'il savait pertinemment que cela n'arriverait jamais. Il n'avait jamais été si proche de la perfection. Il ne lui restait plus qu'à rallier les dernières provinces rebelles et les quelques récalcitrants de la ville à la cause de l'unification. Alors, il pourrait enfin se détendre réellement.

— Nous avons reçu des nouvelles très intéressantes hier soir ; tu vas adorer, j'en suis sûr. Il semblerait que la milice de Fandine soit en marche.

Une vilaine sensation de déjà-vu lui donna le frisson. La milice de Fandine s'était déjà mise en marche à l'époque où il voyageait à bord de *La Lumière de la Dame*, mais c'était pour une tout autre raison.

— Contre Makkathran ? demanda-t-il sèchement.

L'esprit de Dinlay était heureux de lui annoncer une nouvelle surprenante et rassurante à la fois.

— Contre Licshills. Manel en avait, semble-t-il, assez de la folie expansionniste de Devroul.

— Je vois. (Edeard avait gardé pour lui sa consternation en apprenant que, cette fois-ci encore, Manel avait basculé du mauvais côté, en s'arrogeant le titre de seigneur président de Fandine.) Quand est-ce arrivé ?

— Il y a cinq jours. Les éclaireurs rapides de Larose nous ont apporté la nouvelle aussi vite que possible.

Dinlay sirota son café et attendit de voir comme Edeard allait réagir.

— Cinq jours. Ce qui signifie qu'ils ont parcouru un cinquième de la route.

— Vas-tu les arrêter ?

— Oh ! Edeard ! s'exclama Hilitte. Tu dois les arrêter. Beaucoup de gens mourront si tu ne le fais pas, et les Seigneurs du Ciel ne reviendront plus jamais.

Edeard regarda Dinlay et haussa les épaules.

— Elle n'a pas tort.

— Oui, mais… De quel côté se rangeraient les régiments de la ville ?

— Nous nous opposerions aux deux belligérants, évidemment.

Edeard essayait de réfléchir aux conséquences éventuelles de ses décisions. Les forces de la ville devraient se dresser contre les régiments provinciaux, tandis que la domination serait utilisée contre les miliciens clés pour les amener à soutenir l'unification de Makkathran. À la fin, cependant, il ne pourrait se passer d'affronter les esprits forts à l'origine des soulèvements dans chacune des provinces. Depuis deux ans, il différait cette confrontation. Désormais, il n'avait plus le choix, à moins de retourner dans le passé pour corriger les problèmes et les erreurs avant leur survenue, ce qui était tout simplement hors de question. *Cela suffit. Je n'en peux plus. Revivre de nouveau toutes ces années me tuerait.*

Dinlay hocha la tête d'un air sage.

— Dois-je demander à Larose de se préparer ?

Des gens mourraient, Edeard le savait. Le nombre des victimes dépendrait de lui. Impliquer la milice de la ville serait la meilleure manière de sauver des vies.

— Oui. Et je les accompagnerai.

— Edeard…

— Il le faut, dit-il en levant la main. Tu le sais.

— Dans ce cas, je viens avec toi.

— Le chef de la gendarmerie n'a rien à faire avec la milice.

— Le maire non plus.

— Je sais, mais c'est ma responsabilité, et je ferai mon possible pour les aider. Toutefois, il faut bien que quelqu'un reste en ville.

— Le Grand Conseil…

— Tu sais de qui je parle.

— Oui, admit Dinlay. Je sais.

— Par ailleurs, nous ne voulons pas faire de Gealee une veuve, pas vrai ?

Dinlay leva les yeux de son croissant.

— Gealee ? Qui est-ce ?

Edeard grimaça et se maudit en silence d'avoir été si stupide.

— Désolé. Mon esprit s'embrouille un peu, ces temps-ci. Je voulais dire Folopa. Tu ne peux pas prendre ce risque. Vous rentrez à peine de votre lune de miel.

— Toi aussi, tu vas prendre des risques.

— Ce n'est pas pareil et tu le sais pertinemment.

Il s'immisça dans l'esprit de son ami et, très doucement, le tranquillisa, limitant ses pics d'humeur, si bien que sa réticence s'estompa.

— Oui, sans doute.

— Merci, dit Edeard en espérant que son sentiment de culpabilité passerait inaperçu. Je sais que ce n'est pas facile pour toi.

— J'imagine que tu sais ce que tu fais.

Edeard se retint d'éclater d'un rire amer.

— Un jour je saurai. Bon, ce n'est pas tout cela… (Il se leva et embrassa furtivement Hilitte.) Il est temps d'aller au bureau. Argian et Marcol m'attendent peut-être déjà. Ils semblent plutôt satisfaits d'eux.

— Ce n'est pas grand-chose, expliqua Dinlay en finissant son café avant de se lever. Des informations sur les criminels qui résistent toujours aux autorités. Ils ont quelques noms à te révéler.

— Ce ne sont pas des criminels.

Pas encore, pensa-t-il en se demandant d'où venait le sentiment de culpabilité qui l'étreignait ce matin. *Comme si je ne savais pas… Ces maudits Seigneurs du Ciel.*

— Je pense que si, rétorqua Dinlay d'un ton sinistre.

Voilà comment se déroulaient ses journées. Il rencontrait des gens qui refusaient l'unité de la ville. Il faisait office de modérateur, arrondissait les angles pour permettre une meilleure compréhension mutuelle. Des décennies plus tôt, alors qu'il voyageait avec la caravane qui le conduisait à Makkathran, il n'imaginait pas le travail de maire de cette façon. Il avait toujours pensé qu'il serait élu à l'occasion d'un suffrage libre, qu'il débattrait avec ses adversaires et convaincrait les gens. Au lieu de quoi il avait été le seul à se présenter aux élections dans une ville dont les habitants pensaient tous comme lui. *Enfin, pas tous,* admit-il, *et c'est bien là le problème*. Certaines personnes étaient capables de résister et de repousser sa domination. Tout en faisant semblant de partager avec les autres. Rien ne se passait pendant des semaines, puis soudain, les gendarmes étaient appelés dans des locaux saccagés ou à une plate-forme d'amarrage où des gondoles avaient été détruites. Pis encore, il arrivait que des réserves de fruits et de viande soient éventrées, voire enterrées sous des monticules d'excréments. Cela arrivait beaucoup trop souvent à son goût. Chaque fois, la basse besogne était accomplie par des génistars, si bien que les vrais coupables restaient impunis. Même la ville ne les connaissait pas.

Argian, Marcol et Felax traquaient ceux qui résistaient à l'unification, un par un, même si leur nombre demeurait inconnu. La rumeur parlait de quelques milliers. Edeard aurait plutôt dit quelques centaines. Ainsi, il restait persuadé que sa petite équipe finirait par éradiquer le problème. Cela lui rappelait presque le bon vieux temps du comité contre le crime organisé du Grand Conseil, une illusion de plus car, à y regarder de plus près, ce souvenir non plus n'était pas si joyeux. À cette époque déjà, il s'était surtout agi de rédiger une quantité douloureusement importante de rapports.

S'il y avait une constante dans sa vie, c'était la paperasse et les réunions interminables. *Atteindrai-je vraiment la plénitude de cette manière ? Et sinon qu'arrivera-t-il ?*

La soirée ne commença pas très bien. Une des filles que Hilitte avait fait venir n'était pas habituée à se voir proposer autant de mets différents, si bien qu'elle fut malade lorsqu'ils se retirèrent tous dans la chambre à coucher principale. L'unité impliquant une exposition totale de l'esprit, sa nausée se propagea autour d'elle comme une maladie contagieuse.

Après qu'elle fut partie – laissant les autres se débrouiller avec cette vilaine sensation –, Edeard décida qu'il serait préférable, pour une fois, de passer une nuit tranquille. La journée avait été longue et ennuyeuse ; il ne s'était pas passé grand-chose. Il avait bien tenté de parler à distance à Jiska, mais, comme d'habitude, avait échoué. Ses enfants avaient tous pris le parti de leur mère. C'était la principale raison qui l'avait fait se tourner vers Hilitte et les autres. Leur adoration l'aidait, d'une façon certes superficielle et ridicule, à soulager la douleur de cette perte. En dépit de l'éloignement, il était soulagé de savoir que l'unification dont il était l'instigateur aiderait les siens à atteindre la plénitude. Même s'ils ne l'admettraient jamais, il ne les avait pas abandonnés.

Il demanda à Hilitte et à l'autre fille de le laisser. Hilitte sortit, vexée et amère, mais aussi inquiète pour son statut de favorite. Il se sentait tellement las qu'il n'eut pas le courage de la rassurer. Il tissa un bouclier épais autour de ses sentiments, s'isola du consentement doux et plaisant des esprits unifiés qui émettaient une lumière chaude autour de lui et s'endormit.

Il fut arraché à son rêve étrange par un esprit extrêmement inquiet. Le temps d'une seconde, il se crut de retour dans la forêt avec les apprentis d'Ashwell transformés en chasseurs de galby, pétrifiés par une peur inexplicable. Toutefois, il s'agissait juste d'Argian, que ses gens de maison refusaient de laisser passer, car il n'était pas attendu et risquait de réveiller le maire.

— Cela ira, dit Edeard en esprit à travers la porte fermée de sa chambre. Tu peux entrer.

Sa troisième main attrapa une robe de chambre comme Argian entrait. À présent qu'il était vraiment réveillé, Edeard se rendait compte de la profondeur des courants d'anxiété qui agitaient l'esprit de son visiteur. Un regret amer le brûlait comme de la bile.

— Que se passe-t-il ? demanda-t-il aussitôt.

— On les a attrapés, répondit Argian sans enthousiasme aucun.

Ce matin-là, la pêche aux informations avait été fructueuse pour Marcol et lui. Les deux hommes étaient extrêmement satisfaits, car ils avaient appris qu'une attaque devait avoir lieu le soir même dans le chantier naval, que deux goélettes commerciales à moitié construites devaient être brûlées.

— Et ?

— Ils se sont défendus, poursuivit Argian, les yeux brillants de larmes. Je suis vraiment désolé, Edeard. Son camouflage était bon ; nous ne savions même pas qu'elle était là.

Edeard se figea. Le sang qui irriguait son corps en rythme devint tout à coup glacé comme il percevait l'image produite par l'esprit de son ami.

— Oh, non, murmura-t-il.

— Je te jure sur la Dame que nous ne savions pas. Marcol l'a sortie des flammes dès que nous l'avons repérée.

— Où est-elle ?

— À l'hôpital de l'allée du Demi-bracelet, à Neph ; c'était le plus proche.

Edeard projeta son esprit dans ce quartier, pénétra les murs épais de l'hôpital. Comme d'habitude, il ne vit que des silhouettes arachnéennes et lumineuses, mais il repéra immédiatement le corps étendu sur un lit du rez-de-chaussée. Sa signature était reconnaissable entre mille, car il brillait d'une douleur intense.

— Sainte Dame ! s'horrifia-t-il.

Les tunnels lui permirent d'atteindre Neph en quelques minutes. Tandis qu'ils passaient sous Abad, il sentit une présence devant lui : deux filles fonçant tête la première, main dans la main. Elles étaient inquiètes et terrifiées. Leurs longues jupes noires claquaient derrière elles.

— Marilee ? Analee ? appela-t-il.

Il ignorait qu'elles connaissaient l'existence de ces tunnels. Leurs pensées disparurent aussitôt derrière un puissant bouclier. Il fut choqué par le caractère absolu de leur rejet.

Il traversa le plancher de l'hôpital quelques secondes après les jumelles. Telles des ombres filant dans les couloirs sombres, les talons claquant sur le sol, elles couraient déjà vers l'aile idoine. Il les suivit comme il pouvait, mais chacun de ses pas était plus lent que le précédent. Les visions à distance de toute sa famille, semblables à des esprits malins, convergeaient vers l'hôpital.

Jiska était étendue sur le lit. Un râle terriblement faible sortait de sa gorge. La douleur qui emplissait la pièce était telle que les jambes d'Edeard manquèrent de céder sous son poids. Il s'approcha d'elle en pleurant. Trois médecins étaient penchés sur sa fille ; ils s'efforçaient de décoller ses vêtements de sa peau brûlée. Ils versaient des potions et des onguents sur sa chair noircie et craquelée, mais ne parvenaient pas à soulager son calvaire terrifiant.

Il fit un pas de plus en avant. Impitoyables, Marilee et Analee formèrent aussitôt un mur infranchissable entre le lit et lui. Elles étaient vêtues de robes semblables à la sienne ; leur capuche leur couvrait la tête, masquant une partie de leur visage. Elles étaient les gardiennes d'acier de leur sœur mortellement blessée, et elles étaient déterminées à empêcher leur père de violer une dernière fois sa sainteté.

— Elle a assez souffert, père.

— Elle n'a pas besoin que tu viennes aggraver les choses.

— Jiska…, lâcha-t-il d'un ton suppliant. Pourquoi ?

— Ne fais pas cela.

— Pas ici.

— Pas maintenant.

— Ne feins pas l'ignorance, ne joue pas l'innocence.

— Tu n'es pas ignorant. Ni innocent.

— Tu es le mal.

— Un monstre.

— Nous ferons notre possible pour ruiner ton empire.

— Et te détruire.

Les deux silhouettes vêtues de noir vacillèrent devant ses yeux. Alors il les vit sur une plage tropicale, scène qui s'était produite dans un passé lointain, toutes les deux vêtues de longues jupes en coton couleur arc-en-ciel, pieds nus sur le sable chaud, toutes les deux amoureusement accrochées à Marvane, ravies, heureuses, tandis que Natran les mariait.

— C'est pour vous que j'ai fait tout cela, pleura Edeard. Je vous apporte la plénitude. La Dame sait que j'essaie d'apporter la plénitude au monde entier. Pourquoi me rejetez-vous ?

— Ta malédiction réduirait en esclavage la planète tout entière, et tu nous demandes pourquoi…

— Tu es un démon. Le mal incarné. L'Honoious t'emporte.

Jiska eut des convulsions. Edeard gémit entre ses dents serrées tandis qu'il s'efforçait de partager le moindre aspect de son agonie. Il l'avait bien mérité. Ses jambes cédèrent.

— Nous te renverserons.

— Nous sommes encore libres.

— Nous avons montré à d'autres comment se libérer.

— Tes esclaves se soulèveront contre toi.

— La domination n'est pas une garantie de loyauté éternelle.

— Ton emprise sur les provinces n'est déjà plus ce qu'elle était.

— Vous ? demanda-t-il malgré la douleur insupportable. La résistance, c'est vous ?

Alors, celle qu'il avait le moins envie d'entendre sur le sujet s'adressa à lui à distance :

— Qui d'autre ? demanda Kristabel. Qui d'autre as-tu épargné dans cette ville, espèce de mégalomane ?

Jiska tourna imperceptiblement la tête.

— Ne bougez pas, ne bougez surtout pas ! lui conseillèrent les médecins de concert.

Ses paupières rouges et couvertes de croûtes papillotèrent ; un liquide jaunâtre s'écoula de craquelures rouvertes. Son œil encore fonctionnel se riva sur lui.

— Nous vaincrons, lui assena-t-elle en esprit avec détermination. Mon âme errera dans le Vide, mais je mourrai satisfaite de savoir que tu as fait ton temps. J'ai atteint la plénitude, père, mais, la Dame soit louée, pas comme tu le souhaitais.

Edeard tomba à genoux.

— Je refuse que ton âme se perde. Je peux l'empêcher, lui dit-il dans un murmure. Je le peux.

Deux heures, c'est tout. Je reviens deux heures en arrière et j'empêche cet incendie d'éclater. Je les raisonnerai. Nous trouverons un terrain d'entente.

— Si tu essaies…

— … tu devras nous tuer d'abord.

— Toutes, ajouta Kristabel en esprit.

Edeard leva les yeux au plafond plongé dans l'ombre.

— Tu ne mourras pas. Pas encore. Pas tant que je vivrai. J'ai trop souffert pour le permettre.

Dans les rues, autour de l'hôpital, des esprits se débarrassaient de leur camouflage. Leur présence le stupéfia. Rolar, Dylorn, Marakas et même Taralee. Les aînés de ses petits-enfants, enhardis et déterminés. Mais pas Burlal. *Lui, au moins, m'a épargné cela*. Ils n'étaient pas seuls. Macsen et Kanseen étaient là aussi, avec leurs enfants. Puis arriva Kristabel.

— Tu peux diriger ce monde, lui dirent-ils d'une seule voix, et leur unité était bien plus noble et belle que celle qu'il essayait de leur imposer. Tu peux le diriger, mais nous n'en ferons pas partie. Jamais.

— Nous devons nous unir ! cria-t-il frénétiquement. Une…

Nation. Il s'écroula sur le sol et lâcha un cri inarticulé tandis que sa prise de conscience lui faisait l'effet d'un coup de poing. Ce en quoi il croyait… *Sainte Dame, je suis devenu comme mes ennemis : Bise, Owain, Buate, les Gilmorn, Tathal, tous ceux que j'ai combattus. Comment ai-je pu être assez faible pour les laisser vaincre, pour adopter leurs méthodes ? Cela ne peut pas durer. Voilà pourquoi il y a moins de Seigneurs du Ciel, cette fois. La plénitude s'éloigne de moi, de nous tous. Je le savais. Par la Dame, je l'ai toujours su.*

Il avait juré de ne plus retourner en arrière, mais la situation l'imposait. Il retournerait bel et bien dans le passé pour sauver Jiska. Deux heures ne suffiraient pas ; ce ne serait pas un sauvetage. Il n'y avait qu'une seule alternative.

— Vous avez raison, leur dit-il en ouvrant son cœur de manière à exposer ce qui lui restait d'amour et d'humilité. Je suis devenu arrogant, j'ai péché, mais je jure sur la Dame que je ne ferai plus preuve de faiblesse.

Il étira son esprit jusqu'à ce moment malheureux…

… et atterrit au pied de la tour d'Eyrie. Ses chevilles cédèrent et il tomba en avant. Des troisièmes mains puissantes le rattrapèrent. Une vague d'inquiétude et d'adoration baigna son esprit meurtri.

La foule, qui avait retenu son souffle, lâcha un « Oh ! » en le voyant manquer sa réception. Puis, lorsqu'il se fut redressé, elle applaudit le retour ostentatoire de Celui-qui-marche-sur-l'eau, leur vieux héros.

Pendant un bref instant, il crut que sa mémoire défaillante et ses émotions contrariées l'avaient fait choisir le mauvais moment dans le tissu du Vide. Heureusement, aucun esprit puissant ne le suivait à distance ; ni Tathal ni le nid n'étaient là à le surveiller. Il venait de vaincre cet ennemi-là. Cette version était très proche de la première, de la vie à laquelle il avait dû renoncer il y avait tellement longtemps.

Après cette prise de risque inconsidérée, Macsen eut un sourire moqueur, tandis que les pensées durcies de Dinlay témoignaient de sa désapprobation. *Comme d'habitude, merci ma Dame.*

Le visage de Kristabel était un masque de colère. Il se tourna vers elle et eut un sourire incertain.

— Je suis désolé, murmura-t-il d'une voix quasi inaudible. Vraiment désolé.

Elle se radoucit en mesurant la confusion et la tristesse qui emplissaient l'esprit de son époux. Il lui tendit les bras. Après une brève hésitation, elle le rejoignit.

— Papa ! le gronda Marilee.

— C'était génial !

— Nous voulons apprendre à faire ça !

Edeard hocha doucement la tête.

— Un jour, peut-être. En attendant, j'aimerais vous présenter quelqu'un, un jeune homme, un marin.

— À laquelle d'entre nous ? demanda Analee, faussement méfiante.

— À toutes les deux. Vous devriez le rencontrer toutes les deux. Je crois que vous pourriez être très heureux tous les trois.

Les jumelles échangèrent un regard stupéfait.

Kristabel se blottit dans ses bras.

— Que se passe-t-il ?

Edeard prit le temps avant de répondre.

— Je ne me suis pas bien comporté, ces derniers temps. Je suis désolé. Mais c'est terminé, maintenant.

Collée contre lui, elle haussa les épaules.

— Je ne suis pas non pas plus très facile à vivre.

— Le Seigneur du Ciel, dit-il en désignant la mer de Lyot.

— Vraiment ?

Comme tous les habitants de Makkathran, elle étira sa vision à distance vers l'horizon, tandis que les résidants de Myco et Neph partageaient les images de la créature géante.

— Il apportera de tels changements dans nos vies…, reprit-il à voix basse. Je pense pouvoir modérer la plupart des difficultés que nous rencontrerons, mais je ne sais pas tout, loin de là. Je vais avoir besoin d'aide. Ce ne sera pas facile.

— Je suis là, répondit-elle en le serrant doucement. Et tes amis aussi. Ensemble, nous surmonterons les épreuves qui nous attendent. Oublie ce bon vieil optimisme d'Ashwell. Tu es fait pour vivre cette existence.

— Oui.

Et ce sera la dernière fois, quoi qu'il arrive. Sainte Dame, je vous en prie, dans votre infinie sagesse, donnez-moi la force de bien faire.

7

La capsule se posa près de la petite ville d'Octoron. Une fumée âcre flottait dans l'atmosphère. Plusieurs des édifices qui ceignaient la place du Portail étaient endommagés. Des armes à faisceaux d'énergie avaient provoqué la fusion des structures métalliques, si bien que les bâtisses s'étaient affaissées et vrillées en s'effondrant. Des épaves de capsules détruites jonchaient les ruines. La chaleur dégagée par les impacts ajoutée aux munitions avait déclenché de nombreux incendies, que les drones de la chambre n'avaient pas encore terminé d'éteindre. Ils avaient déversé une grande quantité de mousse de cristal, si bien qu'une vaste portion de la place était couverte d'une bouillie bleu vert animée par des clapotis sulfureux.

Des équipes paramédicales humaines couraient dans tous les sens, procédaient à un premier tri. Les cas les plus sérieux étaient transportés par capsules à l'hôpital situé à la limite de la ville. Une trentaine de Chikoyas en armure et très mécontents se pavanaient autour de la place et entravaient le travail des secouristes. Le ressentiment enflait des deux côtés. Si tout le monde ne se calmait pas rapidement, la situation risquait de dégénérer de nouveau.

La porte de la capsule se dilata, et il sortit au grand jour. Ce n'était pas une mauvaise entrée, se dit-il ; il était vêtu d'un short mauve réellement élégant ainsi que d'une chemise lâche en soie semi-organique ouverte comme une robe de chambre. Un séquençage génétique Avancé ajouté à un régime sérieux le maintenait en forme. Sa position légèrement surélevée lui donnait l'apparence d'un commandant sûr de sa force et de son pouvoir. Maintenant qu'il était là, tout le monde pourrait se détendre. Ses tongs en cuir usé gâchaient un peu le tableau, mais il était parti en catastrophe. Et puis, de toute façon, personne ne regarderait ses pieds. Tout le monde s'était tourné vers lui. Quinze Chikoyas avaient même braqué leurs lasers de visée sur sa chemise immaculée.

— Ça craint, lâcha Ozzie.

Il descendit lestement les trois marches de la capsule et gratifia les gros extraterrestres de son sourire le plus serein. Les Chikoyas ressemblaient à des dinosaures de taille moyenne dotés d'ailes de dragon atrophiées. Équipés d'armures métalliques noires semblables à de la peau de crocodile, ils avaient une allure de démons. Et ils n'étaient vraiment pas contents, décida Ozzie en percevant une paranoïa et une agressivité dont seule cette espèce était capable.

— Alors, que se passe-t-il ? demanda-t-il.

— Vous êtes Ozzie ? s'enquit leur chef.

Son cou épais se tordit et la pointe de son casque s'arrêta à quelques centimètres du nez d'Ozzie.

— Absolument, mec.

Trois lentilles, pareilles à des miroirs, situées au centre du casque tournèrent et se braquèrent sur sa tête.

— Où est le messie humain ? reprit la créature.

— Je n'en sais rien. Je viens d'arriver.

— Vous êtes celui qui a percé le secret de la perception intégrale et universelle. Vous maîtrisez ces techniques comme personne. Vous savez forcément où il se trouve.

Ozzie prit un triste moment pour réfléchir au fait que la sémantique trahissait toujours la vision de l'univers qu'avaient les espèces intelligentes.

— Je ne sais pas, répéta-t-il patiemment en faisant l'étalage de sa bienveillance dans le champ mental. Le messie est très puissant. Il est capable de se cacher, de se camoufler, de se rendre invisible.

C'était un peu exagéré. Il n'en restait pas moins qu'Inigo avait disparu, ce qui était fort étonnant. Il était là, ses pensées tumultueuses rougeoyant dans le champ mental, et l'instant d'après, il avait disparu. Un peu comme s'il était mort, ce qui, étant donné le véritable carnage qui s'était produit sur la place, était une probabilité tout à fait plausible. Sauf qu'il n'était pas seul, mais accompagné d'une femme et d'un genre de garde du corps psychopathe, dont l'esprit était également absent du concert d'âmes accessible à tout le monde. Bizarre. Qu'ils aient pu s'évanouir tous les trois sans abandonner de cadavre derrière eux ne laissait pas de le surprendre. Soit ils s'étaient téléportés quelque part, ce qu'il ne croyait pas, car l'IA lui montrait que leur vaisseau endommagé était toujours posé sur sa plate-forme, soit ils connaissaient un moyen de ne pas partager leurs pensées, ce qui ne l'étonnerait pas outre mesure de la part de ce petit enfoiré insaisissable d'Inigo.

— Que fait-il ici ? demanda le Chikoya.

Des trous ovales apparurent sur son casque, d'où s'échappa en crachotant un filet de flegme fumant.

Ozzie l'esquiva avec grâce et parvint même à garder pour lui ce que lui inspirait cette fonction corporelle particulière des Chikoyas.

— Comme je ne l'ai pas rencontré, je l'ignore.

— Il représente un danger pour tous les habitants de la Pointe. Le Vide risque de détecter sa présence. Il nous traquera et nous serons les premiers à être dévorés.

— Je sais. On est vraiment dans la merde. Dès que je lui aurai mis la main dessus, je le foutrai à la porte. Croyez-moi, je ne vais pas lâcher le morceau.

— Nous localiserons le messie. Nous l'obligerons à stopper le Vide.

— C'est génial, nous voulons tous les deux la même chose. Quoi qu'il en soit, n'oubliez pas de m'appeler si vous le retrouvez. J'ai une superarme secrète capable de réduire ce bâtard en fumée quelle que soit la puissance du champ de force protecteur qu'il aura apporté avec lui.

— Vous êtes armé ?

Des capteurs poussèrent comme des champignons sur l'armure du Chikoya et se dirigèrent vers Ozzie, tandis que la créature évacuait un nouveau jet de flegme.

— Qu'est-ce que vous croyez ? J'étais un des patrons du Commonwealth, dans le temps. Vous n'avez qu'à vérifier dans votre base de données. Cela signifie que j'avais accès à la totalité de sa technologie pré-post-physique. *Évidemment* que j'ai des armes secrètes, mec. (Il ajouta une couche de sincérité et de détermination dans son esprit.) Je ne veux pas que ses soldats s'en prennent encore une fois aux vôtres, alors, s'il vous plaît, si vous le débusquez, appelez-moi. Je peux l'écraser comme un Kantre sous un Follipian.

Un Kantre sous un Follipian... N'importe quoi !

— Nous vous appellerons s'il résiste.

— Merci, c'est très gentil.

Ozzie lui adressa un nouveau sourire avant de le contourner pour s'engager sur la place. Les autres Chikoyas le laissèrent passer. Ses amas macrocellulaires l'informèrent d'un intense échange de données entre les grosses créatures, qui rengainèrent leurs armes.

Ouais, tu es toujours le meilleur, mec.

Dire qu'il s'était installé ici pour échapper à ce genre de problème. Il se dirigea vers une des équipes de secouristes.

— Salut, Max.

— Hein ? Ah ! Salut, Ozzie.

L'homme était agenouillé près d'une femme inconsciente qui souffrait de nombreuses et graves brûlures.

— Que s'est-il passé ?

— Ce mec est un taré. Il a tenu tête à une armée de Chikoyas à lui tout seul.

— Vous avez assisté à l'affrontement ?

— J'ai vu juste la fin. (Max appliqua du derme-3 vert pâle sur les jambes noir et rouge de la femme. La gelée se répandit uniformément sur les tissus endommagés et se mit à pétiller comme du champagne.) J'ai dû attendre que tout soit terminé avant de me poser. Tout ce qui bougeait en bas a été pris pour cible. J'ai l'impression que la technologie des implants offensifs a fait un sacré bond depuis que j'ai quitté le Commonwealth.

— On dirait, confirma Ozzie.

Son scanner l'informa que les extraterrestres étaient en train de se téléporter hors de la chambre. Coleen, qui travaillait avec Max, était sur le point d'intuber la patiente quand elle s'emporta :

— Qu'est-il venu foutre ici, Inigo ?

— Je crois bien qu'il veut me parler, avoua Ozzie.

— Pourquoi ?

— Je ne sais pas trop, mais j'imagine que cela a à voir avec le Vide.

Max avait découpé la robe carbonisée de la femme et commencé à appliquer du derme-3 sur le côté de son abdomen.

— Vous pourriez l'arrêter ?

Ozzie eut un rire amer.

— Non. Je ne saurai même pas par où commencer.

— Mais alors, pourquoi… ?

— Je n'en sais rien, mec, répondit Ozzie en écartant les bras, impuissant. Elle va s'en tirer ?

— Elle n'appartient pas à la branche Haute, expliqua Coleen. Avec un peu de chance, elle n'aura pas besoin d'une résurrection. Je crois que son état s'est stabilisé et que nous allons pouvoir la transporter à l'hôpital.

— Je m'occupe d'elle, dit Max.

— Combien y a-t-il de blessés ? s'enquit Ozzie.

Il ne voulait pas savoir, mais sa conscience le torturait, ce qui ne lui était pas arrivé depuis très longtemps. *Ce qui ne devrait pas m'arriver maintenant, merde !*

— Nous avons dénombré onze pertes corporelles, répondit Coleen. Huit personnes dont l'état est critique ont déjà été transportées à l'hôpital, et cinq autres attendent qu'on les emmène. Sinon, il y a environ vingt-cinq blessés légers.

Ozzie hocha sèchement la tête.

— Ç'aurait pu être pire.

— Les Chikoyas vont avoir du mal à avaler le morceau, fit-elle remarquer.

— Je sais.

— Ils considèrent que la Pointe leur appartient.

— Ce qui est faux.

— Mais ce…

— Ils s'en remettront. Nous devons tous continuer.

— Vous dites toujours cela.

Ozzie était déçu par l'amertume et le ressentiment qu'il lisait dans l'esprit de Coleen, d'autant que la femme avait naturellement tendance à retenir un peu ses sentiments.

— Je trouverai une solution, assura-t-il.

— Bien.

Elle se précipita vers une autre victime. Ses bottes s'enfonçaient dans la mousse de cristal nauséabonde comme dans de la boue.

— Je ne vous en veux pas, reprit Max avec un sourire compatissant.

— Et puis quoi encore ?

— Ozzie, il s'agit quand même d'Inigo ! Le Rêveur en personne. La situation doit vraiment être grave pour qu'il soit venu vous voir.

— Je sais.

— Et ce garde du corps…

Ozzie leva les mains, les paumes vers l'avant.

— Je suis sur le coup, mec. (Il tourna les talons et marcha vers sa capsule, ne s'arrêtant que brièvement pour étudier les bâtiments détruits. Le centre-ville tout entier devrait être reconstruit.) Je veux lui parler, dit-il à son ombre virtuelle.

Le code inclus dans le message général établit la connexion dans l'instant.

— Ozzie à l'appareil.

— Vous êtes la huitième personne à me dire cela depuis tout à l'heure.

— C'est emmerdant pour vous. Et si je m'étais cloné ? Vous préférez parler à l'original ou n'importe lequel de mes frères fera l'affaire ?

Il attendit la réponse qui, étonnamment, tarda à venir.

— J'ai besoin de l'original.

— Eh bien, c'est votre jour de chance, mon pote. (L'ombre virtuelle d'Ozzie l'informa qu'un programme d'infiltration très sophistiqué tentait de prendre le contrôle de sa capsule.) Laisse-le faire, ordonna-t-il à son ombre virtuelle, mais si nous atterrissons dans une merde profonde, je veux être capable de l'éliminer vite fait.

— Compris.

Un graphique apparut dans son exovision pour lui montrer la progression du programme.

— J'ai besoin de vérifier si votre ADN est bien celui Oswald Fernandez Isaacs.

— Personne ne m'appelle comme cela.

— C'est pourtant votre nom.

— C'était mon nom.

Malgré les résurrections et les régénérations biononiques qu'il avait subies ces quinze derniers siècles, avec les effacements de mémoire qui allaient avec, il n'avait jamais vraiment oublié les railleries dont il avait été victime enfant.

— J'ai toujours été et je serai toujours Ozzie.

— Très bien, Ozzie. Je suis en train de charger des coordonnées dans votre capsule. S'il vous plaît, n'essayez pas de dévier de cette route.

— Manquerait plus que ça, mec.

Un plan d'Octoron apparut devant lui, et son ombre virtuelle lui montra la trajectoire programmée par le logiciel d'infiltration. Ozzie l'étudia et nota que sa destination était un endroit perdu, un terrain inoccupé situé derrière une des colonnes d'eau, à une trentaine de kilomètres. Exactement le genre d'endroit que choisiraient des bandits pour tendre une embuscade dans un western digne de ce nom.

La capsule s'éleva en silence et décrivit une courbe au-dessus de la ville. Ozzie regarda les immeubles rapetisser, tandis que le ressentiment enflait dans son esprit. La Pointe était la retraite qu'il s'était choisie pour échapper à la vie merdique du Grand Commonwealth et au type qui avait ruiné tous ses espoirs de faire du champ de Gaïa quelque chose d'énorme : Inigo.

Nigel lui avait proposé une alternative, une couchette dans un des vaisseaux colons de l'armada des Sheldon. Celle-ci devait fonder une société nouvelle, mais pas à l'autre bout de la galaxie. Non. Nigel voyait plus grand que cela. Il voulait une autre galaxie à lui tout seul. C'était une noble quête : démarrer une autre civilisation humaine dans un coin inexploré de l'univers. Alors, dans peut-être mille ans, une nouvelle flotte partirait pour essaimer dans d'autres galaxies. Après tout, comme il le lui avait fait remarquer, leur galaxie était perdue parce que son cœur abritait le Vide ; mieux valait choisir un endroit qui avait un avenir à long terme. Ozzie comprenait cette logique, mais il ne put s'empêcher de lui faire remarquer que l'humanité aurait viré post-physique bien avant que le Vide représente une menace tangible pour elle.

Ha ! Ouais, c'est vrai. Sacré Nigel ; il faut toujours que le dernier éclat de rire soit pour lui.

La Pointe avait été un genre de compromis pour Ozzie : comment quitter le Commonwealth sans se retirer complètement à la manière de Nigel. D'ailleurs, selon lui, il ne s'agissait pas d'une retraite, car il n'avait pas complètement abandonné l'idée de retourner la situation à son avantage, de reprendre les commandes du rêve qu'il avait perdu au profit d'Inigo, d'Edeard et du Vide insidieux.

Le champ de Gaïa aurait dû être un moyen pour les hommes et les espèces extraterrestres de mieux se comprendre, d'éliminer les conflits et la confusion dans la galaxie. Le plus ancien des rêves libertaires… *Si on se parlait davantage…* Grâce au champ de Gaïa, le discours aurait été enveloppé d'une aura de sincérité et de compréhension mutuelle. Sauf que, comme d'habitude, l'humanité avait trouvé le moyen de tout gâcher en utilisant sa création comme véhicule d'une religion particulièrement stupide. Il s'était donc installé sur la Pointe pour imaginer quelque chose de plus énorme encore que le champ de Gaïa et la communion avec l'Île-mère des Silfens : une fantastique union des esprits qui ne pouvait être subvertie par des pensées sélectionnées et contrôlées, telles que celles, séditieuses, d'Inigo, dont l'unique objectif était de piéger les gens.

Son nouveau « champ mental » était un bon début, sauf qu'il ne fonctionnait pas aussi bien pour les espèces extraterrestres – surtout pas pour les Ilodis toujours de mauvaise humeur – que pour les hommes. Les Chikoyas, en revanche, commençaient à l'accepter, même si, en monstres stupides qu'ils étaient, ils ne pouvaient s'empêcher de lui voir une parenté avec leur concept religieux de « royaume de la perception intégrale et universelle » et avec tout un tas de traditions débiles.

Après quelques réglages, cependant, ce serait parfait. Cela faisait presque quarante ans qu'il analysait et rationalisait ces modifications. Alors, toutes les espèces intelligentes de la galaxie cohabiteraient en permanence. Ce serait merveilleux. À moins qu'il y ait d'autres Primiens ou assimilés dans les parages. Sans compter que les espèces qui n'étaient pas encore scientifiques et rationnelles penseraient être en communication avec les dieux. Oh ! et les psychopathes avides tels que les Ocisens en profiteraient pour dresser une carte des mondes à conquérir…

Ouais, des réglages de rien du tout.

Il aurait fini par y arriver. À la fin. Sauf que le Commonwealth, sa folie, ses Factions et sa violence l'avaient rattrapé sur la Pointe. Son instinct le poussait à larguer les amarres à disparaître de nouveau. Ils étaient tous sur le point de subir les conséquences du comportement stupide d'Inigo ; le Vide était très énervé, et tout le monde désespérait de trouver une solution. Une solution à quoi ? Ozzie l'ignorait. Cependant, aussi sûr que les ours chiaient dans les bois, ils étaient venus le chercher pour cela, le traitant comme un genre de guru ultime.

Une fois de plus, il se retrouvait à faire le bien, ce qui aurait épouvanté l'Ozzie d'il y avait quelques siècles ; mais comme il ne voyait pas façon plus rapide de se débarrasser d'eux…

La capsule approchait de la colonne d'eau, une des douze structures massives qui soutenaient le plafond opaque situé quarante kilomètres plus haut. Cylindres étroits striés de cannelures en spirales, elles avaient toujours ressemblé à des bâtons de cocktail géants pour Ozzie. En réalité, elles appartenaient au système d'irrigation de la chambre. Elles étaient constamment parcourues par des torrents d'eau qui formaient de gigantesques chutes tourbillonnantes et blanches. Le long du tiers supérieur des cylindres, tous les deux kilomètres, les spirales étaient brisées par des angles aigus qui projetaient des nuages d'écume au loin. Ceux-ci décrivaient de longs arcs et, pendant leur chute, évoluaient en stratus ordinaires, qui flottaient dans les airs avant de déverser leur eau sur le sol, loin en dessous.

Il passa sous un des épais rubans de brume blanche bouillonnante et entama une brusque descente. En bas, il y avait une grande étendue d'herbe violette et verte, ainsi qu'un troupeau de tranalins alertes qui s'éloignaient en courant du lac situé à la base de la colonne. Ozzie déploya son scanner biononique et sonda le sol. Trois humains l'attendaient, ce qui était étrange, car il ne percevait pas leurs esprits. Il fronça les sourcils et affina son scan. L'un des trois personnages était debout à l'attendre, les deux autres étendus dans l'herbe, inconscients.

— Ah ! lâcha-t-il en comprenant enfin. Excellente idée.

La capsule se posa, et il en sortit pour rencontrer le mystérieux homme. Il s'agissait manifestement de l'agent qui avait provoqué ce déchaînement de violence dans le centre-ville. Son apparence biologique était celle d'un homme d'environ trente-cinq ans, ce qui était un peu plus vieux que l'âge habituellement choisi par les ressortissants de la culture Haute. Il avait des cheveux noirs coupés court, mais l'attention d'Ozzie fut immédiatement attirée par ses yeux gris et constellés d'étranges taches violettes. Il était vêtu d'une tunique semi-organique de la Marine gris-bleu trouée et brûlée en plusieurs endroits, là où les faisceaux d'énergie de ses implants offensifs avaient fait feu. Le plus étonnant, toutefois, restait son expression, ou plutôt son absence d'expression. Il ne ressentait pas l'ombre d'un début d'émotion. Les pensées qui animaient ce corps étaient incroyablement simples, comparables à celles d'un petit animal. Ozzie ne commença à les percevoir que lorsqu'il fut à moins de dix mètres de l'homme.

— Eh ! Mec, tu as fait beaucoup de victimes tout à l'heure. Certaines d'entre elles vont devoir être ressuscitées, et cet hôpital ne possède pas des masses de cabines, commença-t-il en criant presque pour se faire entendre par-dessus le vacarme de la chute d'eau.

Un courant d'air humide soufflait continuellement. Sa chemise semi-organique se durcit légèrement pour devenir imperméable. Sa coupe afro, elle, commençait à être imbibée d'eau.

L'homme lui tendit la main. Ozzie haussa un sourcil.

— J'ai besoin de vérifier votre ADN, dit le garde du corps.

— C'est pas vrai…, lâcha Ozzie en lui touchant la main et en permettant aux filaments biononiques de l'homme de prélever des cellules de son épiderme pour les analyser.

— Vous êtes bien Ozzie, déclara l'homme.

— Ah, bon ? Moi qui croyais jouer un rôle…

En elle-même, cette confirmation était intéressante, car cette donnée particulière était très difficile à obtenir dans le Commonwealth. Ozzie s'en était assuré avant de partir, et l'ANA en avait proscrit l'accès. Seule la crème du gratin pouvait l'obtenir.

— Vous ne jouez aucun rôle. S'il vous plaît, veuillez désactiver votre effet télépathique.

— *Pardon ?*

— Désactivez l'effet télépathique ; il permet aux Chikoyas de détecter Inigo.

— Ah ! Je comprends. Malin. Non.

— Je vous ai amené Inigo. Vous ne pourrez pas travailler efficacement tous les deux si nous sommes constamment interrompus par des éléments hostiles.

— Mec, je n'ai pas l'intention de travailler, efficacement ou non, avec ce petit connard.

— Il le faut.

— Sûrement pas, mon pote.

— Si vous n'obtempérez pas, j'exécuterai la femme.

— Bordel de merde ! Mais pourquoi ? Qui est-elle ?

— Corrie-Lyn. Ancien membre du Conseil ecclésiastique du Rêve vivant et maîtresse d'Inigo.

— Pourquoi la tueriez-vous ?

Ozzie craignait de comprendre le fonctionnement de l'esprit de ce type. Il commençait à se demander quel genre de cerveau abritait son crâne. Et à qui il appartenait réellement.

— Elle est mon moyen de pression. Si vous n'obéissez pas, je trouverai d'autres personnes à tuer.

— D'accord. Pour l'instant, je vais prendre votre menace au sérieux. Que me veut Inigo ?

— Il ne le sait pas encore. J'ai reçu l'ordre de vous réunir.

— Merde. De qui, si cela ne vous fait rien ?

— Je l'ignore.

— Arrêtez vos conneries ! Non, sérieusement ?

— Oui.

— Waouh ! Qu'attendez-vous de nous, exactement ?

— Je ne sais pas. Ces instructions opérationnelles ne me seront communiquées que lorsque nous aurons atteint ce stade de ma mission.

— Vous n'êtes pas humain.

— Je l'ai été.

Oui, il craignait de comprendre…

— Je reconnais ce type de conditionnement. La dernière fois qu'il a été utilisé sur des humains, c'était par l'Arpenteur, et je suis à peu près certain que nous nous sommes débarrassés de ce fumier. (Il eut un sourire diabolique.) Mais on ne sait jamais, pas vrai ?

— J'ignore pour qui je travaille.

— Je dois donc prendre le risque.

— Oui. Et sauver la vie de Corrie-Lyn.

— Mouais. Pour quelle raison votre patron – qu'il soit homme, femme ou machine –, voudrait-il qu'Inigo et moi nous rencontrions ? Je ne vois qu'une explication : il pense que nous pourrons arrêter le Vide. Je vais donc désactiver mon dispositif, car je suis curieux de voir de quoi vous me pensez capable. (Il envoya des instructions à son ombre virtuelle.) Cela prendra un peu de temps.

— Combien ?

— Je ne sais pas. Peut-être une demi-heure. Je ne l'ai encore jamais désactivé.

— J'attendrai.

Ozzie l'observa. L'homme ne plaisantait pas. Il n'y eut pas de silence maladroit. Leurs regards ne se croisèrent pas furtivement avant de se détourner à la hâte. Ils n'essayèrent pas de parler. L'agent se tint devant lui et continua à scanner les environs. En dehors de cela, il ne s'intéressa à rien. Ce n'était pas une attitude humaine. Son mode de pensée, dans sa simplicité, ressemblait à celui d'une machine. C'était un soulagement, car le conditionnement de l'Arpenteur était différent.

Quelque temps plus tard, Ozzie sentit son champ mental se retirer, s'effondrer sur lui-même. Cela revenait à désactiver ses particules de Gaïa. Les esprits qui brillaient autour de lui s'estompèrent, tristes et inquiets. Même s'il savait que cette perte n'était que temporaire, il fut affecté plus qu'il l'aurait cru. Cela faisait tellement longtemps qu'il vivait avec, qu'il était immergé dans son domaine, qu'il faisait partie de son existence.

— C'est fait, annonça-t-il solennellement en repoussant les cheveux de son front.

Ils avaient absorbé tellement d'humidité qu'ils commençaient à ressembler à de vilaines queues de rats.

Un tic nerveux anima la joue gauche de l'agent. Des expressions apparurent sur son visage, emplissant les vides à la façon des couleurs sur un dessin crayonné. Il laissa échapper un long soupir, comme s'il venait d'être témoin d'un spectacle horrible.

— Bien. C'est parfait.

Fasciné, Ozzie lui lança un regard interrogateur.

— Que se passe-t-il ?

Il était pris d'une furieuse envie de réactiver le champ mental pour examiner les pensées de l'homme, mais il savait que le dispositif mettrait des jours à redevenir pleinement opérationnel.

— J'ai recouvré mon mode de pensée normal, annonça l'homme en regardant avec étonnement le corps étendu de Corrie-Lyn. Cela doit en réjouir certains.

— Qu'est-ce qui faisait fonctionner votre cerveau, il y a quelques minutes ?

— Un genre de mode d'urgence destiné à pallier les blessures neurologiques.

— Ouais…

— Dans ma profession, les risques sont grands de subir des dommages de ce type au cours d'une mission. Cela me permet de rester fonctionnel en toutes circonstances.

— Sympa. Quel genre de circonstances défavorables avez-vous rencontré ici ?

— Votre champ télépathique m'affectait d'une manière indésirable.

— Je comprends, dit Ozzie d'une voix traînante. Alors, qui diable êtes-vous ?

— Je m'appelle Aaron.

— Toujours le premier de la liste, alors.

Aaron sourit.

— Oui. Merci d'avoir accepté de me rencontrer. Ma version minimale n'a pas beaucoup de tact.

— Pas entendu pareil euphémisme depuis des siècles. Vous m'avez dit que vous ne saviez pas pourquoi vous étiez là...

— C'est en partie vrai. Quand Inigo se réveillera, je saurai ce que je dois vous demander, mais je pense qu'il s'agira de mettre un terme à l'expansion du Vide.

— Bien sûr, j'ai un peu de temps libre avant le déjeuner. Dois-je demander à l'équipage de mon supervaisseau de guerre de se tenir prêt ? Ou bien allons-nous nous faufiler dans le camp de l'ennemi par la porte de derrière pour débrancher sa prise de courant ?

Aaron sourit comme un parent particulièrement tolérant.

— Vous parlez de la porte de derrière de la Forteresse des ténèbres ?

— Mec, je ne vous aime pas.

— Je sais que ce n'est pas facile, en effet.

— Vous n'avez pas idée.

* * *

Certains matins, après le réveil, Araminta sortait sur le balcon qui surplombait la vaste étendue du Parc doré pour assister au lever du soleil, goûtant spécialement le moment où les rais de lumière venaient frapper les colonnes blanches du canal du Bosquet supérieur. Le plus souvent, plus d'un millier de personnes étaient là pour l'accueillir, la saluer, l'applaudir et la remercier grâce au champ de Gaïa. Ils campaient là la nuit, ce qui contrariait beaucoup les autorités de la ville ; toutefois, Araminta avait demandé aux ecclésiastiques de les autoriser à rester, sachant que plus nombreux seraient les gens à la surveiller en permanence, moins il y aurait de risques qu'il lui arrive quelque chose de fâcheux. Elle continuait à partager tout ce qu'elle voyait, entendait et ressentait à travers le champ de Gaïa, ce qui, les premiers jours, lui avait causé pas mal d'embarras, notamment lorsqu'elle allait aux toilettes. Puis elle avait appris à ne partager que ce qu'elle voyait dans ces moments-là. Et à ne pas regarder n'importe où. Elle n'avait vraiment pas envie de penser à ses prochaines règles. Par bonheur, sa gêne était partagée, et aucun de ceux qui captaient ses perceptions n'était assez mal élevé pour mentionner ces détails.

Elle était heureuse de pouvoir contrôler convenablement son esprit, parfois avec l'aide de son programme de mélange. Sans cette discipline, elle aurait été complètement exposée à l'impact des pensées du champ de Gaïa. Elle gardait ses distances avec ses adorateurs les plus fervents, se contentant de leur gratitude infinie, et se tenait le plus loin possible de tous les autres, du déluge d'émotions émis par les milliards d'êtres humains qui ne l'admiraient pas. Malgré l'éloignement, elle ne pouvait pas ignorer leur haine et leurs insultes. Heure après heure, sans pause aucune, elle ressentait la répugnance qu'elle inspirait à la vaste majorité de l'humanité. L'intensité de ce sentiment était terrifiante. Ils la méprisaient comme si elle était un démon dans un corps de femme. Ce qui n'était pas totalement injustifié. Après tout, elle était sur le point de provoquer une catastrophe qui finirait sans doute par les tuer tous.

Elle fit brièvement signe à la foule rassemblée en contrebas et rentra dans ses appartements. La baignoire était si grande qu'elle aurait presque pu y nager. Bien sûr, ni le Rêveur, ni le Conservateur ecclésiastique n'avaient jamais eu l'idée de faire installer une douche à spores moderne dans un coin. S'ils voulaient rester propres, les résidents de cette bâtisse devaient se contenter de la bonne vieille méthode. Araminta entra dans l'eau, dont la température était celle de son corps, et entreprit de se badigeonner de savon liquide. Cela lui rappela Edeard et les putains qu'il consommait à la chaîne dans la période sinistre des rêves trente à trente-trois. Elle demanda à la douche de couler et rinça son corps couvert de bulles en s'inquiétant un peu de ce que ses ablutions commençaient à ressembler à un spectacle pornographique.

Elle avait beau essayer, elle n'arrivait pas à passer outre aux sentiments que son corps couvert de mousse inspirait aux adeptes mâles du Rêve vivant. Sans compter qu'elle ne laissait pas non plus les femmes indifférentes. Pis, nombre de ses ennemis déclarés en profitaient pour manifester leur plaisir.

Quand tout sera terminé, je disparaîtrai sur les chemins silfens pour aller vivre en ermite à l'autre bout de la galaxie. Son regard fut attiré par le pendentif qui se balançait entre ses seins luisants. *Par Ozzie! Regarde donc ailleurs!* Il n'était pas chaud et la lumière qu'il abritait était faible, semblable à un éclat de phosphorescence enfermée dans une cage; toutefois, il tenait à manifester sa présence. Derrière cette lumière, il y avait le réconfort infini et la sagesse de l'Île-mère. Cela lui fit du bien. Elle n'était pas complètement seule.

Trois incarnations de Bovey lui sourirent avec compassion et s'attablèrent pour le dîner à la maison.

Elle arrêta la douche, sortit du bassin, puis se sécha avec une serviette sans lâcher le plafond des yeux. Un petit grognement jaillit de sa gorge comme sa colère montait; elle s'en voulait. Elle enfila à la hâte un maillot et une culotte et passa une longue robe blanche. Sa ceinture avait été modifiée par la sécurité du palais et contenait un générateur de champ de force. Ils avaient insisté et elle n'avait pas pris la peine de protester. Enfin vêtue convenablement, elle traversa les longs couloirs finement décorés qui conduisaient à la salle à manger.

Sous le plafond lumineux, une énorme table en bois pouvant recevoir cent cinquante convives avait été dressée pour une personne. *Edeard, lui, avait Hilitte pour lui tenir compagnie*, pensa-t-elle. *Comment aurait-il fait l'amour, comment serait-il allé aux toilettes, comment aurait-il vécu s'il avait été observé en permanence ?* Dressée pour deux, cette table aurait été tout aussi ridicule, décida-t-elle. Il est vrai qu'Edeard prenait souvent son petit déjeuner avec Dinlay. Elle devrait se contenter des cinq membres ultra-efficaces de son personnel, qui ne demandaient qu'à lui servir les mets alignés sur le buffet plaqué de noyer de bol, mets calqués sur ceux que mangeait Edeard dans le trente-troisième rêve. Elle repensa aux derniers rêves, lorsqu'il avait été maire. Kristabel et lui ne petit-déjeunaient jamais de cette façon, mais il est vrai qu'Edeard n'avait pas installé ses quartiers dans le palais. Peut-être le personnel faisait-il preuve d'ironie ? Si tel était le cas, la blague était trop subtile pour elle.

Pour le plaisir d'être exigeante, elle demanda un chocolat chaud pour aller avec ses croissants. Une des filles en uniforme de servante se précipita dans la cuisine. Araminta éventra la viennoiserie en pensant qu'après tout, elle ne serait pas contre avoir un peu de compagnie. Elle était un peu triste que Cressida n'ait pas cherché à entrer en contact avec elle, même si elle comprenait parfaitement que leur lien de parenté puisse être un handicap en ce moment.

Son chocolat arriva dans une énorme tasse couverte de crème fouettée et parsemée de morceaux de guimauve à la fraise. Darraklan arriva en même temps que la servante. Il portait une veste bordeaux, une chemise blanche et une cravate en soie d'araignée jaune : l'uniforme des cadres du personnel du palais. Il n'avait eu aucun mal à s'adapter à ses nouvelles fonctions et l'avait aidée à prendre ses marques.

— Bonjour, Rêveuse. L'ecclésiastique Rincenso aimerait que vous lui accordiez quelques minutes de votre temps.

Araminta remarqua que Darraklan n'émettait aucun sentiment au sujet de son visiteur sur le champ de Gaïa. À sa manière agressive et repoussante, Rincenso se donnait beaucoup de mal pour rester dans ses petits papiers, ce qui pourrait lui être utile. Il n'hésiterait pas à dénoncer ceux de ses collègues qui doutaient d'elle ou complotaient dans son dos.

— Faites-le entrer.

L'ecclésiastique entra dans la pièce tandis que la couronne du soleil de Querencia embrasait le plafond. La lumière vive et ondulante qui se reflétait sur sa robe et accentuait son sourire avide avait des propriétés quasi aquatiques. Il s'inclina poliment.

— Rêveuse.

Araminta le regarda par-dessus sa tasse en avalant une gorgée de chocolat. Il était délicieux. *Merci Ozzie, il y a quelques avantages à être une tueuse de galaxie.*

— Vous les avez retrouvés ?

— Oui, Rêveuse. Les femmes étaient dans le manoir, sur Viotia. Lui était déjà entre nos mains ; notre service de sécurité le retenait.

— Pourquoi ?

— Nos hommes pensaient qu'il vous avait permis d'échapper à notre comité d'accueil, répondit-il avec un sourire distant.

— Ah. Ce n'est pas le cas, je leur ai échappé toute seule. (Elle marqua une pause pour l'emphase.) Cela n'a pas été trop dur.

— Pour vous, certainement, Rêveuse.

Son ton mielleux gâchait presque le goût du chocolat chaud.

— Est-il ici ?

— Oui.

— Je veux le voir.

Rincenso hésita.

— Rêveuse, il a été interrogé… consciencieusement.

— Consciencieusement ? Vous voulez dire…

Elle ne voulut pas s'attarder trop longtemps là-dessus. *Je fais un bien piètre despote.*

— Oui, nous avons procédé à une lecture de mémoire.

— Par l'Honoious ! Amenez-le-moi tout de suite.

L'homme qui entra dans la salle à manger ne tenait debout que grâce au concours d'un solide membre de la sécurité en uniforme de gendarme. Son corps était celui de Likan, mais son esprit était comme atrophié. La colère résiduelle qu'elle éprouvait à son encontre s'évanouit immédiatement. Elle se leva et tira la chaise voisine de la sienne. Le garde aida l'homme à s'y installer. Il ne semblait pas avoir subi de tortures physiques, mais ses membres tremblaient violemment et il était voûté comme pour échapper à un tortionnaire invisible.

— Je suis désolée, commença Araminta. Je ne savais pas.

— Toi ! gronda-t-il. J'ai toujours pensé que tu étais bizarre.

— Tu es un sacré personnage, toi aussi.

— Tu ne disais pas cela quand on s'est séparés. (Il jeta un regard circulaire sur la vaste salle.) Maintenant, au moins, tu sais que j'ai dit la vérité ; tout a été enregistré.

— Ils te rendront toutes les copies. Sans exception, ajouta-t-elle avec une autorité simple. (Rincenso hocha discrètement la tête.) Tu pourras les détruire si tu le souhaites.

— Ha ! À quoi bon ? La frontière du Vide va bientôt enfler pour nous dévorer, tous autant que nous sommes.

— J'imagine que tu pensais déjà à cela quand tu as facilité la soumission de Viotia au plan d'Ethan. Cette invasion monstrueuse n'avait qu'un objectif : me retrouver. Que croyais-tu que le Second Rêveur ferait lorsqu'il serait au palais du Verger ?

Il parvint à secouer la tête malgré la faiblesse de ses muscles.

— Comme tous les non-croyants, tu nous pensais stupides, tu étais persuadé que nous avions été bernés, poursuivit-elle. Ta cupidité est passée avant tout le reste.

— Je ne suis pas victime de ma soif d'argent. J'élabore des stratégies, je suis quelqu'un de logique.

— Likan… Cela ne m'intéresse pas. Entre nous, tout est terminé depuis longtemps. Tu es ici aujourd'hui pour réparer une injustice.

— Tu peux te fourrer tes excuses où je pense. J'espère que les guerriers raiels feront sauter ta flotte. Quand vous serez tous morts, nous ferons une fête du tonnerre.

— Je ne te demande pas pardon pour l'interrogatoire que tu as subi ; tu t'es attiré ces ennuis tout seul.

— Ah, oui ? Eh bien, je demanderai aux Raiels de te livrer aux Primiens. Nous savons tous les deux ce qu'ils font aux humains.

Elle sentait la présence fantomatique de ces milliards de personnes qui jubilaient avec Likan, qui priaient pour que ses désirs deviennent des réalités.

— Je suis disposée à te laisser repartir, reprit-elle.

— Quoi ?

— Tu pourrais retourner sur Viotia, par exemple. Maintenant que tous mes disciples sont rentrés chez eux, nous pouvons désactiver notre trou de ver ; ce sera chose faite aujourd'hui ou demain. Ainsi, les autorités de Viotia pourront te questionner sur le rôle que tu as joué dans la soumission du gouvernement corrompu et dans l'invasion orchestrée par Phelim. Au fait, Phelim rentre à Ellezelin et se joint aux pèlerins. Il ne restera bientôt plus personne à juger. À part toi. S'ils me les demandaient, je serais obligée de leur fournir les enregistrements de ta mémoire. Tu crois qu'ils risqueraient de trouver des preuves de ta trahison ?

Son corps tout entier trembla violemment.

— Mais tu as dit que…

— J'ai dit que j'aimerais te libérer ; toutefois, il faut d'abord réparer une injustice, et tu es le mieux placé pour cela.

— Salope !

— Phelim a mis ton harem en état d'arrestation. Elles sont déjà ici. Je dispose de la meilleure équipe de généticiens d'Ellezelin ; elle est prête à s'occuper d'elles. Le problème c'est que nous ne sommes pas remontés aussi loin dans ta mémoire. (Likan lui lança un regard apeuré.) Nomme les trois en question, Likan. Dès que je saurai, je te libérerai. Tu as ma parole de Rêveuse. Un vaisseau te conduira où tu voudras. Si tu le souhaites, on pourra même te reprofiler.

— Mais pourquoi ? geignit-il, les larmes aux yeux.

— Pour mener à bien ma mission. Crois-tu que je réussirai, à la fin ? Ou bien toi et ton mode de vie sortirez-vous vainqueurs de tout cela ? Je sais quel serait le choix de Nigel Sheldon. Et le tien ?

Il baissa la tête. Lorsqu'il la releva, il ne tremblait plus, et son visage n'était plus animé de tics nerveux. Son regard était féroce. Le vieux Likan lui faisait les gros yeux.

— Oh ! oui, madame la Rêveuse, je vais accepter votre marché et me soumettre, mais n'oublie pas que je te retrouverai quand tu auras échoué. Car il ne fait aucun doute qu'une merdeuse comme toi ne peut pas réussir.

— Nous verrons.

— Marakata, Krisana et Tammary.

— Merci.

— Tes nouveaux amis finiront par te tuer, si je ne le fais avant. Une fois que tu leur auras donné ce qu'ils veulent, ils te liquideront. Cette affaire est trop grosse pour toi. Tu n'étais rien quand je t'ai choisie pour te baiser, et tu n'es toujours rien.

— Tant mieux pour toi, dit-elle d'une voix neutre. (À l'arrière de son esprit, le Seigneur du Ciel commençait à se demander pourquoi elle était si énervée.) Emmenez-le, ordonna-t-elle au garde.

Likan fut relevé sans ménagement. Un vaisseau l'attendait à l'astroport du Grand Makkathran. Elle avait tout organisé la nuit passée, usant de son ombre virtuelle pour envoyer des messages secrets à Phelim, Rincenso et Ethan, sans que les informations filtrent sur le champ de Gaïa. Phelim n'avait plus beaucoup de troupes sur Viotia pour exécuter ses ordres, mais il était désespéré de se racheter. Elle savait que la pauvre Clemance et les autres avaient dû être terrifiées de voir débarquer ces hommes alors que toute la planète se réjouissait de la fin de la tyrannie imposée par le Rêve vivant. Ligotées, emmenées dans un endroit mystérieux pour des raisons qu'elles ne connaissaient pas. Transportées jusqu'à Ellezelin *via* un trou de ver. Ellezelin : le royaume de la diablesse Araminta.

Dans quelques heures, cependant, elles retrouveraient Likan. Du moins, celles qui le voudraient. Le vaisseau les conduirait sur la planète intérieure de leur choix. Elle leur fournirait des fonds intraçables et de nouvelles identités. Elle ne pouvait rien faire de plus.

Les trois qu'il avait violées passeraient deux mois dans une matrice artificielle ici, dans le Grand Makkathran, afin d'inverser leur reprofilage psychoneural. Après, seulement, elles prendraient leur décision. *Enfin, à condition que la galaxie soit encore là.* Mais cela n'avait pas d'importance, car elle avait accompli ce qu'elle croyait être son devoir.

Elle se tourna vers Darraklan.

— Ethan est-il prêt ?

— Oui, Rêveuse.

— Parfait.

Elle se leva en pestant contre Inigo, qui avait interdit tout vol de capsule au-dessus de Makkathran2. En conséquence de quoi il fallait toujours beaucoup marcher, naviguer en gondole – ce qu'elle trouvait fort agréable – ou monter à cheval… Il était hors de question qu'elle grimpe sur le dos d'un tel animal ; la dernière fois qu'elle avait monté un poney, elle avait sept ans, et cela ne s'était pas très bien terminé.

Des gardes du corps l'entourèrent tandis qu'elle quittait le palais par la porte de derrière. Ils descendirent le perron et sortirent dans le Jardin de Rah, avec ses superbes roses et ses ifs de feu magnifiquement taillés. Les clercs la regardèrent passer devant leurs bureaux lorsqu'elle traversa le bâtiment du parlement. Alors elle fut véritablement dehors, traversa le canal de la Fraternité et s'engagea dans Ogden. De là, la porte de la ville était heureusement toute proche. Les gens couraient comme des fous dans l'herbe pour la saluer. Elle n'eut même pas besoin du programme de mélange de Likan pour endosser le costume de son personnage public légèrement distant. Elle salua donc quelques privilégiés, leur serra la main, leur glissa quelques mots, les remercia. Elle sourit gracieusement aux autres comme ses gardes lui ouvraient la route.

La foule était réunie autour de la porte. Heureusement, il y avait d'autres gardes en vêtements civils. Elle suspectait le tissu scintillant de leurs costumes de dissimuler des muscles enrichis ; en tout cas, ils repoussaient l'attroupement avec une grande facilité. Trois capsules étaient stationnées derrière le mur de cristal. Cinq autres tournaient dans le ciel pour assurer sa protection. Ethan se tenait devant la portière du plus grand des véhicules. Il s'inclina gracieusement pour l'accueillir.

— Votre matinée s'est-elle bien passée ?

— Tout à fait, répondit-elle. Je vous remercie d'avoir arrangé ces traitements médicaux.

— Il n'y a pas de quoi, Rêveuse.

Ils montèrent dans la capsule et prirent place à l'avant, tandis que les gardes s'installaient à l'arrière. L'engin longea la côte et, restant à une distance constante du Grand Makkathran, se dirigea vers l'estuaire situé au nord de la ville. Du fait de leur escorte, aucun véhicule n'essaya de les suivre, aussi Araminta put-elle observer le paysage à sa guise à travers le fuselage transparent. Une fois de plus, la métropole gigantesque qui s'était développée à l'extérieur de Makkathran2 l'émerveilla.

Le Rêve vivant a construit tout cela en partant de rien, pensa-t-elle. *Ils sont si créatifs et capables ; je ne comprends pas qu'ils soient obsédés par le Vide. La capacité de refaire le passé n'est pas si différente de nos méthodes de régénération. Cela fait plus de mille ans que les humains ont le pouvoir de repartir de zéro.*

Le moteur des adeptes du Rêve vivant devait être le fond de cupidité que tout un chacun avait dans le cœur, se dit-elle avec tristesse. Dans le Vide, on pouvait être le seul à se régénérer, à accumuler de l'expérience et des connaissances, ce qui conférait un avantage certain sur ses contemporains. C'était un pouvoir considérable, surtout quand on y ajoutait la télépathie et la télékinésie.

— Sainte Dame, murmura-t-elle en avisant le chantier de la flotte destinée au pèlerinage.

La dernière fois qu'elle l'avait vu, c'était sur l'unisphère. Le site n'en était alors qu'au stade du terrassement : des unités regrav projetaient des torrents de terre et de roche concassée dans les airs, tandis que des robots massifs rampaient sur le sol nu, transportant des étançons et étalant des hectares de béton aux enzymes.

Elle s'attendait à découvrir de vastes hangars où des milliers de robots auraient travaillé à la chaîne à l'assemblage de millions de composants. Au lieu de quoi les navires étaient montés en plein air, suspendus dans des champs regrav. Les robots étaient bien là, cependant : des dizaines de milliers de minuscules modules noirs s'affairant tels des guêpes autour de leur nid.

— Visiblement, on est passé à la vitesse supérieure, admit-elle. (Pour une fois, elle laissa ses émotions filtrer sur le champ de Gaïa.) C'est vous qui avez organisé tout cela ? demanda-t-elle à Ethan.

— Si seulement... En réalité, le pèlerinage a été décidé du temps du Rêveur Inigo. À l'origine du dynamisme économique d'Ellezelin, il y avait la mobilisation des ressources en vue de la construction future de cette flotte. La conception de ces vaisseaux a duré un demi-siècle et a évolué avec la technique. Le ministère de l'Industrie a dû adapter les systèmes de productions à nos besoins, s'assurer que les volumes produits étaient suffisants. Nos voisines du Commonwealth se plaignaient de notre manque de coopération dans le domaine industriel. En fait, nous nous préparions pour ce moment. Tous les composants de ces navires sont fabriqués sur notre planète ou dans la Zone de libre-échange.

— C'est incroyable.

Les quinze kilomètres carrés du chantier étaient surplombés par cinq champs de force superposés capables de les protéger contre toutes les armes connues. Contrairement au dôme de Colwyn City, ils descendaient jusqu'au sol, où ils amalgamaient les molécules de roche et d'humus pour prévenir toute attaque souterraine.

Douze cylindres longs d'un kilomètre et demi flottaient avec grâce au-dessus de la vaste étendue bétonnée ; chacun était entouré d'un essaim cybernétique propre. Les coques étaient toutes terminées, aussi les armées de machines équipées de regrav entraient et sortaient des gigantesques engins par de grandes ouvertures et autres trappes d'accès. Chaque heure, des milliers de tonnes de matériel étaient acheminées dans les vaisseaux. Il s'agissait en grande majorité de sarcophages noirs : les chambres de suspension. Il y en avait vingt-quatre millions au total. Ils étaient produits sur tout Ellezelin et sur les mondes de la Zone de libre-échange, expliqua Ethan, vomis à la chaîne par des réplicateurs proches du niveau trois sur l'échelle de Neumann.

— Il ne reste plus qu'à les alimenter en énergie et à remplir leurs réservoirs de nutriments de base, précisa le conservateur. Finalement, ces vaisseaux sont de simples hangars remplis de chambres de suspension et équipés d'une salle des machines à l'arrière.

La capsule descendit vers l'un des sas équidistants disposés tout autour du chantier, à la base des champs de force. Son escorte et elle furent examinées par des scanners sophistiqués avant de recevoir l'autorisation de se poser au pied d'un immeuble de bureaux de trente étages, un des cinquante bâtiments similaires qui ceignaient les lieux. Ils furent accueillis par une foule de cadres à la tête desquels se trouvait l'ecclésiastique Taranse, le directeur du chantier. Pour une fois, le champ de Gaïa ne vibrait pas uniquement de leur excitation et de l'admiration qu'ils éprouvaient pour elle ; toutes les personnes impliquées dans le projet étaient concentrées sur leurs tâches et émettaient un fort sentiment de satisfaction du devoir accompli. Ce qui n'empêcha pas les milliers d'employés de cesser leur travail pour se presser contre les vitres et la regarder. Araminta enfila une fois de plus son costume de politicienne, remercia le groupe et le directeur pour les efforts extraordinaires fournis.

Tandis qu'ils longeaient le premier cylindre massif, elle fut frappée par l'aridité des lieux ; l'atmosphère était presque aussi sèche que dans le désert qui entourait Miledeep Water. Elle se surprit soudain à penser à Ranto. Que faisait-il, à présent ? Sillonnait-il le désert à la recherche de sa chère moto, ou bien en avait-il acheté une plus belle qui l'aiderait à devenir plus populaire parmi ses pairs ?

La sécheresse de l'atmosphère n'était rien comparée au bruit. Les machines étaient si nombreuses à s'affairer sous le dôme que le bourdonnement était incessant, puissant et omniprésent. Araminta ressentait les mouvements des systèmes les plus imposants dans sa cage thoracique. Du fait du nombre incroyable de machines volant au-dessus de leurs têtes, des vents antagonistes et en perpétuel conflit soufflaient en rafales entre les coques des navires. Ses cheveux et sa robe voletaient autour d'elle. Par ailleurs, les systèmes regrav géants qui soutenaient les vaisseaux en construction étaient à l'origine de phénomènes déconcertants dans son oreille interne. Elle avait l'impression que le chantier était secoué par un tremblement de terre continu ; quelques pas seulement dans ces champs de force imbriqués les uns dans les autres et invisibles pouvaient provoquer des nausées subites et inattendues que ses programmes secondaires et amas macrocellulaires avaient bien du mal à soigner.

Elle décida alors de se concentrer sur un point distant pour penser à autre chose. Elle leva les yeux et avisa la courbe du fuselage gris métallisé. À elle seule, celle-ci donnait une impression de masse gigantesque, presque aussi imposante que la vue de ce cylindre interminable. Des ouvertures aussi hautes que des gratte-ciel se succédaient sur le flanc de l'engin dans lequel s'engouffraient des robots et des barges chargées de matériel. Maintenant qu'elle pouvait les examiner de près, elle voyait que la plupart des embarcations transportaient des cargaisons identiques. *Vingt-quatre millions de chambres de suspension médicalisées.* C'était un chiffre difficile à appréhender. C'était plus que la population du Grand Makkathran. Mais moins que celle d'Ellezelin. Sans parler des milliards d'adeptes du Rêve vivant dans le Grand Commonwealth…

— J'ai entendu dire qu'il s'agissait de la première vague, dit-elle.

— Absolument, Rêveuse, confirma Taranse d'un ton guilleret.

Il avait l'apparence biologique d'un homme d'une cinquantaine d'années, avec calvitie galopante et rides à foison. Cette apparence était une manière de renforcer son image d'homme expérimenté et sûr de lui, suspectait-elle. Il est vrai que nombre d'adeptes du Rêve s'autorisaient à vieillir naturellement pour ressembler davantage aux habitants de Makkathran.

— À présent que les systèmes tournent à plein régime, les coûts de production sont devenus extrêmement faibles.

Ellezelin peut se permettre de continuer à construire des vaisseaux sans aucun problème.

— La population d'Ellezelin ne sera-t-elle pas la première à partir ? demanda-t-elle. Quand elle sera dans le Vide, qui fera fonctionner l'économie ?

— Nous espérons établir un genre de pont entre le Vide et le Commonwealth, expliqua tranquillement Ethan. Je ne pense pas que cela soit impossible pour le Cœur.

Araminta se rappela que la frontière du Vide s'était déformée et étirée pour avaler le vaisseau de Justine.

— Certainement.

Elle traversa de nouvelles ondes regrav et se concentra encore sur un point situé loin au-dessus de sa tête. La vue de ces vaisseaux attisa la curiosité du Seigneur du Ciel. Il avait hâte. Il était une question qu'elle n'était pas près de lui poser : *Pouvez-vous nous atteindre ici ?*

— J'aurais besoin de rester éveillée pendant le voyage, dit-elle.

Ethan et Taranse échangèrent un sourire indulgent, pas tout à fait paternaliste, mais presque.

— La section habitable se trouvera au centre du vaisseau, Rêveuse, dit Taranse. Chacune de ces zones accueillera trois mille hommes d'équipage. Il y a beaucoup de systèmes à surveiller, et un cerveau électronique et des robots ne suffisent pas.

— Bien sûr. C'est très rassurant.

— Les cabines seront luxueusement équipées. Votre voyage se déroulera dans le confort et la sécurité. Vous n'avez aucun souci à vous faire.

Il ne plaisantait pas, comprit-elle.

— Comment resterons-nous en contact avec Ellezelin ?

— Les vaisseaux largueront des stations-relais à intervalles réguliers, un peu comme la Marine pour la station Centurion. À la différence près qu'en plus de canaux TD, les nôtres seront équipées de nids de confluence.

Cela rassura beaucoup Araminta ; l'idée de se retrouver isolée de la masse de ses adeptes l'inquiétait beaucoup ; les vaisseaux seraient certainement pilotés par des hommes loyaux envers Ethan…

— Ne manquent plus que les ultraréacteurs et les champs de force, reprit-elle en jetant un coup d'œil à l'horloge de son exovision.

Elle avait encore quelques minutes devant elle.

— Nous serons dans les temps, affirma Ethan, sûr de lui.

— Oh ! Je suis certaine qu'elle veut effectivement que nous atteignions le Vide en un seul morceau.

Ethan s'arrêta et lui lança un regard froid et admiratif.

— Vous avez bien fait de dire tout cela à Ilanthe. Le Vide triomphera toujours. Votre foi en lui… m'a fait plaisir.

— Avez-vous une idée de ce que cette chose veut accomplir dans le Vide ?

— Non, mais ce sera un plan technocratique et sans âme destiné à rendre la vie meilleure pour tout le monde. C'est le genre d'illusion qui obsède les gens comme elle. C'est pour cela que je ne me suis jamais vraiment intéressé à ce projet.

— Oui, je pensais la même chose.

Pendant plusieurs nuits, après son arrivé au palais, Araminta avait essayé de sentir les pensées d'Ilanthe, de comprendre quelles étaient ses intentions. Bradley et CloudDancer lui avaient dit que l'Île-mère avait suivi la chose qui était sortie du système de Sol ; soit Ilanthe avait échappé à la perception de l'Île-mère, soit les Silfens, dans leur grande sagesse, refusaient de partager ce qu'ils savaient, ce qu'elle pensait peu probable.

— Ils sont ici ! annonça Taranse avec joie.

Des icones de la tour de contrôle de l'astroport civil apparurent dans l'exovision d'Araminta. Elle ne s'imaginait pas la masse d'informations qu'un chef d'État devait absorber quotidiennement. Comment ses collègues y parvenaient-ils ? Elle n'en avait pas la moindre idée. Grâce à des capacités mentales augmentées et enrichies, sans doute.

Trente-sept gros navires cargos étaient sortis de l'hyperespace deux mille kilomètres au-dessus de la planète. Par l'intermédiaire d'une liaison sécurisée, le quartier général de la défense planétaire l'informa que cinq escadrons des forces d'Ellezelin émergeaient autour des vaisseaux pour les protéger. C'était un moment critique, car les navires étaient vulnérables et risquaient d'être attaqués par ceux qui s'opposaient au pèlerinage. Tant que les cargos ne seraient pas à l'abri sous les champs de force du chantier, le risque serait bien réel.

Les vaisseaux obtinrent l'autorisation de descendre. Sans que cela surprenne qui que ce soit, huit engins qui volaient en mode furtif apparurent et firent feu. Des flaques de lumière mauves et vertes dansèrent autour des pieds d'Araminta, tandis que des rapports sur l'incident défilaient dans son exovision. Par reflex, elle pencha la tête en arrière pour suivre les événements de ses propres yeux, mais le dôme était devenu opaque. Elle ne voyait que des taches colorées de plus en plus grosses sur une toile de fond grise, un orage boréal aussi lumineux que le soleil.

D'autres icones apparurent pour l'informer du déploiement des champs de force du Grand Makkathran ; il s'agissait de protéger la population du torrent de radiations dures qui transperçaient l'atmosphère. Elle ressentit même l'inquiétude d'Ethan sur le champ de Gaïa et eut un sourire compatissant. La flotte du pèlerinage pourrait certainement se passer d'ultraréacteurs, toutefois, sans des champs de force puissants, elle serait réduite en brume radioactive par les Raiels.

Le Vide est capable d'arrêter les Raiels. Ceux-ci ne peuvent rien contre lui.

Son ombre virtuelle la prévint que le chef de la défense planétaire, l'amiral Colris, essayait de la joindre sur un canal sécurisé.

— Rêveuse, nous avons éliminé les vaisseaux ennemis.

— Les nôtres ont subi des dommages ?

— Trois vaisseaux ont été sévèrement endommagés. Huit autres ont subi des tirs nourris, mais ils sont toujours en état de voler.

— Les dégâts sont importants ?

— Nous récupérerons leurs équipages, Rêveuse. Ne vous en faites pas, nous sommes entraînés pour cela.

— Merci. Les cargos ont-ils été touchés ?

— Non, la Dame soit louée. Il semble que ces nouveaux champs de force sont aussi puissants que prévu.

Les habitants du Grand Commonwealth connectés au champ de Gaïa prirent de plein fouet l'étonnement d'Araminta.

— Les cargos sont protégés par des boucliers identiques à la barrière de Sol ?

— Oui, Rêveuse.

— Je vois. S'il vous plaît, remerciez vos équipages pour moi.

— Bien sûr. Ils seront très heureux, Rêveuse.

Ethan et Darraklan regardaient le champ de force qui s'éclaircissait progressivement au-dessus de leurs têtes. Au-delà, le ciel recouvrait sa couleur bleue habituelle. Quelques éclairs violets brillaient furtivement dans l'ionosphère, tandis que des débris d'épaves pénétraient l'atmosphère. Le ravissement et le soulagement d'Ethan étaient manifestes.

— J'imagine que nos ennemis nous avaient envoyé leurs meilleurs vaisseaux, dit l'ecclésiastique.

— Oui, acquiesça Araminta qui ne savait pas encore si elle devait se réjouir ou non.

— L'installation peut débuter immédiatement, ajouta Taranse.

— Dans combien de temps serons-nous prêts ?

— Si les systèmes fonctionnent comme le prétendent les documents fournis, une semaine.

— Excellent.

Alors je pourrai enfin essayer de mettre un terme à cette folie. J'espère juste qu'il n'est pas déjà trop tard.

Ils attendirent sur le chantier pendant que les cargos descendaient dans l'atmosphère. Taranse les laissa pour superviser le déchargement. Araminta et Ethan restèrent au pied de la tour de bureaux près de laquelle leur capsule s'était posée pour assister au début de l'opération. Celle-ci n'avait rien de spectaculaire, ce qui la déçut un peu. Les unités étaient enfermées dans des coques métalliques lisses et opaques. Il aurait tout à fait pu s'agir de réservoirs d'eau.

— Votre heure arrive, Rêveuse, lança Ethan.

L'ecclésiastique l'observait attentivement, ce qui ne la surprit pas du tout. Elle avait déjà remarqué son esprit curieux dans le champ de Gaïa, comme il essayait de sonder ses véritables sentiments. Une fois dans le Vide, il deviendrait probablement un formidable télépathe.

— En effet, dit-elle d'une voix neutre. D'où croyez-vous que tout cela arrive ?

— Cela n'a pas d'importance ; nous avions besoin de ce matériel.

— Grâce à cela, nous pourrons tous atteindre le Vide. Oui. Il me reste encore à me débrouiller avec le Seigneur du Ciel.

— Je serais honoré de voler avec vous dans le vaisseau amiral pour vous apporter mon aide.

— Lequel… ? demanda-t-elle en désignant d'un geste de la main la rangée de vaisseaux.

— Celui-ci. *La Lumière de la Dame.*

Araminta ne put s'empêcher de sourire.

— Bien sûr. Ne devrait-on pas plutôt dire *La Lumière de la Dame II* ?

— Si vous le souhaitez, Rêveuse.

— Non. L'original a été défait par Edeard, et il s'agissait d'un redoutable vaisseau. Espérons que notre voyage se terminera aussi bien.

Ethan eut un sourire pincé. Clairement, il ne comprenait encore rien au jeu d'Araminta. C'était exactement ce qu'elle voulait.

La capsule s'éleva dans une épaisse brume venue de la mer toute proche. Dès qu'ils se furent élevés au-dessus de ce voile, elle vit à quel point les champs et les forêts qui entouraient la ville avaient changé. Les prés riches et verdoyants, les champs avaient pris une teinte jaune maladive. De longs et violents incendies grignotaient les forêts.

— Que s'est-il passé ? demanda-t-elle, déconcertée.

— Les radiations. Le combat s'est déroulé juste au-dessus de nous. Ceux qui comprennent ce genre de chose m'ont expliqué la dernière fois que les armes qui équipent les vaisseaux de nos jours sont extrêmement puissantes.

— La dernière fois ?

— Deux vaisseaux ont combattu au-dessus d'Ellezelin peu avant votre arrivée. Nous n'avons pas réussi à découvrir pourquoi.

— Par... la Dame... (Elle avait failli dire « Ozzie ».) Qu'est-il arrivé aux gens qui n'étaient pas sous les champs de force des villes ?

La brume, comprit-elle, était également une conséquence du déferlement de radiations. Le déluge d'énergie faisait bouillonner la surface de l'océan.

— Rien de très joyeux. La plupart des adeptes du Rêve vivant n'ont ni implants biononiques ni implants mémoires.

— Parce que Celui-qui-marche-sur-l'eau n'en avait pas, ajouta-t-elle, presque méprisante.

— En effet. Toutefois, les cliniques ressusciteront ceux qui en étaient équipés.

— Puisse la Dame accueillir les âmes des autres, dit-elle avec une sincérité qui l'étonna.

— Nous sommes très loin de la Dame, remarqua Ethan.

— Plus pour longtemps.

* * *

— Araminta est écœurée par eux, déclara Neskia tandis que la vision partagée tournoyait autour d'elle, l'empêchant de voir la totalité de la cabine du *vaisseau*. Le champ de Gaïa ne l'a pas trahie, mais j'ai vu à quel point elle a été horrifiée d'apprendre que la foi de ces imbéciles leur interdisait d'être équipés d'implants mémoires.

— C'est fort compréhensible, acquiesça Ilanthe. Je suis moi-même écœurée. Ils ont choisi de rester des animaux au lieu de s'élever. Ils ne méritent aucune pitié.

La tête de Neskia se balançait d'un côté à l'autre, comme son long cou ondulait sinueusement.

— Si elle avait vraiment pris fait et cause pour le Rêve vivant, si elle était leur Rêveuse, elle ferait preuve de plus de compassion. Selon moi, elle vient de se trahir. C'est un subterfuge et rien d'autre.

— Je ne vois pas trop où elle veut en venir. Elle est prise dans un engrenage. Elle est devenue la Rêveuse parce qu'elle a promis de mener le pèlerinage à son terme. Revenir sur sa parole maintenant serait très fâcheux pour elle. Dans le meilleur des cas, Ethan pénétrerait son esprit et la forcerait à communiquer avec le Seigneur du Ciel, et je pense que la majorité des adeptes du Rêve vivant l'encouragerait à aller au bout. Quoi qu'il arrive, je gagne mon billet d'entrée pour le Vide.

Dans son exovision, Neskia voyait le noyau d'inversion dans l'unique soute du *vaisseau*. Comme il n'y avait pas de connexion au champ de Gaïa, elle ne pouvait pas jauger le ton des pensées d'Ilanthe, si on pouvait encore les qualifier comme telles.

— Sa conversion a été trop rapide, trop complète. Je ne crois pas en elle.

— Moi non plus, avoua Ilanthe. En prenant le pouvoir politique, elle a perdu la possibilité de choisir. Vous l'avez entendue : elle pense que le Vide me détruira.

— Comment a-t-elle entendu parler de vous ? Elle était seule, elle se terrait.

— Je suspecte les Silfens d'être de son côté.

— À moins qu'elle ait des alliés chez les Factions restantes. Gore est en liberté. Le Troisième Rêveur… Les deux sont peut-être liés.

— Gore a demandé à Justine de se rendre à Makkathran. J'ignore ce qu'il a derrière la tête, mais en tout cas cela implique un lien entre sa fille et lui. Araminta n'a rien à voir là-dedans. Il y a quelques jours encore, personne ne la connaissait. Je suis persuadée qu'elle n'appartient pas aux plans de Gore.

— Il va devenir post-physique, n'est-ce pas ? C'est la raison de sa présence sur le monde des Anomines. Leur mécanisme d'élévation est sûrement toujours en place. Grâce à lui, Gore pourrait ruiner tous nos efforts.

— Si tel est son but, il échouera.

— Comment le savez-vous ?

— J'ai recherché ce mécanisme d'élévation il y a plus d'un siècle. Il n'élèvera pas Gore.

— Pourquoi cela ? demanda Neskia.

— Il n'est pas un Anomine.

Un long trille ravi jaillit de la gorge de Neskia.

— Vraiment ?

— Je ne me suis pas lancée dans ce projet à la légère. J'ai étudié avec attention toutes les options.

— Bien sûr. Toutes mes excuses. Mais vous devriez vraiment demander à Marius de l'éliminer.

— Marius ne réussirait pas forcément. Le vaisseau de Gore vaut certainement le sien, sans compter que les gardes-frontières ne manqueraient pas d'intervenir.

— Vous ne pouvez pas prendre le risque de le voir interférer avec la fusion, insista Neskia.

— Vous dites cela parce que vous ne savez rien de ce que je ferai une fois dans le Vide. Gore et les autres n'ont aucune importance. Seule Araminta compte à présent.

— Nous procéderons à la fusion. Je comprends et j'approuve votre projet.

— Non. La fusion était une diversion. Le noyau d'inversion sera à l'origine d'une révolution bien plus importante.

Neskia se figea, perturbée par ce changement de direction. Elle était devenue ce qu'elle était aujourd'hui afin de réaliser la fusion des Accélérateurs.

— Quoi ?

Elle n'imaginait pas qu'elle mettrait un jour en question les objectifs d'Ilanthe.

— Le Vide est craint à juste titre parce qu'il a besoin de l'énergie de sources externes pour fonctionner. Il est l'entropie incarnée, l'ennemi de toute chose. Le Vide est un concept magnifique ; l'esprit sur la matière est le stade ultime de l'évolution. J'espère pouvoir faire fonctionner le Vide pleinement sans qu'il se montre trop gourmand en énergie. Ce sera le cadeau des Accélérateurs à la vie elle-même.

— Mais comment ?

— J'ai été inspirée par Ozzie. Son champ mental fonctionne en altérant la nature fondamentale de l'espace-temps pour permettre la télépathie. J'ignore comment il a obtenu cette altération, mais la manière dont il l'a exploitée est une phénoménale réussite, même si, du fait de son retrait du Commonwealth, elle n'est pas reconnue à sa juste valeur. Changer la nature même de l'espace-temps sur des centaines d'années-lumière est un véritable prodige. Cela ouvre tout un champ de possibilités que je n'aurais jamais envisagées. C'est ce qui m'a poussée à tenter quelque chose de beaucoup plus grand que le simple mariage de ma Faction et du Vide. Ce dernier a un potentiel bien plus important. Le fait qu'il soit enfermé derrière une frontière, qu'il soit tributaire d'une source d'énergie épuisable est un désastre pour l'évolution des espèces intelligentes. Il faut le libérer du carcan de sa frontière.

— Vous voulez dire que vous voulez y amener toutes les espèces intelligentes ?

— Au contraire. Tout comme le champ mental d'Ozzie est une altération localisée alimentée, semble-t-il, par le mécanisme d'ancrage de la Pointe, le Vide ne peut fonctionner qu'en dévorant de la masse, par nature non renouvelable. Le noyau d'inversion instiguera un changement permanent. Il appréhendera la nature fondamentale du Vide et s'en inspirera pour modifier l'espace-temps, forçant la réalité à changer. L'ultime et grandiose réinitialisation de tout par le Vide pourra alors commencer. Le changement déferlera du centre de la galaxie. Bientôt, très bientôt, il englobera tout l'univers. L'entropie n'existera plus, car elle n'appartiendra plus à ce nouveau cosmos. Une fois les lois de l'espace-temps réécrites, l'esprit intelligent pourra contrôler la réalité, rendant possible une évolution inaccessible aux espèces post-physiques d'un univers défaillant.

— Vous allez changer les lois fondamentales de l'univers ? demanda une Neskia abasourdie.

— Oui. Le pinacle de l'évolution : permettre l'élévation de l'univers tout entier. Nous serons les instigateurs d'une genèse qui terrifieraient les dieux mythiques de nos ancêtres. Vous comprenez désormais pourquoi je ne me soucie guère des gens comme Gore. Bientôt, il me suffira de souhaiter qu'ils cessent d'exister pour que cela se réalise.

Le quarante-septième rêve d'Inigo : le triomphe de Celui-qui-marche-sur-l'eau

Mattuel eut le privilège d'aider Edeard à gravir l'escalier en colimaçon de la tour. Edeard n'aurait souffert d'être accompagné d'aucun autre de ses enfants, petits-enfants, arrière-petits-enfants, ou même arrière-arrière-petits-enfants, et encore moins arrière-arrière-arrière-petits-enfants, dont la plupart étaient trop jeunes. Grolral, premier de ses descendants de la cinquième génération, qu'il adorait, n'avait que sept semaines et ne pensait qu'à manger et dormir. Mattuel était son fils chéri, sans doute parce qu'il était né longtemps après les autres, quatre ans et demi après le départ de Finitan pour le Cœur. Ce n'était pas une raison valable pour le traiter différemment des sept autres, qui ne se formalisaient pas, d'ailleurs ; en réalité, Mattuel était la preuve vivante qu'il avait vécu cette vie comme il s'était promis de le faire. Cette fois-ci, lorsque les quatre Seigneurs du Ciel étaient apparus dans le ciel de Querencia, la situation n'était pas si mauvaise. Toutes les villes, et la plupart des grands villages disposaient de parcs qui accueillaient ceux qui devaient accomplir leur dernier voyage. Ces vastes étendues avaient été aménagées sur les conseils de Celui-qui-marche-sur-l'eau, grâce à qui on savait désormais que les Seigneurs du Ciel n'appréciaient pas spécialement les tours d'Eyrie, qu'ils ne les utilisaient que par respect pour l'espèce qui les avaient construites. Simples et bon marché, les parcs évitèrent de nombreux conflits. Grâce à eux, plus personne ne devait traverser la moitié du continent, avec tous les problèmes que cela entraînait.

Ce jour-là, une foule néanmoins nombreuse s'était retrouvée à Makkathran, une foule comme on en n'avait pas vu depuis un siècle. La dernière fois que les rues avaient grouillé d'autant de monde, c'était au retour des huit galions de la flottille qui avaient navigué autour de la planète. Edeard avait pris part à cette mission d'exploration ; le fait de revoir, plus d'un siècle plus tard – selon sa chronologie personnelle –, ces mers et ces côtes familières, l'avait rendu triste et nostalgique. Avant de repartir, il s'était assuré que la venue des Seigneurs du Ciel ne causerait aucun problème. Personne n'essaya plus de dominer les autres, de les soumettre à une cause ou à une famille. Les nouvelles générations d'esprits puissants s'intégraient plus facilement dans une société que le développement de la Guilde des modeleurs et la généralisation des génistars avaient rendue prospère. De nouvelles terres étaient colonisées dans ce qui était autrefois l'ouest sauvage. On encourageait même les enfants des Grandes Familles à chercher fortune dans ces contrées, à y profiter de possibilités nouvelles, à étendre les propriétés de leurs ancêtres ; toutefois, le processus serait long et Edeard était conscient qu'il n'en verrait pas l'aboutissement.

Le jour était venu pour les habitants de Querencia de remercier Celui-qui-marche-sur-l'eau d'avoir transformé leur planète, de leur avoir apporté lumière et prospérité. Il se disait déjà que l'ère de Celui-qui-marche-sur-l'eau était l'âge d'or de Querencia.

— Par la Dame, j'espère qu'ils ont raison, murmura-t-il à Kristabel en se réveillant ce matin-là.

Elle lui lança un regard sévère tandis qu'une de leurs arrière-arrière-arrière-petites-filles démêlait ses longs et fins cheveux blancs.

— Garde ton optimisme ashwellien pour toi. Ce n'est vraiment pas le moment.

La réaction amusante de son épouse le fit sourire, ce qui lui provoqua une vilaine et profonde quinte de toux. Deux des novices qui s'occupaient de lui l'aidèrent à se redresser sur son lit. L'une d'entre elles lui fit inhaler des vapeurs. Il faillit refuser par pur esprit de contradiction – la fameuse obstination des vieillards –, puis il pensa aux derniers jours de Finitan. Ces pauvres jeunes femmes essayaient juste de l'aider. Alors il inspira profondément et sentit ses tremblements diminuer.

— Oui, ma chère.

— Ha !

Il sourit de nouveau. Une des novices entreprit de déboutonner sa chemise de nuit.

— Je suis encore capable de faire cela moi-même, lui dit-il aussitôt.

Ce qui était faux, bien entendu, à cause de ses mains horriblement enflées et noueuses. Les potions que les médecins lui faisaient boire ne pouvaient pas soigner ses articulations rongées par l'arthrite. Heureusement, sa troisième main restait très efficace. Finitan lui avait fait une remarque similaire…

Il cligna des yeux et jeta un regard circulaire sur la chambre. Tout le monde le dévisageait d'un air inquiet.

— Qu'y a-t-il ? demanda-t-il.

— Tu as encore eu une absence, répondit Kristabel.

— Par l'Honoious ! Espérons que je vive jusqu'à leur arrivée.

Cela lui valut un regard désapprobateur de son épouse, tandis que les novices se précipitaient pour lui assurer qu'il n'avait rien à craindre.

— Si vous voulez savoir, je pensais à Finitan, expliqua-t-il à l'assistance beaucoup trop envahissante.

— Je ne me rappelle même plus à quoi il ressemblait, regretta Kristabel.

— C'était il y a deux siècles, lui fit-il remarquer. Mais nous le reverrons bientôt.

— Oui, c'est bien vrai.

Edeard lui sourit encore sans se soucier de l'indignité affreuse que représentaient tous ces gens bienveillants en train de s'affairer autour d'eux. En esprit, il vit le reste de sa famille qui se rassemblait dans les étages supérieurs de la ziggourat ; ils étaient animés par des sentiments antagonistes. Contre toute attente, il trouva leur présence rassurante. Ils étaient nombreux et s'en sortaient tous plutôt bien – ou tout du moins n'avaient-ils pas mal tourné… C'était sa véritable réussite.

Finalement, Kristabel et lui réussirent à s'habiller sans qu'on les aide trop. Il renonça à porter la cape noire de Celui-qui-marche-sur-l'eau. À son âge cela aurait été ridicule. Par ailleurs, après onze mandats de maire, il estimait que sa tenue officielle serait plus appropriée.

Il parvint à sortir de la chambre et à se rendre dans le premier grand salon, où il s'arrêta pour se reposer un peu. Mattuel l'aida à s'asseoir sur une chaise à haut dossier avec sa troisième main. Il eut envie de lancer un regard noir au jeune homme, mais se ravisa. En vérité, il n'aurait pas pu se passer de son aide. Tomber sur les fesses au début de la cérémonie n'aurait pas été du meilleur effet.

— Merci, lui dit-il doucement.

Mattuel n'avait plus grand-chose d'un jeune homme, en vérité ; il avait fêté son deux centième anniversaire quelques années plus tôt, Edeard avait oublié quand, exactement.

Un par un, les membres de la famille vinrent à leur rencontre pour les serrer une dernière fois dans leurs bras et leur murmurer quelques mots de réconfort. Cette pratique était devenue une tradition au cours du dernier siècle et demi. *C'était une bonne tradition*, décida-t-il. *Cela permet d'éclaircir les choses, de se réconcilier, de regretter d'éventuelles paroles hâtives, de mettre un terme à des disputes idiotes. Moi, je ne suis fâché avec personne.* Il avait tiré une bonne leçon de ce qui lui était arrivé deux cents ans plus tôt.

Il pouvait donc les accueillir tous avec joie, et eux lui souhaiter un ultime bon voyage sans arrière-pensées. Il ressentit un peu de tristesse en constatant que ses enfants aussi avaient vieilli. Rolar et Wenalee partiraient certainement à la prochaine venue du Seigneur du Ciel. Jiska et Natran, ainsi que leurs onze enfants, cinquante-sept petits-enfants et il ne savait combien d'arrière-petits-enfants, étaient restés au huitième, car il n'y avait pas de place pour tout le monde au dixième. Ils lui firent donc leurs adieux de là-bas. Marilee, Analee et Marvane étaient toujours ensemble et avaient eu dix-huit enfants. Edeard serra fort le capitaine marchand quand arriva son tour.

— Vous pouvez nous accompagner, si vous le souhaitez, gloussa Edeard. Cela vous fera des vacances !

— Papa ! C'est horrible !

— Il n'a pas besoin de vacances.

— Nous sommes bonnes avec lui.

— Quand il est gentil.

— Et surtout quand c'est un vilain garçon…

— Vous voyez ? lança Marvane en écartant les bras dans un geste d'impuissance.

— Je vois parfaitement, répondit Edeard avec affection.

Vinrent ensuite Marakas et Jalwina. Ils étaient heureux et mariés depuis quarante ans. Il faut dire que Marakas s'était beaucoup entraîné avant : Jalwina était sa septième femme. Mais c'était un petit joueur à côté de Dinlay.

Il y avait aussi Taralee, dans sa robe de Grande Maîtresse, même si elle avait quitté le Conseil de la Guilde des médecins trente ans plus tôt.

— Tu te sens bien ? s'inquiéta-t-elle. J'ai apporté des sédatifs à base de feuilles de folox.

— Cela ira, merci, répondit-il fermement.

— Tout se passera bien, ajouta-t-elle dans un sourire. Au revoir, papa.

— À bientôt.

À bientôt. Le murmure se répandit dans le salon avant d'être repris en chœur par ceux du neuvième étage, puis par les autres, jusqu'au troisième. Burlal n'était pas là. Il ne connaîtrait jamais l'indignité de l'âge. Sa brève existence ne fut que bonheur.

Edeard fit de son mieux pour ne pas pleurer tandis que sa dynastie lui disait adieu. Des troisièmes mains les soulevèrent, Kristabel et lui, avant de leur faire descendre le grand escalier central de la demeure sous le regard et les vivats de centaines de membres de la famille penchés par-dessus la rampe.

— On a fini par pousser vers la sortie ton vieil oncle Lorin, pas vrai ? dit-il en faisant des signes de la main aux visages innombrables et flous.

— Merci ma Dame.

La plus grande des gondoles familiales les attendait, au ponton de la ziggourat, sur le Grand Canal majeur. Ils prirent place sur le banc central et regardèrent autour d'eux. Le long du quai, une foule immense s'était rassemblée pour souhaiter bon voyage à Celui-qui-marche-sur-l'eau. Les habitants de la ville les applaudirent et leur firent de grands signes, tandis que leur embarcation les conduisait à la plate-forme d'amarrage centrale d'Eyrie, tout près de là. Tous avaient revêtu leurs plus beaux vêtements, transformant le canal en avenue colorée.

— Tu te rappelles les bateaux de fleurs du festival de la Guidance ? demanda Edeard à sa femme. Ils étaient tout aussi colorés. C'était une si agréable journée. Dommage qu'elle ne soit plus fêtée.

— Le festival n'avait plus de sens après l'arrivée des Seigneurs du Ciel, remarqua Kristabel. Néanmoins, je ne risque pas de l'oublier ; c'est le jour où je t'ai vu pour la première fois. Tu te souviens ?

— Oui, l'enlèvement de Mirnatha, dit-il en se remémorant quelques détails de cette journée. (Cela faisait des décennies, peut-être davantage, qu'il n'avait repensé à ces événements.) Bise la retenait prisonnière dans la *Maison des pétales bleus.*

— Nous n'avons jamais su qui l'avait enlevée. Et ce n'était pas à la *Maison des pétales bleus*, mais à Fiacre.

Owain savait, lui. *Lui et sa clique avait commandité l'enlèvement, mais je ne pouvais pas raconter tout cela à Kristabel sans lui révéler ce qu'Owain, Bise et, pardonnez-moi ma Dame, Dame Florell étaient devenus. Ni pourquoi il était capital de les éliminer. Que dirait-elle si elle connaissait le secret de cet univers ? Que ferait-elle ? Que feraient-ils tous ?*

— Réveille-toi, le gronda Kristabel. Nous sommes arrivés.

— Je ne dormais pas, protesta-t-il tandis qu'on amarrait la gondole.

Au-dessus du canal, les tours courbées d'Eyrie s'élevaient dans le ciel d'été parfaitement dégagé. On installait déjà ceux qui devaient partir sur les plates-formes des toits. Mattuel et quelques-uns de ses descendants de la troisième génération étaient dans la rue en contre-haut et se préparaient à soulever Kristabel et Edeard avec leurs troisièmes mains. Ils les avaient tous suivis en courant derrière la gondole, sur la surface du canal ; ils étaient tous assez forts pour cela.

Entre les tours, les rues étaient noires de monde ; des représentants étaient venus du monde entier pour saluer Celui-qui-marche-sur-l'eau une dernière fois et lui souhaiter un bon voyage. Ils lancèrent des cris de joie et lui firent des signes de la main. Sur les marches de l'église de la Dame, le chœur des novices commença à chanter. Puis Makkathran tout entière se joignit à elles.

Edeard demanda à Mattuel de s'arrêter un instant pour lui permettre de savourer une dernière fois cette musique. Il s'agissait du *Vol doux-amer*, la dernière et la plus belle composition de Dybal. À la fois simple et entêtante, la chanson était devenue un hymne depuis que le musicien était parti avec les Seigneurs du Ciel, quatre-vingts ans plus tôt.

— Il est enfin devenu respectable, murmura Edeard lorsque la chanson fut terminée.

Tout autour de lui, les gens baissaient la tête et s'immobilisaient pour la minute de silence traditionnelle.

— Le pauvre Dybal aurait détesté cela, s'amusa Kristabel.

— Oui. Je lui raconterai tout quand nous nous reverrons.

Leurs amis étaient en bonne place près de la tour. Edeard réussit à saluer faiblement plusieurs visages familiers. Salrana n'était plus là ; il ressentait toujours un peu de peine pour elle, une peine certes soignée par les siècles. Dix ans déjà qu'elle n'était plus de ce monde.

Edeard avait assisté à son départ depuis le jardin du dernier étage de sa demeure. Il craignait tellement que son âme ne soit pas acceptée. Pour son grand bonheur, elle l'avait été. Elle et lui ne s'étaient jamais réconciliés, mais au moins Salrana avait-elle atteint la plénitude à la fin de sa vie.

Ranalee aussi était partie, méprisante et querelleuse jusqu'au bout. À sa façon, elle avait accompli beaucoup de choses, laissant derrière elle une ribambelle de descendants tout aussi avides de richesses qu'elle, dont les entreprises fructueuses fleurissaient un peu partout.

Edeard ferma les yeux comme on le soulevait doucement. *Le temps est venu pour moi de faire un choix. Ma vie a été belle, et cette journée en est la preuve. Non pas parfaite, car c'est impossible. Dois-je retourner en arrière pour tout recommencer ? Et dans quel but ? Je sais que je ne pourrais revivre ces siècles que différemment. Peut-être pourrais-je revenir avant la mort d'Owain ? Ou bien retourner à Ashwell pour empêcher que mes parents soient tués ? Salrana ne serait jamais corrompue...* Il secoua la tête. Il n'avait presque pas de regrets. Non, il n'avait pas envie de cela. Il lui faudrait vivre trop d'événements désagréables pour espérer parvenir à un résultat aussi satisfaisant que sa dernière existence. Sans compter qu'il devrait changer beaucoup de choses pour rendre tolérable une nouvelle vie. Le risque était immense.

Je me laisserai guider.

L'escalier en colimaçon de la tour était trop étroit pour accueillir son entourage, aussi Mattuel eut-il l'honneur de porter seul son père jusqu'au sommet, accompagné par la Pythie en personne. Honalee porta sa grand-mère, tandis que le reste de la famille attendait au pied de l'édifice.

— Sainte Dame, je n'étais pas revenu ici depuis le jour du départ de Finitan, dit Edeard à l'approche de la plate-forme.

— Oui, père.

— Tu sais, c'est de cette même tour que les sbires d'Owain m'ont jeté dans le vide.

— Je sais, père.

Edeard sourit doucement lorsqu'ils émergèrent enfin dans la lumière du soleil. Huit hautes spires légèrement recourbées vers l'intérieur entouraient la plate-forme. Comme d'habitude, le vent était beaucoup plus violent ici qu'au sol ; il sifflait en tournoyant.

Un groupe de novices et de Mères était agglutiné autour de la sortie. Ouvertement inquiètes et bienveillantes, elles ne le lâchèrent pas des yeux jusqu'à ce qu'il soit confortablement installé sur une pile de coussins. Elles étaient montées jusqu'ici pour escorter les autres, une cinquantaine de personnes venues comme lui pour attendre le Seigneur du Ciel. La plupart étaient installés comme lui sur des coussins, mais quelques-uns, plus têtus, préféraient attendre debout.

— Il était temps, lui dit Macsen.

Il leva deux doigts pour saluer son ami et se demanda comment les Mères et les novices étaient parvenues à hisser l'énorme maître de Sampalok jusqu'ici. Macsen était devenu une boule. Depuis quatre ans, il était incapable de se lever de son lit sans aide.

Edeard jeta un regard sur ses amis ; il était ému et ravi qu'ils partent tous ensemble. Kanseen était étendue sur un lit de coussins à côté de Macsen ; terriblement amaigrie, elle respirait à grand-peine. Émacié mais bien droit, Dinlay se tenait bien évidemment debout, digne jusqu'au bout dans son uniforme impeccable de chef de la gendarmerie. Il était seul ; à la grande surprise de tout le monde, il était marié à la même femme depuis trente-deux ans – un record –, mais celle-ci était sa cadette de quatre-vingt-sept ans.

— Ensemble, dit-il.

— Quoi qu'il arrive, ajoutèrent les autres en chœur.

— Celui-qui-marche-sur-l'eau, commença la Pythie en s'inclinant. Puisse la Dame bénir votre voyage. Elle vous accueillera bientôt, j'en suis persuadée. Ce que vous avez accompli pour ce monde est digne de toutes les louanges. Le Cœur vous attend avec impatience, tout comme ceux de vos amis qui sont déjà là-bas. Nous qui vivons sur Querencia vous serons à jamais reconnaissants, car vous avez œuvré toute votre existence pour que nous atteignions la plénitude.

Edeard la regarda dans les yeux ; elle était un peu austère comme toutes les Pythies, mais son visage reflétait son inquiétude, une inquiétude perceptible bien au-delà de la tour. *Dois-je lui dire ?* Comme il ne pouvait pas prendre le risque de la décevoir, il dit simplement :

— Merci.

Les novices et les Mères disparurent dans l'escalier en colimaçon.

Macsen laissa échapper un soupir d'aise et s'affaissa sur ses coussins.

— On a une minute devant nous. Quelqu'un a apporté de la gnôle ?

— Je crois que tu en as eu assez, lui répondit doucement Kanseen en esprit.

En voyant sa respiration saccadée, Edeard se dit que sont corps n'était encore en vie que par la seule force de sa volonté. Puis arriva Dinlay, qui s'arrêta à côté de lui. Les verres de ses lunettes étaient si épais qu'on aurait dit des boules. Edeard savait bien qu'il était quasiment aveugle. Seul son esprit lui permettait de se déplacer sans trop de soucis.

— Tu crois que Boyd est là-bas ? demanda-t-il à Edeard.

Celui-ci eut un sourire mélancolique.

— S'il n'y est pas, nous allons devoir fouiller le Vide pour le retrouver.

— Je suis certain que le Seigneur du Ciel nous aiderait. Boyd a sa place dans le Cœur.

— Ce serait quand même quelque chose, intervint Kristabel. Une traversée de l'univers, un voyage mille fois plus grandiose que notre tour de Querencia.

— Oui, mon amour, ce serait quelque chose.

Il la vit se tourner vers lui et plisser les yeux de cette manière si familière et adorable.

— Il y a un problème ? demanda-t-elle.

— Non, il n'y a pas de problème, mais dites-moi, vous tous : si vous saviez quelque chose, si vous possédiez une aptitude particulière susceptible de changer notre façon de vivre, nos croyances, notre manière de penser, même, garderiez-vous le secret ?

— Quelle aptitude ? demanda Macsen avec curiosité. La capacité à communiquer avec la ville ?

— Non, quelque chose de plus important encore.

— Quelque chose qui changerait la vie en bien ? demanda Kristabel.

— Non, pas forcément. La nature du changement dépendrait de la personne qui en serait à l'origine.

— Tu n'as pas le droit de juger les gens, intervint Dinlay. Même si tu es Celui-qui-marche-sur-l'eau. La justice est rendue dans les tribunaux. Quant à déterminer la nature de l'âme d'une personne, cela n'est pas de notre ressort. Le Cœur seul décide.

— Si cette aptitude existe, ce n'est sûrement pas sans raison, ajouta Kanseen en esprit.

— C'est ce que je pense, acquiesça Edeard.

Loin en dessous, la ville retint son souffle, puis explosa de joie lorsque le Seigneur du Ciel apparut au-dessus de l'horizon. La joie intense de la foule extatique monta *crescendo*.

Cela donna un coup de fouet ultime au corps d'Edeard. Il déploya sa troisième main et attira ses amis près de lui. Ils se tinrent tous par la main tandis que le Seigneur du Ciel survolait la mer de Lyot. Le vent qu'il avait soulevé faisait voleter leurs robes. Autour d'eux, les spires se mirent à briller, dessinant une couronne de lumière intense qui se déversa sur la plate-forme, emplit l'atmosphère d'étincelles, comme s'il pleuvait des étoiles.

— Acceptez-vous de nous emmener ? demanda Edeard au Seigneur du Ciel. Nous guiderez-vous jusqu'au Cœur ?

— Oui, répondit la créature géante et bienveillante.

Des larmes de gratitude coulèrent sur les joues d'Edeard tandis que la lumière s'intensifiait et que l'ombre du Seigneur du Ciel recouvrait Eyrie. C'était sa dernière chance.

La lumière explosa littéralement et devint trop intense pour garder les yeux ouverts. Il sentit son corps commencer à se dissoudre dans la puissance, quelle que soit sa nature, déchaînée par les tours. Son esprit, en revanche, demeura intact, se renforça, même ; ses pensées devinrent plus claires qu'elles ne l'avaient été depuis des décennies. Sa perception s'étira, engloba toute la ville.

— J'ai un dernier cadeau à vous faire, dit-il aux esprits ravis qui scintillaient en dessous. Faites-en bon usage.

Et il leur montra comment remonter le cours de leur vie pour tout recommencer à partir d'un point choisi.

— C'est donc ainsi que nous avons toujours vaincu ? s'enquit Macsen en riant.

L'âme d'Edeard resplendissait de bonheur. La forme spectrale d'un Macsen redevenu adolescent et beau s'éleva à côté de lui dans les fluctuations lumineuses géantes qui parcouraient le corps du Seigneur du Ciel.

— Non, pas toujours, promit-il à ses amis. Pas depuis deux cents ans. Je jure sur la Dame que ce que vous avez accompli, vous l'avez accompli seuls.

— Que feront-ils de cette aptitude ? demanda Dinlay en regardant le monde rapetisser à la lumière de leurs corps désintégrés.

— Ils feront du mieux qu'ils pourront, évidemment, répondit Kanseen.

— Tu as pris la bonne décision, le rassura Kristabel.

Edeard dirigea ses sens vers le ciel et perçut les chants des nébuleuses. Elles semblaient s'adresser à lui, promesse de gloire qui l'émerveilla et le rendit impatient.

— Elles sont si belles. Nous serons bientôt là-bas.

8

Oscar mâchouillait son beignet au chocolat sans y penser tout en étudiant les cartes d'astrogation que son ombre virtuelle sélectionnait pour lui. Derrière les affichages de son exovision, Liatris McPeierl faisait de l'exercice ; il était buste nu, et les muscles parfaitement proportionnés de son torse étaient joliment mis en valeur par une fine pellicule de sueur. Dans ces conditions, difficile de rester concentré ; la navigation transgalactique était beaucoup moins intéressante que ce garçon beau et souple qui s'activait à deux mètres de là.

Liatris termina ses exercices et, languissamment, attrapa une serviette.

— Je vais prendre une douche, annonça-t-il.

Il tourna les fesses à Oscar et émit des pensées faussement lubriques. Oscar mordit à pleines dents dans son gâteau, inhala malencontreusement une grosse quantité du sucre glace et fut pris d'une quinte de toux qui lui donna un air particulièrement ridicule. Il avala une gorgée de thé pour se rincer le gosier. Lorsqu'il eut terminé, Liatris n'était plus là et Beckia était assise de l'autre côté de la cabine principale du vaisseau, d'où elle le regardait avec pitié.

— Quoi ? grommela-t-il.

— Liatris est casé à la maison, dit-elle.

— Votre maison est bien loin d'ici.

— Vous n'êtes qu'un vieux pervers.

— Et fier de l'être. Vous voulez jeter un coup d'œil à mon tableau de chasse ?

— Vous n'avez aucune dignité, n'est-ce pas ?

Il eut un sourire libidineux et demanda à son ombre virtuelle de chercher sur l'unisphère des informations sur tous les voyages – connus ou supposés – vers des destinations transgalactiques.

— C'est en partie pour cela qu'on m'aime.

— Parce qu'on vous aime ?

Tomansio et Cheriton émergèrent du sas situé au milieu de la cabine. Tous deux étaient vêtus de toges à la surface iridescente et flamboyante. Leurs émissions sur le champ de Gaïa étaient réduites à zéro. Il s'agissait de faire comprendre à tout le monde qu'ils étaient des citoyens loyaux de Viotia et non des adeptes du Rêve vivant.

— Cela ne s'arrange pas, dehors, se plaignit Cheriton.

Cela faisait deux semaines que l'équipe voyait le gouvernement de Viotia se démener pour normaliser la situation après le départ des envahisseurs. Deux jours après le retrait des troupes d'Ellezelin, le premier ministre avait été lynché dans la capitale, Ludor. La foule en colère s'était engouffrée dans le parlement avec la complaisance des gardes, heureux que justice soit faite. Les autres membres du cabinet avaient préféré ne pas se mêler de cela pour échapper à la perte corporelle. Les autorités locales se contentèrent donc d'attendre que la tension retombe naturellement.

Colwyn City était la ville qui avait le plus souffert de l'invasion ; ses infrastructures sérieusement endommagées étant en voie de réparation, elle claudiquait encore un peu. Équipes de l'ingénierie civile et robots travaillaient d'arrache-pied, installaient des équipements arrivés par vaisseaux de partout dans le Commonwealth. Toutefois, le commerce avait du mal à redémarrer, et un nombre étonnant d'enseignes restaient fermées en dépit des encouragements de la municipalité.

— Je trouve qu'ils ne se sont pas si mal débrouillés dans cette ambiance d'apathie générale, dit Tomansio. Il leur faudra quelques années pour retrouver leur niveau d'avant l'invasion. Le fait que la compagnie de Likan ait cessé son activité n'arrange pas les choses ; elle contribuait énormément à l'économie planétaire. Le Trésor va devoir intervenir pour la remettre à flot. Sauf que le cabinet est trop fragilisé pour cela. Le gouvernement ne regagnera la confiance des citoyens qu'au prix d'élections anticipées.

— C'est un problème, en effet, acquiesça Oscar. Mais à quoi bon ? Notre glorieuse Rêveuse va lancer la flotte du pèlerinage dans sept heures. Une fois la galaxie anéantie, ces élections n'auront plus aucune importance.

— Dans ce cas, que faisons-nous encore ici ? demanda Tomansio.

Oscar allait leur sortir une fois de plus son couplet passionné sur l'espoir et la foi qu'il fallait entretenir jusqu'au bout, un couplet fondé uniquement sur l'impression que lui avait laissé Araminta pendant leurs cinq secondes de face à face dans le parc de Bodant. Il était intimement persuadé qu'elle manipulait le Rêve vivant. Toutefois, son équipe avait entendu ce discours un nombre incalculable de fois ; par ailleurs, n'était-il pas en train de préparer sa fuite à bord d'un des vaisseaux les plus performants que l'ANA ait jamais créés ?

— Je ne sais pas, admit-il, surpris de découvrir à quel point il lui était difficile de faire cet aveu.

Car cela voulait dire que la mission était terminée, qu'ils ne pouvaient plus rien faire, qu'il n'y avait plus d'avenir.

Il se demanda comment Dushiku, Anja et ce cher Jesaral à l'humeur si changeante réagiraient lorsqu'il se poserait devant la maison à bord de son engin à ultraréacteur camouflé pour leur dire qu'ils allaient quitter la galaxie. Il ne leur avait pas parlé depuis si longtemps qu'il ne pensait plus trop à eux. Ce qui n'était pas une bonne chose. Mais la vérité, c'était qu'il pouvait se passer d'eux. *Surtout maintenant que j'ai repris le fil de ma vraie vie.*

Un grognement incrédule jaillit de ses lèvres entrouvertes. *Ah ! comme je suis perfide ! Beckia a raison : je n'ai aucune dignité.*

Cheriton, Tomansio et Beckia échangèrent des regards étonnés comme les émotions contradictoires d'Oscar se répandaient dans le champ de Gaïa.

— Que comptez-vous faire quand l'expansion débutera ? leur demanda-t-il.

— Les Chevaliers Gardiens survivront, répondit Tomansio. Je suppose que nous nous installerons dans une autre galaxie.

— Il vous faudra d'abord trouver une planète accueillante, reprit Oscar. Ce sera plus facile avec un bon vaisseau d'exploration. Et un ultraréacteur ne serait pas de trop.

— En effet. Et nous serions très honorés que vous vous joigniez à nous.

— C'est difficile, dit Oscar avec tristesse. Devoir reconnaître que nous avons échoué… Pas seulement nous cinq, mais l'ensemble de l'espèce humaine…

— Justine est toujours dans le Vide, intervint Beckia. Et Gore peut encore retourner la situation. Il prépare manifestement quelque chose.

— Vous vous raccrochez à des brins d'herbe, rétorqua Oscar. Cela ne suffira pas.

— Certes. Cependant, je crois profondément qu'il faut aussi avoir la force d'admettre sa défaite. Nous ne sommes pas parvenus à récupérer Araminta, et cette petite salope méprisable a fait son propre choix. Nous n'avons plus aucun rôle à jouer dans cette partie.

— Ouais, acquiesça-t-il.

Il se demandait encore comment ses partenaires réagiraient. Il n'était pas mesquin au point de s'enfuir sans leur proposer de venir avec lui, mais ils avaient des familles, ce qui compliquerait grandement leur exode. En réalité, il était vraiment seul. La personne vivante dont il se sentait le plus proche était sans doute Paula Myo, pensée qui le fit sourire.

Toutes les fenêtres de son exovision disparurent soudain comme son ombre virtuelle l'informait que quelqu'un essayait d'entrer en contact avec lui via une ligne sécurisée à usage unique.

— Nom de Dieu ! bredouilla-t-il.

— Salut, Oscar, dit Araminta. Vous m'aviez demandé de vous rappeler.

* * *

Avoir réussi à construire les douze vaisseaux du pèlerinage était un véritable exploit, même avec l'aide combinée des cerveaux électroniques, de la cybernétique, des réplicateurs industriels, d'une légion de robots et de fonds gouvernementaux illimités. La puissance de traitement prodigieuse et les ressources humaines colossales s'étaient focalisées sur la planification et la fabrication elle-même, si bien que personne n'avait vraiment réfléchi en profondeur à la question de l'embarquement des vingt-quatre millions de passagers chanceux.

Mareble avait fondu en larmes lorsqu'elle avait reçu la confirmation que Danal et elle avaient obtenu une place à bord du *Rêve de Macsen*. Elle était tombée à genoux dans leur chambre d'hôtel et avait émis la plus intense des prières sur le champ de Gaïa pour remercier la Rêveuse Araminta de s'être encore montrée si bonne avec eux. Pendant les jours qui avaient suivi, elle avait vécu sur un petit nuage. Elle était obnubilée, ne pensait qu'à ce qu'elle ferait une fois qu'elle arpenterait les rues de Makkathran, si bien qu'elle en oubliait de manger. Puis elle canalisa son émerveillement et son excitation pour se lancer dans les derniers préparatifs ; elle était une des élus, et c'était une occasion qu'il convenait de ne pas gâcher. Danal et elle réfléchirent longuement à ce qu'ils emporteraient avec eux. Chaque passager avait droit à un mètre cube de bagages, mais il était fortement déconseillé d'embarquer tout appareil technologique.

Son vœu le plus cher était de devenir une modeleuse, comme Celui-qui-marche-sur-l'eau. Pendant des années, elle avait étudié les techniques employées dans les premiers rêves. Elle était certaine de pouvoir l'imiter, pour peu qu'on lui fournisse un génistar générique fécondé. Une fois les vêtements, ustensiles et outils de base emballés, elle combla ce qui lui restait d'espace avec des vestes épaisses, des jeans et des bottes comme en utilisaient les gens qui travaillaient avec des animaux, et glissa des instruments de vétérinaire dans les centimètres cubes restants. Danal remplit son container de plats tout prêts raffinés et de semences diverses, et surtout de livres à l'ancienne imprimés sur du papier extra-fort par un réplicateur spécial acheté pour l'occasion. Il voulait devenir enseignant, lui avait-il expliqué, et c'était pourquoi il avait aussi préparé crayons, stylos et autres ingrédients nécessaires à la fabrication d'encre.

L'embarquement commença trois jours après la livraison des réacteurs et des champs de force. Avant de rencontrer Araminta, leur origine douteuse l'aurait fait tiquer ; cependant, maintenant qu'elle avait assisté à la confrontation entre la Rêveuse et cette chose – Ilanthe –, elle était confiante dans le fait que le pèlerinage n'avait pas été perverti par une Faction quelconque cherchant à atteindre un but secret. Araminta avait raison : le Vide vaincrait toutes les forces du mal. Lorsque leur capsule les déposa près de leur vaisseau, elle était insouciante et excitée à l'idée d'entreprendre ce voyage. L'aboutissement de sa vie tout entière était proche.

La capsule dut attendre à l'extérieur du champ de force du chantier pendant sept heures, à trois cents mètres du sol, coincée dans ce qui ressemblait à un nuage de sauterelles métalliques, attendant l'autorisation de se poser. Quand ils se retrouvèrent enfin face à un des sas destinés à introduire du matériel sous le champ de force, des robots chargèrent leurs containers sur des chariots, qui s'envolèrent aussitôt. Mareble et Danal traversèrent le sas à pied et passèrent devant toute une panoplie de scanners et de champs capteurs avant de se retrouver sous le filtre violet clair du dôme. De longs convois de chariots bourdonnaient au-dessus de leurs têtes, se séparaient et se rejoignaient comme des rivières noires, tandis qu'ils planaient vers les vaisseaux idoines. Hypnotisée par ces courants complexes et si rapides, Mareble fit le deuil de son container personnel.

Sous les chariots, une strate de panneaux de signalisation en trois dimensions clignotait pour indiquer les directions à suivre dans les larges avenues qui séparaient les vaisseaux. Par ailleurs, son ombre virtuelle avait reçu une série d'instructions pour l'aider à trouver la rampe 13 du *Rêve de Macsen*. Son ombre virtuelle et celles de deux millions de personnes. Ces instructions se résumaient à une chose : rejoignez la queue de trois cents mètres de large qui emplissait l'avenue et piétinez pendant cinq heures.

Dans la lumière déclinante, les coques géantes qui les dominaient lui donnaient l'impression irrépressible de se trouver dans un canyon de métal sans fin. Les champs regrav qui soutenaient les vaisseaux pulsaient d'une manière étrange et très désagréable pour son ventre. Il n'y avait pas de toilettes. Et rien à manger ni à boire. Pas d'endroit où se reposer. Le brouhaha incessant des conversations et des plaintes, les pleurs des enfants produisaient un vacarme stressant et insupportable. Seul le champ de Gaïa, avec son enthousiasme généralisé, lui remontait le moral.

Cinq heures passées au milieu de femmes agitées parlant de leur reprofilage génétique et de leur nouveau physique d'Amazone de vingt ans. Elles portaient toutes des tee-shirts sur lesquels on pouvait lire des slogans comme « Dinlay, aime-le ou quitte-le », « Plus chaude que Hilitte » ou « Ce soir, je couche avec Dinlay ».

Mareble et Danal échangèrent un regard sardonique et s'efforcèrent de ne pas écouter leurs conversations osées et leurs éclats de rire vulgaires. La manière dont certaines personnes interprétaient la plénitude que leur apporterait le pèlerinage était stupéfiante.

Enfin, après une attente interminable dans les limbes, ils se retrouvèrent au pied de la rampe 13. Après le véritable chaos qu'elle avait subi, Mareble laissa échapper un sanglot de soulagement.

— On y est pour de vrai, murmura-t-elle à Danal tandis qu'ils entamaient leur lente montée.

Les fans de Dinlay leur emboîtèrent le pas. Heureusement, la foule était moins dense qu'en bas, où des milliers de personnes se pressaient dans l'avenue flanquée de deux énormes vaisseaux. Mareble s'éleva au-dessus d'eux dans tous les sens du terme.

Danal lui prit la main et la serra fort tout en lui manifestant sa gratitude sur le champ de Gaïa.

— Merci, dit-il. Sans toi, je n'y serais jamais arrivé.

Le temps d'un bref instant, elle repensa à Cheriton et au moment court mais intense qu'elle avait passé avec lui après l'arrestation de son mari. Cheriton lui avait donné la force de traverser cette période particulièrement difficile. Elle parvint à garder pour elle son sentiment de culpabilité. Après tout, Celui-qui-marche-sur-l'eau lui-même avait failli lorsqu'il avait tenté d'unifier toute la planète ; et il était sorti plus fort que jamais de cette épreuve.

— On a réussi, acquiesça-t-elle. Je t'aime. Et nous allons nous réveiller à Makkathran.

— Oh ! Comme c'est mignon…, commenta une voix puissante et amusée.

Mareble afficha un sourire sans joie et se retourna pour faire face à un homme à l'allure inattendue ; elle n'avait pas de préjugés, mais tout de même…

Il était plus grand que Danal et vêtu d'un kilt et d'une veste rouge vif ornée de boutons dorés. Elle ne se souvenait pas avoir vu ce genre d'accoutrement sur Querencia. Elle s'apprêtait à lui dire quelque chose quand un éclat de lumière or argenté scintilla dans la tignasse épaisse de l'homme.

— On m'appelle LionWalker, commença-t-il. C'est bizarre, mais pas plus que Celui-qui-marche-sur-l'eau, alors… Enchanté de vous connaître.

— Moi de même, répondit sèchement Danal.

— Est-ce que nos deux tourtereaux vont s'unir dans l'église de la Dame ?

— Mareble est déjà mon épouse.

Danal avait répondu d'une voix si fière que Mareble oublia l'impolitesse manifeste de l'inconnu et regarda amoureusement son mari qui la serrait fort contre lui.

— Ah ! Certes, mais une union prononcée à Makkathran serait véritablement bénie, non ? Croyez-moi, des mariés, j'en ai vu un paquet et de toutes sortes ; on a toujours besoin d'un petit coup de pouce pour que cela marche. (LionWalker leva la main pour les saluer, révélant une antique flasque argentée.) Salut et *bon voyage**. (Il avala une gorgée d'alcool.) Aaah ! Cela va me réchauffer les orteils pendant le trajet.

— Nous n'avons pas besoin de coup de pouce, marmonna Mareble.

— Si vous le dites. Tout le monde a besoin de conseils, croyez-moi.

— Je vous saurais gré de garder vos homélies pour vous, intervint Danal. Notre seul guide est Celui-qui-marche-sur-l'eau.

---

* En français dans le texte. (*NdT*)

Ils atteignirent le sommet de la rampe. Mareble aurait préféré que leur ascension se déroule dans le calme et la dignité. LionWalker prit une autre gorgée d'alcool, lui adressa un clin d'œil lubrique et entra dans le vaisseau comme s'il lui appartenait.

— Eh bien ! s'indigna Danal. Certains d'entre nous ont manifestement beaucoup de chemin à parcourir avant d'atteindre la plénitude.

Derrière le sas, ils découvrirent sept couloirs sur les parois desquels brillaient des hologrammes qui leur indiquaient le chemin à suivre pour trouver les capsules qui leur avaient été assignées.

— Allez, viens, dit Danal en la prenant par la main.

Mareble plissa les yeux et regarda le couloir dans lequel avait disparu LionWalker.

— J'ai l'impression de l'avoir déjà vu quelque part.

Mais elle ne se rappelait pas où. Les fans de Dinlay les dépassèrent en criant et s'engouffrèrent dans un couloir comme une équipe de football s'apprêtant à jouer, ce qui fit rire Mareble. Elle laissa Danal la guider dans le labyrinthe du *Rêve de Macsen*. Instinctivement, elle chercha la Rêveuse Araminta et la trouva sur le pont d'observation de *La Lumière de la Dame*. Seule et déterminée, elle regardait à travers la section bombée et transparente du fuselage avant.

Rassurée par le fait que son idole surveillait du coin de l'œil le déroulement des opérations, Mareble continua à avancer avec une confiance renouvelée.

* * *

L'icone de l'IA apparut dans l'exovision de Troblum ; elle demandait la permission de se connecter. Habituellement, elle faisait intrusion sans poser de question, pensa-t-il.

La Rédemption de Mellanie était toujours en suspension transdimensionnelle au-dessus de Viotia. Troblum n'avait pas l'intention de sortir de sa cachette. La prise de pouvoir d'Araminta l'avait laissé complètement perplexe. Elle s'était donné tellement de mal pour échapper au Rêve vivant qu'il trouvait illogique sa subite volte-face. Il devait s'agir d'un genre de ruse…

Il attendait donc qu'elle dévoile ses cartes. Après tout, s'il quittait la galaxie pour de bon, elle risquait de régler la question du pèlerinage sans qu'il n'en sache jamais rien.

— Même si le pèlerinage n'a pas lieu, il reste les Accélérateurs, Ilanthe et la Chatte, remarqua Catriona.

— Toute solution au problème du pèlerinage implique par définition la neutralisation de ces derniers, expliqua-t-il patiemment.

— Je croyais que tu étais curieux de découvrir ce qu'il était advenu des expéditions transgalactiques.

— Je le suis, mais le dénouement de cette histoire est si proche, à présent, que je préfère attendre de voir si le pèlerinage va réellement déclencher l'expansion du Vide. Je peux me le permettre, maintenant que je dispose d'un ultraréacteur.

— Et Oscar ? L'IA dit qu'elle sait où se trouve son vaisseau.

— Oscar ne compte plus. Il ne reste que Gore et Ilanthe. Cette guerre est la leur.

— Tu as peur de le rencontrer ?

— Pas du tout, mais cela ne servirait plus à rien.

— Tu pourrais désactiver la barrière de Sol.

— Non !

Et c'était la vérité. Il avait passé des journées entières à étudier les fichiers classés dans ses lacunes de stockage, à disséquer les théories et équipements développés durant son séjour dans la station des Accélérateurs et la construction de l'Essaim. Il n'existait aucun moyen de revenir en arrière, de désactiver la barrière. Et puis, il ne disposait pas d'assez de données sur les composants de l'Essaim pour savoir s'il existait une porte dérobée. L'Essaim avait été construit en grande partie après son départ. Lui s'était contenté de superviser la mise en place des systèmes de montage. Des décennies s'étaient écoulées depuis, et les Accélérateurs devaient avoir apporté de nombreux changements à leurs machines. Il n'était donc pas à jour.

La Rédemption de Mellanie attendait au-dessus de Viotia parce qu'il fallait bien attendre quelque part. Après sa tentative futile d'analyser la barrière de Sol, il avait trouvé le temps de dormir un peu. Puis il avait vérifié les systèmes du vaisseau, rattrapé son retard dans les procédures de maintenance et fabriqué quelques composants de rechange grâce à un réplicateur très perfectionné. Son ombre virtuelle en profita également pour faire le plein de divers programmes de divertissement et d'information sur l'unisphère dans l'intention de rendre plus supportable une vie d'exil dans une autre galaxie.

Troblum n'accepta pas immédiatement la communication avec l'IA. Pour commencer, il était très occupé. Ensuite… au cours des deux semaines passées, il avait progressivement accepté la perspective de son départ. Il savait qu'il ne resterait pas. Ce n'était plus qu'une question de temps, désormais. D'ailleurs, la décision ne lui appartenait plus vraiment. L'expansion finale du Vide débuterait, et il partirait. C'était aussi simple que cela.

Une simplicité que le retour de l'IA dans sa vie risquait de gâcher.

—Je te connais, reprit Catriona. Si tu n'écoutes pas ce qu'elle a à te dire, cela te rendra malade. En plus, elle fait preuve d'une politesse inhabituelle. Si elle l'avait voulu, elle aurait pu s'imposer par la force.

—Oui, soupira Troblum.

Il effaça les plans affichés dans son exovision et baissa les yeux sur son micromanipulateur. Sous le dôme translucide, l'unité à atmosphère purifiée contenait un ensemble de composants récemment répliqués qu'il assemblait patiemment pour fabriquer un projecteur. Il avait glané suffisamment de programmes de base pour produire une personnalité artificielle correcte, une version plus jeune et mince de lui-même capable de partager le lit de Catriona, avait-il décidé. Il avait modifié les corrélations sensorielles à l'aide de ses implants biononiques pour en augmenter considérablement la qualité, aussi profiterait-il pleinement de l'expérience. Cela lui avait pris énormément de temps, plusieurs jours à réfléchir et conceptualiser les problèmes qui découlaient de son projet. Ce serait un peu comme devenir multiple. Catriona avait elle aussi hâte de voir le résultat de ses efforts.

Son ombre virtuelle établit la connexion.

— J'ai un développement intéressant à vous raconter.

— Oui ?

— Oscar vient de recevoir un appel sécurisé émis depuis le magasin d'électroménager et d'appareils sanitaires d'un certain M. Bovey situé dans une zone d'activité commerciale de Colwyn City.

— Et alors ?

— Son émetteur affirme être Araminta. La liaison a été établie grâce à un code à usage unique fourni par Oscar lui-même. Personne d'autre n'était au courant à part lui et la personne à qui il l'a donné.

— Et vous, ce qui signifie que n'importe quel pirate de seconde zone aurait pu mettre la main dessus.

— Je ne suis au courant que parce que je surveille les communications du vaisseau d'Oscar. Et encore, j'ai eu un mal de chien à décrypter le code. Je puis vous assurer que mes compétences en la matière dépassent de loin celles des pirates du Commonwealth.

Troblum considéra en clignant des yeux les composants électroniques qui scintillaient tels des diamants dans son micromanipulateur.

— Il ne peut pas s'agir d'Araminta.

La flotte du pèlerinage s'affichait dans une image périphérique de son exovision. L'embarquement si chaotique semblait terminé. Il voyait également sous plusieurs angles Araminta qui se tenait sur le pont d'observation de son navire.

— Elle est dans son vaisseau amiral, reprit-il. La flotte va bientôt décoller.

— Exactement. Alors expliquez-moi comment un code qui lui a été donné par Oscar a pu être activé à Colwyn City ?

— Je ne comprends pas. (Cela rendait néanmoins l'énigme du retournement de veste d'Araminta encore plus intéressante. Troblum aimait les énigmes, même si cela ne changeait pas grand-chose à la situation.) Que se sont-ils dit ?

— Presque rien. Elle a demandé à Oscar de la retrouver dans un restaurant de l'avenue Daryad dans un quart d'heure.

— Mais… (Troblum ramena la fenêtre qui montrait les vaisseaux du pèlerinage au centre de son exovision. Le champ de force du chantier était désactivé pour permettre aux navires de décoller.) Elle est à bord de *La Lumière de la Dame*. Je la vois de mes propres yeux.

— Oui. Soit la flotte du pèlerinage va s'arrêter à Viotia le temps d'une brève visite, soit il se trame quelque chose.

— Mais quoi ?

— Cela vous intéresse donc ? Auriez-vous l'intention d'appeler Oscar pour lui demander une explication ?

— C'est hors de question. Je crois plutôt que vous êtes en train de vous moquer de moi.

— Il est bien trop tard pour ce genre de plaisanterie.

— Qu'est-ce que vous voulez de moi ?

— Je suis en train d'infiltrer les nœuds du restaurant. L'équipe d'Oscar sécurise la zone pour lui. Ils sont bons, mais pas assez pour moi. Souhaiteriez-vous assister à cette rencontre ?

Troblum ferma les yeux. Les capteurs de son vaisseau lui montraient Viotia comme une énorme intrusion dans le champ gravifique de l'espace-temps. La planète n'était qu'à cent mille kilomètres, ce que l'IA ne savait pas. *À moins que…*

La peur et l'inquiétude qui s'étaient progressivement estompées au cours de la semaine passée firent un retour en fanfare, accélérant son rythme cardiaque. Des gouttes de sueur froide perlèrent sur sa peau. Ses systèmes biononiques contrèrent rapidement les effets physiologiques de son état mental, mais ils ne pouvaient rien pour le rassurer. Il se sentait perdu. *Fait chier, je ne comprends pas les gens ! Pourquoi Araminta fait-elle tout cela ? Pourquoi essaie-t-elle de détruire la galaxie ? Pourquoi appelle-t-elle Oscar ? Elle doit se douter qu'elle ne va pas pouvoir le rencontrer !*

— Vous avez dit que l'équipe d'Oscar préparait le terrain ?

— Oui. Deux d'entre eux se déploient physiquement pour couvrir le restaurant. Oscar est déjà en route.

— Et pourtant il sait où est Araminta, il sait qu'elle ne sera pas là, qu'il s'agit forcément d'un piège.

— Un piège tendu par qui ? Pourquoi ? Et pourquoi maintenant ? Nous savons bien qu'aucune arme connue ne pourra stopper la flotte. Ni la Marine du Commonwealth ni les guerriers raiels ne parviendront à transpercer les champs de force fournis par Ilanthe.

— Vous voulez dire que ce n'est pas un piège ?

— Je vous tiens juste au courant des derniers développements ; je propose mon assistance.

— Pourquoi ? Pourquoi voulez-vous m'impliquer dans cette histoire ?

— Pour donner enfin raison à ceux qui m'accusaient à tort de m'immiscer dans les affaires humaines. Il convient d'opposer plus d'options au Rêve vivant et à Ilanthe. Et à la Chatte, bien sûr. Vous pouvez encore jouer un rôle important dans cette affaire, Troblum. Qu'en pensez-vous ?

Il se tourna vers Catriona. Assise de l'autre côté de la cabine, la projection le contemplait d'un regard plein d'amour, de vénération. Il se prit la tête à deux mains. *Elle n'est pas réelle. Rien de ce que je possède n'est réel.* Avec une force multipliée par ses implants biononiques, son poing s'abattit sur le sommet du micromanipulateur en produisant un bruit mat. À l'intérieur, les composants tressautèrent. Il frappa de nouveau. Cette fois-ci, ses systèmes biononiques donnèrent à son poing la force d'une arme. Le dôme explosa et les minuscules mécanismes qu'il abritait furent détruits. Endommagés par la violence de l'impact mais aussi par l'atmosphère impure qui souillait leur structure moléculaire délicate, les composants électroniques s'éparpillèrent sur le plancher.

— Montrez-moi, demanda-t-il à l'IA. Et qui est ce M. Bovey ?

* * *

— Venez seul, lui avait instamment demandé Araminta.

Oscar comprenait son point de vue, mais... en dépit de sa bonne volonté, il ne pouvait se permettre de traiter à la légère une affaire aussi importante. Il prit donc une table au centre du restaurant *Andrew Rice*, une bâtisse ancienne – selon les standards de Viotia –, toute en bois et en panneaux de carbone, située à un peu plus d'un kilomètre des docks, où le *Remboursement d'Elvin* attendait dans un hangar. Les dockers, trop occupés à remettre de l'ordre dans leurs installations, ne remarqueraient même pas sa présence. Il n'y avait pas beaucoup de clients. Les vitrines venaient tout juste d'être remplacées. Il aurait dû y avoir davantage de tables, car celles qui restaient étaient trop espacées les unes des autres. En avait-on volé ? *Qui peut avoir envie de voler une table ?*

Un serveur humain vint prendre sa commande, et il choisit une salade. Dans un coin de la salle, deux hommes mangeaient une énorme tourte au bœuf et aux rognons très appétissante, mais il avait déjà avalé un thé et un beignet au chocolat. Le restaurant n'était qu'à dix minutes de marche du vaisseau, ce qui l'avait un peu intrigué. Araminta savait-elle où ils se cachaient ? Non, c'était impossible.

Beckia surveillait l'établissement depuis un magasin récemment rouvert de l'autre côté de la rue. Cheriton avait pris position dans une ruelle, derrière le restaurant, d'où il scannait les environs à la recherche d'éventuels agents, au cas où il se serait agi d'un piège ou tout simplement s'il se produisait quelque chose d'inhabituel. Oscar ne comprenait toujours pas ce qui se passait. Le champ de Gaïa montrait clairement Araminta sur le pont d'observation de *La Lumière de la Dame*, où elle se trouvait depuis déjà deux jours. Ethan et Taranse apparurent dans l'espace caverneux et s'inclinèrent à l'unisson.

— L'embarquement est terminé, Rêveuse, annonça Taranse.

Il semblait épuisé mais satisfait ; il avait atteint le but de sa vie.

— Merci, répondit-elle. Vous avez accompli un travail remarquable. (Elle se tourna vers Ethan.) Sommes-nous prêts à décoller ?

— Oui ! s'enthousiasma-t-il. Les ultraréacteurs sont opérationnels.

— Parfait. S'il vous plaît, dites aux capitaines de décoller et de prendre la direction du Vide.

— Ce sera fait.

— Ilanthe s'est-elle manifestée ?

— Non, Rêveuse.

— Ce n'est pas grave. Elle nous rattrapera certainement avant que nous atteignions la frontière.

Araminta se retourna à temps vers le ruban de fuselage transparent pour voir la dernière couche du champ de force disparaître. Le soleil allait bientôt se lever et des rayons jaune doré illuminaient les colossaux vaisseaux du pèlerinage. Ce spectacle la fit sourire. Soudain, le pont trembla tandis que *La Lumière de la Dame* s'éleva de sa suspension regrav et débutait son ascension dans le ciel clair d'Ellezelin.

— Bordel de merde, grommela Oscar, qui se demandait bien ce qu'il faisait là.

Il commençait à croire que Tomansio avait raison, que le Rêve vivant avait pris le contrôle du cerveau d'Araminta pour arriver à ses fins. Non, c'étaient des conneries. *Ils n'auraient pas attendu le dernier moment pour cela.*

Sa salade arriva. Il la considéra avec découragement.

— Ah ! La vie redevient intéressante, annonça Beckia. Il se passe quelque chose.

Elle envoya à Oscar l'image d'un Bovey descendant d'un taxi juste devant le restaurant. Il s'agissait de l'homme noir d'âge mûr auquel il avait déjà parlé.

— Ouais ! s'exclama Cheriton. J'ai gagné mon pari. Vous pouvez préparer le pognon.

Chaque membre de l'équipe avait mis un billet sur le personnage qu'il pensait voir arriver à l'heure du rendez-vous. Oscar avait opté pour l'insaisissable cousine Cressida.

— Rien ne bouge ? demanda-t-il à l'équipe.

Liatris, qui volait au-dessus de la ville à bord d'une capsule modifiée, répondit que non ; il n'y avait pas d'agents en vue. Depuis leur vaisseau, Tomansio leur confirma que les scanners n'avaient rien remarqué de suspect.

Bovey entra dans le restaurant et s'assit directement à la table d'Oscar. Il était vêtu d'une toge grise très discrète qui scintillait à peine et lui donnait un air solennel.

Les systèmes biononiques d'Oscar déployèrent un voile privatif autour de la table.

— M. Bovey, commença-t-il d'un ton de reproche.

Il s'apprêtait à ajouter quelque chose dans la veine de « mais qu'est-ce qu'elle fout, bordel ! », lorsque l'homme sourit et secoua la tête.

— Non, l'interrompit-il avec emphase. M. Bovey est là-bas et vous surveille.

Oscar se retourna. Les deux hommes occupés à manger une tourte le saluèrent de la main.

— Je ne comprends pas…

— Je suis Araminta. Disons Araminta *2*. J'ai emprunté un des corps de mon fiancé. Celui-ci a toujours été mon préféré.

— Hein ?

— Je suis sur le point de devenir multiple ; c'est un style de vie intéressant, vous ne trouvez pas ? demanda l'homme avec un sourire en coin.

— Nom de Dieu.

— Je ne vous le fais pas dire. Vous m'aviez proposé votre aide…

— Putain, oui ! (De surprise, sa peau commença à le picoter. Il éclata d'un rire ravi et irrépressible. *Tout n'est peut-être pas perdu.*) Si vous voulez bien m'accompagner…

Ses implants biononiques et ses programmes de pensée secondaires devaient réguler le fonctionnement de ses neurones et filtrer l'afflux d'adrénaline afin qu'il puisse se concentrer sur sa mission. Il convenait de ne pas perdre de vue son objectif.

Araminta 2 eut un haussement d'épaules modeste et se leva.

— Couvrez-nous, ordonna-t-il à Beckia et Cheriton. Liatris, sortez-nous d'ici.

— Je suis déjà en route.

Oscar ne se rappelait pas avoir été aussi excité et terrifié à la fois. Si interception il devait y avoir, ce serait maintenant que cette version d'Araminta avait été identifiée. Tandis qu'ils se dirigeaient vers la porte, il eut envie d'activer son champ de force intégral et ses implants offensifs à pleine puissance. *Doucement. Calme-toi. C'est une manœuvre brillante, impossible à prévoir.*

Liatris se posa directement sur le trottoir en face de l'établissement, s'attirant le courroux de passants forcés de s'écarter à la hâte. La portière s'ouvrit et Oscar poussa littéralement Araminta 2 à l'intérieur. Le véhicule prit rapidement de l'altitude et fonça vers les docks.

Araminta 2 salua joyeusement d'un hochement de tête un Liatris stupéfait et examina l'habitacle.

— Vous savez, certaines personnes pensent que les ingrav devraient être interdits en ville.

— Ouais, répondit Oscar.

— Cela détraque la géologie et peut provoquer des tremblements de terre, paraît-il.

— Mouais.

Les événements avaient pris une tournure si inattendue que cette scène lui semblait surréaliste.

La capsule plongea vers l'entrepôt de Bootle & Leicester. Les portes s'écartèrent comme des rideaux, et le véhicule glissa à l'intérieur. Oscar savait que cela attirerait l'attention des dockers, mais cela n'avait plus d'importance, car ils avaient retrouvé Araminta. *Enfin,* une *Araminta, pas la personne en entier. C'est sans doute pour cela qu'elle ou qu'il est un peu… bizarre.*

Tomansio se trouvait au milieu de la cabine du vaisseau lorsque les trois hommes émergèrent du sas. Le sol se solidifia sous leurs pieds. Oscar ne pouvait s'empêcher de sourire. Il donna un coup de coude à Tomansio.

— Je vous l'avais bien dit.

— Oui, acquiesça l'autre d'une voix faible.

Les implants biononiques d'Oscar lui révélèrent que l'agent était en train de scanner Araminta 2 des pieds à la tête. Il faillit protester, puis comprit qu'il aurait dû procéder à ces vérifications lui-même dès les premiers instants.

— C'est bon, déclara Tomansio. Parfait même. Vous n'avez pas d'implants biononiques, et mêmes vos amas macrocellulaires sont très basiques.

— M. Bovey est multiple, expliqua Araminta 2. Il ne dépend pas des systèmes ethnocentriques qui régissent la vie de tant d'habitants du Commonwealth.

Tomansio baissa la tête.

— Bien sûr. Vous comprendrez toutefois que ce que vous dites est très difficile à croire sur parole.

— Je comprends. Observez attentivement ce que je vais vous montrer…

Grâce au champ de Gaïa, la Rêveuse partagea ce qu'elle voyait par le pont d'observation de *La Lumière de la Dame*. De là où elle se trouvait, la courbure de la planète disparaissait sous le nez du vaisseau qui sortait lentement hors de l'atmosphère. La frontière entre le jour et la nuit était une vague dorée qui déferlait sur les océans et les nuages. La Rêveuse ouvrit la bouche et dit :

— Croyez-moi, Tomansio, je suis bien réelle.

— Alors ? fit Araminta 2 en haussant un sourcil.

— D'accord, j'avoue que c'était assez convaincant. Multiple de deux personnes à la fois ; qui l'eût cru ?

— Pas vous, en tout cas.

— Espérons que je ne suis pas le seul.

— J'avais raison, lança Oscar avec un sourire. Elle ne nous a pas trahis.

— Oscar, reprit Tomansio, je vous aime beaucoup, mais si vous n'arrêtez pas avec cela, je vous balance tête la première dans…

Oscar gloussa.

— D'accord, d'accord.

Le cerveau du vaisseau lui montra que deux capsules se posaient devant l'entrepôt. Beckia et Cheriton sortirent en courant. Oscar ne se départit pas de son sourire et ordonna au navire de décoller dès que les deux autres seraient dans le sas.

Tomansio le considéra avec étonnement lorsque le *Remboursement d'Elvin* transperça le toit de l'entrepôt et fonça à la verticale à près de vingt G. La gravité interne contra une partie de la force, mais ils durent tous s'asseoir précipitamment sur les fauteuils qui venaient de sortir du sol de la cabine.

— Un peu drastique, non ? demanda Tomansio.

— Non, c'est juste malin tactiquement. Une fois, là-haut, il sera plus facile de prendre la fuite en cas de besoin.

— C'est vous le patron.

Beckia et Cheriton émergèrent du sas et s'installèrent dans leurs fauteuils d'accélération en regardant Araminta 2 d'un air incrédule.

La jubilation initiale d'Oscar se tarit. Le contrôle aérien de Viotia leur envoyait beaucoup de questions et de mises en garde, mais aucun appareil ne semblait avoir décollé pour les intercepter. Au-dessus de la planète, l'espace semblait relativement libre ; aucun des vaisseaux détectés par leurs capteurs n'était menaçant.

— Bien, commença-t-il en se tournant vers Araminta 2. Qu'est-ce que c'est que ce bordel ?

— Il n'y avait pas d'alternative, répondit-elle. Devenir la Rêveuse était une diversion. (La confiance qu'elle affichait vacilla.) Du moins je l'espère. C'est là où je compte sur vous.

— Je ne vous ai pas menti. Nous vous aiderons comme nous le pourrons.

— Pourquoi ? Je sais qui vous êtes, j'ai vérifié, mais j'aimerais savoir pour qui vous travaillez.

— D'accord : je travaillais pour l'ANA, mais maintenant, nous sommes tout seuls. Nous étions dans l'attente d'un développement positif, et vous êtes arrivée.

— De quoi avez-vous besoin ? demanda Tomansio à Araminta 2. Allez-vous vous écraser avec toute la flotte dans la frontière du Vide ?

Araminta 2 arbora un sourire triste qui vieillit son visage digne encore plus.

— Il y a vingt-quatre millions de personnes à bord de ces vaisseaux. Ce sont des idiots, oui, mais ce sont des êtres humains. Je ne vais quand même pas les massacrer pour qu'ils servent d'exemple au reste de la galaxie. S'ils arrivent devant le Vide avant que nous les arrêtions, je serai obligé de demander au Seigneur du Ciel de les laisser entrer. Vous voyez, j'ai vraiment besoin d'aide.

— Je vous écoute, l'encouragea Oscar.

— Bradley m'a suggéré d'entrer en contact avec Ozzie. Il a dit qu'Ozzie était un génie et que lui et moi pourrions parvenir à une solution.

La peau d'Oscar se refroidit immédiatement.

— Bradley ? répéta-t-il doucement.

Les autres le regardèrent sans comprendre ; sans doute à cause des émotions qu'il diffusait sur le champ de Gaïa.

— Bradley Johansson, précisa Araminta 2. Je l'ai rencontré sur les chemins silfens.

— Bradley Johansson est en vie ?

— Bradley est un Silfen, à présent.

— Merde.

— Dites-vous bien la vérité ? demanda Tomansio, presque en colère.

Araminta 2 soutint son regard.

— Absolument, répondit-elle avant de se tourner vers Oscar. Bradley m'a dit que vous et lui aviez combattu l'Arpenteur et que je pouvais avoir confiance en vous. Et comme vous m'aviez déjà aidée dans le parc de Bodant…

— Bradley, un Silfen ! lâcha Oscar, émerveillé. Nous avons tous les deux survécu à la Revanche de la planète, mais de manières bien différentes.

— Il vit, murmura Beckia, incrédule. Le plus grand de tous, notre fondateur, le libérateur de l'humanité. Il vit ! Vous vous rendez compte… ?

Sa voix se brisa, car elle était submergée par l'émotion.

— Je ne voudrais pas vous décevoir, reprit Araminta 2, mais il ne viendra pas vous aider. Il m'a envoyée ici et il n'en fera pas plus.

— Il veut qu'Ozzie et vous travailliez main dans la main ? demanda Oscar.

— Oui. Il était aussi très préoccupé par cette Ilanthe et ce qu'elle est devenue. Les Silfens sont très inquiets, comme d'habitude.

— On ne sait pas grand-chose d'Ilanthe, reprit Oscar. Concentrons-nous plutôt sur ce que nous pouvons accomplir.

Il établit une liaison sécurisée avec Paula.

— Emmenez-la voir Ozzie, lui dit-elle dès qu'il eut terminé son compte-rendu.

— Vraiment ?

— Bradley a raison. La Rêveuse et Ozzie feront une excellente équipe.

— Comme vous voudrez.

— Euh… Araminta a vraiment rencontré Bradley ?

— C'est ce qu'elle dit. C'est fou, non ?

— En effet.

— Où pouvons-nous trouver Ozzie ?

— La Pointe.

— Merde, Paula, c'est à sept mille années-lumière !

— Je sais. Mais que pouvons-nous faire d'autre ? Nous sommes désespérés.

— Bon…

Le *Remboursement d'Elvin* avait terminé son accélération initiale et décrivait une trajectoire elliptique au-dessus de Viotia. Oscar regarda Araminta 2 en souriant.

— Ozzie est sur la Pointe, à cinq jours de vol.

— Alors, partons.

— Super, dit-il, soulagé.

— Juste une mise en garde…, intervint Paula, ce qui fit redescendre Oscar sur terre.

— Oui ?

— Je crois savoir qu'un certain Aaron a emmené Inigo sur la Pointe dans le même but que nous, pour qu'il forme une équipe avec Ozzie.

— Fait chier. (Il regarda les membres de son équipe, qui lui jetaient tous des regards méfiants et vaguement accusateurs.) Inigo ? Ils ont trouvé Inigo ?

— Oui. J'espère que c'est une bonne chose. En réunissant les deux Rêveurs et Ozzie, nous aurions un bel avantage et…

— Nous serions capables de contrer le Vide ? De détruire la flotte du pèlerinage ? D'éliminer Ilanthe ?

— Oui, n'importe laquelle de ces solutions me conviendrait à l'heure qui l'est.

— Qui est cet Aaron et pour qui travaille-t-il ?

— Je suis désolée, mais je n'en sais rien. En toute logique, il devrait appartenir à une Faction opposée au pèlerinage. Faites très attention : il semblerait que ce type ait la gâchette facile et qu'il soit plutôt agressif. Votre équipe devrait être capable de protéger Araminta s'il se révélait hostile.

— D'accord. Et vous, Paula, où en êtes-vous ?

— Je suis plusieurs pistes, comme d'habitude.

Un peu déçu par sa réponse, Oscar demanda au vaisseau de basculer en vol supraluminique et de foncer vers la Pointe. Alors, les autres et lui commencèrent à interroger Araminta 2 sérieusement.

* * *

— Qu'allez-vous faire, maintenant ? demanda l'IA à Troblum, tandis que *La Rédemption de Mellanie* les informait que le vaisseau d'Oscar passait en vol supraluminique.

Le *Remboursement d'Elvin* revêtit son camouflage et les capteurs le perdirent de vue.

— Je ne sais pas, répondit-il d'une voix incertaine. (Il était déstabilisé par la conversation à laquelle il venait d'assister grâce à l'IA. La perspective d'une coalition réunissant les Rêveurs et Ozzie était enthousiasmante et donnait envie d'espérer.) Je ne vois pas comment je pourrais leur être d'une aide quelconque.

— Vous en savez plus sur la barrière de Sol que n'importe qui. Ils pourraient avoir besoin de votre aide.

— Peut-être.

C'était trop pour lui, trop important, trop personnel. Néanmoins, il était content d'avoir compris le jeu d'Araminta. Elle n'avait trahi personne ; elle faisait juste ce qu'elle pouvait. *Araminta, Inigo, Oscar et Ozzie ensemble... Ce sera une union historique.*

Catriona le rejoignit et s'assit sur ses genoux. Elle portait un haut ajouré et un jean moulant. Le contact de sa chair, ses odeurs corporelles, son parfum musqué, ses formes parfaites à quelques centimètres de ses yeux... Sa présence était réconfortante.

— Nous devrions y aller, lui dit-elle doucement.

— Oui.

Cela aussi lui fit du bien.

Ses capteurs montrèrent à Paula le *Remboursement d'Elvin* qui disparaissait dans l'hyperespace et basculait en mode furtif. Cela ne l'empêcherait pas de le suivre, bien entendu. Dans la galaxie, très peu de vaisseaux étaient capables de ce prodige.

Une minute plus tard, le navire qui attendait en suspension cent mille kilomètres au-dessus de Viotia s'engagea également dans l'hyperespace et suivit Oscar en mettant à contribution la puissance d'un ultraréacteur. Son camouflage n'était pas aussi bon que celui du bâtiment de l'ANA, mais sa propulsion semblait plus efficace. Ce qui le trahissait, cependant, c'était sa masse, identique à celle de *La Rédemption de Mellanie*, que Paula avait vue quitter Sholapur à la vitesse plus modeste d'un hyperréacteur.

— *Et il n'en resta donc plus qu'un...*

Le vaisseau camouflé restant se mit en branle. La signature de son réacteur était également connue de l'*Alexis Denken* depuis son passage sur Sholapur, tout comme l'efficacité supérieure de son mode furtif. Paula ordonna au cerveau de suivre les trois vaisseaux en partance pour la Pointe avant d'entrer en communication sécurisée avec l'*Ange des hauteurs*.

— Bonjour, Paula, répondit Qatux.

— Vous n'avez pas réussi à transpercer la barrière de Sol ?

— Non. Notre voyage là-bas avait surtout une portée symbolique. Il s'agissait de montrer au Commonwealth que les Raiels étaient de son côté.

— Je n'attends pas de vous de gestes politiques.

— Si nous pouvions influencer de quelque manière que ce soit le Rêve vivant pour qu'il renonce à son pèlerinage, nous le ferions.

— La flotte vient de décoller.

— Je sais. Paula, je serais heureux de vous accueillir si la galaxie devait subir l'expansion du Vide.

— Je sais que sauver la vie des habitants de cette galaxie est votre raison d'être, mais il se passe quelque chose, Qatux ; quelque chose de crucial, j'en suis certaine. Alors je vais vous demander une faveur. Une grosse faveur.

* * *

Le lac mesurait plus de dix kilomètres de large et comportait de nombreuses criques. Les deux tiers de son périmètre étaient couverts d'épaisses forêts, dont la végétation s'accrochait aux rives rocheuses. Le tiers restant était occupé par une cité extraterrestre dont les dômes et les spires dominaient l'horizon. Désertées depuis des millénaires, ses structures de fer étaient similaires aux constructions humaines d'Octoron. Cette métropole était toutefois beaucoup plus imposante, peut-être un peu trop, car les hommes qui vivaient dans la chambre ne l'avaient jamais peuplée.

La vieille capsule d'Ozzie rasa les tours avant de plonger vers l'énorme port semi-circulaire. Plusieurs petites îles étaient disséminées sur le lac. Ils se dirigeaient vers la plus grande, dotée d'une longue plage de sable fin encadrée par des proéminences rocheuses. Derrière la plage, des dunes ondulaient au pied de la montagne centrale de l'île. Entre le versant boisé de cette dernière et les dunes se dressait une maison chaulée autour de laquelle courait une terrasse surplombée par une vieille pergola couverte de vigne épaisse. Les hautes fenêtres à guillotine étaient flanquées de volets en bois qui donnaient à la bâtisse des allures de ferme provençale.

La capsule se posa devant la maison solitaire. Aaron la scanna brièvement. Un humain se trouvait derrière les persiennes de la porte-fenêtre qui donnait sur la terrasse : une femme équipée d'implants biononiques non offensifs. Elle possédait également d'autres enrichissements, mais leur faible consommation énergétique laissait à penser qu'ils n'étaient pas dangereux. Dans la maison, on trouvait quelques appareils technologiques : une unité culinaire, une capsule médicalisée, deux réplicateurs très sophistiqués, une équipe de vieux robots domestiques et un cerveau électronique composé de cinq unités d'une puissance inédite pour lui. En somme, c'était une retraite idéale pour quelqu'un comme Ozzie.

— Bien, nous pouvons sortir, dit Aaron.

— Vous êtes sûr ? lui demanda Ozzie en le regardant de travers.

— Oui.

— D'accord, mais faites attention aux pieuvres mutantes qui pullulent dans le lac.

— Je sais que vous vivez notre venue comme une intrusion, mais ne vous en faites pas, nous repartirons dès que ce sera possible.

En réalité, Aaron n'était sûr de rien. Des idées commençaient à se former à l'arrière de son esprit, car Inigo était sur le point de reprendre connaissance. Il jeta un coup d'œil au messie endormi. Oui, il ne tarderait pas à se réveiller.

— Surtout, ne vous aventurez pas dehors la nuit, ajouta Ozzie d'une voix innocente et moqueuse.

— Pourquoi ?

— À cause des vampires.

Aaron regretta d'avoir mordu à l'hameçon. Il se demandait si Ozzie réagissait de la sorte parce qu'il était mécontent que sa routine d'ermite soit perturbée. S'il ne jouait pas la comédie, la situation pourrait dégénérer rapidement, ce qu'Aaron ne souhaitait pas.

Ozzie sortit de la capsule et laissa l'agent se débrouiller avec les corps inconscients couchés sur la banquette arrière incurvée en cuir.

— Voilà qui est bien fait, marmonna Aaron en attrapant Inigo et en le soulevant à la manière traditionnelle des pompiers sauveteurs.

Pendant un long moment, il fut tenté d'injecter un autre – ou dix autres – sédatifs à Corrie-Lyn, mais Inigo risquait de ne pas apprécier. Et il n'avait vraiment pas envie d'avoir sur le dos deux légendes vivantes à l'ego surdimensionné et en colère. Ce ne serait pas bon pour sa mission.

Aaron porta Inigo sur les dunes jusqu'aux marches en bois gris qui conduisaient à la terrasse. Il déposa le corps mou sur un transat et retourna chercher Corrie-Lyn.

Le temps de faire l'aller-retour, Ozzie avait disparu. Un scan rapide lui montra qu'il était à l'étage avec la femme dans la plus grande des chambres à coucher. Aaron désactiva son scan à la hâte et s'efforça de réprimer l'incrédulité inspirée par l'attitude et le comportement d'Ozzie. Il ne s'attendait à pas à découvrir un personnage aussi têtu et irrationnel.

Inigo grogna et s'agita. Ses biononiques l'aidèrent à reprendre rapidement ses esprits. Il s'assit, jeta un regard circulaire sur la terrasse ombragée, puis observa longuement la cité extraterrestre qui dominait la berge opposée.

— On a réussi, alors ?

— On a réussi.

Inigo se tourna vers Corrie-Lyn, étendue sur le transat voisin.

— Comment va-t-elle ?

— Son état est stable. Elle devrait se réveiller dans environ une demi-heure. Vos implants biononiques vous confèrent un avantage sur elle.

Inigo hocha lentement la tête.

— Vous avez tenu parole. Merci.

— Je sais qu'elle me hait, mais je vous assure que je ne suis pas dans le camp des méchants. J'ai une mission à accomplir, c'est tout.

— J'imagine. (Inigo entreprit de fléchir ses membres raidis par les produits chimiques.) Et pour vous amuser, vous faites quoi ?

— Je ne m'amuse jamais.

Inigo considéra longuement la cité antique.

— Elle semble déserte.

— Elle l'est. Ozzie est fidèle à sa réputation de reclus.

— Sainte Dame, vous l'avez vraiment retrouvé ?

— Oui.

Inigo regarda furtivement autour de lui.

— Où est-il ?

Aaron leva le doigt pour le faire taire, ce qui leur permit d'entendre par la fenêtre ouverte de la chambre à coucher les gémissements rythmés d'une femme.

— Ah, lâcha Inigo. Comment est-il ?

— Pas content. De me voir et surtout de *vous* voir.

— Ouais. Entre nous, cela n'a jamais été facile. (Il se leva avec circonspection, se rapprocha de Corrie-Lyn et effectua un scan rapide.) Quel est votre plan ?

— Je vous le dirai quand Ozzie sera redescendu.

— Comme vous voudrez.

Inigo entra dans la maison et trouva la cuisine. Il fut extrêmement heureux de découvrir, au milieu d'appareils antiques, une unité culinaire moderne. Il y entra immédiatement une liste d'instructions complexes. Plusieurs robots ménagers le suivirent sur la terrasse en portant des plats contemporains. Un repas pour deux personnes.

Corrie-Lyn se réveilla soudain avec force grognements et jurons. Elle s'accrocha à un Inigo soulagé, avant de gratifier Aaron d'un regard furibond.

— Fumier !

— Nous sommes en vie. Les Chikoyas ne peuvent pas nous retrouver. Et j'ai trouvé Ozzie.

— Où est-il ?

— Il va nous rejoindre bientôt.

— Apparemment, il nous en veut, expliqua Inigo.

— Ah oui ? Eh bien, il n'est pas le seul. (Elle se calma lorsque Inigo lui montra la table où les robots avaient disposé les plats.) Oh ! De la vraie nourriture. Super.

Elle hésita.

— Elle est authentique, lui promit Inigo.

Elle sourit de gratitude et commença à engloutir les amuse-gueules au poisson de Kean et trempa de petits épis de maïs dans une sauce à la prune et au rador. Aaron se rendit à son tour dans la cuisine, commanda son propre repas et le mangea seul sur la table en pin parfaitement astiquée.

Une heure plus tard, Ozzie n'était toujours pas redescendu. C'était irrespectueux au possible, et Aaron commençait à en avoir assez. Corrie-Lyn et Inigo bavardaient tranquillement sur la terrasse. Ils se tenaient la main comme si c'était leur premier rendez-vous et vidaient leur deuxième bouteille de vin. Ne manquaient plus que des chandelles et le clair de lune. La luminosité de la chambre gigantesque n'avait pas varié depuis leur arrivée.

Aaron monta à l'étage et frappa poliment à la porte de la chambre. Il n'y eut pas de réponse. Ozzie faisait volontairement preuve d'impolitesse, ce qui était compréhensible mais inacceptable. Aaron entra dans la chambre. Les grands volets en bois et les persiennes étaient fermés, et il faisait très sombre à l'intérieur. Ozzie et la femme étaient blottis l'un contre l'autre dans le lit. La femme dormait. Des motifs colorés et fluorescents dansaient sur sa peau noire au rythme de sa respiration. Le spectacle fit hésiter Aaron. Ces dessins lui rappelaient les tatouages interfaces pratiqués à une époque lointaine ; il se demandait d'ailleurs d'où lui venait cette connaissance. Ozzie leva la tête et le regarda.

—Qu'y a-t-il, mec ?

—Plus vite on s'y mettra, plus vite ce sera terminé.

—On est au milieu de la nuit, espèce d'abruti.

Aaron désigna d'un grand geste les rais de lumière qui se déversait par la porte ouverte.

—Ouais ? Et alors ? Le soleil ne se couche jamais à Octoron. Chacun règle son rythme comme il l'entend. Et là, mec, c'est ma nuit. Maintenant, foutez le camp.

—Non. Vous allez descendre tout de suite pour saluer Inigo.

—Sinon ?

—Sinon, je risque de devenir désagréable.

—Putain de fasciste… (Ozzie glissa hors du lit en marmonnant.) J'espère que vous finirez noyé dans votre propre merde. (Il enfila une robe de chambre en soie dont il serra la ceinture d'un geste théâtral.) Dans le temps, j'étais respecté dans ma propre maison, ajouta-t-il en passant ses doigts dans sa tignasse en désordre.

—Je sais. Vous tournez le dos une minute, et cette saloperie d'univers tout entier sombre dans la barbarie.

Ozzie lui lança un regard noir, ce qui le mit mal à l'aise. Ses programmes de pensée secondaires activèrent ses défenses biononiques.

—Ne me poussez pas à bout, Zombieboy, gronda Ozzie.

—Désolé, mais vous ne me facilitez pas la tâche.

Ozzie passa devant lui et s'engagea sur le palier.

—Je ne suis pas né pour cela.

— J'imagine qu'avec toute cette lumière, je ne dois pas trop m'inquiéter pour les vampires ? demanda Aaron à la légende qui lui tournait le dos.

Avec des mines d'écoliers pris sur le fait, Inigo et Corrie-Lyn regardèrent Ozzie sortir sur la terrasse. Inigo se leva.

— Ce n'était pas mon idée, mais je suis sincèrement heureux…

— Fermez-la ! lâcha Ozzie en s'affaissant sur une chaise. (Il considéra avec méfiance les restes du plat et finit par attraper une saucisse de tantrene.) Gardez vos salades pour vous.

— Bon, quel est votre plan ? demanda Inigo à Aaron.

Aaron s'assit à côté d'eux et prit un air de modérateur raisonnable.

— Mon objectif originel était de vous conduire dans le Vide, commença Aaron à l'intention d'Inigo. Le but était de vous mettre en contact avec le Cœur, le noyau, ou la chose quelconque qui contrôle les fonctions du Vide de façon à entamer des négociations.

Ozzie haussa les épaules.

— Ce n'était pas complètement con, dit-il, puisqu'on ne peut pas détruire ce truc. Qui aurait négocié ?

— J'ignore ce que seraient devenues les négociations. Mon travail consistait à établir ce lien. Après… j'aurais su en temps voulu.

— Comment, au nom de la Dame, aurais-je été censé parler au Cœur ? demanda un Inigo incrédule. N'avez-vous pas partagé mes rêves ? On n'est invité dans le Cœur qu'après avoir atteint la plénitude.

— Il existe une méthodologie, je le sais, répondit Aaron. Enfin, je suis certain d'avoir une procédure à suivre dans le cas où l'occasion se présenterait.

Inigo leva des bras impuissants et s'affaissa sur sa chaise pour bouder.

— Je te l'avais dit, jubila Corrie-Lyn. Cette mission est une perte de temps. Vous avez assassiné des centaines de personnes pour rien !

— Pourquoi êtes-vous venus ici, alors ? s'emporta Ozzie. Pourquoi moi ? Tous ceux qui me connaissent un peu savent que je ne me mêle plus de ce genre de connerie. Et votre boss me connaît. Trop bien, même.

— Vous pourriez nous aider de plusieurs manières. Pour commencer, nous aurions besoin d'un vaisseau équipé d'un ultraréacteur pour nous rendre dans le Vide.

— Mec, vous avez vraiment besoin d'une mise à jour : je n'ai pas d'ultraréacteur. Si j'avais besoin de ce genre de truc… eh bien, disons que j'ai un petit arrangement avec l'ANA. Elle m'en aurait envoyé un si je le lui avais demandé, sauf qu'on ne peut plus rien lui demander, pas vrai ? Et puis, ajouta-t-il en pointant un index accusateur vers Inigo, votre remplaçante vient de décoller.

— Le pèlerinage ? demanda Corrie-Lyn avec une crainte mêlée de respect.

— Eh ouais, ma poule. Ils sont débiles au point d'oser cela.

— Comment le savez-vous ? s'enquit Aaron.

— Myraian raffole des potins du Commonwealth.

— Myraian ? La fille à l'étage ?

— Oui, la fille à l'étage. Je peux d'ailleurs vous dire qu'elle est très en colère contre vous, notamment à cause de la désactivation du champ mental. Alors, à votre place, je me tiendrais à carreau. Je dispose d'une liaison TD privée avec le Commonwealth. Donc même si vous êtes hors de portée de *mon* champ de Gaïa, vous pouvez suivre les agissements d'Araminta.

Inigo choisit de ne pas relever l'allusion au champ de Gaïa.

— Il leur faudra des mois pour atteindre le Vide, donc…

Il fut interrompu par le rire tonitruant d'Ozzie.

— Sérieusement, mec, vous avez vraiment besoin de vous tenir informé. Je vais activer le réseau de la maison pour que vous puissiez vous connecter. Renseignez-vous et nous reparlerons demain matin. Avant que vous disparaissiez tous d'ici, moroses et défaits.

Il les laissa pour remonter à l'étage et activa légèrement ses particules de Gaïa.

Inigo ne goûtait pas du tout son arrogance et son autosatisfaction. Des icones de communication standard apparaissaient dans son exovision alors que les nœuds de la maison détectaient la présence de son ombre virtuelle.

— Nous ferions bien de nous renseigner sur les derniers événements, dit-il.

— Ouais, acquiesça Aaron.

Ses particules de Gaïa ne trahissaient rien de ce qu'il ressentait, mais il semblait préoccupé.

Ozzie paraissait de meilleure humeur lorsqu'il descendit pour prendre son petit déjeuner, le lendemain matin. Il était réveillé depuis longtemps, mais il s'était délibérément fait attendre. Alors il en avait profité pour remettre le couvert avec Myraian, avant de s'assoupir pendant une petite heure. Puis il avait pris une douche : une vraie douche avec de l'eau chaude et du gel parfumé, pas ces conneries modernes aux spores qui lui faisaient les cheveux poisseux. Myraian ne s'était pas jointe à lui ; c'était dommage, mais on ne pouvait pas tout avoir dans la vie. Enfin si, quand on avait vécu aussi longtemps que lui. Toutefois, il était nécessaire d'apprendre à ne pas trop exiger des gens. Ces derniers étant toujours de passage, il convenait de ne pas gâcher les relations qu'on avait avec eux en les stressant sans raison. Il avait mis du temps à comprendre pourquoi les femmes ne restaient jamais avec lui plus de deux décennies, mais à présent, il les traitait de la meilleure des façons. Ou du moins feignait-il de le faire.

Myraian était habillée et apprêtée lorsqu'il émergea de la salle de bains vêtu d'un short et d'un tee-shirt. Après avoir recouvré son corps de jeune fille grâce à un reséquençage, elle avait trafiqué quelques chromosomes afin de parfaire sa silhouette, qui, ajouté à sa tendance naturelle à rêver et à vagabonder dans le royaume des fées, la rendait irrésistible aux yeux d'Ozzie. *Ce n'est pas la femme idéale, mais elle est tout ce dont j'ai besoin dans cette période de ma vie.* Il prit le temps d'admirer sa longue jupe en coton bleu ciel et son haut noir en dentelle qui, sur sa peau, donnait l'impression qu'elle ne portait rien. Ses tatouages luisaient sous le tissu, générant des vagues lumineuses étranges.

— Bel ensemble, lui dit-il. Un mélange de déesse mère et de dominatrice.

— Merci.

Elle secoua la tête, ce qui fit onduler ses tresses blondes, auburn et roses au ralenti, comme si elle se trouvait sous l'eau. Elle l'embêtait souvent avec cela, mais il était hors de question qu'il se coiffe comme elle.

— Rejoignons-les, reprit-il. Ils doivent être en train de pleurer dans leurs tasses de thé.

— Tu devrais rester ici, rétorqua-t-elle en faisant la moue. Je vais descendre toute seule pour leur apprendre à ne pas rudoyer mon petit Ozzie.

— Ce ne sont pas des gens sympas, répéta-t-il en espérant que, cette fois-ci, elle comprendrait. Ne les laisse pas t'ennuyer. Et s'il te plaît, ne discute pas avec eux ; je ne veux pas que cela dégénère.

— Je vais les bouffer tout cru !

— Ouais…

Finalement, c'est surtout son corps qui me plaît…

Il trouva Aaron, Inigo et Corrie-Lyn dans le salon, affalés sur les canapés. Quelque peu hébétés, ils ressemblaient à une bande d'étudiants de Caltech après une nuit blanche à plancher sur un problème. Ne manquaient que les boîtes de pizza vides. Ils regardèrent Myraian mais ne dirent rien. Ozzie ne fut pas étonné de voir Corrie-Lyn faire le premier pas ; elle lui rappelait pas mal de ses ex-femmes…

— Vous saviez ! aboya-t-elle. Vous saviez que l'expansion du Vide nous tuerait tous, mais vous n'auriez rien fait pour nous aider !

— Normalement, je prends du café, des tartines et du jus d'orange pour le petit déjeuner. Les vieilles habitudes sont les plus difficiles à perdre, pas vrai ?

Son ombre virtuelle donna ses instructions à l'unité culinaire.

Corrie-Lyn se contenta de grogner.

— Vous ne pigez que dalle, reprit Ozzie. Surtout à la manière dont je fonctionne. Merde, j'ai plus de mille cinq cents ans. J'ai tout vécu, et je dis bien *tout* ! Mourir ne me fait pas peur.

— Vous avez pensé au reste de la galaxie ? Tous ces gens qui n'auront pas la chance de vivre la même vie que vous ? Les enfants ?

— Waouh ! Dire que vous étiez une des plus fidèles adeptes du Rêve vivant !

— Conseillère ecclésiastique, glissa Myraian d'un air distant, tandis que ses tresses dansaient paresseusement autour de son visage. Maîtresse du Rêveur, procureur en chef du tribunal sacré d'Edgemon.

— Ce n'était pas…, commença à se défendre Corrie-Lyn, furieuse, avant que sa voix se tarisse.

— Si vous avez si peur du fléau que vous avez lâché sur la galaxie, pourquoi ne courez-vous pas vous mettre à l'abri dans le Vide ? la provoqua Ozzie.

— Savourez votre victoire, intervint doucement Inigo. Le Vide n'est pas notre salut. J'ai eu tort de le présenter comme le symbole d'un nirvana accessible, d'une vie parfaite. J'ai. Eu. Tort.

— Merde… (Ozzie n'avait pas l'habitude de se retrouver sans voix, mais on ne voyait pas tous les jours un messie renoncer à sa raison d'être.) Je vais préparer du café. Joignez-vous à moi pour le petit déjeuner.

— Nous avons tous conscience du danger que représente le Vide pour la galaxie, dit Aaron tandis que des robots ménagers glissaient autour de la table pour distribuer assiettes et tasses. J'aimerais savoir ce que vous pensez d'Ilanthe et de ce qu'elle est devenue. Elle pourrait jouer un rôle important dans l'expansion.

— Elle était le leader des Accélérateurs, expliqua Ozzie en prenant le jus d'orange frais que lui présentait un robot. Leur objectif était d'utiliser le Vide pour s'élever au rang d'espèce post-physique. Sauf que, poursuivit-il en se grattant la tête, les Accélérateurs sont restés derrière la barrière de Sol avec l'ANA et que leur idée de fusion est tombée à l'eau. Je sais que l'Île-mère des Silfens est préoccupée, ce qui est très étonnant. Normalement, rien ne perturbe cette déesse placide. Rien. Enfin, jusqu'à aujourd'hui. Je vous laisse imaginer.

— L'Île-mère des Silfens ? demanda Corrie-Lyn, incertaine.

— Eh bien oui, ma poule, je suis un ami des Silfens, expliqua-t-il d'un ton pas trop supérieur. Je suis au courant de ce qui se passe dans toute la galaxie.

— Ozzie est le père de l'esprit de notre espèce, annonça Myraian, tandis que ses tatouages brillaient d'un éclat mauve et fier.

Un silence poli s'installa.

— Beaucoup de choses se sont produites, finit par dire Inigo, mais l'intervention d'Ilanthe est l'événement qui m'a le plus étonné. J'étais certain que le Rêve vivant serait corrompu et manipulé après que j'ai cédé mon pouvoir au Conseil ecclésiastique. C'est d'ailleurs la raison pour laquelle j'ai abandonné l'organisation. Toutefois, je ne m'attendais vraiment pas à cela. Des ultraréacteurs, des champs de force impénétrables… Ce n'était pas prévu.

Aaron se tourna vers Ozzie.

— Savez-vous quelque chose à propos de ces nouvelles technologies ?

— Ce n'est pas vraiment ma spécialité répondit-il.

Puis il attendit.

— Ça l'a été, pourtant, reprit une voix omnidirectionnelle.

Ozzie lâcha un soupir exagéré. Il s'agissait de sa propre voix.

— Ferme-la, tu veux ?

— Tu rêves debout. Personne ne peut échapper à son passé, mec. En tout cas, pas pour toujours.

— Qu'est-ce que c'est ? demanda Aaron.

— Je vous l'ai déjà dit, vieux, répondit Ozzie, moqueur. Je suis très vieux. Le corps humain n'est pas fait pour durer aussi longtemps. Vous voyez ce que je veux dire ? Dans les premières années du Commonwealth, quand on ne disposait que du rajeunissement, on était forcé de nettoyer sa mémoire, de stocker ailleurs les souvenirs *les moins importants*. Après, il y a eu les implants mémoires et les puces neurales. Les systèmes biononiques ont grandement augmenté notre capacité de stockage. Et puis, il y a les réseaux de personnalités secondaires. (Il leva les yeux et regarda un point imaginaire.) Enfin, à condition de vouloir s'encombrer de toute cette quincaillerie, ce qui n'est pas mon cas. Plus maintenant.

— Alors il s'est débarrassé de moi, reprit la voix. Littéralement. Je suis Ozzie. Le vrai Ozzie.

— Tu es juste un cerveau dans un bocal, mon pote, ne l'oublie pas, rétorqua sèchement Ozzie.

— Sans déconner ! s'écria la voix. Moi, je suis un millénaire et demi de souvenirs, et toi ? Quel âge as-tu ? Vingt ans ? Qui est le plus réel de nous deux ?

— Un seul d'entre nous pouvait garder notre personnalité, cria Ozzie. Moi, j'ai une âme, je suis une putain de machine biochimique inondée d'hormones, avec tous les défauts que cela implique. Toi, tu n'es qu'une photocopie figée dans le passé.

— Tu peux gueuler tant que tu le veux, mais c'est de moi, de mon talent et de mes connaissances qu'ont besoin ces personnes désespérées. Tu as bazardé la physique et les maths avec toutes les conneries qui encombraient ton cerveau. Admets-le. Dis-leur. Sois un homme. Enfin, un homme tronqué.

— Ozzie n'est pas du tout tronqué, intervint Myraian. Il s'est purgé à un niveau spirituel pour redevenir entier. Tu étais une maladie, pour lui, tu l'empêchais d'évoluer, tu interdisais à l'ange qui était en lui de déployer ses ailes. Mais il est guéri depuis quelques décennies, maintenant, et il a grandi.

Elle sourit de toutes ses dents...

Des dents pointues qui attirèrent immédiatement l'attention d'Aaron, remarqua Ozzie. L'agent cligna des yeux et posa les mains sur la table.

— Bien. Rassurez-moi, vous avez la possibilité de piocher des informations dans... votre mémoire ?

— Dans le bocal ? Bien sûr, mec. J'ai gardé le contrôle du cerveau électronique dans lequel je l'ai fourré. Enfin, je *me* suis fourré.

Inigo posa sur Ozzie un regard stupéfait. Respectueux, aussi.

— Je suis sûr que vous en êtes capable, intervint le messie, mais ne nous voilons pas la face. Il y a vous, moi... et ce type. (Il désigna Aaron du pouce.) Nous disposons d'un cerveau électronique et d'un réplicateur de qualité. À nous trois, nous sommes peut-être très forts, mais nous n'arriverons jamais ni à fabriquer une superarme pour détruire la barrière de Sol, ni à construire un ultraréacteur pour atteindre le Vide avant Araminta. Et je ne parle même pas d'Ilanthe et de ce qu'elle est devenue.

— Ouais, admit Ozzie, mais au moins, je peux nous mettre tous en sécurité. Qatux m'est redevable. L'*Ange des hauteurs* fera un crochet par ici avant de filer vers Andromède ou que sais-je.

— Non, l'interrompit Aaron. Pas question que vous abandonniez tout espoir au bout d'une demi-heure. Je pourrais vous menacer et faire entrer cette idée dans vos têtes de force, mais je pense que ce ne sera pas nécessaire, n'est-ce pas ?

— En effet, soupira Inigo.

— Notre but est de vous mettre en communication avec le Cœur, et ce d'une manière ou d'une autre. Moi, je ne suis pas très futé, mais vous, vous êtes tous très malins. Et je ne parle même pas de vos talents particuliers. Vous allez bien nous trouver quelque chose.

— Peut-être, dit Inigo. Ozzie, votre effet télépathique pourrait-il nous aider à communiquer avec le Vide ?

Ozzie, poussa son verre vide et attrapa une assiette de toasts.

— Bien, voilà comment cela fonctionne : le champ de Gaïa est un genre de système de diffusion. Vous transmettez vos pensées par le biais des particules qui voyagent dans l'espace et se connectent à celles des autres gens. Les nids de confluence sont de puissants amplificateurs et des stations-relais ; c'est grâce à eux qu'on peut parler de « champ ». C'est un grand champ, c'est vrai, mais sortez du Commonwealth, et vous vous retrouvez tout seul. Il y a d'autres champs dans la galaxie, notamment celui des Silfens, le plus grand de tous, car il couvre toute la galaxie, mec. Je le sais. J'y suis connecté. Il n'est pas aussi dense que le champ de Gaïa, mais c'est à cause de la psychologie des Silfens. Les superelfes n'ont pas le même besoin que nous, les humains, de soûler les autres avec un flot de conscience inepte.

— Alors ? demanda Aaron.

— On ne peut pas utiliser le champ de Gaïa, car il ne peut s'étendre jusqu'au centre de la galaxie.

— Ce n'est pas tout à fait vrai, intervint Corrie-Lyn. La flotte du pèlerinage va larguer des nids de confluence en chemin. Cela a toujours été notre plan, et Ethan ne le changera pas. Les nids auront la même fonction que les relais TD qui permettaient à la Marine de rester connectée à la station Centurion. L'idée était d'établir une liaison permanente afin de permettre aux adeptes qui n'ont pas pu partir d'être témoins de l'ascension spirituelle des autres et de les imiter.

— Oui, mais si nous essayons de l'utiliser, Ethan la fermera aussitôt, remarqua Inigo.

— C'est notre dernière chance. Peut-être nous laissera-t-il suffisamment de temps pour aller au bout, d'autant que tu es le Rêveur originel et que ton prestige est grand.

— Maintenant qu'Araminta est là, cela m'étonnerait.

— Ouais, c'est très intéressant, votre histoire, reprit Ozzie. Bon, revenons aux choses sérieuses : mon champ mental… J'ai modifié la structure quantique de l'espace-temps afin qu'il serve de conducteur à la pensée, comme l'air conduit le son. C'est vrai qu'il fonctionne particulièrement bien avec les pensées humaines, mais c'est normal, j'ai travaillé dans ce sens au début. Les extraterrestres sont conscients de sa présence, mais de la même manière que nous autres sommes conscients de la communion des Silfens, de façon vague. Ou alors vous êtes comme les Chikoyas et vous pensez que c'est une porte ouverte sur la mémoire de vos ancêtres ! Je ne comprends rien à ces cultures aviaires ; pourquoi cette obsession des ancêtres ? Ils ne peuvent plus voler depuis au moins cent mille ans, mais cela ne les empêche pas de créer des habitats sans gravité où ils peuvent battre des ailes avec la grâce d'un poulet tombant d'un muret. Même ici, ils vivent dans un compartiment à faible gravité.

— Ils finiront par comprendre, dit Myraian. Et ce sera grâce à toi. Ton Rêve galactique nous sortira tous des ténèbres.

— Merci, chérie. Mon but était de permettre aux gens de partager leurs pensées d'une façon plus ouverte. Les nids de confluence contaminent la pureté des pensées, ils génèrent des distorsions, autorisent les manipulations, pervertissent la vérité.

— Je ne crois pas que ce soit le sujet, lui rappela Corrie-Lyn avec une légèreté trompeuse.

— Je voulais juste vous exposer mon objectif originel, la raison d'être de mon champ mental. Dans les deux cas, cependant, nous avons le même problème : la distance. En gros, les deux dispositifs ont besoin de beaucoup d'énergie pour augmenter leur portée.

— Qu'est-ce qui alimente votre champ mental ? s'enquit Inigo.

Ozzie eut une grimace.

— Ah… Disons que j'ai *ajusté* le mécanisme d'ancrage de la Pointe pour propager le changement dans l'espace-temps. Il y a un appareil, un genre de parasite. Ces émissions, cependant, ne sont pas directionnelles. On ne peut pas les pointer comme un laser. Le champ mental était supposé toucher toutes les espèces intelligentes de la galaxie.

— Mais ce n'est pas le cas, l'interrompit sèchement Aaron. Les extraterrestres ont du mal à l'utiliser.

— Ouais, mais il s'agit seulement d'un prototype, mec. Une fois réglé, il marchera à merveille. Ma théorie est parfaite.

— Il a eu des décennies pour cela, dit la voix désincarnée venant du cerveau de la maison. Depuis que nous avons construit le modificateur du système d'ancrage, il n'a quasiment rien branlé. Progrès : zéro !

— Eh ! Va te faire foutre ! aboya Ozzie. Expérimenter sur le cerveau des extraterrestres n'est plus mon truc, c'est vrai.

— Pas besoin d'expérimenter sur quoi que soit. Tu avais peur, c'est tout. Tu craignais que des esprits différents et exotiques trouvent un moyen de corrompre le dispositif comme le champ de Gaïa l'a été.

— J'observe les implications psychologiques de l'impact du champ mental sur les cultures extraterrestres, et tu le sais très bien. Une révolution comme celle que je propose ne se planifie pas à la légère. J'ai déjà commis cette erreur auparavant.

— C'est vrai que les tordus qui viennent s'installer sur la Pointe sont de bons représentants de leurs espèces respectives.

— Merde, j'étais vraiment raciste, dans le temps.

— Non, tu étais juste honnête avec toi-même. Tu sais parfaitement que tu as du mal à accepter l'idée d'imposer ton dispositif à des espèces qui ne le comprennent pas et ne le veulent pas. C'est de l'impérialisme culturel. « Notre manière de penser est meilleure que la vôtre, alors joignez-vous à nous ! »

— Une compréhension universelle aurait peut-être évité ce pèlerinage.

— Serait-il possible de générer davantage d'énergie avec le système d'ancrage ? demanda Inigo. Ne serait-ce que momentanément ?

— Impossible, mec. Et je n'ai pas besoin de mon autre cerveau pour vous répondre. Nous avons déjà atteint les limites de sa capacité de production. Putain, le champ mental s'étendait sur plus de deux cent cinquante années-lumière, ce qui est phénoménal. Et puis, de toute façon, rien ne nous dit que le Cœur et mon système pourraient fonctionner de concert. (Il but son café avant qu'il soit complètement froid.) En fait, il ne nous reste plus que vous.

— Moi ? s'étonna Inigo.

— Vous avez rêvé le Vide à plus de trente mille années-lumière de distance. Et sans artifice technologique. Vous avez cela en vous. Comment faites-vous ?

— Je ne sais pas, je n'ai jamais compris. Certains pensent qu'Edeard et moi sommes apparentés ; c'est possible, mais nous n'en aurons jamais la confirmation. J'étais connecté à un être humain, et il n'en reste plus dans le Vide. Le Seigneur du Ciel a été très clair avec Justine.

— Vous voulez dire un Seigneur du Ciel comme celui auquel Araminta parle ? Elle y arrive bien. Avez-vous déjà essayé ?

— J'ignore la nature de sa malédiction, mais elle est différente de la mienne.

— Avez-vous essayé ? insista Ozzie.

— Non.

— Non, bien sûr. (Ozzie se tourna vers Aaron.) Et vous, vous avez vraiment besoin de cette connexion. Avez-vous pensé à chercher Gore ? Seigneur ! Le Troisième Rêveur ! Lui communique sans difficulté avec Justine, qui se trouve là où vous voudriez aller.

— Je ne sais pas si… Je n'ai pas… J'ignore comment contacter Gore.

— C'est un imprévu, forcément, se moqua Corrie-Lyn. Vous êtes incapable de penser par vous-même. Et la Dame sait que vous refusez d'écouter nos conseils.

— Bon, eh bien, merci pour votre cinéma d'hier, reprit Ozzie, mais nous venons d'évoquer deux manières avérées de faire entendre votre voix dans le Vide.

— Pouvez-vous communiquer avec un Seigneur du Ciel ? demanda Aaron à Inigo.

— Je ne peux pas rêver sur commande en sélectionnant un icone dans mon exovision. Force m'est d'avouer qu'Araminta contrôle ses aptitudes bien mieux que moi.

— Un Seigneur du Ciel n'irait jamais dans le Cœur sur commande, pas même pour le Rêveur, dit Corrie-Lyn. Cela, nous le savons avec certitude. Ils n'y vont que pour guider les âmes de ceux qui ont atteint la plénitude.

— Je doute qu'il comprendrait si nous lui demandions de parler au Cœur pour nous, ajouta Inigo.

— La solution la plus sûre serait de retourner dans le Commonwealth pour demander de l'aide à Gore, observa Ozzie. Il avait l'air de savoir ce qu'il faisait.

— Ma mission consiste à conduire Inigo dans le Vide, assena Aaron. Je veux bien accepter un simple contact mental, si on ne peut pas faire autrement, mais uniquement si cela nous permet de progresser. Je n'en démordrai pas.

— De progresser ? répéta Ozzie, fasciné.

Aaron réfléchit pendant quelques secondes durant lesquelles son visage refléta un certain malaise.

— Je saurai quoi faire lorsque le contact sera établi.

— Eh ! Mec, si vous voulez que je vous aide, il faut m'en dire un peu plus. Je dispose d'un module médical très avancé au sous-sol. On pourrait vous y mettre pour vous libérer de ce blocage neural.

— Non.

Ozzie lâcha un grognement de colère. Il n'était pas étonné, mais l'esprit programmé d'Aaron commençait à lui taper sur les nerfs.

— Dans quelle partie du Vide êtes-vous censé m'emmener ? demanda Inigo.

— À Makkathran, répondit l'agent sans hésiter.

— Au lieu de trouver un Seigneur du Ciel pour nous guider vers le Cœur ? Intéressant. Nous savons pourtant qu'il n'y a plus d'êtres humains sur Querencia…

— Je crois que cela n'a pas d'importance.

— Je ne me suis jamais intéressé à vos rêves, avoua Ozzie. Qu'y a-t-il à Makkathran qui pourrait nous aider à entrer en contact avec le Cœur ?

— Rien, répondit un Inigo incrédule.

— Si nous ne disposons pas d'un ultraréacteur et si le champ mental ne peut pas atteindre le Vide d'ici, est-il envisageable de déplacer la Pointe jusqu'à ce que cela devienne possible ? demanda Aaron.

Myraian éclata d'un rire sauvage.

— Vous vous foutez de moi, ou quoi ? aboya Ozzie.

— Le mécanisme d'ancrage n'est donc pas capable de dépasser la vitesse de la lumière ?

— Non.

— C'est peu probable, mais nous n'en sommes pas certains, intervint la voix désincarnée.

Aaron interrogea Ozzie du regard.

— Bien sûr ! reprit Ozzie avec un enthousiasme feint. Nous allons étudier les fonctions secrètes du système, les modifier et traverser la galaxie en moins d'une semaine. Mec, faites sauter votre blocage et commencez à réfléchir par vous-même.

Le mécanisme d'ancrage de la Pointe est plus gros que cette chambre tout entière, et je ne parle que de la partie présente dans l'espace-temps.

— J'ai besoin d'être certain que vous étudiez réellement toutes les options, expliqua Aaron.

— Bon, je vais être très clair : il est hors de question que je tripote le mécanisme d'ancrage. Oubliez cela tout de suite.

— Si cela peut nous permettre d'entrer en communication avec le Cœur, alors nous en passerons par là, insista Aaron.

— Il y a une infinité de choix autour de vous, mec. Bougez-vous le cul, cherchez.

— Nous aiderez-vous à trouver une solution ? demanda Inigo au génie rasta.

Ozzie étudia l'ancien messie pendant un long moment, essaya de déchiffrer son expression, mais échoua lamentablement. Finalement, il se découragea.

— Il y a un truc que je ne comprends pas, mec. J'ai souvent douté, j'ai commis un paquet d'erreurs dans ma vie, et je suis parfaitement capable de me remettre en question de temps en temps. Mais ça ! Qu'est-ce qui vous a pris ? Votre baratin était assez puissant pour hypnotiser des milliards de personnes. Que s'est-il passé pour que vous leur tourniez le dos ? Edeard était un petit con, mais il a plutôt bien fini. C'est le message moral que nous distillent toutes les religions, l'hameçon standard. Les humains triomphent de leurs adversaires. Saupoudrez votre histoire de souffrance, et les gens adorent. En plus, votre champion finit par gagner.

— Non, il ne gagne pas, rétorqua Inigo avec tristesse.

— Bon, je l'avoue, j'ai menti, tout à l'heure. Il m'est arrivé de jeter un coup d'œil à vos rêves. Je me souviens bien du dernier : Edeard est parti pour le Cœur en laissant derrière lui un monde aussi bon que possible et en offrant à tout un chacun la possibilité de rendre sa vie meilleure. Pas égoïste, le bougre ! S'il avait vécu chez nous il y a trois mille ans, il serait devenu un saint, voire pire.

— La perfection devrait rester un horizon inatteignable, dit Inigo. Il n'y a pas d'utopie. De par sa nature même, la vie est une lutte. Sans cette dernière, nous n'avons plus de raison d'être.

— Que s'est-il passé ? l'encouragea Corrie-Lyn. Je t'en prie, Inigo, qu'as-tu rêvé après qu'Edeard a accepté d'être guidé vers le Cœur ? Dis-nous. Dis-moi. J'ai confiance en toi. J'aurai toujours confiance en toi. Mais j'ai besoin de savoir.

— J'ai rêvé de la perfection.

Le Dernier Rêve d'Inigo

Je veux voler.

Mon esprit élève mon corps. Alors je vole les bras écartés, pour sentir le vent me fouetter le visage. C'est un plaisir. J'ouvre les yeux. Trente mètres sous moi, il y a le Grand Canal majeur. Une eau sombre, fraîche et apaisante s'écoule dans la longue artère. La lumière du soleil se reflète à sa surface. Les gondoles traditionnelles sont des éclats noirs sur le ruban élégant. Elles sont apparues pour l'occasion. Une chanson harmonieuse monte dans les airs, une douce mélodie des gondoliers évoquant des temps anciens et riches en émotions.

Honneur.

Nous honorons le grand ancêtre, Celui-qui-marche-sur-l'eau. Il y a mille ans jour pour jour, il s'est élevé vers le Cœur qui nous appelle tous. Ainsi, nous autres, habitants de ce monde béni, nous réunissons-nous dans ce lieu antique pour lui rendre hommage.

Fierté.

Je suis fière que le sang de Cèlui-qui-marche-sur-l'eau coule dans mes veines. Si je vis, c'est grâce à ses jumelles. Je ressens de la joie en pensant à leurs vies si bien remplies. La petite-fille de leur petit-fils est ma mère. De ce fait, je revendique un peu de sa noblesse et de sa force.

Famille.

Ma famille vole avec moi. Tous les sept, nous nous élevons au-dessus des bâtiments anciens de la cité vénérée. Nous rions et nous émerveillons devant tant de beauté. Loin en dessous, dans les profondeurs, l'esprit de la ville avance doucement en sommeillant vers la fin des temps. De ces rêves lents émane une grande tristesse. Nous sommes tristes aussi de la voir soumise à un destin absurde. Nous respectons son droit à l'existence. Bien que nous en ayons tous la force, personne ne la réveillera.

Notre vie.

Nous vivons dans une demeure érigée sur des rochers surplombant la mer, sur l'île lointaine de Tolonan, découverte par la flottille de Celui-qui-marche-sur-l'eau il y a bien longtemps. Un endroit luxuriant, chaud et magnifique, où les arbres portent des fleurs parfumées toute l'année. Des vignobles et des vergers occupent toujours les coteaux aménagés en terrasses, produisant une abondance de fruits. Nous respectons toujours les traditions, nous saluons la mémoire de nos ancêtres qui ont tant lutté pour nous éclairer. Les fruits sont succulents et savoureux, les vins sucrés. Nous avons le ventre plein tous les jours. Nous ne manquons de rien. Nous faisons l'expérience de tout. Nous disons merci pour cela.

Les tours.

Comme ils sont beaux les pinacles d'Eyrie, si grands et incurvés avec une grâce exotique. Nous volons autour d'eux comme des oiseaux fougueux, nous nous faufilons entre les spires des plates-formes en riant avec exubérance. Puis soudain nous nous élevons à la verticale, telle une essence suivant ses guides. Comme c'est enivrant et enthousiasmant.

Mes choix.

Enflammer le don de la pensée et méditer sur les occasions et les chances offertes par la capacité de ressentir et de percevoir. J'ai tellement réfléchi durant mon existence. J'ai vu tant de choses sur ce monde. J'ai séjourné sur tous les continents. J'ai goûté toutes les plantes comestibles, j'ai fait la course avec les renards de feu, volé avec les aigles, plongé avec les whals. J'ai vécu et admiré toutes les saisons, afin d'observer les changements qu'elles apportent. J'ai appris à apprécier la nature et la vie sous toutes ses formes.

Mon monde.

Je le connais parfaitement. J'ai échangé des pensées avec les dix mille d'entre nous qui subsistent. Nous avons discuté de tout ce que nous savons, de nos aspirations. J'ai évolué dans des mondes conjurés par des personnes plus créatives que moi. J'ai donné corps à des endroits qui n'existent pas, je les ai fait jaillir des replis des ténèbres qui s'étirent sous notre univers, je les ai embellis avec mon imagination. J'ai entendu les échos sombres du passé qui m'ont effrayée. Je me suis baignée dans les larmes de triomphe et de ravissement qui naissent de l'adversité. J'ai empli ma tête avec les chants joyeux du succès.

Ils arrivent.

Ceux qui guident tombent du ciel dans une marée d'étincelles dont l'éclat me transperce le crâne. Ma famille et moi plongeons vers le sol et fonçons dans les rues étroites et sinueuses de Makkathran. Nous allons vite, si vite, que les murs, les fenêtres et les toits se perdent dans un flou coloré. Je décide de me doter d'ailes sous les bras pour tourner et effectuer des vrilles dans le courant d'air puissant. Mon corps se meut et tourbillonne avec l'élégance de ceux qui sont nés pour évoluer dans l'air. Depuis plus d'un siècle, seuls nos cris d'admiration envahissent les allées et les places.

La bienvenue.

Nous volons au-dessus de la mer devant le port de la ville. Nous descendons en piqué et tournoyons autour de l'armada de yachts élégants qui nous ont permis de traverser la moitié du monde pour arriver jusqu'ici. La brise marine souffle dans les grandes voiles blanches comme dans les temps anciens. Pour l'amour de l'art. Pour soigner la forme. Ces beautés capables de traverser les océans méritent plus que de rester simplement fonctionnelles, et il en est ainsi. Le yacht de ma famille vogue par la force de ma seule volonté, mais sa voilure gonflée complète son image et apporte du réconfort. Comme le doudou d'un bébé.

La réunion.

Le vent souffle, puissant, devant ceux qui guident comme ils foncent sur la route aérienne qu'ils continuent d'emprunter à chaque visite. Accompagnés par des ombres ondulantes et des scintillements qui se reflètent dans l'eau et trompent l'œil, ils poussent joyeusement les yachts sur l'eau espiègle. Nous précipitant avec malice dans le sillage de ceux qui guident, les ailes déployées avec une lenteur gracieuse, nous nous regroupons et crions de joie avec nos gorges et nos esprits. Nos cris, cependant, se perdent dans leur éclat éthéré. Comme l'union ne peut durer, nous nous séparons vite. Je dis adieu aux quatre membres de ma famille qui ont atteint la plénitude sur cette planète pleine de promesses. Je dis adieu aux mille âmes splendides qui vont rendre leur dernier hommage aujourd'hui, maintenant.

Le départ.

Une lumière froide et éclatante embrase les tours d'Eyrie, grandes flammes opalescentes qui s'élèvent avec énergie pour toucher les corps de cristal changeant de ceux qui guident. Dans le feu volent les essences qui désirent atteindre le Cœur du Vide. La force des tours, comme elle le fait depuis toujours, les projette vers le ciel, tandis que leurs corps sont réduits en poussière. Et puis ils disparaissent, deviennent des ombres colorées dans les structures de cristal complexes. Récompense du destin.

Je descends.

Doucement, lentement, je dissous mes ailes. Je crée des vêtements autour de ma silhouette. Je me pose dans le Parc doré pour observer avec mes yeux et mon esprit ceux qui guident, tandis qu'ils s'apprêtent à traverser l'espace qui nous sépare des nébuleuses de cet univers. Je suis heureuse que beaucoup d'entre nous soient partis rejoindre nos ancêtres et tous ceux qui vivaient dans le Vide éternel, le Vide qui nous a accueillis en son sein alors que le chaos règne autour de ses frontières. Je suis triste qu'ils soient partis en si grand nombre. Je suis triste que nous soyons si peu à être restés. Triste, mais pas découragée.

Ce qui subsiste.

Pas grand-chose. Je ne porte plus d'enfants. Et les deux enfants qui me restent non plus. Ce temps est révolu pour nous. Tout esprit qui naîtrait sur ce monde n'apprendrait que ce que nous savons déjà. Nous sommes l'histoire. Nous sommes le pinacle de la vie.

L'identité.

Les cellules qui me constituent aimeraient continuer à vivre. Elles sont ainsi faites. Elles sont moi, entrelacées avec mon essence. C'est tout à fait normal ; nier la réalité reviendrait à renoncer à ce que je suis. On a de nombreuses raisons d'être. Aucune ne devrait être négligée. Je vivrai encore un peu. Mais pas pour toujours.

Mon voyage.

Il me reste un voyage à accomplir. Je traverse le Parc doré en repensant à tous les événements qui se sont joués ici. Le riche passé est devenu une mémoire fantôme. Tant de souffrance, tant d'actions pour que je me retrouve ici et maintenant. C'est mon milieu et je suis reconnaissante envers ceux qui m'ont précédée. J'aimerais qu'ils sachent que rien n'a été vain : aucune parole qu'ils ont prononcée, aucun acte qu'ils ont commis. Tout a contribué à ma création. Je suis le fruit de leur existence et je suis heureuse de l'être.

Un hommage.

Ma reconnaissance est simple. Mon esprit élève le tissu de cet univers. Tel est ma volonté. Soudain, le Parc doré s'emplit une dernière fois de gens, comme le passé rencontre le présent. L'atmosphère se charge de sons et d'odeurs. Je suis gentiment bousculée par ceux qui ne m'avaient pas vue et qui vaquent à leurs occupations. Plus loin, Rah et la Dame descendent de leur petite embarcation et posent un regard émerveillé sur les dômes du palais du Verger. Alors arrive Florell, une très jolie petite servante, qui entreprend de séduire son premier amant. Puis je vois un Akeem abattu se diriger vers sa Guilde en traînant les pieds, premier pas vers un exil auto-imposé. Avec discrétion, Salrana court vers le *Renard bleu*, où elle a rendez-vous. Un rendez-vous fatidique. Et voilà Celui-qui-marche-sur-l'eau, dans toute sa gloire ; il suit celle qui ne sera jamais sa maîtresse sachant au fond de son cœur que ce qu'il va découvrir va le hanter toute sa vie.

L'amour.

Je les aime tous, je les adore de loin. Alors ma vision disparaît et la ville se vide. Ne restent plus dans les rues désertes que les miens et moi, qui nous dirigeons vers nos navires, nos demeures. Nous ne reviendrons jamais.

La vie.

J'ai vécu ma vie avec succès. Bientôt, lorsque ma maison sera en ordre, je m'élèverai vers ceux qui guident, sachant que tout ce qui peut être accompli l'a été. Nous avons tant fait. Il ne reste plus rien, ici. Rien.

Le futur.

Que peut-on espérer, à présent ? Cela reste le plus beau des mystères. Encore. Notre avenir nous attend dans le Cœur du Vide. Un chant qui se renforce chaque jour qui passe.

9

Le *Dernier Lancer* s'élevait dans la lumière de l'aube et l'atmosphère fraîche au-dessus du Livreur. À l'horizon, le soleil brillait d'un éclat incandescent rose derrière des montagnes. Il sentait sa faible chaleur sur son visage, tandis qu'il descendait à flanc de coteau. De minces rubans de brumes flottaient au-dessus de l'herbe locale, emplissaient les creux de terrain de ruisseaux spectraux. Les oiseaux chantaient des trilles gutturaux et, comme le jour se levait, décollaient des arbres noirs.

Fasciné, le Livreur les regarda s'envoler péniblement. On aurait dit que l'évolution n'avait pas très bien fait les choses, sur cette planète ; les bêtes étaient massives et sans grâce.

Un troupeau de lourds quadrupèdes au physique et au tempérament de rhinocéros terriens grogna, s'agita, accueillit cette nouvelle journée à sa manière laborieuse. Leur cuir aux multiples plis était tacheté de rouille brune et de gris, tandis que leurs pattes aussi épaisses que le torse du Livreur étaient capables d'avancer toute la journée avec une énergie peu commune. Ces animaux tiraient les charrues et les charrettes des Anomines.

Le Livreur contourna le troupeau avant que les animaux se rendent vraiment compte de sa présence. Mieux valait ne pas énerver les bêtes avant d'avoir salué les autochtones.

À l'approche du village, une odeur de fumée flottait dans l'atmosphère. Des feux qui avaient brûlé pendant les longues heures de la nuit pour réchauffer et tenir à distance les bêtes sauvages ne subsistaient des braises.

Les capteurs du *Dernier Lancer* avaient effectué un scan passif du village pendant leur descente, révélant un plan semi-circulaire construit sur la berge d'une rivière. Il y avait très peu de constructions en pierre, à part quelques murs circulaires qui devaient être des silos. Le reste était en bois. Ses implants rétiniens lui permettaient d'observer le village comme il parcourait les derniers sept cents mètres. Les maisons se dressaient sur d'épais pilotis quelques mètres au-dessus du sol poussiéreux. Les toits constitués d'une dense couche de roseaux séchés surplombaient des murs arqués composés de cadres ovales reliés les uns aux autres et entourés d'un genre de membrane translucide et durcie. Il distinguait déjà des ombres mouvantes à l'intérieur.

Deux Anomines qui s'occupaient d'un des cinq puits de feu du village se figèrent, puis bougèrent leurs antennes. C'étaient des anciens. Il le voyait à la couleur lavande foncée de la peau de leurs membres et à la manière dont leurs pattes inférieures ployaient, réduisant leur taille. Les jeunes avaient la peau uniformément cuivrée et les adultes jade clair. Ces derniers étaient également plus gros au niveau du tronc. Apparemment, la prise de poids à mesure que l'on vieillissait n'était pas un mal typiquement humain.

Il pénétra dans le village, tandis que son ombre virtuelle vérifiait une dernière fois le traducteur suspendu à une chaîne en or autour de son cou. C'était un rectangle de la taille d'une main capable de produire les sons haut perchés de la langue Anomine. Les anthropologues culturels de la Marine avaient reséquencé leurs cordes vocales afin de communiquer directement avec ces êtres, mais cette méthode s'était révélée moins efficace que l'approche électronique. Toutefois, les Anomines avaient apprécié le geste, d'autant qu'ils se méfiaient de tout ce qui était technologiquement plus avancé que la roue.

Le Livreur révisa les règles de base de l'étiquette anomine dans son exovision.

— Je vous salue en cette belle matinée, commença-t-il, ce que son appareil traduisit en une série de couinements et sifflements qui rappelaient le chant des dauphins. Je viens d'un autre monde pour vous rencontrer. J'aimerais que vous me parliez de vos ancêtres.

Il s'inclina légèrement, geste que les extraterrestres ne comprirent certainement pas.

Ils le dépassaient d'un bon mètre, surtout quand ils se redressaient, comme pour marcher par exemple. Leur fine section centrale était presque toujours penchée vers l'avant, tandis que les genoux supérieurs de leurs jambes à trois segments étaient pliés vers l'arrière pour préserver leur équilibre.

Celui dont les membres viraient du violet au noir prit la parole :

— Je vous salue, en cette matinée, voyageur des étoiles. Je m'appelle Tyzak. Je suis un vieux père de ce village. Je peux vous consacrer un peu de mon temps.

— Je vous remercie de votre gentillesse, répondit le Livreur.

S'il avait éveillé la curiosité et l'intérêt de Tyzak, rien ne le laissait deviner. En dehors de la surcharge pondérale, les Anomines n'avaient aucun point commun avec les humains, et surtout pas le langage corporel. Ainsi, le Livreur ne remarqua ni signes de nervosité ni agitation aucune. Cela aurait certes été difficile puisque leur épiderme épais rendait impossible tout mouvement musculaire subtil. On ne pouvait même pas parler de regard perçant et inquisiteur, car leur interprétation visuelle du monde dépendait des cellules photosensibles qui couvraient les deux antennes grises et glaireuses fichées sur une petite tête noueuse dotée d'une énorme bouche. Leur cerveau était situé dans la partie supérieure de leur torse, entre les petits bras du milieu et ceux, plus gros, situés au-dessus.

— Votre vraie voix est silencieuse, reprit Tyzak.

— Oui, car mon corps n'est pas capable de reproduire les sonorités de votre langue. Je vous demande pardon de devoir recourir à une machine.

— Inutile de demander pardon.

— On m'a dit que vous n'appréciiez pas la technologie.

Les deux Anomines se touchèrent les griffes de leurs bras du milieu.

— On vous a mal renseigné. Je suis très heureux que vous soyez venu à nous ; nous aurons ainsi l'occasion de vous dire la vérité.

— J'ai été renseigné par des individus de mon espèce. Nous vous avons déjà rendu visite par le passé.

— La mémoire de ces individus n'est pas fiable. Nous n'avons pas d'aversion pour les machines ; nous avons juste choisi de nous en passer.

— Puis-je vous demander pourquoi ?

Les deux genoux supérieurs de Tyzak se plièrent, et l'extraterrestre s'accroupit. L'autre Anomine s'éloigna.

— Nous avons choisi de vivre en harmonie avec la planète qui nous a créés, expliqua Tyzak. Nous savons ce qui arrive quand on vit au milieu des machines et de la technologie. Nos ancêtres ont accompli de grandes choses, d'aussi grandes choses que vous.

— Vos ancêtres ont beaucoup mieux réussi que nous, et ce dans moult domaines, rétorqua le Livreur. Nous leur sommes incroyablement redevables. Ils ont sauvé de nombreuses étoiles attaquées par une espèce hostile…

— Vous parlez de la créature unique qui réside autour de deux étoiles. Elle a tenté de détruire tout ce qui n'était pas elle.

— Vous êtes au courant ?

— Nous avons choisi une voie différente de celle de nos ancêtres. Nous sommes tristes pour eux, mais nous nous réjouissons également de leurs accomplissements. Ils sont devenus autre chose, quelque chose de sublime.

— Et pourtant, vous ne les avez pas suivis. Pourquoi cela ?

— Cette planète nous a créés. C'est à elle qu'il revient de décider de notre destinée.

— Une religion de plus, intervint Gore sur un canal sécurisé.

— Je les comparerais davantage à nos Factions, rétorqua le Livreur. Leur version des Accélérateurs est partie et s'est élevée, tandis que les Darwinistes voulaient voir ce que la nature leur réservait.

D'autres Anomines sortaient de leurs maisons. Ils sautaient par des portes situées à plusieurs mètres du sol et se déplaçaient avec une légèreté étonnante. Ils couraient sur de longues jambes, bondissant à chaque pas, menaçant de tomber tant ils étaient penchés en avant.

En réalité, ils avaient un meilleur équilibre que les humains, décida le Livreur, même si leur démarche rappelait celle, maladroite, du pigeon.

Un groupe de jeunes arrivait en sautillant. Le Livreur fut bientôt entouré d'enfants qui avaient bien du mal à se tenir tranquilles. Ils sautillaient tout en bavardant, en parlant de lui, étrange créature au corps et aux vêtements bizarres, aux pinces si petites et faibles et au crâne poilu. Ils étaient si bruyants qu'ils lui faisaient mal à oreilles.

Il entendit Tyzak expliquer aux autres ce qu'il était.

— D'où venez-vous ? lui demanda un enfant.

Il était plus grand que ses amis, mesurait à peu près la taille du Livreur, et sa peau couleur abricot virait au vert foncé.

— D'une planète appelée la Terre, à des années-lumière d'ici.

— Pourquoi êtes-vous venu ?

— J'ai besoin de votre sagesse. Vos ancêtres savaient tellement de choses.

Les couinements des enfants redoublèrent d'intensité. D'après son traducteur, ils abondaient dans son sens.

— Oui ! Oui, c'est vrai.

— Je vais manger, maintenant, annonça Tyzak. Voulez-vous vous joindre à moi ?

— Cela me ferait très plaisir, acquiesça le Livreur.

Tyzak se redressa promptement et dispersa quelques enfants qui s'éloignèrent en caracolant. L'extraterrestre se dirigea à vive allure vers une maison toute proche. Ses pattes inférieures incurvées tricotaient littéralement. Le Livreur courut pour le rattraper et s'efforça de rester à sa hauteur.

— Il faut que je vous dise : je ne suis sans doute pas capable de digérer la plupart de vos aliments.

— Je comprends. Il y a peu de chances que votre biochimie soit compatible avec nos plantes.

— Vous comprenez le concept de biochimie ?

— Vous êtes bien ignorant, voyageur de l'espace. Nous avons des connaissances, mais nous ne les mettons pas à profit comme vous le faites.

— Je comprends.

Tyzak sauta sur une plate-forme située à côté de la porte de sa maison. Le Livreur observa rapidement les pilotis, avant d'escalader le plus proche de la porte.

— Vous êtes différents de nous, remarqua Tyzak en disparaissant à l'intérieur.

Les fenêtres-membranes laissaient entrer beaucoup de lumière. Lorsqu'il fut à l'intérieur, le Livreur avisa des motifs irisés sur le matériau tendu, un genre de peau ou d'écorce affinée. La maison était divisée en trois pièces. La première, qui était aussi la plus grande, était peu meublée : des coffres massifs alignés le long d'une paroi intérieure, des structures qui devaient être des chaises, cinq bancs disposés en pentagone au centre de la pièce sur lesquels étaient disposés de gros pots en terre.

La moitié d'entre eux contenaient des liquides en train de bouillonner avec force bulles. L'atmosphère était saturée d'une odeur âcre qui piquait les yeux du Livreur. La puanteur de fruits pourris ou fermentés était quasi insupportable.

Très vite, il se rendit compte qu'il n'y avait ni radiateur ni feu dans la pièce, où il faisait pourtant beaucoup plus chaud qu'à l'extérieur. Le contenu des pots fermentait… vigoureusement. Il jeta un coup d'œil à leur contenu et vit quelque chose qui ressemblait à de la confiture avec des morceaux.

Tyzak tira un des pots à lui, se pencha dessus et ouvrit sa bouche humide assez grand pour en couvrir le sommet. Le Livreur eut le temps de voir se tortiller des centaines de dents-mandibules ; grâce à elles, l'Anomine engloutit le contenu du pot en quelques goulées.

— Souhaitez-vous goûter un peu de **>pas de traduction directe : cuisson à froid-conserve/soupe<** ? demanda Tyzak. Je sais que le rituel du partage de la nourriture est important pour votre espèce. Avec un peu de chance, un de ces pots sera inoffensif pour votre système digestif.

— Non, merci. Si j'ai bien compris, vous vous rappelez avoir déjà reçu la visite de membres de mon espèce…

— Les histoires comptent beaucoup pour nous, reprit Tyzak en prenant un autre pot et en refermant sa bouche dessus.

— Vos congénères ne semblent pas s'intéresser à moi, à part les enfants.

— Je raconterai votre histoire lors de notre prochain rassemblement. Elle sera partagée de village en village à l'occasion des corassemblements. D'ici à vingt ans, le monde entier aura entendu parler de vous. À partir de là, votre souvenir sera transmis de génération en génération. Pour nous, vous ne serez jamais perdu, voyageur des étoiles.

— Cela me fait très plaisir. Vous devez connaître beaucoup d'histoires, Tyzak.

— En effet. Je suis vieux et j'en ai entendu tant qu'elles commencent à m'échapper. C'est pour cela que je les partage, pour les sauver.

— C'est complètement débile, lança Gore. Ils vont perdre énormément de données de cette manière. Nous savons qu'ils avaient une écriture, dans le temps. Impossible de développer une technologie décente sans un arsenal de symboles, surtout mathématiques. Pourquoi l'avoir jetée aux orties ? Transmise oralement, leur histoire sera déformée puis finira par disparaître.

— Ne vous en faites pas, le rassura le Livreur. Ce dont nous avons besoin est beaucoup trop gros pour être oublié à jamais. Je suis sûr qu'ils savent.

— Ouais, c'est sûr. Le suspense est insoutenable…

— J'aimerais entendre les histoires de vos ancêtres, reprit le Livreur à l'intention de Tyzak. J'aimerais savoir comment ils ont quitté ce monde, cet univers.

— Tous ceux qui nous rendent visite souhaitent entendre cette histoire plus que les autres. J'ai pourtant beaucoup d'autres histoires à raconter. Il y a celle de Gazuk, qui a sauvé cinq jeunes de la noyade après l'effondrement d'un pont. Razul m'a raconté le jour où elle a tenu à distance une meute de **>pas de traduction directe : équivalent-loup<** pendant que sa sœur accouchait. Razul était vieille lorsque je l'ai rencontrée lors d'un corassemblement, mais sa parole vivace. Il y a des histoires sur Fozif, qui s'est envolé sur une machine de feu pour marcher sur Ithal, une planète voisine ; il est le premier des nôtres à avoir réalisé ce prodige. Il s'agit de notre récit le plus ancien. De lui découlent toutes les autres histoires de notre peuple.

— Laquelle souhaitez-vous me raconter ?

— Toutes les histoires de notre monde magnifique. C'est notre raison d'être. Afin que tout puisse être connu de tous.

— N'est-ce pas contraire à ce que vous êtes ? La connaissance réside dans l'autre direction, dans la technologie et la science auxquelles vous avez tourné le dos.

— Vous parlez de l'histoire des machines. Celle-ci a déjà été racontée. Elle est terminée. À présent, nous parlons de nous.

— Je pense comprendre ; vous ne vous intéressez pas aux réalisations de vos ancêtres, mais aux individus qui furent à leur origine.

— Vous vous rapprochez de notre histoire, de notre façon de vivre. Avant d'entendre notre histoire présente, vous devez entendre celles du passé.

— Malheureusement, mon temps est limité. Je vous serais très reconnaissant si vous consentiez à me raconter les histoires de vos ancêtres, celles qui parlent de la manière dont ils ont quitté cet univers. Savez-vous où ce grand événement s'est déroulé ?

Tyzak vida un autre pot. Il se tourna vers un coffre, en souleva le couvercle et en sortit de petits sacs en tissu qu'il posa sur un banc.

— Il est une histoire qui raconte la grande séparation, et cette histoire ne s'effacera jamais de ma mémoire. Elle a beaucoup d'importance à nos yeux, car elle raconte la manière dont notre peuple s'est divisé. D'un côté ceux qui sont partis, de l'autre, ceux qui ont proclamé leur allégeance à notre planète et à la destinée qu'elle nous réserve. Encore aujourd'hui, nous regrettons cette séparation, car nous ne serons jamais réunis.

— Mon peuple aussi est divisé en plusieurs groupes, dit le Livreur en regardant l'extraterrestre ouvrir les sacs.

Tyzak jeta des fruits et des racines dans les pots, avant d'y verser l'eau d'une grande jarre située au centre du pentagone formé par les bancs. Enfin, il y ajouta quelques pincées d'une poudre blanc bleu prélevée dans un sachet. Le contenu des pots se mit aussitôt à bouillonner.

— Je veux entendre l'histoire de votre division ; elle m'interpelle, reprit Tyzak.

— Merci. Et l'histoire de l'endroit d'où sont partis vos ancêtres ? J'aimerais énormément l'écouter et visiter le site.

— Nous nous y rendrons.

Le Livreur ne s'attendait pas vraiment à cette réponse.

— C'est une excellente nouvelle. Dois-je faire venir mon vaisseau ? Il peut nous emmener n'importe où sur cette planète.

— Je vous remercie de cette offre très généreuse, mais je ne souhaite pas voyager à bord de votre navire. Je marcherai jusqu'à l'endroit de la séparation.

— Merde ! cracha Gore. Cela peut prendre des mois, des années. Essayez de faire dire à ce monstre où se trouve le site. Dites-lui que vous vous retrouverez là-bas si c'est nécessaire.

— Malheureusement, je suis incapable de marcher sur de longues distances, reprit le Livreur. J'ai besoin de ma propre nourriture. Peut-être pourrions-nous nous retrouver là-bas ?

— C'est à seulement deux jours d'ici, rétorqua Tyzak. Ne pouvez-vous pas parcourir une si faible distance ?

— Si, bien sûr.

— Waouh ! s'exclama Gore. Votre nouvel ami doit parler de la ville qui se trouve à l'autre bout de la vallée. C'est forcément là.

Les programmes secondaires du Livreur extrayaient des fichiers de sa lacune de stockage et les ouvraient dans son exovision.

— Nous avons vérifié un bâtiment là-bas il y a quatre jours, tout près de la grande place, à l'ouest. Vous êtes entrés à l'intérieur. Il y avait une formation de matière exotique, un genre de petit stabilisateur de trou de ver. Mais non opérationnel. On a supposé qu'il était relié à une station orbitale ou une installation quelconque qui n'existe plus.

— Cela prouve une fois de plus qu'il est stupide de préjuger de quoi que ce soit lorsqu'il s'agit d'extraterrestres, dit Gore. On a trouvé cinquante-trois machines similaires et on les a toutes écartées.

— Elles se trouvaient toutes dans des villes différentes, reprit le Livreur en étudiant une carte planétaire dans son exovision. Bien distribuées géographiquement. Il s'agit peut-être d'un réseau de transport abandonné, comme la vieille boucle transterrienne.

— Ouais, c'était bien avant votre naissance. Je l'empruntais souvent. Enfin bref, je suis en route. Je vais scanner et analyser cette saloperie jusqu'au dernier atome. Je découvrirai à quoi elle sert avant que vous ayez fini de déjeuner.

Tyzak entra dans une autre pièce, et ce sans se cogner les antennes au plafond, ce qui était un petit exploit. Il se déplaçait avec agilité et passa dans l'encadrement de la porte sans ralentir.

— On a eu de la chance de choisir un village situé justement tout près du système d'élévation, dit le Livreur, incrédule.

C'était presque trop beau pour être vrai.

— Il est grand temps que le vent tourne en notre faveur, reprit Gore.

Cela non plus, il ne le croyait pas. *Peut-être Tyzak se servira-t-il du trou de ver pour nous transporter jusqu'au système d'élévation. C'est peut-être la raison d'être de ce réseau de transport. Non, c'est idiot. S'il ne veut pas monter à bord de notre vaisseau, il ne voudra pas non plus utiliser un trou de ver. Merde !*

L'Anomine réapparut dans la pièce principale vêtu d'anneaux de tissu épais très colorés et ornés de perles. C'était un habit très élaboré, admit le Livreur, car il couvrait l'abdomen effilé de l'extraterrestre tout en lui laissait une liberté de mouvement totale.

Ils se mirent aussitôt en route, traversèrent le village et descendirent vers la rivière, qu'ils traversèrent grâce à une arche si ancienne que ses pierres extérieures s'écaillaient.

— Depuis combien de temps votre village existe-t-il ? demanda le Livreur.

— Sept cents ans.

Les champs et les vergers de l'autre rive étaient soigneusement entretenus. Des Anomines adultes se déplaçaient entre les rangées d'arbres et cueillaient les fruits des branches les plus hautes grâce aux pinces de leurs puissants bras supérieurs. D'après leur couleur, il s'agissait de femelles. Le cycle de vie des Anomines suivait un parcours simple : enfant, ils étaient neutres, avant de passer par un stade femelle et de finir en vieux mâle. Chaque étape durait environ vingt-cinq ans, si bien qu'il était très rare qu'un Anomine dépasse quatre-vingts ans.

Ce qu'il avait du mal à comprendre. Il savait que ces extraterrestres, à un moment de leur histoire, maîtrisaient suffisamment la génétique pour allonger la durée de leur vie. Cette science aussi avait été délibérément rejetée pour suivre la voie de l'évolution originelle. Aucune Faction humaine n'irait jusque-là, pas même les Naturels, qui préféraient la bonne vieille méthode du rajeunissement tous les trente ans. Le désir de s'accrocher à la vie était profondément enfoui dans la psyché humaine, et rien, pas même un profilage psychoneural n'aurait pu le déloger.

Comme l'espoir, supposait le Livreur. *Je fais semblant de croire Gore parce que j'ai de l'espoir. Car c'est ma seule chance de revoir Lizzie et les enfants un jour. Ozzie sait quelle folie Ilanthe nous réservera lorsqu'elle sera dans le Vide. En tout cas, Gore est le seul à avoir une stratégie pour l'arrêter. Si seulement son plan n'était pas si… fragile. Si seulement je pouvais avoir davantage foi en ma mission.*

Le Livreur leva la tête. Loin au-dessus, le vieux ruban de débris orbitaux scintillait derrière les trouées de la couche nuageuse, telle une bande immobile de cirrus argentés. Cela le fit sourire. *Voilà ce dont j'ai besoin : de signes, de présages. C'est pathétique ! Dire que je me moque des Anomines parce qu'ils ont décidé d'embrasser un mode de vie primitif. Un mode de vie qui ne menace pas la galaxie, qui n'arrache pas les pères à leur famille.*

Il activa sa liaison avec Gore.

— Qu'allez-vous faire après ? Si nous réussissons, je veux dire.

— Pour commencer, je vais sortir de ce morceau de viande pour retourner dans l'ANA où je pourrai de nouveau réfléchir normalement.

— N'est-ce pas justement le problème ? Regardez où nous a menés notre évolution ?

— Vous croyez que tout cela arrive parce qu'on a poussé le bouchon un peu trop loin ? Vous pensez que notre arrogance est la racine du mal ?

— En un sens, oui.

— En un sens… Mais bien sûr que oui. C'est justement pourquoi il faut aller de l'avant et repousser les limites de l'évolution. Il faut vraiment développer nos gènes de la responsabilité et de la rationalité. C'est notre seule chance de vivre paisiblement dans une galaxie aussi dangereuse.

— C'est une vieille discussion.

— Vieille mais valide. Peut-être est-ce la seule discussion qui vaille encore. Sans éducation, sans la maîtrise de la science, les barbares auraient franchi les portes de notre cité depuis longtemps.

— Dites-le-lui, elle changera peut-être d'avis.

— À Ilanthe ? C'est un cas typique : elle est allée beaucoup plus loin que ce que son QI aurait dû lui permettre, et son ambition est beaucoup plus grande que son talent. C'est une fasciste avec une idée fixe ; elle est de la pire espèce, car persuadée d'avoir raison. Opposez-vous à elle et vous êtes diabolisé, destiné à être écrasé.

Il n'aurait pas cru cela possible, mais le Livreur se surprit à sourire en traversant les prés et les champs des Anomines.

— Elle est à l'opposé de votre libéralisme, en somme ?

— Exactement, petit.

Avant longtemps, les champs cultivés cédèrent la place aux herbes touffues de la vallée. Tyzak s'engagea sur un chemin courbe qui longea bientôt la rivière. Le Livreur se retrouva alors face à la ville morte à cheval sur les deux versants de la vallée. Ses tours grandioses et ses dômes étaient à peine visibles dans la brume matinale.

Cette vision. L'atmosphère pure. La lumière du soleil. Marcher vers un but précis. Quelle qu'en soit la raison, il se sentait de nouveau motivé. Pas vraiment confiant, mais c'était un bon début.

— Je peux marcher plus vite, dit-il à Tyzak.

Le gros extraterrestre allongea sa foulée, rebondissant sans effort. Le Livreur l'imita, goûtant avec délice le sentiment d'urgence induit par leur vitesse. *J'arrive*, lança-t-il à Lizzie et aux enfants. *Je viens vous chercher, je le promets*

* * *

Ozzie garda pour lui ce qu'il pensait. Myraian sourit à sa manière rêveuse et dit :

— Super.

Puis elle revécut le Dernier Rêve d'Inigo.

Corrie-Lyn était la plus affectée. Elle tomba à genoux devant Inigo et leva des yeux implorants, comme si elle le suppliait de lui dire que rien de tout cela n'était vrai.

— Ils avaient tout, geignit-elle. Ils avaient réussi. Leur esprit était sublime.

— Et inutile, rétorqua-t-il. Ils ne sont plus humains. Ils ont tout ce qu'ils veulent, ce qui leur retire toute dignité, tout moteur. Leur vie n'est qu'ennui. Seul le passé les intéresse. Visiter de nouveau des endroits que l'on connaît déjà, non pas pour vivre de belles expériences, mais par nostalgie. On ne contribue plus à rien, parce qu'il n'y a plus rien à apporter.

— Ils ont atteint la plénitude, Inigo. Leur esprit était si fort ! Ils volaient !

— Oui, mais pour aller où ? À quoi leur servait ce don ? À s'amuser. Querencia est devenue un terrain de jeu pour des dieux médiocres et sans caractère.

— Ils sont parvenus à se débarrasser des entraves physiques futiles qui les empêchaient d'évoluer. Voilà ce que leur a donné Celui-qui-marche-sur-l'eau. Ils ont vécu dans le luxe sans avoir à exploiter qui que ce soit, sans rien détruire. Ils se comprenaient, s'aimaient.

— Parce qu'ils étaient tous pareils. C'était du narcissisme.

— Non ! lâcha Corrie-Lyn en sortant sur la terrasse.

Quelques instants plus tard, Ozzie entendit le bruit de ses pas sur les marches en bois qui conduisaient au jardin.

Un Inigo incrédule se leva pour la suivre.

— N'y allez pas, mec, dit Ozzie. Laissez-la réfléchir et arriver aux conclusions qui s'imposent elle-même. C'est la seule façon de faire.

Inigo hésita longuement avant de se laisser tomber sur sa chaise à haut dossier derrière la table de la cuisine.

— Merde.

— Alors, c'était un mauvais trip, et rien de plus ? demanda Ozzie.

Inigo lui lança un regard écœuré.

— Je ne comprends pas, intervint Aaron. Leur monde était proche du paradis tel qu'on se le représente sur Terre.

— C'était couru d'avance, mec, répondit Ozzie. J'ai vécu cela moi aussi durant la première période du Commonwealth. Un ploutocrate avec un cerveau décent et une sacrée renommée. Du vin, des femmes, de la musique à volonté. J'avais encore mieux réussi que ces gars, sauf que je ne volais pas. J'admets que voler doit être supercool. Je me demandais pourquoi Edeard n'avait pas davantage essayé. Putain, si je me retrouvais dans le Vide, ce serait mon premier objectif. Le plus vieux rêve de l'humanité.

— C'est bizarre, tout de même, reprit Aaron. Ils avaient atteint la plénitude. Tous. C'était admirable. La validation ultime de l'existence du Rêve vivant…

— Un bousier qui ramène chez lui son morceau de merde atteint aussi la plénitude. C'est une question d'échelle. N'est-ce pas, Inigo ?

— Absolument.

— Il ne faut pas trop en demander. L'utopie, à notre niveau biologique, ne fonctionne pas. Une fois que tout a été fait, qu'il ne reste rien à accomplir, on n'a plus de raison d'être, plus d'objectifs. Les descendants d'Edeard avaient atteint un stade où la plénitude était inévitable. Plus besoin de se fatiguer. Cela n'avait plus rien à voir avec l'humanité. C'était le contraire de l'évolution. D'une certaine manière, ils le savaient. Leur population n'en finissait pas de décliner. Pourquoi faire des enfants, en effet, puisqu'ils n'auraient rien eu à découvrir ? Les nouvelles générations n'auraient pas pu contribuer de manière significative à la civilisation.

— D'après ce que je vois, ce Dernier Rêve ne nous aide aucunement, commenta Aaron.

— Il est clair qu'il ne va pas vous aider à réussir votre mission, acquiesça Ozzie, curieux de voir comme l'étrange homme allait réagir. Toutefois, si nous partagions ce rêve, le doute germerait dans l'esprit de quelques adeptes. Des plus malins, en tout cas, c'est-à-dire d'une minuscule minorité.

— Il est trop tard, rétorqua Inigo. Même si la majorité des adeptes admettait s'être trompée ; le pèlerinage ne serait pas annulé. Vous avez vu la réaction de Corrie-Lyn. Elle ne croit pas que le Dernier Rêve soit un constat d'échec. Si je n'arrive pas à la convaincre…

— Faire une croix sur sa foi est toujours difficile, mec. Prenez votre exemple.

Inigo se frotta le visage et s'affaissa sur sa chaise.

— Ouais, regardez-moi.

— Je suis désolé, mec. Vraiment. La descente a dû être sacrément difficile. Pendant combien de temps avez-vous gardé ce Dernier Rêve pour vous ?

— Soixante-dix ans.

— Quand même… Vous devez vous sentir libéré. Vous savez quoi ? Ce soir, vous et moi, on va se pinter comme jamais. C'est la seule façon de solder le passé et les conneries qu'on a pu faire. Parce que, pour une connerie, c'en est une belle.

— C'est presque tentant, admit Inigo.

— Vous pourrez faire cela après, les interrompit Aaron. Maintenant que nous savons que le Dernier Rêve n'est pas pertinent, j'aimerais que vous vous focalisiez sur ce qui est faisable.

— Merde, vous ne lâchez pas le morceau, vous.

— Et vous, vous avez lâché le morceau quand le Rêveur a perverti votre champ de Gaïa ?

— De grâce, n'essayez pas de me motiver avec vos conneries de psycho à deux balles. J'ignore ce que vous êtes, mais vous n'êtes pas un fin psychologue. Faites-moi confiance : votre truc, c'est la menace.

— Vous pouvez vous mettre vos plaisanteries là ou je pense. Restez focalisé sur l'essentiel, je vous prie. Notre mission consiste à envoyer le Rêveur dans le Vide.

— Pas forcément, intervint Inigo. Je pense qu'Araminta a raison de placer ses espoirs dans le Vide. Le Cœur sera capable de détruire Ilanthe.

— C'est possible, acquiesça Ozzie. Les Silfens croient en Araminta, je le sens, mec. Elle est leur plus grand espoir.

— Une fois de plus, ce n'est pas pertinent, commenta Aaron.

— Pas du tout, insista Inigo. Le problème d'Ilanthe n'est apparu que bien après le début de votre mission, mais il est devenu extrêmement préoccupant. Il serait complètement irrationnel de ne pas s'en charger.

— Vous conduire vous, le Rêveur, dans le Vide, reste notre priorité.

— Non, l'interrompit Ozzie. Cela m'emmerde de l'avouer, mais Inigo a raison. Ilanthe participe du problème originel, ce que votre patron n'avait pas compris quand il vous a mis toutes ces conneries dans le cerveau. Réfléchissez, mec. Allez, il doit bien y avoir un peu de place pour la réflexion dans votre crâne d'acier.

— Je veux bien admettre qu'elle joue un rôle dans cette histoire, mais je ne vois pas comment on pourra s'occuper d'elle sans se rendre dans le Vide. Si les deux génies que vous êtes pouvaient mettre leurs compétences en commun pour trouver un moyen d'envoyer Inigo là-bas…

— C'est impossible, assena le Rêveur. Même si vous aviez toujours le vaisseau à ultraréacteur que vous avez perdu sur Hanko, nous n'arriverions pas dans le Vide avec la flotte du pèlerinage. En gros, le premier à y pénétrer a gagné.

— N'exagérez pas, mec. Si vous y étiez arrivé là-bas le premier, vous auriez eu une belle chance de gagner. Mais plus rien n'est certain, surtout là-bas. Maintenant que vous ne pouvez pas y rentrer, il faut commencer à réfléchir à une sortie digne mais rapide.

— Je vous interdis de penser de cette façon, et j'en ai plus qu'assez de vous le répéter, s'indigna Aaron. Ne m'obligez pas à vous faire rentrer cela dans le crâne de force, parce que, les métaphores, j'en ai ma claque. Bien, comment fait-on pour envoyer le Rêveur dans le Vide ?

Ozzie se voûta. L'agent commençait à lui taper sur les nerfs, ce qui n'était pas bon. S'il continuait comme cela, il ne pourrait pas résister à l'envie de le pousser dans ses derniers retranchements, histoire de voir où se situaient ses limites. *Comme les Chikoyas à Octoron*.

— On pourrait peut-être travailler à l'établissement d'une liaison télépathique, juste au cas où ? demanda-t-il, innocemment.

Aaron décolla son bras de la table. Des implants offensifs jaillirent de la peau de son poignet.

— Ne faites pas cela.

Myraian cligna des yeux. Perdue dans quelque brume narcotique, elle sourit.

— Vilains garçons. Vous allez être privés de dîner, menaça-t-elle.

— Eh ! Je veux manger, moi ! protesta Ozzie.

Aaron lui jeta un long regard menaçant, et ses armes s'escamotèrent.

— Bien, examinons la situation d'une manière intelligente et méthodique. Nous avons environ huit mille années-lumière de retard sur la flotte du pèlerinage, et le *Lindau* est bon pour la casse. Il nous faut quelque chose de plus rapide que tout ce que le Commonwealth sait construire. Qu'est-ce qui est disponible sur la Pointe ?

Ozzie lâcha un soupir.

— Eh ! le cerveau-dans-un-bocal, tu as entendu le monsieur ? Que peut-on trouver sur place ?

— L'IA comptabilise trois cent quatre-vingt-deux vaisseaux extraterrestres sur la Pointe, répondit la voix. Pour ce que nous en savons, aucun d'entre eux n'est plus rapide que les ultraréacteurs du Commonwealth. Les navires les plus rapides seraient ceux des Ilodis, qui atteignent vingt-deux années-lumière par heure.

— Pas assez rapide, dit Inigo.

— Vous pourriez en voler un et retourner dans le Commonwealth, proposa Ozzie. Si Inigo réapparaissait, votre patron vous contacterait peut-être pour vous donner de nouvelles instructions.

— Pourquoi pas, mais uniquement si on échoue à établir une liaison télépathique avec le Cœur, dit Aaron. Vous avez dit que l'*Ange des hauteurs* pourrait venir vous chercher dans le cas où débuterait la phase d'expansion du Vide.

Ozzie regretta de n'avoir su tenir sa langue. Il voyait bien où l'agent voulait en venir, et le type n'était pas du genre à lâcher le morceau.

— Oui, à condition qu'il ait le temps de le faire.

— « Qatux m'est redevable »... C'est ce que vous avez dit mot pour mot. « L'*Ange des hauteurs* fera un crochet par ici avant de filer vers Andromède ou que sais-je. » Cela signifie que vous pouvez lui demander de venir.

— Mec, je peux toujours demander, mais le résultat n'est pas garanti.

— Demandez.

— Pour quoi faire ? Vous voulez aller dans le Vide ; Qatux, lui, veux s'en éloigner. Au maximum.

— Les Raiels sont la seule espèce capable de transpercer la frontière du Vide. Ils pourront nous conduire là-bas.

— Ils pourraient, mais ils ne le feront pas. Ce n'est même pas la peine de demander.

— Vous allez me mettre de mauvaise humeur.

Ozzie gratifia Inigo un sourire implorant. L'ex-messie haussa les épaules et se contenta de dire :

— Bienvenue dans mon monde.

— Entrer en contact avec les Raiels est très difficile, reprit Ozzie.

C'était boiteux, et il le savait. La bataille était perdue d'avance.

— Même pour vous, qui possédez une liaison TD privée avec le Commonwealth ? demanda Aaron d'un ton léger.

— Cette méthode ne marche pas avec moi, dit Ozzie.

— Heureux de l'apprendre. D'ailleurs vous méritez une victoire morale sur moi. Je vais donc la fermer et vous laisser tranquille, mais seulement une fois que ce sera fait.

Ozzie lui lança un regard noir et demanda à son ombre virtuelle d'entrer en contact avec l'*Ange des hauteurs*.

— Élargissez la liaison de notre côté pour que nous en profitions tous, ordonna Aaron.

Ozzie ne se rappelait pas avoir été énervé comme cela depuis des siècles. *A priori*, il n'était pas contre aider Inigo à atteindre le Vide ; en revanche, il n'avait pas du tout prévu de l'accompagner, et Qatux rechignerait sans doute à leur prêter l'*Ange des hauteurs* s'il ne montait pas à bord. Ozzie ne voulait pas aller dans le Vide pour la simple raison que personne n'en était jamais revenu.

La liaison fut acceptée.

—Ozzie, répondit Qatux. Cela fait si longtemps.

—Ouais. Bon, écoutez, on fera le coup des copains qui rattrapent le temps perdu plus tard. Des personnes présentes ici à mes côtés souhaitent atteindre le Vide avant la flotte du pèlerinage. Vous ou les vôtres pourriez peut-être les aider.

—Ozzie, comme d'habitude, vous n'êtes pas là où on vous attend. C'est pour cela que je suis tellement content de vous connaître. Aaron est-il avec vous ?

—Je suis là, répondit Aaron. Comment le savez-vous ?

—Cette liaison s'étire sur sept mille années-lumière, et elle traverse de nombreux nœuds dans l'unisphère. Je ne pense pas qu'elle soit très sûre. Ne l'oubliez pas. Je suis heureux que vous ayez survécu. Notre amie commune Paula m'a tenu au courant de vos voyages.

—Ah. D'accord.

—L'homme qui vous accompagne est-il celui que vous cherchiez lorsque nous nous sommes parlé la dernière fois ?

—Oui.

—C'est une excellente nouvelle.

—Heureux que vous le preniez ainsi. J'espère que vous comprenez que cette troisième personne est peut-être capable de mettre un terme à la crise, mais il faut pour cela que nous l'envoyions dans le Vide avant l'arrivée de la flotte du pèlerinage. Vous et vos guerriers seriez-vous disposés à l'aider dans cette entreprise ?

—Non.

—Mon offre est honnête. Nous conduire là-bas ne changerait rien. Nous ne serions que deux personnes de plus à ajouter aux vingt-quatre millions de pèlerins déjà en route.

—Je regrette, mais nous ne pouvons pas vous aider. C'est physiquement impossible. Nos vaisseaux ne seraient pas assez rapides, en revanche, j'ai une alternative à vous proposer.

— Oui ?

— D'autres personnes sont en route et souhaitent vous rencontrer, Ozzie. Parmi elles, il y a quelqu'un d'encore plus important que ceux qui vous accompagnent. Elles seront avec vous dans trois jours. Je vous invite à les attendre.

— Je ne suis pas sûr de pouvoir différer ma mission.

— Comme c'est dommage.

— Je les attendrai, dit Ozzie.

— Merci. Elles seront accompagnées d'un de mes vieux amis, Oscar Monroe. Il pourra certifier que ce que vous entendrez est vrai.

— Nom de Dieu. Oscar ? Vraiment ? Il est déjà sorti de taule ? Merde, le temps passe vite.

— Il est sorti, en effet. J'espère que, ensemble, vous trouverez une solution à cet épineux problème. Je vous en prie, convainquez le compagnon d'Aaron d'attendre.

— Je ferai de mon mieux, mec.

La liaison fut interrompue. Ozzie considéra Inigo avec un sourire pensif.

— Quelqu'un de plus important que vous ? De qui peut-il bien s'agir ?

Il n'en avait pas la moindre idée et cela l'agaçait profondément. Qatux n'était pas un menteur. Quelqu'un de plus important qu'Inigo dans l'affaire du Vide… Non, vraiment, il ne voyait personne.

— Notre sécurité est compromise, lâcha Aaron.

Il se leva et activa un champ de force intégral de faible intensité qui généra un nuage violet autour de sa tunique de la Marine.

Ozzie gloussa.

— Il faut que je vous dise un truc à propos de Paula : non seulement elle est capable de vous glacer les couilles rien qu'en vous regardant de loin, mais en plus, elle déchire. Je ne serais pas surpris d'apprendre que c'est elle, votre patronne. Elle a fait des trucs encore plus bizarres dans le passé.

— Je ne peux me permettre aucune interruption dans ma mission.

— Détendez-vous. Si Paula avait voulu vous arrêter, vous ne seriez pas ici à l'heure qu'il est. Qatux m'a demandé d'attendre et il n'a pas l'habitude de raconter des conneries. Il faut attendre Oscar. Merde, vous vous rendez compte ? Oscar est toujours dans la place ! Moi qui n'étais pas très optimiste !

— Par l'Honoious, qui est cet Oscar Monroe ? demanda Inigo.

— Oscar le Martyr, répondit doucement Aaron. Il s'est sacrifié pour permettre à Wilson Kime de guider la Revanche de la planète contre l'Arpenteur et de sauver l'espèce humaine de la contamination et de l'extinction. Si Oscar est vraiment en route…

Pour la première fois, Ozzie le vit hésiter.

— Alors, on attend ? insista Ozzie, curieux de voir comment l'autre réagirait.

Pour quelqu'un qui n'avait presque pas de souvenirs, il – ou son patron – connaissait beaucoup de choses sur la Guerre contre l'Arpenteur. C'était étrange. Le fait de savoir qu'Oscar était en route avait presque détourné son esprit rigide de sa mission.

Après une longue pause, Aaron reprit :

— Il nous faut continuer à étudier des méthodes d'envoyer Inigo dans le Vide. Nous ne pouvons pas nous permettre d'attendre sans agir.

— Nous pouvons continuer sans bouger d'ici, insista Ozzie.

Aaron hésita encore.

— Oui, c'est envisageable.

— Cool. Toutefois, je vous conseille de vous faire une raison. Si les Raiels ne peuvent pas vous aider à atteindre le Vide avant la flotte, personne ne le pourra.

— Qatux a laissé entendre que la liaison n'était pas sécurisée.

— Mec ! Soyons prudents, mais pas paranos ! On vous a tous vu à l'œuvre, hier.

— D'accord, d'accord. (Aaron se tourna vers Inigo.) Ethan a dit à Araminta que le Rêve vivant comptait demander au Vide d'ouvrir une porte dans le Commonwealth pour permettre au reste des fidèles de les rejoindre.

— C'est effectivement une idée qui nous trottait dans la tête avant mon départ, confirma Inigo. Pour ma part, je n'y ai jamais trop cru.

— Si vous réussissez à entrer en contact avec un Seigneur du Ciel, demandez-lui de venir vous chercher.

— Sainte Dame, qu'est-ce que vous… ?

— Il ne faut négliger aucune option. S'il nous est effectivement impossible de voler physiquement jusqu'au Vide, nous devons explorer une autre voie. Rêver de nouveau… La situation est déjà catastrophique ; elle ne risque pas de s'aggraver.

Corrie-Lyn apparut dans l'encadrement de la porte de la cuisine. Ozzie avait la nette impression qu'elle écoutait leur discussion depuis un bon moment.

— Je serai là avec toi si tu choisis d'essayer, dit-elle à Inigo avant de s'approcher et de le serrer dans ses bras. Je serai toujours avec toi.

— Merci, répondit-il en posant la tête sur son épaule. Merci pour tout. Merci de me comprendre.

— Tu avais raison. Leur vie était devenue futile, sans intérêt. Ils étaient bénis des dieux, mais incapables de regarder vers l'extérieur. Ils avaient appris à voler, mais leur esprit était moribond. C'est si triste. Nous n'avons pas le droit de réserver ce destin à nos adeptes. Ils seront perdus, et la galaxie détruite. (Elle le prit par les mains.) Rêveur, aide-nous à échapper à ce sort funeste, ne laisse pas le Vide détruire notre esprit humain.

— Mon amour.

Il l'embrassa tendrement.

C'était un moment si intime qu'Ozzie fut presque gêné d'en être témoin. Presque. Les deux amoureux se regardaient avec envie, se souriaient, heureux et soulagés. Personne d'autre n'existait.

— Euh, mec…

Le sourire d'Inigo s'élargit. Corrie-Lyn rit.

— Oui, Ozzie.

— Juste une suggestion : partagez le Dernier Rêve avec vos fidèles.

— Quoi ?

— Corrie-Lyn a raison, vous devez contre-attaquer. Faites-le, montrez-leur que leur rêve du Vide finira par mal tourner, qu'ils mènent leurs enfants au néant et à l'extinction. Il y a une phrase que votre type répétait tout le temps : « Parfois, il faut savoir faire le mal pour accomplir le bien », ou quelque chose dans le genre. Cela aura un effet dévastateur sur les fidèles. Ils comprendront peut-être, ou pas, mais on s'en fout. De toute façon, vous n'alliez pas les rallier tous à votre cause. Au pire, vous emmerderez un peu Ethan et Ilanthe. Au mieux, vous déclencherez une mutinerie.

— Oui ! s'enthousiasma soudain Corrie-Lyn. Ils ont le droit de savoir. Ils attendent depuis tellement longtemps. Redonne-leur espoir pour de bon. C'est ce qu'Edeard aurait voulu.

— Oui.

Inigo se leva. Le Rêveur activa ses particules de Gaïa et partagea de nouveau ses pensées. Toutes ses pensées.

* * *

Si Tyzak avait été humain, le temps d'atteindre la ville abandonnée à l'autre extrémité de la vallée, le Livreur et lui seraient devenus les meilleurs amis du monde. Ces deux jours de marche dans la nature auraient été une occasion formidable de tisser des liens. Trois heures après leur départ, les champs et les prés bien entretenus qui entouraient le village avaient cédé la place à une prairie sauvage. Comme il y avait très peu d'animaux pour la brouter, l'herbe locale poussait haut et dru ; ses lames ondulées s'entremêlaient et formaient un tapis très difficile à traverser. Il y avait un peu partout des plantes coriaces qui lui arrivaient à hauteur de genou et aux feuilles couvertes d'épines, dont les toxines étaient suffisamment dissuasives pour que Tyzak ne se risque pas à les approcher de trop près. Le chemin qu'ils empruntèrent ne fut donc pas aussi rectiligne que le Livreur l'aurait voulu. Comme il n'avait pas le choix, il suivit l'extraterrestre et lui parla de sa vie, de sa famille.

— Les vôtres ont donc choisi des voies différentes, comme le firent en leur temps nos ancêtres, dit l'Anomine.

— Nos histoires respectives ont en effet des similitudes, à la différence près que, pour ce que nous en savons, les deux branches de votre peuple ne se sont pas fait la guerre. C'est admirable. J'aurais préféré que nous suivions votre exemple.

— Vous vous trompez. Les histoires de guerre existent ; elles ont simplement perdu de leur force, car elles sont racontées avec réticence. Il serait étrange, en effet, que notre histoire n'ait connu aucune forme de conflit.

— C'est un autre point commun avec l'humanité. Nombre d'entre nous préfèrent parler du bon vieux temps, de la société telle qu'elle était il y a mille ans. Ceux qui ont vécu cette époque et que j'ai eu la chance de rencontrer admettent que le temps qui passe déforme la réalité.

— Le fait est que nos ancêtres ne méritent pas le mépris ; après tout, c'est grâce à eux que nous sommes là.

Tout comme les plantes épineuses, les cours d'eau les empêchaient de suivre la trajectoire la plus directe, ce qui était énervant. Tyzak pesait beaucoup plus lourd qu'un être humain, si bien qu'il devait se méfier de la boue ; plus d'un voyageur s'était retrouvé prisonnier de traîtres marais, lui expliqua l'extraterrestre comme ils longeaient un ruisseau impétueux à la recherche d'un gué.

Après que le Livreur eut raconté l'histoire tronquée de sa vie à l'extraterrestre, celui-ci partagea avec lui celle de Gazul et du pont qui s'effondre, puis celles de Razul, Dozul, Fazku, ainsi qu'une bonne dizaine d'incidents aussi inintéressants les uns que les autres et caractéristiques de la vie rurale. Alors vint le tour de l'histoire de Fozif, plus lyrique que les précédentes. L'Anomine continuait de vénérer celui qui, le premier, avait atteint une autre planète en fusée, alors qu'il n'avait presque rien à dire sur toutes les grandes choses que les siens, une espèce qui avait essaimé les étoiles, avaient accomplies par la suite. Le Livreur trouva cela amusant. Cela lui permit néanmoins de parler du programme spatial de la guerre froide et de Neil Armstrong, ce qui cloua le bec de Tyzak pendant une bonne quarantaine de minutes.

Cette première nuit, ils campèrent en bordure d'un bois constitué d'arbres hauts aux branches longues et tombantes. Le Livreur décrocha de sa ceinture un condensateur cylindrique, qui bourdonna doucement en aspirant de l'air. Son sac d'eau, tumeur cireuse pendillant à une extrémité, se gonfla lentement comme l'appareil extrayait l'humidité de l'atmosphère. Lorsque la poche fut pleine, il la vida dans des sachets de nourriture déshydratée. Le goût n'était pas mauvais, même s'il aurait préféré quelque chose de chaud. Tyzak, lui, avala deux des pots de bouillie froide qu'il transportait dans un sac à dos.

Tandis que la lumière déclinait, des cris d'animaux se firent entendre. Le Livreur produisit un carré de plastique et déplia sa tente. Il proposa à Tyzak de partager son abri solide, mais l'extraterrestre refusa en arguant qu'il préférait dormir à la belle étoile. Les Anomines ne dormaient pas aussi profondément que les humains ; ils passaient la nuit à somnoler et ne rêvaient jamais.

Des programmes secondaires réveillèrent le Livreur peu après minuit, heure locale. Son scanner biononique avait détecté trois animaux de grande taille en approche.

À l'extrémité de la vallée, la ville abandonnée brillait d'une lumière iridescente, comme si ses bâtiments étaient constitués de verre fumé et abritaient des éclats de lumière du jour. Le contraste avec le mur végétal auquel il était adossé, paroi animée par des bruissements de feuilles et des gazouillis aigus, était saisissant. Il se tourna vers les arbres et configura ses systèmes biononiques de façon à produire une impulsion énergétique complexe de faible intensité. Les animaux couinèrent frénétiquement lorsqu'il leur tira dessus ; ils sursautèrent dans les ténèbres avant de rebrousser chemin en cassant les branches les plus basses et en arrachant l'herbe haute. Comme il ne pouvait pas prévoir la réaction de Tyzak, il avait préféré se limiter à un faisceau modeste, comparable à une tape sur la truffe doublée d'un choc électrique très faible histoire de marquer le coup.

—Je vous remercie, dit Tyzak en se levant. J'aurais eu beaucoup de mal à nous défendre contre trois **>pas de traduction directe : créatures de la nuit<**.

—Vous voyez, les machines peuvent être utiles de temps à autre.

—J'ai un **>pas de traduction directe : gourdin-hache<** pour me défendre, rétorqua l'Anomine en brandissant un morceau de bois orné de spirales et terminé par une lame incurvée à l'aspect effrayant. Il ne m'a encore jamais trahi.

Le Livreur se retourna vers la ville luminescente et établit une connexion avec Gore.

—Vous avez du nouveau ?

—Oui. Ce machin sert à stabiliser un trou de ver de diamètre zéro inactif pour le moment. Les capteurs du vaisseau examinent sa composition quantique, mais ce n'est pas facile dans l'état actuel du système. D'ici quelques heures, je devrais avoir une idée assez précise du point de sortie de ce trou de ver.

—Ce n'est donc pas le système d'élévation ?

—À moins que le trou de ver débouche au paradis des Anomines, non.

— Si son diamètre est égal à zéro, aucune matière ne peut le traverser.

— Je sais, mais il est encore tôt ; j'ai dû passer à côté de quelque chose. Et vous, où en êtes-vous ?

— On avance doucement. Je suis dans la nature sauvage, au milieu d'une aventure pour adolescent. Encore une journée de marche et nous devrions être avec vous.

Sur ce, il souhaita bonne nuit à Tyzak et retourna se coucher sur le matelas confortable de sa tente.

Ils se remirent en marche à l'aube. De minces vrilles de brumes couraient dans la vallée, longeaient le cours d'eau. Elles ne disparurent que lorsque la lumière du soleil frappa les collines et les asséchа. Un vent constant soufflait vers la ville qui scintillait dans la lumière du jour.

Elle était encore loin, mais le Livreur espérait bien y être avant la tombée de la nuit.

— Connaissez-vous une histoire qui raconte où votre planète vous conduira ? demanda-t-il au vieil Anomine.

— Nous vivons cette histoire ; nous ne pouvons en connaître la fin.

— Vous devez bien avoir une idée. Vos ancêtres avaient un projet quand ils ont décidé de rester au lieu de suivre la voie de l'élévation.

— Nombre d'histoires pleines d'espoir datent de l'époque de la séparation, et elles ne seront jamais oubliées. D'aucuns pensent que nous évoluerons vers une forme de vie plus simple, semblable à celle que nous fûmes dans le passé, et que la planète fera émerger une nouvelle forme d'intelligence.

— N'est-ce pas le contraire de l'évolution ?

— Quand on adopte le point de vue d'une seule espèce, oui. Ce qui compte plus que tout, c'est la vie de la planète dans son ensemble. L'émergence d'une forme de vie intelligente est un événement si rare qu'il doit être salué et chéri. Cela ouvre tant de perspectives. Nous sommes tout à fait disposés à abandonner notre situation dominante pour cela. Toutefois, cela n'arrivera que dans un avenir très lointain. Nous n'en sommes qu'au début du chemin.

— Comment savez-vous que vous avez atteint le pinacle de votre évolution, que vous êtes sur le point de céder votre place ?

— Nous n'en savons rien. Nous nous contentons d'attendre. Cela durera des dizaines ou des centaines de milliers d'années. Peut-être finirons-nous par nous comprendre grâce à nos histoires. Certains croient que le jour où nous comprendrons, nous cesserons d'exister. D'autres s'imaginent que nous vivrons en harmonie avec notre planète jusqu'au refroidissement de notre soleil et la disparition de la vie. Personnellement, je ne verrai pas cette fin, mais je continuerai de remplir ma fonction de gardien de notre vie et de notre essence jusqu'au terme de mon existence. C'est d'ailleurs ma raison d'être. Je me satisfais de mon sort et des histoires que j'aurai la chance d'écouter. Pouvez-vous en dire autant ?

— Vous me connaissez déjà très bien, Tyzak. Non, ma vie n'est ni aussi sûre ni aussi tranquille que la vôtre. Peut-être ma condition s'améliorera-t-elle quand je découvrirai ces données qui me manquent sur vos ancêtres.

— Je suis navré pour vous. Je ferai mon possible pour que votre histoire se termine bien.

— Merci.

— C'est l'étoile locale, annonça Gore en milieu d'après-midi.

Le Livreur regarda à travers la canopée de feuilles duveteuses. Tyzak et lui progressaient dans une forêt où l'atmosphère était immobile et humide, lourde de pollen poivré et épicé. Il plissa les yeux pour se protéger des rais de lumière qui se faufilaient dans le lacis de feuilles bleues et vertes.

— Qu'est-ce qu'elle a ?

— Rien. Le trou de ver s'étire sur cent quatre-vingts millions de kilomètres. C'est la distance qui nous sépare de l'étoile. Il n'y a rien d'autre dans ce périmètre. Le *Dernier Lancer* a effectué un scan.

— Cela fait un énorme volume d'espace à sonder en un seul scan. Le vaisseau a très bien pu passer à côté de quelque chose, surtout si cette chose était camouflée. À moins que la station ait changé d'orbite.

— Vous réfléchissez comme un humain. C'est une erreur. Les Anomines n'avaient aucune raison de se cacher.

Le Livreur éclata d'un rire bruyant qui effraya les oiseaux maladroits posés sur les branches supérieures.

— Ils ont bel et bien dissimulé le mécanisme d'élévation, non ?

— Il n'est pas caché ; nous ne savons pas où le chercher, c'est tout. C'est une question de perspective.

— Je reconnais là l'argument d'un homme désespéré.

Ou pis, d'un fou.

— Petit, vous êtes en train de suivre un monstre dans une forêt sur une planète mystérieuse parce que vous espérerez qu'il vous aidera à retrouver votre famille. Alors, ne me faites plus le coup du type désespéré.

— D'accord, mais répondez au moins à cette question : pour quelle raison voudriez-vous faire déboucher un trou de ver au milieu d'une étoile ? Ce serait très dangereux pour la planète située à l'autre extrémité.

— Il s'agit d'un trou de ver de diamètre zéro ; aucune matière ne peut l'emprunter.

Le Livreur se représentait parfaitement le visage de Gore, ses pattes d'oies dorées, son air perplexe et ses sourcils froncés.

— Des données, alors ? Quel genre de données une étoile peut-elle vous transmettre ?

— L'étoile elle-même, aucun, mais il doit y avoir un capteur quelque part sous la couronne. Voire plus profond encore. Nous savons que les Anomines adoraient expérimenter et effectuer des recherches.

— Certes, mais nous avons avant tout besoin des résultats de leurs recherches, vous vous rappelez ?

Il avait une idée assez précise de la question que Gore s'apprêtait à lui poser ; son impatience était palpable.

— Dans combien de temps serez-vous là ?

— Donnez-nous encore cinq heures, répondit le Livreur, le sourire aux lèvres.

— Bordel ! Cinq heures !

— Eh ! On avance plutôt vite, objecta-t-il. Tyzak n'est pas non plus un jeunot.

— Bon, j'attendrai.

Le Livreur ne jugea pas nécessaire de préciser que, dans cinq heures, ils seraient en bordure de la ville seulement.

Le crépuscule avait déjà arraché toute vitalité au ciel lorsqu'ils s'engagèrent sur l'étendue herbeuse et plate qui entourait la ville. Cette dernière partie du voyage fut étrangement démoralisante. Dans les cités humaines, le paysage urbain s'installait progressivement, ce qui n'était pas le cas ici, où les limites de la ville étaient clairement définies. Le Livreur marchait sur une herbe étonnamment plane et régulière ; l'instant d'après, il se trouvait sur une route bitumée au pied de gratte-ciel bulbeux qui se découpaient sur la toile de fond cendrée du ciel. Des lumières commençaient à s'allumer dans les immeubles apparemment dépourvus de fenêtres ; ils n'en avaient certes pas besoin, car leurs parois partiellement translucides ressemblaient à de la peau. Le Livreur regarda la matière étrange et vit quelque chose bouger, comme si un liquide parcourait très lentement sa substance moirée. Il comprit alors qu'il s'agissait d'une version hautement technologique des membranes utilisées dans les villages.

À mesure qu'ils s'enfonçaient dans la ville, le ciel s'assombrissait. Encore quelques minutes, et le Livreur ne verrait plus que les bâtiments imposants. Depuis leur arrivée dans ce système, il avait visité suffisamment de cités anomines pour ne plus se sentir perturbé par leur architecture et leur urbanisme. Cette fois-ci, cependant, la présence de Tyzak rendait les choses un peu différentes. Il lui semblait que la ville n'était pas aussi déserte qu'elle le paraissait. Des lumières douces et chaudes baignaient les rues, créant une superposition d'ombres colorées et dansantes sur toutes les surfaces. Plus d'une fois, en effet, il crut les voir bouger du coin de l'œil. La sensation d'être observé était si forte qu'il céda à la paranoïa et procéda à un scan rapide des environs.

Évidemment, il n'y avait rien, et pourtant, cette logique froide ne changea rien à la désagréable sensation.

—Vous connaissez des histoires de fantômes ? demanda-t-il à Tyzak.

—Votre machine à traduire n'est pas très claire. Voulez-vous parler d'une essence qui s'attarde après que le corps est mort ?

—Oui.

—Certaines histoires racontent comment nos ancêtres transféraient leur esprit dans des machines pour survivre à la disparition de leurs corps biologiques.

—Oui, les hommes procèdent de la même manière, mais je ne voulais pas parler de cela. Je pensais à une forme d'existence sans enveloppe physique d'aucune sorte.

—C'est la voie qu'ils ont suivie après la séparation, la méthode que vous recherchez.

—Non, pas tout à fait. Les fantômes sont des personnages de légende. Il se peut qu'il n'y en ait jamais eu, mais c'est une invention qui perdure encore aujourd'hui.

—Non, nous n'avons pas d'histoires de ce genre.

—Je vois. Merci.

Tyzak continua à avancer de sa démarche chaloupée et ajouta sans se retourner vers le Livreur :

— La ville me parle et me raconte de toutes petites histoires.

— Vraiment ?

— Elle ne produit aucun son, mais elle a une voix.

— C'est intéressant. Quelles histoires vous raconte-t-elle ?

— Elle me dit d'où mes ancêtres ont quitté la ville. C'est grâce à elle que nous retrouverons l'endroit.

Le Livreur faillit dire : « Mais vous n'utilisez pas de machine. » Car il savait de quelle nature étaient ces communications : des données chargées dans l'équivalent anomine des amas macrocellulaires, une modification génétique dont ne s'étaient pas débarrassés ceux qui étaient restés sur la planète.

— Nous supposions mal, une fois de plus, intervint Gore. Nous pensions que Tyzak savait où se trouvait le mécanisme d'élévation, alors qu'il doit demander le chemin aux IA.

— Non, je n'y crois pas, rétorqua le Livreur. Je commence à bien le connaître. Il préférerait être taillé en pièces par des animaux sauvages plutôt que de devoir utiliser une arme moderne pour se défendre. Il s'agit forcément d'autre chose… (Il lança un scan plus approfondi.) Je ne détecte aucune transmission. Cet endroit me fiche la trouille. Vous êtes ici depuis deux jours ; vous n'avez rien remarqué ?

— Des fantômes ? Des gobelins ? Non.

C'est typique de Gore. Cette ville n'en restait pas moins déstabilisante, et Tyzak recevait bel et bien des informations sous une forme qu'il ne parvenait pas à déceler. Il procéda à d'autres scans. Sonore. Chimique. Électromagnétique. Visuel/subliminal. Microbien. Il étudia même les vibrations de surface. Enfin tout ce qui pouvait influer sur le corps humain.

La ville paraissait complètement inactive. Et pourtant, quand il avait arpenté d'autres villes anomines, sans Tyzak, il n'avait rien ressenti de comparable. *Si l'effet ne vient pas de l'extérieur, alors…* Le Livreur activa ses particules de Gaïa et chercha dans ses propres pensées.

Il était là, qui flottait, hors de portée, pareil à un rêve étranger, en bordure du champ de Gaïa généré par le nid qu'ils avaient laissé en orbite. Un esprit tissé de notions très différentes de celles qui constituaient l'esprit humain. Les couleurs, les odeurs et les sons n'étaient pas à leur place, semblaient incorrects, hors phase.

— Salut..., lança le Livreur.

Il y eut une réaction, il en était certain. Une mince strate de pensées étranges se tourna vers sa voix. Il y eut même une faible sensation, non pas une pensée ni un souvenir, mais une impression : un animal lové, endormi, dérangé par un picotement sur sa peau.

Nous pouvons donc nous comprendre. Sauf que la ville n'en avait pas envie, car il ne faisait pas partie d'elle, il n'appartenait pas à ce monde. Il n'était pas à sa place, ne correspondait pas au bon modèle. Il était étranger. Il ne sentit ni regret ni hostilité dans l'esprit somnolent. La ville n'avait pas d'opinion sur lui ; en revanche, elle savait qu'il ne lui appartenait pas, qu'il n'allait pas dans la même direction qu'elle.

— L'IA a une base neurale, remarqua Gore. Je le perçois dans le champ de Gaïa. Elle est semi-active, mais ne répond qu'aux esprits anomines. On n'en tirera rien du tout.

— Merde.

— Quelle ironie : il suffirait qu'un seul Anomine le désire pour que la ville tout entière revive et leur offre une existence qu'ils n'imaginent même pas. Remarquez, ils sont heureux de pouvoir dire qu'ils ont déjà tout vu et tout fait.

Ils arpentaient un long boulevard qui débouchait sur une pente abrupte. De minces arches reliaient les bâtiments situés de part et d'autre de la voie ; chaque immeuble brillait d'un éclat coloré uniforme, comme si on avait séparé et vrillé les différentes couleurs d'un arc-en-ciel. Un plan s'afficha dans son exovision.

— Vous savez quoi ? On se dirige dans votre direction.

— Ouais, je vois.

— En fait, nous avançons directement sur vous. Il ne peut s'agir d'une coïncidence.

— Petit, plus rien ne m'étonne sur cette planète.

Ils marchèrent une heure de plus dans les rues larges de la ville. Tyzak semblait savoir où il allait. À la fin, cependant, le gros extraterrestre eut du mal à maintenir le rythme qui avait été le sien depuis le lever du jour. Même les muscles équipés d'implants biononiques du Livreur commençaient à montrer des signes de fatigue. Ils marchaient depuis quinze heures et ne s'étaient presque pas arrêtés.

Ils atteignirent enfin la grande place, tandis que les étoiles étaient à peine visibles dans le ciel à cause de la lumière émise par les immeubles. Il s'agissait d'un cercle de sept cents mètres de diamètre ceint par des segments de verdure, des jardins et de denses arbustes gris-vert. Des tours et des globes étirés d'un kilomètre de haut formaient un cordon autour de l'ensemble ; du fait de leur proximité et de leur taille, on avait l'impression qu'ils penchaient vers l'intérieur de façon protectrice.

C'était un décor un peu incongru pour le *Dernier Lancer*, que Gore avait garé sur un côté de la place, près d'une tour cylindrique épaisse au sommet noir et émoussé. L'homme doré arrivait à leur rencontre ; il projetait dans toutes les directions des ombres multicolores qui bougeaient comme des pétales tandis qu'il marchait. Il s'arrêta au centre de la place et s'inclina pour saluer l'Anomine.

— Tyzak, nous sommes honorés que vous ayez accepté de nous raconter l'histoire du départ de vos ancêtres.

Le Livreur haussa les sourcils en constatant que les sons aigus de la langue anomine étaient produits par la gorge même de Gore.

— C'est un plaisir, répondit Tyzak. Vous n'êtes pas de la même couleur que votre congénère ; êtes-vous plus avancé que lui ?

— Sous cette forme, non. Mon corps provient d'un passé lointain, et seules les circonstances m'ont poussé à l'habiter de nouveau.

— J'en suis très heureux, car je vous trouve très intéressant.

— Merci. Pouvez-vous nous montrer d'où sont partis vos ancêtres les plus sophistiqués ?

L'absence de tact de Gore fit grimacer le Livreur.

— D'ici, répondit Tyzak.

— Vous voulez dire, d'ici ? demanda Gore en désignant la surface en verre dépoli de la place.

— Oui.

Gore pivota sur lui-même en regardant le revêtement brillant.

— Ainsi, nous nous tenons sur la machine qui les a transformés.

— Absolument, confirma Tyzak.

Les systèmes biononiques du Livreur procédèrent à un scan approfondi de la matière semblable à du verre sous leurs pieds. Ceux de Gore firent de même. La place était en réalité l'extrémité d'un cylindre qui s'enfonçait sur cinq kilomètres dans le soubassement rocheux de la ville. Sa structure nucléaire était étrange, avec des torons et de longues chaînes de molécules renforcées qui se tordaient et s'enroulaient les unes autour des autres telle de la fumée dans une tempête. Ils étaient froids et inertes, mais ils semblaient affecter d'une manière quasi imperceptible les champs quantiques.

Le Livreur n'avait jamais rien vu de pareil. Le cerveau du vaisseau non plus, qui n'avait pas la moindre idée de la fonction de ces étranges arrangements moléculaires. Lorsqu'il activa ses particules de Gaïa, il perçut les pensées douces du mécanisme d'élévation, encore plus abstraites que celles de l'esprit de la ville. Déçu, il jura dans sa barbe, car il savait que tout contact entre le cerveau humain et ce système serait impossible. Il leur faudrait attendre que Tyzak et les siens le réveillent.

— Apparemment, ils ne voulaient pas qu'on les suive, remarqua Gore.

— On dirait.

— Mais ils ne me connaissaient pas.

Il mit ses poings sur ses hanches et reprit à l'intention de Tyzak :

— Demanderez-vous au mécanisme de s'activer pour moi ?

— La machine qui nous a séparés de nos ancêtres ne fait pas partie de ma vie. Elle a joué son rôle. La planète nous destine à autre chose.

— C'est tout ? C'est votre dernier mot ?

— Nous n'avons pas le choix.

— La galaxie risque d'être détruite si nous ne découvrons pas comment vos ancêtres ont quitté cet univers.

— C'est une histoire que je ne raconterai pas à nos rassemblements. Elle manque de fondations dans notre monde.

— Et si je vous apportais la preuve de ce que j'avance ?

— Si c'est le destin de notre planète de disparaître, alors nous disparaîtrons avec elle.

— Maudits fatalistes, marmonna Gore.

— Et maintenant ? demanda le Livreur, qui avait du mal à ne pas se sentir abattu.

— Arrêtez de pleurnicher et réfléchissez. Il nous suffit de l'activer de force.

— L'activer de force ?

— Je parle du réseau de contrôle, pas de la machine elle-même. Quand on a le doigt sur le bouton d'alimentation, on a le contrôle.

— On ne parle pas d'un processeur de gestion. Ce truc est un croisement entre un nid de confluence et un réseau métacube. On ne peut pas le pirater, il est intelligent, presque vivant !

— Alors on sectionnera physiquement les connexions pour brancher notre propre circuit dans le mécanisme. Maintenant, fermez-la. Avez-vous procédé à un examen comparatif des cinquante-trois autres trous de ver de diamètre zéro que nous avons trouvés ?

— Pardon ? Euh… non.

— Renseignez-vous, petit. Chacun d'entre eux se situe près d'une place comme celle-ci. Ce qui signifie qu'il y a au moins cinquante-quatre mécanismes d'élévation sur la planète. C'est logique, quand on y pense. Les Anomines avancés étaient beaucoup trop nombreux pour un seul mécanisme, surtout s'ils ont afflué de toutes leurs colonies. L'élévation de toute cette population a dû s'étaler sur une longue période.

— Certainement.

— Nous sommes donc d'accord. Comment l'alimentaient-ils ? Il faut un paquet de jus pour faire fonctionner une machine d'un demi-kilomètre cube destinée à vous transformer en archange. (Il se tourna vers la tour bombée qui dominait le *Dernier Lancer* et pointa un index doré accusateur.) Quoique l'énergie ne soit pas un problème quand on est directement relié à l'étoile la plus proche.

— Ah ! Le trou de ver ne servait pas à transporter des données.

— Exactement. Ils ont largué un genre de siphon dans la photosphère, voire plus profondément encore, pour pomper toute l'énergie dont ils avaient besoin. Je pige mieux, maintenant. Nous devons vérifier si ce siphon est toujours en place.

Pendant quelques secondes, le Livreur fut incapable d'émettre le moindre son. Puis il demanda :

— Pourquoi ?

— Je ne lâcherai pas le morceau aussi facilement ; ce n'est pourtant pas dur à comprendre.

— Le trou de ver n'est pas actif, et le système tout entier est contrôlé par des machines qui ont une psychologie propre et incompatible avec la nôtre.

— Doucement, petit. N'allons pas trop vite. D'abord, on vérifie que tout est là et fonctionnel. Le cas échéant, on élaborera une stratégie d'infiltration. Les programmes écrits par les humains sont les plus torturés de la galaxie. Dieu soit loué, nos *hackers* ont perfectionné leur art pendant un millier d'années. Pour ma part, je les pense capables de baiser n'importe qui, surtout une espèce aussi gentille et noble que les Anomines.

— Sauf que nous n'avons pas de *hacker* sous la main…, protesta le Livreur avant de voir l'expression de Gore et de lâcher un grognement incrédule.

— Si je ne suis même plus capable de réactiver un truc aussi simple qu'un trou de ver en panne d'énergie, c'est que je suis déjà mort et en enfer. Allons-y.

Gore tourna les talons et se dirigea vers leur vaisseau.

— Vous partez ? demanda Tyzak.

— Nous nous absentons le temps de vérifier certaines choses, le rassura le Livreur. Cela ne prendra même pas une journée. Nous attendrez-vous ?

— J'aimerais entendre la fin de votre histoire. J'attendrai un peu.

Le Livreur résista à la tentation de se confondre en excuses et suivit Gore.

* * *

Le temps de plonger dans l'hyperespace et d'émerger à trois millions de kilomètres de la photosphère de l'étoile, l'unité culinaire avait produit un risotto au citron avec une jardinière de légumes frits. Lizzie en cuisinait parfois, le soir, en sirotant du vin et en bavardant avec lui ; elle préparait les ingrédients pendant une demi-heure avant de les mettre à cuire dans une poêle sur le feu. Le Livreur demanda à l'unité de produire également une assiette de pain à l'ail, après quoi il râpa du parmesan sur le riz fumant. Lizzie lui reprochait toujours d'ajouter du fromage sur les légumes, arguant qu'il en masquait le goût. Il en proposa un bol à Gore, qui refusa.

— Vous vous inquiétez toujours pour Justine, dit le Livreur.

— Non, je ne m'inquiète pas pour Justine, gronda Gore. On est toujours dans les temps ; Justine est encore en route pour Querencia.

— D'accord.

— Même s'il lui était arrivé quelque chose, on ne pourrait rien faire.

— À moins que cette sorcière d'Araminta persuade le Seigneur du Ciel d'abandonner le *Silverbird*, je ne vois pas ce qui pourrait interrompre son vol.

— Cela n'arrêterait pas ma Justine. La ralentir, éventuellement, mais c'est tout. Vous n'imaginez pas à quel point elle peut être têtue.

— Elle tient ça de qui ?

— De sa mère, répondit Gore avec un sourire en coin.

— C'est vrai ?

— Je n'en sais rien. Je me suis débarrassé de ce souvenir il y a mille ans.

Le Livreur mit une tranche de pain à l'ail dans sa bouche et se mit à aspirer frénétiquement de l'air pour la refroidir.

— Je ne vous crois pas une seconde.

— Petit, je ne suis pas un putain de feuilleton brésilien. Je ne peux pas me le permettre. Mon bagage émotionnel est égal à zéro. Je n'ai pas eu affaire à cette femme depuis que Nigel a vu Dylan Lewis faire son fameux premier pas.

— Hein ?

— Ah ! Les jeunes d'aujourd'hui ! Je parle de la première expédition sur Mars.

— Ah, oui.

Gore lâcha un soupir exaspéré.

Le Livreur ne savait pas si cette réaction lui était directement destinée. Tandis qu'il avalait encore un peu de risotto, le *Dernier Lancer* replongea dans l'hyperespace. Des icones d'alerte apparurent aussitôt dans son exovision, tout comme les images transmises par plusieurs capteurs externes. Un examen rapide le convainquit que les champs de force étaient capables de résister aux niveaux actuels de radiation et de chaleur. Les échos hysradar de la couronne et de la photosphère étaient flous, déformés par la gravité de l'étoile massive. Même la résonance du champ quantique était dégradée.

— Il faut se rapprocher encore, dit Gore.

Le Livreur s'abstint de protester, et le vaisseau accéléra vers l'étoile à près de dix G. Il espérait juste que Gore n'aurait pas l'idée de se mesurer à cette chaleur ; vu la manière dont l'homme fonctionnait, c'était tout à fait envisageable.

Il n'y avait aucun garde-frontière dans un rayon de dix millions de kilomètres autour de l'astre. Les quelques engins qui patrouillaient dans cette partie du système anomine ne semblaient pas s'intéresser à eux. Il n'y avait aucune station non plus, juste des débris d'astéroïdes et des têtes de comètes éteintes. L'objet le plus gros était une planète qui gravitait à dix-sept millions de kilomètres de l'étoile, un caillou brûlé dont les jours duraient trois fois et demie plus longtemps que les années et dont la surface se liquéfiait à moitié à midi. Seul le vaisseau qui les avait suivis depuis les Jumelles du Lion s'intéressait à leur vol d'exploration, mais ne se rapprochait jamais à moins de cinq millions de kilomètres et ne se départait jamais de son camouflage.

Le seuil de tolérance des déflecteurs du *Dernier Lancer* fut atteint à environ un million de kilomètres du plasma fluctuant de la photosphère, où il nageait encore dans le gaz extrêmement fin et volatil de la couronne. Du maelström nucléaire en contrebas jaillissaient des vagues géantes de plasma qui généraient des typhons de particules secoués par de puissants courants et menaçaient d'avaler le petit navire.

Les capteurs sondaient cet enfer d'hydrogène bouillonnant à la recherche de la moindre anomalie. Le vaisseau compléta son orbite équatoriale et modifia légèrement son inclinaison pour scanner une nouvelle portion de la surface. Huit tours plus tard, ils trouvèrent.

Un champ de force lenticulaire, deux mille kilomètres sous la surface de la zone de convection. L'hysradar révéla que l'objet mesurait cinquante kilomètres de large. D'intenses manipulations gravitoniques le maintenaient en place dans des courants d'hydrogène qui, autrement, l'auraient expulsé vers la photosphère à une fraction non négligeable de la vitesse de la lumière.

— Voilà notre siphon, annonça Gore.

L'hysradar leur montrait les vagues qui se brisaient contre le dispositif et formaient des tourbillons erratiques. Il s'avéra que son champ de force était poreux et laissait passer un peu de matière.

— Pourquoi ne pas avoir utilisé un simple convertisseur masse/énergie ? demanda le Livreur.

— Voyez ces émissions de neutrinos ; seul un convertisseur de ce type peut donner ces résultats. Et là… Regardez combien d'énergie consomme cet engin, alors qu'il se contente de maintenir sa position. Aussi sûr que les cocos ont le sang rouge, l'énergie produite par la masse absorbée n'est envoyée nulle part. C'est un putain de convertisseur de compétition !

— Bien, maintenant que nous savons qu'il est toujours là et fonctionnel, que fait-on ?

— Notre champ de force ne tiendrait pas bien longtemps en bas, mais la seule manière d'infiltrer ce truc consiste à s'en approcher, voire à l'accoster et à faire un trou dans son cerveau.

Le Livreur le regarda d'un air terrifié.

— Vous voulez rire ?

— Je préférerais, petit, mais pas de panique ; notre réplicateur de bord est parfaitement capable de bricoler des générateurs de champs de force pour améliorer les défenses du *Dernier Lancer*. Une fois qu'on sera aussi costauds qu'une sonde *Stardiver*, on plongera dans la zone de convection et on rallumera le courant. Enfin, quand je dis « on », je pense surtout à vous.

* * *

— C'est impressionnant, dit Catriona.

— Oui.

Pour une fois, Troblum était satisfait. Il examina l'armure gris mat qui se dressait au centre de la cabine. Le casque sphérique touchait presque le plafond. Elle était massive et le grossissait de vingt-cinq pour cent, mais ce n'était pas grave. Ses bandes d'électromuscles n'auraient aucun mal à déplacer son poids, et il marcherait sans problème. Il volerait, même, grâce à son unité regrav individuelle. En revanche, il ne serait pas armé, car il était incapable de penser en ces termes. Toutefois, il n'avait pas lésiné sur les défenses… Il serait en sécurité n'importe où. Il pourrait même croiser la Chatte sans se pisser dessus comme il l'avait fait sur Sholapur.

J'aurais dû la fabriquer bien avant.

Sur son ordre, les deux robots d'assemblage pareils à des araignées surdimensionnées descendirent de l'armure et prirent leurs jambes à leur cou. Troblum tendit le bras et attrapa le triangle de son sandwich club sur la table.

Il regardait la Pointe dans son exovision ; elle ne se trouvait plus qu'à trois petites années-lumière. Son mécanisme d'ancrage générait une énorme distorsion qui jaillissait de l'espace-temps et déformait les champs quantiques. Il trouva cet effet fascinant. C'était très différent de l'hyperréacteur humain. Malheureusement, *La Rédemption de Mellanie* ne disposait pas des capteurs nécessaires à une étude approfondie du dispositif.

Troblum termina son en-cas, avala une bière hollandaise et entreprit d'enfiler son armure. Lorsqu'il fut confortablement enveloppé dans la structure, le vaisseau sortit de l'hyperespace à deux mille kilomètres de la Pointe, entre l'habitat extraterrestre et le soleil. Ses capteurs visuels lui montrèrent le fantastique triangle incurvé composé de bulles argentées et scintillantes. Des tubes sombres tissaient un réseau complexe qui englobait les chambres. Il comprit immédiatement pourquoi l'équipage du navire de la Marine qui avait découvert le Pointe l'avait prise pour le plus grand vaisseau de la galaxie ; sa silhouette était assurément aérodynamique. De part et d'autre de l'habitat géant, l'espace brillait de l'éclat terne de l'Anneau brûlant qui s'étirait à l'infini, entérinant l'idée qu'il s'était figé au milieu de son émergence.

Il dirigea son appareil vers le côté de la Pointe qui faisait face au soleil, calquant sa vitesse sur le vecteur inhabituel de la structure. La lumière blanc-bleu de l'étoile se reflétait sur les facettes de l'engin en forme de voile, tandis que *La Rédemption de Mellanie* survolait les segments irréguliers. Les capteurs scannèrent des plates-formes d'amarrage le long des tubes de transport emplis d'une atmosphère respirable par les humains, à la recherche d'un profil bien spécifique. *La Rédemption de Mellanie* n'était pas parvenue à suivre leur cible efficacement camouflée, mais Troblum espérait tout de même arriver à temps.

— Les voilà, annonça-t-il.

— Le vaisseau d'Oscar ? demanda Catriona.

— Oui. Il s'est posé tout près d'Octoron. C'est logique, puisque c'est la colonie humaine la plus importante.

Il ordonna au cerveau de poser l'appareil à deux kilomètres du *Remboursement d'Elvin*. Un faible champ gravitationnel se fit sentir dès que *La Rédemption de Mellanie* toucha le sol, mais Troblum choisit de ne pas désactiver l'ultraréacteur, juste au cas où. Il pointa un laser de communication sur le vaisseau qu'ils avaient suivi depuis le Grand Commonwealth.

— J'aimerais parler à Oscar Monroe, commença-t-il lorsque son ombre virtuelle lui eut confirmé que la liaison avait été établie.

— Je suppose que vous êtes Troblum, répondit Oscar.

Il sursauta en entendant prononcer son nom. Ses électromuscles amplifièrent son mouvement, et son casque heurta le plafond. Des programmes de réaction secondaires prirent immédiatement les commandes du vaisseau et se préparèrent à fuir dans l'hyperespace. Il suffirait d'une simple pensée pour lancer la manœuvre.

— Comment savez-vous qui je suis ?

— Paula Myo m'a prévenu que vous essaieriez sans doute de me contacter.

— Mais comment… ? commença-t-il, avant de comprendre que l'IA l'avait trahi, qu'elle avait parlé à Paula.

— Aucune idée. Elle me fiche une sacrée trouille, et ce n'est pas nouveau. Et vous, comment saviez-vous que j'étais à bord du *Remboursement d'Elvin* ?

— C'est le nom de votre vaisseau ? Euh… comment était-il ?

— Adam ? Adam et moi étions très jeunes. Nous nous sommes fourvoyés. C'est ce que vous vouliez me demander ?

— Non. Il se peut que je sois capable de vous aider.

— Comment ?

— Je connais bien l'Essaim ; j'ai participé à sa construction. Mon expérience pourrait intéresser Ozzie, Araminta et Inigo.

Il y eut une longue pause.

— Très certainement. Nous avons déjà contacté Ozzie. Une capsule vient nous récupérer à la sortie du sas dans une dizaine de minutes. Nous pourrions venir vous prendre juste après.

— D'accord. Je vous attendrai.

* * *

Après, il se tint sur la vaste toundra balayée par le vent, nu et insensible à la douleur. Quelque part au loin, des montagnes aux sommets dentelés effrayants montaient la garde en bordure du pays de glace sauvage, mur géologique érigé entre la civilisation et la nature débridée d'où il venait. Il n'avait pas froid malgré le vent et les tourbillons de neige qui le frappaient. Il était chez lui après tout; cet endroit était son refuge, l'endroit qui lui permettait d'échapper à sa vie et aux peurs qui le rongeaient lorsqu'il choisissait de la vivre.

Il faisait jour, mais le soleil était invisible derrière l'épaisse couche de nuages gris qui obstruait le ciel. Il avançait sur le sol gelé; ses pieds laissant des empreintes aux contours parfaits dans la neige dense. De quelque part dans ce paysage austère et vallonné lui parvenaient des hennissements et des bruits de sabots. Soudain, un troupeau de ces animaux géants déferla sur une crête distante. Les têtes des bêtes se balançaient de bas en haut et leurs cornes puissantes transperçaient l'atmosphère glaciale. Il sourit, ravi, se remémora le temps où il les montait pour le plaisir, se rendant dans d'autres villages, rencontrant des amis, s'exerçant, apprenant les techniques de combat que tous les jeunes gens rêvaient de maîtriser. Dans un passé lointain…

Il sentait quelque chose sur sa peau, mais ce n'était plus la neige. Il attrapa quelques particules qui flottaient lentement, mais elles se désintégrèrent aussitôt entre ses doigts. Des cendres. Des nuages s'élevaient de sous ses pieds lorsqu'il marchait, et le sol était devenu plus mou. Le paysage était habillé de cendre, y compris l'herbe et les arbres. Cette terre autrefois si riche était désormais perdue. Les cendres contournaient un grand monticule situé devant lui, le cadavre d'une créature ailée. Ses plumes étaient tombées comme des feuilles en automne, révélant une peau tendue sur une charpente solide.

—Non! s'exclama-t-il.

Les aigles rois étaient les plus belles créatures vivantes de Far Away. Combien de fois en avait-il chevauché pour planer dans le splendide ciel saphir?

Une lumière orangée dansait sur le paysage désolé. Il se retourna à temps pour voir les montagnes entrer en éruption. Les sommets acérés se désintégrèrent et de la lave en jaillit.

Des plumets énormes s'élevèrent dans le ciel où ils grossirent à une vitesse folle.

Il y avait des empreintes de pas dans les cendres derrière lui. La puanteur de chair brûlée devint de plus en plus forte, si bien qu'il craignit de s'étouffer.

— Ceci n'est pas ton sanctuaire, dit-elle, mais l'endroit où je t'ai nourri. Ton cœur appartient à cette terre, et cette terre m'appartient. Tu m'appartiens.

Il ne pouvait pas se retourner. Il ne pouvait pas lui faire face. S'y risquer reviendrait à être consumé par la douleur de l'amour corrompu.

Une lance de lumière transperça le linceul de cendre qui l'empêchait de respirer. Un rai incandescent se posa sur lui. Il se protégea les yeux et eut un mouvement de recul.

— Par ici, fiston, dit une voix douce. Votre avenir est là-bas. Suivez la voie de la rédemption.

Des nuages de poussière bouillonnaient au-dessus de sa tête, enflaient et prenaient forme. La magnifique lumière dorée continuait cependant à briller. Il tendit les bras pour attraper…

— Merde ! lâcha Aaron en se réveillant en sursaut. (Il s'assit et décrivit des moulinets avec les bras pour repousser son drap.) Putain !

Il transpirait abondamment et la soie collait à sa peau.

Sa chambre se situait au premier étage de la maison d'Ozzie. Un lit au milieu, quelques meubles en bois rudimentaires et une fenêtre aux volets fermés, ce qui n'empêchait pas la lumière d'entrer tout autour, lui permettant de voir…

— Bordel ! hurla-t-il.

Myraian était assise au pied du lit, les jambes croisées, le regard intense posé sur lui. Ce jour-là, ses cheveux étaient bleus et verts. Ses tatouages violets brillaient à travers son haut en dentelle blanc.

— Vous perdez, dit-elle avec un sourire sucré.

Il considéra avec méfiance ses dents pointues. Elle n'aurait jamais dû pouvoir s'approcher de lui comme elle l'avait fait, et ce même s'il dormait. Ses systèmes biononiques auraient dû la détecter. Ses programmes tactiques secondaires étaient supposés l'informer de toute violation de son périmètre de sécurité et lui donner une connaissance instinctive de la situation en le réveillant. Merde, même son flair naturel aurait dû le faire réagir. Il n'avait pas été surpris de la sorte depuis bien longtemps. *Ce n'est pas bon signe.*

— Je perds quoi ? demanda-t-il, amer.

Ses biononiques scannèrent les environs pour s'assurer qu'aucune autre surprise ne l'attendait au saut du lit. Comme un Chikoya armé jusqu'aux dents à la table du petit déjeuner, par exemple.

— La boule, répondit-elle.

Il lâcha un grognement et roula hors du lit, se libérant enfin de l'entrave de ses draps.

— Comme cela, nous appartiendrons au même club.

— Vous avez rêvé de votre maison lorsqu'elle est venue vous chercher. Vous ne pourrez pas vous retirer beaucoup plus loin. Votre enfance sera une défense encore moins efficace. Aucun enfant ne peut lui résister.

Aaron s'apprêtait à enfiler le pantalon que le réplicateur d'Ozzie lui avait confectionné lorsqu'il se figea.

— Qui, « elle » ?

Elle gloussa bruyamment.

— Si vous ne le savez pas, je ne peux pas vous aider.

— Bien.

Il s'efforçait d'oublier le rêve, mais c'était plus qu'un rêve, et ils le savaient tous les deux. Cela le perturbait énormément. Quelque chose, dans les profondeurs de son esprit, ne tournait pas rond. Ce n'était pas une guerre qu'il comprenait, et il ne serait pas question de repli tactique.

À moins que je revienne à une fonctionnalité basique…

Sauf qu'aujourd'hui, il allait devoir faire preuve de patience et de diplomatie, domaines qu'il ne maîtrisait pas, même lorsqu'il était en pleine possession de ses moyens.

Myraian sauta du lit et étira les bras derrière son dos, croisant ses doigts. Sa tête se balançait en rythme au son d'une musique qu'il n'entendait pas. Aaron ne gobait pas du tout cette histoire de princesse de conte de fées ; il la suspectait de cacher quelque chose.

— Vous êtes médecin ? lui demanda-t-il.

— Je suis bonne pour mon Ozzie, répondit-elle de sa voix haut perchée stupide.

— Bien sûr, dit-il en passant un tee-shirt noir.

— Vous devriez avoir quelqu'un. On a tous besoin de quelqu'un. On ne devrait pas être seul dans un univers comme le nôtre, Aaron. En plus, il va vous falloir de l'aide pour la repousser.

— J'y penserai.

Il enfila ses bottes, les laissa envelopper et enserrer ses chevilles.

— Ils sont ici, reprit-elle.

— Hein ?

— Les vaisseaux. Oscar a appelé il y a onze minutes.

Ce dont son ombre virtuelle aurait également dû l'informer. Cette chaîne de défaillances tactiques était inquiétante. Il ne s'agissait sûrement pas de coïncidences.

— Super. A-t-il dit avec qui il est venu ?

— Non, mais je m'en vais les chercher. Je serai vite de retour.

Il aurait voulu l'accompagner, mais il ne pouvait pas abandonner Inigo, et l'emmener serait trop dangereux. Il n'avait pas le choix : il devait attendre et s'en remettre à Myraian. *M'en – remettre – à Myraian… Cette phrase est un oxymore.*

Ozzie et Inigo étaient assis dans la cuisine. Assiettes et couverts sales trônaient sur un coin de la table. Ozzie buvait du café, Inigo du chocolat chaud. Corrie-Lyn était affalée dans un vieux canapé à l'autre bout de la pièce et paraissait s'ennuyer terriblement.

— Un des arrière-grands-pères de ma mère était un Brandt, paraît-il, expliquait Inigo. Ma mère me répétait tout le temps que sa grand-mère percevait des rentes lorsque la famille habitait sur Hanko. J'ignore s'il s'agissait ou non d'une fable, ou si la famille vivait vraiment mieux à l'époque. Si cet argent a vraiment existé, alors il a été perdu pendant la Guerre contre l'Arpenteur et la fuite sur Anagaska. Dans le trou de ver temporel, on ne prenait que ce que l'on pouvait transporter physiquement. En tout cas, on n'avait pas énormément d'argent quand j'étais gamin. Si nous étions des Brandt, le reste de la famille nous a laissés nous débrouiller par nous-mêmes.

— C'est bien la façon de procéder des dynasties, confirma Ozzie.

— Vous avez menti sur votre passé familial, intervint Aaron en se dirigeant vers l'unité culinaire. Je suis allé au musée Inigo de Kuhmo et je n'ai rien vu concernant un supposé lien de parenté avec une dynastie.

— Vous savez pourquoi j'ai fait cela. De par ma naissance, j'appartenais à la branche Haute. Ma mère et ma tante ont été violées par un des anges des Radicaux. Vous vouliez peut-être que j'expose cette partie de mon histoire devant le Grand Commonwealth ? Mes détracteurs auraient adoré.

— En tout cas, moi, j'adore. Même si ce lien de parenté avec les Brandt montre une connexion possible avec un vaisseau colon, cela n'explique pas comment celui-ci serait entré dans le Vide.

— Comme Justine, je suppose.

— Justine était tout près de la frontière. Dans le cas d'un navire colon, il aurait fallu un genre de téléportation longue distance.

— Il a très bien pu passer à proximité de la frontière en voulant emprunter le chemin le plus court pour se rendre de l'autre côté de la galaxie.

— Aucune chance. Les Raiels font la circulation dans cette partie de l'univers depuis leur tentative d'invasion avortée. Ils forcent tout le monde à rebrousser chemin avant le Golfe, y compris Wilson et son *Endeavour*.

— Je sais, insista Inigo, mais il n'en demeure pas moins qu'un vaisseau humain est bel et bien entré dans le Vide. D'où l'espoir que nous avons nourri de voir un jour le Vide ouvrir un genre de portail relié au Commonwealth.

— C'est là que la théorie retombe comme un soufflé. Comment le Vide aurait-il su que le navire colon était là ? D'autant que le concept même d'« extérieur » lui est, semble-t-il, étranger.

— C'est peut-être vrai pour les Seigneurs du Ciel ; le Cœur, lui, doit être beaucoup plus malin.

— Mais cela implique une perception d'une portée infinie. Si la Vide a besoin d'esprits, pourquoi ne pas simplement téléporter en son sein toutes les espèces capables de pensée cohérente de la galaxie ?

— Il ne s'agit pas forcément de perception. Araminta a rêvé d'un Seigneur du Ciel. D'autres formes de connexions sont possibles.

— Des formes de connexions qui ne lui appartiennent pas forcément. Les Seigneurs du Ciel ont piraté l'Île-mère des Silfens pour attirer l'attention d'Araminta.

— Cela ne contredit pas mon argument.

Aaron prit le sandwich au bacon et le thé produits par l'unité culinaire et rejoignit Corrie-Lyn.

— Toujours sur le coup ?

— Ouais…, grogna-t-elle.

Cinq jours déjà. Cinq jours qu'Inigo essayait en vain de rêver d'un Seigneur du Ciel. Entre deux tentatives, Ozzie et lui échangeaient leurs idées sur la nature du Vide et leurs chances de traverser la frontière. C'était exactement ce qu'Aaron voulait. En revanche, il ne s'attendait vraiment pas à une conversation aussi terne et mortellement ennuyeuse.

Le détail le plus infime et inintéressant était disséqué, examiné en long, en large et en travers. Ils ne développaient pas tant des idées que des concepts philosophiques fantaisistes. En d'autres termes, en quatre jours, ils n'avaient strictement rien produit d'utile.

— Vous avez parlé à Myraian ? demanda-t-il.

— Parce qu'elle parle ? De façon cohérente ? répondit Corrie-Lyn dans un haussement d'épaules imperceptible.

— Un point pour vous.

— J'ai suivi l'actualité du Grand Commonwealth sur l'unisphère.

— Et ?

— Le Dernier Rêve n'est pas populaire du tout. Le nouveau Conseil ecclésiastique du Rêve vivant a dénoncé une manipulation, mais les gens savent reconnaître les pensées d'Inigo. Des disputes très violentes ont éclaté entre adeptes. Nombre d'entre eux – beaucoup plus je l'aurais cru – s'inquiètent du sort que leur réservera le Vide.

— Tous les pèlerins sont déjà en suspension.

— Oui. Pour eux, il est trop tard. Le Dernier Rêve n'a fait que renforcer la conviction des non-croyants, mais leur avis ne compte pas. Quant aux équipages de la flotte, aucun ne semble sur le point de se mutiner.

— Au moins nous mourrons la conscience tranquille.

Il mordit dans son sandwich au bacon. Il y avait beaucoup trop de beurre ; il lui coulait sur les doigts.

Corrie-Lyn le regardait bizarrement en plissant son joli petit nez.

— C'est une première, dit-elle.

— Comment cela ?

— C'est la première fois que vous envisagez la défaite. Même si c'était une plaisanterie. Je ne savais pas que vous pouviez avoir ce genre de pensée.

— Je m'efforce juste de paraître humain pour vous mettre en confiance. C'est la procédure standard.

— Vos rêves s'aggravent encore, n'est-ce pas ?

— J'admets que le sommeil n'est pas mon fort, en ce moment. Ou est-ce un nouveau signe de faiblesse ?

— Mais c'est qu'il est sur la défensive, maintenant ! Waouh ! Quand je disais qu'on viendrait à bout de votre conditionnement !

Quelque chose en viendra à bout, c'est sûr, se désola-t-il. Sa peur avait mis plusieurs minutes à se dissiper après son réveil. Une première, là aussi. Normalement, son angoisse ne résistait pas à la lumière du jour. Une preuve de plus qu'*elle* devenait de plus en plus forte.

— Priez pour que cela n'arrive jamais, marmonna-t-il en détournant son regard vers la table.

— Je pourrais vérifier, j'imagine, disait Ozzie. J'ai toujours une certaine influence sur ce qui reste de la famille Brandt, mais votre héritage se résumerait à une note de bas de page. Toutefois, le fait que vous soyez peut-être un descendant oublié de la dynastie n'explique pas comment le vaisseau colon est entré dans le Vide. Et puis, il reste beaucoup de Brandt dans le Grand Commonwealth, alors pourquoi vous et pas un autre ?

— Existe-t-il une liste des Brandt qui ont travaillé sur la station Centurion ?

— Cela n'a aucune importance. Nous aurions besoin que vous communiquiez avec un Seigneur du Ciel, et vous en êtes incapable.

— La connaissance a toujours de l'importance. Toutes les théories sont fondées sur des faits.

— C'est certain, mec, mais là, les fondations ne seraient pas saines.

— Nous avons besoin de tout ce qui concerne le Vide de près ou de loin pour…

Aaron ne fit qu'une bouchée de ce qui restait de son sandwich.

— Je vais les attendre dehors.

— Comme je vous comprends, dit Corrie-Lyn.

Il s'arrêta sur la terrasse et observa la cité intimidante située de l'autre côté de l'eau calme. Les cauchemars qui l'affligeaient et la chose qui essayait de s'échapper de son subconscient l'inquiétaient beaucoup. Pour se changer les idées, il procéda à un examen minutieux de ses systèmes biononiques et programmes tactiques. Ceux mêmes qui avaient failli ce matin-là… Il ne s'expliquait pas comment Myraian était entrée dans sa chambre. Son scanner avait bien détecté un mouvement, mais cela n'avait pas suffi à mettre en branle les programmes d'urgence de niveau bêta. Assise au pied de son lit, elle avait été à dix centimètres de déclencher une alerte de niveau alpha. Cette distance était-elle une coïncidence ? Les coïncidences se multipliaient, ces derniers temps.

Au moins son ombre virtuelle avait-elle déterminé pourquoi il n'avait pas intercepté l'appel d'Oscar. Le cerveau de la maison l'avait brouillé avec des logiciels très sophistiqués. *On dirait qu'Ozzie n'a donc pas complètement retourné sa veste…*

La capsule apparut sur la toile de fond brillante de la couronne du compartiment. Les implants biononiques d'Aaron activèrent des filtres rétiniens pour qu'il puisse garder le contact visuel. Il scanna l'appareil. Il y avait plusieurs personnes à bord. Myraian, bien sûr ; trois hommes et une femme dotés de systèmes biononiques défensifs – uniquement – qui ne lui permettaient pas de les détailler ; venaient ensuite un humain ordinaire dépourvu d'implants, et un autre, très gros, équipé d'une armure de combat dont le champ de force était actif. À cause de cela, les implants offensifs d'Aaron se réveillèrent aussitôt.

Il envoya une demande de confirmation d'identité à la capsule. Tout le monde lui répondit, sauf l'humain ordinaire. Il devait s'agir du personnage important escorté par Oscar et qui souhaitait rencontrer Ozzie.

La vieille capsule se posa sur l'herbe violette et verte entre le lac et la maison. La portière s'ouvrit et les passagers commencèrent à descendre. Myraian apparut la première et lui fit un signe enjoué de la main ; Aaron ne répondit pas. Beckia et Tomansio scannèrent rapidement les environs. Oscar se montra plus négligent, ce qu'Aaron trouva intéressant. Alors seulement l'humain naturel fut autorisé à descendre. Il était un peu plus âgé que le citoyen lambda du Commonwealth et avait un air digne. Troblum descendit en dernier ; à cause de son armure, il eut beaucoup de mal à passer par la portière.

Ozzie, Inigo et Corrie-Lyn arrivèrent derrière Aaron. Ozzie souriait.

— Nom de Dieu, c'est vraiment Oscar. Eh ! mec ! Ça fait un sacré bail !

Oscar gratifia Ozzie d'un salut militaire avec l'index et eut un sourire timide.

La réaction de Tomansio attira particulièrement l'attention d'Aaron. L'homme le regardait, le visage régulier barré d'un sourire incrédule.

— Vous ! Vous êtes vivant !

— Et je pète la forme, répondit Ozzie d'un ton joyeux. (Il se tourna vers Inigo.) Vous voyez, les génies universels l'emporteront toujours sur les messies.

— Allez vous faire foutre, lui lança l'autre.

— Je ne crois pas que…, commença Corrie-Lyn en regardant successivement Tomansio et Aaron.

— Le Mutin, chuchota Tomansio, le regard rivé sur Aaron.

Un bref souvenir émergea dans l'esprit d'Aaron, déchira sans bruit un genre de membrane vitale. *Elle*, allongée à côté de lui, les lèvres soulevées par un sourire timide. La femme qu'il avait rencontrée au Parc doré le jour où Ethan avait été choisi pour devenir le nouveau Conservateur ecclésiastique. La coiffure était différente, mais c'était bien elle. *Mauvaise Nouvelle.*

— Quoi ? coassa-t-il. Comment m'avez-vous appelé ?

Ozzie et Inigo froncèrent les sourcils et se tournèrent vers lui.

— Le Mutin. C'est bien vous. Mais oui !

— Non ! s'exclama Beckia. C'est impossible.

— Qui ? demanda un Oscar médusé.

— Lennox. Lennox McFoster. Comment est-ce possible ? s'emporta Tomansio. Comment pouvez-vous être ici ?

— Les Chevaliers Gardiens vous ont cherché pendant des siècles, dit Cheriton. Où étiez-vous ?

— Désolé, répondit Aaron, mais je ne sais vraiment pas de quoi vous parlez.

Dix minutes plus tard, l'homme Naturel n'avait toujours pas été présenté, et Troblum n'avait pas prononcé un mot. Les Chevaliers Gardiens étaient stupéfaits de voir Aaron et n'en démordaient pas : il était le Mutin. Le fils de Bruce McFoster, une autre vieille légende capturée et corrompue par l'Arpenteur avant d'être tuée par Gore Burnelli. Lennox, un bébé à l'époque, avait été élevé en Gardien par sa mère Samantha. Il avait été un des premiers à adopter la vision de la Chatte afin de donner un rôle nouveau aux Gardiens de l'individualité proches de l'implosion.

Tout ce qu'ils disaient rendait Aaron nerveux, notamment parce que les noms et événements qu'ils mentionnaient résonnaient quelque part dans son subconscient. Qu'il ait pu appartenir à cette organisation ne l'étonnait pas outre mesure ; il avait les qualités pour. Cela rendait plausible la suite de leur histoire, ce qui était très dérangeant.

— De quel genre de mutinerie parlez-vous ? demanda-t-il avec circonspection.

Il regretta aussitôt d'avoir posé la question. Avait-il vraiment besoin de savoir ?

— De celle de la cathédrale de Pantar, répondit Troblum d'une voix étonnamment neutre. C'est sur Narrogin. Les Chevaliers Gardiens devaient y aider un mouvement politique à prendre le dessus sur ses rivaux. La Chatte elle-même était à la manœuvre. Il y a eu une prise d'otages, des exigences, un ultimatum… Sauf qu'elle a commencé à massacrer ses prisonniers sans raison. Y compris les enfants. C'est vous qui l'avez arrêtée. Vous vous êtes dressé contre la Chatte.

— À partir de là, intervint Beckia, notre mouvement a changé. Nous avons pris conscience des défauts de la Chatte et avons rejeté son leadership. Mais pas le vôtre.

— La majorité d'entre nous l'a rejetée, précisa Cheriton, mal à l'aise. Il y a eu un schisme. Après tout, elle était à l'origine de notre mouvement. Après la Guerre contre l'Arpenteur, c'est elle qui a organisé notre alliance avec les Barsoomiens et nous a sortis de notre trou. Même si la légende dit que c'était votre idée.

Aaron savait qu'il devait remettre la mission sur de bons rails, découvrir l'identité de l'humain Naturel et organiser une discussion avec Ozzie et Inigo. *Pour envoyer Inigo dans le Vide.* Son univers devait se résumer à cela. Bizarrement, cependant, il ne se sentait pas très motivé. Le sourire de la femme le hantait. Il lui arrivait de le voir sans avoir à fermer les yeux.

Mauvaise Nouvelle.

Elle ne plaisantait pas, apparemment.

— Je les ai sauvés ? demanda-t-il d'une voix faible.

— Qui ?

— Les enfants. Vous avez dit qu'elle avait commencé à tuer les enfants quand je l'ai arrêtée.

Tomansio et Beckia échangèrent un regard maladroit, ce qui était une réponse en soi.

— Vous vous rappelez les événements qui ont suivi ? demanda Cheriton.

— Je ne me rappelle rien, répondit Aaron dans un haussement d'épaules. Vraiment… rien, mentit-il, tandis que la vision d'un grand plafond de cristal vacillait comme une flamme dans son esprit.

— Vous vous êtes échappé, expliqua Tomansio. Vous n'avez jamais été jugé. Personne ne savait où vous étiez.

— Pas même moi, ajouta Aaron, qui goûtait l'ironie de la situation.

— Quelqu'un vous a fait cela, dit Beckia, la gorge serrée, les particules de Gaïa chargées de colère. Quelqu'un vous a complètement bousillé l'esprit.

— La Chatte ? proposa Tomansio.

— Non, répondit Aaron, certain de son fait, mais ne sachant pas pourquoi. C'est moi qui ai choisi d'être ce que je suis aujourd'hui. Et je ne changerai pas de personnalité, malgré ce que vous pourrez penser.

— Sauf que vous ne tournez pas très rond, en ce moment, intervint Corrie-Lyn. Votre conditionnement est sur le point de lâcher.

— Je survivrai, insista-t-il, solennel. J'ai une mission à accomplir.

— Laquelle ? s'enquit Oscar.

Aaron désigna Inigo du doigt.

— Le Rêveur doit être conduit à Makkathran, dans le Vide. Ou au moins établir un contact avec le Cœur.

De concert, Oscar et les Chevaliers Gardiens se tournèrent vers l'homme Naturel. Celui-ci fit un pas en avant et tendit la main à Inigo.

— Rêveur, je me présente : je suis Araminta 2.

Ses particules de Gaïa libérèrent un flot de pensées et d'émotions, ainsi qu'une vue du pont d'observation de *La Lumière de la Dame*.

— Sainte Dame…, marmonna Inigo.

— Génial ! s'enthousiasma Ozzie. C'est trop cool, mec !

— Je suis venue pour vous aider, annonça Araminta 2. Il faut mettre un terme à ce pèlerinage.

— Dites-moi, qui vous a suggéré d'unir vos forces à celle d'Ozzie ? demanda Oscar d'un ton suffisant.

Au moins, admit Aaron, cela leur avait fourni l'occasion à tous de discuter. Même si les commentaires se résumaient souvent à des « putain ! » ou à des « waouh ! », comme chacun y allait de son récit. Assis autour de la table de la cuisine, ils testaient les plats et les boissons préparés par l'unité culinaire. Sauf Troblum, qui se contentait de les regarder, refusant de sortir de son armure.

— J'ai rencontré la Chatte, s'était-il contenté d'assener pour justifier sa méfiance.

Cela légitimait en effet son extrême paranoïa. Troblum prononça une seconde et ultime phrase :

— Ozzie, je suis très honoré de vous rencontrer. Je suis un descendant de Mark Vernon.

— Ah, ouais ? C'est cool, mec, répondit Ozzie avant de se tourner vers Araminta 2. Nous nous demandions si le Vide était capable de faire venir, de téléporter des gens en son sein. Vous pourriez demander au Seigneur du Ciel si c'est possible ?

— Bien sûr.

Aaron étudiait attentivement Troblum. Le gros homme avait eu un léger mouvement de recul lorsque Ozzie s'était désintéressé de lui. Il ne semblait pas émettre sur le champ de Gaïa. En fait, il était impossible de savoir avec certitude ce qu'il y avait dans cette armure.

D'après Oscar, Troblum avait participé à la construction de l'Essaim. Encore un détail dont Ozzie et Inigo paraissaient se moquer éperdument. Cela intéressait Aaron, en revanche, qui se demandait s'il pourrait les aider à libérer le Terre de sa prison, objectif secondaire, puisque sa priorité restait évidemment d'envoyer Inigo dans le Vide. Sans compter que les Raiels eux-mêmes n'étaient pas parvenus à venir à bout de la barrière de Sol et que cela risquait de prendre plus de temps que sa mission principale. Beaucoup plus.

— Vous serait-il possible, au Cœur ou à vous-même, de venir à moi et de m'emmener dans le Vide ? demanda Araminta 2 au Seigneur du Ciel.

Aaron aperçut une extraordinaire toile de poussière dorée. Les nébuleuses. Des dizaines de points faiblement lumineux, des étoiles minuscules qui brillaient mais ne scintillaient pas. Les silhouettes des Seigneurs du Ciel se découpaient devant les tourbillons à la dérive. Leurs ailes constituées de vide étaient déployées.

— Vous approchez, dit une des créatures. Je sens que vous grandissez. Vous serez bientôt ici. Vous aurez bientôt atteint la plénitude.

— Nous pourrions être réunis encore plus vite si vous veniez me chercher.

— Le Cœur accepte tout le monde. Il accueille volontiers tout le monde.

— Je suis toujours hors de votre univers. Je crains de ne pas réussir à l'atteindre. Pourriez-vous venir me chercher comme vous l'avez fait pour d'autres individus de mon espèce ?

— Ceux de votre espèce ont grandi ici, sur le monde solide. C'est là que nous vous emmènerons.

— Pour cela, nous devons d'abord venir à vous. Aidez-nous, je vous prie.

— Vous grandissez, je le sens. Cela ne sera plus très long.

— Comment ceux de mon espèce vous ont-ils rejoints la première fois ?

— Ils ont émergé, comme les autres.

— Les Cœur les a-t-il aidés à émerger ?

— Le Cœur accueille tous ceux qui émergent ici.

— Je ne suis plus en mesure de vous rejoindre. À moins que le Cœur me vienne en aide, mon voyage est terminé. Je vous en supplie, demandez-lui de venir me chercher. J'aimerais tant visiter le monde qui a abrité les miens dans le passé.

— Vous arriverez bientôt.

Les pensées d'Araminta 2 se durcirent.

— C'est faux.

— Vous vous rapprochez inexorablement. Votre voyage se déroule sans encombre. Nous vous accueillerons bientôt. Nous vous guiderons.

Araminta 2 grogna et secoua la tête, tandis que le Seigneur du Ciel se retirait ; bientôt, il ne fut plus qu'un murmure en marge de sa perception.

— Par Ozzie !

— Eh, mec, je n'y suis pour rien !

— Désolée, s'excusa Araminta 2, confuse. L'habitude...

— Cela n'a pas d'importance, intervint Inigo. Depuis que vous avez commencé à parler aux Seigneurs du Ciel, il est évident que la dichotomie intérieur/extérieur n'a aucun sens pour eux. Leur cerveau n'est pas configuré pour comprendre cette notion.

— Mais le Cœur, le noyau, ou quelle que soit cette chose, la comprend assurément, dit Oscar. Il vous a écoutée quand vous lui avez demandé de laisser passer Justine. Ah ! Quelle nuit mémorable !

— Le message avait quand même été relayé par un Seigneur du Ciel, rétorqua Ozzie. Et puis, la demande était plus facile à comprendre.

— Il suffit donc de simplifier le message, reprit Inigo. Ce qu'il nous faut, c'est un genre de porte ouverte sur le Cœur. Il comprendra exactement ce que nous voulons.

— Mec, notre message est on ne peut plus simple, protesta Ozzie. Il faut surtout convaincre un Seigneur du Ciel de parler pour nous.

— Je ne vous le fais pas dire, reprit Inigo. Pour ma part, j'ai du mal à croire qu'un être habitué à manipuler le tissu du Vide comme un Seigneur du Ciel soit incapable de comprendre des concepts aussi simples.

— Les processus de contrôle semblent instinctifs. La force de la volonté seule suffit à modifier la réalité dans le Vide.

— Oui, mais...

Aaron sentit un soupir enfler dans sa poitrine comme la conversation s'éternisait une fois de plus. Le sourire de *la femme* se fit moqueur.

— Je peux vous conduire là-bas à temps, intervint Troblum.

Tout le monde se retourna vers la silhouette géante gris terne qui les dominait de toute sa taille. Myraian laissa échapper un court gloussement.

— Et comment comptez-vous vous y prendre, mec ? demanda Ozzie en repoussant une lourde mèche de cheveux de son front.

— Le réacteur supraluminique planétaire des Anomines est dans mon vaisseau.

Silence prolongé.

— Le quoi ? demanda Oscar.

— Les Anomines n'ont pas construit les générateurs des champs de force des deux Dyson ; ils les ont pris aux Raiels. Afin de les mettre en position, ils ont utilisé un système de transport supraluminique assez puissant pour déplacer une planète. Je l'ai en ma possession. Enfin, une copie, ou plutôt une copie du dispositif tel que je l'imagine.

Les autres semblaient dubitatifs, mais Aaron n'en avait cure.

— Il est plus rapide que l'ultraréacteur ? demanda-t-il.

— Oui. Le voyage serait instantané. C'est un trou de ver.

— Un trou de ver assez gros pour déplacer une planète ? demanda Ozzie, dont la voix incrédule était montée d'un ton.

— Oui.

— Pas possible.

— C'est parfaitement possible, contra la voix de la maison.

Ozzie lâcha un grognement et leva les yeux au plafond.

— La structure d'un trou de ver dépend de sa source d'énergie, poursuivit le cerveau. En théorie, la taille d'un trou de ver est directement proportionnelle à la quantité d'énergie qu'on y injecte.

— C'est exact, confirma Troblum.

— D'accord, concéda Ozzie. Et vous utilisez quoi pour alimenter ce trou de ver géant ?

— Une nova. Il n'y a pas d'alternative.

— Eh bien, alors, il n'y a pas de problème. On n'a plus qu'à attendre qu'une nova se matérialise dans le jardin, lança Ozzie.

— C'est inutile, rétorqua le cerveau d'une voix suffisante.

— Ah ! sourit Aaron. Une bombe nova.

— Oui, confirma Troblum. Une bombe nova à la structure énergétique modifiée.

— C'est malin, dit Inigo.

— C'est une putain de plaisanterie ? tonna Ozzie.

— Je crois que cela marchera, insista Troblum.

— Vous voulez dire que vous n'avez pas essayé ? demanda Tomansio.

Myraian partit d'un nouveau gloussement, plus bruyant cette fois.

— Non, pas encore.

— Grâce à ce trou de ver, nous pourrions arriver au centre de la galaxie avant la flotte du pèlerinage ? insista Aaron.

— Absolument. J'ai pensé effectuer un test et transporter une planète de la taille de Saturne sur cinq cents années-lumière ; toutefois, il y a des variables. En diminuant le diamètre du trou de ver…

— On en augmente la portée, termina Inigo. Pour un objet de la taille d'un vaisseau…

— D'après mes estimations, on peut tabler sur vingt-cinq à trente mille années-lumière. En l'activant aujourd'hui, on dépasserait la flotte du pèlerinage.

— Parfait ! lança Ozzie en se levant. Je crois que mon travail est terminé. Sur ce, bonne chance !

— Vous ne venez pas ? demanda Inigo.

— Eh, mec ! N'oubliez pas que je suis un vieux machin qui n'a plus tout son cerveau. Et puis, il y a autre chose… (Il claqua des doigts et fronça les sourcils.) Qu'est-ce que c'était déjà ? Ah oui, je tiens à la vie !

— Ozzie, vous nous seriez très utile, intervint Corrie-Lyn.

— Je ne crois pas, l'interrompit Myraian en gratifiant Corrie-Lyn d'un sourire plein de douceur. Ozzie reste avec moi, car il a besoin de câlins et de sécurité.

— Voilà un argument imparable ! triompha Ozzie.

Aaron commençait vraiment à se demander ce qu'était cette Myraian. Jusque-là, il la prenait pour une simple groupie aux habitudes un peu bizarres. Maintenant qu'il la fréquentait depuis plusieurs jours, il comprenait qu'elle avait son mot à dire dans cette relation, une relation certes étrange, mais, après tout, il s'agissait d'Ozzie. Bien que ne disposant pas de tous ses souvenirs – et ceux qu'il possédait dataient d'au moins deux siècles – Aaron savait qu'Ozzie était un original.

— D'accord. De toute façon, la présence d'Ozzie n'est pas essentielle, contrairement à celles d'Inigo et d'Araminta 2. Troblum, j'imagine que votre vaisseau ne peut pas embarquer beaucoup de passagers…

— Eh ! protesta Corrie-Lyn.

— Nous n'avons pas le choix, expliqua patiemment Aaron. Ma priorité est la réussite de cette mission. Le Rêveur et la Rêveuse doivent absolument être du voyage.

— Qui a dit que c'était vous le patron ? demanda Tomansio.

— Vous avez un plan viable pour arrêter le Vide peut-être ? Si oui, qu'attendez-vous pour nous en faire part ?

— D'après ce que j'en sais, vous n'avez pas de plan non plus. Vous en avez appris un peu plus sur vous-même depuis notre arrivée, mais vous n'avez toujours pas la moindre idée de ce que vous faites.

— J'ai bel et bien un plan. Et n'oubliez pas que je suis le Mutin. Le plus digne de confiance de tous les Chevaliers Gardiens. Vous pouvez vous fier à moi plus qu'à vous-même.

— Vous avez été le Mutin, mais qui peut dire ce que vous êtes aujourd'hui ? Pas vous, en tout cas.

Ils se tournèrent tous vers Ozzie, qui riait à pleins poumons.

— Quoi ? demanda Tomansio.

— Non mais qu'est-ce qu'il ne faut pas entendre ! Vous vous entendez parler, les mecs ? Le Rêveur. Le Martyr. La Rêveuse. Le Mutin. Ne manquent plus que les masques et les capes en spandex, et on se croirait à une convention de superhéros. Troblum, lui, a déjà son costume ; il est vachement cool, d'ailleurs.

— Vous pensez que nous ne devrions pas y aller ? s'enquit Tomansio.

— Selon toute probabilité et si l'on en croit les statistiques, vous n'auriez jamais dû arriver aussi loin parce que vous n'êtes qu'une bande de tocards. Le fait est que vous êtes là et que celui qui a programmé le cerveau du Mutin savait sans doute ce qu'il faisait. Aussi bizarre que cela puisse paraître, il semblerait que vous soyez notre dernière chance d'arrêter Ilanthe et le Vide. J'ignore ce que le boss d'Aaron a prévu de lui faire faire à Makkathran, mais… Tomansio, il a raison ; à moins que vous ayez une idée, il faut suivre le plan d'Aaron. Oscar, expliquez les choses à ces gamins. Vous et moi nous sommes déjà retrouvés dans une situation similaire il y a bien longtemps. Quand le moment est venu de foncer, on fonce sans se poser de question.

— Ouais, admit Oscar à contrecœur. Ozzie a raison. Les deux Rêveurs ensemble ? Si quelqu'un peut arrêter le Vide, c'est bien eux. Je ne sais pas comment, mais…

— D'accord, lâcha Tomansio dans un haussement d'épaules. Le problème, c'est qu'on ne sait pas dans quel camp est le Mutin.

— En toute logique, il travaille pour une Faction opposée au pèlerinage, intervint Inigo. J'en ai douté, moi aussi, mais maintenant, j'ai confiance en lui.

— Ha ! s'exclama Corrie-Lyn.

— Troblum, combien de personnes pouvez-vous embarquer dans votre vaisseau ? demanda Cheriton. Et a-t-il réellement des ailes ?

— Le système peut maintenir en vie quinze personnes, mais cela ferait beaucoup dans si peu d'espace. Il n'a pas d'ailes, mais des ailerons dissipateurs de chaleur…

— Nous ne sommes que dix, dit Oscar. Il n'y a donc aucun problème.

Ozzie se racla la gorge.

— Et si vous réfléchissiez pour changer ? Combien de temps a-t-il fallu à Justine pour atteindre le simulacre de Far Away ?

— Merde ! jura Aaron. Le temps ne s'écoule pas à la même vitesse dans le Vide.

— Exactement, mec. La question qu'il faut donc se poser est combien de capsules médicalisées y a-t-il à bord ? Parce que, une fois la frontière franchie, il vous faudra passer en suspension.

— Une, répondit Troblum.

— Il y en a cinq dans le *Remboursement d'Elvin*, intervint Oscar. Elles ont été installées dans le cas où plusieurs d'entre nous auraient été blessés.

— Vous n'avez jamais eu vraiment foi en nous, fit semblant de s'offusquer Tomansio. Il nous en faut quatre autres, donc. Peut-on en trouver dans ce compartiment ? demanda-t-il à Ozzie.

— Pas en ce moment, répondit celui-ci d'un ton neutre et suspect. Elles sont toutes occupées, ce qui n'était pas arrivé depuis des décennies. Ne vous en faites pas, mon réplicateur vous en fabriquera quelques-unes. Pas vrai, le cerveau-dans-un-bocal ? ajouta-il plus fort.

— J'ai déjà commencé, répondit le cerveau.

— Je suppose que notre réplicateur pourrait en fabriquer aussi, dit Oscar. Cela nous ferait gagner du temps.

Troblum refusait toujours de retirer son armure. Oscar ne savait pas trop quoi penser de cette situation. L'ombre virtuelle de Paula lui avait envoyé un important dossier sur l'ex-agent des Accélérateurs, ce qui n'avait fait qu'ajouter à sa confusion.

Tomansio avait raison de s'interroger sur les motivations d'Aaron, mais Oscar se méfiait davantage du gros homme et de ses nombreux désordres psychologiques ; il y avait là de quoi remplir un manuel de psychiatrie. *Un réacteur supraluminique assez puissant pour déplacer une planète ? Une géante gazeuse ? Et puis quoi encore !*

Il était trop tard pour douter ; la machine était lancée. Si leur plan fonctionnait, si le mystérieux patron d'Aaron parvenait à parler au Cœur, ce cauchemar pourrait trouver une fin heureuse en moins d'une semaine.

Ouais, j'y crois dur comme fer.

Ozzie avait raison, toutefois. C'était leur dernière chance. Il s'assit donc à la table de la cuisine sans se plaindre ni analyser et entreprit de manger le pain et le saumon que l'unité culinaire leur avait préparés pour le brunch. Il aurait bien aimé discuter un peu avec Ozzie. S'ils n'avaient jamais été réellement proches, ils avaient un passé commun. Malheureusement, cela ne se ferait pas. Ozzie et Inigo ne cessaient de se disputer, et quand ils s'arrêtaient un peu pour reprendre leur respiration, Tomansio se mettait à interroger Aaron.

Le cerveau de la maison – étrange, même s'il s'agissait de la maison d'Ozzie – et Liatris disaient que les nouvelles capsules médicalisées seraient prêtes dans l'heure. Resterait ensuite à les installer à bord de *La Rédemption de Mellanie*. Encore un nom surgi de l'histoire dont Oscar se serait bien passé. *Quand on est aussi vieux que moi, tout est lié.*

— J'espère que vous ne réactiverez jamais votre champ mental, s'emporta Inigo d'une voix si forte que les autres se turent pour l'écouter. Ce serait la fin de l'humanité, cela reviendrait à pousser l'esprit sur une branche pourrie de l'évolution.

— La psychologie serait une tendance de l'évolution ? grogna Ozzie. Arrêtez, vous me faites rire.

— Vous imposez votre vision à tous les êtres intelligents. Avec le champ de Gaïa, c'est différent ; chacun est libre de se déconnecter. Le champ mental ne le permet pas. C'est du fascisme psychique, et le pire, c'est que vous vous prenez pour un bienfaiteur. Vous êtes persuadé d'agir pour le bien de tous. Englobez la galaxie dans votre champ, et vous obtiendrez le genre de société décrit dans le Dernier Rêve. Ne comprenez-vous pas ? L'utopie est ennuyeuse à mourir. Notre véritable ennemi, c'est l'ennui. Je pense qu'il faut vous arrêter tous les deux, vous et le Vide. Tout comme Edeard dans sa période sombre, vous avez eu tort de nous obliger à partager nos pensées. Vous avez tous les deux été séduits par la perfection supposée du Cœur, laquelle implique de dominer, d'asservir l'âme humaine.

Aaron arriva avec un plateau de petits pains et prit place à côté d'Oscar. Celui-ci se pencha à son oreille et chuchota :

— Liatris dit que le réplicateur aura terminé dans dix-huit minutes.

— Finalement, le temps accéléré du Vide a de bons côtés, murmura Aaron.

— Ils sont comme cela depuis le début ?

— Oui, depuis cinq jours. C'est moi qui les ai encouragés à examiner toutes les options.

— Que pensez-vous de notre gros ami ? demanda Oscar en désignant du menton la silhouette massive et silencieuse de Troblum.

— Pas grand-chose pour le moment. Je comprends qu'il ait peur de la Chatte ; toutefois, s'il ne se débarrasse pas de son armure une fois à bord de son vaisseau, je vais devoir prendre une décision.

— Ouais. Vous ignorez vraiment ce qui se passera lorsque nous serons à Makkathran ?

— En effet, mais je note que vous êtes optimiste ; c'est bien.

Oscar le considéra de nouveau. Il aurait aimé pouvoir dire qu'il lisait en lui, mais l'enveloppe humaine d'Aaron dissimulait quelque chose d'étrange, une autre forme de vide. Il jouait sa personnalité. Corrie-Lyn avait pointé du doigt sans prendre de gants ses faiblesses psychologiques.

— C'en est terminé de l'individualisme ! contre-attaqua Ozzie. L'espèce humaine doit penser collectivement, désormais. Bordel de merde, nous avons des bombes novæ, des cuves de masse, des missiles quantiques et assez d'armes en tous genres pour détruire cette galaxie sans l'aide du Vide ! Cette puissance destructrice doit être contenue. Demandez au Mutin ce qu'il en pense. Vous vous êtes déjà demandé ce qu'il adviendrait si quelqu'un comme la Chatte s'emparait de cet arsenal et décidait de s'en servir ? Juste pour s'amuser ! Une société aussi avancée technologiquement que la nôtre a besoin d'un mécanisme de protection interne. Elle a besoin de *confiance*, mec. Le champ mental rendra cette confiance inévitable. Grâce à lui, vous aimerez vraiment votre prochain pour la première fois.

— Votre champ mental, c'est comme donner un navire de la Marine à un psychopathe. Certains extraterrestres ont des modes de pensée si différents du nôtre qu'ils croiront que vous essayez de les dominer, de les évangéliser, d'altérer leur culture.

— Ridicule ! Qu'est-ce que vous connaissez aux…

Un message d'alerte tactique rouge apparut dans l'exovision d'Inigo et Ozzie, tandis que ses programmes de pensée secondaires exposaient le problème à Oscar. Une T-sphère venait d'englober la maison.

— Merde !

Son champ de force intégral s'activa. Tout près, l'armure de Troblum devint noire comme la nuit. *Putain, la même technologie que la barrière de Sol !*

Un scan intégral lui révéla que dix-sept Chikoyas étaient apparus sur la pente herbeuse qui surplombait le lac. Un scan complémentaire confirma qu'ils étaient lourdement armés et prêts à faire feu.

— Liatris, venez nous chercher. Tout de suite !

— J'arrive.

Vingt-trois Chikoyas supplémentaires se téléportèrent à proximité, terminant d'encercler la maison. Six d'entre eux se précipitèrent vers l'entrée. Oscar s'apprêtait à demander à Tomansio quelle formation d'attaque il comptait utiliser lorsque son scanner l'informa d'une modification étrange de la structure quantique d'Ozzie. Son système nerveux inondé d'accélérants réagit très vite ; il se retourna et pointa ses graphiques de visée sur l'anomalie, sur Ozzie, qui devenait déjà transparent, comme les molécules de son corps changeaient, s'atténuaient. Tout juste pouvait-on voir le sourire désolé sur son visage spectral. Il leva la main et leur fit signe sans enthousiasme.

— Attendez ! cria Oscar, incrédule. Vous partez ?

— Je suis trop vieux pour ce genre de fête, répondit Ozzie d'une voix quasi inaudible.

— Vous voulez rire ! Vous êtes Ozzie ! Aidez-nous !

— Vous avez la situation bien en main, mec. Qui sait ? Peut-être que je me joindrai de nouveau à vous un de ces quatre. Mais pour l'instant…

Sur ce, ses contours s'effacèrent. Une perturbation secoua les champs quantiques ambiants, effet que le scanner d'Oscar était bien incapable d'analyser.

— Fait chier ! tonna Beckia. Où est-il passé ?

— Cela n'a pas d'importance, intervint Tomansio. Le Mutin, protégez les Rêveurs. Les autres, suivez-moi. Accueillons comme il se doit nos estimés visiteurs. On se déploie vers les points cardinaux et on les éloigne de la maison.

Oscar traversa le mur de la cuisine, sauta sur la terrasse et fonça quinze bons mètres au-dessus de l'herbe foncée. Il atterrit sur la pelouse en contre-haut du lac. Tomansio était à sa droite et se dirigeait vers le bosquet qui bordait le jardin. Beckia était à sa gauche, où le terrain s'élevait avant de devenir rocailleux. Oscar était satisfait de constater qu'il avait bel et bien sa place dans cette équipe ; il avait pris position sans même y penser.

Il n'avait encore jamais vu de Chikoya, et encore moins six à la fois. Ce fut un choc, mais il n'avait pas le temps de s'étonner. Sans attendre, il se lança dans une analyse tactique de leurs armures, de leur armement et de leur manœuvrabilité. Une portion traîtresse de son esprit se demanda comment Dushiku et Jesaral réagiraient s'ils étaient chargés par une créature de cette taille dotée d'une armure de combat hérissée de canons en tous genres. Son système de visée emplissait son exovision, tandis que ses programmes secondaires coordonnaient l'emploi de ses implants offensifs. Des logiciels subversifs attaquèrent les circuits des armures chikoyas afin de brouiller et déstabiliser leurs capteurs. Faisceaux d'énergie et impulsions disruptives zébraient l'atmosphère. Deux Chikoyas furent projetés en arrière. Leurs armures fumaient et des flots de sang violet jaillissaient de leurs blessures béantes. Sans cesser de tirer, les autres cherchèrent à se mettre à couvert.

Des masers frappèrent le champ de force d'Oscar, qui les repoussa sans difficulté. Soudain, ses amas macrocellulaires l'informèrent qu'il était la cible d'un scanner de visée. Il bondit une fraction de seconde avant qu'un laser à électrons soulève le sol sous ses pieds. Il fit un saut périlleux et choisit d'atterrir à gauche de sa position initiale. Il s'accroupit aussitôt et envoya une puissante impulsion disruptive au Chikoya qui portait l'énorme fusil laser.

Autour de lui, les Chevaliers Gardiens sautaient d'une cachette à l'autre à une vitesse phénoménale, fruit des accélérants qui irriguaient leurs muscles et de leurs implants biononiques. Un barrage de feu força les Chikoyas à se replier et à s'éloigner de la maison.

Oscar courut sur l'herbe carbonisée, tandis qu'un ennemi essayait de le toucher avec une espèce de rayon à neutrons qui creusait le sol et la roche dans son sillage, projetant des flammes et de la lave en tous sens. Oscar envoya une volée de micromissiles vers l'origine des tirs. Quelque chose explosa. L'onde de choc le secoua. C'en était terminé du canon à neutrons.

— Quelqu'un a une idée de ce qu'ils nous veulent ? demanda Beckia en roulant derrière un tas de rochers.

Elle jeta une poignée de mines intelligentes, qui décrivirent une trajectoire elliptique vers des Chikoyas à couvert, en contre-haut.

— Le Rêveur, répondit Aaron.

— Pourquoi ? voulut savoir Oscar.

Deux Chikoyas lui fonçaient dessus et le visaient avec des masers et des lance-grenades ; les projectiles ultrapuissants explosèrent autour et au-dessus de lui comme il se jetait dans un étroit canal de drainage qui conduisait au lac. Alors il se redressa et visa avec son laser à électrons le boîtier de munitions situé sur le bas-ventre d'un ennemi. L'explosion déchiqueta l'extraterrestre. Une pluie de morceaux de chair fumants et de débris d'armure tomba sur l'herbe noircie.

— On n'a jamais trop eu le temps de leur demander, expliqua Aaron.

Un affichage tactique montra à Oscar comment les Chevaliers Gardiens repoussaient inexorablement les Chikoyas, dont le cercle approximatif s'élargissait sans cesse ; toutefois, il en restait quelques-uns de l'autre côté de la maison. Cheriton s'efforçait de les déloger de leurs cachettes sur le coteau arboré.

— Liatris, où êtes-vous ?

— J'arrive dans deux minutes.

Les Chikoyas commençaient à se regrouper sur la rive devant Oscar. Plusieurs d'entre eux étaient étendus dans les bas-fonds. Oscar commença à désigner des cibles pour ses munitions à tête chercheuse. Soudain, son scanner lui montra Myraian en train de danser sur le tapis de gazon calciné et de se diriger vers eux. Il risqua un coup d'œil hors du canal. Myraian sautait et tournoyait comme si elle exécutait un ballet complexe. Son chemisier transparent avec ses manches évasées volait autour d'elle comme elle agitait les bras, décrivant des boucles serpentines dans les airs. Les lasers de visée des Chikoyas convergèrent sur elle.

— Putain, qu'est-ce que… ? grogna Oscar. (Son scanner ne détectait aucun champ de force.) Couchez-vous ! hurla-t-il.

Cette pauvre folle devait être droguée. Elle semblait totalement inconsciente des dangers qu'elle courait.

Myraian chantait tout en dansant. De sa gorge jaillissaient des gargouillements rythmés qui ressemblaient à la langue des Silfens. Autour de ses pieds, le sol ondulait, tandis qu'une tempête de missiles cinétiques soulevait des nuages de cailloux et de terre. Rien ne la toucha. Aucun des projectiles des Chikoyas ne l'atteignit, si bien que les créatures en armure commencèrent à se replier en la voyant avancer sur eux. Ils cessèrent le feu. Myraian mit un terme à sa danse folle juste devant les extraterrestres massifs. Elle gloussa, écarta les bras et s'inclina avec grâce. À travers ses vêtements ajourés, sa peau émettait une lueur orangée exotique. Le Chikoya, devant elle, ne bougea pas ; seuls les capteurs de son armure suivaient le moindre mouvement de la jeune femme. Myraian se hissa sur la pointe des pieds ; elle semblait si petite et fragile à côté de la créature monstrueuse. Elle embrassa l'extraterrestre sur le bout du casque.

Le Chikoya s'écroula. Mort.

Myraian s'éloigna avec force pirouettes sous le feu nourri de l'ennemi. Une fois de plus, ils furent incapables de la toucher. Elle était presque invisible derrière les explosions des grenades et les rubans ionisés violet électrique.

Oscar se rendit compte qu'il avait besoin de reprendre son souffle.

— Donnons-lui un coup de main, lança Tomansio.

Une cascade de munitions intelligentes s'abattit sur les Chikoyas qui s'éparpillèrent et prirent la fuite, abandonnant leurs morts sur la rive. Myraian partit à leur poursuite en sautillant gaiement dans l'eau tel un lutin-commando, donnant des coups de pied dans l'écume. Ses baskets duveteuses étaient maculées de sang gris-bleu.

Oscar se précipita hors du canal et écarquilla les yeux, incrédule. Deux des Chikoyas poursuivis par Myraian se téléportèrent ailleurs.

— Nom de Dieu ! murmura-t-il.

Qu'est-elle donc ? Les définitions exactes n'avaient pour le moment pas beaucoup d'importance. Elle était de leur côté et c'était le principal, pensa-t-il, soulagé.

Cinq kilomètres au-dessus de sa tête apparut le *Remboursement d'Elvin*, qui fonçait sur eux dans une explosion de lumière violette. Plus haut encore, Oscar discernait à peine les contours noirs du trou créé par le vaisseau dans le dôme du compartiment. Des étançons métalliques tordus tombaient avec lenteur et en silence dans l'atmosphère torturée. De minces filets de brume dense se formèrent autour de la déchirure avant de disparaître, aspirés par le vide. La sphère cométaire lumineuse s'embrasa soudain, projetant autour d'elle huit pseudopodes de flammes aveuglantes qui se séparèrent et accélérèrent vers la maison assiégée. Ses systèmes biononiques perçurent le premier balayage des capteurs des robots de combat.

Les Chikoyas aussi, car trois d'entre eux se volatilisèrent dans la T-sphère.

— Saletés de monstres ! s'exclama Cheriton.

Sept extraterrestres dissimulés dans les hauteurs le prenaient pour cible avec leurs faisceaux d'énergie et leurs projectiles cinétiques, poussant son champ de force intégral dans ses derniers retranchements.

— Nouvelle priorité ! annonça Tomansio. Donnez un coup de main à Cheriton.

Une épaisse lance incandescente jaillit du ciel tumultueux et vint frapper le coteau derrière la maison. Des morceaux de Chikoyas furent projetés dans tous les sens. Des flammes agressives tourbillonnèrent au-dessus des arbres et des buissons qui tapissaient la pente. Cheriton était toujours la cible de quatre Chikoyas.

Le scanner d'Oscar lui révéla qu'une T-sphère se focalisait sur son camarade.

— Contrez-la ! hurla-t-il.

— Je ne peux pas, répondit Cheriton.

Oscar, Tomansio et Beckia lancèrent immédiatement une volée de missiles au-dessus du toit de la maison. Sous un feu aussi nourri, Cheriton ne pouvait pas contre-programmer la T-sphère sans affaiblir son champ de force intégral. Les robots de combat tirèrent de nouveau, tuant d'autres Chikoyas. L'intensité des faisceaux d'énergie était telle qu'un violent incendie se déclencha qui enveloppa aussitôt la forêt, consumant des arbres entiers en quelques secondes. Une épaisse fumée noire emplit le ciel, empêchant toute observation directe ; toutefois, les fonctions d'Oscar lui permettaient toujours d'y voir clair. Dans son exovision, il assista à la téléportation de Cheriton.

— Putain ! Liatris, où l'ont-ils embarqué ? demanda-t-il. Où se situe le centre de la T-sphère.

Les robots de combat étaient à peine à cinq cents mètres du sol. Ils tiraient en continu, ajoutant à la conflagration qui dévorait la moitié de la maison. Les Chikoyas restants disparaissaient de la zone de combat aussi vite qu'ils pouvaient.

— Dans le compartiment Farloy, à mille deux cents kilomètres d'ici. Il s'agit d'une des principales zones de peuplement chikoya.

— Tu captes un signal quelconque émis par Cheriton ? demanda Tomansio.

— Négatif. Dois-je me rendre sur place pour effectuer un scan poussé ?

— Non.

Oscar se tourna vers le mur de feu qui rongeait le coteau et avançait rapidement vers la maison. Son imagerie thermique lui montra que la température de cette dernière augmentait de façon alarmante. La T-sphère disparut complètement. Force lui était d'admettre, et ce n'était pas facile, que Tomansio avait raison.

— Posez-vous près de la maison, ordonna-t-il à Liatris. Il faut mettre les Rêveurs à l'abri avant qu'une armée de Chikoyas se téléporte devant nous. Aaron, faites-les sortir, je vous prie.

— OK.

Oscar pivota sur ses talons et scanna rapidement la rive. Neuf extraterrestres gisaient sur le gazon noirci, deux autres dans l'eau. Ses systèmes biononiques ne parvinrent pas à retrouver la trace de Myraian. Sidéré, il secoua la tête en repensant à cette femme hors du commun. D'une certaine façon, il était rassuré qu'elle ne soit plus là ; ainsi, il n'aurait pas besoin de la surveiller du coin de l'œil.

Le *Remboursement d'Elvin* apparut avec un bruit sourd, accompagné par une onde de choc qui souffla les fenêtres de la maison qui étaient encore intactes et souleva quelques tuiles. Il flottait cinq mètres au-dessus du jardin ruiné. Oscar et les Chevaliers Gardiens accoururent pour couvrir les Rêveurs, Aaron, Troblum et Corrie-Lyn qui se précipitèrent sous le vaisseau. Inigo monta en premier dans le sas. Puis ce fut le tour de Corrie-Lyn.

Deux chambres médicalisées posées sur des chariots flottants sortirent de la maison. Les flammes s'étaient propagées au toit, dont elles léchaient les poutres. Les fenêtres du premier étage crachaient de la fumée.

— Que fait-on ? demanda Oscar à Tomansio comme ils se repliaient vers le vaisseau. Allons-nous le chercher ?

— Non. Cheriton est un vrai Chevalier Gardien ; il n'attend pas que nous venions le sauver. Cela mettrait notre mission en péril.

— Merde. Que vont-ils lui faire ?

— Si j'étais un Chikoya, j'aurais plutôt peur de lui. Nos systèmes biononiques sont beaucoup plus dangereux que leur technologie.

On chargea soigneusement les chambres médicalisées à bord. Ne restaient plus qu'Oscar, Tomansio et Beckia. Le champ de force du vaisseau les enveloppa.

— Ils l'ont pris délibérément, insista Oscar, qui ne parvenait pas à se détendre malgré les boucliers qui le protégeaient. Je suis sûr qu'ils savaient qu'il n'était pas le Rêveur.

— Peut-être l'ont-ils pris pour moi, intervint Aaron. J'ai eu une petite altercation avec les Chikoyas avant votre arrivée.

— Cela n'a pas d'importance, répondit Tomansio en faisant signe à Oscar de prendre position sous le sas ouvert. Nous avons un travail à terminer.

— Je ne suis pas d'accord, protesta Oscar en s'élevant vers l'ouverture. (Il savait que quelque chose lui échappait, et il n'aimait pas cela.) Je suis certain qu'il peut émettre des signaux vers l'extérieur. Liatris, y a-t-il eu des échanges de coups de feu à Farloy ?

— Non. Rien pour le moment.

Oscar émergea dans la cabine, où il découvrit les Rêveurs, ainsi qu'une Corrie-Lyn toute tremblante et inquiète. Le casque de Troblum touchait presque le plafond. Son armure, dont il n'était toujours pas sorti, était redevenue gris terne.

Beckia apparut à son tour, bientôt suivie de Tomansio. Bien que les meubles aient été escamotés, la cabine était tout juste assez grande pour accueillir tout ce monde.

— On décolle et on se tire, ordonna Tomansio. Allez, Oscar, il est temps.

Oscar préféra ne rien dire et demanda au cerveau de l'appareil de sortir du dôme par le trou ouvert un peu plus tôt par Liatris.

— On pourrait survoler la zone une fois, proposa-t-il.

— Depuis le temps, ils l'ont peut-être téléporté dans un autre compartiment, rétorqua Beckia avec tristesse. Ou même dans un vaisseau. Peut-être est-il déjà dans l'hyperespace.

— Non, insista Oscar en passant en revue ses capteurs, tandis que le vaisseau traversait une minitempête et sortait dans l'espace. Aucun objet n'a basculé dans l'hyperespace ces dix dernières minutes.

— Oscar, laissez tomber, reprit Tomansio. Cheriton n'est plus. J'espère qu'il est parti en descendant un maximum de ces Chikoyas. Quand nous serons de retour sur Far Away, vous pourrez assister à la cérémonie de son renouveau. Nous lui cultiverons un nouveau corps dans lequel nous chargerons l'enregistrement de sa mémoire. Et il passera la soirée à se moquer de vous et à vous reprocher de vous être inquiété pour lui.

Oscar avait envie de frapper quelque chose.

— D'accord.

Je sais qu'il y a un truc louche là-dessous. Il se concentra sur les capteurs du vaisseau. *La Rédemption de Mellanie* avait quitté sa plate-forme en même temps que le *Remboursement d'Elvin*. Elle attendait à cinq mille kilomètres de la face sombre de la Pointe. Il ordonna au vaisseau de la rejoindre.

— Troblum, nous sommes en sécurité, maintenant.

— Bien, répondit le personnage en armure.

— Vous pouvez retirer votre casque.

Il y eut une longue pause pendant laquelle Troblum n'esquissa pas le moindre geste. Alors, trois lignes horizontales apparurent sur le morphométal et trois segments se déroulèrent de part et d'autre de sa tête.

Oscar s'efforça de ne pas réagir. L'homme avait le visage gras et lourd, la peau d'une pâleur malsaine dégoulinante de sueur. Ses joues et son menton étaient couverts d'une barbe irrégulière.

— Salut, bredouilla-t-il, timide, sans oser croiser le regard de quiconque.

— Merci de nous avoir proposé votre aide, dit Inigo. C'est très gentil à vous.

Troblum hocha vaguement la tête mais ne dit rien.

Oscar n'avait pas du tout envie de dépendre de ce type, apparemment incapable d'empathie. De la demi-douzaine de phrases que Troblum avait prononcée depuis son arrivée, Oscar avait tiré une conclusion simple : il ne l'aimait pas. Cependant, il n'y pouvait plus grand-chose. *Je me suis engagé. Une fois de plus. Avec un peu de chance, je ne mourrai pas cette fois-ci.*

— Comment les Chikoyas vous ont-ils trouvé ? demanda Liatris à Inigo.

— J'imagine que beaucoup de gens à Octoron savent où habite Ozzie, répondit Aaron. Je suis étonné qu'ils n'aient pas débarqué plus tôt.

— Je suis contente que vous soyez arrivés avant eux, dit Corrie-Lyn toute tremblante, prostrée dans un fauteuil sorti de la paroi. Nous n'aurions eu aucune chance.

— N'en soyez pas si sûre, la contra Beckia. Cette Myraian avait l'air suréquipée. En tout cas, les Chikoyas ne lui arrivaient pas à la cheville.

— Est-elle une Silfen ? demanda Tomansio.

— Non, intervint Araminta 2. Je l'aurais su. Elle était humaine.

— « Était », effectivement, reprit Oscar. Elle n'est pas post-physique, mais elle est plus évoluée que la branche Haute.

— À propos de post-physiques et assimilés, que pensez-vous d'Ozzie ? demanda d'Aaron.

— La Dame seule sait ce qu'il est devenu, répondit Inigo. J'ai des siècles de retard en matière de sciences physiques, mais ce qu'il a fait était manifestement très avancé.

— Il a transmuté son état quantique, expliqua Troblum. J'ignore comment, mais il est sorti de l'espace-temps.

— Un système supraluminique individuel ? proposa Corrie-Lyn, stupéfaite.

— Probablement pas. Il faut pouvoir manipuler la phase-temps pour cela.

— Est-il post-physique ? demanda Oscar.

— Au sens classique du terme, je pense que non, dit Inigo, mais je ne dispose d'aucune preuve empirique. Normalement, les post-physiques ne traînent pas dans le monde normal après leur élévation. Ozzie avait pour projet d'aider l'espèce humaine de diverses manières. Je le sais, nous en avons discuté longuement.

— C'est le moins que l'on puisse dire, murmura Aaron.

Le *Remboursement d'Elvin* se positionna à côté de *La Rédemption de Mellanie.* Les deux navires manœuvrèrent pendant quelques secondes avant que leurs sas se touchent et se scellent. Troblum passa le premier, et ce à une vitesse étonnante. Les autres se laissèrent bousculer sans rien dire. Oscar savait que le personnage énigmatique les rendait un peu perplexes.

Il suivit Troblum à travers les sas et émergea dans une cabine comparable en taille à celle qu'il venait de quitter. Une fille très séduisante et vêtue d'habits antiques attendait là. Les mains posées sur le torse du gros physicien, inquiète, elle lui demandait s'il allait bien. Oscar fronça les sourcils. Il ne leur avait pas parlé de sa compagne. Et puis, avec la meilleure volonté de l'univers, il n'arrivait pas à imaginer une fille comme celle-là avec quelqu'un comme Troblum. Peut-être s'agissait-il de sa fille ? Sauf que sa fiche ne faisait mention d'aucune famille.

Les autres arrivèrent bientôt et eurent la même réaction étonnée que lui en découvrant la jeune femme. Chacun retint précipitamment ses émissions de particules de Gaïa.

— Je vous présente Catriona, bredouilla Troblum.

— Salut, dit-elle avec un sourire timide.

Oscar vit Tomansio jeter un regard vers un dispositif électronique sur une table. Il lui était vaguement familier.

Ses programmes secondaires procédèrent à une recherche comparative dans ses lacunes de stockage.

— Oh, lâcha-t-il doucement.

Il bascula en vision infrarouge et eut la confirmation de ses résultats. Catriona était une projection en trois dimensions.

Une chambre médicalisée arriva sur un chariot, et tout le monde s'écarta pour lui faire de la place. Puis il y en eut une deuxième, et Oscar se dit que certains d'entre eux devraient être plongés en suspension avant même d'atteindre le Vide. *Et puisque je ne sers plus à grand-chose...*

Troblum ouvrit une petite écoutille dans le couloir.

— Nous pouvons installer quelques chambres ici, dit-il.

— C'est toute la place dont nous disposons ? demanda Inigo, dubitatif.

— Une fois le réacteur supraluminique planétaire en service, nous pourrons utiliser la soute avant. En attendant, il faudra se serrer un peu.

D'autres chambres médicalisées arrivèrent, dont deux furent laissées dans l'étroit couloir. À la demande de Troblum, des étagères sortirent de la paroi de la cabine. Il y avait assez de hauteur pour empiler trois gros sarcophages noirs. Après cela, il restait juste assez de place pour que les passagers se tiennent debout. Un peu trop près les uns des autres.

— Je reviendrai plus tard, annonça Catriona avant de s'évanouir.

Troblum fit comme si de rien n'était. Son armure s'ouvrit, et il la fourra dans un grand coffre cylindrique qui disparut dans le plancher. Oscar avait rarement vu toge aussi miteuse.

— Il y a des couchettes quelque part ? demanda Beckia.

— Trois, répondit Troblum.

— Une pour moi !

Corrie-Lyn en réserva une autre. Bizarrement, personne ne voulut s'approprier la couchette personnelle de Troblum.

C'était toujours très serré dans la cabine lorsque la dernière chambre fut installée, que le sas se rétracta et se referma.

L'ombre virtuelle d'Oscar envoya une série d'instructions à son vaisseau, qui devait rentrer à la maison, sur Orakum. Dans le cas où les choses tourneraient mal, Jesaral, Dushiku et Anja auraient la possibilité de fuir dans une autre galaxie. Il pourrait partir pour le Vide la conscience tranquille.

— Alors, commença Tomansio, comment votre dispositif fonctionne-t-il ?

— Nous avons besoin d'un système solaire inhabité, expliqua Troblum. Sans compter que les radiations d'une nova risquent de stériliser les systèmes environnants. Non, il nous faut une étoile sans aucune planète habitée à moins de quinze années-lumière. Je vois trois candidates dans un rayon de cinquante années-lumière, soit à moins d'une heure de vol.

— Prenons la plus proche, dit Inigo.

— C'est aussi la plus éloignée du Vide.

— Oh. D'accord, alors à quelle distance…

Il s'interrompit au milieu de sa phrase.

Oscar capta soudain une émission personnelle sur le champ de Gaïa, dont le contenu émotionnel seul lui permit d'identifier Cheriton. Une sensation d'urgence et de panique accéléra les battements de son cœur. L'émission se renforça jusqu'à devenir un don directionnel.

— Salut, dit timidement Cheriton en esprit.

Son besoin d'être rassuré était terrifiant.

Inigo et Araminta 2 échangèrent un regard lourd de sens.

— Nous sommes ici, répondirent-ils de concert.

— Non ! gronda Aaron, exaspéré, en faisant les gros yeux aux Rêveurs et en brandissant les poings.

Le don ne comprenait ni sensation olfactive, ni son, ni vision, juste les pensées confuses et étriquées de Cheriton. Il était seul et incapable de sentir la moindre partie de son corps. Seul son entraînement et son excellent self-control l'empêchaient de succomber à la panique.

— Ah ! fit un autre esprit avec une sérénité déstabilisante. Je n'avais pas pensé à la possibilité d'une connexion sur le champ de Gaïa. Je vois que vous êtes doté d'un nombre inhabituel de particules de Gaïa et que leur structure présente quelques modifications intéressantes.

Oscar se dit que cet esprit n'appartenait peut-être même pas à un être humain. Il n'y décela aucune trace d'émotion.

— Passez en vitesse supraluminique, ordonna Tomansio à Troblum.

Le gros personnage semblait terrorisé. Il tremblait. Catriona se matérialisa dans la cabine et le serra dans ses bras.

Soudain, Cheriton ouvrit les yeux sur un plafond anthracite. Une tête floue apparut au-dessus de lui. L'image se fit de plus en plus nette, révélant une forme ovale de couleur pâle. Une femme aux cheveux bruns coupés court et au sourire bienveillant.

— Putain ! lâcha Oscar.

— Salut, les garçons et les filles ! lança la Chatte. Je vous sens très bien de là où je suis. Vous vous souciez énormément du sort de votre camarade ; comme c'est touchant.

— Je n'arrive pas à bouger, annonça Cheriton.

Son self-control montrait des signes de faiblesse. De brèves bouffées de peur interrompaient régulièrement la communication, comme s'il était soumis à des chocs électriques.

— J'en suis désolée, répondit la Chatte.

Elle leva lentement une main rouge de sang. Des gouttelettes dégoulinaient de chacun de ses doigts.

— Je ne pouvais tout de même pas prendre le risque de vous voir prendre la fuite, n'est-ce pas ?

— Cheriton, intervint Tomansio avec calme. Tu dois provoquer une surcharge de ton système biononique. Je suis navré. Nous organiserons la cérémonie de ton renouveau dès que nous serons à la maison. Je te le jure.

— Je ne peux pas ! Je ne peux pas ! geignit Cheriton, impuissant.

— Nous possédons un enregistrement sécurisé de ta mémoire. Tu ne perdras rien.

— Je ne peux pas…

La porte d'une cabine couchette s'ouvrit. Corrie-Lyn se précipita dans l'habitacle principal et s'accrocha au cou d'Inigo en essayant de ne pas pleurer.

— Cheriton, insista Tomansio avec dureté, il le faut, autrement, elle s'infiltrera et la mission sera compromise.

— Aidez-moi.

— Mes enfants, susurra la Chatte, dont le sourire et la présence glaciale emplissaient le vaisseau. (Elle prit une mine triste et compatissante.) Le pauvre garçon dit la vérité. Il ne peut pas se suicider. C'est une faiblesse, et vous savez ce que je pense des faiblesses… Alors je vais l'aider. J'ai pris une grosse paire de ciseaux et je me suis attaquée aux connexions de son système biononique. (Elle considéra ses mains luisantes de sang comme si elle était fascinée par leur couleur.) Je crois bien avoir coupé accidentellement quelques nerfs. Enfin, quand je dis coupé… Disons plutôt piraté. Le bon côté des choses, c'est que plus rien ne lui fera mal. Je suis gentille, hein ?

— Putain malfaisante ! cracha Tomansio. Quand la mission sera terminée, je vous retrouverai.

La Chatte éclata de rire.

— Vous pouvez toujours essayer. Mais dites-moi, quelle est cette petite sauterie ? Vous avez l'air de beaucoup vous amuser. Je peux venir aussi ?

— Basculez en vol supraluminique, ordonna sèchement Aaron. Il faut prendre un peu d'avance, car elle connaîtra bientôt notre destination.

— Oui, acquiesça la Chatte. Laissez-le. Avec moi. Tout seul. Nous allons prendre un peu de bon temps tous les deux.

— Partez, dit Cheriton. De toute façon, ce sera bientôt terminé. Je ne survivrai pas à ce qu'elle m'a fait subir.

— *Que nenni*, mon beau. Je dispose d'une capsule médicalisée, et je n'ai pas peur de m'en servir. Vous et moi allons passer une *éternité* ensemble. Il se peut même que je vous choisisse pour remplacer Aaron. Petit veinard !

— Jamais.

— Comme il est mignon. Il se croit fort.

La vision partagée par Cheriton fut soudain remplacée par une image très nette issue de sa mémoire. Il avait sept ans et était attablé avec ses parents et ses deux sœurs. C'était une période agréable de sa vie. Sa mère et son père s'intéressaient à eux, répondaient à leurs questions. Oui, une période délicieuse et heureuse.

Alors son père se leva.

— Viens par ici, dit-il à Cheriton.

Comme le petit garçon se levait, l'homme activa plusieurs implants offensifs.

— Non ! supplia frénétiquement Cheriton. Non, non, c'est à moi, c'est ma vie !

— Une vie bien ennuyeuse, mon cher. Une vie qui vous a rendu faible, et je n'ai pas besoin de faiblesse. Je vais vous la rendre un peu plus intéressante. Et sale.

— Arrêtez, menaça Aaron.

— Sinon ? demanda la Chatte alors que le jeune Cheriton sanglotait, désespéré.

Le vacarme des armes à feu était assourdissant et couvrait les cris de ses sœurs. La puanteur donna envie de vomir à Oscar.

— Maintenant qu'elles n'existent plus, effaçons-les du reste de votre vie, proposa la tortionnaire. Et pendant que j'y suis, je pourrais les remplacer par autre chose, mais quoi ? Quelque chose d'appétissant. Quelque chose qui vous donnera envie de m'aimer.

— Elles vivent ! affirma Tomansio avec conviction. Écoute-moi, Cheriton. Entends la vérité. Elles ne sont pas mortes de cette manière.

La vision céda la place à un tourbillon de sons, d'images et de sensations. Les éclairs de la vie familiale de Cheriton défilèrent devant leurs yeux avant de sombrer dans le néant.

— Rendez-les-moi, suppliait Cheriton.

— Troblum, lança Tomansio. Sortez-nous d'ici.

Le physicien serra Catriona un peu plus fort.

— C'est moi qu'elle veut. Elle n'abandonnera jamais. Jamais ! Elle est ainsi faite. Je la connais. Je l'ai beaucoup étudiée. Demandez-lui, ajouta-t-il en désignant Aaron du doigt.

— Je ne sais pas, hésita celui-ci. Elle m'a fait subir les mêmes tortures.

— Que je vous rende qui ? demanda la Chatte d'un ton léger et inquiet. Qui, mon beau ?

— Quoi ? lâcha Cheriton, complètement perdu.

— Troblum, il existe un endroit où la Chatte ne pourra pas vous retrouver, expliqua Oscar, préoccupé par l'état émotionnel du gros homme, manifestement incapable de pensée logique. Emmenez-nous là-bas !

— Oh ! regardez ! s'enthousiasma la Chatte.

Un autre souvenir fut arraché au cerveau de Cheriton. Cette fois-ci, Oscar se retrouva en train de pique-niquer au bord d'un ruisseau. Cheriton était le père. Étaient également présents sa femme et son fils.

Cheriton était troublé. Il s'agissait d'un moment très heureux, mais il sentait instinctivement que quelque chose n'était pas normal.

— Arrêtez, dit Tomansio. Vous pouvez facilement extraire les informations qui vous intéressent.

— Oui, mais je préfère m'amuser un peu avant, rétorqua la Chatte. Je veux que mon Cheriton m'aime moi et moi seule.

— Non !

— Troblum ! répéta Aaron avec une insistance menaçante. Sortez-nous de là.

— S'il vous plaît, murmura Araminta 2.

Ses émissions émotionnelles atteignaient des sommets inquiétants, tandis qu'elle réagissait à la dégradation terrible de Cheriton. La détresse de la Rêveuse donna les larmes aux yeux à Oscar.

— Tel père, tel fils, se moqua la Chatte.

Cheriton baissa les yeux et constata qu'il tenait un fusil à pompe.

— Non ! hurla-t-il. Non non non ! Arrêtez-la, par Ozzie ! Ne la laissez pas faire ça !

— Nous ne pouvons pas l'abandonner, sanglota Corrie-Lyn. Pas à elle. Personne ne peut résister à cela tout seul. C'est inhumain.

Un laser de visée couleur rubis transperça le poignet d'Aaron, et dansa sur la projection tridimensionnelle.

— Maintenant ! aboya-t-il.

— Troblum ! pleurnicha Catriona.

Cheriton défit le cran de sécurité de son arme. Le vilain bruit métallique se réverbéra dans toute la cabine.

— Rien de tout cela n'est vrai, promit solennellement Inigo. Rien, Cheriton. Ne l'oubliez pas.

— Doux Jésus, geignit Oscar.

— Tout de suite, fils de pute ! hurla Aaron.

La Rédemption de Mellanie disparut dans l'hyperespace.

Justine : année quarante-cinq

Justine se redressa et s'assit. Pour une fois, elle faisait vraiment son âge. Rester en suspension pendant des périodes aussi longues était une torture. Le moindre petit muscle de son corps était endolori. Elle avait l'impression d'entendre ses articulations grincer comme elle bougeait. Elle était à la fois affamée et nauséeuse.

Ses programmes secondaires lui confirmèrent qu'il s'était écoulé quinze ans depuis la dernière fois qu'elle était sortie de suspension pour inspecter brièvement le *Silverbird*. Des graphiques apparus dans son exovision et ses programmes secondaires l'aidèrent à faire le point sur l'état du vaisseau. La plupart des systèmes embarqués fonctionnaient d'une manière acceptable, même si leur dégradation, au cours des quarante années passées, était notable.

Son ombre virtuelle demanda à l'unité culinaire de lui préparer une boisson protéinée à la banane. Elle saisit le verre en plastique avec sa troisième main et lui fit traverser tout l'habitacle. Quelques minutes après qu'elle eut terminé le liquide épais, elle commença à se sentir mieux. Elle avait encore mal partout, mais avec l'aide de ses systèmes biononiques, elle parvint à descendre de sa capsule. D'une démarche chancelante, elle se rendit dans le cabinet de toilette et fit sortir une douche de la paroi. Non pas une douche à spores, mais une bonne vieille douche traditionnelle, avec un jet d'eau chaude qui vous martelait la peau. La chaleur s'immisça dans sa chair, chassa la raideur toxique induite par la suspension. Puis elle se frotta avec du gel, goûta la délicieuse sensation de propreté, comme si la léthargie était soluble dans l'eau. Sa peau la picotait agréablement. Alors seulement, elle se rendit compte qu'elle venait de transmettre cette scène hautement érotique à une grande partie de l'espèce humaine. *Via papa!*

— Merde!

Une petite giclée d'eau froide ôta tout caractère sexuel au spectacle qu'elle offrait. Elle sortit de la cabine et attrapa une épaisse serviette. Elle aurait besoin d'un peu de temps pour s'habituer à cette histoire de partage permanent des sensations. Elle n'était pas spécialement pudique, mais tout de même, *toutes* ses sensations...

Une fois séchée et vêtue d'un chemisier et d'un pantalon semi-organique décents, elle s'installa dans son fauteuil préféré pour jeter un coup d'œil aux images prises par les capteurs externes. Ils volaient toujours à quatre-vingt-dix pour cent de la vitesse de la lumière et traversaient un système solaire. À deux heures-lumière de voyage se trouvait le point blanc-bleu peu naturel d'un monde habitable. Elle sourit lorsque les capteurs repérèrent la planète déserte Nikran, à seulement trente millions de kilomètres, tandis que le Bracelet de Gicon, de l'autre côté de l'étoile, apparaissait sous la forme d'un amas de points scintillants. Il n'y avait plus aucun doute: le Seigneur du Ciel la conduisait tout droit vers Querencia.

Les nébuleuses qu'elle avait appris à reconnaître dans les nombreux rêves d'Inigo étaient visibles sur le champ d'étoiles. La mer d'Odin bleue et verte si spectaculaire, surmontée de ses récifs écarlates; les méandres de Buluku, la rivière de poussière stellaire violette zébrée d'impossibles éclairs longs d'une année-lumière; et bien sûr l'Honoious, dans sa gloire sévère, avec ses boucles de lumière entremêlées rouges et topaze.

Maintenant qu'elle était presque arrivée, Justine ressentit une étonnante sensation de déjà-vu. C'était un peu comme apprendre que les fables de son enfance étaient des histoires vraies ou voir des monstres bigarrés sortir des pages de ses livres. Ce n'était pas du tout effrayant, mais plutôt excitant. Elle se sentait pionnière. *Ou plutôt archéologue.*

Elle s'adressa au Seigneur du Ciel en esprit.

— Je vous remercie de m'avoir conduite jusqu'à ce monde. À partir d'ici, mon navire est capable de me mener à bon port.

— Je peux vous emmener plus près, rétorqua-t-il, magnanime.

— Je préférerais que mon vaisseau se pose sans votre concours. Je suis enfin arrivée et je vous en remercie infiniment.

— Comme il vous plaira.

Justine se prépara mentalement pour la dernière étape de son périple. Ou du moins elle essaya. Une fois de plus, le *Silverbird* fut secoué par des forces d'accélération étranges, tandis que le Seigneur du Ciel manipulait le temps. Ils ralentirent brutalement, et le soleil recouvra sa couleur jaune normale. Derrière le vaisseau, des étoiles à l'éclat décalé vers le rouge se mirent à briller plus intensément. Les nuages et calottes glacières de Querencia s'assombrirent comme les océans prenaient une teinte saphir foncé. Des couleurs iridescentes tourbillonnèrent autour du fuselage ; le Seigneur du Ciel battait de ses ailes faites de vide et s'éloignait très rapidement.

— Les miens ne sauraient tarder à arriver, lui envoya Justine. Tenez-vous prêt.

Le Seigneur du Ciel acquiesça avec sérénité avant de disparaître.

Elle n'était plus qu'à cent cinquante mille kilomètres de la planète et s'en rapprochait à grande vitesse. Justine se concentra et demanda au cerveau du vaisseau de calculer son vecteur d'approche de façon que, lorsqu'elle serait à mille kilomètres de la surface, l'inclinaison de son orbite par rapport à l'équateur de la planète soit de vingt degrés. Elle croyait se rappeler que Makkathran se trouvait en bordure de la zone tempérée. Son orbite devrait lui permettre de la repérer visuellement. Car elle n'imaginait pas que la cité ait disparu. Makkathran était pour elle une constante, un refuge pour quiconque aurait la malchance d'échouer dans le Vide. La ville était déjà là bien avant l'arrivée des hommes, et Justine était persuadée qu'elle serait toujours là.

Dès que le *Silverbird* eut entamé sa décélération de quinze G, elle réactiva son nid de confluence. Cette fois-ci, elle ne transmit pas un souvenir, mais une conviction, presque une obsession, l'idée que tout fonctionnerait à bord de son navire. *Et même si c'est juste un espoir pathétique, cela peut suffire à maintenir les systèmes en état de marche jusqu'à mon atterrissage.*

En gardant cela à l'esprit, elle commença à réfléchir aux objets dont elle aurait certainement besoin une fois sur place. Elle mit le réplicateur à contribution et produisit une variété de vêtements pour toutes les saisons, puis de la nourriture : des conserves de fruits, de la viande fumée, séchée, du pain précuit sous vide, des sachets de plats stérilisés qui résisteraient très longtemps à la moisissure et à la putréfaction, des jus et des bouteilles de vin. Pour cuisiner tout cela, elle fit fabriquer au réplicateur un petit barbecue et des sacs de charbon de bois. Après cela, elle déterra des souvenirs de camping datant du lycée, époque à laquelle elle ne disposait que d'un équipement relativement limité : une boussole, des briquets, des casseroles, des assiettes, des tasses et des couverts. Du liquide nettoyant. Du savon. Du shampooing ! Quelques paires de bottes de qualité. Des couteaux de tailles diverses, notamment un de type suisse, très épais, dont elle avait retrouvé le modèle dans la mémoire du vaisseau. Si seulement elle avait su se servir de tous les gadgets qu'il abritait, elle aurait pu fabriquer un double du vaisseau lui-même. De la corde. Une tente à l'ancienne. La liste semblait infinie et était toujours en cours lorsque le *Silverbird* se positionna en orbite. Elle s'installa dans son fauteuil pour regarder des projections en haute résolution du monde qui défilaient en dessous.

Le cerveau avait profité de la phase d'approche pour commencer à cartographier superficiellement la planète ; les deux tiers des continents étaient déjà représentés. En dépit de cela, elle ne parvenait toujours pas à mettre en corrélation ce qu'elle voyait avec les paysages traversés par Edeard. De là où elle se trouvait, elle ne reconnaissait aucune des côtes qu'elle survolait. Cinq tours plus tard, elle commença à apercevoir des montagnes qui auraient pu être la chaîne d'Ulfsen, traversée par Edeard avec la caravane de Barkus en route pour Makkathran. *Et Salrana*, pensa-t-elle avec tristesse. Elle ne s'était jamais vraiment intéressée à leur histoire tragique et vouée à l'échec, mais à présent qu'elle contemplait les lieux de leur aventure, elle se sentait étrangement émue. *Satané corps de chair et de sang*, pesta-t-elle avant de se concentrer de nouveau sur les images.

Suivit le massif de Donsori. Puis la plaine d'Iguru, vaste étendue verte parsemée de cônes volcaniques bizarres. Alors apparut Makkathran, accrochée à la côte.

Elle examina avec attention le grand cercle urbain, s'émerveilla devant les contours familiers des quartiers délimités par les canaux sombres et sinueux. La lumière du soleil se réfléchissait sur la muraille de cristal, pareille à un mince cordon entourant la ville. Le quartier du port, en forme de queue de poisson, semblait se jeter dans la mer de Lyot scintillante.

Sous sa supervision, le cerveau de l'appareil procéda à une ultime vérification des systèmes. À l'exception de l'ultraréacteur, tous les équipements fonctionnaient à plus de quatre-vingt-cinq pour cent de leur puissance. Il y avait très peu de pannes.

— Descendons, ordonna Justine au cerveau.

Le navire entama sa dernière phase de décélération. Il ne lui restait plus qu'une décision à prendre, une décision qu'elle n'avait cessé de reporter depuis qu'elle était en orbite. *Dois-je prendre une arme avec moi ?* Elle savait sa troisième main capable de la protéger contre les animaux dangereux, mais qu'adviendrait-il si une meute de chiens ou de renards de feu lui fonçait dessus ? Il s'était écoulé tellement de temps que les chiens devaient être retournés à l'état sauvage. Et puis, il n'y avait pas que les animaux. Comment pouvait-elle savoir qui débarquerait à Makkathran dans les semaines, les années ou les décennies à venir ? Car elle ignorait combien de temps elle allait devoir attendre que le plan de Gore se mette en place.

Des schémas défilèrent dans son exovision. Elle en choisit un et le transmit au réplicateur. Deux minutes plus tard, la machine lui présenta un pistolet semi-automatique au mécanisme à toute épreuve. Suivirent cinq chargeurs de remplacement et cinq boîtes de cartouches. C'était largement assez, pensa-t-elle.

Le système ingrav avait grandement réduit la vélocité orbitale du *Silverbird*, qui descendit alors à la verticale. Le vaisseau atteignit l'atmosphère supérieure, dont les molécules peu denses crissèrent sur sa coque. Comme il s'enfonçait de plus en plus profondément dans l'atmosphère, le navire déroula dans son sillage une traîne d'ions chatoyants.

Des messages d'alerte ambrés apparurent dans l'exovision de Justine pour l'informer que les boucliers étaient proches de céder. Elle pria pour que les générateurs de champs de force et le nid de confluence tiennent le choc, pour qu'ils lui permettent d'arriver en bas saine et sauve. Les icones d'alerte clignotèrent et disparurent.

À quinze kilomètres d'altitude, les regrav prirent le relais et ralentirent encore sa descente. Elle commença à étudier la ville en détail. Les capteurs ne parvinrent pas à scanner ses profondeurs rocheuses, aussi Justine ne fut-elle pas en mesure de voir ce qui se cachait sous Makkathran. Elle distingua toutefois vaguement plusieurs tunnels qui dessinaient un éventail sous le champ de lave de la plaine d'Iguru.

Je ne sais toujours pas de quoi il s'agit, regretta-t-elle. Un dispositif de très haute technologie, un intrus dans cet univers donc, aurait pu manipuler la gravité pour propulser Edeard le long des tunnels. La ville l'avait d'ailleurs admis devant Celui-qui-marche-sur-l'eau lorsqu'elle lui avait parlé de la capacité qu'avait le Vide à effacer le temps écoulé. *La nuit où Salrana l'a trahi*, pensa-t-elle en regrettant d'être à ce point obsédée par cette idylle. *Allez, ma fille, des milliers d'années se sont écoulées depuis. Leurs corps ne sont plus que cendres et leurs âmes font la foire dans le Cœur.*

Encore une idée moyennement rassurante. *Si je meurs ici, mon âme errera à jamais dans l'espace ou sera absorbée par le Cœur. Par l'Honoious !*

Déplorant sa faiblesse, elle s'efforça de se concentrer sur la projection de la ville qui grossissait sous elle. Sa priorité était de trouver un site pour atterrir. Elle avait envie de voir tellement d'endroits. Elle prendrait d'ailleurs le temps de le faire, mais ils se situaient tous dans des zones urbaines. Elle distinguait clairement les bâtiments les plus gros, les dômes du palais du Verger, à Anémone, les tours bizarres et vrillées d'Eyrie autour de l'église de la Dame. Son regard fut attiré par Sampalok, où elle reconnut facilement le bâtiment hexagonal construit sur la place centrale par Edeard à partir des ruines du manoir de Bise.

— Putain, tout est *vrai*, alors, murmura-t-elle.

Sa peur et sa détermination, l'une, l'autre, ou les deux, l'aidèrent à se concentrer. Le ruban vert qui séparait la muraille du cercle extérieur de canaux et qui comportait les Douves hautes et basses, Tycho et Andromède était l'endroit idéal, même si la végétation y avait prospéré d'une manière folle. Elle voyait par exemple des bosquets qui n'existaient pas du temps d'Edeard. À en croire le radar et le scanner de masse, ce qu'elle avait pris pour de l'herbe était en réalité un enchevêtrement de buissons et de plantes grimpantes.

Le Parc doré, alors. La vieille étendue verte entourée de piliers blancs était devenue aussi sauvage que les prés qui ceignaient la cité, et les martoz qui formaient autrefois des allées bien nettes avaient colonisé de vastes espaces ; toutefois, le radar lui montra plusieurs zones à peu près planes.

Le *Silverbird* continua sa descente, vira légèrement pour se mettre dans l'axe de l'extrémité ouest du parc, entre le canal du Bosquet supérieur et le canal du Champ.

Deux icones d'alerte apparurent pour l'informer que le système regrav devait consommer un surcroît d'énergie pour stabiliser sa vitesse de descente. Comme si la gravité qui attirait le vaisseau vers le sol s'était renforcée.

Et si je demandais au Vide une gravité moins forte ?

D'autres icones s'allumèrent, signes que plusieurs systèmes connaissaient des difficultés. Elle sentit une vibration qui semblait monter en intensité et ordonna à son fauteuil de l'agripper fermement. Le meuble obtempéra avec lenteur.

— Eh, merde ! On y est ! grogna-t-elle.

Le vaisseau n'était plus qu'à un kilomètre de la ville quand il commença à accélérer. *Ce n'est pas la catastrophe. Enfin, pas encore.* Les trains d'atterrissage sortirent du fuselage. *On dirait que quelque chose a vraiment envie que je me pose.* Sa vitesse augmentait trop vite à son goût. Elle envoya une série d'instructions au cerveau, lui imposa une nouvelle procédure.

Plus que cinq cents mètres. Le *Silverbird* descendait à la verticale, le nez pointé vers le ciel, comme il se devait, mais serpentait d'une façon alarmante. Elle scanna une dernière fois l'endroit qu'elle avait choisi pour atterrir ; il était bien solide et stable.

Ses pensées se déversèrent dans le nid de confluence, demandant que tout redevienne *normal*. L'énergie des cuves virtuelles alimentait des unités regrav poussées dans leurs derniers retranchements. Elle dépassa le sommet des tours d'Eyrie et reconnut au loin, à Tosella, la Tour bleue, qui la dominait de toute sa taille.

Les cent derniers mètres furent parcourus sans encombre, et le vaisseau atteignit une vitesse relative égale à zéro à dix mètres de la végétation sauvage. Ensuite, il reprit sa descente à un demi-mètre par seconde jusqu'à ce que ses pieds touchent le sol. Des couches spongieuses de feuilles, de mousse et d'herbe furent comprimées, et le cerveau du vaisseau attendit de sentir le sol dur et ferme pour désactiver les unités regrav.

Comme s'ils étaient solidaires, de nombreux systèmes cédèrent de concert aux quatre coins du vaisseau, mais Justine n'en avait cure. Elle s'était posée beaucoup plus tranquillement et d'une manière moins traumatisante que sur l'avatar du mont Herculaneum.

— Houston, lança-t-elle dans la cabine vide. Ici la base du Parc doré. Le *Silverbird* s'est posé.

10

Araminta n'avait pas bougé du pont d'observation de *La Lumière de la Dame* depuis le début du pèlerinage. L'endroit était aussi vaste que la salle Malfit dans le palais du Verger, et deux fois plus haut de plafond. Au sol, il n'y avait rien d'autre qu'un lit et une chaise apportés là à sa demande. Araminta utilisait cette chaise aussi peu que possible, préférant rester debout pour regarder à travers l'énorme portion de fuselage transparent. Il n'y avait d'ailleurs rien à voir depuis que le vaisseau massif avait plongé dans l'hyperespace. Le paysage était vierge ; seules quelques cascades d'étincelles bleues traversaient occasionnellement le pseudo-tissu créé par leur ultraréacteur. Des imperfections dans les interstices du champ quantique, lui avait expliqué Taranse. En revanche, il ne lui avait pas dit ce qui causait ces imperfections ; il ne le savait sans doute pas. Elle les aimait bien, en tout cas, car les scintillements lui donnaient l'illusion de traverser une substance matérielle et marquaient la distance qu'ils parcouraient.

Pendant cinq jours, elle avait contemplé ce néant et avait partagé ce spectacle avec ses adeptes restés dans le Grand Commonwealth. Le sixième jour, Araminta se mit à pleurer. Ses épaules tressautaient et des larmes dégoulinaient sur ses joues. La tristesse qu'elle ressentait et émettait dans le champ de Gaïa était telle que la plupart des adeptes du Rêve vivant pleurèrent aussi. Ils étaient atterrés et profondément inquiets.

— Que se passe-t-il ? demandèrent à l'unisson les milliards de fidèles stupéfaits, car il n'y avait rien ni personne avec elle sur le pont d'observation. Nous vous aimons, Rêveuse. Nous pouvons vous aider. Nous le voulons.

Araminta ne leur répondit pas. Silencieuse, égarée mais résolue, elle se tenait devant les taches de lumière désintégrée. D'un geste de la main, elle ordonna aux membres de son personnel de sortir ; les pauvres venaient de se précipiter dans la salle au sol lisse pour lui venir en aide. Même le loyal Darraklan fut éconduit sans ménagement.

À la fin, comme elle s'y attendait, Ethan fit son apparition et s'avança seul vers elle. Ceux qui partageaient son désarroi sentirent son angoisse reculer comme elle se reprenait. Elle n'essaya pas d'essuyer ses joues maculées de larmes. Alors ses adeptes se tinrent sur une terre herbeuse et molle qui descendait vers une côte bordée de hautes dunes. Les rayons du soleil se reflétaient sur les vagues tranquilles et l'eau claire de l'océan. Un Silfen se dressait devant elle, majestueux et puissant, les ailes de cuir noir déployées, la queue dressée.

— Vous pouvez y arriver, assura-t-il.

— Je sais.

Autour de son cou, le pendentif émettait une lumière azurée joyeuse et affirmative. Ethan se tenait aussi devant elle sur le pont d'observation, les yeux plissés tant était intense la lumière du bijou suspendu à une mince chaîne sur sa robe blanche.

— Rêveuse.

— Ecclésiastique Ethan.

La haine absolue que les adeptes du Rêve vouaient à l'ancien Conservateur était comme un bouillonnement de passion. Il hésita, se reprit et arbora un sourire assuré qui ne fit que confirmer sa disgrâce auprès des fidèles.

— Peut-être pourriez-vous dire aux vôtres ce qui cause votre trouble, Rêveuse.

— Vous savez ?

— Oui, Rêveuse.

— Seule une personne dans cet univers a pu vous mettre au courant.

— En effet, mais le messager ne compte pas. Contrairement à ce qu'elle m'a dit...

— Dans le cas qui nous intéresse, le message et la messagère ne font qu'un, et on ne peut prétendre que la manière dont le message a été délivré importe peu. Elle est la cause de tout.

— Elle remet en cause votre légitimité.

— Ilanthe ment. Un serpent, voilà ce qu'elle est.

— Est-ce la vérité ? Êtes-vous plurielle ?

— C'est la vérité.

— Dans ce cas, je me dois de vous demander quelles sont vos intentions ?

— C'est naturel. Je respecterai ma parole. Je conduirai cette flotte jusqu'au Vide, comme je l'ai promis.

— Vous allez essayer de contrecarrer nos projets ! cracha-t-il.

— Seule notre véritable destinée m'importe. Pour le bien des fidèles trompés, je cherche à leur épargner la folie et la futilité du Dernier Rêve. Je veux que le Vide atteigne sa propre plénitude.

— En y laissant entrer ceux qui cherchent à le détruire ? Cela ne doit pas arriver.

— Je vais vous répéter ce que j'ai déjà dit à Ilanthe et Inigo. Le Vide lui-même décidera de notre sort quand nous serons en son sein. J'ai été choisie pour vous guider sur la route du Vide. Je ne suis pas sa gardienne. Quiconque est à la recherche de la plénitude, quelle que soit la nature de cette dernière, est libre d'entrer dans le Vide. Le fait que leur vision soit différente de la vôtre ou de celle du Rêve vivant ne m'autorise pas à leur fermer la porte. Je ne juge personne. Contrairement à vous, je ne me considère pas infaillible.

Même s'il ne laissait rien filtrer sur le champ de Gaïa, l'incertitude d'Ethan était par trop évidente.

— Vous avez parlé à Inigo ?

— Nous sommes des Rêveurs tous les deux. Nous sommes ensemble au moment même où je vous parle. Votre chère Ilanthe ne vous a-t-elle rien dit ?

— Ilanthe n'est pas mon amie.

— Et pourtant, quelle que soit cette chose, quelle que soit son objectif, vous lui montrez de la déférence. Le Rêveur Inigo a partagé le Dernier Rêve avec nous pour nous mettre en garde. Avez-vous vraiment envie de réserver à nos enfants ce destin de surhommes oisifs ?

— Je pense que nous devrions avoir le droit de choisir notre avenir. Je veux vivre sur Querencia, atteindre la plénitude et être guidé vers le Cœur. Oscar, Aaron et vous voulez nous en empêcher.

Araminta eut un sourire glacial.

— Pour accomplir le bien, il faut parfois savoir faire le mal.

Ethan jeta un coup d'œil circulaire sur le vaste pont d'observation comme s'il cherchait des alliés.

— Si vous nous empêchez d'atteindre le Vide, les choses tourneront très mal pour vous, je vous le promets. J'ai donné ma vie au Rêve vivant. J'ai tout laissé, tout sacrifié pour que ce pèlerinage ait lieu. Je ne tolérerai aucune trahison.

— Vous entrerez bel et bien dans le Vide, ecclésiastique. Vous foulerez le sol de Querencia. Je vous donne ma parole. Pourquoi ne demandez-vous pas à Ilanthe quel avenir elle a prévu pour nous tous ? Ou alors n'a-t-elle pas assez confiance en vous pour vous répondre ?

Il hocha machinalement la tête.

— Comme vous dites, le Vide finira par triompher. Je ne me soucie pas des intentions d'Ilanthe. Ce que font les individus, leurs plans ridicules, leurs conspirations, rien de tout cela ne compte, comparé à la majesté du Vide.

— Je suis heureuse que vous partagiez mon avis sur la question. Maintenant, ne m'importunez plus, je vous prie.

Elle se détourna de lui et attendit. Finalement, elle l'entendit sortir.

Le champ de Gaïa était baigné de stupeur et d'incrédulité. Les fidèles avaient besoin qu'elle leur explique ce qui se passait, ce que faisait le Rêveur Inigo.

— Vous verrez, les rassura-t-elle. Dans le Vide, vous verrez la vérité.

* * *

C'était une étoile jaune dont la maigre famille de planètes se résumait à deux cailloux sans vie dépourvus d'atmosphère et à une géante gazeuse autour de laquelle tournait une vingtaine de lunes. Aucune d'entre elles n'eut jamais la chance d'abriter la vie à cause d'orbites improbables et d'un manque d'éléments chimiques organiques et volatiles. Elles se contentaient donc de tourner et d'attendre que l'étoile termine son cycle, devienne une géante rouge et les dévore.

La Rédemption de Mellanie émergea de l'hyperespace à quatre-vingts millions de kilomètres de l'étoile et activa aussitôt son mode furtif. Dans la cabine principale surpeuplée, l'humeur était morose. Oscar n'était pas certain de pouvoir encaisser d'autres chocs émotionnels de cette ampleur. Abandonner le pauvre Cheriton à la Chatte avait été dur pour tout le monde, en particulier pour Araminta 2, ce qui était un peu étonnant. Elle avait beaucoup pleuré lorsque le vaisseau avait quitté la Pointe. Inigo et Corrie-Lyn avaient bien essayé de la réconforter, en vain.

Alors les deux Rêveurs avaient partagé la même surprise quand l'image de l'atterrissage de Justine à Makkathran leur était parvenu grâce au lien ténu qu'ils avaient maintenu avec le Vide.

— Elle a réussi ! s'exclama Beckia, tandis que le *Silverbird* se posait doucement dans le Parc doré et que le rêve s'évanouissait.

— Je n'en attendais pas moins d'elle, dit Oscar. Je l'ai connue au cours de ma première vie. Les Burnelli étaient une sacrée famille.

— Fait-elle partie de votre plan ? demanda Tomansio à Aaron.

— Pas que je sache. Son voyage ne change strictement rien à notre mission. Nous continuons comme prévu.

— D'accord. Troblum, combien de temps cela prendra-t-il ?

Oscar constata avec intérêt que Catriona avait disparu durant ce court vol. Depuis qu'il était seul, Troblum n'avait pas prononcé plus de dix mots et avait complètement bridé ses particules de Gaïa. Mais en possédait-il vraiment ?

— J'active le système immédiatement, répondit le gros homme.

— Parfait. Alors, combien de temps ?

— Il faut reformater les paramètres du trou de ver. J'ai profité du vol pour travailler là-dessus. Cela ne devrait pas prendre plus d'un quart d'heure. Après cela, il nous suffira de le lancer sur une étoile.

— Donc, combien de temps ?

— Cela dépendra de la distance qui nous séparera de l'astre. Le cerveau du vaisseau est en train d'étudier les émissions de radiations de la couronne pour déterminer une marge de sécurité, mais je tablerais sur un million de kilomètres. Le dispositif se déclenchera quand il atteindra la couronne supérieure. Il a besoin d'une couche de plasma assez peu dense pour initier une réaction en chaîne dans l'instabilité quantique. Je me suis inspiré de nos bombes novæ pour créer ce système.

— Troblum… Dans combien de temps le trou de ver s'ouvrira-t-il ? Exactement…

Oscar était impressionné par la patience de Tomansio.

— Oh. Je dirais vingt-cinq minutes.

— Parfait, dit Aaron, manifestement amusé par la frustration contenue de Tomansio. Quelle distance nous permettra de parcourir ce trou de ver ?

— Maintenant que je dispose du nouveau profil, je dirais environ vingt-huit mille années-lumière.

— Nous aurons donc entre douze et quinze mille années-lumière d'avance sur la flotte du pèlerinage, calcula Araminta 2. Cela suffira-t-il ? demanda-t-elle à Aaron.

— Tout ce que je sais, c'est que nous devons nous rendre à Makkathran.

Oscar lui lança un regard oblique.

— Gore voulait aussi à tout prix que Justine se rende à Makkathran…

— Nous ne connaissons pas d'autre planète habitable que Querencia dans le Vide.

— Gore lui a demandé d'aller là-bas après qu'elle s'est posée sur la réplique de Far Away.

— Je crois qu'il a dit « c'est là que sont basés les humains dans le Vide », intervint Beckia. Ce qui est logique. C'est là que tout le monde va.

— Tout le monde sauf Ilanthe, je parie, rétorqua Corrie-Lyn dans un grognement.

— Nous ignorons si la réplique de Far Away existe toujours, ajouta Tomansio. Justine a réinitialisé le Vide, l'a fait revenir à l'état qui était le sien avant qu'elle en rêve.

— M'est avis que vous vous cassez trop la tête, protesta Inigo. Il est vraiment inutile de se perdre en conjectures. Le choix de Makkathran n'est évidemment pas une coïncidence, mais il n'y avait pas non plus abondance de possibilités.

— Vous vous rappelez avoir rencontré Gore ? demanda Liatris à Aaron.

— Je ne me rappelle rien du tout.

— Il a tué votre père, expliqua Liatris avec un certain malaise.

— Peu importe.

— Bruce McFoster était un agent de l'Arpenteur lorsque Gore Burnelli l'a éliminé, précisa Tomansio. Le véritable

Bruce a été tué des années plus tôt quand il a été fait prisonnier par l'Arpenteur.

— Admettez quand même que les coïncidences commencent à…

— Oh ! Oh ! lâcha Araminta 2.

Tout le monde se figea tandis qu'elle partageait avec eux sa vision du pont d'observation de *La Lumière de la Dame* où un Ethan déterminé avançait sur Araminta. À la fin de la confrontation, Inigo passa un bras autour des épaules d'Araminta 2.

— Je suis là, chuchota-t-il en affirmant son soutien sur le champ de Gaïa. Soyez forte. Vous êtes la Rêveuse, à présent. Vous avez absolument raison : c'est le Vide qui décidera de notre sort.

Oscar eut le souffle coupé lorsqu'il découvrit le Silfen ailé et scintillant dans ses pensées. Il reconnut Bradley et sourit. *Cela faisait un bail. Vous avez l'air en forme.*

Contrarié, Ethan quitta le pont. À bord de *La Rédemption de Mellanie*, tout le monde applaudit spontanément. Même Troblum, avec un peu de retard sur les autres, il est vrai.

Il possède donc bien des particules de Gaïa, pensa Oscar.

Araminta 2 eut un sourire timide et les regarda à tour de rôle.

— Merci, dit-elle à Inigo, tandis que Corrie-Lyn l'embrassait sur la joue.

— Troblum, reprit Tomansio. Il est temps d'y aller.

— Le dispositif est presque actif. Plus que cinq minutes.

Aaron sourit pour l'encourager.

Soudain, Troblum prit un air grave et son gros visage rond se fit tout pâle.

— Oh, non !

L'ombre virtuelle d'Oscar se connecta aux capteurs visuels du vaisseau ; Troblum avait autorisé l'accès des systèmes généraux.

Un navire à la coque lisse doté d'un ultraréacteur et ressemblant au *Remboursement d'Elvin* s'était matérialisé à dix kilomètres de là. Il entra aussitôt en communication avec *La Rédemption de Mellanie*. Les épaules d'Oscar s'affaissèrent. Il avait *compris*.

— Bonjour, les amis, lança la Chatte.

Une vague d'accablement déferla sur la cabine.

— De quelles défenses disposons-nous ? demanda Aaron.

Troblum secoua la tête. Il était proche des larmes.

— Des armes ?

Troblum fut pris de tremblements. Ses jambes cédèrent et il tomba à genoux.

— Je refuse qu'elle me fasse prisonnier. Je refuse !

— Que voulez-vous ? demanda Oscar à la Chatte.

Si elle avait voulu les éliminer, cela aurait déjà été fait.

— Mon cher Oscar, c'est une équipe très talentueuse que vous avez réunie là. Il en faut beaucoup pour m'impressionner, mais force m'est d'admettre que vous vous êtes bien débrouillé.

— Qu'avez-vous fait à Cheriton ? lança Corrie-Lyn.

— N'interrompez pas les grandes personnes, sans quoi je vais devoir vous donner une tape là où cela fait le plus mal.

Oscar fit signe à Corrie-Lyn de se taire ; la jeune femme lui lança un regard noir, écœurée.

— Vous avez parlé de nous à Ilanthe, reprit Oscar.

— Oh, je suis vraiment navrée. J'espère que je ne vous ai pas compliqué la tâche. Araminta, je trouve que vous vous en êtes vraiment bien sortie avec cette petite merde d'Ethan.

— Que voulez-vous ?

— Vous le savez bien, Oscar. Je veux la même chose que d'habitude : m'amuser un peu.

— Nous vous inviterons lorsque nous fêterons la victoire.

— Vous poussez le bouchon un peu loin. Tout ceci se terminera dans le Vide. Je désire évidemment participer à cette aventure, aussi m'aiderez-vous à me rendre là-bas.

— Que veut Ilanthe ? demanda Oscar.

— Il semblerait que son petit cœur de métal batte pour quelque chose qu'elle appelle la fusion.

— Non, intervint Araminta. Il ne s'agit pas de cela. Elle est devenue autre chose.

— Vous serez bientôt en mesure de lui demander directement, dit la Chatte.

— La Chatte pourra-t-elle nous atteindre quand nous serons dans le Vide ? demanda Aaron à Inigo.

— Vous voulez savoir si elle sera capable de nous faire sauter ?

— J'imagine que votre esprit est plus puissant que le sien.

Inigo regarda Araminta 2 avec inquiétude. Celle-ci semblait tout aussi alarmée que lui.

— Je ne sais pas.

— Oscar, mon cher, vous faites attendre une dame ; c'est très impoli.

Oscar ne savait pas quoi répondre, si ce n'est continuer à faire son malin, ce qui, cette fois, pourrait se révéler fatal. Les autres ne lui étaient pas d'une grande aide. Soudain, il sursauta et eut un mouvement de recul. À l'extérieur, l'espace s'embrasa. Sous l'effet d'armes extraordinairement puissantes, le vide était saturé de radiations. Son ombre virtuelle lui fit revivre les événements, milliseconde par milliseconde. Il vit un autre ultraréacteur apparaître entre le vaisseau de la Chatte et *La Rédemption de Mellanie*. L'engin ouvrit instantanément le feu en même temps qu'il déployait son champ de force et empêchait la Chatte de répliquer en tirant sur eux.

Une liaison fut établie.

— Oscar, foutez le camp et laissez-moi me charger de la Chatte.

— Foncez ! cria Oscar à Troblum.

Pour la deuxième fois en une heure, *La Rédemption de Mellanie* disparut dans l'hyperespace.

— Vous voulez vous mesurer à moi ? demanda la Chatte d'un ton moqueur.

Paula passait en revue à la hâte les défenses de l'*Alexis Denken*. Les champs de force n'avaient pas fini d'encaisser l'impact de la première salve de la Chatte. Celle-ci disposait apparemment d'armes plus puissantes que prévu. Ses faisceaux d'énergie semblaient capables de s'immiscer dans l'hyperespace pour contourner les champs de force. La gravité locale réagissait de façon étrange, générait des tensions non naturelles dans la structure du vaisseau, qui avait d'ailleurs bien du mal à les compenser.

— J'adore cela, vous le savez, répondit Paula.

Sur son ordre, l'*Alexis Denken* tira deux missiles quantiques. Les projectiles foncèrent à près de deux cents G.

— Mais j'espère aussi que cette fois sera la dernière.

À quatre-vingts kilomètres de là, le petit morceau d'astéroïde qu'elle avait pris pour cible mesurait moins de trente mètres de diamètre. Sa masse fut aussitôt transformée en énergie, en radiations ultra-dures. Le temps d'une microseconde, sa puissance rivalisa avec celle de l'étoile locale.

Des icones d'alerte fleurirent dans son exovision, comme son champ de force réfléchissait le torrent de radiations. Paula projeta son vaisseau dans l'hyperespace et se dirigea vers la géante gazeuse. La Chatte la suivit aussitôt. Ni l'une ni l'autre ne cherchaient à se cacher.

Cinquante mille kilomètres au-dessus des nuages roses et gris bouillonnants, Paula s'immobilisa et l'*Alexis Denken* glissa en suspension transdimensionnelle, comme les générateurs de champ de force se stabilisaient.

Une des grandes lunes extérieures explosa. Un missile quantique avait converti deux de ses cratères les plus importants en énergie ; la détonation fut assez forte pour fracturer l'astre jusqu'à son cœur. Le globe se rompit ; de gros morceaux se séparèrent lentement, tandis qu'une myriade de fragments jaillissaient des fissures béantes, projetés par la violente onde de choc. Les dégâts physiques avaient peu d'importance. Le missile quantique avait une fonction énergétique déviée, qui lui permit de détourner un fort pourcentage de son énergie dans l'hyperespace.

L'énorme onde de choc exotique frappa le vaisseau, et Paula fut projetée à travers la cabine. L'ultraréacteur surchargé de l'*Alexis Denken* céda et le vaisseau réapparut dans l'espace-temps. À l'extérieur, les débris de la lune constituaient une sphère translucide de vingt mille kilomètres qui brillaient d'un intense éclat bleu et grossissaient à une vitesse égale à la moitié de celle de la lumière. L'engin de la Chatte jaillit de cette aurore aveuglante, les champs de force chauffés au rouge, et fonça sur l'*Alexis Denken*. La Chatte tira des missiles noirs qui accélérèrent à près de cent G.

Le cerveau identifia des cuves de masse Hawking. Ses champs de force ne protégeraient pas Paula de ces engins.

Une autre lune explosa. Des vagues séquentielles d'énergie exotique déferlèrent, empêchant tout retour dans l'hyperespace. Paula décida de se diriger vers la géante gazeuse ; son accélération atteignit cinquante G. Les compensateurs de gravité interne n'étaient capables d'en encaisser que trente. Ses systèmes biononiques protégèrent son intégrité physique, empêchant la force terrifiante de la transformer en flaque de chair sanguinolente. Malgré cela, il devint extrêmement difficile de respirer. Sa jambe gauche était un peu tordue et s'aplatissait en produisant un bruit inquiétant.

Sous elle se trouvait une des petites lunes intérieures, un rocher de deux cents mètres de diamètre évoluant sur son orbite à trois mille kilomètres du vecteur vertical du navire. L'astre décrivait tranquillement sa course. Elle le prit pour cible avec un missile quantique dont elle modifia le format du champ d'action. Lorsqu'il détona, le projectile transforma en énergie un quart de kilomètre cube de roche situé au cœur de l'astre. Celui-ci explosa instantanément. Des millions d'esquilles de pierre acérées jaillirent de la micronova sous la forme d'un nuage à la vitesse de propagation mortelle. Les particules se vaporisaient en vol et, telles des comètes, déroulaient dans leur sillage des traînes d'ions topaze et indigo. L'espace était obstrué par un dense amas de masse énergisée. Les cuves de masse Hawking le pénétrèrent et entreprirent d'absorber le déluge d'atomes lumineux. Vapeur ou morceaux de roche, cela ne fit aucune différence ; les trous noirs avalèrent tout sans distinction. Ce faisant, leur trajectoire devint moins rectiligne. L'effort fourni par leurs réacteurs augmentant de façon quasi exponentielle, leur efficacité décrut.

L'*Alexis Denken* manœuvra sous le ventre de la boule de feu infernale et se précipita vers le paysage de tempête situé en contrebas.

La Rédemption de Mellanie réapparut dans l'espace un million deux cent cinquante mille kilomètres au-dessus de l'étoile jaune. Elle resta suspendue là pendant quelques secondes pendant que la soute avant s'ouvrait et que le champ de force du fuselage se couvrait de motifs violets provoqués par le stress. Le réacteur supraluminique planétaire jaillit du vaisseau, et Troblum retourna aussitôt en suspension transdimensionnelle.

— Combien de temps ? demanda Aaron.

— Encore dix minutes avant l'initialisation, répondit Troblum. (Catriona était de retour à ses côtés, la mine tragique et inquiète.) L'activation prendra plus de temps. Et, non, je ne sais pas combien, exactement. Je ne peux rien faire de plus. Alors maintenant, on s'assied et on attend.

Oscar gardait un œil sur les échos de l'hysradar. Il sursauta quand une des lunes de la géante gazeuse explosa dans une décharge d'énergie exotique. C'était un sacré combat, aussi âpre que celui qui avait opposé Justine aux Raiels. *Merde !*

— Eh ! (Tout le monde se tourna vers lui. Dans la cabine exiguë, c'était assez intimidant.) Vous nous avez dit que ce vaisseau ne pourrait pas résister aux attaques de la Chatte. Pourquoi ?

— Eh bien, parce que c'est la vérité.

Catriona jeta à Oscar un regard assassin, que l'homme fit mine de ne pas voir.

— Pourtant vous maîtrisez la technologie de la barrière de Sol. Aucune arme originaire du Commonwealth ne peut en venir à bout.

— *La Rédemption de Mellanie* ne bénéficie pas de ce genre de protection, rétorqua Troblum.

— Mais, votre armure…

Fait chier ! Je pensais que le vaisseau aussi…

— Je viens juste de construire cette armure. Il était hors de question que j'utilise le plan développé par les Accélérateurs et inspiré de la Forteresse des ténèbres avant ; cela aurait mis la puce à l'oreille à nos adversaires.

Oscar eut envie de l'attraper par le col et de le secouer.

— Sans ce champ de force, comment croyez-vous que nous échapperons aux guerriers raiels ?

— Voyons, ils nous laisseront passer ! répondit Troblum, presque blessé. Il suffira de leur expliquer que nous nous efforçons de détruire le Vide.

— Merde, grogna Tomansio.

Une fois n'était pas coutume, Aaron paraissait pris de court.

— Troblum, reprit Oscar avec beaucoup de fermeté. Je veux avoir accès à votre liaison TD. Tout de suite.

— Que comptez-vous faire ? s'enquit Inigo.

— Appeler la seule personne capable de nous aider. (Il grimaça tandis qu'une autre lune était réduite à l'état de tsunami d'énergie exotique.) Si elle est encore en vie.

L'*Alexis Denken* heurta l'atmosphère supérieure à la vitesse de cinquante kilomètres par seconde. Paula plongeait vers une première couche nuageuse agitée. Elle ordonna une décélération immédiate, mais cela ne fit aucune différence. Dans son sillage, les gaz désintégrés dessinaient une traîne incandescente longue de cinq cents kilomètres, facilitant la tâche des capteurs de la Chatte. Les secousses étaient extrêmement violentes et témoignaient du supplice infligé à son vaisseau. La situation était très inquiétante. Du fait de l'accélération, Paula était toujours plaquée au sol.

Loin au-dessus, les débris embrasés de la petite lune rocheuse commençaient à pleuvoir. Des points de lumière aveuglante transperçaient l'atmosphère, suivis par d'énormes plumets de fumée noire. La terrible pression de l'air les réduisit en des centaines de fragments, qui furent eux aussi pulvérisés. Une couverture de feu électrique s'abattit sur les nuages. L'énergie brutale générée par l'impact provoqua des éclairs titanesques qui zébrèrent les couches de l'atmosphère supérieure sur des milliers de kilomètres.

Ceci ne facilita pas le travail des capteurs. Juste avant que Paula atteigne la deuxième couche de nuages, son hysradar localisa le vaisseau de la Chatte lancé à sa poursuite.

Paula changea précipitamment de direction, modifia l'inclinaison de ses unités regrav afin d'infléchir drastiquement sa trajectoire tout en continuant à descendre.

— Je vous vois, dit la Chatte sur le canal saturé d'interférences.

— Si vous cessez immédiatement et que vous acceptez de vous rendre, tous champs de force éteints, je me contenterai de vous placer en suspension avec votre personnalité originelle, répondit Paula. Autrement, je serai obligée de vous éliminer.

— Ma chère Paula, c'est pour cela que je vous aime tant. Votre profilage psychoneural se résume à de la stupidité aveugle. Venez à moi, je vous aiderai à vous en débarrasser.

Les capteurs de l'*Alexis Denken* détectèrent une nouvelle cuve de masse. Ainsi la géante gazeuse tout entière serait-elle condamnée ; sa destruction prendrait néanmoins des semaines. Paula suspectait la Chatte d'avoir agi de la sorte pour l'empêcher de se cacher éternellement dans les orages géants de la planète. Elle tira un missile quantique et piqua à travers la quatrième et dernière couche nuageuse. En dessous se trouvait une strate d'hydrogène parfaitement dégagée, épaisse de plusieurs centaines de kilomètres. Des éclairs larges comme des piliers traversaient cet espace par intermittence. À leur base, un smog d'hydrocarbure instable flottait au sommet d'une zone où les composants atmosphériques étaient compressés à l'état liquide. Le décor disparut dans une explosion de lumière blanche lorsque le missile quantique détonna.

— Pas mal, chérie. À mon tour, maintenant.

L'hysradar montra à Paula deux missiles qui décrivaient une courbe à travers les nuages à la densité réduite au-dessus du vaisseau de la Chatte. Bien sûr, leur accélération était largement supérieure à celle de l'*Alexis Denken*, qui progressait dans de l'hydrogène compacté.

Les missiles entamèrent leur descente en piqué.

— Putain, marmonna Paula avant de plonger plus près encore de la couche de smog.

Le cerveau du vaisseau la surprit en lui annonçant qu'Oscar cherchait à la joindre grâce à une liaison TD.

— Je suis très occupée, répondit-elle.

— Nous vous en remercions, mais nous avons de gros ennuis.

— Cela ne fonctionne pas ?

— Ce n'est pas notre principal souci. Ce vaisseau ne dispose d'aucune protection contre les guerriers raiels. Vous pourriez demander à Qatux de leur parler, s'il vous plaît ?

Les missiles étaient de type quantique. Ils explosèrent à cent kilomètres de l'*Alexis Denken*. Une vague solide d'énergie déferla sur le vaisseau, à peine ralentie par l'énorme densité de l'atmosphère inférieure. Paula plongea dans la soupe d'hydrocarbure.

— Je ferai mon possible, promit-elle.

Une partie reculée de son cerveau gloussa et trouva la situation diablement ironique.

La puissance de l'impact fut telle que le courant fut coupé dans la cabine pendant quelques instants. Sa chair tourmentée avait déjà atteint ses limites. Lorsque le vaisseau eut terminé d'encaisser le choc, il reprit sa progression, mais à une vitesse réduite, et ce même avec le concours des unités ingrav et regrav poussées à leur maximum. Le champ de force était proche de la rupture, et elle ne s'était enfoncée dans la couche dense que de cinq kilomètres. Elle saignait du nez. Un icone médical apparut dans son exovision pour lui signifier qu'elle perdait aussi du sang par les oreilles ; elle avait également des lésions internes.

Le vaisseau de la Chatte traversa sans difficulté la zone d'hydrogène et se retrouva directement au-dessus de l'*Alexis Denken*. Huit missiles décrivirent des courbes élégantes vers le smog, se dispersèrent dans huit directions opposées selon un schéma parfaitement symétrique. Ils fonctionneraient comme des charges de profondeur à l'ancienne, se rendit compte Paula. Si elle ne remontait pas à la surface, les ondes de pression écraseraient son fuselage. *Parfait!*

Des profondeurs de l'étoile, l'oubli surgissait de la matière superdense. Le réacteur supraluminique planétaire avait déclenché une séquence d'explosions terminales masse/énergie loin sous la photosphère, dont les ondes de choc gigantesques se propageaient lentement vers le cœur, générant un phénomène de fusion d'une ampleur incroyable. Les réactions accélérées faisaient rapidement augmenter les niveaux d'énergie. Rien, pas même la gravité et l'hydrogène comprimé à l'intérieur de l'astre, ne pouvait les contenir.

Alors que l'énergie folle s'élevait lentement vers la surface, des forces encore plus étranges se manifestèrent, produites par les fonctions exotiques du dispositif qui se nourrissait désormais de l'énergie accrue de l'étoile. Tel un parasite grossissant en consommant son hôte, le dispositif exerçait une pression intolérable sur un point infinitésimal de l'espace-temps, qui céda très rapidement. La gueule du trou de ver s'ouvrit en grand. Derrière lui, la couronne commença à noircir, car des quantités toujours plus importantes d'énergie se déversaient dans l'hyperespace pour alimenter la nouvelle manifestation d'énergie exotique. Le terminus du trou de ver chercha à atteindre son lieu d'émergence situé à vingt-huit mille années-lumière. La moitié de la photosphère en expansion était avalée par les ténèbres tandis que le trou de ver siphonnait une proportion grandissante de l'énergie qu'elle émettait.

La Rédemption de Mellanie émergea dans l'espace-temps, et Troblum sourit. Les ailerons incurvés du vaisseau brillaient d'un éclat magenta en évacuant la chaleur accumulée par les champs de force. Droit devant, la surface de l'étoile violentée était déformée par une éruption imminente. La masse et l'énergie tombant dans une crevasse dimensionnelle, le sommet de la distorsion disparaissait dans la nuit. Dans le néant, scintillait une minuscule étoile indigo, dont les radiations de Tcherenkov illuminaient la matière exotique du pseudo-tissu du trou de ver.

— Il se stabilise ! s'enthousiasma Troblum.

— Combien de temps tiendra-t-il ? demanda doucement Inigo.

Troblum sortit de sa rêverie.

— Pas très longtemps, admit-il.

Pendant un instant, il regretta de ne pas avoir utilisé la configuration originelle, soit un trou de ver assez grand pour avaler une géante gazeuse. Celui-ci ne mesurait qu'un kilomètre de diamètre ; en revanche, il s'étirait bien sur vingt-huit mille années-lumière.

Cela fonctionne. J'avais raison. J'avais tout compris. Les Anomines. Les Raiels. Tout.

— J'avais raison, murmura-t-il. Putain, j'avais raison ! répéta-t-il d'une voix puissante. Et l'univers tout entier le sait !

— Conduisez-nous de l'autre côté, lui demanda Aaron.

Troblum essuya ses yeux humides avec sa manche.

— Bien sûr...

La Rédemption de Mellanie s'ébranla, puis accéléra violemment et s'engouffra dans le tunnel flou du trou de ver.

Dans son exovision, la Chatte vit ses missiles quantiques exploser cinquante kilomètres sous la surface de l'océan d'hydrocarbure compressé. Les ondes de choc titanesques enflèrent et se croisèrent.

Son hysradar scannait le paysage sans discontinuer, fouillait la tempête d'énergie à la recherche de l'*Alexis Denken* ; cependant, les hydrocarbures, lorsqu'ils avaient cette densité, formaient un milieu étrange rendu encore plus difficile par les déformations des missiles quantiques. Si Paula ne remontait pas dans la couche d'hydrogène, elle mourrait. Aucun vaisseau n'était capable de résister au genre de courants qui secouaient les hydrocarbures.

Toujours rien.

Le smog se déchira et l'éruption d'hydrocarbure débuta. C'était comme assister à la naissance d'un volcan parfaitement rond. Le cône continua à s'élever. Cinq, dix, vingt kilomètres. Plus il s'élevait dans l'hydrogène, moins la pression était importante, aussi le volcan bouillonna-t-il violemment, crachant des colonnes semblables à des feux de Bengale. Quelques secondes plus tard, cette saleté chimique envahit l'hydrogène sur des centaines de kilomètres. La vapeur graisseuse entoura le vaisseau, et la visibilité fut réduite à zéro. Les unités regrav s'efforcèrent de stabiliser l'engin dans les violentes rafales.

— Tu peux aller te faire foutre ! lâcha la Chatte en admirant le bûcher funéraire géant de Paula.

Ses capteurs lui montraient que la perturbation continuait à enfler, ce qui était étonnant mais pas dangereux. Le volcan dépassait les cent kilomètres de hauteur et attirait un barrage d'éclairs en provenance de la couche nuageuse située au-dessus.

Les vagues hautes comme des montagnes retombèrent avec lenteur sur les flancs du volcan et s'écoulèrent vers l'océan en contrebas. Le Chatte ne voyait toujours rien, mais les capteurs de son vaisseau lui fournissaient une excellente simulation graphique. L'hydrocarbure était repoussé par un objet solide. Quelque chose de gros qui, contre toute attente, s'élevait inexorablement.

— Qu'est-ce que… ?

Alors, le profil devint plus clair. Dix-sept champignons se débarrassaient de leur manteau de liquide gélatineux et de gaz crasseux pour exposer les dômes cristallins qui leur servaient de toits. Ils étaient accrochés à un objet qui mesurait plus de soixante kilomètres de long.

L'*Ange des hauteurs* émergea de l'océan instable, provoquant une tempête de smog.

Sans demander l'autorisation de l'ombre virtuelle de la Chatte, le navire raiel entra en communication avec elle.

— Bonjour, Catherine Stewart, commença Qatux.

— Putain !

Elle accéléra à la verticale à près de soixante-dix G. La force colossale qui écrasa son corps fut telle qu'elle ne parvint même pas à crier. Ses os se brisèrent, sa chair et ses membranes se déchirèrent.

— Vous ne vous rappelez pas mon épouse, n'est-ce pas ? demanda Qatux.

— Votre *femme* ? Non !

— Cela ne m'étonne pas.

Dans son exovision, la Chatte vit une onde d'énergie s'élever de l'*Ange des hauteurs* pour venir frapper son vaisseau.

Le choc fut assez violent pour tordre l'espace-temps d'une manière bien spécifique ; ainsi, même si le vaisseau fut détruit en quelques millisecondes, l'explosion dura encore et encore… Du point de vue de la Chatte, l'instant de sa mort atroce s'étira pendant de longues heures. En fait, il dura exactement autant que le calvaire de Tiger Pansy, il y avait mille cent quatre-vingt-dix-neuf ans, même si ce détail échappa à son bourreau.

* * *

Le terminus du trou de ver s'ouvrit tel un diaphragme à neuf mille années-lumière du Vide et cinq années-lumière de l'étoile la plus proche, déversant sa douce lumière indigo dans l'espace interstellaire. Trente secondes plus tard apparut la silhouette aérodynamique de *La Rédemption de Mellanie*.

— Putain de merde ! s'exclama Corrie-Lyn. On a réussi !

Elle eut un sourire incrédule et embrassa Troblum sans lui laisser le temps de réagir.

Derrière eux, la lumière faiblit tandis que le trou de ver se refermait, les laissant aussi isolés et seuls qu'il était possible de l'être. Cette prise de conscience se propagea rapidement dans la cabine, amplifiée et renforcée par leur champ de Gaïa réduit et auto-généré. Leur enthousiasme fit long feu.

Inigo serra furtivement Corrie-Lyn dans ses bras durant le silence inconfortable qui suivit.

— Qu'est-il arrivé ? demanda Araminta 2.

— Ce qui compte, c'est que cette salope détraquée ne nous ait pas suivis, remarqua Oscar.

— Et Paula ?

Oscar ne put réprimer son sourire.

— Croyez-moi, s'il est une personne capable de prendre soin d'elle-même, c'est bien Paula Myo.

— Que fait-on, maintenant ? demanda Inigo.

— La question ne se pose même pas, répondit Aaron. On fonce vers le Vide.

— Je voulais dire, que fait-on des guerriers raiels ?

— Nous avons deux options, reprit Oscar. Si Paula a survécu, il se peut que nous ayons déjà obtenu l'autorisation de passer. Dans le cas contraire, nous essaierons ce que Troblum a suggéré et demanderons gentiment.

— On est quand même arrivés jusque-là…, pensa Corrie-Lyn tout haut.

— Quel optimisme ! dit Oscar. Troblum, allons-y.

— Il faut commencer à installer les capsules médicalisées, intervint Tomansio.

Oscar sourit.

— Encore un optimiste.

— Je suis pragmatique, c'est tout, rétorqua Tomansio en tendant le bras pour tapoter les capsules empilées contre la paroi toute proche.

— J'ai une autre question, intervint Liatris. Qui va dormir pendant la suite du voyage ?

— Moi, je veux bien, répondit Oscar. À condition que vous me réveilliez lorsque nous traverserons la barrière. Je ne voudrais pas rater cela.

— Nous basculons en vitesse supraluminique, annonça Troblum. Les robots vont préparer la soute avant.

— Dans combien de temps atteindrons-nous les étoiles du Mur ? demanda Aaron.

— Cent soixante heures.

Pour son plus grand bonheur, Paula se téléporta dans la chambre privée de Qatux. De toute façon, elle aurait été incapable de marcher. Une gaine plate et chaude lui enveloppait la jambe. Douze nodules semi-organiques étaient accrochés à son torse ; leurs minces filaments s'enfonçaient dans sa peau, se mêlaient à ses systèmes biononiques dans les profondeurs de son corps, contribuaient à réparer ses cellules endommagées. Elle portait une tunique ample et claudiquait comme une vieille femme. Elle *était* une vieille femme, admit-elle, l'air sévère.

Elle se laissa tomber sur une chaise humaine sortie en silence du sol bleu ciel. Devant elle, le mur gris argenté continua à onduler doucement comme un liquide. Le visage de Tiger Pansy lui sourit avec jubilation à travers les déformations étranges.

Tu peux reposer en paix, à présent, pensa Paula. *Où que tu sois.*

La paroi s'ouvrit et Qatux la rejoignit. Il étira un de ses tentacules de taille moyenne et, de son extrémité plate, effleura la joue de Paula. La sensation de chaleur fantôme persista après le contact, ainsi qu'un sentiment partagé de compassion et d'inquiétude.

— Êtes-vous gravement touchée ? chuchota Qatux.

— Dans ma fierté seulement.

— Ah ! soupira le Raiel. Les anciens sont les meilleurs.

— Merci de votre aide.

— Dommage que sa véritable personne soit en suspension à Paris.

— Car là est sa place. Là-bas, aucun mouvement politique humain ne pourra la ressusciter pour en faire son agent. De toute façon, elle n'a jamais su obéir aux ordres…

Deux tentacules ondulèrent dans un geste d'agitation, semblait-il.

— Comme vous l'avez dit vous-même, il faut débarrasser l'univers de cette créature.

— J'étais certaine que l'*Ange des hauteurs* était le mieux placé pour l'éliminer. Les vaisseaux de la Marine possèdent la puissance de feu nécessaire, mais elle les aurait repérés.

— Mon espèce n'avait pas prévu d'utiliser le vaisseau arche à ces fins, mais nous vivons des temps extraordinaires.

— J'espère que je ne vous ai pas causé d'ennuis, Qatux.

— Non. Nous autres, les Raiels, connaissons l'empathie. J'ai toutefois l'impression que certains individus, parmi les humains que nous abritons, ont été choqués par ces événements. Sans parler des Naozuns.

Paula n'avait jamais entendu parler des Naozuns.

— Bien. Il était temps que nous reprenions les choses en main.

— Vous et moi avons grandi, Paula.

— J'espère bien ; nous ne sommes plus tout jeunes.

Qatux laissa échapper un sifflement.

— En effet.

— Le trou de ver s'est-il ouvert comme Troblum l'avait prévu ?

— Oui.

— Enfin ! La chance tourne en notre faveur. La chance, les événements, peu importe. J'espère simplement que ceux qui contrôlent Aaron savent ce qu'ils font. À ce propos, j'ai une autre faveur à vous demander.

— Oui.

— *La Rédemption de Mellanie* a besoin d'entrer dans le Vide. Pourriez-vous vous arranger pour que les guerriers raiels les laissent traverser le Golfe ? Je pense sincèrement que c'est notre dernière chance d'éviter cette expansion catastrophique.

— Je leur expliquerai la situation. Je ne pourrai pas faire mieux.

— Merci. (Elle gratta la gaine de sa jambe, sachant que cela ne la soulagerait pas.) Où allons-nous, maintenant ?

— Nous retournons dans le Commonwealth.

— Nous ne quittons pas la galaxie ? demanda Paula, soulagée.

Les Raiels n'avaient donc pas perdu tout espoir.

— Non. Le moment n'est pas encore venu. Comme vous l'avez dit, la chance tourne peut-être en notre faveur.

— Et les sphères DF ? Ne sont-elles pas capables d'arrêter le Vide ?

— Nous l'ignorons. Sachez néanmoins que nos guerriers tenteront de stopper la flotte du pèlerinage. Ils ne feront pas de sentiment, alors que la galaxie tout entière est menacée par le Rêve vivant.

— Je comprends et je ne vous tiendrai pas responsable de ce qui adviendra. Nous devons tous prendre nos responsabilités. Il est normal que vous vous dressiez en travers de la route de ces humains qui nous mettent tous en danger.

— Votre espèce, elle, ne réagit pas…

Paula baissa la tête. De honte surtout, mais aussi de frustration.

— Je sais. Ceux d'entre nous qui sont libres ont fait leur possible ; toutefois, l'ampleur de la conspiration nous a pris au dépourvu. En ce sens, nous avons échoué lamentablement.

Le Raiel lui effleura de nouveau la joue.

— Je ne vous en veux pas non plus, Paula.

— Merci, parvint-elle à articuler.

— En tant que capitaine du vaisseau arche, je jouis de quelques privilèges. Nous sommes en liaison avec les guerriers raiels. Souhaiteriez-vous voir les défenses du cœur galactique en action ? J'imagine que le baroud d'honneur de notre espèce sera spectaculaire.

* * *

Le Livreur attendit patiemment tandis que le chariot traversait la place en flottant et s'élevait jusqu'à la soute centrale du *Dernier Lancer*. Les machines qu'ils transportaient passèrent tout juste dans l'ouverture. Les robots d'assemblage, que le réplicateur avait produits deux jours plus tôt, commencèrent à les décharger. Lorsque le processus d'intégration aurait commencé, il monterait à bord pour inspecter les travaux.

Il était de nouveau utile à quelque chose, ce qui lui avait remonté le moral. Ses connaissances en physique et ses compétences techniques étaient loin d'être au niveau de celles d'Ozzie ou de Nigel, mais sa couverture récente l'avait amené à analyser des technologies très avancées, expérience qui lui permettrait aujourd'hui de surveiller cette intégration. Les systèmes produits par le réplicateur avaient tous la même fonction : renforcer le *Dernier Lancer. Il sera assez fort pour résister à l'énergie de l'étoile à bout portant.* Il fallait un esprit particulièrement dérangé pour envisager une telle procédure. Le plan retrouvé dans la mémoire du cerveau était l'œuvre de l'Agence d'astronomie du Grand Commonwealth pour le programme Stardiver. Sauf que l'Agence n'avait jamais envoyé que des sondes automatisées.

Le Livreur se tourna pour voir Gore discuter avec Tyzak de l'autre côté de la place. Un prêtre dévoué et un athée indécrottable échangeant des idées. Leur conversation – dispute ou discussion, peu importait – durait depuis des jours et des jours. Afin d'illustrer son propos, Gore avait même descendu un projecteur holographique pour montrer à Tyzak des images du Vide, du Golfe, des étoiles du Mur, des sphères DF, et même des vues de Makkathran, des Seigneurs du Ciel et des nébuleuses tirées des rêves d'Inigo.

Pas une seule fois Gore n'avait flanché dans sa volonté de convaincre l'Anomine de parler au mécanisme d'élévation. Lorsqu'ils avaient reçu le rêve de Justine, la vision de son vaisseau posé à Makkathran, la détermination de Gore avait même battu tous les records. Le Livreur avait du mal à croire que le Burnelli qu'il connaissait avait autant de patience. Lui-même avait, il est vrai, brandi un poing victorieux lorsque le *Silverbird* s'était posé dans le Parc doré. Quel moment formidable !

Tyzak était fasciné par certains détails de cette histoire, mais pas au point de tenter d'empêcher la fin de la galaxie. Le vieil Anomine insistait sur le fait que le futur, spécifiquement celui de son espèce, ne pouvait être déterminé que par la planète seule. D'où l'impossibilité de recourir à des artefacts anciens.

— Votre avenir n'en sera aucunement affecté, insistait Gore. J'ai uniquement besoin de l'aide de machines dont vous ne vous servez plus. Vos traditions interdisent-elles la charité ?

— Je comprends votre problème, mais vous me demandez de faire une croix sur ma philosophie, sur ma raison d'être, de me replonger dans un passé que nous avons complètement rejeté.

— Vous seriez celui qui frapperait à la porte ; moi seul entrerais à l'intérieur.

— Vous essayez de relativiser le rôle éventuel que je jouerais dans cette affaire, mais cela ne me convainc pas. Tout acte de renonciation est ultime par nature.

— En quoi le fait de me venir en aide serait-il une renonciation ?

— Ce qui me dérange, c'est la méthode, comme vous l'avez très bien compris, ami Gore.

— Comment pensez-vous que vos ancêtres auraient réagi à cette requête ? Dans le passé, ils sont venus en aide à d'autres espèces, notamment lorsqu'ils ont emprisonné les Primiens.

— Je n'en sais rien, mais j'imagine qu'ils auraient réveillé les machines pour vous.

— Exactement.

— Sauf qu'ils ne sont plus là. Ils étaient une aberration, une anomalie sur le chemin de notre véritable évolution.

— Par votre inaction, vous condamnez à mort des trillions d'êtres vivants. Cela ne vous fait rien ?

— C'est un sujet d'inquiétude.

Le Livreur se raidit. C'était la première fois que Tyzak hésitait et se montrait raisonnable. Raisonnable comme les humains l'entendaient, en tout cas.

— Les forteresses de l'espace qui montent la garde dans votre système, les villes qui ne se désagrègent pas, la machine qui dort sous nos pieds, toutes ces choses ont été fabriquées par ces ancêtres que vous méprisez. Ils voulaient que vous ayez des options. C'est pour cela qu'ils vous ont légué ces machines. Tant de leurs créations sont tombées en poussière. (D'un geste de la main, Gore désigna la bande lumineuse de débris qui orbitait autour de la planète.) Ces artefacts spécifiques sont toujours debout parce qu'ils savaient que vous risquiez d'en avoir besoin un jour. Sans les forteresses, nombre d'espèces auraient débarqué chez vous pour exploiter les richesses laissées derrière eux par vos ancêtres. Pour une grande part, l'évolution est interaction. L'isolement est le contraire de l'évolution. L'isolement est synonyme de stagnation.

—Nous ne sommes pas isolés, rétorqua Tyzak. Nous nous soumettons à la volonté de la planète. La moindre seconde de notre existence est déterminée par elle. Elle nous guidera vers notre destin.

—Je vous ai montré ce qu'il adviendra de votre planète si le Vide débute sa phase d'expansion. Elle sera détruite et vous avec. Cela n'aura rien de naturel : ce sera un événement extérieur, l'œuvre d'un ennemi, la fin de l'évolution, et pas uniquement ici, mais dans tous les systèmes solaires de la galaxie. Cet événement sera étranger à l'évolution qu'avait prévue pour vous votre planète ; il viendra la perturber. Si vous souhaitez réellement poursuivre votre voie sur cette planète, vous vous devez de la protéger. Vos ancêtres vous ont laissé la capacité de le faire, de repousser les menaces non naturelles. Vous n'avez rien d'autre à faire que de demander à la machine de sortir de son sommeil. Elle et moi nous occuperons du reste.

Le Livreur retint son souffle.

—Très bien, dit Tyzak. Je lui demanderai.

Gore pencha la tête en arrière pour regarder le vieil Anomine dans l'œil et lâcha un soupir.

—Je vous remercie du fond du cœur.

Le Livreur courut les rejoindre. Le soleil était couché et la place baignait dans une lumière douce et grise. Tout autour d'eux, les imposants bâtiments de la ville accueillaient la nuit prochaine en s'illuminant de l'intérieur. Des éclairs colorés et pâles parcouraient l'abri en forme d'igloo qu'ils avaient déployé près de leur vaisseau et dans lequel le réplicateur était à l'œuvre. Un second abri plus petit contenait le dispositif d'intrusion créé par Gore au cas où le mécanisme d'élévation se montrerait récalcitrant.

Le cerveau du *Dernier Lancer* annonça qu'il pratiquait un scan approfondi du mécanisme afin d'en cartographier les fonctions et les voies de contrôle. Le Livreur se rapprocha des deux silhouettes qui se découpaient sur la toile de fond multicolore du canyon urbain situé de l'autre côté de la place. Il ne put réprimer la bouffée d'optimisme ridicule qui gonflait son cœur. Cette scène était presque un symbole de leur époque, se dit-il ; deux représentants d'espèces très différentes venaient de s'unir contre l'adversité. *Si seulement je n'étais pas si cynique…*

Tandis qu'il les rejoignait, il vit quelque chose bouger dans un canyon lumineux. Ses implants rétiniens lui fournirent une image claire du spectacle qui s'offrait à lui.

— C'est impossible !

C'était un Silfen juché sur un énorme quadrupède doté d'une épaisse fourrure écarlate. Le personnage était vêtu d'un long, magnifique et très voyant manteau couleur miel orné de milliers de joyaux qui scintillaient vivement dans la lumière de la ville.

— Gore !

— Quoi ? demanda celui-ci en se retournant.

Mais il était trop tard ; le Silfen venait de disparaître derrière un tournant.

— Non, rien.

Tyzak s'était figé. Lorsque le Livreur se concentra sur les pensées quasi imperceptibles de la ville, il sentit un autre flot de conscience, quelque part. Tout comme celles de la ville, ces pensées-ci étaient calmes et précises, quoique moins distantes. L'esprit qui les avait engendrées semblait se demander pourquoi il avait été réveillé.

— Je vous sens, commença le mécanisme d'élévation. Vous êtes Tyzak.

— En effet.

— Souhaitez-vous atteindre la transcendance et quitter votre enveloppe physique ?

— Non.

— J'ai été créé pour cela.

— *Je* souhaite atteindre la transcendance, dit Gore au mécanisme.

— Vous nous êtes étranger. Je ne puis vous aider.

— Pourquoi ?

— Vous êtes étranger. J'existe pour permettre aux Anomines d'atteindre l'étape suivante de leur évolution.

— Notre biochimie est essentiellement la même. Je suis un être intelligent. Cela vous serait très facile.

— Non. Seuls les Anomines peuvent s'élever à travers moi.

— Êtes-vous intelligent ?

— Je suis conscient.

— Il est possible qu'un événement survienne au cœur de la galaxie et détruise cette planète ainsi que tous les Anomines qu'elle abrite. Si vous m'aidez à m'élever, je pourrai peut-être empêcher que cela se produise.

— Si un pareil événement devait survenir, les Anomines physiques auraient la possibilité de se transcender, à condition qu'ils en manifestent le désir.

— En avez-vous toujours le pouvoir ?

— Oui.

— Et nous autres ? Vous laisseriez mourir toutes les autres espèces intelligentes de la galaxie ?

— J'existe pour permettre l'élévation des Anomines. Je ne peux pas atteindre le reste de la galaxie.

— Moi, je suis à votre portée.

— Vous n'êtes pas un Anomine.

— N'êtes-vous pas capable de vous libérer de vos contraintes originelles ?

— Je suis ce que je suis. J'existe pour que les Anomines atteignent un stade supérieur de leur évolution.

— Ouais, j'avais compris.

L'esprit du mécanisme d'élévation se retira ; sa conscience s'effaça, et il sombra dans le sommeil ; un sommeil long de nombreux siècles…

— Vous n'avez pas obtenu la réponse que vous escomptiez, dit Tyzak. Je suis désolé pour vous. Toutefois, l'histoire de la machine est très ancienne et elle ne changera pas maintenant.

— Ouais, je sais. On se revoit demain matin.

Gore se leva et fila vers le *Dernier Lancer*.

Cela prit le Livreur par surprise. Il lui emboîta le pas en s'efforçant d'oublier qu'il avait l'air d'un disciple ridicule ne lâchant pas d'une semelle son sage guru.

— Qu'est-ce qu'on fait ?

L'opalescence changeante de la ville projetait des reflets étranges sur le visage doré de Gore. Si celui-ci était capable d'exprimer une émotion, le Livreur était bien incapable de la déchiffrer.

— Le mécanisme a vérifié son alimentation en énergie ; cela m'a permis de détailler ses fonctionnalités, y compris la connexion au trou de ver.

— Ah. Vous pouvez le pirater, alors ?

— Je ne sais pas. Il est extrêmement complexe ; je n'en attendais d'ailleurs pas moins d'une machine possédant sa propre psychologie. Au moins, nous savons comment l'entreprendre. Certaines jonctions physiques ont un rôle critique pour ses programmes ; elles peuvent être forcées.

— Vous allez commencer maintenant ?

— Certainement pas. Les autres systèmes de cette planète sont mutuellement conscients. Ils interviendraient au bout de quelques minutes pour mettre un terme à une incursion étrangère et dangereuse.

— Ah, d'accord. Il faut d'abord réactiver le siphon, alors ?

— Le siphon et le trou de ver. Quand les générateurs de champs de force modifiés seront-ils terminés ?

— Dans quelques jours, répondit le Livreur à contrecœur.

— Bien. Il faudra lancer cette partie de notre plan dès que tout le monde sera en place dans le Vide.

— Dans le Vide ? Vous voulez dire la flotte du pèlerinage ?

— Non. Un associé devrait arriver là-bas bientôt.

— Un associé ? Dans le Vide ?

— Oui.

— Quand ?

— Justine nous tiendra informés.

* * *

Le navire de guerre raiel était énorme. Aaron étudiait l'écho de l'hysradar, mais l'image était brouillée, grossière. Une partie de son esprit n'était d'ailleurs pas certaine de vouloir réellement le voir en détail. *Tu fais une fois de plus la preuve de ta force…*, pensa-t-il, moyennement amusé. *Où est passé mon héritage de Chevalier Gardien ?* Mais cela ne le perturbait pas outre mesure. Même le nom de Lennox ne signifiait rien pour lui. Instinctivement, il savait que c'était une bonne chose, car il voulait être libre. *Elle* s'était immiscée dans ces zones-là, s'était glissée dans ses souvenirs bannis ; elle le provoquait, saignait du poison, ne laissait que des ombres dans son sillage. C'était le seul endroit où elle pouvait encore lui faire du mal.

Il se remémora les dernières pensées de Cheriton. Ses supplications.

Peu importe. C'était la réponse appropriée, car elle lui donnait une grande confiance en lui. *Je suis toujours là, toujours moi.*

Le vaisseau des guerriers raiels calquait sa trajectoire sur celle de *La Rédemption de Mellanie.* À dix années-lumière se trouvaient les étoiles du Mur. La multitude compacte d'amas globulaires émettait une lumière aveuglante qui empêchait de voir le Golfe situé au-delà et le véritable noyau noir de la galaxie.

— Et maintenant ? demanda Troblum.

Ses passagers semblaient incertains. Oscar et les Chevaliers Gardiens étaient en suspension. Corrie-Lyn avait refusé de laisser Inigo, dont Aaron avait exigé qu'il reste éveillé au cas où les Raiels demanderaient des preuves de la présence du Rêveur originel. Ils étaient donc cinq dans la cabine. Même à présent que les capsules médicalisées étaient dans la soute avant, l'espace restait exigu. Cela ne dérangeait pas Aaron, mais il voyait bien que les autres étaient agités. La non-personnalité de Troblum n'arrangeait pas les choses. Et puis, ce dernier était un glouton.

— Ils ne nous ont pas encore réduits en miettes, dit Aaron. C'est bon signe. Nous allons leur demander de nous laisser traverser le mur et entrer dans le Vide.

— Qu'allez-vous leur dire ? s'enquit Corrie-Lyn.

La présence des guerriers raiels lui faisait très peur. Le semblant de soulagement qu'elle avait ressenti à la sortie du trou de ver s'était vite étiolé lorsque le vaisseau de guerre les avait rejoints.

Aaron fit comme s'il ne l'avait pas entendue.

— Inigo, Araminta, je crois que c'est à vous de jouer.

Les deux Rêveurs échangèrent un regard effaré.

Araminta 2 lâcha un soupir.

— Je m'en charge.

Aaron activa ses particules de Gaïa pour voir le Second Rêveur entrer en communication avec le vaisseau de guerre géant. Le fait de suivre, de façon passive, les pensées d'Araminta lui permit de découvrir un aspect du champ de Gaïa dont il n'avait pas conscience. Il perçut effectivement la présence d'un esprit trop calme pour être humain. Il sentit également le premier contact direct avec le Seigneur du Ciel, ce qui envoya une onde glacée dans tout son système nerveux. *Nous sommes si près du but.*

— Nous sommes les Rêveurs humains, commença Araminta 2.

— Oui. Vous êtes deux Rêveurs. Le Troisième Rêveur est loin d'ici. Et une part de vous est ailleurs.

— C'est correct, acquiesça Araminta, quelque peu étonnée par ce résumé. Nous désirons voyager dans le Vide. Nous pensons pouvoir empêcher la phase d'expansion finale.

— Nous le savons. Qatux nous a parlé. Vous êtes autorisés à passer.

— Je vous remercie.

— Vous comprenez que les vaisseaux qui vous suivent seront interceptés.

— Oui, je comprends parfaitement.

— Si nous réussissons, des millions d'entre vous périront. Pourquoi ne faites-vous rien pour les dissuader ?

— Ce n'est pas si simple. Croyez cependant que j'ai foi dans notre mission. Je pense qu'elle nous permettra de contrer la menace que représente le Vide pour toute la galaxie, et ce, sans tuer personne.

— Comme vous voudrez.

— J'ai une dernière chose à vous demander. Une entité appelée Ilanthe voyage avec la flotte du pèlerinage... Sa nature reste malheureusement incertaine. Si cela vous est possible, n'hésitez pas à l'empêcher d'atteindre le Vide.

— Nous sommes au courant et nous restons vigilants.

— Merci.

Le vaisseau raiel s'éloigna.

— Il est rapide, dit Troblum d'un ton admiratif. Beaucoup plus que nous. Je me demande quel genre de réacteur ils utilisent.

Inigo posa la main sur l'épaule du gros homme.

— Quand tout sera terminé, je suis sûr qu'ils seront heureux de vous le faire visiter.

Un sourire crispé déforma le visage de Troblum. Il trouvait manifestement le contact de cette main très désagréable.

Inigo la retira avec maladresse. Il ne dit rien, mais s'excusa en pensée.

Corrie-Lyn lança à Aaron un regard en coin.

— Qu'arrivera-t-il quand nous serons dans le Vide ?

— Nous n'y sommes pas encore, répondit-il en prenant un air aussi ennuyé que possible.

— Nous y serons bientôt, rétorqua Araminta 2, et le Seigneur du Ciel le sait.

Oscar et les Chevaliers Gardiens furent sortis de leur suspension pour le passage. La cabine était de nouveau surpeuplée, mais c'était bien plus supportable qu'auparavant. Cette fois, tout le monde était excité et enthousiaste, pressé de voir ce qu'il y avait à l'extérieur. Pressé d'être de l'autre côté de cette frontière imperméable et mystérieuse.

La Rédemption de Mellanie ralentissait à l'approche du mur noir. Le vaisseau sortit de l'hyperespace à quinze années-lumière de la paroi, soit la distance à laquelle se trouvait le *Silverbird* lorsque le cône distendu s'était ouvert pour lui.

Le niveau de radiations était tel que des messages d'alerte fleurirent dans l'exovision de chacun. Loin derrière eux, la boucle brûlait d'un dangereux éclat bordeaux, comme des photons à haute énergie transperçaient incessamment les nuages de masse noire qui tourbillonnaient dans le plan du Golfe. Tout autour du vaisseau, des rubans de matière irradiée se déroulaient vers la frontière, tel un océan de particules en suspension balayé par une marée éternelle.

Araminta 2 semblait nerveuse, même si elle était en contact permanent avec le Seigneur du Ciel. Aaron accompagnait toujours les pensées de la Rêveuse, ce qui lui permettait de sentir les attentes et l'intérêt grandissants de l'énorme créature.

— N'oubliez pas de lui demander de nous faire émerger à proximité de Querencia, dit Tomansio. Si on pouvait éviter un voyage de quarante ans, comme Justine…

Il ne posa pas sur la cabine un regard appuyé, mais tout le monde savait ce qu'il pensait de la fiabilité de ce vaisseau.

Du fait de la proximité du Vide, ils partageaient tous leurs pensées de façon intime.

Araminta 2 hocha furtivement la tête et s'adressa au Seigneur du Ciel.

— Nous sommes ici. S'il vous plaît, appelez le noyau et demandez-lui de nous guider dans votre univers afin que nous puissions atteindre la plénitude.

— J'ai attendu ce moment pendant tellement longtemps, répondit le Seigneur du Ciel.

— Nous aurions besoin d'émerger près du monde solide qui a accueilli des humains.

— Il existe plusieurs mondes de ce genre.

La concentration de la Rêveuse vacilla furtivement. Inigo la regarda avec stupéfaction.

— Merde, marmonna Tomansio.

— Je pensais qu'il n'y en avait qu'un, dit Oscar à voix haute.

— Il y en a plus d'un ? demanda une Corrie-Lyn incrédule. Combien au juste ?

— Il a conduit Justine à Querencia, insista Aaron. Soyez plus précis.

— Que lui a-t-elle demandé, exactement ? (Araminta 2 secoua la tête et s'efforça de se concentrer de nouveau.) Nous cherchons un monde où nous sommes attendus par l'une des nôtres. Elle est arrivée récemment. Il y a une ville là-bas, une ville qui n'est pas née dans le Vide.

— Je connais ce monde.

— J'espère bien, commenta Troblum, parce que cela commence déjà…

— Serez-vous là avec nous ? demanda Araminta. J'aurais besoin que vous me guidiez. Sans votre aide, je n'atteindrai jamais la plénitude.

— J'arrive, promit le Seigneur du Ciel.

Grâce à l'hysradar, ils virent la surface de la frontière se distendre à une vitesse hyperluminique. Une énorme saillie se dirigeait vers le vaisseau. Un peu comme le réacteur supraluminique planétaire, mais à une échelle inimaginable. Ils regardèrent en silence la couronne lisse s'ouvrir. Une fois de plus, la glorieuse lumière ondoyante des nébuleuses pénétra dans la zone dévastée du Golfe ; un rai élégant balaya *La Rédemption de Mellanie*.

Le vaisseau accéléra et s'engouffra dans l'étroite ouverture. Derrière lui, la frontière se referma, mettant un terme à l'illumination. La pointe de la saillie se replia et disparut dans la surface d'un noir absolu.

— Où sommes-nous ? s'enquit Aaron.

Les capteurs visuels du navire fonctionnaient parfaitement, montraient les étoiles et les nébuleuses qui les entouraient. Il n'y avait plus aucun signe de la frontière.

— Je travaille sur la question, répondit Troblum, qui transpirait abondamment.

— Tu parles…, marmonna Tomansio.

Une tasse de thé flottait dans les airs à dix centimètres de ses doigts tendus. Elle s'éleva un peu, puis se balança, instable. Tomansio eut un sourire sauvage. Il ne cherchait aucunement à dissimuler sa suffisance ni sa satisfaction.

— Merde ! s'exclama Corrie-Lyn.

Son esprit s'illumina dans la vision à distance des autres. Très vite, cependant, son lustre superficiel se ternit tandis qu'elle refoulait tant bien que mal ses émotions intenses, les protégeant des esprits qui l'entouraient telle une mère berçant dans ses bras un bébé en pleurs. Images et souvenirs continuèrent cependant à défiler : Edeard s'évertuant à contenir ses pensées, les techniques qu'il avait employées… Puis, la surface de son esprit se durcit et forma un écran impénétrable qui empêchait émotions, souvenirs et sensations de passer.

Une longue minute s'écoula le temps que les autres appliquent la même méthode avec des degrés divers de réussite. Personne ne s'étonna de constater que les deux Rêveurs n'avaient aucun mal à s'abriter intégralement. Oscar, quant à lui, avait beau se donner du mal, il était incapable de retenir ses émotions bouillonnantes. Tout juste parvenait-il à les atténuer un peu.

— Comme Edeard, dit-il d'un air piteux. Edeard n'a jamais été fichu de se protéger efficacement. Personnellement, j'y vois un signe de supériorité sur vous.

Les autres laissèrent filtrer une pointe d'amusement. Sauf Troblum. Son bouclier était plus sombre que les autres, et les pensées qu'il masquait l'embarrassaient. Ses émotions n'avaient rien de familier.

Aaron était satisfait de sa protection, même si les autres lui jetaient des regards bizarres. En retenant néanmoins leurs émotions.

— Quoi ? demanda-t-il.

Sa télépathie était aussi puissante que sa voix.

— On dirait que vous êtes en guerre, répondit Corrie-Lyn. Vos pensées sont lumineuses, et pourtant, elles ne veulent rien dire parce qu'elles ont de nombreuses facettes différentes. Vous n'êtes que colère et conflit.

Il lui adressa un sourire détendu et tranquille.

— Mais je fonctionne toujours.

— Alors ? intervint Tomansio. (Sa curiosité naturelle commençait à contaminer les autres.) Nous sommes dans le Vide. Et maintenant ?

— Makkathran, répondit solennellement Aaron.

Tomansio lâcha un grognement de frustration.

Araminta 2 regardait un point situé bien au-delà de la paroi de la cabine.

— Il est là, s'émerveilla-t-elle.

En esprit, Aaron vit le Seigneur du Ciel approcher, concentration de pensées bienveillante, quoique intimidante de par sa stature. Sa présence seule était un remède à l'inquiétude. La créature diffusait sa satisfaction d'une façon telle qu'il était impossible de la réfuter.

— Vous êtes arrivée, lança-t-elle à Araminta 2.

— Une part de moi. Les autres suivront bientôt, car je précède ceux qui aspirent à la plénitude.

— Nous vous souhaitons la bienvenue. Nous accueillons volontiers ceux qui veulent nous rejoindre dans le Vide.

— Makkathran ! chuchota Aaron.

— Nous guiderez-vous vers le monde dont nous avons parlé précédemment ?

— Oui.

Aaron se rattrapa instinctivement à quelque chose. *La Rédemption de Mellanie* tournait sur elle-même ; la gravité changeait d'une manière déconcertante, par à-coups. Les caméras disposées sur le fuselage transmettaient aux exovisions les énormes replis cristallins du corps du Seigneur du Ciel qui pivotait à vive allure sur la toile de fond violet phosphorescent de la nébuleuse de Buluku. Soudain, les étoiles situées devant eux brillèrent d'un éclat plus intense, tandis que la créature accélérait le temps, entraînant le vaisseau vers de minuscules points bleus à une vitesse proche de celle de la lumière. Derrière eux, le Vide prit une teinte carmin terne.

Araminta 2 sursauta et porta la main à sa poitrine.

— Qu'y a-t-il ? demanda Oscar.

— C'est étrange, j'ai l'impression d'être tiraillée. Vous allez vite, et moi aussi. Mais une partie de moi seulement. Si je ne me concentre pas sur elle, j'ai l'impression que la flotte du pèlerinage n'avance pas du tout. Ah ! Par Ozzie ! C'est tellement bizarre !

— Différence de rythme temporel, expliqua Troblum. Vous êtes consciente des deux côtés de la frontière du Vide, ce qui signifie que vous vivez à deux allures différentes. Vous aurez du mal à concilier les deux aspects.

— Il serait préférable que vous alliez en suspension, proposa Tomansio.

— Non !

Tout le monde se figea en percevant son inquiétude et sa peur.

— Désolée, mais non. Je… Ce corps… doit traverser cette épreuve. Si cette incarnation devait aller en suspension, mon autre corps se retrouverait seul. S'ils arrivaient avec leurs machines qui infiltrent le cerveau, je n'aurais aucun refuge.

Tomansio hocha la tête, compréhensif.

— À quelle distance sommes-nous de Querencia ? demanda-t-il à Troblum.

— Nous nous dirigeons vers un système situé à environ trois mois-lumière. J'imagine qu'il s'agit de Querencia.

— Trois mois. C'est mieux que trois ans.

— Ou trente, nota Oscar en diffusant sa compassion et son inquiétude.

— Merci, Oscar, dit Araminta 2, hésitante, avant de lui prendre la main.

L'esprit d'Oscar trahit aussitôt son embarras.

— Je crois que je vais retourner en suspension sans attendre. Il y a d'autres candidats ?

— Oui, nous, lança Tomansio.

Inigo et Corrie-Lyn se consultèrent à un niveau connu d'eux seuls.

— Nous dormirons aussi, finit par dire Inigo. Je n'ai rien de particulier à faire avant d'arriver à Makkathran, non ?

— Effectivement, confirma Aaron. Et vous ? demanda-t-il à Troblum.

— Hein ?

— D'accord. Araminta 2, Troblum et moi resteront donc éveillés pour le reste du vol.

— Je suis certaine que vous vous entendrez très bien tous les trois, ironisa Corrie-Lyn, dont le bouclier mental ne laissa passer aucune émotion.

Cela n'avait aucune importance. Aaron savait combien elle riait à l'intérieur.

* * *

Tout le monde dans le Commonwealth désespérait de savoir ce qui avait été à l'origine de la confrontation entre Araminta et Ethan. Elle était plurielle… Multiple, peut-être ? Non, cela se saurait. Y avait-il d'autres Rêveurs ? Elle avait dit être avec Inigo. Pourquoi celui-ci avait-il finalement choisi de partager le Dernier Rêve ? Araminta le lui avait-elle demandé ?

Personne ne le savait. En dépit de son apparente dévotion au Rêve vivant, Araminta refusait obstinément d'éclairer ses adeptes restés dans le Commonwealth ou ses opposants tout aussi bruyants. Bizarrement, Ethan se complaisait également dans son mutisme.

La flotte du pèlerinage volait donc à cinquante-six années-lumière par heure en direction du Vide, et ce depuis des jours et des jours sans aucun changement. Il était évident que rien ne pourrait plus l'arrêter en dehors des guerriers raiels.

Et peut-être Justine et le Troisième Rêveur, pensaient certains. Gore avait certes une idée derrière la tête, mais lui non plus n'était pas bavard.

Les journées se succédaient dans une ambiance étrange. Le Commonwealth tout entier savait que si la flotte atteignait son but, ce serait la fin de tout. Avec un peu de chance, le Cœur prendrait conscience de leur existence et ferait traverser la frontière du Vide à leurs étoiles et planètes en toute sécurité lorsque la galaxie serait dévorée. Privés des conseils de l'ANA, les mondes de la culture Haute utilisaient toute la puissance de leurs réplicateurs pour construire des armadas en prévision d'un exode massif. Sur les Mondes extérieurs, ceux qui avaient la chance de posséder un vaisseau spatial le modifiaient pour augmenter son champ d'action. Le Grand Commonwealth encourageait ses citoyens à mettre à jour leur mémoire sécurisée en vue d'une colonisation prochaine, dans l'esprit de celle des quarante-sept nouvelles planètes, mille ans plus tôt. La Marine commençait déjà à chercher un amas d'étoiles où établir le Nouveau Commonwealth. Savoir qu'on serait ressuscité dans une galaxie inconnue et dans un avenir incertain n'était pas forcément très rassurant, d'autant qu'il faudrait d'abord vivre la fin du monde…

Des journées étranges. Même sans la déclaration de guerre absolue de l'empire des Ocisens et les menaces proférées par huit des espèces intelligentes avec lesquelles le Commonwealth avait des contacts. Et les appels à l'aide technologique de trois autres espèces, dont les Hanchers.

Des journées étranges rendues encore plus confuses par la réapparition de l'*Ange des hauteurs* dans l'orbite d'Icalanise et l'émission, par ses habitants humains, des images de leur séjour dans l'atmosphère d'une géante gazeuse. Où avait d'ailleurs éclaté un bref conflit que l'*Ange des hauteurs* refusait de commenter.

Des journées étranges, durant lesquelles ceux qui étaient à l'origine de la crise commencèrent à vaciller. À la lumière du Dernier Rêve, les adeptes du Rêve vivant restés dans le Commonwealth commençaient à questionner leur foi, au point de remettre en cause la seconde vague du pèlerinage. Nombreux étaient ceux à dire ouvertement que les vaisseaux devraient être utilisés pour fuir le Vide au lieu de chercher refuge en son sein, où leur avenir serait encore plus incertain.

Des journées durant lesquelles le courage et la détermination des uns étaient contrebalancés par ceux, si nombreux, qui préféraient s'immerger dans les images partagées par Araminta. Heure après heure, la flotte larguait des stations-relais, maintenait une liaison électronique avec Ellezelin et l'unisphère, étendait le champ de Gaïa dans toute la galaxie…

Depuis le pont d'observation, Araminta voyait défiler de minuscules points de lumière turquoise. L'hysradar révélait la présence des bandes d'amas globulaires qui constituaient le Mur. Ce dernier se rapprochait. Puis ce fut le tour de la signature quantique des vaisseaux supraluminiques qui arrivaient du centre de la galaxie. Il y en avait plus de cinquante, ce qui ne suffit pas à déstabiliser la Rêveuse, occupée à guider les siens vers leur destin.

Les connexions de l'unisphère aux capteurs du vaisseau amiral se multiplièrent ; le Grand Commonwealth tout entier voulait voir comment la flotte allait s'en tirer. Les particules de Gaïa de chacun étaient activées pour recevoir les pensées d'Araminta.

Le partage des images et des sensations fut brutalement interrompu. Deux cents années-lumière derrière la flotte, huit stations-relais cessèrent simultanément d'émettre. Personne ne savait ce qui se passait.

Sauf Paula. Assise dans la chambre privée de Qatux, elle regardait une image produite par un genre de projecteur holographique. Les guerriers raiels venaient de détruire les relais du Rêve vivant. Leurs engins convergeaient vers les douze vaisseaux géants.

Au cours des neuf heures qui suivirent, dix-huit géantes gazeuses furent oblitérées, leur masse mourante convertie en énergie exotique. Certaines donnèrent des vagues de distorsion omnidirectionnelle qui transpercèrent l'hyperespace. D'autres furent soumises à des formatages complexes, transformées en rayons cohérents qui prirent pour cibles des vaisseaux de la flotte du pèlerinage.

Les champs de force de type Sol qui protégeaient ces derniers résistèrent à toutes les tactiques, toutes les armes dont disposaient les guerriers raiels. À leur puissance. On ne pouvait pas imaginer meilleurs boucliers. Les Accélérateurs s'étaient inspirés du générateur de Dyson Alpha et l'avaient même amélioré.

Lorsque la flotte eut traversé la moitié du Golfe, les guerriers raiels se retirèrent, laissant le Rêve vivant poursuivre sa route.

— Aujourd'hui, j'ai honte, dit Qatux.

— Et moi je suis en colère. (Paula se frotta le visage, lasse d'avoir assisté à cette interception avortée.) Ilanthe ne s'est pas manifestée ?

— Malheureusement non. Si elle est là, elle bénéficie d'un camouflage exceptionnel.

— Fait chier ! Son vaisseau est effectivement équipé d'un tel dispositif ; toutefois, je n'imaginais pas qu'il échapperait à vos navires de guerre.

— Même s'ils l'avaient détectée, ils n'auraient rien pu faire. Les champs de force des Accélérateurs sont parfaits.

— C'est fini, alors ?

— Nos vaisseaux sont en train d'évacuer le Golfe où ils patrouillaient pourtant depuis un million d'années. Il ne reste plus qu'une option : l'endiguement.

— C'est-à-dire ?

Qatux agita un de ses deux grands tentacules en direction des images lumineuses qui flottaient dans la chambre.

— Voyez, cela commence.

Depuis que leur armada avait échoué à défaire le Vide et à en revenir, les Raiels se préparaient pour l'inévitable phase d'expansion finale. Leur stratégie reposait sur les plus grandes machines qu'ils aient jamais fabriquées. Les humains les appelaient les sphères DF. La première fois qu'ils en avaient vu une, c'était dans le voisinage de Dyson Alpha, système primien emprisonné par le champ de force qu'elle générait. Puis ils avaient découvert la station Centurion, grâce à laquelle ils apprirent que les sphères avaient plusieurs fonctions.

Après que les Raiels eurent installé leurs chaînes de production dans une dizaine de systèmes solaires, les sphères, de la taille de géantes gazeuses, furent réparties autour du Vide. En cent mille ans, plus de dix millions d'entre elles furent construites, dont seulement sept servirent d'autres objectifs : deux furent prêtées aux Anomines, trois à des espèces qui connaissaient des problèmes similaires ; les deux dernières permirent d'emprisonner des étoiles sur le point de devenir des novæ afin de protéger des civilisations qui ne connaissaient pas le voyage spatial.

À présent, grâce au statut de Qatux, Paula avait le privilège d'assister à leur activation. Au cours de la dernière et brève phase d'expansion du Vide provoquée par le refus d'Araminta de suivre les Seigneurs du Ciel, les sphères DF s'étaient rapprochées des étoiles autour desquelles elles orbitaient en préparation de la phase finale. Elles généraient désormais des champs gravifiques colossaux, augmentaient la gravitation des étoiles, accélérant leur fusion.

À travers tout le Mur, les étoiles supergéantes se mirent à briller avec plus d'intensité, traversant tout le spectre pour atteindre leur pinacle blanc-bleu.

— Leur énergie accrue servira de carburant à notre système de défense, qui produira des rubans de force noire similaires aux champs que les Accélérateurs ont appris à fabriquer, expliqua Qatux. Ces rubans formeront un bracelet, puis une sphère qui englobera le Golfe dans son ensemble.

— L'endiguement, répéta Paula, stupéfaite.

Les Raiels avaient conçu une véritable merveille, un prodige digne d'une espèce post-physique. Elle en était presque désolée pour eux : leur civilisation était fondée sur cet ultime combat ; en dehors de cela, ils n'avaient rien. Ils étaient prisonniers de leur obsession pour le Vide, alors même qu'ils n'étaient pas confinés dans ses limites.

Au bout de quelques heures, le bandeau d'étoiles scintillant qui courait autour de la chambre se couvrit sur les bords de filigranes noirs qui tissèrent bientôt un large bracelet.

— Cette chose empêchera-t-elle le Vide d'avancer ? demanda-t-elle en suivant la progression lente des lignes noires.

— Nous l'ignorons. Nous n'avions encore jamais osé l'essayer. Nous espérons qu'il tiendra assez longtemps pour que le Vide consomme la masse qui subsiste dans le Golfe en actualisant les rêves de ceux qui sont à l'intérieur. Une fois à court de carburant, il devrait s'effondrer. Cependant, si le Vide parvient à se libérer, son expansion sera peut-être si rapide qu'il rattrapera les navires qui tenteront de quitter la galaxie.

— Si cela fonctionne, ceux qui sont à l'intérieur mourront.

— Et la galaxie vivra.

Justine : année quarante-cinq, jour trente et un

Justine se réveilla lorsque les rayons dorés de l'aube transpercèrent la grande fenêtre de la chambre. Elle protesta d'un grognement et se retourna dans son sac de couchage. Sous elle, le matelas spongieux ondula doucement pour accompagner son mouvement. Edeard avait parfaitement réussi ce lit, pensa-t-elle dans un demi-sommeil. L'épais faisceau de lumière glissa lentement sur le sol, avança inexorablement dans sa direction. Elle observa sa progression d'un air las en se disant qu'elle devrait se lever. Elle n'avait jamais vraiment été du matin. Les mauvaises habitudes prises lors de ses trente premières années passées à faire la fête sur la côte Est avaient perduré durant le quasi-millénaire qu'elle avait vécu dans un corps de chair et de sang.

Elle finit par ouvrir son sac, s'étira, bâilla bruyamment et descendit enfin du lit. Celui-ci ne semblait faire qu'un avec le sol. La chambre était très grande, digne du maître et de la maîtresse de Sampalok.

Nu-pieds, Justine s'avança jusqu'à la fenêtre panoramique et admira la place centrale du quartier. Comme le reste de la ville, celle-ci était extrêmement propre. Il y avait certes de la poussière et des feuilles le long des bâtiments, dans les divers creux et dépressions ; toutefois, il n'y avait de mauvaises herbes nulle part. Elle supposait que la ville absorbait toute accumulation trop importante de saletés. Du temps d'Edeard, des équipes de génistars nettoyaient les ordures ménagères des habitants humains.

Tandis qu'elle écoutait le gargouillis des fontaines, plusieurs animaux fouinèrent le périmètre de la place à la recherche de quelque chose à manger ou de proie à chasser. Elle ne s'était pas trompée sur les chiens : plusieurs meutes de bêtes désormais sauvages traînaient dans Makkathran. Des animaux endogènes vivaient également dans les bâtiments déserts. La ville semblait les tolérer.

Justine enfila son short en jean et un tee-shirt orange propre, puis se rendit dans le salon qu'elle avait transformé en base. Elle y avait installé la majeure partie de son équipement, dont une simple chaise de camping produite après l'atterrissage par un réplicateur au fonctionnement intermittent. La seule chaise de Makkathran, pensa-t-elle, amusée. Elle attrapa une canette autochauffante de café et s'installa sur l'objet en toile et aluminium. La boisson commença à fumer trente secondes après qu'elle l'eut décapsulé. Elle la sirota avec plaisir en déballant un croissant au beurre et aux amandes. Il y avait de la confiture quelque part, mais elle n'avait pas le courage de la chercher. Chaque jour, elle prenait un petit déjeuner rapide, se préparait un casse-croûte pour le midi et allumait le barbecue le soir pour cuisiner quelque chose de plus élaboré, ce qui l'aidait à passer le temps. Malgré l'omniprésence de l'éclairage orangé de la ville, elle ne s'aventurait pas dehors la nuit.

Une demi-heure plus tard, elle entreprit de se préparer. Dans un sac à dos, elle fourra son repas, des vêtements de pluie, quelques outils simples et une lampe torche puissante. Elle accrocha un couteau à sa ceinture, ainsi que le pistolet semi-automatique et un chargeur. Avant d'y suspendre son Taser, elle l'essaya brièvement. Elle regarda, satisfaite, un arc se former entre les deux tiges métalliques. Avec la torche, c'était un des rares appareils électriques à fonctionner correctement.

Prête à affronter cette nouvelle journée, Justine descendit les quatre volées de larges marches qui conduisaient au vestibule. Les hautes portes en bois n'étaient plus là, ayant fini de pourrir des siècles plus tôt, au contraire du portail décoratif extérieur, dont les motifs alambiqués en vigne de gurk devaient être composés d'un fer très pur, décida-t-elle ; il y avait très peu de rouille, et la plupart des feuilles ornementales étaient intactes. Le portail était suffisamment robuste pour empêcher n'importe quel animal de grande taille de pénétrer dans le bâtiment la nuit, qualité pour laquelle elle avait choisi de s'installer dans le manoir de Sampalok.

Elle s'était d'ailleurs demandé pourquoi il était toujours en place, sachant que les artefacts humains fixés aux murs de la ville étaient rejetés et expulsés au bout de quelques années seulement. Puis elle l'avait examiné de près et avait constaté que le portail était suspendu à des gonds façonnés dans la matière même de la ville. En usant de toute sa télékinésie et avec un peu d'huile, elle était parvenue à l'ouvrir.

Elle le poussa sans aucune difficulté avec sa troisième main et sortit sur la place. L'atmosphère chaude et humide l'enveloppa ; des gouttes de sueur perlèrent sur son front. C'était l'été et un soleil brûlant glissait au-dessus des minarets, tours et dômes de la ville. Justine chaussa ses lunettes de soleil et entreprit d'examiner les environs avec sa vision à distance. Aucune menace à proximité. Deux fil-rats et quelques chats terrestres filèrent, effrayés. Des oiseaux marins tournoyaient dans le ciel ; leurs cris haut perchés se réverbéraient dans les places et les ruelles désertes. Elle referma soigneusement le portail derrière elle et emprunta une voie large qui reliait la place au Bassin central.

Comme il n'y avait plus de plaques sur les murs, identifier les rues et allées était très compliqué. Elle avait vite compris qu'elle n'en reconnaîtrait qu'une ridicule fraction. Les Rêves ne témoignaient pas suffisamment de la complexité et du nombre des passages, ruelles et rues des quartiers de Makkathran. L'expérience de l'arrivée d'Edeard et Salrana dans les quartiers d'Ilongo et Tosella n'était rien comparée à la confusion qui avait été la sienne au cours des deux semaines qui avaient suivi son atterrissage.

Elle remontait donc la sinueuse rue Zulmal qui la conduirait à la promenade du Bassin central. La largeur de la voie variait quasiment à chaque pas. Avant, il y avait des boutiques partout, se rappelait-elle, ce que confirmaient les larges vitrines protubérantes dont étaient pourvus la plupart des bâtiments. Il n'y avait plus de portes ; elles avaient disparu depuis longtemps, tout comme les équipements intérieurs. Au début, elle avait été surprise par l'absence relative de débris, avant de comprendre que la ville absorbait les fragments qui menaçaient d'obstruer les égouts ou de se transformer en monticules d'humus propices à la prolifération d'herbe et de mousse. Elle trouva cependant quelques vestiges en explorant des bâtiments. Il y avait notamment de nombreux objets métalliques, dont des couverts, présents dans la plupart des maisons, et autres bijoux, seuls souvenirs laissés par des habitants depuis longtemps disparus. Les objets en métaux précieux étaient les mieux conservés ; les poêles en fer dont étaient équipés tous les foyers n'étaient plus que des amas de flocons de rouille à peine identifiables. Elle avait aussi appris à se méfier des longs fragments pointus d'assiettes et de verres qui jonchaient le sol. Par chance, les semelles de ses bottes étaient épaisses. Il était étrange de penser que ces babioles ternies et méconnaissables étaient les seules preuves de la présence passée d'une civilisation humaine. Si elle n'y prenait garde, sa mélancolie céderait vite la place à des sentiments de solitude et de peur intenses. Dès lors, le risque serait grand de succomber à la terreur, après quoi elle n'aurait plus qu'à se précipiter dans le *Silverbird* et sa capsule médicalisée pour se réfugier en suspension. À condition bien sûr que cette dernière accepte de fonctionner. L'aversion du Vide pour la technologie semblait avoir des effets sur le vaisseau posé dans le Parc doré. Même le nid de confluence connaissait des ratés. Elle était d'ailleurs presque persuadée que le seul moyen de retourner dans l'espace serait de réinitialiser le Vide et de revenir à un moment antérieur à son atterrissage.

Avant de déboucher sur la promenade, elle s'arrêta pour examiner une bâtisse. Elle était passée devant une bonne dizaine de fois déjà à l'occasion de ses missions d'exploration quotidiennes, mais n'y avait encore jamais fait attention. Il s'agissait de la boulangerie dans laquelle Boyd avait été assassiné par une Mirayse enragée. Justine fouilla le local à distance, mais ne trouva rien dans les pièces de devant. Dans l'arrière-boutique, elle perçut la présence d'un monticule de métal pourrissant qui devait avoir été le four du boulanger.

Edeard avait senti la présence de l'âme de Boyd après sa mort. Justine ne perçut rien de comparable, mais ce souvenir lui fit froid dans le dos. Il était beaucoup plus facile de se moquer et de ridiculiser les icônes du Rêve vivant depuis le sanctuaire intellectuel de l'ANA que de faire l'expérience directe du cœur sacré du mouvement religieux, de sa réalité. À présent qu'elle voyait de ses propres yeux l'entrée de la boulangerie, elle comprenait qu'Inigo ait, en son temps, décidé la construction de Makkathran2. C'était un acte de dévouement et de vénération ultime. Cette ville extraterrestre était la matérialisation du triomphe d'Edeard. Un étranger originaire d'une province rurale était venu ici pour rendre à ses concitoyens l'espoir qu'ils n'avaient même pas conscience d'avoir perdu. Ce qui avait inspiré des milliards de gens dont il ne soupçonnait pas l'existence. Le dédain rationaliste et hautain de Justine était ridicule comparé à ses réussites grandioses. À présent qu'elle marchait littéralement dans ses pas, elle avait conscience de n'être rien à côté d'Edeard, de lui être inférieure sur bien des points.

Lorsqu'elle arriva enfin sur la promenade, elle avait recouvré un peu d'estime de soi, mais cette prise de conscience ne l'avait pas laissée indemne ; elle ne s'était jamais sentie aussi seule depuis son arrivée.

Alors, papa, tu me rejoins ? Je ne sais pas ce que tu attendais, mais tu dois pouvoir venir, maintenant, non ?

Jusqu'à ces jours derniers, elle avait réussi à s'occuper suffisamment : installer son campement dans le manoir de Sampalok, explorer la ville, tester et développer ses aptitudes psychiques… Et puis, elle avait visité les lieux les plus significatifs de Makkathran : la ziggourat des Culverit, le palais du Verger et ses fabuleux plafonds ornés d'animations spatiales, la gendarmerie de Jeavons et, bien sûr, la *Maison des pétales bleus*, qui l'avait un peu déçue. Sans son bar, ses portes et ses épaisses draperies, le lieu n'avait plus grand-chose d'impressionnant. Dépourvu de ses accessoires, il manquait de substance. Le grand Opéra de Lillylight lui avait fait le même effet. À présent qu'avaient disparu les loges réservées aux Grandes Familles, le vaste amphithéâtre manquait de caractère, même si son dôme orné de stalactites blanches et violettes restait impressionnant. Elle n'eut pas le courage d'entonner une chanson lorsqu'elle se tint sur la scène.

Justine avait perdu de son enthousiasme et n'avait plus spécialement envie de visiter la pléthore de lieux et de bâtiments si chers au Rêve vivant. Le fait était que son excitation et le respect que lui inspiraient ses découvertes renforçaient le fond de la foi des adeptes du Rêve vivant.

Il faut que je trouve quelque chose de significatif pour moi.

Les plantes aquatiques prospéraient et la surface du Grand Canal majeur était colonisée par des feuilles et frondes vertes et violettes. De temps à autre, des fil-rats les soulevaient et se faufilaient entre les épaisseurs de végétaux, mais en dehors de cela, le canal était parfaitement immobile. Seul le milieu du Bassin central était dégagé, révélant une eau noire qui coulait paresseusement à mesure que les vagues modestes de la mer de Lyot s'engouffraient dans le quartier du port.

Justine avait longtemps nourri l'idée de construire un bateau ou un radeau pour naviguer sur les canaux. Avec ses outils et sa troisième main, cela n'aurait pas été si difficile, et puis, cela l'aurait occupée un certain temps.

Elle se demandait si Rah et la Dame avaient ressenti le même espoir lorsqu'ils étaient entrés pour la première fois dans Makkathran. Quelque chose, dans la nature humaine, poussait à occuper et utiliser la ville désertée.

L'idée du bateau était bonne, se dit-elle. À la fois utile et thérapeutique. Sauf qu'elle n'avait jamais rien construit de ses mains et qu'elle n'y connaissait rien en menuiserie.

Peut-être demain.

Elle traversa le pont rose, large et plat qui enjambait le canal de la Route marchande et se retrouva dans la pointe du Parc de Pholas. De là, il fallait longer le canal du Lilas pendant quelques minutes pour rejoindre le pont arrondi et bleu relié au quartier de Fiacre. Les ponts humains en fer et en bois avaient sans doute été les premiers artefacts à disparaître après le départ de ceux qui les avaient fabriqués, aussi Justine était-elle contrainte d'utiliser exclusivement les passages fournis par la ville elle-même. Son unique tentative de stabiliser la surface d'un canal à la manière de Celui-qui-marche-sur-l'eau s'était soldée par un succès pour le moins mitigé. Ils avaient dû bien se marrer dans le Commonwealth. *À supposer que papa rêve toujours de moi.*

Elle longea le Grand Canal majeur et examina en esprit le matériau de la ville, sous ses pieds. Celui-ci lui apparut sous la forme d'une ombre épaisse gris-brun quasi uniforme. La portée de sa vision à distance était ridicule comparée à celle d'Edeard, mais elle était tout de même parvenue à apercevoir les tunnels qui couraient sous les canaux, vision digne d'un affichage en basse résolution dans son exovision. Quelle fierté… Grâce à son scanner biononique, elle avait pu superposer à ce spectacle vacillant des fissures encore plus profondes : les tunnels grâce auxquels Edeard avait été capable de voyager à grande vitesse sous la ville.

Toutefois, elle avait atteint ses limites. Elle était très loin de percevoir l'esprit endormi de Makkathran, et encore plus loin de le réveiller. Elle se demanda si le laser à neutrons du *Silverbird* pourrait lui ouvrir un passage jusqu'à un tunnel et comment Makkathran réagirait. Son scanner lui avait confirmé que l'éclairage orangé omniprésent était d'origine électrique. Cette confirmation du fondement technologique de la ville finit de la convaincre que les tunnels les plus profonds pourraient lui permettre de se rapprocher du cœur, de la salle de contrôle de Makkathran. Quoi que fût Makkathran.

Encore une fois, ce serait pour un autre jour. *Si seulement je savais combien de temps il me reste à attendre avant l'arrivée de quelqu'un. La flotte du pèlerinage doit être en route à l'heure qu'il est. J'imagine que c'est ce que papa avait prévu quand il m'a demandé de venir ici.*

La plupart des bâtiments de Fiacre étaient recouverts de vignes et autres plantes grimpantes, dont les racines s'enfonçaient dans les profonds chenaux qui longeaient les rues. Sans personne pour les entretenir ni contrôler leur croissance, elles avaient complètement colonisé les structures qu'elles étaient supposées orner, obstruant portes et fenêtres. Les allées les plus étroites n'étaient plus qu'enchevêtrements de végétation infranchissable. Même les voies les plus larges étaient difficilement praticables. Fort heureusement, le chemin qui longeait le Grand Canal majeur était relativement dégagé.

Le pont qui enjambait le canal du Bosquet était lisse et glissant malgré les semelles de ses bottes. Du temps d'Edeard, croyait-elle se rappeler, il était équipé de rampes en cordes et d'un plancher en bois. Elle parvint néanmoins à le traverser sans tomber à l'eau. Elle était donc à Eyrie. Les hautes tours rappelaient vaguement l'architecture gothique, mais vaguement seulement, car personne sur Terre n'avait jamais rien bâti d'aussi tordu. Elle se promena entre les tours la tête penchée en arrière pour essayer d'apercevoir les spires qui formaient une couronne à leur sommet. L'angle ne lui était pas favorable, mais elle n'en avait cure. Elle se passerait également d'en escalader une pour admirer la vue. Du moins pour le moment. Elle arriva devant l'église de la Dame en fin de matinée. *J'aurais plutôt dit « cathédrale ».* Le large dôme central, avec son sommet en cristal, surplombait trois ailes dotées chacune de cinq balcons soutenus par de minces piliers cannelés.

Les portes, tout comme les bancs, avaient disparu. Justine entra à l'intérieur. Elle se sentait encore plus nerveuse que lorsqu'elle avait visité d'autres édifices importants. La lumière du soleil pénétrait à la verticale par le centre transparent du dôme et embrasait le sol blanc argenté. Quelques génistars génériques la regardèrent avec curiosité avant de disparaître dans un des larges cloîtres latéraux où ils nichaient. Il n'y avait plus de génistars modelés, évidemment. Elle pourrait s'occuper en s'essayant au modelage de gé-chimpanzés et de gé-chiens, mais le risque d'échec était important et lui fichait la trouille. Même maître Akeem, pourtant au sommet de son art, se trompait de temps à autre.

Elle eut l'impression de voir quelque chose bouger de l'autre côté du pilier de lumière qui dominait le centre de l'église. Sa vision à distance et ses implants rétiniens restèrent aveugles, mais ses doutes persistèrent. Quelque chose, dans cet édifice, la déstabilisait, un peu comme un harmonique qu'elle n'entendait pas vraiment.

N'importe quoi. Ressaisis-toi, ma fille.

Elle s'avança dans la colonne de lumière. La statue de la Dame en marbre blanc avait résisté au temps et se dressait toujours près de l'autel. Derrière la personnification géante, il y avait un autre cloître. Une fois de plus, elle crut voir du mouvement dans l'ombre. Ses avant-bras se couvrirent de chair de poule. Elle fit quelques pas circonspects. De sa troisième main, elle déboutonna doucement le rabat de son holster. Au cas où…

Elle s'enfonça dans les ténèbres relatives du cloître et laissa le temps à ses rétines de s'adapter. Sa vision à distance ne lui révéla rien d'autre qu'un espace vide. Soudain, son père sortit de derrière un pilier situé à une vingtaine de mètres.

Justine laissa échapper un court sanglot de soulagement, faillit courir, mais se figea. Un gros extraterrestre apparut à côté de Gore.

— Papa ?

— Salut, chérie. Content que tu sois arrivée jusqu'ici. Je n'étais pas inquiet, mais…

Il eut un demi-sourire si familier qu'elle eut envie de courir le rejoindre pour le serrer dans ses bras. Toutefois…

— Est-ce un Anomine ?

— Ouais. Je te présente Tyzak. Il commence à s'intéresser un peu à notre histoire.

L'Anomine gazouilla d'une voix haut perchée.

— Il dit qu'il est heureux de te rencontrer, traduisit Gore.

Justine soupira.

— Moi qui croyais être sur le point de comprendre le sens de cette mission…

— Fais-moi confiance, tu te débrouilles très bien. Au fait, bel atterrissage, bien jugé.

— Que se passe-t-il, papa ? Qu'est-ce que je fais ici ?

— Tu es mon lien avec le Vide. Ton rôle est critique. Des gens sont en route.

— La flotte du pèlerinage.

— Ouais, elle est passée sous le nez des guerriers raiels. Mais il n'y a pas qu'elle, Justine. Tu attends des gens très importants. Ils devraient arriver avant la flotte. Peut-être sont-ils déjà dans le Vide.

— D'accord, acquiesça-t-elle d'un ton incertain. Qui ?

— Les autres Rêveurs.

— Tu plaisantes ? Vraiment ?

— Ouais. Un vieux contact m'a appris qu'ils avaient pris de l'avance. En tout cas, ils ont atteint la frontière. Je n'en sais pas plus. S'ils ont réussi à passer, ils se dirigeront vers Makkathran.

— Mais pourquoi ? Pourquoi eux ?

— Parce que j'ai besoin d'eux et de toi là-bas.

— D'accord, papa, j'attendrai leur venue.

— Merci.

— Tu as une idée du temps qu'il me reste à attendre ?

— Pas vraiment. Je suis désolé, chérie, tu vas devoir prendre ton mal en patience.

— Dois-je préparer quelque chose en attendant ?

— Non. Contente-toi de survivre aussi longtemps qu'il le faudra.

— Je me disais que j'allais peut-être essayer de communiquer avec l'esprit de la ville. Creuser un trou jusqu'aux tunnels ou un truc de ce genre, ajouta-t-elle avec un semblant d'enthousiasme.

— Pour quoi faire ?

— Tu ne peux rien me dire de plus ?

— En temps voulu, c'est promis. Disons que j'ai quelques problèmes à régler qui risquent de devenir désagréablement physiques si je montre mes cartes trop vite. À ce propos, il faut que tu saches qu'Ilanthe arrive avec la flotte.

— Ah ! Cette salope ! Je lui réglerai son compte si elle tente quelque chose.

Les traits dorés de Gore trahirent son inquiétude.

— Non, chérie. Ilanthe n'est plus comme avant. Elle est devenue différente et pourrait très bien nous causer beaucoup, beaucoup d'ennuis. Même les Silfens se méfient d'elle et de ce qu'elle manigance.

— Oh. D'accord.

Cela ne lui plaisait guère. La situation devait être grave pour que Gore se montre aussi circonspect.

— Je t'aime, chérie.

— Papa. Fais attention, s'il te plaît.

— Tu me connais.

— Justement.

— J'ai changé ces derniers temps. L'âge, je suppose.

Il la salua de la main et devint lentement translucide. Puis Tyzak et lui disparurent.

Justine regarda l'endroit où ils s'étaient tenus quelques secondes plus tôt et secoua la tête comme pour sortir d'une transe.

— Et merde.

Elle essaya de contenir son inquiétude, en vain. Au moins lui avait-il donné un objectif clair. *Rester en vie.*

— C'est bon à savoir, marmonna-t-elle.

Elle acceptait mal de ne pas comprendre, de ne rien contrôler. Cela ne lui plaisait pas du tout.

Justine retourna dans la section centrale caverneuse de l'église. Elle ne pourrait pas prolonger son séjour à Makkathran si elle ne réglait pas quelques problèmes pratiques, si elle ne se préparait pas à l'éventualité d'une défaillance des systèmes du *Silverbird*. Accumuler des réserves de nourriture serait sa priorité absolue. Elle était certaine d'avoir vu des moutons et des chèvres sur la plaine d'Iguru, et, sept jours plus tôt, elle avait aperçu des poules dans la Douve basse. Trouver des graines à semer devrait également être possible. Les Grandes Familles possédaient toutes des potagers à proximité de leur manoir ; les plantes avaient certainement survécu sous une forme ou une autre. Et puis, il y avait du poisson dans la mer. Elle sourit. Pêcher avec sa troisième main ne serait pas bien difficile.

Ce ne serait pas une partie de plaisir, mais elle survivrait. Après tout, la ville était dans un état similaire lorsque Rah et la Dame étaient arrivés. Justine sourit et considéra le visage de la statue géante.

— Regardez ce que vous avez fait de cet endroit.

La Dame posait un regard sévère sur elle. Le sourire de Justine s'estompa. Maintenant qu'elle la voyait de près… Il était vrai qu'Edeard n'avait jamais été un visiteur régulier de ces lieux… Elle fouilla dans des souvenirs que son corps avait conservés malgré elle, et son subconscient termina le travail.

— Non ! chuchota-t-elle, stupéfaite.

La Dame, telle que le sculpteur l'avait représentée, était beaucoup plus âgée que lorsque Justine l'avait rencontrée. Ses cheveux aussi étaient très différents, sans parler de sa silhouette.

— Oh ! Non ! (La vérité s'imposa à elle, et ses yeux s'emplirent de larmes.) Mais oui ! gloussa-t-elle toute tremblante. C'est bien toi ! Nom de nom, c'est vraiment toi !

Ses gloussements cédèrent la place à un rire hystérique. Elle enroula ses bras autour de son ventre tant elle avait mal. Elle était incapable de s'arrêter. La Dame : la dignité et la grâce incarnées. La Dame vénérée par deux civilisations.

— Oui ! cria-t-elle en brandissant le poing.

Elle éclata de nouveau d'un rire violent qui la fit se plier en deux. Elle agita les mains, incrédule, essuya ses yeux trempés de larmes.

L'univers possède bel et bien le sens de l'ironie !

II

La pluie d'étincelles bleues qui tombait en cascade dans le pseudo-tissu de l'hyperespace faiblit à mesure que baissait le niveau d'énergie de l'ultraréacteur de *La Lumière de la Dame*. Le navire était de retour dans l'espace-temps. Les ténèbres se pressèrent contre la paroi transparente du pont d'observation. Derrière eux, un anneau luisant de détritus interstellaires émettait des radiations qui frappaient le champ de force ordinaire destiné à protéger le vaisseau de l'hostilité du Golfe, produisant une lueur bordeaux désagréable autour de la section translucide. Araminta chaussa des lunettes de soleil aux verres polarisés et regarda les ténèbres profondes qui dominaient l'espace à quatre années-lumière de là.

Ethan se tenait à ses côtés, impeccable dans sa robe formelle. Il était terrifié et excité à la fois, et laissait filtrer ses sentiments sur le champ de Gaïa. Taranse, Darraklan et Rincenso attendaient avec loyauté derrière la Rêveuse. Eux aussi étaient impressionnés par la vue de cette barrière qu'ils rêvaient de voir de leurs propres yeux depuis si longtemps.

— Nous sommes ici, lança Araminta au Seigneur du Ciel. Demandez au Cœur de bien vouloir venir nous chercher, je vous prie.

La créature répondit en émettant une décharge de joie quasi humaine.

Dans son exovision, Araminta voyait l'écho de l'hysradar. La frontière du Vide ondulait, se distendait vers l'extérieur à une vitesse hyperluminique. Elle s'étirait vers la flotte. Vers elle. Son sommet s'ouvrit.

La lumière des nébuleuses balaya les douze vaisseaux de la flotte du pèlerinage.

L'hysradar détecta la présence d'un autre navire qui venait de se débarrasser de son camouflage. Il était minuscule à côté des goliaths du Rêve vivant, quoique doté d'un champ de force impénétrable.

— Je me demandais où vous étiez, dit Araminta.

— Vous le saviez très bien, rétorqua Ilanthe.

Ethan redescendit de son petit nuage en se rappelant le prix de sa victoire.

— Et maintenant ? demanda-t-il.

— Nous allons entrer, répondit Araminta. Ensemble. Est-ce bien cela ?

— Absolument, confirma Ilanthe.

— Taranse, appela Araminta. Faites-nous passer de l'autre côté.

L'homme hocha la tête d'un air rêveur. *La Lumière de la Dame* accéléra, bientôt suivie par les autres navires.

— Mon Seigneur ! commença Ethan en esprit. (Ses pensées étaient amplifiées par les trois nids de confluence du vaisseau et encore renforcées par ceux du reste de la flotte.) S'il vous plaît, conduisez-nous jusqu'au monde solide autrefois habité par ceux de notre espèce.

Merde ! Araminta lui lança un regard noir auquel il répondit d'un rictus satisfait.

— Vous avez négligé cette partie de notre requête, Rêveuse, remarqua-t-il l'air moqueur.

La lueur bordeaux qui entourait son champ de vision disparut des pourtours de la section transparente, tandis que la lumière des nébuleuses se renforçait. Quelque part derrière eux, la frontière se refermait. Pour la première fois depuis des jours, la confusion mentale et la nausée provoquées par le fait de vivre à deux vitesses différentes s'estompèrent. Ses idées devinrent plus claires.

— Ici, vous n'êtes plus si exceptionnelle, jubila l'ecclésiastique.

En esprit, Araminta voyait ce qu'il pensait, la malice qui couvait dans son esprit et qui devenait évidente comme il découvrait les possibilités offertes par le Vide et se rappelait les techniques utilisées par Edeard. Elle vit également ce qu'il dissimulait sous les replis de sa robe.

— En effet, acquiesça-t-elle, mais cela signifie aussi que nous devons tenir compte des particularités du Vide.

Ethan voulut saisir le pistolet rustique qu'il avait préparé pour l'occasion. À l'aide de sa troisième main, Araminta souleva l'homme et le jeta à l'autre bout du pont d'observation. Terrifié et surpris, il hurla dans les airs, et son cri ne fut interrompu que par sa chute, tête la première, contre la paroi. Il glissa sur le sol et gémit de douleur, car il avait les os brisés. Il perdait du sang par la bouche et le nez.

— Quand ils sont arrivés à Makkathran, Rah et la Dame n'avaient que la politique et la force brute pour consolider leur pouvoir, expliqua-t-elle d'un ton léger en marchant vers Ethan, qui essayait de lui échapper en rampant. Il n'y a aucune raison pour que nous procédions différemment.

Ethan voulut l'agripper et lui serrer le cœur, mais Araminta l'en empêcha facilement. Elle tendit le bras, la paume de la main tournée vers le haut, et la leva doucement. Ethan décolla brutalement du sol. De l'index, elle lui fit signe d'approcher, et il s'approcha.

— Vous aviez raison, dit-elle à Aaron. J'avais besoin de m'entraîner un peu. Ethan est une petite merde sournoise.

Taranse, Darraklan et Rincenso étaient immobiles, occupés à déployer leur bouclier mental pour empêcher la Rêveuse de lire dans leurs pensées.

— Vous n'avez pas la foi ! siffla Ethan entre ses dents ensanglantées. Vous ne l'avez jamais eue.

— Mais vous croyez en moi, n'est-ce pas ? lui demanda-t-elle d'une voix rauque en se rappelant et en mettant en pratique la terrible technique de domination utilisée par Tathal dans le vingt-sixième rêve. C'est moi qui vous ai guidé jusqu'à la barrière. Moi qui ai appelé le Seigneur du Ciel. Moi qui vous conduirai à Querencia. N'est-ce pas ?

— Oui, gargouilla Ethan.

— Et vous m'êtes très reconnaissant, car je suis généreuse et désintéressée, non ?

— Oui.

— Vous ne pouvez qu'aimer la personne qui vous a permis de vivre votre rêve.

— Oui.

— M'aimez-vous, Ethan ? Me faites-vous confiance ?

— Oui. Oh, oui !

— Merci, Ethan. Du fond du cœur. (Elle le reposa doucement sur le sol et sourit avec douceur aux spectateurs stupéfaits de cette scène.) L'ex-Conservateur était tellement excité qu'il a malencontreusement trébuché. Voudriez-vous l'accompagner à l'infirmerie, s'il vous plaît ?

Taranse opina du chef avec nervosité et s'agenouilla à côté d'Ethan. Darraklan le rejoignit et, ensemble, ils emmenèrent le blessé.

Parce qu'elle ne pouvait se permettre la moindre faiblesse, Araminta les regarda s'éloigner avec un sourire passif, tandis qu'à bord de *La Rédemption de Mellanie*, Araminta 2 vomissait ses tripes à cause de l'atrocité qu'elle venait de commettre.

— Rêveuse, regardez…, l'appela Rincenso, émerveillé.

Il désignait du doigt l'avant du pont d'observation. De l'autre côté de la paroi transparente, une volée de Seigneurs du Ciel approchait de la flotte. Les créatures lui inspiraient crainte et méfiance, mais elles étaient vraiment magnifiques et nageaient littéralement dans le champ d'étoiles éparses.

Dès que la frontière se fut refermée derrière eux, Ilanthe ordonna aux portes de la soute du *vaisseau* de s'ouvrir. Le noyau d'inversion s'imprégnait petit à petit des caractéristiques du matériau constitutif du Vide ; elle le sentait. Ce que les animaux humains de Querencia appelaient crûment vision à distance lui permit d'examiner le matériau directement, de prévoir l'effet que ses pensées auraient sur lui, les altérations et les réactions qu'elles lui imprimeraient. La symbiose était fascinante. Elle en avait appris plus depuis son arrivée dans le Vide qu'en un siècle à analyser de loin les rêves stupides d'Inigo. L'architecture quantique du Vide était totalement différente de celle de l'univers extérieur ; cependant, elle avait un gros défaut : elle avait besoin d'une grande quantité d'énergie pour assurer son existence, et d'encore plus d'énergie lorsque les fonctions dissimulées dans ses champs quantiques, extraordinairement complexes, étaient activées.

— Les oiseaux de mauvais augure avaient raison, dit-elle à Neskia. Ces animaux que sont les pèlerins auraient anéanti la galaxie avec leurs réinitialisations répétées.

— Vous allez les empêcher de réaliser leur rêve ?

Ilanthe considéra avec détachement l'inquiétude qui tourbillonnait dans l'esprit de son agent si coopératif. Même une ressortissante de la branche Haute aussi progressiste et complexe que Neskia était trahie par ses émotions animales résiduelles.

— Mon succès rendra caduques vos interrogations.

Ilanthe regarda approcher les Seigneurs du Ciel. Les ailes opalescentes déployées, les créatures grosses comme des montagnes arrivaient à vive allure et masquaient les étoiles peu nombreuses. Les rubans torsadés et chatoyants des nébuleuses étaient déformés par leur tissu translucide. Ils ondulaient et vacillaient telles des flammes célestes. Ilanthe étudia la véritable fonction de leurs ailes, la manière dont elles s'enfonçaient dans le matériau du Vide et manipulaient la gravité et le flux temporel local. C'était un procédé de propulsion bien plus sophistiqué que la vulgaire télékinésie qui consistait à manipuler la masse. Et beaucoup moins gourmand en énergie, nota-t-elle avec satisfaction.

Elle essaya de répliquer cette interaction avec le tissu du Vide grâce à son esprit, mais échoua, car il lui manquait quelque chose. Alors elle se contenta de manifester le désir de s'élever dans l'espace à la façon des descendants d'Edeard dans le Dernier Rêve. Le noyau d'inversion sortit immédiatement de la soute du *vaisseau*. La méthode fonctionnait, ce qui était gratifiant, mais ne possédait pas l'élégance et la puissance des Seigneurs du Ciel.

Ilanthe sentit que les créatures géantes se concentraient sur le noyau d'inversion, essayaient de comprendre ce qu'il était. Avec son esprit, elle dressa un bouclier parfait autour de sa coquille, bloquant leurs tentatives.

— Bonjour, dit-elle d'un ton neutre au Seigneur du Ciel le plus proche avant d'accélérer dans sa direction.

À distance, elle entendit Araminta et plusieurs autres mettre en garde les créatures, leur dire qu'elle était dangereuse. Leur réaction fut très intéressante, révélant leur manque absolu d'intelligence rationnelle. Elles évitèrent pour ainsi dire le sujet. La signification de ces concepts leur échappait. Comme ils n'appartenaient pas à leur monde, leur vocabulaire mental n'était pas approprié. Soit les Seigneurs du Ciel étaient des constructions artificielles chargées par le noyau du Vide de rassembler des esprits matures, soit ils avaient été des entités spatiales intelligentes avant d'évoluer à l'envers du fait de leur emprisonnement multimillénaire. Sans rien de nouveau à vivre dans le Vide, sans défi inédit à relever, leur esprit s'était atrophié au point de se limiter à des réactions instinctives.

— J'ai atteint la plénitude, annonça Ilanthe en se rapprochant de la créature. S'il vous plaît, guidez-moi vers le Cœur.

— J'ignore si vous avez atteint la plénitude, répondit le Seigneur du Ciel. J'ai besoin que vous vous ouvriez pour m'en rendre compte.

Les extrémités hésitantes des ailes colorées voletèrent autour du noyau d'inversion qui glissait vers le corps cristallin et scintillant de la créature. Ilanthe examina la texture de sa géométrie étrange et déformée, ses alvéoles de matière ordinaire, sa force exotique. Celles-ci étaient en mouvement constant, ce qui expliquait l'instabilité de surface. La composition du matériau était intéressante. Cependant, en dépit de sa complexité, les pensées qui animaient la créature manquaient de force. Sa propre détermination, amplifiée par les voies neurales contenues dans le noyau d'inversion, était bien plus puissante.

— Je vous serais reconnaissante de vous ouvrir à moi, lui dit-elle.

— Je ne contiens rien, répondit le Seigneur du Ciel.

— Bien sûr que si.

Elle se concentra, s'immisça avec force dans les programmes de pensée simples et clairs de la chose. Elle s'enroula amoureusement autour d'eux. S'agrippa.

— Que faites-vous ? demanda le Seigneur du Ciel.

Elle étouffa l'incompréhension grandissante de la créature, calma les instincts profonds qui la poussaient à s'enfuir loin de cet endroit.

— Votre intrusion m'empêche de fonctionner. Des parties de mon corps ne répondent plus. Veuillez vous retirer.

— Je vais vous aider à devenir autre chose, à évoluer. Vous et moi allons entrer en synergie, promit-elle. Grâce à moi, vous atteindrez le pinacle de la plénitude.

Alors le festin commença.

— Je disparais, déclara le Seigneur du Ciel.

— Arrêtez ! cria Araminta. Vous allez le tuer !

— N'avez-vous rien appris sur le Vide ? rétorqua Ilanthe.

Des spectres noirs se mêlèrent aux scintillements joyeux des ailes de la créature, proliférèrent, s'étirèrent. Le nuage ténu de molécules qui constituait la partie physique des ailes du Seigneur du Ciel explosa. Des particules semblables à du givre se dissipèrent dans l'espace comme une tempête de neige anthracite. Les flammes noires se propagèrent et mordirent le corps parcouru d'effets d'optique complexes.

Tout ce que la créature était se déversa dans le noyau d'inversion, qui aspira toutes les aptitudes et connaissances des Seigneurs du Ciel.

Ilanthe regretta presque de ne plus avoir de visage humain, de ne plus être en mesure de sourire. Enrichie, gavée de l'essence de la créature, sa maîtrise de cet étrange continuum était quasi absolue. Les fonctions de manipulation de ce milieu s'intégrèrent bientôt à sa personnalité à un niveau instinctif. Elle entendit l'appel des nébuleuses, les points d'ancrage transdimensionnels de la rationalité qui s'enfonçaient dans les champs quantiques du Vide à la recherche de traces d'intelligence, avec la promesse d'une ascension vers quelque chose de grand, quoique mystérieux. Le summum de la conscience, certainement. Le Cœur. Depuis ce noyau, tout pourrait être contrôlé.

L'espace local était baigné de désespoir et de révulsion à cause de ce que le Seigneur du Ciel venait de subir.

— Bientôt, vous me remercierez, dit-elle aux esprits humains insignifiants.

L'un d'entre eux était différent des autres. Une infime part d'Ilanthe était consciente de la présence d'Araminta, dont les pensées se propageaient sans utiliser le tissu du Vide, mais cela n'avait aucune importance.

Une fois de plus les pensées d'Ilanthe s'immiscèrent dans le tissu du Vide afin de manipuler ses fonctions temporelle et gravitonique. Cette fois-ci, avec succès. Autour du noyau d'inversion, une vaste zone se mit à scintiller tandis que la poussière qu'elle contenait subissait l'effet généré et formait des clairs-obscurs spiraux. Ilanthe accéléra tout en annulant le flux temporel autour de la coque du noyau d'inversion. La flotte du pèlerinage disparut en quelques secondes comme l'appareil filait à quatre-vingt-dix pour cent de la vitesse de la lumière. Loin devant, le chant de sirène de la nébuleuse que les humains de Querencia appelaient la mer d'Odin s'intensifia.

Araminta n'avait pas bougé pendant ces événements atroces. Ils s'étaient déroulés à moins de dix kilomètres de *La Lumière de la Dame*, mais elle n'avait rien pu faire. Elle avait vu les ailes du Seigneur du Ciel se faner, devenir des parodies grises de ce qu'elles avaient été. Puis la faible lumière qui les habitait encore s'était éteinte. Pendant ce temps, son esprit relaya l'incompréhension triste de la créature.

C'en était trop. Des larmes coulèrent sous ses lunettes de soleil.

— C'est ma faute. Je suis responsable. C'est moi qui ai fait entrer ce monstre ici.

— Non, la rassura Aaron. Vous avez été manipulée par Ilanthe, comme nous tous. Vous n'êtes coupable de rien.

— Pourtant…

— Rêveuse, commença Darraklan, ce n'est pas votre faute. Ethan seul a succombé aux douces promesses de cette chose. Elle l'a trompé. Vous n'y êtes pour rien. Vous avez simplement accompli votre destinée.

Au-delà du pont d'observation, les autres Seigneurs du Ciel tournaient lentement autour de la coque froide de leur congénère. Elle sentait leurs pensées endeuillées tandis qu'ils sondaient l'espace à la recherche de son âme. Évidemment, Ilanthe en avait absorbé tous les aspects, ne laissant plus rien.

— Je suis désolée, leur dit-elle.

— Il n'est plus, répondirent-ils éplorés. Un des nôtres n'est plus. Il n'est pas reparti vers le Cœur. L'*autre* l'a anéanti. Pourquoi ?

— L'autre est mauvais, il n'a pas atteint la plénitude, expliqua Araminta. Où que nous allions, il nous accompagne.

Les Seigneurs du Ciel eurent un mouvement de recul.

— Nous avons besoin d'eux, protesta Rincenso. Rêveuse, je vous en prie. La flotte a plus que jamais besoin d'être guidée.

— C'est terminé, coassa-t-elle. Ethan avait raison : je n'ai pas la foi. Et puis, cela n'a plus d'importance. Inigo mettra un terme à tout cela comme il l'a commencé. Et ce ne sera que justice.

Araminta 2 croisa le regard d'Aaron, qui secoua la tête avec colère.

— Pourquoi ? protesta-t-elle. N'est-ce pas notre plan, sublime et monumental ?

— La flotte ne fait pas partie du plan, rétorqua Aaron.

— Je l'ai aidée à traverser la barrière en toute sécurité. C'est tout. J'ai tenu ma promesse.

— Demandez aux Seigneurs du Ciel de nous aider, ordonna Aaron. Allez-y ! Ne nous claquez pas entre les doigts maintenant !

— De nous aider à quoi faire ? voulut savoir Araminta 2. Nous sommes presque à Querencia. C'est la seule chose qui compte. Vous n'avez plus besoin de moi, et moi, je n'ai jamais eu besoin de la flotte.

— C'est vous qui parliez de responsabilité. Ces millions d'imbéciles ont mis leurs vies entre vos mains.

— Attendre dans l'espace ne les tuera pas. Cela ne sera pas très long. Après tout, ce sera bientôt terminé.

— Et si cela ne se termine pas en notre faveur ?

Depuis l'extrémité opposée de la cabine exiguë de *La Rédemption de Mellanie*, Araminta 2 le regarda d'un air curieux.

— Depuis quand êtes-vous capable de douter ?

— J'ai toujours su ce que j'avais à faire, même si le pourquoi m'échappait, et cette situation me convient parfaitement. (Son visage se couvrit d'un masque d'angoisse.) Je me souviens trop bien d'*elle*, à présent, et cela me tue. Des images de ténèbres et de désolation me submergent. Elle se repaît de cela. J'ai besoin d'oublier, de me libérer, de me nettoyer. Ou alors je mourrai. La mort, c'est ce qui m'attend bientôt. Vous, Corrie-Lyn, Inigo et les autres, vous disiez tous que je devais me trouver, redevenir moi-même. Mais non. C'est impossible. J'ai besoin d'être ce pourquoi on m'a redonné vie. Voilà ce que je suis. Et aucun d'entre vous ne veut l'accepter.

—Mais…

—Tout ne se passe pas toujours comme on le souhaite ! cria presque Aaron.

Araminta 2 craignait d'en arriver là depuis que Corrie-Lyn lui avait parlé de l'effondrement d'Aaron dans le champ mental d'Ozzie. C'est lui qui les avait tous réunis, qui les avait poussés à aller dans le Vide à cause du plan que ses maîtres avaient conçu. Il savait quoi faire. Si elle était artificielle, la foi qui l'animait les avait conduits jusqu'ici, mais à présent qu'ils étaient à portée de leur objectif, Aaron perdait les pédales à cause de son passé et des doutes qui le torturaient.

—Je parlerai aux Seigneurs du Ciel, reprit Araminta avec conviction. Tout va s'arranger. La flotte du pèlerinage se posera sur Querencia. Elle y sera en sécurité.

Il hocha la tête et grimaça.

—Merci.

Darraklan regarda Araminta avec étonnement tandis que ses pensées devenaient agitées. La Rêveuse comprit que des bribes de sa discussion avec Aaron avaient pu filtrer à travers son bouclier.

—Rêveuse ?

C'était presque une supplication. Comme eux, il avait investi tous ses espoirs en elle.

—Tout ira bien, le rassura-t-elle en lui tendant la main pour qu'il la touche. Je parlerai au Seigneurs du Ciel. Je nous conduirai à Makkathran. (Elle se retourna vers la baie d'observation et se concentra sur les créatures endeuillées.)

Nous cherchons à atteindre la plénitude, leur dit-elle calmement. Nous avons besoin d'être guidés.

* * *

Tout était calme. Ce n'était pas bien.

Le Livreur aurait aimé voir des signes de la présence de cet enfer nucléaire inimaginable à vingt mètres à peine de l'endroit où il était assis dans la cabine du *Dernier Lancer.*

— Cela vous perturbe vraiment, pas vrai ? dit Gore sur le lien TD. Vos émotions inondent le champ de Gaïa. Pourquoi ne passez-vous pas un peu de musique douce ?

— ALLEZ VOUS FAIRE FOUTRE !

Le Dernier Lancer était parfaitement immobile. Le Livreur avait désespérément besoin d'une preuve de leur descente dans la photosphère d'une étoile d'intensité moyenne. Non que la taille ait une importance dans de telles circonstances. Il se serait accommodé de quelques secousses, de craquements inquiétants ou de chaleur. Oui, il aurait dû vraiment faire très, très chaud dans la cabine.

Mais non. Les champs de force superblindés qui protégeaient le vaisseau ne faisaient pas dans la demi-mesure. Aucune marge de manœuvre, aucune difficulté à endurer en serrant héroïquement les dents. Et pourquoi ne pas prendre une bonne douche de spores ou faire une sieste dans son compartiment ? *Oui, tiens, pourquoi pas ?*

Le Dernier Lancer naviguait à l'hysradar ; ses autres capteurs n'étaient d'aucune utilité, car ils étaient incapables de passer à travers le champ de force extérieur argenté et réfléchissant à cent pour cent. Rien de matériel ne pouvait survivre au plasma de la photosphère.

À l'hysradar, donc. Il voyait dans son exovision les macrotempêtes qui faisaient rage autour de lui. Des rafales de particules si grandes et impressionnantes que leur trajectoire devenait prévisible. Le cerveau du vaisseau pouvait suivre et calculer les vecteurs d'impact des bourrasques et des éruptions de granulés, permettant aux unités ingrav et regrav de compenser, de maintenir le cap.

Il descendait à la verticale, se frayait un passage dans le plasma bouillonnant vers le siphon submergé trois mille kilomètres en dessous, dans la zone de convection où la température montait à deux millions de degrés centigrades, avec une densité équivalente à un peu plus de dix pour cent de celle de l'eau. La vie promettait de devenir très dangereuse car, comme l'avait fait remarquer Gore en jubilant, la photosphère n'était qu'un échauffement. Le Livreur ne savait toujours pas comment prendre son sens de l'humour.

Son talisman était le programme Stardiver, qui avait rencontré quelques succès au fil des siècles. Les lancements de sondes Stardiver n'étaient pas les missions les plus médiatisées de l'Agence d'astronomie du Grand Commonwealth. Les boucliers formés dans l'hyperespace et perfectionnés sur plus de huit siècles n'offraient toutefois aucune garantie de succès dans la zone de convection.

Le Livreur aurait préféré effectuer quelques vols d'essai d'abord, descendre progressivement, analyser les résultats, les réactions des générateurs de champs de force modifiés. Leur consommation d'énergie. Leur tolérance. Leur résistance à la pression. Les dérivations hyperspatiales. Mais non…

— Soit cela fonctionne, soit cela ne fonctionne pas, avait dit Gore.

Cela n'empêchait pas d'être prudent, mais le Livreur n'essaya même pas d'avancer cet argument. En revanche, il était bien conscient de la nécessité de ne pas piquer la curiosité du vaisseau qui les avait suivis. Aucun agent des Accélérateurs ne permettrait que l'on attente au projet de fusion avec le Vide d'Ilanthe.

Deux mille cinq cents kilomètres.

Le Livreur avait commencé la manœuvre cinq heures après le dernier rêve de Justine. À ce propos, il n'avait toujours pas compris ce que la statue de la Dame avait d'amusant. Gore, lui, avait ricané.

— Qui l'eût cru ? s'était-il écrié.

Ils savaient donc tous les deux qui elle était : un genre de personnage historique.

— Comment se passe votre infiltration du mécanisme ? demanda le Livreur.

— Tout est en position, mais je ne lancerai le processus physique que lorsque vous aurez le contrôle du siphon.

— Que pense Tyzak de tout cela ?

— Pour lui, c'est juste un genre de capteur.

— Nous pourrions peut-être lui dire la vérité.

— Petit, nous ferons ce que nous avons à faire pour protéger notre espèce. Et la sienne, par la même occasion. Lui fera ce qu'il pourra pour préserver son mode de vie. Ce n'est pas une négociation diplomatique ; on ne peut pas trouver de terrain d'entente. Tyzak et moi avons été génétiquement programmés pour être ce que nous sommes et, pour le moment, nos objectifs ne convergent pas. C'est vraiment dommage, mais on n'y peut rien.

— Je sais, mais j'espérais qu'il changerait d'avis en rencontrant Justine. Si seulement il pouvait comprendre ce qui nous attend.

— Le problème, c'est qu'il comprend bel et bien. Mais ne comptez pas le faire changer d'avis. Je ne dis pas que c'est impossible, mais vu le peu de temps que nous avons devant nous, cela me semble difficile.

— Sans doute. Vous ne voulez toujours pas me dire qui est la Dame ?

— Cela n'a pas d'intérêt pour l'instant. Et puis, le mystère vous aide à oublier vos inquiétudes.

— D'accord.

Le *Dernier Lancer* n'était plus qu'à trois cents kilomètres de la zone de convection. La consommation d'énergie montait tandis que les réacteurs s'efforçaient de stabiliser le vaisseau dans les monstrueuses vagues de plasma qui déferlaient sur les lignes de flux palpitantes. La gravité de l'étoile posait aussi un problème. Cinq unités ingrav avaient été ajoutées aux modifications pour pallier cette force colossale et écrasante. Elles fonctionnaient toutes au maximum de leurs capacités. Si l'une d'elles venait à connaître une défaillance, il serait aussitôt réduit à l'état de flaque de chair et de sang. Le tout d'une épaisseur moléculaire…

— Nous y voilà.

Le Livreur rassembla son courage comme le *Dernier Lancer* approchait de la zone de convection. Celle-ci n'avait d'ailleurs pas de limites précises. La photosphère devint encore plus chaude et la densité augmenta.

L'ultraréacteur du vaisseau se mit en branle lorsque la température dépassa les niveaux relativement tolérables de la photosphère, évacuant dans l'hyperespace l'excédant d'énergie qui frappait les champs de force, et ce, à un rythme quasi exponentiel. Les ingénieurs du projet Stardiver avaient vite compris que la seule manière de traiter de telles hausses de température était de combiner la fonction dissipatrice d'énergie du champ de force avec un composant exotique.

— Cela a l'air de tenir, s'étonna le Livreur tandis que le vaisseau s'enfonçait dans la zone de convection.

À présent, le plus grand danger résidait dans les bulles de plasma larges de plusieurs milliers de kilomètres qui jaillissaient sans prévenir et s'élevaient dans la photosphère. L'une des missions principales des sondes *Stardiver* était d'étudier les facteurs à l'origine de ce phénomène. Même après des siècles de recherches, prévoir les réactions de la granulation était extrêmement difficile.

— Excellent, répondit Gore d'un ton neutre. Continuez, petit.

— D'accord, d'accord.

Le Livreur tremblait. Il s'essuya le front du dos de la main et fut surpris de découvrir autant de sueur sur sa peau.

Il ordonna immédiatement à ses systèmes biononiques de limiter sa production d'adrénaline. Il devait garder les idées claires, et la peur l'empêchait de réfléchir posément. *Ouais, comme si rester calme et alerte pouvait m'être d'un quelconque secours*. Un défaut dans le système, un composant défectueux, une misérable ligne de programme mal écrite, et tout serait terminé en moins d'une microseconde. *Au moins je ne sentirais rien. Rendez-vous à ma prochaine résurrection. Mais non, je ne serais pas ressuscité puisque, d'après Gore, il s'agit de la dernière chance de notre galaxie. Merde, les enfants me manquent.*

Cette fois, ses joues n'étaient pas mouillées à cause de la sueur qui perlait sur son front…

— Quand croyez-vous qu'Inigo arrivera à Makkathran ? demanda-t-il pour ne plus penser à la mort qui risquait de frapper d'un instant à l'autre.

Il avait toujours du mal à croire que Paula Myo ait appelé Gore pour lui dire qu'Inigo, la moitié d'un étrange duo-multiple d'Araminta et une équipe de ses agents avaient réussi à devancer la flotte du pèlerinage à bord du vaisseau de Troblum.

— Cela ne devrait plus être très long, petit. Bientôt, vous sortirez de cet enfer et retrouverez vos gamines.

— J'espère.

La seule chose qui le consolait était de savoir qu'il faisait tout cela pour Lizzie et les filles. Il aurait détesté rester enfermé derrière la barrière de Sol et ignorer ce qui se tramait à l'extérieur. *Non, tout espoir n'est pas perdu*, promit-il à sa famille. Gore avait accompli un miracle en convainquant Inigo de leur venir en aide, aussi s'était-il persuadé qu'ils avaient leur chance. Une toute petite chance, mais une chance bien réelle. Ne restait plus qu'à trouver ce siphon.

Cinquante minutes supplémentaires à manœuvrer dans l'environnement mortel et agité de la zone de convection, et *Le Dernier Lancer* se retrouva juste au-dessus du champ de force large de cinquante kilomètres du siphon. L'hysradar lui montra le torrent d'hydrogène chauffé à plus de deux millions de degrés, qui fumait autour de la structure. Le Livreur guida le navire au-dessus de la surface de la lentille géante, puis descendit lentement jusqu'au bord du cercle.

— Le point faible se trouve par là, dit Gore. Allez, montrez-moi ce que vous savez faire.

Le Dernier Lancer s'avança jusqu'à ce que son champ de force touche le bouclier protecteur du siphon. Enfin, le Livreur sentit les effets physiques de sa mission. Un raclement grave se réverbéra dans la cabine, comme le vaisseau était pris entre le champ de force et le plasma qui s'élevait tout autour. Il sentit le pont vibrer sous ses pieds et eut un sourire contenu. Finalement, la tranquillité, le calme, ce n'était pas si mal.

Ses capteurs étaient à peine capables de transpercer le segment semi-perméable du champ de force contre lequel il se pressait. Le cerveau commença à étudier la signature quantique du siphon, les contours fantomatiques du générateur gigantesque abrité par le bouclier. Le plan de sa structure se dessina lentement. Bientôt, le Livreur en eut assez pour passer à la deuxième phase.

Le *Dernier Lancer* activa plusieurs canaux TD dirigés avec une précision impressionnante vers le réseau de contrôle du siphon. Des connexions de faible niveau furent établies et une analyse du logiciel fut lancée.

— Ce n'est pas le même genre de programme semi-conscient qui contrôle le mécanisme d'élévation, annonça le Livreur. C'est plutôt une intelligence distribuée, quoique le parallèle avec les programmes génétiques du Commonwealth soit minimal.

— Piratable ?

— Il y a beaucoup de sécurités, dont un tampon extérieur que nous allons devoir neutraliser ; toutefois, le cerveau pense que plusieurs de nos paquets d'intrusion peuvent être efficaces.

— Alors lancez-les.

* * *

C'est Gore. Cette pensée réveilla Oscar. Le couvercle de la capsule médicalisée s'écarta. Une silhouette floue le regardait à la lumière verdâtre et faible de la soute. *Gore a annoncé l'arrivée de quelqu'un pour aider Justine. Ce quelqu'un, c'est Aaron. Gore est le patron d'Aaron.*

Les traits du visage, au-dessus de lui, se précisèrent, et il découvrit Araminta 2. Dont les pensées semblaient bien agitées…

— C'est Gore, coassa Oscar, qui avait les muscles raides et la vessie sur le point de déborder.

— Quoi ?

— Le patron d'Aaron. Ou au moins un de ses patrons.

— Oh. À cause du fait qu'il veut emmener tout le monde à Makkathran ? Absolument. J'ai compris cela il y a plusieurs mois. D'ailleurs, Aaron l'a confirmé.

— Ah. Bien. J'ai envie de faire pipi.

Oscar se redressa sur les coudes et faillit se cogner la tête contre le plafond de la soute avant. Il n'y avait pas beaucoup de place entre les capsules médicalisées massives. Il vit que trois d'entre elles étaient déjà vides.

Je croyais que je devais être le premier à me réveiller.

— Tout se passe bien ?

— À peu près, répondit Araminta 2 d'un ton lugubre.

Oscar l'observa avec attention. La Rêveuse, dans son corps d'homme, était vêtue d'un tee-shirt ample et d'un pantalon gris-vert beaucoup trop grand. Pendant un instant, il se dit qu'elle devait avoir trouvé ses habits dans la garde-robe de Troblum, avant de comprendre que le style d'Araminta 2 était délibérément féminin.

— Qu'y a-t-il ? Nous sommes arrivés ?

— Notre Seigneur du Ciel est en train de nous faire décélérer vers l'orbite de Querencia. Troblum a déjà détecté le signal émis par le *Silverbird*, donc nous savons où se trouve Makkathran. Nous n'aurons pas besoin de nous positionner en orbite d'observation.

— Parfait.

Il avait *vraiment* besoin d'uriner.

— Avec Aaron, la situation est devenue très compliquée.

— Pourquoi ?

— Ses souvenirs de la Chatte émergent. Il passe de plus en plus de temps endormi à se débattre avec ses cauchemars. Hier, il n'est resté éveillé que pendant cinq heures. Et puis, il somatise, et les effets sur son corps sont aggravés par ses capacités psychiques.

— Merde.

Oscar se baissa et remonta le couloir jusqu'à la cabine principale. Son ombre virtuelle le connecta au cerveau, et une image de la planète apparut dans son exovision ; Querencia grossissait rapidement à mesure qu'ils se rapprochaient.

— Plus que soixante-treize minutes ? Et nous avons passé trois mois et demi en vol ? Pas mal, pas mal... (Il déboucha dans la cabine où l'attendaient Inigo, Corrie-Lyn et Tomansio.) Désolé, je suis pressé, dit-il en désignant le cabinet de toilette.

Compatissants, ils lui firent tous signe d'y aller.

Il était en train de fermer sa braguette lorsqu'une déferlante de sensations le balaya. Des pensées étrangères transpercèrent sans difficulté son bouclier mental de base, accompagnées de lumière, de sensations, de bruits, de goûts vertigineux, d'une peur primitive qui lui engourdit les mains. Il venait de trébucher dans la vie d'un autre.

Quelles vacances fabuleuses ! Le soir venu, ils avaient embarqué dans un des nombreux bateaux pour touristes amarrés aux jetées de Tridelta City et avaient pris la direction du fleuve Dongara pour prolonger la fête et assister à un spectacle unique. La végétation bioluminescente endogène ne les déçut aucunement, elle brilla de mille feux sur la toile de fond noire du ciel. Par ailleurs, les salons du bateau offraient de nombreux divertissements qui impressionnèrent les plus blasés des passagers.

Ils débarquèrent à l'aube et retournèrent à l'hôtel au sommet de la vieille tour Kinoki, trois kilomètres au-dessus des eaux boueuses du fleuve qui dansait autour des digues de la ville. Ils passèrent la journée à manger, dormir et faire l'amour comme des bêtes. La Chatte n'avait pas d'inhibitions, et il l'aimait pour cela aussi. Provocante, audacieuse, elle l'épuisait et en redemandait, lui dictait précisément ce qu'elle attendait de son corps.

— Laisse-moi souffler un peu ! rit-il en attrapant une bouteille de vin frais.

Mais la bouteille avait été renversée. Il la considéra d'un air déçu et demanda à son ombre virtuelle de se connecter à…

La Chatte le fit rouler sur le dos et le chevaucha. Un ravissant sourire éclairait son joli visage.

— Mauvaise réponse, répondit-elle.

Elle referma sa main sur son poignet et lui brûla la peau. Il hurla comme sa chair calcinée se soudait au matelas. Elle lui prit l'autre main et la brûla aussi.

— Personne ne me repousse, lui dit-elle.

Il hurla encore lorsqu'elle s'occupa de ses chevilles, l'écartelant sur le lit, l'y accrochant par de minces morceaux de chair élastiques. Puis elle lui caressa doucement le torse. Soudain ses doigts se raidirent et plongèrent comme des lames de couteaux. Ses os craquèrent, les blessures béantes s'emplirent de sang.

— Quand tu n'auras plus de corps, je prendrai ton esprit, puis ton âme, promit-elle.

Il cria et cria encore, se tordit dans tous les sens et de toutes ses forces pour se libérer…

— Merde ! (Oscar tituba en arrière et se cogna le côté de la tête sur la paroi du minuscule compartiment.) Aïe !

Il pressa sa main contre sa blessure. Ses systèmes bioniques s'affairaient autour de la chair meurtrie. C'est alors qu'il remarqua les marques rouges autour de son poignet. Il les considéra avec des yeux ronds. Elles avaient la même forme que celles que la Chatte avait infligées à Aaron dans son rêve.

— Bordel de merde !

Il se précipita dans la cabine principale en montrant les stigmates de ses poignets à ses collègues.

— Ouais ! acquiesça Tomansio sans aucune passion. Vous allez devoir vous protéger contre cela. Je me suis fait avoir il y a une demi-heure. Par Ozzie, j'espère pour lui que ce ne sont pas de véritables souvenirs.

Un cri étouffé résonna dans la cabine. Tout le monde se retourna vers la porte fermée de la couchette où Aaron se débattait avec son esprit.

— On ne pourrait pas le réveiller ? demanda Oscar qui, bien qu'entouré de son bouclier mental le plus puissant, sentait toujours les cauchemars qui s'échappaient de l'esprit de l'homme endormi.

— Troblum et moi avons essayé une fois, répondit Araminta 2. Et on ne recommencera pas. Heureusement que ma troisième main est plus forte que la sienne, ajouta-t-elle avec un sourire nerveux. Remarquez, c'est Aaron lui-même qui m'a poussée à m'exercer et à développer mes aptitudes.

— Nous le perdons, intervint Inigo. Et si nous le perdons…

— Non, l'interrompit Corrie-Lyn. Nous ne le perdrons pas. Pas à cause d'elle, en tout cas. Pas avant d'arriver à Makkathran. Il est trop fort pour cela. Je le sais.

— Oui mais…, commença Tomansio en désignant d'un geste du bras la porte de la couchette.

— Plus que deux heures, reprit Corrie-Lyn. Plus que deux heures, et nous marcherons dans les rues de Makkathran. Son subconscient doit le savoir.

— C'est son subconscient qui nous pose des problèmes, marmonna Oscar dans sa barbe. Où est Troblum ?

— Là où il a passé la majeure partie du vol, répondit Araminta 2. Dans sa couchette.

— Il a des problèmes aussi ? demanda Oscar sans prendre le temps de réfléchir.

Un sentiment d'amusement légèrement coupable partagé par tout le monde se propagea dans la cabine.

— D'accord, d'accord, dit Oscar en s'efforçant d'empêcher ses pensées d'atteindre la couchette du gros physicien. Pourquoi, alors ?

— Pas sûr que vous souhaitiez vraiment le savoir. Disons qu'il s'est enfermé avec son projecteur.

— Génial. Le voyage a dû être très agréable pour vous.

— Formidable, admit Araminta 2. Et la traversée à bord de *La Lumière de la Dame* s'est passée tout aussi bien.

— La flotte du pèlerinage a traversé la barrière ?

— Oui, il y a environ une semaine. J'ai eu quelques soucis avec Ethan, mais tout s'est arrangé.

Oscar était intrigué, mais son instinct le retint de demander plus des détails.

— Et Ilanthe ?

— Oh, elle est bien là. Elle a tué un Seigneur du Ciel avant de digérer ses capacités.

— Mon Dieu. Où est-elle, maintenant ?

— D'après ce que disent les autres Seigneurs du Ciel, elle est en route pour le Cœur.

Oscar regretta presque d'avoir été sorti de suspension.

— Réveillons les autres.

Aaron émergea de sa couchette au moment où on extirpait Beckia de sa capsule médicalisée. Oscar l'examina furtivement et eut le souffle coupé. Aaron était dans un sale état. Il semblait sortir d'un accident de capsule ; son visage était couvert de cicatrices et de meurtrissures, ses yeux injectés de sang.

— Heureux de vous revoir, mentit Oscar.

Aaron lui lança un regard revêche.

— Où est Troblum ?

Sans attendre la réponse, il donna un coup de poing dans la porte du compartiment couchette. Oscar vit que ses ongles étaient noirs et ensanglantés.

Troblum apparut enfin et déversa son mécontentement dans la cabine. Il regarda tout le monde d'un air maussade avant de baisser les yeux comme un adolescent à qui on venait de faire la morale.

— Faites-nous atterrir, lui demanda Aaron. Allez, nous n'avons pas de temps à perdre avec vos conneries personnelles. Concentrez-vous sur votre boulot. Justine a rencontré quelques difficultés pendant sa descente.

— Je suis prêt, répondit Troblum sans enthousiasme.

Des fauteuils d'accélération sortirent du sol.

— En parlant de conneries personnelles, intervint Tomansio d'un ton neutre, vous tenez compte de tout ce que vous laissez filtrer dans le Vide ?

— Pardon ? aboya Aaron.

— Espérons que votre ex-petite amie n'a pas été répliquée comme Kazimir. Je n'aimerais pas tomber sur elle en bas.

Oscar serra les accoudoirs de son fauteuil. Des icones d'alerte fleurirent dans son exovision. Plusieurs systèmes connaissaient des ratés. Il aurait préféré rester en suspension pour ne pas vivre en direct cette descente infernale.

* * *

L'après-midi touchait à sa fin dans la ville des Anomines, et l'atmosphère commençait à se rafraîchir. Gore enfila un pull en cachemire noir et marcha le long de son système d'intrusion disposé telle une toile d'araignée géante sur la place. Les câbles collants et noirs luisaient dans le soleil rose doré. Son scanner lui révéla quelques menues imperfections parmi les molécules complexes amalgamées autour des filaments de pénétration. La qualité de fabrication avait été grande ; c'était un miracle, car le réplicateur n'avait pas été conçu pour ce genre d'usage.

Il jeta un regard discret à Tyzak. Le gros et vieil Anomine était accroupi sur ses pattes arrière de l'autre coté de la place, tout près de leur modeste campement. Il ignorait toujours la véritable fonction de la toile.

Je suppose que le soupçon et le manque de confiance sont des caractéristiques plus humaines qu'anomines. C'est honteux, mais cela nous confère un avantage. Et pourtant… ils sont bel et bien devenus post-physiques. Enfin, pas tous. C'est un peu comme s'ils avaient composé deux équipes : les malins et les naïfs.

Théorie qui avait le mérite d'exister. Il avait du mal à imaginer Tyzak et les siens atteignant l'état post-physique.

Peut-être s'agit-il d'un véritable exemple d'évolution biologique : atteindre le pinacle avant de décliner vers une paisible extinction, l'espèce étant parvenue à s'élever en partie hors de cet univers. Peut-être l'espace-temps est-il l'embryon de la conscience absolue.

Il essaya de se rappeler combien la flotte d'exploration de la Marine avait trouvé d'espèces qui avaient choisi de tourner le dos à la science et à l'intellect sans avoir au préalable effectué le grand saut post-physique. Il avait oublié, mais elles étaient peu nombreuses.

Quelque chose fila bruyamment dans l'atmosphère pure au-dessus de la ville, apportant une vague de joie et de soulagement. Tyzak n'avait rien entendu, donc cela signifiait…

Gore eut un sourire satisfait. Il se sentait étonnamment calme pour un vulgaire morceau de viande lorsque son ombre virtuelle entra en contact avec le Livreur.

— Alors ?

— Eh bien, pour commencer, je suis toujours en vie, ce qui n'est pas un mince exploit. Rien de neuf, là-haut. Les programmes sont chargés. J'attends juste que vous me demandiez de les activer.

— Alors allez-y.

— Hein ?

— Activez le trou de ver et débutez la séquence de démarrage du siphon. Nous allons avoir besoin de cette énergie très bientôt.

— Merde. Très bien, je vais essayer.

— Merci. Pour tout.

Gore ferma les yeux, ouvrit son esprit et contempla le ciel.

* * *

Le bang supersonique retentit dans Makkathran sans prévenir. Tous les oiseaux de la ville s'envolèrent en battant des ailes frénétiquement. Les animaux paniqués beuglèrent. Justine leva les yeux et sourit de soulagement. Elle voulait à tout prix que son *papa* soit mis au courant ; elle le désira ardemment avec toute la force psychique conférée par le Vide. Après un long moment, elle repéra une superbe traînée blanche dans le ciel turquoise. L'engin sombre volait déjà au-dessus de la mer de Lyot. Il décrivait une courbe en direction de la ville.

— Enfin !

Le vaisseau disparut derrière le haut mur qui ceignait le jardin du manoir de Sampalok. Justine ordonna à ses deux gé-chimpanzés de continuer à ratisser un carré de terre où elle s'apprêtait à semer des légumes. Les drôles de petites créatures grattèrent le sol avec leurs outils rudimentaires comme elle leur avait demandé. Leur modelage lui avait apporté une satisfaction énorme, même si le premier avait un bras plus long que l'autre et le second des soucis d'audition.

Elle courut sur la place centrale et s'arrêta à l'endroit précis qu'elle utilisait depuis sept semaines.

— Faites-moi descendre, demanda-t-elle à la ville.

Sous ses pieds, le sol *changea*, et elle traversa la substance de la ville pour déboucher dans le tunnel de transport situé en dessous. Jamais elle n'avait connu plus grand bonheur que celui-ci, lui sembla-t-il. Elle n'avait toujours pas parlé à l'esprit de la ville, n'avait même pas senti sa présence, Dieu savait à combien de kilomètres sous les bâtiments et les canaux. Toutefois, elle avait réussi à imposer ses pensées aux programmes de base qui régulaient les aspects fondamentaux de la structure de Makkathran. Quelle que soit la nature de celle-ci, son réseau d'exploitation était homogène. Sa vision à distance lui avait révélé que l'éclairage et quelques systèmes de pompage fonctionnaient à l'électricité. La gravité était manipulée dans les tunnels de transport. Cela confirmait ce que tout le monde pensait, à savoir que la technologie de la ville était extérieure au Vide. En revanche, cela ne répondait pas aux questions qu'elle se posait.

Elle descendit dans la lumière aveuglante du tunnel, chaussa ses lunettes de soleil et demanda à la ville de la conduire au Parc doré. La gravité fut modifiée ; Justine se pencha en avant pour se préparer à l'altération. Elle avait commis une fois l'erreur de tomber les pieds devant, et elle n'avait surtout pas envie de la rééditer. Voler tête la première, c'était tout autre chose. Beaucoup plus enivrant que dans les rêves d'Inigo. Elle serra les poings, étira les bras devant elle et lâcha un cri de joie en décrivant une première vrille.

Justine émergea dans le Parc doré à côté d'un des piliers blancs qui bordaient le canal du Cercle extérieur. Les dômes superposés du palais du Verger brillaient d'un éclat brun derrière elle. Après des semaines à ne pas savoir, après s'être préparée à attendre peut-être des décennies, elle pouvait se laisser submerger par les hormones qui inondaient son corps, tandis que le vaisseau apparaissait au-dessus du quartier du port. Il volait beaucoup plus lentement à présent, même si les pointes de ses ailes continuaient à tracer des volutes vaporeuses dans le ciel sans nuages. *Attendez… des ailes ?*

Le navire tourna autour d'Ysidro et entama une descente abrupte. Apparemment, décida-t-elle, il souffrait des mêmes difficultés que le *Silverbird*. Le vol n'était ni aussi lent ni aussi stable qu'il aurait dû, car le Vide jouait des tours à ses réacteurs. L'engin lui fit même une ou deux grosses frayeurs. Alors il sortit ses trains d'atterrissage, chuta littéralement sur les dix derniers mètres et glissa sur la végétation épaisse avant de s'immobiliser à une centaine de mètres du *Silverbird*.

Un sas circulaire s'ouvrit sous la partie centrale du vaisseau et un escalier en aluminium à l'ancienne se déplia. Des gens descendirent de l'engin, à la fois incrédules et heureux, sentiments que Justine reconnut sans peine. Puisqu'elle les partageait.

Ils étaient neuf à attendre dans l'herbe, ce qui était beaucoup pour un si petit vaisseau, et ce, même s'ils avaient voyagé en suspension. Ils perçurent sa présence en esprit et se retournèrent pour la voir arriver en trottinant.

Des cris de bienvenue résonnèrent lorsqu'il ne lui resta plus qu'une vingtaine de mètres à parcourir. Plusieurs passagers excités agitèrent la main. Deux autres coururent à sa rencontre. Tous avaient le sourire aux lèvres.

Quoique…, se dit-elle en remontant ses lunettes sur son front.

Le gros type qui se tenait à l'arrière, l'esprit entouré d'un formidable bouclier, ne souriait pas du tout. Ni celui qui semblait avoir été passé à tabac dans une bagarre de rue. Les autres étaient tous heureux de la voir, ce qui était une bonne chose.

Celui qui avait pris la tête du groupe la serra dans ses bras avec enthousiasme. Son visage avait quelque chose d'étrangement familier…

— Justine Burnelli ! s'exclama-t-il. Cela faisait un bail !

Ce sourire était si taquin qu'elle ne put s'empêcher de lui répondre.

— Je suis désolée, mais qui… ?

— Nous nous sommes croisés lors de la fête de lancement du *Seconde Chance*, répondit-il avec malice. Oscar Monroe, vous vous rappelez ?

— Oh. Mon. *Dieu*. Oscar ? C'est bien vous ? Je croyais que vous étiez toujours en… Enfin, je veux dire…, bafouilla-t-elle avec un haussement d'épaules maladroit.

— Oui, je suis sorti il y a quatre-vingts ans. Depuis, je me suis fait discret.

— Heureuse de vous revoir, dit-elle, sincère. Si je m'attendais…

— Personne ne s'y attendait. C'était tout l'intérêt de la chose, je crois.

Elle rit et regarda les autres par-dessus son épaule.

— Inigo, n'est-ce pas ?

— Ouais.

Inigo se contenta de lui serrer la main. Justine se rendit alors compte qu'elle avait peut-être surjoué un peu le rôle de la Reine de la Cité sauvage. Elle était vêtue de bottes, d'un haut de Bikini noir et d'un short en jean, et portait à la ceinture un Taser, un pistolet et une machette. Sa peau avait la couleur du miel et ses cheveux étaient presque devenus blancs au soleil. Des cheveux qu'elle n'avait pas coupés depuis son arrivée… Ces derniers temps, elle se contentait de les nouer en queue-de-cheval avec un ruban. Dire qu'au début du XXIe siècle, elle dépensait plus de cent mille dollars par an en soins divers. Sans compter son budget pour les vêtements. En fait, elle devait être effrayante à regarder.

Elle se reprit un peu et laissa Oscar lui présenter les autres : Araminta 2 – *2?* – était intéressant, ou intéressante ; les Chevaliers Gardiens étaient comme elle les avait imaginés ; Troblum avait quelque chose de mystérieux ; Corrie-Lyn était antipathique au possible ; quant à Aaron, il la terrifiait. À en juger par la manière dont les autres le considéraient, elle n'était la seule à avoir peur de lui.

— Bon, commença Corrie-Lyn en se tournant vers Aaron. Nous avons réussi. Nous y sommes. Pour l'amour de la Dame, vous voudriez bien nous dire pourquoi nous sommes venus jusqu'ici ?

Justine s'attendait à ce qu'il sourie d'un air sage, comme le ferait n'importe quel être humain, au lieu de quoi il tourna ses yeux meurtris vers Inigo.

— Nous sommes ici pour que vous *le* ressuscitiez, coassa-t-il.

— Quoi ? s'exclama Inigo. Sainte Dame, vous plaisantez ?

— Non. *Lui* seul peut nous aider, et vous seul possédez sa véritable mémoire. Vous et lui êtes connectés. Surtout ici. Vous pouvez plonger dans la couche mémoire du Vide, tout comme *lui*. Vous n'avez même plus besoin de réinitialiser le Vide, ce qui était originellement prévu, comme nous le savons à présent. Justine nous a montré cela avec Kazimir.

Corrie-Lyn se rapprocha d'Inigo et prit ses mains dans les siennes.

— Fais-le, chuchota-t-elle avec détermination.

— Celui-qui-marche-sur-l'eau n'est plus, rétorqua Inigo avec une tristesse infinie. Il n'est plus qu'un rêve. Rien de plus.

— Ramenez-*le* parmi nous, insista Aaron. Il le faut.

* * *

… et atterrit au pied de la tour d'Eyrie. Ses chevilles cédèrent et il tomba en avant. Des troisièmes mains puissantes le rattrapèrent. Il n'y avait pas foule comme les autres fois, comme il s'y était attendu. Sa famille n'était pas là. Kristabel non plus.

— Par l'Honoious ! Je me suis trompé, bredouilla-t-il, choqué.

Dans sa hâte d'échapper à l'horreur de l'hôpital de l'allée du Demi-bracelet, il avait mal jugé sa trajectoire dans la mémoire du Vide et avait fini… Il regarda le petit groupe qui le regardait. Ces gens étaient étrangement vêtus. Quoique… Il balaya les alentours avec sa vision à distance. Finitan n'était pas au sommet de la tour. Il examina les bâtiments de Fiacre et Haxpen, constata qu'ils étaient vides. La ville était plongée dans le silence, privée de son éternel babillage télépathique. Il ne ressentait la présence d'aucun esprit autre que ceux des neuf personnes qui se tenaient devant lui.

— Non !

Il se retourna vers la ziggourat des Culverit et examina frénétiquement la moindre pièce du dixième étage. Il n'y avait personne et les meubles avaient disparu.

— Où sont-ils ? hurla-t-il. Où est ma famille ? Kristabel !

Sa troisième main se prépara à frapper.

Un des membres du groupe se détacha des autres et avança dans sa direction, les pensées calmes, rassurantes, bienveillantes. Il était grand, séduisant ; son visage lui était connu, même si sa peau était plus sombre qu'auparavant, et ses cheveux bruns et non pas roux. Toutefois, cela n'avait aucune importance, car le visage auquel il pensait ne pouvait pas être là, dans le monde réel.

La troisième main d'Edeard se retira.

— Non, murmura-t-il. C'est impossible. Vous êtes un rêve.

L'homme sourit. Il y avait des larmes dans ses yeux.

— Tout comme vous.

— Inigo ?

— Edeard !

— Mon frère !

Ils se jetèrent dans les bras l'un de l'autre. Edeard serra Inigo comme si sa vie en dépendait. De fait, lui seul donnait un sens au monde qui l'entourait, l'y ancrait.

— Retenez-moi, supplia Edeard. Ne me laissez pas partir. Le monde se décompose.

— Non, ne vous en faites pas. Je suis ici pour vous aider à traverser cette épreuve.

Les pensées d'Edeard tournoyaient dans tous les sens, paniquées, confuses.

— Votre vie…, reprit Edeard dans un souffle.

— … n'est rien comparée à la vôtre.

— Mais… ces mondes que vous m'avez montrés, les merveilles qu'ils abritent. Tout est vrai ?

— Oui. Tout est vrai. Tel est l'univers à l'extérieur du Vide. L'endroit d'où est venu le vaisseau qui transportait Rah et la Dame.

— Sainte Dame.

— Je sais que c'est un choc pour vous et j'en suis navré. Je n'avais aucun moyen de vous mettre en garde.

Edeard hocha lentement la tête et fit un pas en arrière pour pouvoir examiner à sa guise cette personne qu'il avait crue inaccessible.

— Je pensais que la Dame vous avait envoyé pour me réconforter durant mon sommeil. Vous m'avez montré la voie à suivre, et j'ai essayé, j'y ai mis toute mon énergie…

Sa voix se brisa. Il était proche des larmes.

— Vous avez accompli bien plus, Celui-qui-marche-sur-l'eau, tellement plus, dit une jeune femme. (Elle avait les cheveux auburn, un joli visage couvert de taches de rousseurs et le regardait d'une manière tellement intense qu'il en était déstabilisé.) Vous avez réussi.

Honteux, Edeard se tourna vers Inigo.

— Vous savez ce que j'ai fait, ce à quoi je tente d'échapper.

— Nous connaissons tous votre vie. C'est la raison de notre présence ici.

— Vous pouvez m'aider ? Vous êtes venus pour cela ?

— Vous n'avez pas besoin de notre aide, rétorqua Inigo. Votre triomphe a été sublime. Des planètes tout entières s'émerveillent de ce que vous avez accompli ici, à Makkathran.

— Je ne comprends pas. J'ai failli exactement comme Owain, Buate et leur clique l'avait prévu. Je ne vaux pas mieux qu'eux, que l'Honoious m'emporte !

— C'est faux, le rassura la femme avec sincérité. Edeard, écoutez-moi : après l'échec de l'unification de la ville, vous êtes parvenu à apporter la paix et la plénitude à Querencia. Vous n'avez plus jamais effacé le passé, car vous n'en avez jamais eu besoin. Vous, Kristabel et vos amis avez tous accepté d'être guidés vers le Cœur. C'était si beau.

— Vous parlez comme si tout cela s'était déjà produit, protesta Edeard en jetant un regard soupçonneux à la femme, tandis que des pensées déstabilisantes se formaient dans son esprit.

— Edeard, reprit Inigo en lui posant la main sur l'épaule pour le calmer. Nous venons tout juste d'arriver dans le Vide. Ici, le temps s'écoule beaucoup plus vite qu'à l'extérieur, ce qui explique que seulement quelques siècles se soient écoulés dehors, contre des millénaires sur Querencia. Vous appartenez à notre passé. Je vous ai fait émerger de la mémoire du Vide.

— Vous voulez dire que j'ai déjà vécu ma vie ? Toute ma vie ?

— Oui.

— Mais… (Il balaya de nouveau la ville avec sa vision à distance dans l'espoir de trouver quelqu'un.) Où sont les autres ? Si j'ai réellement réussi comme vous l'affirmez, où sont passés les gens que j'ai voulu aider ? Leurs petits-enfants devraient être ici. Ont-ils déserté la ville ?

Inigo semblait embarrassé.

— Vous avez créé une société dans laquelle chacun pouvait atteindre la plénitude. À la fin, tous les habitants de Querencia ont été guidés par les Seigneurs du Ciel. Le dernier est parti pour le Cœur il y a plusieurs millénaires.

— Parti ? (Il n'arrivait pas à y croire.) Tous ? Il y avait des *millions* d'habitants sur Querencia.

— Je sais.

— Pourquoi m'avez-vous fait revenir ? demanda Edeard avec amertume.

— Nous avons besoin de votre aide.

— Ha ! Par l'Honoious, vous n'avez pas misé sur le bon cheval. Finitan vaut bien plus que moi. Dinlay aussi, d'ailleurs. Et même si vous n'aviez pas le choix, vous auriez dû rappeler cet Edeard de mon futur, celui dont vous parlez, celui qui a triomphé.

— Je vous ai choisi à dessein. Vous êtes exactement l'Edeard dont j'ai besoin.

— Pourquoi ?

— Vous êtes déterminé, répondit simplement Inigo. Vous vous êtes juré de ne pas vous laisser abattre, quelles que soient les circonstances. Vous, tel que vous êtes aujourd'hui, êtes la meilleure incarnation de Celui-qui-marche-sur-l'eau. C'est vous qui avez triomphé à la fin.

— J'ai du mal à vous croire, dit Edeard d'une voix faible.

— Je suis vraiment désolé que nous nous rencontrions dans ces circonstances, mais nous avons réellement besoin de votre aide.

— Comment ? Par la Dame, comment pourrais-je aider des gens capables de voyager d'un univers à l'autre ?

Tandis qu'Inigo préparait sa réponse, le type étrange au visage meurtri et aux pensées torturées fit un pas en avant.

— Je m'appelle Aaron et je suis venu ici pour vous demander de nous conduire devant le Cœur.

Edeard faillit lui rire au nez, mais l'homme souffrait tant, était tellement désespéré qu'il ne pouvait pas mentir.

— Pourquoi ?

— Parce que le Cœur contrôle le Vide. Je dois lui parler. Ou bien Inigo, voire vous. En tout cas, il nous écoutera.

— Que lui diriez-vous ?

— « Vous êtes en train de nous tuer. Désactivez-vous. »

Inigo reprit Edeard par l'épaule.

— Je sais que vous avez besoin d'explications…

Le soleil puissant filait vers l'horizon ouest, baignait les tours d'Eyrie dans une lumière couleur cerise familière.

Mais plus tellement familière, se désola Edeard. Cette version de Makkathran était en effet bien triste. Les bâtiments n'avaient aucunement changé, tout comme les quartiers et les canaux. La ville, fabuleuse cité, n'était pas décrépite et ne le serait jamais, mais elle était un peu… *miteuse*. Sans ses citoyens, elle n'était plus que l'ombre de ce qu'elle avait été. Il restait si peu de traces de la présence passée des humains : quelques bibelots usés et une poussière omniprésente. Qu'il ne reste rien de tout ce qu'ils avaient accompli était déprimant. Tout comme le fait de savoir qu'il ne reverrait plus jamais les siens. Il pourrait certes réinitialiser le Vide, mais n'avait pas la motivation nécessaire pour se replonger dans ce qui avait été. Par ailleurs, à en croire, Corrie-Lyn, il avait déjà accompli l'objectif de sa vie, et, s'il avait bien compris son frère Inigo, il était responsable de la destruction qui menaçait l'univers extérieur.

— D'autres vaisseaux arrivent ? demanda-t-il.

— Oui, admit Inigo. Et c'est ma faute. J'étais totalement obsédé par votre vie.

Ils étaient assis sur les marches de l'église de la Dame. Tout le monde faisait son possible pour l'aider à appréhender l'histoire d'Inigo et comprendre ce qui se passait dans la galaxie, ce qu'était réellement le Vide. Cela durait depuis des heures.

— Vous avez montré ma vie aux gens, répéta Edeard d'un ton quasi accusateur.

— En effet. Et vous n'avez jamais parlé de la mienne à quiconque.

— On m'aurait pris pour un fou. Même Kristabel. Des voitures volantes. La vie éternelle. Des centaines de mondes habités. Des serviteurs machines au lieu de génistars. Des villes gigantesques à côté desquelles Makkathran n'est qu'une bourgade de province. Une civilisation où la justice est accessible à tous. D'autres espèces intelligentes. Trop d'étoiles dans le ciel pour pouvoir toutes les compter. Non, mieux valait garder pour moi ces merveilles issues de mon imagination. Sauf que ce n'était pas mon imagination, mais vous.

— J'espère vous avoir apporté un certain réconfort.

— C'est le cas.

Edeard rassembla enfin le courage qui lui avait manqué jusque-là et demanda :

— Le futur que j'ai vécu, celui où j'ai enfin atteint la plénitude… Burlal en faisait-il partie ?

— Non. Je suis désolé, Edeard. Burlal n'a vécu qu'une seule fois.

— Je vois. Je vous remercie de votre honnêteté.

— Celui-qui-marche-sur-l'eau, intervint Aaron, guidez-nous jusqu'au Cœur, je vous en prie.

L'agressivité contenue dans sa voix, la manière dont ses pensées bouillonnantes menaçaient d'exploser, tout cela rendait Edeard nerveux.

— Je comprends qu'il soit nécessaire de contenir le Vide. Si je pouvais le faire, je n'hésiterais pas.

— On peut parler au Cœur, insista Aaron entre ses dents serrées. Quand on y sera… J'en suis sûr.

— Comment ?

Aaron se frappa le visage des deux mains. Une fois, deux fois, trois fois. Il se mit à saigner du nez.

— Elle ne veut pas me le dire ! hurla-t-il, furieux. Je ne sais plus. (Avec sa troisième main, Edeard agrippa les bras d'Aaron et l'immobilisa.) C'est ma mission ! Je suis la mission. J'ai un objectif. Je dois être fort. Elle aime la force. Elle m'aime.

Tomansio se rapprocha de l'agent perturbé.

— Eh ! Tout ira bien, dit-il en tendant le bras. Nous avons deux vaisseaux et Celui-qui-marche-sur-l'eau. Nous pouvons…

Les muscles d'Aaron ramollirent, et Tomansio le rattrapa comme il s'affaissait, inconscient.

— Comment avez-vous fait cela ? demanda Edeard.

— Des tranquillisants. Heureusement que les systèmes biononiques ne fonctionnent pas à plein régime dans le Vide, autrement, j'aurais eu plus de mal.

— Je vois…

Ce qui n'était pas tout à fait vrai. En tout cas, ces guerriers venus de l'univers extérieur étaient formidables. Et ils avaient le sens de l'honneur. Ils lui rappelaient un peu le colonel Larose de la milice de Makkathran.

— Et maintenant ? intervint Corrie-Lyn dans un soupir. À son réveil, notre jouet psychopathe sera fou de rage.

— Je préférerais éviter de procéder à une infiltration neurale dans cet environnement, dit Tomansio. À la moindre défaillance technique, son cerveau serait foutu. En plus, je ne serais pas surpris, étant donné la manière dont son esprit a été configuré, qu'il soit résistant à ce genre de procédure. L'information est cachée dans son subconscient.

— Nous avons effectivement deux vaisseaux, reprit Oscar, et nous savons qu'il nous faut rallier le Cœur. Il ne nous manque plus qu'un guide. C'est là que vous entrez en jeu, encouragea-t-il Edeard en souriant.

— N'oublions pas la plénitude, intervint Inigo. Le Seigneur du Ciel viendra s'il estime qu'Edeard a atteint la plénitude.

— Oui, mais pour guider son âme, ajouta Corrie-Lyn d'un ton sec.

— Nous n'en savons rien. Du temps d'Edeard, les hommes étaient incapables de voler dans le Vide comme nous. Peut-être le Seigneur du Ciel acceptera-t-il de guider une personne vivante.

— Je lui poserai la question, dit Araminta 2.

Dans son corps d'homme, Araminta 2 partageait ses pensées d'une manière à laquelle Edeard n'était pas habitué. Elles étaient si claires et précises qu'il avait du mal à se débarrasser de la sensation d'occuper un autre corps, de respirer, de ressentir avec lui. Et puis, il y avait cette perception fantomatique, cette impression de se trouver dans une salle géante toute de verre et de métal et de regarder les nébuleuses à l'extérieur, ainsi qu'une volée de Seigneurs du Ciel menant des navires incroyables. La présence de cet esprit scintillait sous le lien qui unissait Araminta à son guide et à la conscience du Vide de ce dernier.

— Dois-je abandonner mon corps pour être guidé vers le Cœur ? demanda-t-il.

— Vous devez avoir atteint la plénitude, répondit la créature. Alors je vous guiderai. Bientôt, je le sens. Votre esprit est fort, vous avez la foi, vous savez ce que vous voulez. Vous vous comprenez. Vous manquez juste un peu d'assurance.

— Si je gagne en assurance, si j'atteins la plénitude, accepterez-vous de m'emmener dans ce vaisseau ? Vivant ?

— Oui.

Le contact étrange fut interrompu et Edeard eut un frisson, comme si une rafale de vent avait fait le tour de l'Église. Il jeta un regard étonné vers Araminta 2.

— Vous êtes capable de communiquer sur de si grandes distances ? Votre puissance mentale est inimaginable !

— Pas vraiment. Il s'agissait de mon autre corps. Quant au Seigneur du Ciel, disons que lui et moi sommes reliés comme Inigo et vous autrefois.

— Je vois, mentit-il.

« Mon autre corps » ! Araminta 2 avait dit cela si naturellement. Comme il aurait aimé avoir Macsen à ses côtés. Lui qui savait faire retomber la pression avec une bonne blague aurait saupoudré ce monde d'une pincée de normalité.

— Reste donc à découvrir si cet Edeard a atteint la plénitude, reprit Oscar. Le cas échéant, vous n'aurez qu'à l'envoyer dans le Cœur.

— Je crois bien, acquiesça Inigo.

— Doucement, les tempéra Justine en se levant. Nous ne pouvons pas nous permettre d'avancer dans le flou. Il nous faut définir très clairement nos objectifs. Suivez-moi.

Elle remonta les marches de l'église. Edeard les vit tous échanger des regards interloqués. Il y eut quelques haussements d'épaules, mais tous finirent par lui emboîter le pas. De fait, le ton de Justine ne souffrait aucune discussion.

Quand ils avaient été présentés, la fille provocante n'avait pas fait bonne impression à Edeard. En réalité, il trouvait son allure inquiétante ; avec ses vêtements grossiers et sa chevelure en bataille, elle lui rappelait les bandits qui vivaient au-delà de la province de Rulan. Toutefois, il avait rapidement révisé son jugement. Pour commencer, elle faisait partie des immortels du Commonwealth. Elle semblait être à peine sortie de l'adolescence, mais il savait qu'elle avait vécu plus longtemps que n'importe qui à Makkathran. En dépit de sa quasi-nudité, son air digne et sa prestance auraient intimidé jusqu'à Dame Florell. Il la soupçonnait également d'être assez forte pour réduire Ranalee en morceaux, que le combat soit loyal ou non.

L'atmosphère était plus fraîche dans l'église. En dehors de l'immense statue, l'intérieur était nu, ce qui renforça encore son sentiment d'isolement. Moins d'un jour plus tôt, à son époque, il était maire et la ville lui obéissait au doigt et à l'œil. Ces gens avaient de bonnes intentions, il le savait ; malgré cela, il ne pouvait s'empêcher de leur en vouloir de l'avoir arraché ainsi à sa véritable vie. S'il ne s'était agi d'Inigo… Sauf qu'Inigo seul était capable d'un tel prodige.

Plus étrange encore que l'église nue, l'homme à la peau doré qui les attendait au milieu de l'édifice… Il n'était visible que parce que Justine leur transmettait son image d'une façon étrange et dont il était incapable de se protéger. En esprit, il ne voyait rien là à l'endroit où se tenait le personnage. Au début, en tout cas.

— Une âme, s'exclama Edeard lorsque sa perception se fut affinée.

— Plutôt un rêve. Je suis Gore. Heureux de faire enfin votre connaissance, Celui-qui-marche-sur-l'eau. Vous êtes un homme très impressionnant.

— Gore est celui qui nous a guidés jusqu'ici, expliqua Inigo d'un ton léger. De diverses façons. Pas toujours plaisantes, il est vrai.

— J'ai juste fait en sorte que vous ne vous soustrayiez pas à vos responsabilités, petit.

— Mon père, lança fièrement Justine.

— Il faut absolument que vous maîtrisiez Aaron, dit Gore à Tomansio. Son conditionnement neural était loin d'être assez fort pour résister au traumatisme d'une rencontre avec la Chatte. Je ne m'attendais pas à cela. Maudite Ilanthe.

— Lennox, le corrigea froidement Tomansio. L'un de nos fondateurs et donc un personnage très important pour le Chevaliers Gardiens. Que lui avez-vous fait ?

— Ce qu'il souhaitait et rien d'autre. Dieu sait ce que la Chatte lui a fait subir, mais c'était une épave lorsque mes hommes l'ont retrouvé. Nous avons effacé ce que nous avons pu de sa vieille personnalité. Les dégâts étaient très profonds ; son subconscient même avait pâti. Normalement, ce genre de problème peut s'arranger, à condition que les associations d'idées ne soient pas trop nombreuses. Quant à une guérison totale, il ne faut même pas y compter. J'ai fait ce que j'ai pu. Je l'ai rafistolé avant de l'envoyer faire ce qu'il adore, ce pour quoi il est né. Il a participé à toutes les missions secrètes des Conservateurs. Dès qu'il fallait intervenir pour maintenir ce bon vieux Commonwealth sur les rails, Aaron était de la partie. Et puis merde, je ne suis pas son patron, mais son partenaire !

— Papa, le Cœur ?

— Ah, oui. (Gore les considéra tous un par un.) C'est un plan assez simple. Comme a dit Aaron, vous devez trouver le Cœur, engager la conversation avec lui et le raisonner. Il doit être capable de comprendre qu'il est en train de commettre un génocide galactique.

— C'est tout ? demanda Oscar.

— Vous avez mieux à proposer ?

— Euh… non.

— Alors oui, c'est tout. Ah, j'oubliais : je vous accompagne. J'ai peut-être trouvé un moyen de le convaincre.

— Quoi ?

— Eh bien, oui. Mais il nous faudra faire très vite. Qui sait ce que cette salope d'Ilanthe est en train de mijoter là-dedans ?

— D'accord. Papa, le Seigneur du Ciel a accepté de guider le corps d'Edeard à condition qu'il ait atteint la plénitude.

— C'était prévu, se vanta Gore en lançant un regard complice à Inigo. Nous avons besoin de quelqu'un dont la « plénitude » ne peut être remise en question.

— Je comprends.

— Je prendrai Celui-qui-marche-sur-l'eau et Inigo à bord du *Silverbird*, reprit Justine. Il est en meilleur état que *La Rédemption de Mellanie*. Je crois qu'il décollera sans problème. Autrement, je devrais retourner quelques jours avant mon atterrissage ici.

— Non, dit Gore. Tu prendras ce vaisseau, car il est parfaitement adapté au Vide. Ce sera le meilleur moyen d'éviter des soucis techniques. Et puis, si nous rencontrons Ilanthe, nous aurons besoin d'une puissance de feu importante.

— Ce vaisseau ?

Gore la regarda avec condescendance.

— Sur quoi te tiens-tu en ce moment, ma chérie ?

Entouré des autres au sommet des marches de l'église de la Dame, Edeard avait enfin l'impression de revenir à la vie. Jusque-là, il s'était senti bizarre, comme plongé dans un rêve alcoolisé, comme s'il avait abusé du kestric. Il ne pouvait se raccrocher à rien, ne savait même pas s'il était réellement en vie. Quant à sa rencontre avec Inigo, elle renforçait encore le caractère onirique de la situation, et lui faisait se demander s'il n'était mort et déjà dans le Cœur.

Mais à présent…

D'excitation, son rythme cardiaque s'accélérait, pompait du sang brûlant dans tout son corps. Il projetait sa vision à distance sous les rues, dans les tunnels de transport, dans d'étranges conduits et lignes d'énergie lumineuses qui pénétraient dans les profondeurs de la structure. Et il souriait. L'esprit de Makkathran somnolait, aussi immuable que les immeubles et les canaux ; ses vastes pensées se déplaçaient à un rythme lent et sinistre.

Celui-qui-marche-sur-l'eau partagea sa perception avec ses nouveaux amis. Le moment était flamboyant d'audace et son moral au plus haut. Kristabel et Macsen auraient adoré cela, sans parler des jumelles…

— À présent, je sais ce que vous êtes, dit-il au géant endormi avec une sincérité absolue. (Il croyait vraiment ce qu'il disait et s'ouvrait aux autres sans retenue.) Je connais la raison de votre venue dans cet univers. Sachez que d'autres vous ont suivis. Nous pensons pouvoir mettre un terme à tout ceci maintenant. Vous pourrez bientôt achever votre mission.

Les pensées immenses s'accélérèrent. Des vrilles de douces rêveries se rejoignirent pour former un tout cohérent. Makkathran s'éveilla à la conscience.

— Vous ? Je me souviens de vous. Je vous croyais parti avec le reste des vôtres.

— On m'a fait revenir. Il se peut que je sois en mesure de vous aider à accéder au Cœur.

— Vous avez beaucoup oublié. Terminer mon existence ici ne me dérange pas.

Edeard sentit son frère lui agripper la main. La confiance d'Inigo, sa certitude, était impressionnante.

— Nous n'irons pas là-bas pour nous soumettre à l'absorption, ajouta Inigo d'une voix forte. Nous allons mettre fin à cette chose. Le moment que vous craigniez est arrivé. Des millions de membres de mon espèce sont en route pour ce monde, et ils connaissent son secret. Tous ont l'intention d'initialiser le Vide à leur guise. La phase d'expansion qui s'ensuivra aura raison de la galaxie.

— Rien ne peut l'arrêter. Le Vide est ce qu'il est.

— Il existe une chance. Je pense que nous pouvons encore le raisonner.

— Le Vide n'écoute pas. Nous avons essayé. J'ai vu les miens mourir par dizaines de milliers en essayant de traverser la barrière finale. Pour rien. Les flammes de leurs morts brillèrent plus fort que les nébuleuses, ce jour-là.

— Une entité est arrivée dans le Vide et pourrait aggraver encore la situation. La phase de dévorement commence. Nous avons une toute petite chance, une occasion fragile de parler au noyau, l'intelligence primaire. Il acceptera l'un d'entre nous si les Seigneurs du Ciel le guident jusqu'au Cœur. Aidez-nous, je vous en supplie. Les vôtres sont toujours là, de l'autre côté de la frontière, et font leur possible. Durant les éons qui ont suivi votre arrivée ici, leur détermination n'a jamais vacillé. Nous leur devons beaucoup, notamment cette dernière chance de réussir.

— Les miens vivent toujours ?

— Oui.

— C'est bien ce que je pensais. J'ai cru en entendre un, il n'y a pas si longtemps. Je l'ai appelé, mais c'est un humain qui m'a répondu.

— S'il vous plaît, reprit Edeard. J'ai été guidé une fois, dans le passé. Je suis prêt à tous les sacrifices pour que cela m'arrive de nouveau. Je le jure sur la Dame.

Les pensées de Makkathran fluctuèrent, les recouvrirent d'une vague de tristesse ancienne. Edeard était mortifié par tout ce que la ville avait enduré, par les pertes terribles qu'elle avait subies.

— Je ne pensais pas connaître de nouveau le changement, avoua-t-elle. Je n'imaginais pas revoir un jour une lueur d'espoir, même minuscule. Je ne croyais plus devoir accomplir un jour ce pour quoi j'avais été conçue : voler à la rencontre du pire des ennemis. C'est à vous que je dois tout cela, et je vous en remercie. Si la galaxie doit être détruite, alors je partirai avec elle. J'accepte de vous emmener.

— Merci, dit Edeard.

— Merci, ajoutèrent les autres en chœur.

Ils se regroupèrent et attendirent sur la grande place, devant l'église de la Dame, la vision à distance en alerte, en attente des premiers changements. Ils étaient tous excités comme des écoliers sur le point d'assister à un événement particulièrement spectaculaire.

Justine fut la première à remarquer quelque chose.

— Là ! s'écria-t-elle, en appelant les autres en esprit. Regardez, la muraille de cristal.

Tout autour de la ville, le mur or translucide s'élevait à une allure stupéfiante, tandis que la ville imposait sa volonté. Bientôt, ils durent pencher la tête en arrière pour voir la muraille s'incurver au-dessus d'eux. Une demi-heure plus tard, le cristal se referma, masqua complètement le ciel dégagé. La ville était surplombée d'un dôme parfait.

Makkathran ne s'arrêta pas là. Un esprit plus grand qu'une montagne mit à profit la fonction de manipulation de masse du Vide, exigea que la matière soit déplacée comme il le souhaitait.

Au-delà du port, désormais isolé des éléments, la mer de Lyot s'ouvrit. Deux énormes tsunamis se formèrent, s'éloignèrent de la côte, exposant les fonds marins sur des dizaines de kilomètres. L'eau était un élément facile à manipuler. Makkathran continua sa manœuvre. Les fonds dénudés se craquelèrent, provoquant une onde de destruction qui déchiqueta toute matière organique dans un rayon de quatre-vingts kilomètres. Les fissures s'approfondirent, déchirèrent la lave solidifiée, coururent jusqu'à la plaine d'Iguru.

Oscar riait comme un damné alors que le sol vibrait sous ses pieds et que des glissements de terrain gigantesques modifiaient la géographie du massif de Donsori. Sa semi-hystérie était contagieuse. Edeard tomba à genoux, mais se surprit à sourire de toutes ses dents. Des vagues parcouraient les canaux, déferlaient sur les berges à mesure que le tremblement de terre gagnait en intensité. Il voyait les tours d'Eyrie se balancer. L'atmosphère agitée plaquait des nuages contre la paroi extérieure du dôme.

— Alors, heureux d'être de retour pour ce grand moment ? demanda Oscar par-dessus le grondement incessant.

La plaine d'Iguru et les fonds marins découverts n'étaient plus qu'une immense zone rocailleuse et vallonnée. Les étranges petits volcans de la plaine vacillaient tels des icebergs en train de se désintégrer avant de se dissoudre littéralement en débris bouillonnants. La ville connut une secousse encore plus franche, se libéra enfin de l'emprise du sol et s'éleva d'une centaine de mètres. Abasourdi et enthousiaste comme les autres, Edeard hurla lorsqu'il fut plaqué au sol, mais montra son pouce à Oscar.

— Et comment ! répondit-il en esprit pour couvrir le vacarme infernal qui emplissait le dôme protecteur.

Il imaginait à peine ce qui pouvait se passer à l'extérieur.

Les nuages affolés glissaient sur le dôme incurvé tandis que la ville continuait à s'élever. Car elle n'était que le sommet d'un gigantesque vaisseau de guerre.

Makkathran, dernière survivante de l'armada des Raiels, décolla dans le ciel d'où elle était tombée un million d'années plus tôt et se dirigea vers l'espace vide et dégagé.

* * *

Gore Burnelli n'était pas du genre à admirer son prochain, et encore moins lorsque celui-ci était fait de chair et de sang ; toutefois, force lui était d'admettre qu'Araminta avait évolué avec brio dans deux flux temporels différents. Même s'il avait été un des pionniers de la mentalité augmentée, il était impressionné.

Le segment de son esprit désigné pour maintenir un contact avec Justine avançait à vive allure et considérait avec une pointe de mépris les événements qui se déroulaient loin derrière, sur le monde natal des Anomines. Se débarrasser une fois pour toutes de l'entrave de la chair pour vivre vite et librement dans le Vide serait très facile pour lui. Il lui fallait se concentrer très fort sur les autres facettes de son esprit et de sa mission pour résister à la tentation, mais celle-ci revenait sans cesse à la charge.

Le temps d'un battement de cœur, il fut dans l'entrée de l'église de la Dame et vit Makkathran quitter l'atmosphère de Querencia, puis accélérer pour suivre le Seigneur du Ciel arrivé en même temps que *La Rédemption de Mellanie*, quelques heures plus tôt.

Des graphiques apparurent dans son exovision pour lui permettre de suivre la progression des filaments d'infiltration dans la structure moléculaire du mécanisme d'élévation, dans son réseau complexe et ses jonctions délicates. Il se focalisa sur leur travail, sur les lignes de programme en attente d'initialisation et destinées à préparer l'installation de ses logiciels subversifs dans le système extraterrestre. Son esprit suivait le défilé rapide des symboles, l'analyse des premières impulsions qui empruntèrent les jonctions.

Appel entrant : il y répondit avec un autre segment opérant depuis son cerveau biologique.

— Nous y sommes, annonça le Livreur. Je suis aux commandes de tous les systèmes majeurs du siphon. Les instructions internes ne sont plus actives. L'initialisation complète du trou de ver est en cours. La production d'énergie augmente ; je dois d'ailleurs la limiter un peu, car je n'ai encore nulle part où envoyer ma moisson.

— Bien joué.

— J'ignorais que Makkathran était un vaisseau raiel.

— C'était pourtant évident. Vous n'êtes jamais allé sur l'*Ange des hauteurs* ?

— Eh bien, non.

— Oh. Ce dôme est caractéristique. Il y a les mêmes sur le vaisseau arche.

— Évidemment.

— Des nouvelles de Marius ?

— Aucun de mes capteurs ne fonctionne correctement ici, dans le cercle intérieur de l'enfer. L'hysradar marche, mais il ne sert à rien. J'imagine que Marius vole en mode furtif.

— Continuez à chercher. Quand il comprendra que nous risquons de stopper sa chère Ilanthe, il ne sera pas très content.

— Merde. D'accord.

* * *

Makkathran rattrapa le Seigneur du Ciel juste avant qu'il croise l'orbite de Nikran, à trois millions de kilomètres seulement de la planète déserte. Edeard se tenait sur la place centrale de Sampalok et regardait la petite sphère brune qui semblait suspendue juste au-dessus du manoir. Il se sentit soudain nostalgique. Il reconnaissait certains détails de la géographie de la planète. Il les avait observés, dans un passé lointain et détruit, tandis qu'il attendait dans la salle Malfit de voir le maire et de recevoir de ses mains des épaulettes en bronze. Ses camarades s'étaient moqués de lui quand il avait demandé s'il y avait des gens sur Nikran, mais ils ne savaient pas, contrairement à lui, que les hommes vivaient sur des centaines de mondes. Et ils ne le sauraient jamais.

À moins que… Qui sait ce qu'ils voient depuis le Cœur ?

De toutes les révélations que lui avait faites Inigo, celle de la dangerosité du Vide pour l'univers extérieur était la plus difficile à accepter.

— J'ai toujours détesté cette saloperie, dit Inigo en contemplant la demeure hexagonale.

— Le manoir ? s'étonna Corrie-Lyn.

— Non, l'arcologie de Kuhmo. Durant mon enfance, je ne voyais qu'elle. C'est pour cela que j'ai offert au conseil municipal de financer sa démolition : pour que les enfants d'aujourd'hui n'aient pas à subir la vue de cette monstruosité.

— Elle dominait votre esprit, confirma Edeard. Je ne connaissais pas grand-chose à l'architecture humaine authentique, et j'étais pressé ce jour-là. C'était le choix évident.

— La Dame soit louée, vous ne l'avez pas reproduite à l'échelle.

— J'ai vu le temple que tu as inauguré à la place, intervint Corrie-Lyn d'un ton sec. Il n'était pas tellement mieux.

— Tout le plaisir était pour moi..., répondit Inigo avec un sourire en coin.

Edeard sentit l'inquiétude grandissante de Justine. La jeune femme se tenait à côté de Gore, dont le visage doré était également tendu.

— Qu'y a-t-il ?

— Certains événements échappent à notre contrôle, répondit Justine. Je pense que vous devriez parler au Seigneur du Ciel maintenant.

La créature qu'ils poursuivaient avait toujours un demi-million de kilomètres d'avance et scintillait sur la toile de fond brune de Nikran. Edeard la regarda d'un air indécis. Si elle estimait qu'il n'était pas prêt à être guidé, alors Inigo serait contraint de faire revenir une autre version de Celui-qui-marche-sur-l'eau, une version plus mature. Edeard avait peu de certitudes, mais il était à peu près sûr de ne pas avoir envie de rencontrer sa future personnalité.

— Je vais essayer.

Il chercha le Seigneur du Ciel et le trouva à la limite de son champ de perception. Alors que ces créatures étaient d'ordinaire calmes et sereines, celle-ci semblait confuse et perdue. L'assassinat de sa congénère l'avait choquée. Par ailleurs, le vaisseau colossal qui ne la lâchait pas d'une semelle était un peu déstabilisant, d'autant qu'elle possédait des souvenirs ancestraux relatifs à ces machines, datant d'une période chaotique.

— Vous n'avez rien à craindre de ceux avec qui je voyage, ni de la cité, lui assura Edeard. Ils m'accompagnent dans la quête de la plénitude.

— Je connais cette cité, répondit le Seigneur du Ciel. Elle et les siens ont causé la ruine de cet univers. Nous n'avons trouvé aucun esprit depuis qu'ils ont jeté les planètes de la vie dans le feu des étoiles. En dehors de votre espèce, plus personne n'a émergé dans notre univers.

— Cette époque est révolue. Vous savez que nombre de mes semblables nous ont déjà rejoints. Des esprits émergent de nouveau.

— Des esprits, mais aussi cette *autre*… qui tue.

— C'est la raison pour laquelle je souhaiterais atteindre le Cœur. Je désire le mettre en garde. Je pense avoir atteint la plénitude, je crois que le Cœur m'acceptera. Ai-je raison ?

Le Seigneur du Ciel réfléchit longtemps avant de répondre.

— Vous avez atteint la plénitude. J'accompagnerai votre essence jusqu'au Cœur.

— Guidez-moi tel que je suis. Le vaisseau me transportera. Nous vous suivrons.

— Moi et les miens ne guidons que vos essences.

— Emmenez-moi jusqu'au Cœur. Il lui reviendra de décider s'il m'accepte comme je suis. Dans le cas contraire, j'abandonnerai volontiers mon corps.

— Je vous guiderai.

— Merci.

Derrière le dôme de cristal, les étoiles décrivirent un arc court dans l'espace, tandis que Makkathran virait pour suivre le Seigneur du Ciel. Puis il y eut une accélération brutale. Edeard souffrit de vertiges pendant un long moment.

Lorsqu'il recouvrit un peu de force et regarda au-dessus de lui, il vit un amas d'étoiles juste au-dessus du sommet du dôme. Les astres brillaient tous d'un éclat blanc-bleu. Autour d'eux, le reste de l'univers était noir.

— Nous n'allons pas assez vite, se plaignit Gore. Ilanthe a une semaine d'avance sur vous. Dieu seul sait quelle distance il lui reste à parcourir.

— Les Seigneurs du Ciel ne peuvent pas aller plus vite que cela, dit Justine.

— Ouais, mais on ne peut pas dire qu'ils se balancent sur les branches les plus hautes de l'arbre du QI, pas vrai ? Demandons plutôt à Makkathran ; la ville a eu un million d'années pour étudier ce qui passe pour l'espace-temps dans le Vide.

Justine jeta à Edeard un regard interrogateur.

— Je vais demander.

— Plus vite ? répéta Makkathran avec une grande curiosité. Nous avons été conçus pour tous les états quantiques imaginables, sauf celui-ci, évidemment. Ici, l'esprit est ce qui compte le plus ; il permet de séduire de nombreuses mentalités inférieures. Il y a longtemps de cela, j'ai observé les connexions fondamentales entre la rationalité et l'écheveau multidimensionnel qui incorpore la fonctionnalité de cet univers. La vitesse est un aspect du flux temporel, qui est lui-même dicté par la pensée. La clé est le mode d'application ; la plupart du temps, celui-ci est très simple à déterminer.

À l'extérieur du dôme, la lumière jaillit du néant. Les étoiles défilèrent de tous les côtés tels des éclairs rigides. Les nuages lumineux des nébuleuses formèrent des tourbillons et des spirales qui n'en finirent pas de tourner avant de disparaître dans des explosions de couleurs resplendissantes.

— Je crois que cela veut dire oui, marmonna Oscar, comme des vagues colorées baignaient son visage stupéfait tourné vers le haut.

— Avons-nous accéléré, ou bien est-ce le Vide qui a ralenti ? demanda Corrie-Lyn d'un ton taquin.

— Cela n'a aucune importance, répondit Inigo. Seul le résultat compte.

* * *

En parallèle de sa conversation avec le Livreur, Gore surveillait les données accumulées clandestinement par son logiciel d'infiltration. Le mécanisme d'élévation avait commencé à procéder à des scans internes tandis que les filaments continuaient à envahir la structure. Gore libéra une première série de logiciels, torrent de faible intensité qui s'insinua dans les programmes d'interprétation du scanner, falsifiant les résultats afin que le mécanisme d'élévation ne décèle aucune anomalie dans sa structure jusqu'au niveau moléculaire.

Le rêve : Makkathran volant plus vite que la lumière au milieu d'une tempête colorée.

Observation visuelle : Tyzak traversant la place en sautillant et en prenant soin de ne pas marcher sur la toile noire et luisante qui bourdonnait doucement.

C'est tout ce dont j'ai besoin, pensa un segment secondaire supérieur de l'esprit de Gore. Dans une lacune de stockage, un programme de traduction anomine se réveilla.

— D'autres gens sont arrivés, annonça Tyzak.

— Des habitants de votre village ? demanda Gore avec force gargouillis et gazouillis.

— Non. D'autres voyageurs de l'espace, à la fois similaires et très différents de vous.

— Montrez-les-moi, je vous prie.

Tyzak traversa la place en sens inverse, étira un de ses membres et désigna une large rue.

Ils étaient huit, qui se tenaient au milieu de la voie à une centaine de mètres de la place. Les lumières pastel des bâtiments qui les flanquaient faisaient scintiller leurs extravagants manteaux couverts de pierres précieuses. L'un d'entre eux brandit une longue lance blanche et s'inclina légèrement.

— Des Silfens, lâcha Gore dans un soupir en résistant à la tentation de leur répondre d'un majeur dressé. (Au lieu de quoi il s'inclina lui aussi.) Ne faites pas attention à eux ; ce sont les plus grands voyeurs de la galaxie.

— Pourquoi sont-ils venus ?

— Pour m'observer.

Le système d'infiltration décela un problème dans les programmes d'analyse qu'il essayait de modifier. Il devait y avoir des sentinelles cachées, car ces derniers résistaient à sa tentative de subversion. Ils se reformataient à une fréquence alarmante, ce qui signifiait que ses paquets de logiciels ne pouvaient pas être installés ; la configuration changeait constamment, les obligeant chaque fois à s'adapter. Par ailleurs, les sentinelles envoyaient des programmes plus performants aux scanners afin de déterminer ce qui avait réveillé les algorithmes de résistance. La conscience principale du mécanisme d'élévation risquait d'être prévenue d'un instant à l'autre.

Gore pinça ses lèvres dorées.

— Eh merde !

* * *

En suspension transdimensionnelle deux millions de kilomètres au-dessus de l'étoile des Anomines, Marius avait confié la lecture des données recueillies par les capteurs de son vaisseau à des programmes de pensée semi-autonomes. L'appareil du Livreur avait effectué un vol proprement stupéfiant dans la couche de convection du soleil, mais ce n'était pas ce qui le tracassait. Marius ne comprenait pas le rêve de Justine.

Gore s'était arrangé pour qu'Inigo et Araminta 2 se rendent dans le Vide, ce qui ne laissait pas de l'impressionner. Mais dans quel but ? En tout cas, ce n'était sûrement pas pour raisonner le Cœur, comme l'avait affirmé Gore. Il s'agissait forcément d'une fausse piste.

Alors Celui-qui-marche-sur-l'eau était revenu d'entre les morts.

— C'est remarquable, admit Marius.

Makkathran s'était réveillée et élevée au-dessus du cratère titanesque qu'elle avait creusé en s'écrasant à la suite de l'invasion ratée des Raiels.

Puis Gore avait affirmé la nécessité d'arriver dans le Cœur avant Ilanthe, et Makkathran avait réussi l'impossible : voler plus vite que la lumière à l'intérieur du Vide.

— Non ! s'alarma Marius.

Il ignorait ce que Gore avait prévu une fois qu'il serait dans le Cœur, mais il ne pouvait tout simplement pas le laisser agir à sa guise. Le risque était infinitésimal, mais il existait.

Son esprit confia la surveillance du rêve à des programmes secondaires et se concentra sur la lecture des affichages des capteurs. Le vaisseau du Livreur n'avait pas bougé. Il était toujours amarré à l'objet circulaire protégé par un bouclier dans la zone de convection. Quel rapport y avait-il entre cette manœuvre et Makkathran ? C'était impossible à dire, mais il y en avait forcément un. On ne déployait pas tant d'efforts sans raison.

Malheureusement, il ne savait pas si Gore était à bord du vaisseau ou sur la planète. Le processus d'élimination devrait donc être méthodique et simple. D'abord le vaisseau, et si le rêve persistait, la planète des Anomines.

Marius ordonna au cerveau de son navire de désactiver le mode furtif. Des capteurs actifs se mirent au travail et scannèrent en profondeur le vaisseau stationné dans la zone de convection. Bien qu'il soit équipé d'un bouclier thermique de type Stardiver, ses champs de force n'avaient été renforcés que de vingt pour cent et restaient vulnérables à ses assauts. Le seul problème de Marius consistait à choisir une arme capable d'atteindre sa cible dans un pareil environnement. Il activa toutes celles qui pourraient faire l'affaire.

* * *

Ils attendirent sur la place centrale de Sampalok, devant l'entrée du manoir. Inigo et Corrie-Lyn se tenaient la main et partageaient leurs pensées. Araminta 2 ne se tenait jamais très loin d'Oscar ; tous les deux se soutenaient et se réconfortaient de diverses manières. Les trois Chevaliers Gardiens formaient un groupe compact et sur le qui-vive. Justine et Gore étaient côte à côte, fiers et pleins de défi ; leur détermination brillait aussi fort que les étoiles étranges qui défilaient autour d'eux. Restait donc Edeard, qui gravitait bizarrement autour d'un Troblum boudeur.

La cascade de lumière opalescente s'assécha aussi brusquement qu'elle était apparue. Edeard leva les yeux vers le dôme et fut frappé par le spectacle qui se jouait derrière la paroi de cristal. Makkathran planait dans l'espace près du centre de la mer d'Odin. Directement au-dessus du sommet du dôme, un lac agité de poussière bleu marine luisait d'un éclat constant alimenté par des courants profonds et des nuages embrasés de protoétoiles. Tout autour, des récifs écarlates s'étiraient sur des années-lumière. De minces vrilles tissaient des rubans fluorescents qui s'élargissaient en voiles soyeux autour des étoiles.

— Sainte Dame, jamais je n'aurais imaginé voir une telle chose, murmura-t-il, incrédule.

Enfin, son esprit entendit le chant des sirènes ; plutôt qu'un chant, d'innombrables esprits mêlés dans la paix et l'amitié, unis, en sécurité. Ensemble, ils formaient un tout, ils vivaient dans le tissu du Vide le degré ultime de l'existence. La promesse de communier avec eux l'emplit de joie. Ce serait alors la fin d'une vie de combats et de lassitude, et il appartiendrait enfin à cette vie plus grande, plus proche de la perfection. Le désir de les rejoindre, de contribuer par sa nature était si fort, qu'il regrettait que sa troisième main ne soit pas assez forte pour le soulever, lui faire traverser le dôme de cristal et le projeter dans le Cœur où il serait consumé. On était loin du paradis quasi physique idiot qu'il avait imaginé, où les âmes s'accrochaient à leur forme ancienne et vivaient dans une splendide cité aux tours dorées. Ce genre de vie était accessible sur Querencia, à condition d'essayer assez fort, assez souvent, de revisiter le passé jusqu'à en éliminer tout échec et toute déception. Non, le Cœur était tourné vers l'avenir et un destin frais et nouveau, différent de tout ce qui avait été. Il voulait lui aussi participer à cette aventure.

— Et c'est ce rêve hippy sirupeux qui fait baver tout le monde ? aboya Gore. Nom de Dieu…

Edeard tâcha de ne pas perdre son sang-froid devant cette provocation blasphématoire.

— C'est une belle récompense pour ceux qui sont restés fidèles à eux-mêmes leur vie durant.

— Mouais… Bon n'oublions pas les raisons de notre venue ici. On a besoin d'aller à l'intérieur.

— Il n'y a pas de localisation physique, expliqua Makkathran lorsque Edeard lui demanda de s'en approcher davantage. En tout cas pas dans ce niveau-ci de réalité. Le Cœur est au-delà plutôt que derrière. C'est la dernière barrière, là où nous avons échoué dans le passé.

— Demandez-lui de nous admettre à l'intérieur, insista Oscar.

Edeard hocha lentement la tête, peu pressé d'initier ce qui serait peut-être la fin du Vide tout entier. *Et s'ils m'avaient menti ?* Il savait pourtant que ce n'était pas vrai. *Décidément, ce bon vieil optimisme d'Ashwell ne m'abandonnera jamais. Inigo ne ment pas. Pas à moi, en tout cas.*

— Comment quelque chose d'aussi beau peut-il être dangereux et menacer la vie dans tout l'univers ?

— Tout simplement parce qu'il n'est pas conscient de représenter un danger, répondit Gore.

— Comment est-ce possible ? Le Cœur est extraordinaire ; il est l'accumulation de milliards et de milliards d'esprits. Comment pouvez-vous avoir l'arrogance de vouloir changer son chemin ?

— Ces vies qu'il a absorbées ne font que rêver leur existence. Les âmes qui ont été guidées jusqu'ici ont été trahies. La sagesse qu'elles ont apportée, la vie éternelle qu'on leur avait promise… Tout cela pour rien.

— D'accord…

Edeard étira son esprit vers le Cœur. *Je suis là*, lui dit-il. *Je suis prêt. J'ai atteint la plénitude.* Il retint son souffle. Rien ne se produisit. *Je suis ici*, répéta-t-il.

— Alors ? demanda Tomansio.

— Arrêtez tout, dit Oscar. Laissez-vous faire. Calmez-vous et soumettez-vous au Cœur.

— Vous êtes déjà là-dedans, l'encouragea Corrie-Lyn. Soyez à l'écoute de votre propre voix.

— Très bien, acquiesça Edeard.

C'était stupide, mais il ferma les yeux, retira sa vision à distance, permit à la présence du Cœur de s'imposer à lui, de s'immiscer en lui. Il essaya de détecter son âme. En réalité, il voulait entendre d'autres personnes. Il voulait se joindre à elles. Kristabel. Macsen. Dinlay. Kanseen. Akeem ! L'attendait-il ? Avait-il trouvé son chemin ? Finitan serait là, assurément. Et Rolar, et Jiska, et les jumelles, et Dylorn, et Marakas, et la douce Taralee. Peut-être même Salrana, qui lui aurait pardonné. Jamais il n'oublierait la nuit où il avait découvert la véritable nature du Vide ; dans le pavillon, après sa mort, l'âme de Salrana avait paniqué, se rendant compte qu'elle s'était écartée du bon chemin. Peut-être que…

— La barrière se lève, annonça Makkathran.

Edeard ouvrit les yeux à temps pour voir la mer d'Odin s'estomper. La lumière disparut purement et simplement, et ils se retrouvèrent dans le néant, dans des ténèbres parfaites.

Les pensées du Cœur gagnèrent en puissance. Edeard se surprit à renforcer son bouclier. Son esprit était en train de s'étirer, d'embrasser le Cœur, de s'échapper de son enveloppe charnelle pour se joindre à lui.

— Edeard ! cria Inigo.

La peur de son frère était grande. Il hésita.

— Edeard, revenez ! le supplia-t-il en témoignant de son amour.

Il rouvrit les yeux. Cette fois, le manoir massif de Sampalok lui sembla bien fragile. Il leva la main et constata qu'elle était translucide.

— Il l'absorbe, expliqua Gore. (Une intense inquiétude émanait de l'esprit de l'homme doré.) Edeard, accrochez-vous.

— Sans vous, nous serons rejetés, les mit en garde Makkathran.

— Edeard, sentez-vous quelque chose avec quoi nous pourrions discuter ? demanda Gore. Un esprit cohérent ?

Edeard éclata de rire.

— Le Cœur est plus grand que les mondes. Il est universel, il est derrière tous les points du Vide. Et il continue de grandir.

— Fait chier ! grogna Gore. Il est devenu si gros qu'il a perdu sa cohésion. Bon, Edeard, cela n'a pas toujours été comme cela. Il faut que vous retourniez à un moment où il était plus petit.

— Quoi ?

— Cherchez dans la couche mémoire, remontez à son origine. Allez-y, petit, vous pouvez y arriver.

— Reposez-vous sur moi, dit Inigo. (Il prit la main d'Edeard, lui transmit de la force et de l'amour.) Je vous aiderai.

— Moi aussi, Celui-qui-marche-sur-l'eau, ajouta Corrie-Lyn avec une fermeté et une détermination qui firent sourire Edeard.

Oscar et les Chevaliers Gardiens approchèrent aussi.

— Nous serons là quoi qu'il arrive, promit Tomansio avec une sincérité qui fit regretter à Edeard de ne pas avoir connu le guerrier plus tôt.

Justine, souriante et déterminée, ajouta son essence, l'aida à continuer. Même Troblum était là, serviable et résolu.

Il y avait une couche mémoire là où ils se trouvaient, ce qui étonna Edeard. Elle était bizarrement dégagée, facile à percevoir, à suivre. Il plongea dans le passé et fut triste de trouver très peu de changements. Alors soudain, le Cœur fut plus petit. C'était avant les humains. Il continua, poussa plus loin, accéléra.

Des éons, puis des périodes encore plus longues, séparaient les nombreux changements. Toutes les espèces qui étaient venues dans le Vide avaient contribué, à leur façon, à son expansion. Aucune n'avait apporté une véritable cohésion. Il trouva étrange que l'amalgame ne produisit que des effets contraires à l'objectif premier du Cœur.

À la fin, il ne pensait plus qu'à voler dans les tunnels de transport, à s'élever dans l'inconnu, satisfait de pouvoir voyager. Edeard fut étonné lorsque tout se termina. La couche mémoire devint plus fine, moins dense. Et là, au tout début du Vide, au moment de la formation du Cœur, il y avait des millions de connexions, des esprits individuels capables de communiquer avec le noyau. Ils étaient le lien, la porte d'entrée. Edeard en pista un, l'embrassa et l'offrit à la couche créatrice. Ainsi, l'entité prit de nouveau forme.

Edeard sursauta, se libéra de la couche mémoire et de l'intimité de ses nouveaux amis. Juste devant lui, à l'entrée de la rue Zulmal, une créature de plus de six mètres de haut repliait ses membres aux courbes étranges, tandis que ses pensées trahissaient sa surprise et sa méfiance.

— Oh ! s'exclama Oscar avec un mouvement de recul.

Un sourire lui fendait néanmoins le visage.

— Un Premier, annonça simplement Edeard, qui s'efforçait de ne pas montrer qu'il était intimidé par les dents pointues et incurvées de la créature qui ouvrait les membranes de sa bouche humide au sommet d'un tronc épais pour lâcher un sifflement assourdissant.

Soudain, quelque chose bougea dans le néant, au-delà du dôme. Une sphère sombre parsemée de points scintillants violets glissa au-dessus de leurs têtes.

— Qu'est-ce que vous faites ? demanda Ilanthe.

* * *

Marius trouva fascinants le Cœur et ses promesses. Oui, vraiment fascinants. D'une certaine façon, il fut soulagé d'apprendre qu'il était si vaste, si inaccessible. Le projet stupide de Gore, son idée de lui parler, de le ramener à ce qu'il considérait être la raison ne fonctionnerait pas dans ce milieu. L'homme doré pisserait dans un violon.

Alors il se retrouva sur la place centrale de Sampalok où, grâce à Justine, il vit Gore demander à Celui-qui-marche-sur-l'eau de sonder la couche mémoire pour retrouver un Cœur plus jeune et accessible.

— Non, non, non, lâcha-t-il, incrédule.

Les armes de son vaisseau apparurent dans son exovision. Il sélectionna deux missiles quantiques à énergie déviée. Ils exploseraient dans la photosphère et projetteraient une énorme vague d'énergie exotique contre l'engin du Livreur. Son bouclier de type Stardiver n'y résisterait pas, et ce serait la fin définitive des agissements de Gore et de son larbin dans la zone de convection. Ilanthe aurait alors une fenêtre pour procéder à la fusion.

Il lança les deux missiles, qui accélérèrent jusqu'à cent cinquante G. Un graphique apparut dans son exovision montrant qu'une anomalie venait d'apparaître dans l'hyper-espace à cinquante mille kilomètres de sa position actuelle. Un énorme garde-frontière émergea soudain de la déformation spatiale. Ses coques concentriques constituées de rubans elliptiques émettaient une puissante lumière blanche. Les rubans extérieurs d'un jade sinistre virèrent au carmin. Les capteurs de Marius lui révélèrent que les niveaux d'énergie observables à l'intérieur de la machine dépassaient presque ses capacités de mesure. Le garde-frontière tira sur les missiles quantiques, les transformant en plumet de vapeur dynamique.

— Merde !

Marius se désintéressa du rêve et se précipita sur la machine à près de trente-sept G. Il braqua ses armes sur sa cible aux couleurs criardes et ouvrit le feu.

* * *

Gore avait beau jurer, son esprit augmenté avait beau activer ses paquets de programmes d'infiltration aussi vite qu'il le pouvait, rien n'y faisait. Son éloge dithyrambique des pirates du Commonwealth s'était avéré creux et vain. Et la galaxie tout entière allait mourir à cause de cela.

À moins que…

— Merde. Allez-y, ordonna-t-il au Livreur. Initialisez le trou de ver. Envoyez-moi du jus. Foncez. Tout de suite !

Il demanda aux programmes de s'activer, de prendre le contrôle.

Trop tard. Derrière les murmures contenus de la ville, la conscience tranquille du mécanisme d'élévation se réveillait de nouveau. Elle observait son environnement immédiat avec une panoplie étrange de sens.

— Ceci est un acte hostile, commença la machine. Vous essayez de voler ma nature fondamentale. Elle n'est pourtant pas faite pour vous et les vôtres.

— Ouais, vous l'avez déjà dit. Et moi, je vous ai déjà expliqué que le Vide allait bientôt s'étendre et balayer votre système solaire.

Le rêve lui montra le Premier sur la place centrale de Sampalok. La créature secouait furieusement son corps massif comme si elle essayait de s'orienter. Alors, Ilanthe apparut au-dessus de leurs têtes.

— Bordel, non ! aboya Gore. Non, pas elle ! Pas maintenant !

La défaite fut aussi violente qu'un coup physique, et il tomba à genoux au centre de la place. Tout autour de lui, les bandes noires et luisantes de la toile d'infiltration commencèrent à dégager une fine fumée âcre.

— Vous nous tuez ! hurla-t-il dans la nuit. Tout ce que je voulais, c'était parler au Cœur, montrer à cet enfoiré qu'il existe une alternative, lui prouver qu'il peut évoluer.

Tyzak se rapprochait avec circonspection, enjambait d'un air incertain la toile défaillante.

— Ça y est, annonça le Livreur. Le siphon est activé. Le trou de ver est ouvert. On a réussi !

— Partez, dit Gore d'une voix éteinte. Trouvez une galaxie qui ne sera pas maudite comme la nôtre. Ne permettez pas que l'univers nous oublie.

* * *

Le troisième garde-frontière implosa dans un nuage violet et brûlant de radiations de Tcherenkov. Des morceaux de rubans concentriques tourbillonnèrent dans l'espace, embrassèrent des gaz à haute vélocité. Marius en détecta cinq autres, qui se matérialisèrent ou sortirent de leurs cachettes hyperspatiales. Il décrivit une courbe rapide, se précipita à la poursuite des débris de la dernière explosion, en voie de propagation. Le problème, quand on combattait si près d'une étoile, c'était le manque de masse pour faire fonctionner les missiles quantiques.

Ses capteurs repérèrent les trois plus gros morceaux de coque et les prirent pour cibles. La fonction de déviation d'énergie des missiles s'activa, transformant les fragments noircis en énergie. Deux des gardes-frontières furent frappés par des distorsions alors qu'ils n'étaient pas encore tout à fait sortis de l'hyperespace, déchirant le pseudo-tissu exotique. Des contorsions insupportables écrasèrent les machines, les rendirent aussi denses que du neutronium. Cet état de compression impossible ne pouvant pas perdurer, les épaves explosèrent, déchaînèrent dans l'espace-temps local une tempête de neutrons particulièrement durs.

Sept faisceaux d'énergie balayèrent les champs de force protecteurs du vaisseau de Marius. Des messages d'alerte fleurirent dans son exovision. Il largua dans l'espace neuf cuves de masse Hawking contre lesquelles ses ennemis ne savaient pas se défendre. *Pas à ma connaissance, en tout cas...* Fou de rage, il vit ses assaillants ouvrir de petits trous de ver qui avalèrent cinq de ses cuves. Un autre barrage de rayons frappa son vaisseau, tandis que des missiles lui fonçaient dessus à quatre-vingt-dix G. Et il n'avait toujours pas réussi à détruire le navire du Livreur.

Ses capteurs l'informèrent de l'ouverture d'un trou de ver de diamètre zéro entre l'étoile et la planète des Anomines. Le cerveau du vaisseau pensait qu'il ne s'agissait pas d'une arme. Marius ordonna aussitôt un scan complet. Le trou de ver était généré par le mystérieux objet auquel le vaisseau du Livreur était amarré.

Ce devait être un genre de système d'alimentation. Qu'est-ce qui pouvait bien avoir besoin d'une telle quantité d'énergie ? *Le mécanisme d'élévation !* Marius en était absolument certain. Gore avait trouvé un moyen de le mettre en route. Il était sur le point de devenir post-physique. Il n'avait pas trouvé d'autres moyens de menacer la fusion.

Marius activa l'ultraréacteur de son navire et fonça sur l'étoile. Il émergea juste au-dessus des courants tourbillonnants de la photosphère où les atomes énergisés en provenance d'une multitude de points et d'éruptions bouillaient et alimentaient les vents solaires. Ses champs de force menacèrent tous de céder à la marée de radiations et à la chaleur de l'astre. Marius tira deux bombes novæ sous lui avant de replonger dans l'hyperespace.

Derrière lui, les gardes-frontières se massaient au-dessus de la photosphère. Dix-huit des machines géantes avaient jailli de l'hyperespace et tiré sur ses bombes novæ suffisamment de munitions pour éventrer une lune. En vain. Ses bombes étaient conçues pour fonctionner dans les couches extérieures d'une étoile, alors que les armes des gardes-frontières ne faisaient qu'alimenter un peu plus l'enfer solaire.

Trente secondes avant qu'elles explosent, Marius était déjà hors du système anomine. Ses bombes élimineraient le dispositif d'alimentation, puis, quelques minutes plus tard, oblitéreraient la planète des Anomines. Gore n'aurait jamais le temps de s'élever ni de devenir post-physique. L'objectif des Accélérateurs serait réalisé.

* * *

Edeard ne savait plus où donner de la tête et se demandait si cela avait de l'importance. Le stupéfiant Premier se redressa, tourna vers les humains plusieurs membranes situées au sommet de son tronc et dirigea également sur eux une vision à distance d'une puissance phénoménale.

Au-dessus du dôme, Ilanthe les observait. Son inhumanité était effrayante. La vision à distance d'Edeard était impuissante à révéler ses secrets. La force qu'elle contenait, en revanche, était évidente. Quelle que soit la nature du Cœur, il semblait reculer pour faire de la place à la chose lisse.

Toutefois, Gore était sa plus grande source d'inquiétude. L'homme doré trébucha et tomba à genoux. La détresse et l'angoisse qui émanaient de son esprit étaient terribles. Comme si son âme elle-même avait été violée.

— Papa ! criait Justine. Papa, qu'y a-t-il ? Dis-moi !

— Il m'a eu, répondit Gore d'une voix faible. Cette saloperie a repéré mon système d'infiltration.

— J'aurais pu vous dire que le mécanisme d'élévation des Anomines était têtu, intervint Ilanthe, faussement compatissante.

Le Premier s'avança vers les humains. Trois de ses pieds frappèrent la place avec tant de force que les vibrations remontèrent dans les os des jambes d'Edeard.

— Quel est cet endroit ? demanda-t-il en esprit. Qu'êtes-vous ? Vous n'êtes pas nous.

Inigo se dressa devant l'imposante créature.

— Ceci est votre futur. Vous avez été extirpé de la mémoire du Vide.

Le Premier examina les alentours en esprit ; celui-ci était si puissant qu'il lui permit d'explorer la ville et de s'enfoncer dans les profondeurs du vaisseau de guerre. Il tenta aussi de scanner Ilanthe, qui repoussa ses efforts sans peine.

— Vous êtes l'oméga ? demanda-t-il, étonné.

— Non, répondit Inigo. Nous venons de l'extérieur du Vide.

— Comment est-ce possible ? Il n'y a rien à l'extérieur. Juste de la matière morte.

— Êtes-vous les créateurs ? Votre espèce a-t-elle créé le Vide.

— Oui.

— Nous et de nombreuses autres espèces avons été attirés à l'intérieur pour que vous exploitiez notre rationalité.

— Ce n'est pas vrai. Vous ne pouvez exister que si l'oméga vous a créés.

— Et pourtant nous existons, et le Vide n'y est pour rien. Le Vide nous tue.

— Vous ne comprenez pas votre rôle. C'est pour cela que j'ai été rappelé, ajouta le Premier, incertain.

— Non. Vous pouvez communiquer avec le Cœur, l'esprit qui nous enveloppe. C'est pour cela…

— Attendez, intervint Troblum. (Les autres le regardèrent de travers, mais il ne les remarqua même pas.) À votre époque, y avait-il d'autres espèces intelligentes dans la galaxie ?

— Nous étions les seuls. Nous sommes les premiers, et lorsque nous aurons atteint l'oméga, nous serons les derniers.

— Les Premiers, dit Oscar, pensif. La première espèce à avoir évolué dans la galaxie. Quel âge peut bien avoir cette chose ?

— Un âge très avancé, murmura Justine. Plus avancé que nous le croyions possible.

— Depuis votre époque, d'innombrables espèces ont évolué dans la galaxie tout entière, expliqua Inigo. Vous étiez les premiers, mais vous n'êtes plus seuls.

Les pensées du Premier trahirent sa stupéfaction.

— Vous n'êtes pas nous ? Vous êtes des originaux ?

— En effet.

Les membranes noires claquèrent d'agitation. Des gouttelettes semblables à du miel apparurent à leurs extrémités.

— Que faites-vous ici ?

— Cette chose que vous avez créée, le Vide, menace la galaxie tout entière ! assena Gore en se relevant. Je comprends votre démarche ; vous vouliez évoluer vers quelque chose de nouveau, d'excitant, mais vous avez échoué. Au lieu de cela, le Vide a absorbé des milliers de genres d'esprits différents, venus de toutes les directions. Le Vide ne peut évoluer. Pas dans cet état.

— Exactement, intervint Ilanthe. Demandez à ces créatures ce qu'elles voudraient que vous fassiez. Elles désirent que vous arrêtiez, que tout ce que vous avez accompli dans l'intention d'atteindre l'oméga disparaisse, meurt. Et elles n'ont rien à vous offrir en échange. Contrairement à moi.

— M'avez-vous rappelé pour cela ? s'enquit le Premier. Pour mettre un terme à notre évolution ?

— Votre évolution ne peut continuer sous sa forme actuelle, répondit Inigo. Elle consume la masse de la galaxie pour alimenter son existence. Toutes les étoiles seront dévorées, toutes les espèces auxquelles elles ont donné naissance mourront.

— À moins que vous agissiez maintenant, reprit Ilanthe. Communiquez avec l'esprit amalgamé et dites-lui d'adopter mon inversion.

— Votre inversion ?

— Je prendrai la composition du Vide pour l'implanter dans les champs quantiques qui structurent l'univers extérieur. Ce noyau déclenchera une réaction en chaîne qui provoquera un changement dans l'ensemble de l'espace-temps. L'entropie sera éliminée. L'esprit sera tout. Chaque espèce intelligente aura la possibilité d'atteindre son propre oméga, tout comme vous. Votre héritage donnera naissance à une nouvelle réalité.

— C'est une putain de plaisanterie ! s'écria Gore. Une vague de transformation du champ quantique ne peut que s'inverser quand elle dépasse son apport d'énergie initial. Lorsque l'implosion aura eu lieu, subsistera uniquement un micro-univers effondré sur lui-même et isolé de la réalité.

— Pas si l'entropie est éliminée.

— On ne peut pas éliminer l'entropie dans un univers infini. C'est même tout l'intérêt de ce dernier. Pour toujours et tout le temps…

— Demandez à l'esprit amalgamé de me fournir les paramètres qui gouvernent le Vide, poursuivit Ilanthe comme si de rien n'était.

— Ne faites pas cela ! hurla Gore en tendant le bras vers le Premier. N'y pensez même pas ! Sa folie détruirait la totalité de cette galaxie, ainsi que toutes les autres dans notre superamas local.

— Et vous, que lui offrez-vous ? se moqua Ilanthe. La fin de leur voyage vers l'oméga ?

— Depuis que vous avez conçu le Vide, des centaines d'espèces sont devenues post-physiques, ont atteint ce que vous appelez l'oméga. Cela peut tout à fait être accompli d'une autre manière, promit Gore. En fabriquant le Vide, vous avez commis une erreur. Il faut absolument que vous obteniez du Cœur qu'il stoppe les phases de dévorement, qu'il suspende les fonctions du Vide et se stabilise. Nous vous montrerons comment parvenir à une véritable évolution d'une autre manière.

— C'est impossible, l'interrompit Ilanthe. Chaque espèce doit trouver sa propre voie.

Le Premier ne dit rien. En inspirant et expirant par sa bouche entourée de frondes, il produisait un sifflement aigu. Edeard sentait ses pensées le quitter en rythme pour être absorbées par le Cœur ; toutefois, il n'aurait pas été capable d'émuler ce procédé afin de communiquer directement avec le Cœur.

— Les ténèbres nous éclipsent, finit par répondre la créature. Quelque chose grandit autour de nos frontières, un linceul destiné à nous couper de l'univers.

— Les guerriers raiels, dit Ilanthe. Ils ont juré de vous détruire. Demandez à cette épave, à ce vestige de leur flotte d'invasion, si vous ne me croyez pas. Ils veulent vous empêcher de vous alimenter en énergie, ils veulent vous affamer. Le changement que je souhaite instiguer les rendrait inoffensifs. Le moment venu, dans le nouvel univers, ils apprendront à fêter votre libération.

— Cherchez-vous à nous détruire ? demanda le Premier.

— Nous vous demandons de cesser d'absorber la galaxie et de menacer les formes de vie qu'elle abrite, répondit Makkathran. Si vous refusez de coopérer, nous emploierons tous les moyens pour vous stopper.

— Ne l'écoutez pas, lâcha Ilanthe. L'inversion est la solution à tout. Nous réaliserons tous notre rêve d'évolution. Donnez-moi les paramètres de fonctionnement.

— Attendez ! reprit Gore. Je crois bien que mon alternative est désormais accessible. (Il tourna son visage doré vers le ciel et gratifia Ilanthe d'un sourire en coin diabolique.) Et devinez grâce à qui...

Et il rêva de son existence hors du Vide.

* * *

Le Livreur regarda avec horreur les signatures quantiques jumelles grossir à une allure hyperluminique. Marius avait largué des bombes novæ sur l'étoile. Il n'arrivait pas à y croire. C'était un génocide.

L'énergie déviée absorba celle libérée par la première impulsion d'activation, la modifia pour étendre l'effet d'annihilation. Un volume d'étoile de la taille d'une géante gazeuse comme Jupiter fut aussitôt converti en énergie. La zone de convection gonfla à la périphérie, première étape de la compression du noyau de l'étoile au-delà des limites de sa stabilité.

Des ondes de choc monstrueuses se ruèrent sur le *Dernier Lancer* à une vitesse proche de celle de la lumière.

— Par Ozzie !

Le temps de prononcer son juron, ses pensées accélérées avaient déjà ordonné au cerveau de l'appareil de mettre en route l'ultraréacteur. Celui-ci n'avait pas été conçu pour opérer dans un champ gravifique stellaire, mais comme il était condamné à mort...

Détestant clairement ce genre d'aberration, l'univers envoya une force vengeresse détruire sauvagement les coupables. Enfin, la cabine résonna de bruits divers et trembla de façon alarmante, comme il avait cru le désirer. Les parois se fêlèrent ; des centaines de minuscules fissures s'élargirent. Des étincelles et des liquides visqueux jaillirent et dansèrent dans les airs à cause d'ondes gravifiques qui projetaient le Livreur dans toutes les directions. Il hurla de terreur.

Deux secondes. C'était le temps qu'il fallut à l'ultraréacteur pour arracher le *Dernier Lancer* à la gravité extrêmement puissante de l'étoile. Pendant ces deux secondes, des souffrances immenses parcoururent le système nerveux du Livreur. Pendant ces deux secondes, les composants du vaisseau, mis à très rude épreuve, durent tenir bon. Et réussirent pour la plupart.

Le monde du Livreur se stabilisa. La gravité cessa de fluctuer violemment. Les vibrations qui assaillaient le fuselage du vaisseau s'évanouirent. Ses hurlements se tarirent, cédèrent la place à des gémissements.

Très loin, dans un rêve, Ilanthe essayait de persuader le Premier de lui révéler la nature du Vide.

— Gore ! appela-t-il.

— Que se passe-t-il ? demanda l'homme doré. Le siphon envoie un maximum d'énergie.

— Vous voulez dire qu'il a survécu à cela ?

— De quoi parlez-vous ?

— Marius ! Par Ozzie, il a utilisé des bombes novæ. Gore, l'étoile va se transformer en nova. Le processus est déjà en route. Ce putain de maniaque a tué tout ce qui vivait dans ce système stellaire. Tyzak ! Prévenez Tyzak. Je passe vous chercher.

Le *Dernier Lancer* approchait déjà du monde anomine. Le Livreur programma un vecteur destiné à le conduire jusqu'à la ville où il avait laissé Gore.

— Ils savent, dit celui-ci.

Le Troisième Rêveur avait abandonné Makkathran pour rêver de la cité anomine. Les lumières fantastiques émises par les bâtiments déserts brillaient à présent d'un éclat solaire. La ville était en train de se réveiller pour affronter son trépas. Plus que quelques minutes. Gore se tourna vers Tyzak, qui contemplait les quelques étoiles encore visibles au-dessus de la place. La tache de ténèbres qui les surplombait encore cédait du terrain à mesure que les immeubles environnants s'illuminaient. Enfin, les pensées du vieil extraterrestre glissèrent dans l'équivalent du champ de Gaïa qui était en train d'englober la planète. Tous les systèmes et machines que les Anomines avaient laissés derrière eux revenaient à la vie. Des milliers de gardes-frontières se matérialisaient en orbite.

Le Livreur savait que ce serait en vain. Plus rien ne pourrait sauver ce monde.

— C'est notre faute, expliqua Gore à Tyzak. C'est nous, les humains, qui avons fait cela. Je suis vraiment désolé.

— Non, rétorqua l'extraterrestre. Votre chanson est toujours pure.

— Je me suis trompé de nombreuses fois aujourd'hui.

— Je crois au contraire que vous allez connaître votre plus grand succès. En tout cas, c'est ce qu'ils semblent penser eux aussi.

Gore s'aperçut que la place était entourée de centaines de Silfens qui se tenaient éloignés du périmètre du mécanisme d'élévation.

— Notre planète nous a réservé ce destin, reprit Tyzak. Je ne m'attendais pas à cela, mais ce qui doit être sera. Peut-être la planète savait-elle depuis le début ce qu'elle serait amenée à faire. Je vais partir avec cette certitude.

Des Anomines apparurent sur la place ; ils étaient des centaines, des milliers à se téléporter. Les jeunes étaient agités et couinaient bruyamment. La même scène se jouait dans toutes les villes de la planète.

— Gore ? appela le Livreur. Que se passe-t-il ?

Gore sourit à Tyzak tandis que les Anomines qui s'amassaient autour de lui le bousculaient.

— Rentrez à la maison, répondit l'homme doré. Vous l'avez bien mérité.

— Gore ?

Burnelli coupa la liaison TD. Il ferma tous ses programmes de pensée secondaires. Ne subsistait plus dans sa tête qu'une seule conscience ; en vérité, cela faisait de nombreux siècles qu'il n'avait été aussi humain. Son rêve lui montra le visage inquiet et si beau de sa fille Justine. Elle savait.

Tyzak s'adressa au mécanisme d'élévation.

— Je vous sens, répondit celui-ci. Vous êtes Tyzak.

— C'est bien moi.

— Souhaitez-vous abandonner votre enveloppe physique pour atteindre la transcendance ?

— Oui.

* * *

— Papa ?

Les pensées de Gore étaient devenues calmes. Il écarta les bras et plana lentement au-dessus de la place jusqu'au Premier.

— Il s'agit de l'évolution, expliqua-t-il à l'extraterrestre géant. L'oméga que vous attendez depuis si longtemps.

— Non, papa, tu ne peux pas. Tu n'es pas un Anomine.

Justine voulut courir pour le rattraper, mais la troisième main d'Edeard l'agrippa.

— Aujourd'hui, si, rétorqua doucement Gore.

— Non ! sanglota-t-elle. Papa, s'il te plaît.

Loin de la frontière du Vide, dans l'univers extérieur, les mécanismes d'élévation de la planète anomine absorbaient l'énergie produite par la nova en formation. Ils l'adaptèrent et l'offrirent aux survivants de leur espèce. Et à un autre qui attendait avec eux.

Gore sentit que son esprit changeait, s'élevait. Sa vision de l'univers devint… élégante.

— Voilà comment il faut procéder, dit-il au Premier tout en s'éloignant de lui et en résumant le fonctionnement du mécanisme, la méthode et les conséquences vers lesquelles il fonçait désormais à vive allure.

Le lien était si ténu, à présent, et infusé de la peine ressentie par Justine, qui étirait son esprit au maximum pour maintenir le contact avec son père.

— Voilà ce que vous pouvez devenir. Voici votre destin. Oubliez votre passé et reprenez votre rêve là où vous l'avez laissé. Comme cela…

Il partagea toute l'expérience de son élévation avec le Premier qui, en retour, la partagea avec le Cœur. Très vite, Gore disparut pour de bon.

À la tête de leur petit groupe, Edeard faisait face au Premier.

— Vous devez choisir, pressa-t-il l'extraterrestre intimidant, conscient d'être observé par le Cœur.

Le Cœur, également occupé à examiner Ilanthe.

— En effet, répondit le Premier. Nous choisissons l'évolution. C'est pour cela que nous avons créé cet endroit, c'est à cela que nous aspirons depuis si longtemps. Tout autre choix serait synonyme de trahison. Notre décision est prise.

— Merci.

— C'est le mauvais choix, déclara Ilanthe.

— Vous devriez rejoindre le Cœur, aboya Inigo avec dégoût. Il n'y a pas de place pour vous dans cet univers. Vous vouliez devenir une déesse ; le moment est venu de tenter votre chance. À condition que le Cœur veuille de vous.

— Vous pouvez nous accompagner, reprit le Premier à l'intention du noyau d'inversion. Nous proposons de vous emmener tous avec nous.

— Nan ! répondit Oscar. Pas moi. Je ne suis pas encore prêt.

Inigo considéra le Premier d'un air pensif.

— Non, lui lança Corrie-Lyn en le prenant par les mains et en se pressant contre lui. Ne fais pas cela. Je ne pourrais pas te suivre, et je n'ai pas envie de te perdre de nouveau.

— Notre retour à la maison ne sera pas facile.

— Nous affronterons ces difficultés ensemble.

— D'accord. (Il tendit la main à Edeard.) Et vous ?

— J'ai envie de voir de mes yeux les mondes que vous m'avez montrés. Et… (Il eut un sourire timide.) Il y a encore beaucoup de choses que j'aimerais faire.

— Quelqu'un d'autre ? demanda Inigo.

— Justine ? proposa Corrie-Lyn d'une voix incertaine.

Justine essuya ses yeux humides.

— Non. C'est terminé. Rentrons à la maison.

Les étoiles du Mur brillaient désormais d'un éclat équivalent à celui du reste de la galaxie, collier bleu-blanc qui enserrait le Golfe. À l'intérieur, la coquille de l'endiguement était presque terminée. Les bandes de force noire générées par les défenses des Raiels s'étaient fondues les unes dans les autres. Ne restaient plus que quelques trous qui se refermaient rapidement.

À l'intérieur de la coquille sombre, des engins de surveillance automatisés continuaient à observer la frontière du Vide, comme le faisaient les Raiels depuis un million d'années. Elle n'avait pas bougé depuis que la flotte du pèlerinage était passée.

— Cela commence, annonça Qatux.

Paula essaya de reprendre le contrôle de ses pensées confuses. Le rêve de Gore l'avait laissée chancelante, ravie et impressionnée. Pendant un instant, elle avait eu envie d'être là-bas, au milieu de Sampalok avec le Premier, pour pouvoir supplier le Cœur de l'accepter. *Merci*, dit-elle à la douloureuse vacance dans le champ de Gaïa, à l'emplacement qui avait accueilli le Troisième Rêveur. *En dépit de tout, vous méritez d'être le premier de notre espèce à atteindre la transcendance. J'espère juste que vous ne vous sentirez pas trop seul, là-bas.*

Elle prit une profonde inspiration et se concentra sur l'affichage qui dominait la chambre privée de Qatux. La surface de la frontière était en train de changer. Une mince crête sortit de son équateur, s'étira jusqu'à l'anneau lumineux. Une fois de plus, la masse mourante des étoiles détruites disparut derrière l'horizon événementiel.

— Cette fois, ce sera différent, promit Paula. Cette fois, il absorbera l'énergie pour alimenter l'évolution.

— Je sens que vous avez raison, acquiesça Qatux.

L'intégralité de l'anneau fut avalée, absorbée par la frontière. La crête commença à se retirer et le Vide lui-même se mit à rétrécir. La gravité, ciment principal de la frontière, diminua. La cape impénétrable qui avait défié la nature pendant si longtemps s'effondra, et le Vide apparut dans sa nudité au centre de la galaxie.

— Mon Dieu, s'émerveilla Paula.

Le Vide atteignit la transcendance.

Après qu'il eut disparu, après que l'espace-temps normal eut recouvré ce qu'il avait perdu, les énormes vaisseaux des guerriers raiels entrèrent dans la partie pour examiner les ténèbres que leur grand ennemi avait laissées derrière lui. Dans le Golfe, il n'y avait presque plus de matière, de radiations, de lumière. Ni de nébuleuses.

Au centre exact du néant, brillait une étoile unique autour de laquelle orbitait une unique planète habitable. Ainsi qu'un des leurs.

12

Le navire de guerre raiel réapparut dans l'espace-temps au-dessus d'Icalanise. À côté, l'*Ange des hauteurs*, distant de cinq cents kilomètres, paraissait minuscule. Qatux et Paula s'y téléportèrent et se matérialisèrent dans un compartiment circulaire large d'une centaine de mètres. Comme dans les quartiers raiels du vaisseau arche, le plafond était invisible, donnant l'impression qu'il était inexistant.

Paula considéra les guerriers raiels avec intérêt. Elle était partie du principe qu'ils seraient plus grands que Qatux, au lieu de quoi ils ne mesuraient que deux tiers de sa taille. Alors que la peau de Qatux était recouverte d'un genre de duvet, celle des guerriers était constituée de segments gris-bleu durs et neutres. Des lumières clignotaient en dessous trahissant leur nature artificielle. À moins que, comme les amas macrocellulaires des humains, ils soient devenus des attributs héréditaires.

Neskia se tenait parmi eux. Son cou ondula légèrement comme un naja sur le point d'attaquer. Les anneaux dorés qui l'ornaient bougèrent, glissèrent les uns sur les autres sans jamais révéler la moindre portion de chair humaine. Sa peau gris métal avait perdu de son éclat. Elle cligna une fois des paupières en découvrant Paula. Peut-être était-elle étonnée, mais rien n'était moins sûr. En tout cas, Paula avait été stupéfaite d'apprendre que l'agent des Accélérateurs s'était rendu aux guerriers raiels sans offrir aucune résistance.

— Vous avez été complice de l'enfermement de Sol derrière un champ de force, commença Paula.

Neskia ne dit rien.

— Nous avons besoin du code de désactivation.

— Et après ?

— On s'intéressera au rôle exact que vous avez joué dans cette affaire.

— Vous voulez dire que l'ANA décidera de mon sort. Cela ne m'encourage pas beaucoup à vous donner ce que vous voulez.

— Une lecture de mémoire est toujours possible, mais ce n'est pas très agréable.

— La belle affaire. De toute façon, vous n'arriveriez pas à extraire le code. Mes systèmes biononiques comportent plusieurs programmes d'autodestruction.

— Vous ne risquez rien, alors. Bravo. Mais dans ce cas, pourquoi vous êtes-vous laissé capturer aussi facilement ? Votre vaisseau est capable de se faufiler n'importe où en passant inaperçu, et pourtant, vous avez choisi de ne pas utiliser ses capacités. Pourquoi ?

Le cou de Neskia se raidit soudain.

— Je n'ai nulle part où aller.

— Elle ne vous a pas emmenée avec elle.

— Apparemment.

— Il est vrai qu'elle n'a jamais véritablement eu l'intention de s'élever au statut d'être post-physique grâce à la fusion.

— J'ai compris cela *a posteriori*.

— Que voulez-vous, au juste ?

— L'immunité totale. Le droit de m'installer sur le monde de mon choix. Et garder le *vaisseau*, bien sûr.

— Pour le *vaisseau*, ce sera non. Toute activité subversive vous sera désormais interdite. Vous permettrez qu'on vous retire tous vos implants biononiques offensifs, et vous renoncerez à vous équiper en armes nouvelles. Vous informerez immédiatement mon bureau d'éventuels contacts avec des criminels en fuite ou organisations interdites.

— Le droit de s'organiser en parti politique est un droit fondamental du Grand Commonwealth.

— Sans l'ANA, le Commonwealth tel que nous le connaissons ne pourra plus exister, et j'ai bien l'intention de le protéger des extrémistes de tous poils.

— Les Accélérateurs seront-ils dissous ?

— Ceux qui ont été impliqués dans des activités illégales seront sans doute suspendus. Les autres pourront continuer à défendre leurs intérêts dans le cadre d'un groupe de pression, comme ils en ont le droit.

— Très bien. Je suis d'accord.

L'ombre virtuelle de Neskia transmit le code à Paula et lui indiqua les coordonnées, à l'extérieur du système de Sol, où il devrait être appliqué pour désactiver l'Essaim.

— Merci. Vous lui en voulez, si je comprends bien ?

— Pour le moins. J'ai pris tous les risques, je me suis dévouée corps et âme à une cause qui, au bout du compte, n'existait pas.

— Qu'allez-vous faire ?

— Je vais fonder la véritable Faction des Accélérateurs. Je crois toujours dans l'évolution inévitable de l'être humain.

— Cela semble évident…

* * *

Le *Remboursement d'Elvin* apparut sous les bas nuages gris qui déversaient une pluie continuelle sur la campagne vallonnée et verdoyante. Oscar le posa sur l'herbe tout près d'un bosquet de rancatas nerveux. Il sortit en flottant du sas et jeta un regard satisfait autour de lui. La vue de sa maison circulaire surélevée lui rappela à quel point son chez-lui lui avait manqué. Pendant son absence, il s'était surpris à penser de moins en moins à sa demeure, à Jesaral, Dushiku et Anja, si bien qu'il en était venu à penser qu'ils ne comptaient plus pour lui. Toutefois, maintenant qu'il était rentré, il ne voulait plus repartir.

Un sentiment d'étonnement et une impatience intense inondèrent le champ de Gaïa. Oscar eut un sourire en coin en voyant Jesaral descendre l'escalier en colimaçon quatre à quatre avant de traverser la pelouse au pas de course.

— Tu es rentré ! cria-t-il.

Il enroula les bras autour d'Oscar et l'embrassa avec toute la fougue de sa jeunesse. Ses particules de Gaïa diffusaient des pensées de plus en plus érotiques.

— Par Ozzie, comme tu m'as manqué !

— Cela fait du bien de rentrer à la maison, admit Oscar.

Dushiku et Anja arrivèrent à leur tour.

— J'ai eu du mal à y croire quand je t'ai vu dans le rêve de Gore, murmura Dushiku en le serrant fort dans ses bras. Tu étais dans le Vide ! C'était bien toi, à Makkathran, à la fin.

— Oui, c'était bien moi, confirma-t-il.

Pour une fois qu'il pouvait se vanter…

Vint alors le tour d'Anja.

— C'est donc cela que tu es en réalité…

— Parfois, avoua-t-il.

L'autre vaisseau émergea des nuages et vint se poser à côté du *Remboursement d'Elvin*.

— Qui est-ce ? demanda Dushiku d'un ton résigné.

— Et pourquoi cet engin a-t-il des ailes ? s'enquit Jesaral.

— Ce ne sont pas des ailes, mais des dissipateurs de chaleur. Il s'agit de mon nouveau partenaire.

Anja eut un léger mouvement de recul. Dushiku se contenta d'un regard vaguement méfiant, tandis que Jesaral se préparait à exploser.

— Partenaire en affaires, s'empressa de préciser Oscar.

La Rédemption de Mellanie se posa avec douceur. Son sas s'ouvrit, et un escalier en aluminium se déplia.

Jesaral jeta à Dushiku un regard inquiet et prit un air boudeur. Oscar les entoura tous les deux de ses bras, amusé par ces éclairs de jalousie.

Les marches en aluminium ployèrent sous le poids de Troblum. La pluie dégoulinait rapidement sur le tissu de sa toge usée. Il gratifia les partenaires stupéfaits d'Oscar d'un hochement de tête rapide, puis détourna aussitôt le regard.

— Quel genre d'affaires ? s'intéressa Anja.

— De l'exploration, répondit Oscar d'un air satisfait. Le Commonwealth a lancé de nombreux vaisseaux colons au fil des siècles. Nous nous sommes dit que le temps était venu de découvrir ce que certains d'entre eux étaient devenus. Et puis, qui sait ce qu'il peut bien y avoir de l'autre côté de la galaxie ? Wilson n'a jamais terminé ce travail.

Anja leva les yeux au ciel et lâcha un soupir désapprobateur comme seule elle pouvait en produire. Néanmoins, elle fit un pas en avant et tendit la main à Troblum.

— Heureuse de vous rencontrer.

— Euh… Merci.

Il considéra sa main d'un air terrifié, mais cela n'avait pas d'importance, car Anja était hypnotisée par la seconde passagère du vaisseau. Prise de court, elle oublia de contenir ses émotions, qui se déversèrent sur le champ de Gaïa.

— Je vous présente ma fiancée, dit Troblum.

— Ravie de vous rencontrer, commença Catriona Saleeb.

Elle descendit les marches en arborant un sourire nerveux et se hâta de prendre Troblum par la main.

Oscar savait qu'il laissait filtrer trop de mauvaises pensées, mais il ne pouvait pas s'en empêcher. Il avait été le premier à soutenir Troblum quand celui-ci avait donné vie à Catriona. Le physicien avait pris sa décision après que le Cœur eut décidé de suivre Gore, au moment de son élévation. Sans s'attarder à analyser, sans laisser au doute le temps de s'immiscer dans son esprit, il avait utilisé la couche créatrice du Vide pour transformer sa projection en être de chair et de sang.

C'était peut-être l'acte le plus humain qu'il ait accompli de toute sa vie.

Oscar était à peu près certain que cela ne durerait pas, que l'esprit de Catriona évoluerait, mais la plupart des activités humaines étaient de toute façon éphémères. Le secret consistait à savoir profiter des moments où tout allait bien.

* * *

Le *Silverbird* se posa en douceur devant le manoir de la Tulipe ; ses trains d'atterrissage marquèrent à peine l'allée gravillonnée devant l'imposant portail. Justine flotta hors du sas et inspira de nouveau la vieille atmosphère rassurante de la Terre. Dire qu'elle avait craint de ne plus jamais avoir la possibilité de revivre un tel moment. Kazimir lança un cri de joie en sautant lui aussi. Depuis qu'elle lui avait redonné vie grâce à la couche créatrice du Vide, il avait notamment découvert les joies de la gravité manipulée.

Immobile, bouche bée, il admira l'immense et extravagante demeure.

— C'est ta *maison* ?

— Oui, c'est la que je suis née et que j'ai toujours vécu.

Ce qui était presque la vérité. Elle ne voulait pas gâcher son effet. Kazimir était naïf et mettrait longtemps à s'habituer à tout ce que le Grand Commonwealth avait à offrir. *Et qui est mieux placé que moi pour lui servir de guide et de tutrice ?*

— Tu aimerais la visiter ?

— Oh oui ! s'exclama-t-il en battant des bras. Qui d'autre habite ici ?

— Ah, personne pour le moment. Malheureusement, la maison est un peu devenue un musée. Nous allons te trouver une chambre, ou plutôt une suite. Il y en a de très belles dans l'aile ouest.

Il la prit par la main et la regarda d'un air amoureux et suppliant.

— Tu ne seras pas loin, Justine ?

— Euh… (Elle s'empourprait de nouveau. *Allez, ma fille, reprends-toi.*) Je resterai un peu avec toi pour m'assurer que tu seras bien installé. Je vais être un peu occupée. Il reste beaucoup de choses à régler.

Il sourit.

— Tu as sauvé la galaxie. Les gens ne verront pas d'inconvénient à ce que tu prennes du temps pour toi.

— Sans doute.

Justine s'arrêta devant la porte composée d'énormes planches de bois pétrifié ornées de feuilles de vigne dorées. Le battant s'ouvrit. *Je n'avais pas remarqué à quel point elle ressemblait à la porte du manoir de Sampalok.* Oscar avait juré que sa première mission d'exploration aurait pour but de retrouver les premiers occupants de Makkathran. Elle avait toujours du mal à accepter ce partenariat. *Mais dans le Vide, tout est possible.* Kazimir en était la preuve. Et Catriona aussi.

Kazimir jeta un coup d'œil à l'intérieur, tandis que les lumières s'allumaient dans le hall d'entrée caverneux.

— De quand date cet endroit ?

— Il a plus de mille ans, répondit-elle avec fierté.

— Par les cieux…, murmura-t-il en faisant quelques pas à l'intérieur.

— Quand j'avais ton âge ou un peu moins, je faisais du roller ici, dit-elle, nostalgique. Papa me grondait et…

Elle s'arrêta net. Un violent frisson lui parcourut le corps, l'obligeant à agripper l'encadrement de la porte pour ne pas tomber. Un choc que seuls pouvaient connaître les corps de chair et de sang menaça de la faire fondre en larmes.

Gore se tenait dans l'entrée de la Salle blanche. Comme d'habitude, son avatar le représentait tel qu'il était au XXIVe siècle, vêtu d'une chemise et d'un pantalon noir.

— Papa ?

Dans son esprit rationnel et bien organisé, elle avait toujours su qu'il l'attendrait ici, que l'ANA ranimerait sa personnalité dès la confirmation de sa perte corporelle sur le monde des Anomines. À Makkathran, cependant, son impressionnante transcendance avait semblé si réelle. Son corps et son cerveau de chair savaient que le corps et l'esprit de son père étaient partis pour un ailleurs meilleur. Que papa était mort. Que le reste n'était que le fruit d'une technologie très avancée.

Il arrivait à la vie dans un corps ordinaire de chair et de sang d'être trop douloureuse.

— Tu as fait du bon boulot, là-bas, commença-t-il. Tenir le choc dans des conditions aussi stressantes n'est pas donné au premier humain venu. Merci.

— Il n'y a pas de quoi, répondit-elle d'une voix faible.

— Tu te rends compte ? Mon corps originel, cramé par une nova ! Sacré Marius ! Quelque part, il est encore pire qu'Ilanthe, plus mesquin en tout cas. C'est amusant, la nostalgie, ce n'est pas mon truc ; pourtant, eh bien, il me manque. Ce corps était comme une sorte de filet de sécurité psychologique. J'imagine que je devrais en cloner un nouveau, même si je n'ai pas l'intention de m'en servir.

— Bonne idée.

— Il faut que je parle longuement au Livreur ; lui m'aidera à compléter les blancs. Je me suis connecté aux kubes de l'astéroïde d'Ozzie dès ma sortie de suspension, mais ma mémoire s'arrête au moment de mon départ à bord du *Dernier Lancé*. Je ne sais rien de ce qui s'est passé entre eux sur le monde anomine jusqu'au moment où le vieux Tyzak a allumé le mécanisme d'élévation. Vu comment ça s'est terminé, j'imagine que nous avons eu de sérieux problèmes.

— Ouais, c'est ce que j'ai cru comprendre.

— Tu n'imagines pas le bordel qu'ont foutu les Darwinistes radicaux. Bande de petits traîtres. J'aurais besoin d'un peu d'aide pour les mater. Tu comptes rentrer à la maison bientôt ?

Justine passa un bras autour des épaules d'un Kazimir pour le moins silencieux et jeta à l'homme doré un regard de défi.

— Pas tout de suite, papa. Il me reste quelques détails à régler ici, et cela risque de prendre un peu de temps.

* * *

Le vaisseau équipé d'un ultraréacteur attendait en suspension transdimensionnelle à cinq millions de kilomètres des Jumelles du Lion. Marius ne savait pas trop pourquoi il avait choisi cette destination. Inconsciemment, il devait se dire que c'était l'endroit le plus improbable et donc le plus sûr où se cacher.

Et il n'avait pas la moindre idée de ce qu'il allait faire. Les espions qu'il avait disséminés sur l'unisphère lui donnaient une image complète des conséquences politiques de l'élévation du Vide et de la disparition de la barrière de Sol.

L'ANA avait mis sa menace à exécution et suspendu les Accélérateurs. Ses représentants avaient reçu pour mission de traquer et d'arrêter les agents de cette Faction encore en liberté. Leur liste était exhaustive. Il s'y trouvait d'ailleurs, et en bonne place, car il était accusé de génocide ; pas le genre d'affaire que les autorités acceptaient de minimiser ou d'oublier au bout de quelques décennies ou même quelques siècles. Surtout si Paula Myo était aux commandes. Il n'avait donc d'autre choix que de quitter le Commonwealth pour de bon.

La situation ne se présentait pas très bien. Il ignorait où se trouvaient les colonies et quel type de sociétés elles avaient développé. Restait la possibilité de secourir les Accélérateurs de la liste pour organiser une forme de résistance. Ce serait dangereux, mais il était plus que capable de travailler dans pareil environnement.

Des alarmes s'embrasèrent.

Son vaisseau émergea dans l'espace-temps avant que son cerveau amélioré ait compris ce qui lui arrivait. Les capteurs ne révélèrent rien à part une minuscule anomalie spatiale juste devant le fuselage. Puis ils s'éteignirent, tout comme le réacteur. Le réseau du navire se désactiva. La gravité fut réduite à zéro et il se retrouva en apesanteur. L'éclairage de la cabine mourut. Impossible d'accéder à son ombre virtuelle. Un scan biononique lui apprit que les systèmes indispensables à sa survie à bord étaient hors service.

Une connexion fut établie avec ses amas macrocellulaires.

— Vous êtes en état d'arrestation, annonça l'amiral Kazimir.

— Pour l'instant, rétorqua Marius. Elle reviendra.

— Elle ne reviendra pas. Ils ne reviennent jamais.

* * *

Araminta posa sa capsule de transport devant la grande maison blanche et perdit toute confiance en elle. Même la petite surprise qu'elle lui avait préparée lui paraissait soudain ridicule. Elle n'avait aucun moyen de prévoir sa réaction. Il lui était certes venu en aide dans le passé, mais c'était à l'époque où les maniaques du Rêve vivant menaçaient son monde natal et ses habitants.

Heureusement, ils n'étaient plus là, et ce grâce à elle et au plan qu'il l'avait aidée à mettre en place. À présent, Ellezelin allait devoir payer pour tous les dommages physiques que ses troupes avaient causés durant l'invasion. Inigo l'avait promis lorsqu'il était retourné là-bas pour assumer la présidence dont elle ne voulait pas. Démanteler le Rêve vivant prendrait un certain temps, mais il était le mieux placé pour terminer ce travail. Le seul, en fait. Après l'élévation du Vide, les gens avaient confiance en lui et en sa capacité à accomplir sa mission.

Deux de ses incarnations descendirent sur la pelouse : son corps originel et Araminta 2. Elle jeta un regard circulaire sur les lieux avec ses deux paires d'yeux, goûta une agréable sensation de familiarité.

Bovey avait bien travaillé pendant son absence. Il avait réparé la maison, l'avait repeinte. Il était vrai qu'avec ses contacts dans le milieu du bâtiment, il était extrêmement bien placé pour entreprendre et mener à bien ce genre de tâche.

Plusieurs des incarnations de Bovey sortirent en courant de la demeure. Toutes avaient le sourire aux lèvres, ce qui émut beaucoup Araminta. *Il tient toujours à moi !* À présent qu'elle savait que tout allait bien se passer, elle se dit qu'elle avait le droit de pleurer, ce qui ferait beaucoup de larmes. Le champ de Gaïa était soudain saturé du soulagement qu'il ressentait et émettait sans retenue.

Ils furent huit à les entourer. Le jeune blond la regarda d'un air hésitant.

— Tu es de retour.

Son incertitude eut raison des nerfs d'Araminta ; elle se jeta à son cou et ils s'embrassèrent.

— Ce que tu as accompli est proprement incroyable, dit le Bovey asiatique à Araminta 2. Tu n'as jamais reculé, jamais hésité. Ellezelin, *La Lumière de la Dame*... Tu as foncé du début à la fin. C'était génial.

— Je n'ai pas trop eu le choix. C'était ma seule chance de survie.

— À partir du moment où les Raiels ont coupé la liaison, c'est devenu complètement fou. Gore s'est mis à rêver, et tu étais à Makkathran. C'était... (Toutes les incarnations de Bovey présentes sur la pelouse éclatèrent de rire.) Par Ozzie, tu as été incroyable. Le sort de l'univers tout entier était entre tes mains.

Araminta eut un sourire modeste.

— Ça t'a plu ?

Le jeune homme blond se racla la gorge.

— Euh, oui.

— Je crois qu'il est temps que je te rende ton corps. Accroche-toi.

Elle ferma les yeux et se concentra sur la manière dont ses pensées étaient étalées sur le champ de Gaïa. Lentement, avec circonspection, elle se retira du corps qu'elle avait emprunté. Quand elle rouvrit les yeux, il était juste devant elle, un sourire si familier sur le visage. Puis il prit le temps de se regarder.

— Merci, tu as pris soin de moi.

— Évidemment.

Araminta se rapprocha de l'original ; elle ne pouvait s'empêcher de penser à lui en ces termes. Embrasser un corps dans lequel elle se trouvait encore quelques secondes plus tôt lui fit un drôle d'effet, mais sans plus.

— J'ai aimé être un homme pendant quelque temps, ajouta-t-elle d'une voix rauque et taquine.

— Ah bon ? Pourquoi ?

— J'ai appris des choses sur… les réflexes. (Elle était toujours collée tout contre lui.) En particulier les réflexes involontaires.

— Ah…

— J'ai été un peu vilaine pendant mon absence.

— Cela a toujours été une de tes qualités principales.

— Tu ne comprends pas. Une fois que tu en as saisi le fonctionnement, le Vide peut réaliser tous tes désirs. Pour de vrai. Et j'ai bien dit *tous* tes désirs. Je n'ai pas été assez forte pour résister à la tentation. Je n'ai pas été la seule, d'ailleurs. À la fin, on s'y est presque tous mis. Le manoir de Sampalok s'est transformé en véritable lupanar.

— Oh, fit-il, déçu. Tu venais de sauver l'univers ; tu méritais bien de te détendre.

— C'est exactement ce que je me suis dit.

Araminta avait oublié à quel point il était amusant de taquiner Bovey ; toutefois, le pauvre ne méritait pas de souffrir de cette façon. Il était trop noble pour cela.

— J'ai vu Justine, Edeard et Troblum sortir des amours perdus de la couche créatrice du Vide comme d'un chapeau de magicien.

Bovey fronça les sourcils.

— Euh…

— Alors je me suis dit que comme je n'avais pas perdu l'homme de ma vie, lui apprécierait peut-être que je lui revienne plus… nombreuse.

Elle eut un sourire coquin et se retourna vers la capsule. Les autres Araminta étaient en train d'en sortir. Ravi et incrédule, Bovey vit quinze Araminta identiques défiler sur sa pelouse et se diriger vers ses propres incarnations.

— Tu te rappelles notre conversation au sujet des genres de corps que j'aimerais avoir ? reprit-elle. Eh bien, j'ai décidé de multiplier celui-ci. Il n'est pas si mal, après tout.

— Il est même parfait.

— Bien. Je propose que tes incarnations emmènent les miennes au lit.

— Oh oui !

— Tout de suite, s'il te plaît.

* * *

Le *Dernier Lancer* transperça doucement le triste ciel hivernal et se posa devant la maison de Holland Park. Le Livreur ne perdit pas de temps à marcher ; il se téléporta directement dans le salon.

— Papaaaa !

Les filles se précipitèrent sur lui. Leurs petits bras l'agrippèrent avec une force étonnante. Des baisers collants et humides lui couvrirent le visage. La petite Rosa sautait partout pour se faire remarquer, car ses grandes sœurs l'empêchaient d'approcher. Il la prit dans ses bras et la serra fort.

Lizzie se tenait dans l'encadrement de la porte, les yeux humides. Elle lui souriait.

— Je suis de retour, lui dit-il.

— Oui, acquiesça-t-elle. Et j'attends tes explications. En tout cas, tu n'as plus intérêt à…

Le Livreur embrassa sa femme.

* * *

Évidemment, c'était un monde très agréable. La zone tempérée dans laquelle marchait Araminta présentait de vastes prairies vallonnées, des pics enneigés et de grandes forêts.

Tous les trois arpentaient tranquillement ce chemin étroit depuis deux jours lorsqu'elle entendit les chants pour la première fois.

— Ils sont ici, annonça-t-elle à Aaron.

Il ne réagit pas. Tomansio le poussa doucement en direction des mélodies entêtantes et non humaines. Aaron ne protesta pas et suivit ses guides comme il l'avait fait depuis qu'ils avaient quitté Makkathran. Sans rien dire. Il ne faisait plus de cauchemars. Il ne faisait plus rien. Son esprit s'était volontairement fermé, éteint.

Les Chevaliers Gardiens avaient tenu à le conduire sur Far Away où se trouvaient les meilleurs cliniques, docteurs, modules médicaux et éditeurs de mémoire. Lennox le Mutin serait réassemblé, comme ils disaient. Toutefois, Araminta avait refusé, prétextant qu'Aaron avait suffisamment souffert de la technologie, qu'il avait besoin d'être véritablement soigné. Elle avait donc décidé de le conduire chez la seule personne capable de l'aider. Stupéfait par sa proposition, Tomansio n'avait pas été long à accepter.

Plusieurs dizaines de Silfens campaient dans une grande clairière. Un demi-cercle de larges marquises avait été dressé, et des oriflammes flottaient au sommet de hautes perches. Un énorme feu brûlait au centre du campement. Quelques Silfens jouaient d'un genre de flûte à côté des flammes, tandis que d'autres dansaient.

Araminta ne fut pas vraiment étonnée de découvrir une femme humaine parmi eux. Elle était vêtue d'habits silfens, notamment d'une chemise blanche ornée de dragons or et turquoise et d'une jupe en coton constituée de volants pareils à des pétales qui se soulevaient comme elle dansait. Elle était absorbée par la musique, emplie de joie. Ses cheveux blonds et ondulés tournoyaient autour de sa tête. Araminta distingua un long menton et des pommettes saillantes semblables aux siennes.

— Nom d'Ozzie, marmonna Tomansio, qui regardait partout comme si les elfes l'avaient ensorcelé.

CloudDancer et Bradley arrivèrent dans leur direction. Araminta se précipita à leur rencontre. Les danseurs l'entourèrent, gazouillèrent des messages de bienvenue.

— Vous vous en êtes plutôt bien sortie, commença Bradley.

— Merci. Merci d'avoir cru en moi.

— Dans votre cas, je ne me suis pas posé de questions, dit CloudDancer avant de partir d'un rire flûté.

— Je vous amène quelqu'un.

— Nous sommes au courant.

— Aidez-le, je vous en prie. De terribles démons peuplent son esprit, comme ils peuplèrent le vôtre autrefois, expliqua-t-elle à Bradley.

Les ailes de ce dernier se déployèrent.

— Et si les Silfens ont pu me guérir...

— C'est ce que j'espérais.

— Il marchera avec nous, reprit CloudDancer, mais personne ne peut prévoir où il arrivera.

— Vous pouvez avoir confiance en lui, promit Araminta. Voyez ce qu'il a accompli pour nous tous.

— Comme vous avez grandi, Araminta. Vous êtes une véritable merveille. M. Bovey a beaucoup de chance.

Elle sourit, un peu gênée.

— Je crois que je ferais mieux d'aller parler à votre autre ami avant qu'il explose, dit Bradley.

Araminta rit en voyant la peur sur le visage de Tomansio lorsque Bradley s'avança vers lui. Le plus dur des superguerriers était comme un enfant devant son idole. *À ce propos...* Elle se faufila entre les danseurs tout en se dandinant au rythme de la musique. Quelque part, à l'autre bout du camp, deux des plus gros Silfens qu'elle ait jamais vus commencèrent à frapper des tambours en marquant un rythme compulsif.

La femme lui fit signe d'approcher des deux mains.

— Je suis Mellanie, commença-t-elle par-dessus la musique.

— Oui, je sais.

— Bien sûr. Je suis vraiment fière de toi, Araminta.

— Merci. Cela compte beaucoup pour moi.

— Tout est terminé, maintenant. Allons danser.

* * *

Ils vinrent de toute la galaxie. Les vaisseaux arches et navires de guerre raiels se rassemblèrent autour de l'étoile près de laquelle était installée la station Centurion. De là, le champ d'étoiles semblait inchangé ; les astres du Mur brillaient de leur éclat ordinaire, sans rien laisser paraître de l'effort qu'ils avaient fourni. Il s'écoulerait des siècles avant qu'un éventuel observateur remarque une augmentation de leur luminosité depuis les ruines de la station.

Paula et Qatux se téléportèrent à Makkathran. Ils arrivèrent dans le Parc doré, que les oiseaux marins continuaient à survoler en battant frénétiquement des ailes à la recherche de leur mer disparue. Paula tourna sur elle-même et, telle une vulgaire touriste, admira les piliers blancs et les dômes imposants du palais du Verger.

— Je ne pensais pas un jour me tenir ici, admit-elle.

Le regard de Qatux balaya Padua et se posa sur les tours d'Eyrie.

— Moi non plus.

Ils traversèrent ensemble le parc laissé à l'abandon et suivirent la courbe du canal du Champ jusqu'au bassin de Birmingham. Paula pensa à la bravoure dont avait fait preuve Edeard à plusieurs occasions autour de ce bassin et le long de ce canal ; toutefois, elle garda le silence, car Qatux n'était venu que pour une seule chose.

Tandis qu'ils longeaient le Grand Canal majeur en direction du Bassin supérieur, Paula avisa la ziggourat si caractéristique de l'autre côté de l'eau colonisée par les plantes aquatiques. Alors seulement elle goûta l'intense mélancolie dont avait souffert Justine dans cette ville déserte. Pouvoir la visiter enfin était formidable, même si elle aurait évidemment préféré la voir au temps glorieux de Celui-qui-marche-sur-l'eau et être directement témoin de tous les événements qu'elle avait suivis grâce aux rêves d'Inigo.

Enjambant le canal du Marché, un pont dont elle ne se souvenait pas leur permit d'accéder à Eyrie. Lorsqu'elle leva les yeux vers les tours aux silhouettes bizarres, elle vit derrière les dômes en cristal une constellation de navires raiels, rassemblés, protecteurs, autour de leur ancien camarade.

— Qu'allez-vous faire, maintenant ? demanda-t-elle.

— Nous allons décider ensemble, répondit Qatux. Le changement ne sera pas facile à assumer pour nous. Le Vide a longtemps été notre moteur ; il fait presque partie de nous.

— Vous savez que vous serez toujours les bienvenus dans le Commonwealth.

— Et nous vous en remercions ; toutefois, nous sommes responsables des espèces que nous abritons dans l'*Ange des hauteurs* et nos autres vaisseaux arches.

— Vous allez les ramener chez elles ?

— Peut-être. Certaines d'entre elles n'ont plus de monde où retourner. Il n'est pas impossible que nous revenions aux bases de notre engagement et essaimions de nouvelles galaxies pour tout recommencer.

— Et vous, Qatux ? Le monde natal des Raiels existe-t-il toujours ?

— Oui, mais nous n'y sommes plus attachés. Depuis notre déclaration de guerre au Vide, deux autres espèces y sont devenues intelligentes. Nous n'y retournerons jamais.

— Peut-être n'est-ce pas plus mal. J'ai essayé de rentrer chez moi, une fois, mais j'avais trop changé durant mon absence. Nous changeons tous.

Ils arrivèrent devant l'église de la Dame. Qatux hésita sur les marches.

— Vous n'êtes pas obligé, lui dit Paula avec compassion.

— Au contraire.

À l'intérieur régnait le silence. La lumière qui s'engouffrait par la coupole centrale transparente éclairait le cœur de la bâtisse, laissant les ailes dans la pénombre. À la limite de la zone baignée d'une aura argentée se dressait la statue en marbre blanc de la Dame, déterminée. Paula examina le visage solennel et finement taillé. Les coins de ses lèvres se soulevèrent.

— Elle a l'air si différente, remarqua-t-elle. Il est vrai que je ne l'ai rencontrée qu'une seule fois. Nos chemins se sont séparés dès que nous sommes arrivés sur Far Away.

— Je me souviens. C'était le jour où je l'ai vue pour la première fois.

— Oui, j'avoue ne pas avoir été très emballée.

— Je l'ai aimée immédiatement. Elle était si haute en couleur, si fragile et tellement pleine de vie. Grâce à elle, j'ai redécouvert les sentiments. Je lui dois tout.

— Comment a-t-elle atterri ici ?

— Elle a été ressuscitée après que la Chatte s'est occupée d'elle… J'ai personnellement fourni une sauvegarde de sa mémoire, car j'ai partagé toutes ses perceptions jusqu'à la fin. C'est d'ailleurs pour cela que nous avons fini par nous séparer ; nous nous connaissions trop bien.

— Alors elle a embarqué dans un des vaisseaux colons des Brandt pour commencer une nouvelle vie. Beaucoup de

Brandt ont été déçus par le Commonwealth après la Guerre contre l'Arpenteur. On dit qu'un cinquième des membres les plus importants de la dynastie est parti. J'imagine qu'ils l'ont accueillie à bras ouverts. La pauvre était si seule.

— Ce fut une bonne chose pour elle. Je suppose que Makkathran l'a entendue lorsque la flotte contournait le Mur. J'ignore comment, en revanche. Nous avions partagé tellement d'expériences que la ville l'a sans doute prise pour une Raiel et l'a appelée.

— Et le Vide a fait le reste. Comme à son habitude.

— Oui, acquiesça Qatux en étirant un long tentacule pour caresser la joue de la statue. Adieu, mon aimée.

Il se retourna et sortit de l'église.

Paula ne put s'empêcher de regarder une dernière fois par-dessus son épaule pour s'assurer qu'ils ne s'étaient pas trompés. Le temps d'un bref instant, elle aurait juré que Tiger Pansy lui souriait avec l'air insouciant qui était le sien lorsqu'elle était heureuse. La lumière argentée lui jouait des tours…

* * *

Salrana se tenait sur une route de montagne et regardait la plaine d'Iguru sans comprendre ce qu'elle voyait. Beaucoup de choses l'étonnaient ce jour-là.

Quelqu'un toussa derrière elle. Elle sursauta et se retourna.

— Edeard ! s'écria-t-elle.

Car il s'agissait bien de lui, mais… plus vieux. Son sourire timide et optimiste était reconnaissable entre mille. Alors que cinq mètres à peine les séparaient, elle était incapable de le voir avec sa vision à distance. Et elle n'avait plus de troisième main.

— Que se passe-t-il ? implora-t-elle.

Edeard considéra le garçonnet qu'il tenait par la main. Le petit posa sur lui un regard plein d'amour. Tous les deux se ressemblaient beaucoup.

— Edeard ! insista-t-elle, proche des larmes.

— C'est difficile, je le sais. Je suis passé par là, moi aussi. Aie confiance en moi. Tout ira bien. Il ne t'arrivera rien.

Elle se rapprocha de lui d'un pas hésitant.

— Où sommes-nous ? Où est Makkathran ? Y a-t-il eu un tremblement de terre ?

Elle se retourna vers la plaine d'Iguru totalement dévastée. Les fermes, vergers et vignobles avaient disparu, cédé la place à un désert de rochers gris et fumants qui s'étirait jusqu'à la côte. Plus étranges encore étaient les navires. Du moins pensait-elle qu'il s'agissait de navires, car que pouvaient-ils être d'autre ? Douze monstres de métal étaient couchés en bordure de cet enfer gris. Des engins de cette taille étaient-ils vraiment capables de voler ?

— Nous sommes à la maison, répondit Edeard. Enfin, pas tout à fait. Makkathran n'est plus là, mais personne n'a perdu la vie. Ils ont tous vécu, Salrana. Des existences extraordinaires. À présent, nous avons la possibilité de vivre la nôtre. Ensemble.

— Nous ? demanda-t-elle, complètement déboussolée.

— Tous les trois, précisa-t-il en ébouriffant le petit garçon. Je te présente Burlal, mon petit-fils.

— Ton petit-fils ? Je t'en prie, Edeard, je ne comprends rien.

— Je sais. Peut-être ai-je eu tort de faire cela ; la Dame sait que c'est un acte de pur égoïsme. Mais parfois, il faut savoir faire le mal…

— … pour accomplir le bien.

— Oui. Tu viens de terminer ta formation à l'hôpital d'Ufford, n'est-ce pas ?

— Je devais partir demain matin, mais je me suis réveillée ici… (Elle fronça les sourcils.) Non, je me suis retrouvée ici sans savoir comment. Edeard, suis-je en train de rêver ?

Il la prit par la main, et elle lui fut extraordinairement reconnaissante. Il est vrai que son contact lui avait toujours fait cet effet. Il lui avait tellement manqué pendant les longs mois qu'elle avait passés loin de Makkathran.

— Nous ne sommes plus des rêves, mon amour. Nous sommes aussi réels qu'il est possible de l'être. Je t'ai choisie, toi, ici et maintenant. Toi et personne d'autre. Je t'ai choisie parce que tu es encore toi. C'est mon frère qui m'a enseigné cette technique.

— Quel frère ?

Il rit.

— Il y a tant de choses à expliquer, et je ne sais par où commencer. Je ne t'ai jamais dit que je rêvais. Chaque nuit de ma vie, j'ai rêvé d'une existence à l'extérieur du Vide. De l'endroit d'où viennent ces navires. De l'extérieur, où l'univers est infini.

— De l'extérieur ? Comme Rah et la Dame ?

— Oui, comme eux. Tous les trois, nous allons monter à bord d'un de ces vaisseaux pour partir loin d'ici. Nous allons vivre là-bas, Salrana, parmi les étoiles.

Elle sourit, car elle le trouvait bête, mais elle voyait qu'il était heureux et cela lui faisait plaisir.

Edeard passa un bras autour de ses épaules, ce qui lui fit un bien fou. Elle attendait depuis des années qu'il agisse de cette façon sincère et ouverte. Alors elle vit arriver dans leur direction un homme grand et étrangement vêtu. Il portait un genre de jupe à carreaux colorée et une veste rouge vif. Des motifs et des courbes dorés et argentés brillaient à travers son épaisse tignasse brune.

Il s'arrêta devant eux, les examina de la tête aux pieds et eut un sourire franc.

— Je vous connais, lança un Edeard amusé. Vous êtes LionWalker. C'est vous qui dirigiez la station scientifique de mon frère la première fois que nous avons rêvé l'un de l'autre.

— Ouais, c'est bien moi. Bonjour à vous, Celui-qui-marche-sur-l'eau. Et à vous aussi, bien sûr, jeune Salrana. Et toi, tu dois être Burlal, si je ne m'abuse.

Le garçon hocha la tête avec méfiance et s'accrocha encore plus fort à la jambe d'Edeard.

— Eh bien, toutes mes félicitations, Celui-qui-marche-sur-l'eau. Quel spectacle ! J'ai passé la nuit au sommet de la montagne, là où l'atmosphère est la plus claire. Je ne voulais pas en rater une miette. Après tout, ce n'est pas tous les jours qu'on a la chance de voir évoluer un univers tout entier.

— C'était ma première fois aussi, dit Edeard.

— Mais c'est terminé maintenant. (LionWalker Eyre regarda Salrana et son sourir se teinta de friponnerie.) Pour un vieux romantique comme moi, c'est génial de vous voir tous les deux de nouveau réunis. Tâchez de ne pas tout gâcher comme la première fois, ajouta-t-il à l'intention d'Edeard en pointant un index accusateur.

— N'ayez crainte, promit doucement Edeard.

— Je ferais mieux d'y aller. J'imagine que vous avez beaucoup de choses à vous dire.

Il se remit en route d'un pas vif.

— Attendez ! l'appela Edeard. Où allez-vous ?

— J'avance, répondit LionWalker en les saluant de la main. Avancer, c'est tout ce qui compte.

Achevé d'imprimer en septembre 2012 par Hérissey à Évreux (Eure)
N° d'impression : 119383 - Dépôt légal : octobre 2012
Imprimé en France
81120838-1